钢铁是怎样炼成的

[苏]尼·奥斯特洛夫斯基 著 爱德少儿编委会 编译

爱德少儿编委会

主 编：童 丹
副主编：陈慧颖
编 委：安 心 代成妙 杜佳晨 高敬华
 姜 月 刘国华 路 远 谭蓉平
 唐 倩 田海燕 任仕之 余小溪
 余信鹏 张重庆 张凤娟 张 云
 张运旭 钟孟捷 朱梦雨

浙江人民美术出版社

图书在版编目（CIP）数据

　　钢铁是怎样炼成的/（苏）尼·奥斯特洛夫斯基著；爱德少儿编委会编译. — 杭州：浙江人民美术出版社，2021.6（2025.2 重印）
　　（青少版经典名著书库）
　　ISBN 978-7-5340-8795-0

　　Ⅰ. ①钢… Ⅱ. ①尼… ②爱… Ⅲ. ①长篇小说－苏联 Ⅳ. ①I512.45

　　中国版本图书馆 CIP 数据核字（2021）第 077554 号

责任编辑：程　璐
责任校对：雷　芳
装帧设计：爱德少儿
责任印制：陈柏荣

青少版经典名著书库

钢铁是怎样炼成的　[苏] 尼·奥斯特洛夫斯基　著　　爱德少儿编委会　编译

出版发行	浙江人民美术出版社
地　　址	杭州市环城北路 177 号
经　　销	全国各地新华书店
制　　版	湖北省爱德森森文化传播有限公司
印　　刷	武汉市新华印刷有限责任公司
版　　次	2021 年 6 月第 1 版
印　　次	2025 年 2 月第 4 次印刷
开　　本	695mm × 980mm　1/16
印　　张	30.5
字　　数	450 千字
书　　号	ISBN 978-7-5340-8795-0
定　　价	39.80 元

如发现印装质量问题影响阅读，请与承印厂联系调换。

前 言

英国哲学家培根说过:"超越自然的奇迹多是在对逆境的征服中出现的。"毅力是成功之根本,它助我们有勇气面对和解决问题。这是我读完《钢铁是怎样炼成的》最大的收获。

本书作者——尼·奥斯特洛夫斯基,他出生在一个工人家庭,饱尝人间疾苦,因积劳成疾导致全身瘫痪,后双目失明。然而卧病期间,在令人难以想象的困境中,他并没有心灰意冷,而是把笔当作武器,把文学创作当作自己的工作,开始新的奋斗,并以惊人的毅力写出这部不朽的名作。

这本书是一部闪烁着崇高的理想主义光芒的长篇小说,作者以自己为原型——但又并非是简简单单的自传。作者通过一系列的艺术加工,成功塑造了保尔·柯察金这一无产阶级英雄形象,讲述了男主人公在革命烽火和艰苦环境下如何成长为一名优秀的布尔什维克的故事。

《钢铁是怎样炼成的》形象地回答了"人的一生应当怎样度过"这一根本问题,它启示了我们:人活在世上要有自己的价值,即使是在挫折的磨炼下我们也要像保尔·柯察金那样学会坚强,学会去克服。

保尔既是一名革命斗士,又是一名普普通通的青年人,但他那面对重重困难而坚持不懈的精神令人折服。保尔所说的那句醒世名言,令我记忆犹新:"人最宝贵的是生命。生命每个人只有一次。人的一生应当这样度过,当回忆往事的时候,他不会因为虚度年华而悔恨,也不会因为碌碌无为而羞愧;在临死的时候,他能够说:'我的整个生命和全部精力,都已经献给了世界上最壮丽的事业——为人类的解放而斗争。'"保尔这段名言将伴随我一生,鞭策我在面对挫折时能够意志坚定,保持一种恬淡平和的态度,把经历挫折当成自己充电的过程。

　　生活在和平年代的我们,虽然不会再有像保尔这样的经历,但他的故事仍然可以激励我们。其经历告诉我们:人生,不要虚度光阴,不要自卑,要有信心,因为挫折是培养信心的必要前提。巴尔扎克说:"挫折和不幸,是天才的晋身之阶,信徒的洗礼之水,能人的无价之宝,弱者的无底深渊。"人生很精彩,没有低谷时的伤心,又怎么会有在巅峰时的开心呢?

　　我们要以保尔为榜样,乐观地面对未来,炼就人生。

目 录
CONTENTS

第 一 部

第一章　年少辍学 ………………………………… 2

第二章　生逢乱世 ………………………………… 21

第三章　初尝爱恋 ………………………………… 40

第四章　豺狼虎豹 ………………………………… 67

第五章　身陷牢狱 ………………………………… 87

第六章　幸运出逃 ………………………………… 104

第七章　追随红旗 ………………………………… 139

第八章　战火纷飞 ………………………………… 167

第九章　迷途知返 ………………………………… 192

第二部

第一章　相遇是缘 ························· 214

第二章　雪上加霜 ························· 237

第三章　大难不死 ························· 280

第四章　边境风云 ························· 325

第五章　列宁逝世 ························· 366

第六章　前缘难续 ························· 397

第七章　身残志坚 ························· 419

第八章　绝处逢生 ························· 448

第九章　铸就钢铁 ························· 471

信仰的魔力 ································· 478

参考答案 ··································· 480

第一部
DIYIBU

钢铁是怎样炼成的

第一章

年少辍学

M 名师导读

十二岁的保尔早在童年时期便厌恶着被沙皇统治的俄国,而被神父的开除、童工的遭遇更加促使他走向一条抗争之路。即使还是懵懂的他,也在当时下定了钢铁般的决心,要为消灭剥削、消灭压迫、解放人类而斗争。

"那些节前上我家去补考的人,统统给我站起来!"【名师点睛:本段内容为下文叙述设置了悬念,不但向读者描绘出神父的严厉,而且也预示着不好的事情即将发生。】

一个穿着一身长袍,胸前吊着一个笨重的十字架,面部松弛显得毫无精神的胖神父气势汹汹地瞪着全班的学生。

在咆哮中,四男两女站了起来。

神父两只小眼睛突然瞪大起来,眼睛里充满了凶光,像要把他们一口吞下去似的。"你俩坐下。"神父朝女孩子挥挥手。

放过了女孩儿,瓦西里神父那对小眼睛死盯在四个男孩子身上。

"你们四个给我过来!"

瓦西里神父站起来,推开椅子,慢慢地走到正瑟瑟发抖的四个孩子跟前。【写作借鉴:"瑟瑟发抖"四个字把孩子们的惧怕、惊恐之状刻画得淋漓尽致。】

"那么,你们这几个小无赖,谁会抽烟?"

四个孩子都小声回答:"我们不会抽,神父。"

神父突然恼羞成怒。

"一群混账东西,你们都不会抽?那发面里的烟灰是谁撒的?都不会抽吗?很不错,咱们这就来一个一个地看看吧!把口袋翻过来,快点!听见了没有?马上翻过来!"

有三个孩子吓得急匆匆地把口袋都翻出来看,把口袋里的东西也都放在桌子上。

神父仔细地检查口袋的每一条缝,他试图在他们某一个人的口袋中发现烟灰,但是,他什么也没有找到,便把目光转到第四个孩子身上。这个可怜的孩子长着一对黑眼睛,穿着灰衬衣和膝盖打补丁的蓝裤子。【名师点睛:从孩子的穿着打扮来看,可见这个孩子家庭贫困,也因此受到神父欺凌。】

"为什么你要像个木头人一样,站着不动弹?"

孩子压住心头的仇恨,看着神父,低下头闷声闷气[这里指心情不畅,压抑]地回答:"因为我没有口袋。"他用手摸了摸缝死了的袋口。

"哦?没有口袋!难道你以为这么一来,我就没有办法查出是谁干的坏事,把发面糟蹋了吗?你以为这回你还能在学校待下去吗?【名师点睛:这句话可以看出神父其实早已知道是谁撒的烟灰,而且可以看出神父与保尔之间的恩怨。】上回多亏了你妈求情,我才把你勉强留下的,这回我绝对不会手软了。"他使劲揪住男孩的一只耳朵,把他推到走廊上,然后"砰"地关上了门。

教室里安静得掉根针都能听得到。学生们不由自主地都缩着脖子。谁也不明白保尔·柯察金被赶出学校的原因。只有他的好朋友谢廖沙·勃鲁扎克知道其中奥妙——那天他们六个不及格的学生到神父家里去补考,在厨房里等神父的时候,保尔把一把烟灰撒在神父家过复活节用的发面里。【名师点睛:这句话交代了神父生保尔的气的原因。】

被赶了出来的保尔,沮丧地坐在教室门口最下一磴(dèng)台阶上。

▶ 钢铁是怎样炼成的

"我该怎么回家呢？"他想，母亲在税务官家里当厨娘，每天从早到晚忙个不停，为他操碎了心，今天的遭遇该怎么向她交代呢？【名师点睛：从保尔沮丧的表情以及心理活动可以看出保尔是一个孝顺的孩子，并且是一个做了错事之后会懂得自省的人。】

瓦西里神父早就是保尔心目中的仇人了。有一回，保尔跟米什卡·列夫丘科夫打架，老师罚他不准回家吃饭，又怕他在空教室里捣乱，就把这个远近闻名的淘气鬼送到高年级教室，让他坐在后面的椅子上别动。

"地球已经存在好几百万年了。"保尔听老师这样讲课，惊讶得几乎不能自已。他感到非常奇怪，就差一点没站起来对老师说："这与《圣经》上说的可不一样。"

保尔的母亲是个教徒，因此他是信教的。世界是上帝创造的，而且创造的时间并非是几百万年以前，保尔对此从来没有怀疑过。

等到上圣经课的时候，神父刚刚就座，保尔就举起手来要求提问。得到允许以后，他站起来说："神父先生，为什么那些高年级老师说，地球已经存在好几百万年了，而并不像《圣经》上说的五千……"

他还没有把问题说完，瓦西里神父就尖叫着打断了他："混账东西，你在那里满口胡言什么？圣经课你是怎么学的？亏了我还给你满分。"

【名师点睛：这段话从侧面淋漓尽致地反映出神父暴躁的脾气，以及讨厌保尔的心理。】

还没有来得及分辨，神父就揪住保尔的两只耳朵，把他的头往墙上撞。不一会儿，可怜的保尔就被打得不成人形，把班里同学都吓得紧缩着脖子，而保尔被神父狠狠地推出了教室。

被神父责骂过的保尔回到家里，又挨了母亲好一顿批评。

第二天，母亲不得不亲自到学校去恳求瓦西里神父开恩，让她儿子免于被开除的厄运，保尔恨透了神父。

从那以后，保尔又受到瓦西里神父多次小的侮辱：往往为了鸡毛蒜皮的小事，把他赶出教室，甚至一连几个星期，天天罚他站墙角，而且从来不问他功课——这是神父对蔑视他权威的人的惩罚。【名师点睛：这段话侧面反映出社会的黑暗现实，不能质疑黑暗更不能有所反抗，否则就会引起一系列的麻烦，所以在黑暗中的人们只能选择默不作声。】因此，保尔不得不在复活节前，和其他几个不及格的同学一起，到神父家里去补考。就在那里，保尔听了谢廖沙的建议，把一把烟灰撒到过复活节用的发面里了。

没有人看见，但神父还是猜到了是谁干的。

……下课了。孩子们拥进院子，围住保尔。保尔愁眉苦脸，一声不吭。谢廖沙·勃鲁扎克留在教室里还没有出来：他感到自己有责任，但又没办法帮助保尔。

校长叶夫列姆·瓦西里耶维奇的脑袋从教员室的窗口探了出来，他的声音又低又闷，吓得保尔浑身都在颤抖。

"叫柯察金马上到我这儿来！"他大声喊道。

于是，保尔忐忑不安地走进了教师休息室。

车站饭馆的老板已经上了年纪，脸色苍白，淡色的眼睛毫无生气。他向站在一旁的保尔扫了一眼，问道：

"他多大啦？"

"十二岁。"母亲答道。

"行，让他留下吧。条件是这样：工钱每个月八个卢布，当班日管饭，上班干一天一夜，在家歇一天一夜——可别偷东西。"

"不会，不会。他不会偷东西的，我担保。"母亲惊慌地说。

"好。那今天就开始干吧！"老板吩咐道。他转过身去，对旁边一个站在柜台后面的女招待说："齐娜，把这小家伙带到洗碗间去，告诉弗罗霞让他顶替格里什加。"

女招待扔下正在切火腿的刀子，对保尔点点头，穿过店堂，向通往洗碗间的边门走去。保尔紧随在她身后，母亲与他一起匆匆走着，

5

▶ 钢铁是怎样炼成的

在他耳旁悄声嘱咐：

"保夫鲁沙（母亲对保尔的昵称），你要好好干哪，可别丢脸。"

她以忧郁的目光看着儿子进了里屋，才向店门走去。

洗碗间里人们正在紧张地干活：桌上的盘碟刀叉堆得高高的，几个妇女用搭在肩上的毛巾擦拭着这些餐具。一个比保尔略大的男孩，棕红色的头发乱蓬蓬的，正在摆弄两只很大的茶炉。

洗涤餐具的大木盆里盛满开水，开水散发出热气，洗碗间里雾气腾腾。刚进房间，保尔看不清女工的脸。他站在那儿，不知所措。

齐娜走到一位洗碗女工跟前，搭住她的肩膀说：

"弗罗霞，新来的小伙计，给你们的，让他顶格里什加，你安排他干活。"齐娜又转身对保尔说："她叫弗罗霞，是这儿的领班，她吩咐你干什么，你就干什么。"说完，就转身回前堂去了。

"嗯。"保尔回答着，看了看站在面前的弗罗霞。弗罗霞一面用袖子擦着额头上的汗水，一面从上到下打量着他，好像要对他能干什么活进行一番评估。【写作借鉴：从弗罗霞的神态描写可以看出她对保尔的简单考核以及怀疑，也间接说明了保尔身材瘦小，铺垫了下文被欺负的片段。】挽起从胳膊肘上滑下来的一只袖子，她用悦耳的声音说："小家伙，你要干的活不难，就是一清早把这锅水烧开，然后保持一天别断了开水。当然，烧水用的柴要你自己劈。还有这两个大茶炉，也是你的活。另外，在活紧的时候，你也得过来帮忙擦刀叉、倒脏水。总之，活不少，足够你忙的了。"她说的是科斯特罗马方言，听上去总是把"a"音发得很重。保尔听到这一口亲切的乡音，再看到她那红扑扑的脸和翘起的小鼻子，不禁有点高兴起来。【名师点睛：弗罗霞亲切的口吻和乡音，令保尔的内心产生一丝安慰，以此引出下文保尔对于弗罗霞遭遇的同情与失望。】

"看上去这位大婶的心肠还不错。"保尔心想，然后他鼓起勇气问弗罗霞："那我现在干些什么呢，大婶？"

听到保尔的话以后，洗刷间的女工们突然哄堂大笑，保尔也因惊怕而愣住了。

"哈哈哈！……这回弗罗霞可是白白捡了个大侄子……"

"哈哈！……"被称作"大婶"的弗罗霞笑得比谁都厉害。

屋里全是蒸汽，所以保尔没有看清弗罗霞的脸，其实今年她只有十八岁而已。【名师点睛：说明了保尔之所以叫错弗罗霞称呼的原因，从侧面说明了这里乱用童工的社会问题。】

这时正在不知所措的保尔听见一个上了年纪的女工说："你们笑什么？这孩子说什么好笑的啦？孩子，来，帮我擦叉子吧。给，拿着。"她递给保尔一条脏乎乎的毛巾。"一头用牙咬住，一头用手拉紧。再把这些叉齿在上头来回蹭，直到蹭得闪亮，一点脏东西也没有才成。这项工作要我们很细心才行。那些老爷们很挑剔的，总是翻来覆去看了又看，只要叉子上有一点脏东西，那么咱们就都要跟着倒霉——老板娘甚至会马上把你撵出去。"

"我们的老板娘？"保尔大感不解，"雇我的老板不是男的吗？"

那个女工不禁笑了起来："傻孩子，我们这儿的这位老板不过是个摆设。这个草包什么都听老婆的。她今天不在，你干几天就知道了。"

正说着，洗刷间的门忽地打开了，三个堂倌[跑堂或打杂的]每人捧着一大摞脏家什，走了进来。有一个肩膀宽大，斜眼，脸很方的堂倌大声喊道："你们这些婆娘，加紧点干哪，十二点的车马上就要到了，你们还这么磨磨蹭蹭的怎么行？"他看见了保尔，就问："这是谁？"

"新来的。"弗罗霞回答。

"哦，"他说，"那好吧。"他一把按住保尔的肩膀，使劲把他推到两个大茶炉跟前，【名师点睛：保尔的瘦小注定他会遭受来自同事的欺凌，一系列的动词，展示了方脸堂倌的蛮横与不友好态度。】说："这两个大茶炉就是你的活，水要全天供应，可是你看，现在一个已经灭了，另一个也快没火星了。念在你刚来的分上今天饶了你，要是明天再这样，你就得吃耳刮子，明白吗？"

▶ 钢铁是怎样炼成的

保尔一句话也没有说，便烧起茶炉来。

就这样，保尔的劳动生涯开始了。他是第一天上工，干活还从来没有这样卖过力气。他知道，这个地方跟家里不一样，在家里可以不听母亲的话，这里可不行。斜眼说得明白，要是不听话，就得吃耳刮子。

保尔脱下一只靴子，套在炉筒上，鼓起风来，能盛四桶水的大肚子茶炉立即冒出了火星。他一会儿提起脏水桶，飞快跑到外面，把脏水倒进坑里；一会儿给烧水锅添上劈柴，一会儿把湿毛巾搭在烧开的茶炉上烘干。总之，叫他干的活他都干了。直到深夜，保尔才拖着疲乏的身子，走到下面厨房去。有个上了年纪的女工，名叫阿尼西娅的，望着他刚掩上的门，说："瞧，这孩子像个疯子似的，干起活来不要命。一定是家里实在没办法，才打发来的。"

"是啊，挺好个小伙子。"弗罗霞说，"干起活来不用催。"

"过两天跑累了，就不这么干了。"卢莎反驳说，"一开头都很卖劲……"

保尔手脚不停地忙了一个通宵，累得筋疲力尽。早晨七点钟，一个长着胖圆脸、两只小眼睛显得流里流气的男孩来接班，保尔把两个烧开的茶炉交给了他。

这个男孩一看，什么都已经弄妥了，茶炉也烧开了，便把两手往口袋里一插，从咬紧的牙缝里挤出一口唾沫，摆出一副不可一世的架势，斜着白不呲咧的眼睛看了看保尔，然后用一种不容争辩的腔调说："喂，你这个饭桶，明天早上准六点来接班。"

"干吗六点？"保尔问，"不是七点换班吗？"

"谁乐意七点，谁就七点好了，你得六点来。要是再啰唆，我立马叫你脑瓜上长个大疙瘩。你这小子也不寻思寻思，才来就摆臭架子。"

那些刚交了班的女工都饶有兴致地听着两个孩子的对话。那个男孩的无赖腔调和挑衅态度激怒了保尔。他朝男孩逼近一步，本来想狠狠揍他一顿，但是又怕头一天上工就给开除，才忍住了。他铁青着脸说："你老实点，别吓唬人，小心搬起石头砸自己脚。明天我就七点来，要说打架，我可不怕你，你想试试，那就请吧！"

对手朝开水锅倒退了一步，吃惊地瞧着怒气冲冲的保尔。

他没有料到会碰这么大的钉子，有点不知所措了。

"好，咱们走着瞧吧。"他含含糊糊地说。

第一天就这样平安无事地过去了。保尔走在回家的路上，感到自己已经是一个用诚实的劳动挣钱的人。现在他也有工作了，谁也不能再说他吃闲饭了。

早晨的太阳从锯木厂高大的厂房后面升起来了。保尔家的小房子就在眼前。瞧，列辛斯基庄园的后面就是。

"妈大概起来了，我呢，才下工回家。"保尔想到这里，一边吹着口哨，一边加快了脚步。"学校把我赶出来，倒也不坏，反正那个该死的神父不会让我安生，现在我真想吐他一脸唾沫。"保尔这样思量着，已经到了家门口。他推开小院门的时候，又想起来："对，还有那个黄毛小子，一定得对准他的狗脸狠揍一顿。要不是怕被撵出来，我恨不得立刻就揍他。早晚要叫他尝尝我拳头的厉害。"

正在烧茶炊的母亲看到儿子回来，急忙放下手中的活跑到儿子跟前问道："怎么样？"

"挺好。"保尔故作轻松地耸了耸那瘦小的肩膀。

母亲欲言又止，好像有什么事要关照他一下，可是保尔已经明白了。因为从敞开的窗户里，他看到了哥哥阿尔焦姆那宽大的后背。

"怎么，阿尔焦姆回来了？"他忐忑不安地问。

"昨天回来的，这回留在家里不走了，就在机车库干活。"

保尔内心充满了不安，缓慢地走到门前打开了房门。

身材魁梧的阿尔焦姆正静静地坐在桌子旁边，背朝着保尔。听到开门的声音，他扭过头来看着弟弟，又黑又浓的眉毛下面射出两道严厉的目光。

"啊，撒烟灰的英雄回来了？好，你可真能干啊！"【名师点睛：哥

钢铁是怎样炼成的

哥略带嘲讽式的夸赞，让保尔的内心产生了恐惧与不安。】

保尔马上预感到，哥哥回家后的这场谈话，对他来说不是一件好事情。

"那件事阿尔焦姆已经知道了。"保尔心里想，"这回弄不好要挨骂，甚至挨一顿揍也不是不可能的。"

但是，阿尔焦姆看上去并没有要动手的意思。他只是坐在凳子上，两只胳膊支着桌子，用说不清是嘲弄还是蔑视的目光目不转睛地望着保尔。

"怎么，难道你已经大学毕业，满腹经纶[形容人极有才干和智谋]，现在该去洗碗啦？"阿尔焦姆继续说道。

保尔低着头眼睛直勾勾地盯着破地板，一句话都不敢讲。阿尔焦姆却从桌旁站起来，到厨房去了。

"看样子这一劫算逃过去了。"保尔暗暗松了一口气。

喝茶的时候，阿尔焦姆详细询问了保尔班上发生的事情，一切还算心平气和。

保尔一五一十地把神父与他的恩怨讲了一遍。

"你现在就这样胡闹，往后怎么得了啊。"母亲伤心地说。

"唉，可拿他怎么办呢？他这个样子究竟像谁呢？我的上帝，这孩子多叫我操心哪！"母亲诉苦道。

推开空茶杯，阿尔焦姆对保尔说：

"好吧，弟弟。这不全怪你，所有过去的事就算了。不过往后你可得小心，干活别耍花招，该干的都干好；要是再从那儿给撵出来，我就叫你脱一层皮。这点你要记住。妈已经够操心的了。你这个鬼东西，到哪儿都惹事。【名师点睛:阿尔焦姆的话语虽然严厉，但却展示出一个哥哥对弟弟的关爱与教育，同时也可以看出阿尔焦姆也是一个孝顺的孩子，他不想因为保尔的事情让母亲操心与着急。】现在闹得也够了吧。等过几年，我就求人让你到机车库去当学徒——那能学些手艺——老是给人倒脏水，

10

不会有出息的。现在你年纪还小,所以要再过一年我求求人看。我已经转到机车库来了,往后就在这儿干活。妈再也不用去伺候人了,见到什么样的混蛋都弯腰,也弯够了。可是保尔,你自己得争气,要好好做人。"

他站起来,挺直高大的身躯,把搭在椅背上的上衣穿上,然后关照母亲说:

"我出去个把钟头,办点事。"说完,一弯腰,跨出了房门。他走到院子里,从窗前经过的时候,又说:"我给你带来一双靴子和一把小刀,妈妈会拿给你的。"

车站食堂昼夜不停地营业。

有六条铁路通到这个枢纽站。车站总是挤满了人,只有夜里,在两班火车的间隙,才能安静两三个钟头。这个车站上有几百列军车从各地开来,然后又开到各地去。有的从前线开来,有的开到前线去。从前线运来的是缺胳膊断腿的伤兵,送到前线去的是大批穿一色灰大衣的新兵。

保尔已经在食堂里干了两个年头。这两年里,他看到的只有厨房和洗刷间。在地下室的大厨房里,工作异常繁忙,干活的有二十多个人。十个堂倌从餐室到厨房穿梭般地奔忙着。

保尔的工钱已经从最初的八个卢布涨到十个卢布。两年来他长高了,身体也结实了。这期间,他经受了许多苦难。在厨房打下手,烟熏火燎地干了半年。那个有权势的厨子头不喜欢这个犟孩子,常常给他几个耳光。他生怕保尔突然捅他一刀,所以干脆把他撵回了洗刷间。要不是因为保尔干起活来有用不完的力气,他们早就把他赶走了。保尔干的活比谁都多,从来不知道疲劳为何物。【名师点睛:保尔辛勤地工作,可见他是一个有上进心,肯吃苦耐劳的人,为之后的成功奠定了基础。】

在最忙的时候,保尔简直就是脚不沾地地跑来跑去。他一会儿端着托盘,一步跨四五级楼梯,下到厨房去,一会儿又从厨房跑上来。

▶ 钢铁是怎样炼成的

在每天夜里的间歇时刻，那些堂倌们就聚在下面厨房的储藏室里大赌特赌，"二十一点""九点"轮番上阵。保尔不止一次看见他们在赌台上挥霍着一把把钞票。对于他们这么有钱，保尔并不感到惊讶。他知道，这些人当一天班，往往就能捞到三四十个甚至更多卢布的外快——要知道每收一次小费就是一个卢布、半个卢布的。他们有了钱就大喝大赌。对此，保尔极为憎恶。【名师点睛：保尔不羡慕堂倌们挣的钱多，说明保尔心地纯净，不与他们同流合污。】

"这帮混蛋！"他心里暗骂，"像阿尔焦姆这样的头等钳工，一个月才不过能挣到四十八个卢布，而我累死累活也才挣十个卢布；可是他们一天一宿就捞这么多，凭什么？有了钱就喝尽赌光，简直是一群人渣。"【写作借鉴：这段心理描写深刻地揭露了当时社会的黑暗与不公平，而当保尔看见这些时，他提出疑问并迫切地想要改变眼前的这种状态。】

在保尔看来，这些堂倌跟那些老板是一路货，都是他的冤家对头。"这帮下流坯，别看他们伺候人时显得低三下四，他们的老婆孩子在城里却像有钱人一样摆阔气。"

他们常常把穿着中学生制服的儿子带来，有时也把那些看上去像富婆一样的老婆领来。"他们的钱大概比他们伺候的老爷还要多。"保尔忍不住这样想。

他对夜间在厨房的角落里和食堂的仓库里发生的肮脏事也从来不大惊小怪。保尔很清楚，任何一个洗家什女工或者女招待，要是不肯以几个卢布的代价把自己的肉体出卖给食堂里某个有权有势的人，她们就一定会丢掉这份工作。

保尔向生活的深处，向生活的底层看去。他追求一切新事物，渴望打开一个新天地，可是朝他扑面而来的，却是霉烂的臭味和泥沼的潮气。

阿尔焦姆想把弟弟安置到机车库去当学徒，但是没有成功，因为那里不收未满十五岁的少年。保尔期待着有朝一日能摆脱这个地方，机车库那座熏黑了的大石头房子吸引着他。

他时常到阿尔焦姆那里去，跟着他检查车辆，尽力帮他干点活。

这种郁闷的心情在弗罗霞离开食堂以后更加明显了。

这个爱笑的、快乐的姑娘已经不在这里了，保尔这才更深地体会到，他们之间的友谊是多么深厚。现在呢，早晨一走进洗刷间，听到从难民中招来的女工们的争吵叫骂，他就会产生一种空虚和孤独的感觉。

夜间休息的时候，保尔蹲在打开的炉门前，往炉膛里添劈柴。他眯起眼睛，瞧着炉膛里的火。炉火烤得他暖烘烘的，挺舒服。洗刷间就剩他一个人了。

他的思绪不知不觉地回到不久以前发生的事情上来，他想起了弗罗霞。那时的情景又清晰地浮现在眼前。【写作借鉴：插叙一段故事。】

那是一个星期六的晚上。休息的时候，保尔顺着楼梯下到厨房去找些吃的。储藏室里赌得正起劲，扎利瓦诺夫坐庄，他已经兴奋得满脸通红了。

突然，楼梯上传下来一阵厚重的脚步声。保尔转过头，看见堂倌普罗霍尔正从楼梯上往下走。为了不引起麻烦，保尔急匆匆地藏到了楼梯下面，准备等他离开之后再出来。楼梯下面一片漆黑，他也确信普罗霍尔不会看到他。

普罗霍尔转了个弯，朝下面走去，保尔只看得见他的宽肩膀和大脑袋。正在这时候，又有一个人从上面轻轻地快步跑下来，一个熟悉的声音在保尔耳边响起："普罗霍尔，你等等。"

普罗霍尔站住了，掉头朝上面看了一眼："什么事？"

弗罗霞顺着楼梯走了下来，保尔藏得更深了。

她拉住堂倌的袖子，压低声音，结结巴巴地说："普罗霍尔，中尉给你的那些钱呢？"

普罗霍尔狠狠地抽走了胳膊，瞪大眼睛吼到："什么钱？难道我没

▶ 钢铁是怎样炼成的

给你吗？"

"可是他给你的可是三百个卢布啊！"弗罗霞无法自已，几乎要放声大哭了。

"你说什么，三百个卢布？"【写作借鉴：通过反问的句式突出了普罗霍尔对弗罗霞的不屑与轻视，也展示了他地痞流氓般的丑陋嘴脸。】普罗霍尔挖苦她说，"怎么，你想都要？我的好小姐，一个洗家什的女人，可能会值那么多钱吗？给你五十个卢布你就知足吧。你也不想想，你有多走运！就是那些比你干净得多、又有文化的年轻太太，还拿不到这么多钱呢。陪着睡一夜，就挣五十个卢布，你上哪里找这样的好事？哪儿有那么多傻瓜会给你这么多钱？得了，我再给你添一二十个卢布就算便宜你了。只是你必须给我放聪明点，往后挣钱的机会有的是，我给你拉主顾。"【名师点睛：普罗霍尔的话揭露了当时社会的肮脏不堪，生活的糜烂。与此同时，也通过语言描写塑造出普罗霍尔无赖流氓的形象。】

普罗霍尔说完，转身到厨房去了。

"你这个流氓，坏蛋！"弗罗霞崩溃地大骂了几句，便靠在柴堆旁边号啕大哭。

站在楼梯下面的暗处，保尔从头到尾听了这场谈话，又看到弗罗霞痛苦地浑身颤抖，把头往柴堆上撞，他心头就像被盐浸了一样。【名师点睛：一方面保尔同情弗罗霞的遭遇，另一方面则是对于弗罗霞人品的失望。身边的人都同流合污，眼前的这些事一遍遍折磨着他，这种折磨与挣扎也注定他最终会走向一条抗争的道路。】

保尔强忍住没有露面，也没有作声，只是猛然一把死死抓住楼梯的铁栏杆。他的脑子里轰的一声掠过一个震惊的想法："连她也被出卖了，这帮该死的家伙。唉，弗罗霞，可怜的弗罗霞……"【写作借鉴：这段虽然只是对保尔的心理描写，却也反映出保尔对这些恶势力没有丝毫畏惧和胆怯，反而加剧了他对恶势力的厌恶之情与反抗之心。】

从那以后，保尔心里对普罗霍尔这伙人的仇恨就更深更强了，他甚至憎恶和仇视周围的一切。"唉，如果我是个大力士的话，我一定要这些个无赖下地狱！我怎么不像阿尔焦姆那样高大、那样强壮呢？"

【名师点睛：保尔急切地想要自己变强大，想改变眼前不公平的黑暗现实。但此时的保尔或许还没有意识到心灵的强大比身体的强大更重要。】

炉膛里的火时起时落，火苗抖动着，聚在一起，卷成了一条长长的蓝色火舌；保尔觉得，好像有一个人在讥笑他，嘲弄他，朝他吐舌头。

屋子里静悄悄的，只有炉子里不时发出的噼啪声和水龙头均匀的滴水声。

克利姆卡把最后一只擦得锃亮的平底锅放到架子上之后，擦着手，他可累坏了。厨房里已经空无一人。值班的厨师和打下手的女工们都在更衣室里睡了——熬一夜可不是每个人都想干的事情。每天夜里，厨房都可以安静三个小时。

这个时候，克利姆卡总是跑上来跟保尔一起玩耍。这个厨房里的小徒弟跟保尔非常要好。克利姆卡一上来，就看见保尔正蹲在打开的炉门前出神。保尔也在墙上看到了那个熟悉的头发蓬松的人影，于是他头也不回地说："坐下吧，克利姆卡。"

克利姆卡爬上劈柴堆，舒服地躺了下来。他看了看坐在那里低头闷声不响的保尔，笑着说："你怎么啦？想让火苗活过来吗？"

听了朋友的玩笑，保尔把目光从火苗上移开。现在这一对闪亮的大大的黑眼睛直勾勾地望着克利姆卡。【写作借鉴：这一细节描写，写出保尔似乎在沉着地思考着重要的问题，此时他的内心或许正在经受拷打。】小帮厨从他的眼神里看见了一种无法言明的悲哀。在他的记忆中，他还是第一次看到伙伴这种忧郁的神情。

"保尔，今天你有点古怪……"他沉默了一会儿，又问保尔，"怎么了？"

保尔站起来，走到克利姆卡身旁坐下。

"没事啊，"他无奈地回答道，"只是待得很不愉快。"此时他把本放

▶ 钢铁是怎样炼成的

在膝盖上的手握成了两个紧紧的拳头。

"你今天是怎么了？有什么事情发生了吗？"克利姆卡用胳膊支起身子，紧张地问。

"你问我今天怎么了？实际上从到这儿来干活的那天起，我就一直不怎么的。你看看，这儿是个多么肮脏的地方啊！咱们这些人就像骆驼一样拼命干活，可最后的结局呢？结果就是谁高兴谁就可以赏你几个嘴巴子，连一个护着你的人都没有。老板雇咱们，是要咱们给他干活，可是这些狗东西随便哪一个都有权揍你，只要他还有劲抡起他的巴掌。就算我们有分身法，也没有办法一下子把所有人都伺候到。一个伺候不到，挨揍就是跑不了的。就算拼命干，把该做的统统做好，谁也挑不出毛病，你就是哪儿叫哪儿到，忙得脚打后脑勺，也总有伺候不到的时候，那又是一顿耳刮子……"

克利姆卡听了朋友的话大吃一惊，赶紧打断他的话头："你别这么大声，说不定有人过来，叫他们听见就麻烦了。"【名师点睛：相比于克利姆卡的胆小怕事，此时更加突显了保尔的勇敢，这也是当时社会两种性格人物的鲜明代表。】

保尔忽地抽身站了起来。

"听见我也不怕，反正我是要离开这儿的。就是到铁路上扫雪也比待在这肮脏的地方强。这儿是什么地方……简直就是地狱，这帮家伙除了骗子还是骗子。他们都有的是钱，咱们在他们眼里连畜生都不如。对姑娘们，他们想怎么干就怎么干。要是哪个长得漂亮一点，又不肯服服帖帖，马上就会给赶出去。她们能去哪里？她们都是些难民，吃没吃的，住没住的。她们总得填饱肚子，这儿好歹有口饭吃。为了不挨饿，只好任人家摆布。"【名师点睛：此时的保尔已愤怒到了极点。这段话体现了保尔嫉恶如仇的思想，他不愿意与其他人一样，他想寻找到自己的道路来与这些恶势力做斗争，同时也可以看出保尔的勇敢，他敢于说出自己的真实想法。】

在讲起这些事情的时候，保尔是那样愤愤不平。克利姆卡真害怕别人听到他们的谈话，急匆匆地去把门给关了，但似乎并没有影响到保尔抒发他的愤怒。

"拿你来说吧，我亲爱的克利姆卡，那些狗东西打你，你总是不吭声，你为什么不吭声呢？"

保尔坐到桌旁的凳子上，疲倦而无奈地用手托着头。克利姆卡往炉子里添了些劈柴，不声不响地在桌旁坐下。

"那么，今天咱们还读不读书了？"他问保尔。

"哪里还有书可读？"保尔回答，"书亭没开门。"

"怎么，难道卖书的今天休息？"克利姆卡感到有些惊讶。

"昨天卖书的给宪兵抓走了，听说还搜走了一些什么违禁的东西。"保尔回答。

"为什么要抓他？"

"听说是因为搞政治。"

克利姆卡那呆呆地望着保尔的眼神里充满了无知。

"什么是政治呀？"

保尔耸了耸肩："鬼才知道！听说，反对沙皇，这就叫政治。"【名师点睛：保尔看似普通的一句话却揭露了当时俄国的黑暗。】

克利姆卡不由得吓得打了个冷战。

"难道还有这样胆大妄为的人？"

"不知道。"保尔回答。【名师点睛：用对话内容里"没书读"来展示保尔对"搞政治的"被抓感到反感和愤怒，同时也反映了保尔对沙皇统治的厌恶，间接地表明了沙皇统治的不得人心。】

此刻，洗刷间的门突然开了，刚刚睡醒的格拉莎走到了他们跟前。

"怎么不睡觉呢，孩子们？趁火车没来，赶紧睡上一个钟头。去睡吧，保尔，我替你看一会儿水锅。"

谁也没有想到，保尔很快就离开了食堂，而且离开的原因也完全

17

▶ 钢铁是怎样炼成的

出乎他的意料。【写作借鉴："没想到""出乎意料"表达出接下来事情的匪夷所思。一方面对下文突然变化的情节做铺垫，另一方面激发了读者的阅读兴趣。】

那是正月的一个寒冷的夜晚，保尔干完自己的一班，准备回家了，但是接班的人却迟迟没有来。保尔到老板娘那里去，说他要回家——他太累了，老板娘却不放他走。没有办法，他不得不留下来，连班再干一天一宿。到了夜里，他已经累得不知所以了。大家都休息的时候，他还要把几口锅灌满水，赶在三点钟的火车进站以前烧开。

保尔拧开水龙头想往茶壶里注水，可是没有水，看来是水塔没有开。他让水龙头开着，自己倒在柴堆上歇一会儿，不想实在支持不住，一下就睡着了——这就造成了个大麻烦。

没过几分钟，水龙头就咕嘟咕嘟地响了起来。一股股水流悄悄地流到熟睡的旅客们的行李下面，没有人发现这个灾难正在发生。直到水浸醒了一个躺在地板上的旅客，他一下跳起来，疯狂地大喊大叫，其他旅客才慌忙去抢自己的行李。食堂里顿时乱作一团。可是水还是流个不停，越流越多。【名师点睛：详尽地叙述了闹水灾的整个过程，吸引读者去了解保尔将会得到什么惩罚。】

普罗霍尔正在另一个餐室里收拾桌子，他听到旅客的喊叫声后急忙跑过来。他跳过积水，冲到门旁，用力把门打开，结果原来被门挡住的水一下子全涌进了餐室。喊叫声更大了。

普罗霍尔径直朝酣睡的保尔扑过去。愤怒的拳头像雨点一样落在保尔头上。保尔被活活打醒，什么也不明白，【写作借鉴：保尔又一次被打，一系列的动词揭示了普罗霍尔的粗暴与残酷，淋漓尽致地展现出普罗霍尔的性格特征。而保尔又经历着残酷带给他的伤害。】眼睛里直冒金星，浑身火辣辣地疼。最后他浑身是伤，一步一步地勉强挪到了家。看着弟弟的惨样，阿尔焦姆阴沉着脸，皱着眉头，叫保尔把事情的经过告诉他。

保尔把经过的情形述说了一遍。

阿尔焦姆听后，穿上他的羊皮袄，一句话也没有说就走出了家门。

"我找堂倌普罗霍尔，可以吗？"一个陌生的工人问格拉莎。

"请等一下，他马上就来。"她回答。

这个身材魁梧的人靠在门框上。"好，我等一下。"

普罗霍尔端着一大摞盘子，一脚踢开门，走进了洗刷间。

"他就是普罗霍尔。"格拉莎指着他说。

阿尔焦姆朝前迈了一步，一只有力的手一把按住堂倌的肩膀，两道目光紧紧逼住他，问道："你凭什么打我弟弟保尔？"

普罗霍尔惊恐万分地想把肩膀挣开，但是阿尔焦姆狠狠的一拳已经来到了眼前，把他打翻在地。他想爬起来，没想到紧接着又是一拳，比头一拳更厉害，把他钉在地板上，他再也起不来了。【名师点睛："狠狠的""打翻""比头一拳更厉害"这些词深深地体现了阿尔焦姆的愤怒与阿尔焦姆对保尔深深的爱。】

女工们目睹这一切都吓得跑到角落里。

阿尔焦姆转身走了出去，只剩下满脸是血的普罗霍尔在地上挣扎着。

这天晚上，阿尔焦姆没有从机车库回家。他被关进了宪兵队。

六天以后，阿尔焦姆才被放回了家。那是在晚上，母亲已经睡了，只有保尔还在床上坐着。阿尔焦姆走到他跟前，关切地问："怎么样，弟弟，你身上的伤好点了吗？"【名师点睛：阿尔焦姆的语言描写淋漓尽致地展现了哥哥对弟弟的疼爱。自己被关入宪兵队，却也毫不在乎，而是急切地关心着弟弟的伤情。】他在保尔身旁坐了下来。

"没关系，比这更倒霉的事也有的是。"沉默了一会儿，阿尔焦姆又接着说："你到发电厂去干活吧。我已经替你和那里的管事讲过了，你可以在那儿学门手艺。"【名师点睛：哥哥并没有叙述自己被抓的事情，而是很平淡地询问了弟弟的受伤情况，并很自然地为他安排好了工作。这种

19

钢铁是怎样炼成的

朴实更衬托了哥哥对保尔的关切和爱护。】

保尔双手紧紧地握住了哥哥的大手。【写作借鉴:"紧紧地"这一形容词表现了保尔此刻内心要抗争的决心更加坚定!】

Z 知识考点

1. 判断题:克利姆卡与保尔的对话形成了鲜明的对比,同时也揭露了当时社会的两类人,一类是以克利姆卡为代表的懦弱形象,另一类是以保尔为代表的勇敢形象。( )

2. 在下列选项中选择出不正确的两项。( )( )

　A. 十二岁的保尔因为在复活节的发面里撒了烟灰而被开除。

　B. 保尔看见阿尔焦姆的忐忑,表现了阿尔焦姆对保尔的残暴与凶狠。

　C. 学校的开除与童工的遭遇,一遍遍重塑着他,为之后的抗争做铺垫。

　D. 本章采用了大量的比喻、夸张等修辞手法。

　E. 从文章的细节描写可以看出,保尔和阿尔焦姆都对母亲很尊敬,也很孝顺。

3. 第一章中保尔的行动发生了什么变化?

_____

_____

Y 阅读与思考

1. 保尔是怎么得到食堂的工作的?

2. 本章中的阿尔焦姆是怎样一个形象?

3. 保尔在食堂的工作状态发生了怎样的变化?

第二章

生逢乱世

M 名师导读

　　一波未平，一波又起。战乱中的社会正经历着政权的更替，却不想又迎来了德国人的入侵。正义的保尔也大显身手，不仅"抢"枪，"偷"枪，同时也认识了他人生的指导者——朱赫来。

　　"沙皇被推翻了！"的消息像旋风一样刮进了小城。城里所有的人都不敢相信这是真的。【写作借鉴："像旋风"运用了比喻的修辞手法，说明了消息传播之快，也侧面反映出人们的喜悦之情。"不敢相信"说明了沙皇统治的根深蒂固，表现了人们对这一突如其来的消息感到惊讶。】

　　在暴风雪中，一列火车驶进了车站，两个穿军大衣、背步枪的大学生和一队戴红袖标的革命士兵从车上跳下来。他们逮捕了站上的宪兵、年老的上校和警备队长。到这时，城里的人才相信传来的消息是真的了。人们如饥似渴地听着那些例如"自由、平等、博爱"等新名词。【名师点睛："如饥似渴"表达了人们对这些新名词期盼之久的向往与追求。侧面反映人们受压迫、欺压之久。】

　　很快，喧闹的、充满兴奋和喜悦的日子慢慢成了过去。城里渐渐又恢复了平静，只有孟什维克[俄国社会民主运动中主要的小资产阶级改良主义派别，十月革命后孟什维克的首领参与反对苏维埃政权的活动]和崩得分子[俄文译音，意即联盟，是"立陶宛、波兰和俄罗斯犹太工人总联盟"的成员]把持着的市政管理局大楼顶上的那面红旗表

21

▶ 钢铁是怎样炼成的

明这儿发生过变动。除此之外，一切似乎还和往常一样。

冬末，城里进驻了一个近卫骑兵团。每天早晨，团里都派出骑兵小分队，到车站去抓从西南前线下来的逃兵。

近卫骑兵个个红光满面，身材高大。军官大都是伯爵和公爵，戴着金色的肩章，马裤上镶着银色的滚边，一切都跟沙皇时代一模一样，好像没有发生过革命似的。

直到一九一七年结束，对保尔、克利姆卡和谢廖沙三兄弟而言，什么都没有改变。主人还是原来的那些家伙。只是到了多雨的十一月，情况才开始有点不同寻常了。车站上突然出现了许多陌生人——这些从前线回来的士兵，都有一个共同的奇怪的称号："布尔什维克"。这个响亮的、有力的称号到底从何而来，谁也不知道。【名师点睛：一切情况都在发生变化，但是变化来得悄然无息，表明当时人们的一无所知。他们被社会任意宰割着，这与受沙皇统治是息息相关的。】

骑兵们要捉住从前线回来的逃兵可不那么容易。车站上枪声不断，被打碎的玻璃窗越来越多。士兵们成群结队地从前线跑回来，遇到阻拦，便用刺刀开路。到了十二月初，他们已经是成列车地涌来了。

车站上布满了近卫骑兵，准备截住列车，但是却遭到了车上机枪的迎头痛击。那些不怕死的人全都从车厢里冲了出来。

从前线回来的穿灰军衣的士兵把骑兵压回城里去了，然后他们回到车站，火车便一列跟着一列开了过去。

一九一八年春天的一天，三个好朋友在谢廖沙家玩了一阵子"六十六点"后觉得无聊，就一起跑出来，到柯察金家小园子的草地上躺了下来。平时的那些游戏都玩腻了，他们便开始动脑筋，考虑怎么才能更好地消磨这一天的时间。【名师点睛：为下文做铺垫，三个小孩虽然还小，但依然不想碌碌无为地生活，展现了他们与常人与众不同的一面。】这时，远处传来"嘚嘚"的马蹄声，一个人骑着马沿大路疾驰而来。那马一纵身便敏捷地跳过了公路和小园子低矮栅栏之间的排水沟。骑马人朝躺在地上的保尔和他的伙伴们挥了挥马鞭，说："喂，小伙子们，过来！"

保尔和克利姆卡马上跳了起来，跑到栅栏跟前。骑马人风尘仆仆，歪戴在后脑勺上的军帽和军便服上落了厚厚的一层灰尘。尤其吸引保尔他们眼球的是骑马人结实的军用皮带上，挂着的一支左轮手枪和两颗德国造的手榴弹。【写作借鉴："疾驰而来""骑马人风尘仆仆"都带给了我们一种威风凛凛的感觉，不仅表现了骑马人的朝气，同时也表现了新政权的朝气蓬勃。再通过对骑马人的外貌描写，更是展现了新政权带给人们坚实的安全感。】

"小朋友，能不能给我弄点水喝喝？"骑马的人请求着。保尔快速地跑回家去取水，骑马人就问正在目不转睛盯着他看的谢廖沙："小伙子，你知道现在城里谁掌权吗？"

谢廖沙快速地向骑马人讲着他所听说的流言蜚语，而保尔也急匆匆地端着一杯水从家里跑了出来。骑马人单手接过水杯一饮而尽，忙道了声谢谢就抽打着马匹快速向松林跑去。【写作借鉴：形象生动地描写了骑马人喝水的动作，表现了骑马人忙里偷闲匆匆喝水的情节。】

"他是干什么的？"保尔满是疑惑地问克利姆卡。

"天知道。"克利姆卡耸耸肩回答。

"可能又要换政府了，要不列辛斯基一家昨天怎么都跑了呢？有钱人跑了，那就是说，游击队要来了。"谢廖沙把握十足地解决了这个看似很难的政治问题。

他的推理显得很有信服力，于是保尔和克利姆卡则毫无疑义地选择赞同他。

可是，还没等三个朋友谈论完这个问题，公路上就又传来了阵阵马蹄声。于是他们都好奇地朝栅栏跑去。

在他们目力所及的远处，从树林里，从林务官家的房后，转出来许多人和车辆，而在公路近旁，有十五六个人骑着马，朝这边走来，他们的枪都横放在马鞍上。最前面的两个，一个是穿着保护色军装的

▶ 钢铁是怎样炼成的

中年人,系着军官武装带,胸前还挂着一个望远镜;而另一个和他并排走的,正是三个朋友刚才见过的那个骑马的人。

尤其显眼的是,中年人的上衣上还别着一个红蝴蝶结。【名师点睛:显眼的蝴蝶结表明他们是游击队,虽然这句话只是过渡,但对下文保尔、谢廖沙认出游击队起到了铺垫作用。】

"你们瞧,我说得对吧?"谢廖沙兴奋地用胳膊肘从旁边捅了保尔一下。"看见了吧,他们是戴红蝴蝶结的——准是游击队。我可以发誓的,要不是游击队,就叫我瞎了眼……"说着,他不由得高兴地喊了一声,像小鸟似的轻盈地越过栅栏,跳到外面去了。【名师点睛:"兴奋地""像小鸟"都强烈地刻画出谢廖沙在得知是游击队后的愉悦与激动,这一描写不难看出人们对于游击队的喜爱与渴望游击队的到来。】

两个朋友互相看一眼,紧跟着也跳了出去。现在他们三个一起站在路旁,看着从远处开过来的队伍。

转眼间,那些骑马的人就来到了跟前。三个朋友刚才见过的那个骑马人朝他们点头致意,然后用马鞭指着列辛斯基的漂亮房子,问:"这房子是谁家的?"

保尔紧紧跟在他后面,边走边说:"这房子是律师列辛斯基家的。他昨天就跑了,看样子是怕你们……"

"哦?那么你知道我们是什么人?"那个中年人很好奇的样子。

保尔指着他佩戴的红蝴蝶结说:"有这个,不难认的……"

得到消息的居民们纷纷涌上街头,好奇地看着这支新来的风尘仆仆的队伍。三个小朋友也站在路旁,望着这些浑身是土的、疲倦的红军战士。【名师点睛:分别从居民角度还有小朋友角度看待红军的到来。"纷纷涌上街头"展示了居民们对红军的期待。"浑身是土""疲倦"则展示了红军的劳累与艰辛。】

队伍里唯一的一门大炮从石头道上慢慢驶过,随后拉着机枪的马车也开过去了。【名师点睛:看起来不多且并不先进的机械装备与下文德国的机械装备形成鲜明的对比。】这时候,他们三个就跟在游击队的后面,直到队伍停在市中心,开始分散到各家去住,他们才各自回家。【名师点睛:"一直跟在游击队后面"虽然只是一笔带过,但是却从侧面表现了三个孩子对于游击队的喜爱与想要参加游击队拯救社会的渴望。】

由于列辛斯基家里没有人,游击队把指挥部设在了他家里。当天晚上,四个人围坐在大客厅里那张四脚雕花的大桌子周围开会:其中看似已花甲之年的男子是队长布尔加科夫同志,而其他三位则是指挥部的成员。

布尔加科夫在桌上打开一张本省地图,一边用指甲在图上画着路线,一边向对面那个长着一口结实牙齿的高颧骨的人说:"叶尔马钦科同志,你说要在这儿打一仗,我倒认为应该明天一早就撤走。今天连夜撤最好,不过大家太累了。我们的任务是抢在德国人的前头,先赶到卡扎亭。拿我们现有的这点兵力去抵抗,简直是开玩笑……一门炮,三十发炮弹,二百个步兵和六十个骑兵——能顶什么用……德国人正像洪水一样涌来。我们只有和其他后撤的红军部队联合在一起,才能作战。同志,我们还必须注意,除了德国人之外,沿路还有许多各式各样的反革命匪帮。我的意见是,明天一早就撤,把车站后面的那座小桥炸掉。德国人修桥得花两三天的时间。这样,他们暂时就不能沿铁路线往前推进了。同志们,你们的意见怎么样?咱们决定一下吧。"他对在座的人说。

坐在布尔加科夫斜对面的斯特鲁日科夫动了一下嘴唇,看了看地图,又看了看布尔加科夫,终于很费劲地从嗓子眼里挤出一句话来:"我……赞……成布尔加科夫的意见。"

那个穿工人服的年轻人也表示同意:"布尔加科夫说得有道理。"

只有叶尔马钦科,就是白天跟三个朋友谈过话的那个人,摇头反对。他说:"那我们还建立这支队伍干什么?是为了在德国人面前不战

▶ 钢铁是怎样炼成的

而退吗？照我的意见，我们应当在这儿跟他们干一仗。跑得叫人腻烦了……要是由着我的性子，非在这儿打一仗不可。"他猛然把椅子推开，站起身，在屋里踱起步来。

布尔加科夫不以为然地看了他一眼。

"仗要打得有道理，叶尔马钦科同志。明知道是吃败仗，是送死，还硬要战士往上冲，这种事咱们不能干。要这样干，就太可笑了。在咱们后面，有敌人一个整师，而且配备有重炮和装甲车……叶尔马钦科同志，咱们可不能耍小孩子脾气……"接着他对大家说："就这么决定了，明天一早撤。"

布尔加科夫继续主持会议："下一个问题是联络。因为咱们是最后一批撤，当然就得担负起组织敌后工作的任务。这儿是铁路枢纽站，地方不大，可是有两个车站。应当安排一个可靠的同志在车站上工作。现在就决定一下，把谁留下来。大家提名吧。"【写作借鉴：一方面写会议上的深思熟虑，另一方面则是引出下文的朱赫来。】

"我认为水兵朱赫来是个不错的人选。"叶尔马钦科走到桌子跟前说，"第一，朱赫来是本地人；第二，他又会钳工，又会电工，准能在车站上找到工作。另外，谁也没有看见他跟咱们的队伍在一起，他今天夜里才能赶到。这个人很有头脑，一定能把这儿的事情办好。依我看，他是最合适的人选。"

布尔加科夫点了点头。

"对，叶尔马钦科，我同意你的意见。同志们，你们有没有反对意见？"他问另外两个人。"没有？那么，就这样定了。咱们给朱赫来留下一笔钱和委任令。"

"同志们，现在讨论第三个问题，也是最后一个问题，"布尔加科夫接着说，"就是处理本地存放的武器问题。这儿存着一大批步枪，一共有两万支，还是沙皇那个时候打仗留下来的。这些枪支堆放在一个农民的棚子里，人们早都忘记了。棚子的主人把这件事告诉了我。他不愿再担这个风险……把这批枪留给德国人，当然是不行的。我认为应该把枪烧掉。马上就得动手，赶在天亮以前把一切都办妥。不过烧起来也有危险：棚子就在城边上，周围住的都是穷苦人，说不定会把农民的房子也烧掉。"

看起来很壮的斯特鲁日科夫，胡子很长，又粗又硬的，想必是很久没来得及刮了。他欠了一下身子，表示反对说："干……嘛……要烧掉？我认……认为应当把这些枪发给当地居……民。"【名师点睛：提出把枪发给居民，为下文做铺垫，推动故事情节的发展。】

布尔加科夫立即吃惊地转过脸去，问他："你说什么？把这些枪都发出去？"

"对，好主意！"叶尔马钦科兴奋地喊道，"把这些枪发给工人和别的老百姓，谁要就给谁。德国人要是逼得大家走投无路，这些枪至少可以给他们点颜色看看。德国人来了，日子肯定不好过。到了受不了的时候，人们就会拿起武器反抗。斯特鲁日科夫说得很好，把枪发下去。要是能运一些到乡下去，那就更好了。农民会把枪藏得更严实。一旦德国人征用老百姓的财物，逼得他们倾家荡产。嘿，你就瞧吧，这些可爱的枪支该能发挥多大作用啊！"

布尔加科夫笑了起来："是呀，不过德国人一定会下令，让把枪都交回去，到时候就都交出去了。"

叶尔马钦科反驳说："不，不会都交出去的，有人交，也有人不交。"

布尔加科夫定着神看了看所有在座的人。

"把枪发下去，发吧。"那个年轻工人也赞成叶尔马钦科和斯特鲁日科夫的意见。

"好吧，那就发下去。"布尔加科夫也同意了。"问题都讨论完了。"说着，他从桌旁站了起来。"现在咱们可以休息到明天早晨。等朱赫来到了，让他到我这儿来一下。我要跟他谈谈。叶尔马钦科，你去查查岗吧。"

▶ 钢铁是怎样炼成的

其他人走了以后，只剩下布尔加科夫一个人。他走进客厅旁边原房主的卧室，把军大衣铺在垫子上，躺了下来。

早晨，在发电厂里当锅炉工助手已经整整一年的保尔从厂里回家去了。

<u>今天城里有些不同往常的热闹。</u>【写作借鉴：开头一句起过渡作用，承上启下。承接上文会议讨论的结果，开启下文发枪的场景。】这一点他一下子就发现了。路上，几乎每个人都拿着步枪，有的人甚至不止拿着一支。保尔看着却一头雾水，于是急忙跑回家去。在列辛斯基的庄园外面，他昨天见到的那些人正在上马准备出发。

保尔匆匆忙忙地跑到家里洗了把脸。阿尔焦姆还没有回来，他就独自跑了出去，直奔城的另一头，去找住在那里的谢廖沙。

谢廖沙的父亲是个副司机。他有一所小房子，还有一份薄家当。谢廖沙不在家。他的母亲，一个胖胖的白净妇女，不满地看了看保尔：

"鬼知道他上哪儿去了！天刚蒙蒙亮，中了邪似的，说是什么地方在发枪，他准在那儿。真该收拾收拾你们这些拖鼻涕的勇士，实在太胡闹了，真没办法，比瓦罐才高两寸，也要跑去领枪。你告诉我那个小无赖，别说枪，就是带回一粒子弹，我也要揪下他的脑袋。什么乱七八糟的东西都往家拿，往后还得受他连累。你干吗，也想上那儿去？"

保尔早就不想听谢廖沙的母亲唠叨，他一阵风似的跑了出去。

路上过来一个人，两肩各背着一支步枪。保尔飞快地跑到他跟前，急切地问："大叔，请问，枪在哪儿领？"

"在韦尔霍维纳大街，那些游击队正在那儿发呢。"

<u>来不及道谢，保尔就撒开腿，拼命朝那个地点跑去。</u>【写作借鉴：用"一阵风"形容保尔跑的速度之快，突出了他对枪的急切渴望，以至于在得到消息之后都是旁若无人地赶往目的地。】

他飞快地跑着，突然看见一个小男孩正在拖着一支沉重的，还带

着刺刀的步枪。于是保尔把他拦住，问："你从哪里拿到的枪？"

"他们在学校对面发的，现在一支也没有了，全都拿光了。发了整整一夜，现在只剩下一堆空箱子了。【名师点睛：小男孩的话一方面反映出居民们对于革命的热情，另一方面则反映出居民们的自卫意识很强。】要知道，连这支我一共拿了两支。"小男孩得意扬扬地炫耀说。

这个消息使保尔十分沮丧。

"咳，真是倒霉透了，早知道直接跑到那儿去就好了，不该先回家！"他失望地想，"我怎么错过了这个千载难逢的机会呢？"突然，他灵机一动，急忙转身，三步并作两步地赶上已经走过去的小男孩，一把从他手里夺过枪来。

"你已经有了一支，够了，这支该是我的。"保尔感觉自己的脸上有些发烧。【名师点睛：保尔抢小男孩的枪，脸上有些发烧，可以看出保尔平时并不是抢别人东西的人。而此刻为了一支枪他做出了不理智的选择，可以看出保尔想要得到枪的迫切。】

见他大白天拦路抢劫，小男孩简直气疯了，朝他直扑过去。保尔向后退了一步，端起刺刀，喊道："走开，小心碰着你！"

小男孩心疼得简直要哭出来了，但是又没有办法，只好一边骂，一边跑开了。保尔心满意足地跑回家去。他跳过栅栏，跑进小棚子，把弄来的枪藏在棚顶下面的梁上——可不能让妈妈知道——然后开心地吹着口哨，走进屋里。【名师点睛："心满意足""吹着口哨"都可以看出保尔在得到枪之后难以掩饰的喜悦之情。】

舍佩托夫卡城的中心地段是市区，四郊是一片农舍。在乌克兰，像舍佩托夫卡这样的小城里，夏日的夜晚十分迷人。

在夏天的夜晚，活泼的姑娘们和小伙子们全都跑到外面来。这些年轻人啊，或者成群成帮，或者成双成对，他们有的在自家门口，有的在花园和庭院里，有的甚至就在大街上，坐在盖房用的木料堆上。在这愉快的夜晚里，到处是欢笑，到处是歌声。【写作借鉴：这段话用排

▶ 钢铁是怎样炼成的

比的修辞手法展现了人们生活中的欢乐场景，间接地表现了人们对自由的渴望和对幸福生活的追求。】

微微流动的空气里，充溢着浓郁的花香；星星像萤火虫一样，在天空的深处闪着微光；人声传得很远很远……

保尔挺喜欢他的手风琴。他会深情地把音色悦耳动听的维也纳双键手风琴放在膝上，灵活的手指刚刚触到键盘，就由上而下迅速地拨出一串连续的滑音，低音键一声和鸣，手风琴便奏出大胆的跳跃的旋律。

手风琴风箱伸缩蠕动，起劲地演奏着。此时此刻，你怎么能不闻声起舞，跳个痛快呢？你的双脚会不由自主地活动起来。手风琴热情地演奏着——生活在人世间是多么美好啊！

今天晚上特别欢快，一群年轻人聚在保尔家对面的木料堆上，有说有笑。声音最响亮的是保尔的邻居加莉娜。这个石匠的女儿喜欢跟男孩子们一起唱歌、跳舞。她是女中音，声音又嘹亮，又圆润。

保尔一向有点怕她，因为她口齿伶俐，能说会道。现在她挨着保尔坐在木料堆上，紧紧搂住他，哈哈笑个不停：

"嘿，你这个手风琴手可真棒！可惜你就是小了点，要不然倒是我称心如意的小夫婿！我就爱拉手风琴的，他们把我的心都融化了。"

保尔羞得满脸通红，幸亏是晚上，谁也看不见。他想推开这个淘气的女孩子，可是她却紧紧地搂住他不放。

"亲爱的，你要往哪儿躲？真是个小夫婿！"她开玩笑地说。

保尔觉得她那富有弹性的胸脯贴在他的肩膀上，这使他感到局促不安，四周的笑声打破了街道上惯有的寂静。

保尔用手推着加莉娜的肩膀，说：

"你妨碍我拉琴了，离远点吧。"

于是又是一阵戏谑和哄笑。

玛鲁霞过来解围了：

"保尔，拉一个忧伤点的曲子吧，要能打动人心的。"

手风琴的风箱缓缓地拉开了，手指慢慢地移动着。这是一首大家都熟悉的家乡曲调。加莉娜带头唱起来。玛鲁霞和其他人随声附和：

远离家乡的纤夫，

回到亲爱的小屋。

这里多么温暖，

这里多么欢畅。

让我们带着忧伤，

把甜蜜的歌儿唱。

嘹亮的歌声传向远方，传向森林。突然阿尔焦姆的喊声传来："保尔！"

保尔马上收起手风琴，扣好皮带。"叫我了，我得走了。"

玛鲁霞央求他说："再待一会儿，再拉几个吧，耽误不了回家。"

但是保尔忙着要走，他说："不行，明天再玩吧，现在该回家了，阿尔焦姆叫我呢。"

他穿过马路，朝家跑去。

推开房门，保尔看到阿尔焦姆的同事罗曼坐在桌子旁边，另外还有一个陌生人。

"这么早叫我回来有什么事吗？"保尔问。阿尔焦姆向弟弟点了点头，然后对那个陌生人说："他就是我的弟弟，保尔。"

介绍之后，陌生人向保尔伸出他又粗又大的手和保尔友好地握了握。

"是这么回事，"阿尔焦姆对弟弟说，"你前天不是说你们发电厂的电工病了不能上工吗？明天你打听一下，他们要不要雇一个内行人替他。要的话，你回来告诉一声。"

突然，陌生人忙着插嘴说："没事，我们一起去，我自己和老板谈。"

"电厂当然要雇人啦。"保尔说，"因为电工斯坦科维奇生病，今天机器都停了。为此老板都跑来了两趟，要找个替工，就是没能如愿。

▶ 钢铁是怎样炼成的

可是单靠一个不太懂电的锅炉工发电，他又不敢。要知道，我们的电工得的是伤寒。"

"这么说，事情就不是那么难办了。"陌生人说，"明天早晨我来找你，咱俩一块去。"他转向保尔。

"没问题。"

陌生人那双安详的灰眼睛正在仔细观察保尔，那坚定的凝视的目光使保尔甚至有点儿不好意思。【写作借鉴：这一细节描写一方面体现了陌生人对保尔初具好感；另一方面则体现了作为游击队队员对人高度的观察能力与处处谨慎的态度。】陌生人穿着的灰色短上衣，从上到下都扣着纽扣，紧紧箍在他结实的宽肩膀上，这件上衣显然太小了。他的脖子跟牛一样粗，整个人充满了力量。【写作借鉴：简短的外貌与细节描写不仅仅表现了陌生人所具有的力量，更从侧面表现了一支游击队的力量！】

晚上临走的时候，阿尔焦姆对陌生人说："好吧，再见，朱赫来。明天事情会办妥的。"

游击队刚刚撤走三天，德国人便进了城。几天来一直冷冷清清的车站上，响起了火车头的汽笛声，这就是他们到来的信号。消息马上传遍了全城："德国人来了。"

全城像捅开了的蚂蚁窝一样，立即忙乱起来。虽然大家早就知道德国人要来，但对这件事总还有点半信半疑。可现在这些可怕的德国人不是即将来临，而是已经来了，到城里来了。

所有的居民都贴着栅栏和院门向外张望，不敢到街上去。

德国人沿着路的两侧排成单行列队行进，将马路中间空着。他们身着暗绿色制服，平端着枪，枪口插着宽宽的刺刀；头上戴着沉重的钢盔，身上背着鼓鼓的行囊。他们的队伍像一根长带，接连不断地从车站开进城里，一路小心谨慎，随时准备应付抵抗。其实，当时没有人打算反抗。

走在队伍前头的是两个拿着毛瑟枪的军官，马路当中是一个担任翻译的乌克兰伪军小头目，他穿着蓝色的乌克兰短上衣，戴着一顶羊皮高帽。

德国人在市中心的广场上列成方阵，打起鼓来。只有少数老百姓壮着胆聚拢过来。穿乌克兰短上衣的伪军小头目走上一家药房的台阶，高声宣读了城防司令科尔夫少校的两项命令：

命令如下：

第一条，本市全体居民，限于二十四小时内，将所有火器及其他各种武器交出，违者枪决。

第二条，本市宣布戒严，自晚八时起禁止通行。

城防司令科尔夫少校

从前的市参议会所在地，革命后是工人代表苏维埃的办公处，现在又成了德军城防司令部。房前的台阶旁边站着一个卫兵，他头上戴的已经不是钢盔，而是缀着一个很大的鹰形帝国徽章的军帽了。院子里划出一块地方，用来堆放收缴的武器。

德国人的威逼还是管用的，每天都有因为害怕枪毙而前来交武器的居民。成年人们都不敢露面，大多都是一些年轻人和小孩来交枪。德国人也遵守约定，没有为难或扣留过谁。

那些不敢去交枪的人，就在夜里把枪扔到马路上，第二天早上，德国巡逻兵会帮他们完成剩余的工作。

眼看着交枪的期限已过，德国兵便开始清点所有的枪支，收到的枪支是一万四千支，那么还有六千支是没有上缴的。他们挨家挨户进行了搜查，但是人们很明显对此做了防备。第二天清晨，在城外古老的犹太人墓地旁边，有两个铁路工人被枪毙了，因为在他们家里搜出了步枪。【名师点睛：细致地搜查以及枪毙工人都可以看出德国人的凶残与血腥。】

▶ 钢铁是怎样炼成的

一听到命令，阿尔焦姆就急忙赶回家来——他了解他的弟弟。阿尔焦姆在院子里遇到了保尔，一把抓住他的肩膀，郑重其事地小声问道："你从外面往家拿什么东西没有？比如步枪。"【写作借鉴：一系列动作表现了哥哥对保尔的爱护和关切，说明兄弟二人的感情很深。】

本来想瞒住步枪的事，但保尔又不愿意对哥哥撒谎，于是阿尔焦姆就知道了全部的情况。

他们一起走进板棚。阿尔焦姆把藏在梁上的枪取下来，卸下枪栓和刺刀，然后抓起枪筒，抡开膀子，使出浑身力量向栅栏的柱子砸去，把枪托砸得粉碎。没碎的部分则远远地扔到了小园子外面的荒地里，回头又把刺刀和枪栓扔进了茅坑。

做完这一切，阿尔焦姆转身对弟弟说："保尔，你已经不是小孩子了，你也明白，武器可不是闹着玩的。我得跟你说清楚，往后什么也不许往家拿。你知道，现在为这种事连命都会送掉。记住，不许瞒着我，要是你把这种东西带回来，让他们发现了，头一个抓去枪毙的就是我。你还是个毛孩子，他们倒是不会碰你的。眼下正是兵荒马乱的时候，你明白吗？"

保尔答应以后再也不往家拿东西。

当他们往屋里走的时候，保尔看到一辆四轮马车在列辛斯基家的大门口停住了。律师和他的妻子，还有两个孩子——妮莉和维克多从车里走出来。

"看啊！这些恶棍又回来了，"阿尔焦姆咬牙切齿地说，"又有好戏看了，他妈的！"说着就进屋去了。【写作借鉴：对阿尔焦姆的语言描写可以看出他内心对于恶势力已愤怒到了极点，也可以看出这些贵族的恶霸行为多么令人发指。】

保尔为枪的事情整天都不开心。这天，他的朋友谢廖沙却在一个没有人要的破棚子里，拼命用铁锹挖土。他终于在墙根底下挖好一个大坑，把领到的三支新枪用破布包好，放了下去。他不想把这些枪交给德国人，昨天夜里他翻来覆去折腾了一宿，怎么想也舍不得这些已经到手的宝贝。

他用土把坑填好，又将虚土压得结结实实，然后弄来一大堆垃圾和破烂，盖在新土上。最后又从各方面检查了一番，觉得挑不出什么毛病了，这才摘下帽子，擦掉额上的汗珠。

"这回让他们搜吧，就是搜到了，也查不清是谁家的棚子。"

朱赫来已经在发电厂当了一个月的电工了，保尔不知不觉地和这个严肃的电工成了亲密的朋友。他常常给保尔讲解发电机的构造，教他电工技术。

其实朱赫来特别喜欢聪明又机灵的保尔。空闲的日子，他常常来看望阿尔焦姆。他不苟言笑，但善解人意，总是耐心地倾听他们讲日常生活中的各种事情，尤其是母亲埋怨保尔淘气的时候，他更是耐心地听下去。他总会想出办法来安慰玛丽娅·雅科夫列夫娜，劝得她心里舒舒坦坦的，忘掉了种种烦恼，重新振作起来。

有一次，保尔走过发电厂院子里的木柴堆，朱赫来叫住了他，微笑着对他说："你母亲说你喜欢打架。她对我说：'我那个孩子总好干仗，活像只公鸡。'"说到这里，朱赫来不由得大笑起来，可是接着又说："打架并不算坏事，不过得知道打谁，为什么打他。"

保尔有些弄不清楚朱赫来是取笑他还是说正经话，便回答说："我可不平白无故地打架，总是有理才动手的。"【名师点睛：保尔的回答解释了他所有被认为是"淘气鬼"的原因，可以看出保尔内心的浩然正气，但也是因为这正气才会显得和当时黑暗的社会格格不入。】他以为朱赫来一定不会赞成他打架，可没想到这位水兵出其不意地对他说："打架要有真本领，我教你，好不好？"

保尔惊得目瞪口呆："有真本领怎么打？"

"对，你瞧好了。"

▶ 钢铁是怎样炼成的

在接下来的一小时里，朱赫来简要地说了说英国式拳击的打法，给保尔上了第一课。为了掌握这套本领，保尔吃了不少苦头，但是效果还是很不错的。在朱赫来拳头的打击下，他不知摔了多少个跟头，但是这个徒弟很勤奋，还是耐着性子在学。【名师点睛：通过保尔苦练拳击，一方面可以看出他内心的雄心壮志，另一方面则为以后保尔的成功做了铺垫。他的勤奋、努力、刻苦为他的成功打下了坚实的基础。】

这天天气很热，保尔从克利姆卡家回来，在屋子里转悠了一阵子，没有什么活要干，就决定到房后园子角落里的小棚顶上去，那是他最喜爱的地方。他穿过院子，走进小园子，蹬着墙上凸出的地方，爬上了棚顶。他拨开板棚上面繁茂的樱桃树枝，爬到棚顶当中，躺在暖洋洋的阳光下。

这棚子有一面对着列辛斯基家的花园。保尔把头探过棚顶，看到了院落的一角和一辆停在那里的四轮马车。他看见住在列辛斯基家的德国中尉的勤务兵正在用刷子刷他长官的衣物。保尔常常在列辛斯基家的大门口看到那个中尉。

那个中尉粗短身材，红脸膛，留着一小撮剪得短短的胡须，戴着夹鼻眼镜和漆皮帽舌的军帽。保尔知道他住在厢房里，窗子正朝着花园，从棚顶上可以看得清清楚楚。

这时，中尉正在桌旁写信。过了一会儿，他拿着写好的信走了出去。他把一封信交给勤务兵，就沿着花园的小径朝临街的栅栏门走去。走到凉亭旁边，他站住了，显然是在跟谁说话。妮莉从凉亭里走了出来。中尉挎着她的胳膊，两个人出了栅栏门，上街去了。

这一切保尔都看在眼里。他正打算睡一会儿，又看见勤务兵走进中尉的房间，把中尉的军服挂在衣架上，打开朝花园的窗子，收拾完屋子，走了出去，随手带上了门。转眼间，保尔看见他已经到了拴着马的马厩旁边。

保尔朝敞开的窗口望去，桌子上放着一副皮带，还有一件发亮的

东西。【名师点睛：发亮的东西勾起了保尔的好奇心，为下文保尔惊心动魄的偷枪事件做了铺垫，促进了故事情节的发展。】

　　按捺不住好奇心，保尔悄悄地从棚顶爬到樱桃树上，然后顺着树干溜到列辛斯基家的花园里。他弯着腰，几个箭步就到了敞开的窗子跟前，朝桌子上看了一眼。那里放着一副武装带和一支装在皮套里的闪闪发亮的十二发"曼利赫尔"手枪。

　　保尔顿时惊喜得屏住了呼吸，但经过了内心的斗争后，保尔还是想拥有那把枪。他不顾危险，把身子探进窗子，抓住枪套，拔出那支乌亮的新手枪，然后又跳回了花园。他向四周环顾了一下，小心翼翼地把枪塞进裤袋，迅速穿过花园，向樱桃树跑去。他用比猴子还敏捷的动作攀上棚顶，又回过头来望了一眼。【写作借鉴：从毅然决然地选择偷枪，可以看出保尔对于枪支的渴望，哪怕有失去生命的危险也要这样做，也可以看出保尔的勇敢。从偷枪的过程中则可以感受到当时气氛的紧张，一系列的动作则表现了保尔身手的敏捷与谨慎小心。】勤务兵正安闲地跟马夫聊天，花园里静悄悄的——没有人发现这里发生的一切……他从板棚上溜下来，急忙跑回家去。

　　母亲在厨房里忙着做饭，对保尔没有留意。

　　保尔从箱子里抓起一块破布塞进衣袋，悄悄地溜出房门，穿过园子，翻过栅栏，上了通向森林的大路。【写作借鉴：用"抓""塞""溜""穿"等动词，表现了保尔游刃有余地"保枪"姿态，他对枪的重视可见一斑。】他一只手把住那支不时撞他大腿的沉甸甸的手枪，拼命朝一座废弃的老砖厂跑去。他的两只脚像腾空一样，风在耳边呼呼直响。【写作借鉴：运用了夸张的修辞手法，写出了他对枪支的珍爱与害怕被发现的恐惧。】

　　老砖厂那里很僻静，杂草丛生，显出一片凄凉景象。他们三个好朋友有时候一起到这里来玩。保尔知道许多安全可靠的隐蔽场所，可以藏他偷来的宝贝。

　　他钻进了一座砖窑的豁口，小心翼翼地朝四周看了看，路上没有

▶ 钢铁是怎样炼成的

一个人。松林在飒飒作响，微风轻轻扬起路边的灰尘，松脂散发着浓烈的气味。保尔用破布把手枪包好，放到窑底的一个角落里，盖上一大堆碎砖。他从窑里钻出来，又用砖把豁口堵死，做了个记号，然后才回到大路上，慢腾腾地往家走。他的两条腿一直在微微打颤。

"这件事的结局会怎么样呢？"他想到这里，觉得心都缩紧了，有点惶恐不安。

那天，还没到上工时间，他就早早地去发电厂了，以防被发现。他从门房那里拿了钥匙，打开门，进了安装着发动机的厂房。当他给锅炉上水和生火的时候，他的心里还不由得一直在想："列辛斯基家里现在不知道怎么样了。"

夜里十一点钟左右的时候，朱赫来到电厂找保尔，把他叫到院子里，压低了嗓音问他："为什么今天有人去你们家搜查了？"

保尔吓了一跳："什么？搜查？"

望着保尔，朱赫来沉默了一会儿，补充说："是的，情况有些不大妙啊！你不知道他们搜什么吗？"

保尔当然清楚这次搜查的原因，但是他不敢把偷枪的事告诉朱赫来。他左思右想，最后紧张地问："阿尔焦姆给抓去了吗？"

"没有任何人被抓，可是家里的东西都给翻了个底朝天。"【名师点睛：双方说话的内容简单但却意犹未尽，他们都在谨慎地试探对方，生怕自己的事情暴露，却又掩饰得天衣无缝。】

保尔听了这话，心里稍微踏实了些，但是依然感到不安。有几分钟，他们俩各自想着自己的心事。一个知道搜查的原因，担心以后的结果；另一个不知道搜查的原因，却因此变得警惕起来。【名师点睛：他们俩都有自己担心的事情却始终没有说破，他们俩都在试探对方，反映了当时社会的黑暗让人不得不时刻提高警惕。】

"真见鬼，莫不是他们听到了我的什么风声？我的事阿尔焦姆是一点儿也不知道的，可是为什么到他家去搜查呢？往后得格外小心才好。"

朱赫来这样想。他们默默地分开，干自己的活去了。其实，现在最乱的是列辛斯基家。德国中尉发现手枪不见了，就把勤务兵喊来查问。等到查明手枪确实是丢了，便狠狠地给了勤务兵一个耳光。被叫来查问的律师也很生气，但因为发生在自己家里，于是一再向中尉道歉。在场的维克多对父亲说，手枪可能叫邻居偷去了，尤其是那个小流氓保尔·柯察金嫌疑最大。父亲连忙把儿子的想法告诉了中尉。中尉马上下令进行搜查，可是没有什么结果。这次偷手枪的事使保尔更加相信，即使是这样冒险的举动，有时也可以安然无事。【名师点睛：这个经历为以后保尔更加敢于冒险做了铺垫。】

Z 知识考点

1.保尔从_____手里夺得枪支,在德国人搜查很紧的时候,和_____一同将枪支毁掉。在_____保尔得到一把手枪,并将它藏在了_____。得到枪支被偷的消息,德国人搜查了保尔家,是_____告诉了他。

2.保尔的哥哥给保尔介绍的人物,是_____身份。　　　(　　)
　A.游击队员　　B.彼得留拉匪　　C.沙皇列兵　　D.工人

3.本文对保尔偷枪做了精彩描述,请你用文中的话做一下描述。

_____

_____

Y 阅读与思考

1.本章中多次提到"枪",都是怎样描述的?

2.保尔为什么会对"枪"那么迷恋?

3.朱赫来为什么特意跑来告诉保尔,保尔家里出事了?

钢铁是怎样炼成的

第三章

初尝爱恋

M 名师导读

初恋是值得回味与思念的,是人类的一种美好情感,是人生不可或缺的一部分。那么对于年轻的保尔来说,这也是他人生所经历的一部分。他能否从社会的最底层高攀上林务官的女儿,让这段爱恋开花结果呢?

站在敞开的窗户前,冬妮娅有些闷闷不乐地望着面前那熟悉而亲切的花园。花园四周的挺拔的、在微风中轻轻摇曳的白杨沙沙作响。她现在还仿佛是在梦里一般。离开自己的家园已经整整一年了,可是她仿佛昨天才离开这个自小就熟悉的地方,【名师点睛:用夸张的修辞表示冬妮娅对故乡的思念。】今天又乘早车返了回来似的。

这里什么都没有变样:依然是一排排修剪得整整齐齐的树莓,依然是按几何图形布局的小径,两旁种着妈妈喜爱的蝴蝶花。花园里的一切都是那样干净利落,处处都显示出一个学究式林学家的匠心。但是这些干净的、图案似的小径却使冬妮娅感到乏味。

拿着一本正读了一半的小说,冬妮娅打开通往外廊的门,下了台阶,走进花园。可是她没有停留就推开油漆过的小栅栏门,缓步朝车站水塔旁边的池塘走去。

她走过一座小桥,上了大路,这条路与公园里的林荫道很相似。右边是池塘,池塘周围长着垂柳和茂密的柳丛;左边是一片树林。

她本来想去池塘附近的旧采石场,却看见池塘岸边有人在钓鱼,于是好奇地停住了脚步，想去一探究竟。

　　她从一棵弯曲的柳树上面探过身去，用手拨开柳树的枝条，看到下面有一个晒得黝黑的男孩子。他光着脚，裤腿一直卷到大腿上，身旁放着一个盛蚯蚓的锈铁罐子。那少年正在聚精会神地钓鱼，没有发觉冬妮娅在注视他。

　　"这儿难道能钓着鱼吗？"她忍不住问。

　　保尔被吓了一跳，气愤地回头看着冬妮娅。只见一个陌生的姑娘站在那里，手扶着柳树，身子探向水面。她穿着领子上有蓝条的白色水兵服和浅灰色短裙，一双带花边的短袜紧紧裹住了她晒黑的匀称的小腿，脚上是棕色的便鞋，栗色的头发梳成一条粗大的辫子。保尔拿钓竿的手轻轻颤动了一下，报警用的鹅毛鱼漂轻轻地点了点头，在平静的水面上荡起了一圈圈波纹。背后随即响起了她那焦急的声音："咬钩了，瞧，一条鱼咬钩了……"

　　迟钝的保尔慌了手脚，连忙拉起了钓竿。钩上的蚯蚓打着转转，蹦出水面，带起一朵水花。

　　"这还能钓鱼吗？真是倒霉，跑来这么个人。"保尔恼火地想。他把钩一甩，甩到了更远的水里，以此来掩饰自己的心慌。

　　这下比刚才还糟，钓钩落在两支牛蒡的中间，这里恰恰是不应当下钩的地方，因为鱼钩极有可能挂到牛蒡根上。知道钩下错了地方，保尔头也不回，低声埋怨起背后的姑娘来："你瞎嚷嚷什么，把鱼都吓跑了。"出乎他意料，保尔立刻听到上面传来几句连嘲笑带挖苦的答话："得了吧！单是您这副尊容，鱼儿们也早被吓跑了。再说，大白天能钓着鱼吗？瞧您这个渔夫，多能干！"

　　保尔一直在试图保持礼貌，可是对方的话实在有些过分了。他站起身来，把帽子扯到前额上，尽量挑选最客气的字眼，说："小姐，您还是靠边待着去，好吗？"

　　冬妮娅好奇地望着这个少年，微微一笑，说："我是不是妨碍您啦？"

41

▶ 钢铁是怎样炼成的

她的声音里已经没有嘲笑的味道，而是换成一种友好与和解的口吻了。保尔本来想对这位不知从哪里冒出来的"小姐"发作一通，现在却发现有气没处发了。

"也没什么，您要是愿意看，就看好了，反正这里坐的地方多的是。"说完，他坐了下来，重新看他的鱼漂。不幸的事还是发生了——鱼漂紧贴着牛蒡不动，显然是鱼钩挂在根上了。保尔不敢起钓，心里嘀咕着："钩要是挂上，就摘不下来了。还要下河去弄！这位肯定要笑话我。她要是现在走掉该多好！"

相反，浑然不知的冬妮娅稳稳地坐在了一棵弯曲的柳树上。她把书放在膝盖上，看着前面这个晒得黝黑的、黑眼睛的孩子，他先是那样不客气地对待她，现在又故意不理睬她。"真是个粗野的家伙。"姑娘这样想着。然而在此刻，保尔也从清澈的水面上静静地端详着这个姑娘的倒影。【名师点睛：通过描写保尔端详她水中的倒影来表现保尔对冬妮娅的在意。】

她正坐着看书，没有注意陷入困境的保尔，于是他悄悄地往外拉那挂住的钓丝。鱼漂在下沉，钓丝绷得紧紧的。

"真挂住了，倒霉！"他心里想，一斜眼，正好看见水中有一张顽皮的笑脸在看着他。

水塔旁边的小桥上，有两个年轻人正朝这边走来，他们都是文科学校七年级学生。一个是机车库主任苏哈里科工程师的儿子，他是个愚蠢而又爱惹是生非的家伙，今年十七岁，浅黄头发，一脸雀斑，同学们给他起了个绰号，叫"麻子舒拉"。他手里拿着一副上好的钓竿，神气活现地叼着一支香烟。和他并排走着的是维克多·列辛斯基，一个身材匀称的娇气十足的青年。

果然，苏哈里科侧过身子，朝维克多挤眉弄眼地说："瞧！前面那个姑娘像葡萄干一样香甜，真是别有风味。这样的，本地再也找不出第二个。我担保她是个浪——漫——女——郎。嗯，我知道她在基辅

42

上学，读六年级。现在是到父亲这儿来消夏的——她父亲是本地的林务官。她跟我妹妹莉莎很熟。我给她写过一封情书。我说我发狂地爱着她，颤栗地期待着她的回信。为了打动她，我甚至选了纳德森[1862—1887年，俄国诗人]的一首诗，抄了进去。"

"那么最后结果怎样？"维克多兴致勃勃地问。

说到结果，苏哈里科有点狼狈，说："这些娘们还不是装腔作势，摆臭架子……说什么别糟蹋信纸了。不过，你知道，这种事情开头总是这一套。干这一行，我可不是一个什么都不懂的菜鸟。我不愿意没完没了地跟在她们屁股后面献殷勤。晚上到工棚那儿去，花上三个卢布，就能弄到一个让你见了流口水的美人，比这要好多了。而且人家还放得很开。你知道铁路上的那个工头瓦利卡·季洪诺夫吗？我们俩就去过。"

对他伙伴的行为，维克多不由得轻蔑地皱起眉头，说："舒拉，你还干这种下流勾当？"

舒拉·苏哈里科咬了咬纸烟，吐了一口唾沫，反口讥笑："你倒装得像个一尘不染的正人君子，其实你干的事，以为我们不知道吗？"

维克多忙着打断了他的话并着急地问："那么，你能把我介绍给她吗？"

"当然没有问题，趁她还没走，咱们现在快点去。昨天早上，她自己也在这儿钓鱼来着。"

说着，两个人就走到了冬妮娅面前。苏哈里科取出了嘴里的纸烟，看上去很恭敬地朝着冬妮娅鞠了一躬。

"您好，杜曼诺娃小姐。怎么，您在这里钓鱼吗？"

"不，我在看别人钓鱼。"冬妮娅回答。

苏哈里科急忙拉着维克多的手介绍说："我忘记了！你们两位还不认识吧？这位是我的朋友维克多·列辛斯基。"

于是，维克多很不自然地伸出手想要和冬妮娅握手。

▶ 钢铁是怎样炼成的

"看别人钓鱼？今天您怎么没钓呢？"苏哈里科竭力想引起话头来。

"因为我没带钓竿。"冬妮娅回答。

"是吗？我马上再去拿一副来。"苏哈里科连忙说，"请您先用我的吧，我这就去拿。"【名师点睛：苏哈里科的大方并不是有意为自己在冬妮娅面前讨得好印象，而是不怀好意地为维克多创造可以跟冬妮娅单独相处的机会。】他正在履行对维克多许下的诺言——介绍他跟冬妮娅认识之后，现在要设法走开，好让他们俩在一起。

"不用了，我今天不想钓鱼，况且这里已经有人了，我们这样会打扰到他的。"冬妮娅说。

"谁在钓鱼？"苏哈里科问，"啊，就是这个小子吗？"他这时才看见坐在柳树前面的保尔。"好办，我马上叫他滚蛋！"

冬妮娅连忙阻止他，但还是没有阻止住。

"赶紧给我把钓竿收起来滚。"苏哈里科对保尔喊。他看见保尔还在稳稳当当地坐着钓鱼，又喊："听见没有，快点，快点！"保尔抬起头，毫不示弱地白了苏哈里科一眼。

"你小点声，龇牙咧嘴地嚷嚷什么？把我的鱼都吓跑了！"

"什——什——么？"苏哈里科大怒，"你这穷鬼，竟敢回嘴。给我滚开！"说着，狠狠地朝盛蚯蚓的铁罐子踢了一脚。铁罐子在空中翻了几翻，扑通一声掉进水里，激起的水星溅到冬妮娅的脸上。

"苏哈里科，您怎么不知道什么叫害臊啊！"她愤怒地喊了一声。

保尔生气地跳了起来。但他知道苏哈里科是机车库主任的儿子，而阿尔焦姆还在他父亲的手下干活。要是现在就对准这张丑脸狠擂一拳，他准要向他父亲告状，那样就一定会牵连到阿尔焦姆。正是因为这个，保尔才克制着自己，没有立即惩罚他。

可是苏哈里科却以为保尔要动手打他，便扑了过去，用双手去推站在水边的保尔。保尔两手一扬，身子一晃，但是稳住了，没有跌下水去。苏哈里科比保尔大两岁，身高马大的他要讲打架斗殴，惹是生非，绝对能占第一把交椅。

保尔胸口挨了这一下，再也忍无可忍了。

"啊，你竟然敢真动手？你以为我打不过你？好吧，瞧我的！"说着，他捏起自己的拳头照着苏哈里科的脸上就是狠狠的一拳。接着，没等到苏哈里科还手，保尔就抓住了他的学生装，用力把他拖到了水里。

苏哈里科还没反应过来怎么回事，就已经站在没膝深的水中了，锃亮的皮鞋和裤子全都湿了。他拼命想挣脱保尔那铁钳般的手。保尔把他拖下水以后，就跳上岸来。狂怒的苏哈里科跟着从河里爬上来朝保尔扑过去，恨不得一下子把他撕碎。

保尔上岸以后，迅速转过身来，面对着扑过来的苏哈里科。这时他想起了朱赫来教他的拳击要领："左腿支住全身，右腿运劲、微屈，不单用手臂，而且要用全身力气，从下往上，打对手的下巴。"于是他按照要领狠狠地打了下去……

学习还是有用的。苏哈里科感到下巴一阵剧烈的疼痛，只听得两排牙齿"咔哒"一声撞在一起。他的舌头被自己咬破了，接着尖叫一声，双手在空中乱舞了几下，整个身子向后一仰，扑通一声，笨重地倒在水里。冬妮娅在岸上痛快地哈哈大笑起来。"打得好，打得好！"她拍着手喊，"真有两下子！"【写作借鉴：通过冬妮娅的动作和语言描写，侧面反映出她对保尔的赞许。】

保尔拿起了钓竿并用力拽断了那根被挂着的钓丝，然后跑到大路上去了。临走的时候，他听到维克多远远地对冬妮娅喊："离他远些！这家伙是个头号流氓，叫保尔·柯察金。"

车站上的安宁被打破了。从铁路沿线传来消息，这条铁路的工人都已经开始罢工。邻近的一个火车站上，机车库工人也闹起来了。德国人抓走两名司机，怀疑他们是反抗者。德军在乡下肆虐横行，与此同时，那些原本已经逃亡的地主又重回庄园，这两件事使那些同农村有联系的工人很是愤怒。

▶ 钢铁是怎样炼成的

乌克兰伪乡警的皮鞭抽打着庄稼汉的脊背。省里的游击运动开展起来了。已经有十个左右游击队，有的是布尔什维克组织的，有的是乌克兰社会革命党人组织的。

这些天，费奥多尔·朱赫来忙得不可开交。他留在城里以后，做了大量的工作。他结识了许多铁路工人，时常参加青年人的晚会，在机车库钳工和锯木厂工人中建立了一个强有力的组织。他也试探过阿尔焦姆，问他对布尔什维克党和党的事业有什么看法，这个身强力壮的钳工回答他说："费奥多尔，你知道，我对党派的事，弄不太清楚，但是，什么时候需要我帮忙，我一定尽力，你可以相信我。"

朱赫来对这种回答已经满意了。他知道阿尔焦姆是自己人，说到就能做到。至于入党，显然条件还不成熟。"没关系，现在这种时候，这一课很快就会补上的。"朱赫来这样想。

朱赫来已经由发电厂转到机车库干活了，这样更便于进行工作，因为他在发电厂里，很难接触到铁路上的情况。

现在铁路运输格外繁忙。德国人正用成千上万节车皮，把他们从乌克兰掠夺到的黑麦、小麦、牲畜等等，运到德国去。

乌克兰伪警备队突然从车站抓走了报务员波诺马连科。他们把他带到队部，严刑拷打。看来，他供出了阿尔焦姆在机车库的同事罗曼·西多连科，说罗曼进行过鼓动工作。

罗曼正在干活，两个德国兵和一个伪军官前来抓他。伪军官是德军驻站长官的助手，他走到罗曼的工作台跟前，一句话也没有说，照着他的脸就是一鞭子。

"畜生，跟我们走，有话找你说！"接着，他狞笑了一声，狠劲拽了一下钳工的袖子，说："走，到我们那儿煽动去吧！"

这时候阿尔焦姆正在旁边的钳台上干活。他扔下锉刀，像一个巨人似的逼近伪军官，强忍住涌上心头的怒火，用沙哑的声音说："你这个坏蛋，凭什么打人！"

伪军官倒退了一步，同时伸手去解手枪的皮套。一个短腿的矮个子德国兵，也赶忙从肩上摘下插着宽刺刀的笨重步枪，哗啦一声推上了子弹。

"不准动！"他用德语大吼一声，只要阿尔焦姆一动，他随时都会开枪。

高大的钳工只好眼巴巴地看着面前这个丑八怪小兵，一点办法也没有。

两个人都被抓走了。过了一个小时，阿尔焦姆总算被放了回来，但是罗曼却被关进了堆放行李的地下室。

十分钟后，机车库里再没有一个人干活了。工人们聚集在车站的花园里开会。扳道工和材料库的工人也都赶来参加。

大家情绪异常激昂，有人还写了要求释放罗曼和波诺马连科的呼吁书。

这时，那个伪军官带着一些警备队员连忙赶到了花园。他举着枪，大吼道："快去干活，不然就把你们全都抓起来枪毙！"

这时，群情更加激愤。工人们愤怒的吼声吓得他溜进了站房。直到德军驻站长官从城里调来的德国兵，乘着几辆卡车，沿公路飞驰而来，工人们才四散回家。所有的人都罢工了，连值班站长也走了。朱赫来的工作产生了效果。这是车站上的第一次群众示威。

德国人在月台上架起了一台重机枪，它就像一只虎视眈眈的猎犬。一个德国军士蹲在机枪旁边，手按着扳机。

车站上空无一人。

当天夜里，德国人开始了大搜捕，阿尔焦姆也被抓走了。朱赫来没有在家过夜，幸运逃脱。被抓来的人全都关押在大货仓里，德国人向他们下了最后通牒：立即复工，否则就交野战军事法庭审判。

几乎全线的铁路工人都罢工了，这一昼夜连一列火车也没有通过。离这里一百二十公里的地方发生了战斗。一支强大的游击队切断了铁

▶ 钢铁是怎样炼成的

路线，炸毁了几座桥梁。夜里有一列德国军车开进了车站。一到站，司机、副司机和司炉就都跑了。除了这列军车以外，站上还有两列火车急等着开出去。

货仓的大铁门打开了，驻站长官德军中尉带着他的助手伪军官和一群德国人走了进来。

伪军官叫道："柯察金、波利托夫斯基、勃鲁扎克，你们三个一组，马上去开车。要是违抗——就地枪决！去不去你们自己选择。"

没有其他选择，三个人只能无奈地点点头表示同意。他们被押上了机车。接着，伪军官又点了一组司机、副司机和司炉的名字，让他们去开另一列火车。

火车头愤怒地喷吐着火星，沉重地喘着气，冲破黑暗，沿着铁轨驶向夜色苍茫的远方。【写作借鉴：借火车头暗指火车司机，用火车头不甘的动作描写来喻指火车司机的情绪波动。】给炉子添好煤，阿尔焦姆一脚踢上炉门，从箱子上拿起短嘴壶喝了一口水，对司机波利托夫斯基老头说："大叔，难道咱们真就这么给他们开吗？"

波利托夫斯基锁紧了眉头，愤怒但是又无奈地点了点头。"刺刀顶在脊梁上，有什么办法？"

"咱们扔下机车，跳车跑吧。怎么样？"勃鲁扎克建议说。

"我也这么想。"阿尔焦姆低声说，"就是这个家伙老在背后盯着，不好办。"说着，他斜眼看了看坐在煤水车上的德国兵。

"是——啊！"勃鲁扎克含糊地拖长声音说，同时把头探出了车窗。

波利托夫斯基凑到阿尔焦姆跟前，低声说："这车咱们绝对不能开到目的地，你明白吗？那边正在打仗，那些起义的游击队炸毁了铁路，可是咱们反倒往那儿送这帮狗东西——他们一下子就会把起义的弟兄们消灭掉。你知道吗，孩子，就是在沙皇时代，罢工的时候我也没出过车，现在也绝对不能。送敌人去打自己人，对我而言是一辈子的耻辱。原先开这台机车的小伙子们不就冒着生命危险跑了吗？咱们说

48

什么也不能把车开到那地方。你说呢？"

"你说得对，大叔，可怎么对付这个家伙呢？"阿尔焦姆定着神看向德国兵。

司机皱紧眉头，用麻絮擦去额头上的汗，发红的眼睛看看气压表，仿佛想从那儿找到答案，解决这个令人头疼的问题。接着，他恶狠狠地、带着无奈的愤怒咒骂一声。

阿尔焦姆又拿起茶壶，喝了一口水。他们俩都在盘算着同一件事情，但是谁也不肯先开口。这时，阿尔焦姆想起了朱赫来的话："兄弟，你对布尔什维克党和共产主义思想有什么看法？"

他记得当时是这样回答的："随时准备尽力帮忙，你可以相信我……"

"这个忙可倒帮得好！送起讨伐队来了……"

波利托夫斯基弯腰紧靠着阿尔焦姆，俯在工具箱上，鼓起勇气对他说："我们一定要干掉这家伙，你懂吗？"

从来没有做过坏事的阿尔焦姆身体直打着颤。波利托夫斯基把牙咬得直响，接着说："没别的路可走了，咱们先给他一家伙，然后把调节器、操纵杆都扔到炉子里，让车减速，跳车就跑。"

听起来像是一个很不错的计划。阿尔焦姆终于卸下了他的沉重的负担，表示同意："好吧。"接着他又探过身去，靠近副司机勃鲁扎克，把这个决定告诉了他。

勃鲁扎克没有立马应答。因为他在想着还在城里的三个家眷，因为这个行为是冒着极大风险的，所以他不得不想这些。特别是波利托夫斯基，家里人口多，有九个人靠他养活。但是三个人都很清楚，这趟车不能再往前开了。

"那好吧，我不反对你们的计划。"勃鲁扎克说，"不过谁去……"他话说到一半，阿尔焦姆已经明白了。

阿尔焦姆转身朝在调节器旁边忙碌着的波利托夫斯基点了点头，表示勃鲁扎克也同意他们的计划。但是，他马上又想起了这个使他很

49

▶ 钢铁是怎样炼成的

伤脑筋的难题，便凑到波利托夫斯基跟前，说："那咱们到底应该怎么下手呢？他手里有枪！"

老头看了他一眼，说："当然是由你来动手，你力气最大。用铁棍敲他一下，不就完了？"

阿尔焦姆望着德国兵皱了皱眉头，说："这我可干不来。我下不了手。细想起来，这个当兵的并没罪，他也是给刺刀逼来的。"【写作借鉴：通过对阿尔焦姆的语言描述说明他是个憨厚善良的人。】

波利托夫斯基听了他的话顿时恼火，两只眼睛直直地瞪着他，说："那咱们有什么罪？不也是被逼来的。而且重要的是咱们现在运送的是讨伐队，是要去伤害咱们的游击队员啊！唉，你这个年轻人，虽然身体壮的像只熊一样，可为什么就是脑子不开窍。"

"好吧。我明白了。"阿尔焦姆声音嘶哑地说，一面伸手去拿铁棍。

但是波利托夫斯基把他拦住了，低声吩咐："还是我来吧，我胆子比你大些。你拿铁铲到煤水车上去扒煤。必要的时候，给我帮帮忙。我现在装作去砸煤块。"

勃鲁扎克点了点头，说："对，老人家，这么办好。"说着，就站到了调节器旁边。

德国兵戴着镶红边的无檐呢帽，两腿夹着枪，坐在煤水车边上抽烟，偶尔朝机车上忙碌着的三个工人看一眼。

阿尔焦姆到煤水车上去扒煤的时候，那个德国兵并没有怎么注意他。然后，波利托夫斯基装作要从煤水车边上把大煤块扒过来，打着手势让他挪动一下，他也顺从地溜了下来，向司机室的门走去。

突然，一阵既短促又沉重的声音传过来。原来是德国兵的头盖骨被波利托夫斯基击碎了，德国兵的身子沉重地倒在了机车和煤水车中间的过道上。

"完了。"波利托夫斯基扔掉铁棍，小声说。他们都明白，现在他们只能进不能退了。

他的话戛然而止，但是立即又大声喊叫起来，打破了令人窒息的沉默："快，把调节器拧下来！"

十分钟之后，一切都弄妥当了。没有人驾驶的机车在慢慢地减速。

铁路两旁，黑乎乎的树木阴森森地闪进机车的灯光里，随即又消失在一片黑暗之中。车灯竭力想穿透黑暗，但是却被厚密的夜幕挡住了，只能照亮十米以内的地方。机车好像耗尽了最后的力气，呼吸越来越弱了。

"跳下去，孩子！"阿尔焦姆听到波利托夫斯基在背后喊，就松开了握着的扶手。他那粗壮的身子由于惯性而向前飞去，两只脚触到了急速向后退去的地面。他跑了两步，沉重地摔倒在地上，翻了一个筋斗。

紧接着，又有两个人影从机车两侧的踏板上跳了下来。

勃鲁扎克一家都愁容满面。谢廖沙的母亲安东尼娜·瓦西里耶夫娜近四天来更是坐立不安。丈夫没有一点消息。她只知道德国人把他和柯察金、波利托夫斯基一起抓去开火车了。昨天，伪警备队的三个家伙来了，嘴里不干不净地骂着，粗暴地把她审问了一阵。

从他们的话里，她隐约地猜到出了什么事。警备队一走，这个心事重重的妇女便扎起头巾，准备到保尔的母亲玛丽娅·雅科夫列夫娜那里去，希望能打听到一点丈夫的消息。

大女儿瓦莉亚正在收拾厨房，一见母亲要出门，便问："妈，你上哪儿去？远吗？"

安东尼娜·瓦西里耶夫娜噙着眼泪看了看女儿，说："我到柯察金家去，也许能从他们那儿打听到你爸爸的消息。要是谢廖沙回来，就叫他到车站上波利托夫斯基家去问问。"

瓦莉亚亲热地搂着母亲的肩膀，把她送到门口，安慰她说："妈，你别太着急。"

玛丽娅·雅科夫列夫娜像往常一样，热情地接待了安东尼娜·瓦

▶ 钢铁是怎样炼成的

西里耶夫娜。两位妇女都想从对方那里打听到一点消息，但是刚一交谈，就都失望了。

昨天夜里，警备队也到柯察金家进行了搜查。他们在搜捕阿尔焦姆。临走的时候，还命令玛丽娅·雅科夫列夫娜，等她儿子一回家，马上到警备队去报告。

夜里的搜查，把保尔的母亲吓坏了。当时家里只有她一个人：夜间保尔一向是在发电厂干活的。

清早，保尔回到了家里，听母亲说警备队夜里来搜捕阿尔焦姆，他整个心都缩紧了，很为哥哥的安全担心。尽管他和哥哥性格不同，阿尔焦姆似乎很严厉，兄弟俩却十分友爱。这是一种深藏不露的爱。保尔心里十分清楚，只要哥哥需要他，他会毫不犹豫地做出任何牺牲。

他没有顾得上休息，就跑到车站机车库去找朱赫来，但是没有找到；从熟识的工人那里，也没有打听到哥哥和另外两个人的任何消息。司机波利托夫斯基家的人也是什么都不知道。保尔在院子里遇到了波利托夫斯基的小儿子鲍里斯，从他那里听说，夜里警备队也到波利托夫斯基家搜查过，要抓他父亲。

保尔只好回家了，没能给母亲带回任何消息。他疲倦地在床上躺下，立即沉入了不安的梦乡。

瓦莉亚听到有人敲门，转过身来。

"谁呀？"她一边问，一边打开门钩。

门一开，她看到的是克利姆卡那一头乱蓬蓬的红头发。显然，他是跑着来的。他满脸通红，呼哧呼哧直喘。

"你妈在家吗？"他问瓦莉亚。

"不在，出去了。"

"上哪儿去了？"

"好像是上柯察金家去了。你找我妈干吗？"克利姆卡一听，转身就要跑，瓦莉亚一把抓住了他的袖子。

他迟疑不决地看着瓦莉亚，说："你不知道，我有要紧事找她。"

"什么事？"瓦莉亚缠住小伙子不放，"跟我说吧，快点，你这个红毛熊，你倒是说呀，把人都急死了。"她用命令的口吻说。

克利姆卡立刻把朱赫来的嘱咐全都扔到了脑后，朱赫来反复交代过，纸条只能交给安东尼娜·瓦西里耶夫娜本人。现在他却把一张又脏又皱的纸片从衣袋里掏出来，交给了瓦莉亚。他无法拒绝谢廖沙的姐姐的要求。红头发的克利姆卡同这个浅黄头发的好姑娘打交道的时候，总是感到局促不安。自然，这个老实的小厨工连对自己也绝不会承认，他喜欢瓦莉亚。他把纸条递给瓦莉亚，瓦莉亚急忙读了起来：

亲爱的安东尼娜！你放心。一切都好。我们全都平平安安的。详细情形，你很快就会知道。向另外两家报个平安，让他们不要着急。阅后即毁。

扎哈尔

瓦莉亚一念完纸条，差点要扑到克利姆卡身上去："红毛熊，亲爱的，你从哪儿拿到的？快说，从哪儿拿来的？你这个小笨熊！"瓦莉亚使劲抓住克利姆卡，紧紧追问，弄得他手足无措，不知不觉又犯了第二个错误。

"这是朱赫来在车站上交给我的。"他说完之后，才想起这是不应该说的，就赶忙添上一句："他可是说过，绝对不能交给别人。"

"好啦，好啦！"瓦莉亚笑着说，"我谁都不告诉。你这个小红毛，快去吧，到保尔家去。我妈也在那儿呢。"她在小厨工的背上轻轻推了两下。

转眼间，克利姆卡那长满红头发的脑袋在栅栏外消失了。

晚上，朱赫来来到柯察金家，把机车上发生的一切都原原本本地告诉了玛丽娅·雅科夫列夫娜。他安慰这个已经六神无主的女人，说他们三个人都到了远处偏僻的乡下，住在勃鲁扎克的叔叔那里，绝对

▶ 钢铁是怎样炼成的

不会有危险，只是他们现在还不能回家。不过，随着德国人的日子越来越不好过，时局很快就会有变化。

这件事发生以后，三家的关系更亲密了。他们总是怀着极其喜悦的心情去读那些偶尔捎回来的珍贵家信。但是，他们家里都变得孤寂、凄凉了。

一天，朱赫来装作是偶然路过，进来看看波利托夫斯基家的老太婆，并给她一些钱：

"大婶，这是大叔捎来的。您可要当心，对谁都不能说。"

老太婆非常感激地握着他的手。

"谢谢，要不然真够受的，孩子们都没吃的了。"

这些钱是从布尔加科夫留下的经费里拨出来的。

"对，对，应当再看看形势的发展。虽然罢工失败了，但这团烈火已经彻底燃烧起来了。他们三个人都是最棒的，都可以称得起无产阶级的典型代表！"朱赫来在回机车库的路上激动地想着。

一家墙壁被煤烟熏得乌黑的老铁匠铺，坐落在省沟村外的大路旁。波利托夫斯基正在炉子跟前，对着熊熊的煤火，微微眯起双眼，用长把钳子翻动着一块烧得通红的铁。

阿尔焦姆握着吊在横梁上的杠杆，鼓动皮风箱，在给炉子鼓风。

老司机透过他那大胡子，温厚地露出一丝笑意，对阿尔焦姆说："眼下手艺人在乡下错不了，活有的是。只要干上一两个礼拜，说不定咱们就能给家里捎点腌肉和面粉去。孩子，庄稼人向来看重铁匠。咱们在这儿过得不会比大老板们差，嘿嘿。可扎哈尔就是另一码事了。他跟农民倒挺合得来，这回跟着他叔叔闷头种地去了。当然喽，这也难怪。阿尔焦姆，咱们爷俩是房无一间，地无一垄，全靠两只肩膀一双手，就像常言说的那样，是地道的无产阶级，嘿嘿。可扎哈尔呢，脚踩两头，一只脚在火车头上，一只脚在庄稼地里。"他把钳着的铁块翻动了一下，边思索边说："孩子，咱们的事不大妙。要是不能很快把德国人撵走，咱们就得逃到叶卡捷琳诺斯拉夫或者罗斯托夫去。要不他们准会把咱们吊到半空中去，像晒鱼干一样。"

"是这么回事。"阿尔焦姆含糊地说。

"家里的人也不知道怎么样了，那帮土匪不会放过他们的吧？"

"大叔，事情闹到这个地步，家里的事只好不去想它了。"

老司机从炉子里钳出那块红里透青的铁块，迅速放到铁砧上。

"来呀，孩子，使劲锤吧！"

阿尔焦姆抓起铁砧旁边的大锤，举过头顶，使劲锤下去。

明亮的火星带着轻微的嘶嘶声，向小屋的四面飞溅，刹那间照亮了各个黑暗的角落。

随着大锤的起落，波利托夫斯基不断翻动着铁块，铁块像化软的蜡一样服帖，渐渐给打平了。

从敞开的门口吹进来阵阵温暖的夜风。

这里是一个深色的大湖，那些生长在湖四周的松树不断摆动它们那强劲的头。

"这些树就像人一样。"冬妮娅心里想。【写作借鉴：运用比喻的修辞手法，借物喻人，引出下文冬妮娅对保尔的欣赏。】她正无聊地躺在花岗石岸边一块深深凹下去的草地上。在她的头顶，在草地的背后，是一片松林；下面，就在悬崖的脚下，是湖水。环湖的峭壁，把阴影投在水上，使湖边的水看上去格外发暗。

冬妮娅尤其喜欢这个幽静而美丽的地方。这里离车站有一俄里[一俄里等于1.06公里]，以前是采石场，现在已经被人们废弃了，清澈的泉水从深坑里涌出来，形成三个活水湖。正眯着眼休息的冬妮娅突然听到下面湖边有击水的声音。她好奇地抬起头来，用手拨开树枝往下看。只见一个后背晒得黝黑的人正有力地划着水，身子一屈一伸地朝湖心游去。由于距离远，冬妮娅只能看到他那黑里透红的后背和一头

55

▶ 钢铁是怎样炼成的

黑发。他像海象一样打着响鼻，挥臂分水前进，在水中上下左右翻滚，再不就潜入水底。后来，他终于疲倦了，就平舒两臂，身子微屈，眯缝起眼睛，遮住强烈的阳光，一动不动地仰卧在水面上。

冬妮娅放开了树枝，心里暗暗地想："偷看人游泳似乎有点不礼貌。"于是她将自己的注意力又转到她的书上来了。

冬妮娅聚精会神地读着维克多借给她的那本书，丝毫没有注意到有人爬过草地和松林之间的岩石。只是当那人无意踩落的石子掉到她书上的时候，她才察觉地抬起头来。保尔·柯察金就站在她的眼前。这意想不到的相遇使保尔在感到惊奇的同时，也有些难为情。

"刚才游泳的那个人原来是他。"见到保尔的头发还湿漉漉的，冬妮娅这么猜想着。

"对不起，我没吓到您吧？我真的不知道您在这儿，不是有意来的。"保尔红着脸说着，他也认出了冬妮娅。

"没关系，因为您并没有打搅我。当然，如果您愿意，咱们还可以随便谈谈。"

"嗯？"保尔惊疑地望着冬妮娅，"咱们有什么可谈的呢？"

冬妮娅忍不住莞尔一笑。

"不要老站着啊！你可以坐到这儿来。"冬妮娅指着一块石头说，"请您告诉我，您叫什么名字？"

"保夫卡·柯察金。"

"我叫冬妮娅。您看，咱们这不就认识了吗？"

保尔略微有些不好意思地揉着手里的帽子。

"您叫保夫卡吗？"最后还是冬妮娅打破了沉默，"可是为什么叫保夫卡呢？还是叫保尔好。我以后就叫您保尔怎么样？您常到这儿……"她本来想说"来游泳吗"，但是不愿意让对方知道她方才看见他游泳了，就改口说："……来散步吗？"

"不，不常来，只有在有空的时候才来。"保尔老实地回答。

"那么您在什么地方工作呢？"冬妮娅进一步追问。

"在发电厂烧锅炉。"

"对了！请您告诉我，您打架打得这么好，是在什么地方学的？"冬妮娅的这个问题突然有点激怒了保尔。

"我打架关您什么事？"保尔略微有些不满。【写作借鉴：运用人物的对白，将人物的心理活动展现给读者，使人物更加丰满真实。】

"您别见怪，柯察金。"她敏感地觉察出自己提的问题引起了对方的不满，"我对这事很感兴趣。那一拳打得可真漂亮！不过打人可不能那么狠。"冬妮娅说完，不由得高兴地哈哈大笑起来。

"怎么，您觉得他可怜吗？"保尔问。

"哪里，我才不会那么认为呢，相反，那个可恶的苏哈里科绝对是罪有应得。那个场面真叫我开心。听说您常打架。"

"谁说的？"保尔马上警觉起来。

"维克多说的，他说您是个打架大王。"

保尔顿时涨红了脸。

"啊，维克多，这个坏蛋，寄生虫。那天让他逃了，他得谢天谢地。我听见他说我的坏话了，不过我怕弄脏了手，才没揍他。"

"您这样骂人可不好！保尔。"冬妮娅打断了他的话。

保尔十分不痛快，心里郁闷地想："真见鬼，我干吗要跟这么个娇小姐闲扯呢？瞧那副神气，指手画脚的，一会儿是'保夫卡'的名字不好，一会儿又是'不要骂人'。"

"为什么你对维克多那么仇恨？"冬妮娅接着问。

"维克多那个男不男、女不女的公子哥儿，没有灵魂的家伙，每次我看到这种人，手就发痒。他们仗着有钱，以为什么事都可以干，横行霸道。他钱多又怎么样？呸！我才不稀罕呢。只要他敢碰我一下，我就要他的好看。"保尔愤愤地说。

现在冬妮娅开始后悔提起维克多的名字了。看来，这个小伙子同

▶ 钢铁是怎样炼成的

那个娇生惯养的中学生是不太对路的。于是，她就聪明地把话头转到其他问题上来，比如保尔的家庭和工作情况。

不知不觉中，保尔开始认真地回答冬妮娅的各种问题，而友好的状态也让时间变得飞快。

"您那么早就离开学校了？"冬妮娅问。

"学校不要我了。"

"为什么？"

说到这里，保尔脸红了。

"那天，我在神父家的发面上撒了点烟灰。就为这个，他们不让我去上学了。那个可恶的神父，专门给人苦头吃。"接着，保尔把事情经过原原本本地告诉了这个新朋友。【名师点睛：从保尔对冬妮娅的话语中可以看出他与冬妮娅相处的状态已经不再拘束，为下文他们的友谊铺平了道路。】

看着冬妮娅好奇的脸，保尔也就没有之前那样拘束了，他把冬妮娅当作自己的老友，甚至把哥哥没回家这件生死攸关的事情也告诉了冬妮娅。他们亲切而又热烈地交谈着。谁也没有注意到，时间已经飞快地溜走了。最后，保尔突然想起他还有事，便马上跳了起来。

"哎呀！我要去上工了。坐在这儿的时间太多，要误事了。我得去生火烧锅炉。达尼拉今天准得生气。"他不安地说，"好吧，小姐，今天就到这里。我得撒腿跑回城里去了。"

冬妮娅跟着也立刻站起来，穿上外衣。

"我也该走了，咱们一起吧。"

"这恐怕不行，我得跑，您怎么跟得上我？"

"为什么不行？咱们一起跑，比一比，看谁跑得快。"

保尔不由得轻视地看了她一眼："赛跑？您跟我比？"

"不信吗？那就比比看吧。咱们先从这儿走出去。"

保尔跳过石头，又伸手帮冬妮娅跳了过去。他们在林中一条通向车站的又宽又平的路上停下来。

"现在开始跑：一、二、三！您追吧！"冬妮娅边喊边像旋风一样向前冲去。她那双皮鞋的后跟飞快地闪动着，蓝色外衣随风飘舞。

保尔毫不示弱，紧紧地跟在她的后面。

"她跑得应该不快！两步就能撵上。"保尔心里想。他在那飘动着的蓝外衣后面飞奔着，可是一直跑到路的尽头，离车站已经不远了，才最终追上她。他猛冲过去，双手紧紧抓住冬妮娅的肩膀。

"捉住了，飞快的小鸟给捉住了！"他气喘吁吁但是快活地叫喊着。

"放手，怪疼的。"冬妮娅挣扎着。

两个人都气喘吁吁地站着，心跳得飞快。因为疯狂地奔跑，冬妮娅累得已经一点力气都没有了。她仿佛无意地稍稍倚在保尔身上，保尔感到她是那么亲近可爱。这虽然只是一瞬间的事，但是却从此深深地留在记忆里了。

"您跑得确实快！要知道，过去谁也没有追上过我。"她说着，掰开了保尔的双手。【写作借鉴：通过对人物的细节描述，将人物心理活动刻画了出来。】

他们马上就分开了。保尔挥动帽子向冬妮娅告别，然后快步向城里跑去。

当保尔打开锅炉房门的时候，锅炉工达尼拉正在炉旁忙着。他生气地转过身来："你还可以再晚一点来。怎么，我该替你生火，是不是？"

但是保尔却愉快地拍了一下师傅的肩膀，讨饶地说："老爷子，火一下子就会生好的。"他马上动手，在柴垛旁边干起活来。

午夜，达尼拉躺在柴垛上，发出阵阵鼾声。保尔爬上爬下给发动机的各个机件上好了油，用棉纱头把手擦干净，从箱子里拿出第六十二册《朱泽培·加里波第》，埋头读起来。这本小说写的是那不勒斯"红衫军"的传奇领袖加里波第，他的无数冒险故事使保尔入了迷。

"她用那对秀丽的明眸瞟了公爵一眼……"

"刚好她也有一对很好看的蓝眼睛。"保尔不由自主地想起了她。"她

▶ 钢铁是怎样炼成的

看上去有点特殊，跟别的有钱人家的女孩子不一样，"他想，"而且跑起来简直跟魔鬼一样快。"

沉浸在白天同冬妮娅相遇的美好回忆里的保尔，甚至没有听到发动机发出的愈来愈大的响声。机器暴躁地跳动着，飞轮在疯狂地旋转，连水泥底座仿佛也跟着剧烈颤动起来。

保尔向压力计看了一眼：指针已经越过危险信号的红线好几度了！

"哎呀，糟了！"保尔从箱子上跳了下来，冲向排气阀，赶忙扳了两下，于是锅炉房外面响起了排气管向河里排气的咝咝声。他放下排气阀，又把皮带套在开动水泵的轮子上。

保尔回头瞧瞧达尼拉，他仍然在张着大嘴酣睡，鼻子里不断发出可怕的鼾声。

半分钟后，压力计的指针又回到了正常的位置上。

在与保尔分开以后，冬妮娅一边慢慢地朝家走，一边想着那个黝黑黝黑的少年，她不知道自己为什么这么激动。

"这是个多么热情，多么倔强的人啊！他根本不像他们说的那样野蛮。至少，他完全不像那些只会流口水的中学生……"毫无疑问，他是另外一种人，来自另一个社会，一种冬妮娅还从来没有接近过的人。

"他的话很有意思，"她想，"这样的友谊一定挺有意思。"【名师点睛：冬妮娅的心理活动为下文两人顺其自然的感情发展铺平了道路。】

快到家的时候，冬妮娅看见莉莎、妮莉和维克多坐在花园里。维克多在看书。看样子，他们都在等她。

冬妮娅同他们打过招呼，坐到长凳上。他们漫无边际地闲聊起来。维克多找个机会挪到冬妮娅跟前坐下，悄声问："那本小说您看完了吗？"

"哎呀！那本小说，"冬妮娅忽然想起来了，"我把它……"她差点脱口说出，把书忘在湖边了。

"怎么样，您喜欢它吗？"维克多注视着冬妮娅。

冬妮娅想了想。她用鞋尖在小径沙地上慢慢地画着一个神秘的图形，过了一会儿，才抬起头，瞥了维克多一眼，说："不，不喜欢。我已经爱上了另外一本，比您那本有意思得多。"

"是吗？"维克多自觉无趣地拖长声音说，"作者是谁呢？"

冬妮娅的两只眼睛闪着光芒，嘲弄地看了看维克多："没有作者……"

"冬妮娅，招呼客人到屋里来坐吧，茶已经准备好了。"冬妮娅的母亲站在阳台上喊。

冬妮娅挽着两个女友的手臂，走进屋里。维克多跟在后面，苦苦思索着冬妮娅刚才说的那番话，摸不透是什么意思。

不知道从什么时候开始，一种朦朦胧胧的感情突然涌上来，占据了年轻锅炉工的心。这种感情是那样的使人振奋，又是那么刺激。这感觉真是让这个淘气的少年受不了。

在以前这是不可能的！冬妮娅是林务官的女儿。而在保尔眼里，林务官和律师列辛斯基是一类人。

而在贫困和饥饿中长大的保尔，从小就对他眼中的富人怀有深深的敌意。现在产生的这种感情使他有些疑虑。他当然知道冬妮娅和石匠的女儿加莉娜并不是一类人：加莉娜是朴实的，可以理解的，是自己人；冬妮娅则不是，他对她从来不会那么信任。只要这个漂亮的、受过教育的姑娘敢于嘲笑或者轻视他这个锅炉工，他随时准备给予坚决的反击。他这样决定。

保尔已经很久没有见到冬妮娅了，大概有一周之久。所以今天他决定故意从她家门口路过，希望可以碰到她。他顺着花园的栅栏慢慢地走着，一直走到栅栏尽头。让保尔心跳加速的是，他终于看见了那熟悉的水手服。他赶忙拾起栅栏旁边的一颗松球，朝着她的白衣服掷过去。吓了一跳的冬妮娅迅速转过身来。她看见是保尔，高兴地跑到栅栏跟前，笑着把手伸给他。

"您到底还是来了。"她兴高采烈地说，"这么长的时间，您跑到哪

▶ 钢铁是怎样炼成的

儿去了？这段时间我又到湖边去过，上次我把书忘在那儿了。我猜想您一定会来的。没想到过了这么长时间！请进，到我家花园里来吧。"

保尔摇了摇头，说："我不能进去。"

"为什么？"她惊异地扬起眉毛。

"如果我进去的话，您父亲肯定要和我发脾气。您也得连着一起被骂。"

"您在瞎说什么？保尔。"冬妮娅看上去有些生气了，"快点进来吧。我爸爸不是那种人，等一下您就知道了。进来吧。"她连忙跑去开园门。保尔站在原地想了想之后还是决定跟着她走进去。

"平时您喜欢做什么？喜欢看书吗？"在一张桌腿埋在地里的圆桌旁边坐下来之后，冬妮娅满怀兴趣地问他。

"当然非常喜欢。"说到书，保尔马上来了精神。

"那么在您读过的书里，哪一本是您最喜欢的？"

保尔想了一下回答："《朱泽倍·加里波第》。"

"《朱泽培·加里波第》，"冬妮娅随即纠正了他的错误，接着又问，"您非常喜欢这部书吗？"

"当然非常喜欢。到现在为止我已经看完六十八本了。每次领到工钱，我都要买上五本。加里波第可真是一个了不起的英雄！"保尔赞赏地说，"我真佩服他。他同敌人打过那么多仗，可是每回都能打胜。所有的国家他都到过。唉！要是他现在还活着，我一定马上去投奔他。他把那些穷苦的手艺人都组织起来，他总是为穷人奋斗。"

"既然您那么爱看书，那么您想看看我们家的图书室吗？"冬妮娅边说着边拉起了他的手。

"这可不行，我可不会到屋里去。"保尔断然拒绝了。

"为什么拒绝呢？您不是很喜欢看书？难道不想去图书室里看看吗？"

保尔红着脸看了看自己那两只光着的沾满泥水的脚，不好意思地挠挠后脑勺，【写作借鉴：抓住人物细节，说明保尔开始注意在冬妮娅前的形象了。】说："您母亲、父亲真的不会把我撵出来吗？"

"您别再瞎说了好不好？否则我可真要生气了。"面对倔强的保尔，冬妮娅发起脾气来。

"那好吧，我听您的。要知道，列辛斯基家是绝不会让我们这样的人进屋的，有话就在厨房里讲。有一回，我有事到他们家，妮莉就不让我进屋。可能是怕我弄脏地毯吧，鬼知道她在想什么。"保尔说着，笑了起来。

"没事，不会是那样的。"冬妮娅一把抓住他的肩膀，嬉笑着把他推上阳台。

冬妮娅领着保尔穿过餐厅，走进房间。房间里有一只很大的柞木书橱。她打开橱门，保尔看见了一排排整齐的书，约有几百本。他从未见过这么多的书，这笔财富令他惊羡不已。

"咱们马上挑一本您喜欢读的书。而且您要答应我以后经常到我家来拿书看，您看怎么样？"

保尔看着琳琅满目的书，兴奋地点头说："好，我答应您。"

就这样，两个好朋友快活地在一起度过了几个小时。在此期间，冬妮娅还把保尔介绍给自己的母亲。事情并不像保尔原先想象的那样可怕，保尔觉得冬妮娅的母亲也挺容易相处。

冬妮娅又领保尔到她自己的闺房，把她的书和课本拿给他看。

在不大的梳妆台旁边有一面属于冬妮娅的小巧的镜子。她把保尔拉到镜子跟前，笑着说："您的头发干吗要弄得像野人一样呢？您从来就不梳理它们吧？"

"等长得长了就剪掉了。除此以外还叫我怎么办呢？"保尔不好意思地辩解说。冬妮娅笑着从梳妆台上拿起梳子，三下五除二就把他那乱蓬蓬的头发梳顺当了。

"嗯！这才像个样子，"她上下打量着保尔说，"您看，头发应当理得整齐漂亮一些，不然您就会像个野人了。"说着，冬妮娅用挑剔的目光仔细打量着保尔那件褪了色的、灰不灰黄不黄的衬衫和补了补丁的

▶ 钢铁是怎样炼成的

裤子，但是没有再说什么。

保尔敏锐地觉察到了冬妮娅的目光，他长这么大头一次为自己的穿戴感到不自在。【名师点睛：运用"敏锐"将保尔本来自卑的内心形象地刻画了出来。】

一眨眼就又要分别了。临别的时候，冬妮娅不停地嘱咐他让他经常来玩，此外，他们还约好两天后一起去钓鱼。保尔不愿再穿过房间——能不碰见冬妮娅的母亲还是不碰见的好，就从窗户一下子跳进了花园。

阿尔焦姆走后，家里的生活越来越困难了，只靠保尔的工钱是不够开销的。玛丽娅·雅科夫列夫娜决定同保尔商量一下，看她要不要出去找点活做，恰好列辛斯基家要雇用一个厨娘。但是，保尔坚决反对：

"不行，妈妈。我可以再找一份活干。锯木厂正要雇人搬木板。我到那儿去干半天，就够咱俩花的了。你别出去干活。要不，阿尔焦姆该生我的气了，他准得埋怨我，说我不想办法，还让妈妈去受累。"

母亲向他说明一定要出去做工的道理，但是保尔执意不肯，母亲也就只好作罢。

第二天一大早，保尔就到锯木厂去做零工了。他的工作很简单，就是把新锯出的木板分散放好，晾干。他在那里并不孤单，有两个熟人，一个是老同学米什卡·列夫丘科夫，另一个是瓦尼亚·库利绍夫。

保尔同米什卡一起干计件活，收入相当不错，至少他还算满意。白天他在锯木厂做工，晚上再到发电厂去。

十天以后，保尔领回了工钱。当他把钱交给母亲的时候，他很不好意思地踌躇了一会儿，终于鼓足勇气请求："妈妈，给我买件布衬衫吧，蓝的，就像去年穿的那件一样，你还记得吗？用这次拿回的一半工钱就够了。往后我再去挣，你别担心。我身上这件太旧了。"保尔这样解释着，好像很过意不去似的，这是他头一次要新衣服。

"是啊，保夫鲁沙，是得给你买件新衣服了。我今天去买布，明天就给你做上。可不是，你连一件新衬衫都没有。"她疼爱而略带内疚地

64

瞧着儿子说。

保尔在理发馆门口站住了。他摸了摸衣袋里的一个卢布，走了进去。

理发师是个机灵的小伙子，看见有人进来，就习惯地朝椅子点了点头，说："请坐。"保尔坐到一张宽大、舒适的椅子上，从镜子里看见了自己那副慌张不安的面孔。

"理分头吗？"理发师问。

"是的。啊，不。我是说，这么大致剪一剪就行。你们管这个叫什么来着？"保尔说不明白，只好做了一个无可奈何的手势。

"明白了。"理发师笑了。

十五分钟以后，保尔仿佛受了一场折磨，浑身是汗地走出了理发店，不过，头发已经梳剪得整整齐齐。为了制服这不驯服的、蓬乱的头发，理发师不厌其烦地摆弄了很长的时间，水和梳子终于使他大功告成：头发变得柔软、平伏了。

<u>保尔在街上轻松地舒了一口气，把帽子拉低一些。</u>【名师点睛："把帽子拉低一些"形象地刻画了保尔对此事的惭愧心理。】

"要是母亲看见了，她会怎么说呢？"

保尔因为兼职的缘故，没有遵守和冬妮娅一起钓鱼的约定。为此，冬妮娅很不高兴。

"这个小伙夫怎么回事？"她恼恨地想。但是保尔一连好几天没有露面，使她的怒气慢慢消散了。现在她又开始感到寂寞无聊了。

这天她正要换衣服出去散步，母亲推开她的房门："冬妮娅，有客人找你。怎么样？让他进来吗？"

面对门口的这个人，冬妮娅并没有一眼就认出他是保尔。

冬妮娅一眼就看到，他理了发，头发不再是乱蓬蓬的了。除此以外，他还换了一身新衣服，蓝衬衫，黑裤子，皮靴也擦得亮亮的。总之，他不再是那个黝黑黝黑浑身尽显狼狈的少年了。

▶ 钢铁是怎样炼成的

本想说几句表示惊讶的话，但是看到他已经微微有些发窘，冬妮娅不愿意再让他难堪，于是就装出一副完全没有注意到他的变化的样子，只是责备他说："您怎么没有按约定来钓鱼呢？我那天等了您很久才离开。"

"这些天我一直在锯木厂干活，实在脱不开身。"

面对美丽的姑娘，他没好意思说，为了买这身新衣服，这些天干活累得几乎直不起腰来。但是聪明的冬妮娅已经猜到是怎么回事了，她对保尔的恼怒顷刻烟消云散。

"走，咱们到池边去散步吧！"她提议说。

他们穿过花园，上了大路。

现在，保尔已经把冬妮娅当作他最好的朋友了，所以他把那件最大的秘密——从德国中尉那里偷了一支手枪的事，也告诉了她。他还约她过几天一起到树林深处去放枪。

"你千万要当心，别把我的秘密泄露了。否则我会没命的！"保尔不知不觉把"您"改成了"你"。

"放心！我绝不把你的秘密告诉任何人。"冬妮娅信誓旦旦地向保尔做着保证。

Z 知识考点

1. _____用铁棍打死了德国兵。

2. 判断题：阿尔焦姆不敢对德国兵下手，可见他是一个胆怯、懦弱、无能的人。（   ）

3. 保尔为什么要将偷枪的事告诉冬妮娅？

_____

_____

Y 阅读与思考

鱼钩挂在了牛蒡上，保尔为什么不直接承认，而是脸红了？

第四章

豺狼虎豹

> **M 名师导读**
>
> 俄国人用自己的方式狠狠地教训了德国侵略者,并将他们赶出了俄国。但是,俄国人民并没有因此而获得想要的生活。彼得留拉匪兵成功上演了一幕"山中无老虎,猴子称霸王"的丑剧,导致了乌克兰残酷的阶级斗争,同时也席卷了俄国人民。

外面正下着大雨。雨点噼噼啪啪地敲打着窗户然后顺着玻璃刷刷地往下流。阵阵劲风,把花园里的樱桃树吹得东摇西晃,树枝不时撞在窗玻璃上。【名师点睛:这里用细致的语言描写了天气的恶劣打破了窗外的平静,暗示了屋内主人不安的内心和复杂的思绪。】伏在桌子前面的冬妮娅已多次抬起头来,谛听着是不是有人敲门。她明白,这不过是风在捣乱,于是微微皱起了眉头。风雨声搅得她再也没办法继续写下去了,惆怅袭来,占据了她的心头。在她面前的桌子上,几张写得满满的信纸随意地摊着。她写完最后一页,裹紧了披巾,拿起刚写好的信,重读了一遍。

我亲爱的塔妮娅:

因为我父亲的助手刚好能够路过基辅,所以我请他捎这封信给你。好久没有给你写信了,请不要见怪。

你要知道,在眼下这种兵荒马乱的日子里,一切都是乱糟糟的,包括思绪在内。即便有心思写信,邮路却不通,也没有人捎。

▶ 钢铁是怎样炼成的

正如你知道的那样，父亲不同意我再去基辅，所以七年级我只好在本地的中学念了。

我在这里一个熟识的同学也没有。我很想念朋友们，尤其是你。

现在每天在我面前晃来晃去的大多是些庸俗之味的男孩和土里土气却又高傲自大的蠢女孩。

在前几封信里，我跟你谈到过保夫鲁沙（保尔的爱称）。我本以为，我对这个小锅炉工的感情不过是年轻人的一时冲动，你知道，这种昙花一现的恋情在生活中是随处可见的。可是现在我发现我错了，塔妮娅，实际情况并非如此。是的，我们两个都还很稚嫩，年龄加起来才三十三岁。但是，这里面却有着某种更为严肃的东西。我不知道这种感觉是不是爱情。

现在，在这阴雨连绵的深秋季节，在这寂寞无聊的小城里，我居然觉得只有那个邋里邋遢的小伙夫可以填补我内心的空虚之感，甚至让这灰蒙蒙的生活有了一点光亮。

我不是安分的小女孩，有时甚至还爱异想天开，一心要在生活中寻找某种不同寻常的夺目光彩。我从一大堆读过的小说中成长起来。这些小说常常对你产生一种莫名其妙的影响，促使你去追求一种更为绚丽、更为充实的生活，而不仅仅满足于那种叫人厌恶和腻烦的日子，这后一种生活却正是跟我类似的绝大多数女性所喜闻乐见了的。在对不同寻常的夺目光彩的生活追求中，我对保尔产生了感情。

仔细回想一下，我所熟悉的那些年轻人中，没有一个人有他那样坚强的意志，那样明确无误而又别具一格的生活见解。【写作借鉴：冬妮娅用爱慕之词表达了对保尔的思念之情，用保尔对冬妮娅的影响反映出保尔的魅力所在，加深了读者对保尔的印象。】正是基于此，我和他的友谊本身也是非同一般的。正是因为追求夺目的光彩，也因为我异想天开地要"考验考验"他，【名师点睛：这里用"异想天开""考验考验"表明了冬妮娅对保尔在旧日里的做法感到懊悔与反思，也反映了保尔留给冬妮娅的爱是刻骨铭心的。】有一次我差点害死了他。这件事回想起来，我现在都觉得十分惭愧。

那件事发生在夏末秋初。我跟保尔来到湖边的一座悬崖上——这是一处我喜爱的地方。不知道为什么，我竟然想考验考验他。那座陡峭的悬崖你是知道的，去年夏天我领你去过那个地方，足足有五俄丈[一俄丈等于2.134米]高。我简直疯了，对他说："你敢跳下去吗？你会害怕吗？"

他朝下面的湖水看了看，看着我摇摇头说："为什么要跳下去？难道我的命有那么不值钱吗？"

他把我的挑逗看作是开玩笑。别看我多次亲眼看到他表现得很勇敢，有时甚至天不怕地不怕，此时此刻我却认为，那些他敢做的，也不过就是打个架、冒个险、偷支手枪等等小事，真正要冒生命危险的大无畏精神，他还谈不上。

可是接下来发生的事就实在有些糟糕了。其教训之深让我一辈子再也不敢去干那种想入非非的蠢事。我告诉他，我一直都不相信你有那么勇敢，所以你到底敢不敢从这里跳下去。我当时不知道为什么竟然觉得一切都很刺激。为了进一步激他，我甚至又提出了这样的条件：如果他真是男子汉，想博得我的爱情，那就跳下去。当然在跳过之后，他就可以得到我。

塔妮娅，我现在才深深意识到，当时我这样做简直太过分了。他对我讲出的条件想了片刻。我还没有来得及有所反应，他已经甩掉脚上的鞋子，纵身从悬崖上跳了下去。

我顿时吓得尖叫起来，可一切都已经成了过去——他那挺直的身躯飞速向水面落下去。短短的三秒钟，在我看来却是长得没有尽头。【写作借鉴：用"三秒钟"表示了冬妮娅对当时情景的铭记于心，"长得没有尽头"虽然是夸张地展示了冬妮娅内心的焦灼，却也烘托了冬妮娅对保尔急切的关心，让当时的氛围也瞬间紧张了起来。】当水面激起的巨大浪花

▶ 钢铁是怎样炼成的

把他的身子掩盖起来的瞬间，我恐惧极了，甚至顾不得滑下悬崖的危险，忧心如焚地张望着水面一圈圈漾开去的波纹。似乎过了很久之后，水面上终于露出了他那黝黑黝黑的脸。我号啕大哭，赶忙向通向湖边的小路飞奔过去。

虽然我知道，他跳崖并不是为了得到我——我许下的愿至今没有偿还，而是为了永远结束这种考验。他需要我的信任。

树枝敲击着窗户，烦躁的声音让我无法写下去。今天我的心情坏极了，塔妮娅。周围的一切是那么黯淡，这对我的情绪也有着很坏的影响。

车站上列车不间断。德国人在匆匆忙忙地撤退。他们从四面八方会合到这里，然后分批登车离去。据说，仅仅在离这里二十俄里的地方，就有起义者和撤退的德军在交战。你是知道的，德国也发生了革命，他们不得不赶紧回国去。火车站的工人快跑光了。像要出什么事，我说不上来，可心里惶惶不可终日。等你的回信。

爱你的冬妮娅
1918 年 11 月 29 日

激烈而残酷的阶级斗争席卷着乌克兰。愈来愈多的人拿起了武器，每一次战斗都有新的人参加进来。

小市民过惯了的那种安宁平静的日子，已经成为遥远的往事了。

战争的风暴袭来，隆隆炮声震撼着破旧的小屋。小市民蜷缩在地窖的墙根底下，或者躲在自家挖的避弹壕里。

彼得留拉手下那些五花八门的匪帮在全省横冲直撞，什么戈卢勃、阿尔汉格尔、安格尔、戈尔季以及诸如此类的大小头目，这些数不清的各式各样匪徒，到处为非作歹。

过去的军官、右翼和"左翼"乌克兰社会革命党党徒，一句话，任何一个不要命的冒险家，只要能纠集一批亡命之徒，就都自封为首领。

他们不时还打起彼得留拉的蓝黄旗，用尽一切力量和手段夺取政权。

"总头目彼得留拉"的团和师，就是由这些乌七八糟的匪帮，加上富农，还有小头目科诺瓦利茨指挥的加里西亚地方的攻城部队拼凑起来的。红色游击队不断向这帮社会革命党和富农组成的乌合之众冲杀，于是大地就在这无数马蹄和炮车车轮下面颤抖。

在那动乱的一九一九年四月，那些几乎被吓得昏头昏脑的小市民，每天早上都要揉着惺忪的睡眼，推开窗户询问其他比他起得早的邻居："阿夫托诺姆·彼得罗维奇，你知道今天城里是哪一派掌权？"

那个阿夫托诺姆·彼得罗维奇一边系裤带，一边左右张望，惶恐地回答："不知道啊，阿法纳斯·基里洛维奇。夜里开进来一些队伍。等着瞧吧。要是抢劫犹太人，那就准是彼得留拉的人，要是'同志们'，那一听说话，也就知道了。我这不是在看吗，看到底该挂谁的像，可别弄错了，招惹是非。您知道吗，隔壁的格拉西姆·列昂季耶维奇就是因为没看准，糊里糊涂地把列宁的像挂了出去。刚好有三个人冲他走过来，没想到就是彼得留拉手下的人。他们一看见列宁像，就把格拉西姆抓住了。好家伙，一口气抽了他二十马鞭，一边打一边骂：'狗杂种，共产党，我们扒你的皮，抽你的筋！'不管格拉西姆怎么分辩，怎么哭喊，都不顶事。"

正说着，有一群武装人员沿着公路走来。他们俩看见，赶紧关上窗户，藏了起来。日子不太平啊！……

至于工人们，却是怀着满腔的仇恨瞧着彼得留拉匪帮的蓝黄旗。他们还没有力量对抗"乌克兰独立运动"这股沙文主义的逆流。只有当浴血奋战的红军部队击退彼得留拉匪帮的围攻，从这一带路过，像楔子一样插进城里的时候，工人们才活跃起来。亲爱的红旗只在市参议会房顶上飘扬一两天，部队一撤，黑暗又重新降临了。

现在这座小城的主人是外第聂伯师的"荣耀和骄傲"戈卢勃上校。昨天他那支两千名亡命徒的队伍趾高气扬地开进了城。

▶ 钢铁是怎样炼成的

上校老爷骑着黑色的高头大马，披着高加索毡斗篷，戴着扎波罗什哥萨克的红顶羔皮帽子，里边穿的是切尔克斯长袍，佩着全副武装——有短剑和镶银马刀——走进城来。

这位老爷无疑称得上是个美男子：黑黑的眉毛，白白的脸，只是由于狂饮无度，脸色有些微黄，而且嘴里总是叼着烟斗。革命前，上校老爷是一家糖厂种植园的农艺师，但他觉得这种生活令人乏味，根本不能同当一名哥萨克头目的赫赫声势相比。于是，在革命席卷全国的浑水大潮中，他摇身一变，成了戈卢勃上校老爷。

为了对这支新来的队伍表示欢迎，城里唯一的剧院为他们举行了一场盛大的晚会。剧场里人山人海。女人们都穿着鲜艳的乌克兰绣花名族服装，戴着琳琅满目的珠宝项链，饰有五颜六色的飘带。她们周围是一群带着马刺的贪婪的军官。【名师点睛：晚会的音乐应该是欢快的，但马刺的声响却代表了严肃、冷酷的气氛，二者搭配起来是不合适的。间接地可以看出晚会的热闹是在武力逼迫下产生的，可见当时的社会已经没有了秩序。】军官活像古画上的扎波罗什哥萨克。

军乐队奏着乐曲。舞台上正在忙乱地准备演出《纳扎尔·斯托多利亚》，但是没有电。事情报告到司令部上校老爷那里。上校老爷正打算光临今天的晚会，为晚会锦上添花。他听了副官（此人原是沙皇陆军少尉，姓波良采夫，现在摇身一变，成了哥萨克少尉帕利亚内查）的报告以后，漫不经心但又威风凛凛地下命令说："电灯一定要亮。你就是掉了脑袋，也要给我找到电工，立即发电。"

"是，上校大人。"

帕利亚内查少尉并没有掉脑袋，他找到了电工。

一个小时之后，他的两个士兵押着保尔来到发电厂。电工和机务员也是用同样的办法找来的。

帕利亚内查指着一根铁梁，直截了当地对他们说："要是到七点钟电灯还不亮，我就把你们三个统统吊死在这里！"

这个简短的命令奏了效。到了指定的时间，电灯果然亮了。

当上校老爷与他的情人到达剧场的时候，晚会马上进入了高潮。上校的情人是一位无论怎么看都很完美的姑娘，她是上校的房东、酒店老板的女儿，她在省城中学念过书。

这对男女在前排荣誉席就座之后，上校老爷表示节目可以开演了。于是帷幕被拉开，观众看到了匆忙跑进后台的导演的背影。演剧的时候，军官们带着女伴在酒吧间里大吃大喝。那里有神通广大的帕利亚内查搜罗来的上等私酒和强征来的各种美味。到剧终的时候，他们已经一个个酩酊大醉了。

在节目结束的时候，帕利亚内查跳上舞台把手一扬，用乌克兰话宣布："诸位先生，现在是跳舞的时间了！"

台下的人都站起来走到院子里，守卫晚会的士兵把椅子搬开腾出剧场来，不一会儿，剧场又热闹了起来。

喝得面红耳赤的彼得留拉军官们同那些热得满脸通红的美人们疯狂地跳着果帕克舞［乌克兰的一种舞蹈］。他们用力跺着脚，震得这座旧剧场的墙壁简直都要倒下来。正在人们高歌欢畅的时候，一队骑兵从磨坊那边朝城里跑来。

城边戈卢勃部队的机枪岗哨发现了正在走近的骑兵，他们马上警觉起来，急忙扑到机枪跟前，与此同时夜空里响起了厉声的呼喊："站住！干什么的？"

黑暗中有两个人摇摇晃晃地走上前来。其中一个走到岗哨跟前，用醉鬼的破锣嗓子吼道："我是头目帕夫柳克，后边是我的部队，你们是戈卢勃的人吗？"

"是的。"一个军官迎上前去回答。

"那么，你们打算把我的队伍安顿在哪儿？"帕夫柳克问。

"请稍等。我马上打电话请示司令部。"军官说完，走进了路边的小屋。

一分钟以后，他一路小跑从小屋里出来，命令说："弟兄们，把机

▶ 钢铁是怎样炼成的

枪从大路上撤开，给帕夫柳克大人让路。"

帕夫柳克勒住缰绳，在灯火辉煌的热闹的剧院门口停住了。

"呵呵，这儿挺快活。"他转身对身边的哥萨克大尉说，"古克马奇，下马吧，咱们也来乐一乐。这儿有的是娘们，挑几个可心的玩玩。"接着他喊了一声："喂，斯塔列日科！你安排弟兄们住到各家去。我们就留在这儿了。卫兵跟我来。"他一翻身，重重地跳到地上，把马带得摇晃了一下。

在剧院入口处，两名武装卫兵拦住了帕夫柳克。

"票？"

帕夫柳克瞧都没瞧他们一眼，只用肩膀一拱，把一个卫兵推到了一边。【名师点睛：用"瞧都没瞧""肩膀一拱""推"表现出帕夫柳克态度极度傲慢，不但把士兵不放在眼里，还对士兵粗鲁、蛮横。】他身后的十二个人也这样跟着闯进了剧院。他们的马匹留在外面，拴在栅栏上。

进来的人立刻引起了场内人们的注意。特别显眼的是帕夫柳克。他身材高大，穿着上等呢料的军官制服和蓝色近卫军制裤，戴着毛茸茸的高加索皮帽，肩上斜挎着一支毛瑟枪，衣袋里插着一颗手榴弹。

"这个人是谁？"人们交头接耳地问。而此刻，戈卢勃和他的助手们正围着他们的女伴玩的热火朝天，跳得也正起劲。

副官的舞伴是神父的长女。她跳得正欢，裙子在飞快的旋转中像扇子般张开，不太雅观地露出了丝织内裤，逗得周围的士兵们乐不可支。

帕夫柳克用肩膀挤开人群，他用混浊的目光盯着神父女儿那白皙的大腿，舔了舔发干的嘴唇，然后挤出圈子，径直朝乐队走去。【写作借鉴：用"盯""舔了舔"形象生动地表现了帕夫柳克的神情，直截了当地说明帕夫柳克是一个好色之徒。】他走到舞台脚灯前站住，用力地挥舞了一下马鞭，喊道："奏果帕克舞曲，听到没有！卖点力气！"

乐队指挥没有理睬这个陌生人。

帕夫柳克扬起了马鞭，朝着不服从他命令的指挥的后背狠狠地抽了一鞭。被抽痛的指挥仿佛被毒虫蜇了一样，跳了起来，吃惊地望着他。音乐停止了，全场顿时安静了下来，陷入一片死寂。

"这个野蛮人简直太霸道了！"酒店老板的女儿气愤地说，"你可千万不能轻饶了他。"她神经质般地抓住坐在身旁的戈卢勃的胳膊。

戈卢勃气愤地立马站了起来，一脚踢开面前的椅子，三大步就走到帕夫柳克跟前，面对面站住了。他立刻认出这个人就是同他在本县争地盘的对手帕夫柳克。他正有一笔账要找这家伙算呢。

就在一个星期之前，帕夫柳克采用最卑劣的手段，暗算过他——戈卢勃上校老爷。

事情是这样的：一周以前，当戈卢勃的队伍正同多次叫他吃苦头的红军酣战的时候，帕夫柳克本来应该从背后袭击布尔什维克。但是他没有这样做，反而把部队拉到一个小镇，消灭了红军几个岗哨，轻而易举地占领了小镇。接着就把周围警戒起来，在镇里撒开手大肆抢劫。作为彼得留拉的"嫡系"部队，他们蹂躏的对象是犹太人。

就在那个时候，红军把戈卢勃的右翼打得落花流水，然后撤走了。

现在，这个恬不知耻[做了坏事满不在乎，一点也不感到羞耻]的骑兵大尉又闯到这里，竟敢当着他上校老爷的面，动手打他的乐队指挥。不行，他决不能善罢甘休，决不能让自己往后在部下的心目中威信扫地。

他们俩虎视眈眈[虎视：像老虎那样看着。眈眈：注视的样子。形容凶狠而贪婪地注视着，伺机攫取]地对峙了几秒钟。

戈卢勃一手紧紧握住马刀柄，另一只手去摸衣袋里的手枪。他大声喝道："混蛋！你竟敢打我的部下！"

帕夫柳克也不示弱，他一只手慢慢地移向毛瑟枪枪套。

"放松点，戈卢勃大人，放松点，否则您会栽跟头的。您别惹我，小心我发火。"

事情已到了忍无可忍的地步。

"把他们拉出去，每人二十五鞭子，给我狠狠抽！"戈卢勃终于忍

▶ 钢铁是怎样炼成的

不住了。

他部下的那些早就虎视眈眈的军官立刻像一群猎狗似的，从四面八方扑向帕夫柳克那一伙。

"啪"不知道是谁放了一枪，如同灯泡摔在地上一样。接着，这两群野狗扭到一起，厮打起来。混战中，他们用马刀胡乱对砍，你揪我的头发，我掐你的脖子。满场的吓掉了魂的女人们，像猪崽一样尖叫着四散逃开。【写作借鉴：将戈卢勃、帕夫柳克的"军官"形容成"猎狗"，两群野狗互相撕咬，形象生动地再现了当时混乱的场景，把女人比作四散的"猪崽"，表现了女人的惊慌失措。】

帕夫柳克一伙毕竟人少，很快他们就被解除了武装。戈卢勃的人一边打，一边拖，把他们弄到院子里，然后扔到了大街上。

倒霉的帕夫柳克被打得鼻青脸肿，他那漂亮的羊皮高帽丢了，武器也没有了。他气急之下，带着手下的人跳上马，顺着大街飞奔而去。

到了这个地步，晚会已经没法进行下去了。在这场厮打之后，没有什么人还有心思再寻欢作乐了。女人们都纷纷表示坚决拒绝跳舞，要求送她们回家。可是固执的戈卢勃硬是不放她们走，他下命令说："谁都不许离开剧场，派人把住门！"

忠诚的帕利亚内查吓得赶忙去执行命令。

剧场里喧声四起，但是戈卢勃对这些抗议声置之不理，仍然固执地宣布："诸位先生和女士，我们今天要跳个通宵。现在我来领头跳一个华尔兹舞。"

乐队再次奏起乐曲，但是没有人去应和。

上校和神父的女儿还没有跳完第一圈，哨兵就闯了进来，大声报告："帕夫柳克的人把剧院包围了！"

人们还没来得及做出反应，舞台旁边的一个临街窗户就被"哗啦"一声打得粉碎。机枪的圆形枪筒怪模怪样地从窗框外伸了进来，它笨拙地左右转动着，似乎在搜索剧场里慌忙逃跑的人群。面对这个杀人

利器，人们一齐挤向剧场的中央，躲避这个可怕的魔鬼。【写作借鉴：用极细致的语言将机枪扫射对人们的威胁描绘得活灵活现。】

还算机灵的帕利亚内查瞄准天棚上那只一千瓦的大灯泡放了一枪，灯泡炸开来，雨点般的碎玻璃撒落在人们身上。

场内顿时一片漆黑。街上传来了帕夫柳克的吼声："都滚出来！"跟着是他部下的一连串下流的咒骂。

剧场里的女人们歇斯底里[情绪异常激动，举止失常]地尖叫着，戈卢勃在场内来回奔跑，厉声吆喝，想把惊慌失措的军官们集合起来。这些声音跟外面的喊声、枪声交相呼应，混乱到了极点。在黑暗中，谁都没有注意到帕利亚内查像一条泥鳅一样，从后门溜到了空荡荡的后街上，向戈卢勃的司令部跑去。

半小时后，城里展开了正式的战斗。爆豆般的枪声夹杂着机枪的哒哒声，打破了夜的寂静。吓得昏头昏脑的小市民们从热乎乎的被窝里跳出来，脸贴着窗户向外张望。

阿夫托诺姆·彼得罗维奇在床上抬起头，竖起耳朵听着。

不，他没有听错——是在开枪。他急忙跳下床，鼻子在窗玻璃上压得扁扁的。他就这样站了一会儿。无可怀疑：城里在开火。

得赶紧把谢甫琴科[乌克兰诗人，画家]肖像下面的小旗撤下来。贴彼得留拉的小旗，红军来了就要遭殃。谢甫琴科的肖像倒不妨，红军白军都尊重他。塔拉斯·谢甫琴科真是个好人，挂他的肖像不用提心吊胆，不管谁来，都不会有什么说道。旗子可就是另一回事了。他阿夫托诺姆可不是傻瓜，不是格拉西姆·列昂季耶维奇那样的糊涂虫。既然有两全其美的办法，干吗非冒这个险挂列宁的像？

他逐一把小旗撕下来，可钉子钉得太紧了。他一使劲，身子失去了平衡，咕咚一声重重地摔倒在地上。妻子被响声惊醒，一骨碌爬了起来……

"你怎么了，疯啦，老不死的？"

▶ 钢铁是怎样炼成的

　　阿夫托诺姆·彼得罗维奇骶骨摔得生疼，正好没有地方出气，冲着妻子叫喊："你就知道睡、睡。上天国也会让你睡过了头。城里出了天大的事，可你还是睡个没完。挂旗是我的事，摘旗也是我的事，跟你就不相干？"

　　他的唾沫星子飞到妻子的脸上。她用被子蒙住头，阿夫托诺姆·彼得罗维奇只听到她愤愤地嘟囔："白痴！"

　　在东方透出鱼肚白的时候，枪声逐渐稀疏，零星的回音仍然像榔头敲击着窗框，城边上的蒸汽机磨坊附近，一挺机枪像狗叫似的，断断续续地响着——那是在屠杀俘虏。

　　很快，有个传闻在城里不胫(jìng)而走[胫：小腿；走：跑。没有腿却能跑。比喻事物无须推行，就已迅速地传播开去]——烧杀掳掠犹太人的事不久就要发生了。消息也马上传到了又乱又脏的犹太居民区。那里的房子大多都是倾斜的并且又小又矮，凌乱地修建在高高的河岸上。犹太贫民拥挤不堪地住在这些勉强可以称作房屋的盒子里。

　　谢廖沙在印刷厂做工已经一年多了。厂里的排字工人和其他工人全是犹太人。谢廖沙同他们处得很好，亲如一家。他们同心协力，团结在一起，共同对付那个傲慢的大肚子老板勃柳姆斯坦。印刷工人同老板不断地进行斗争。老板总是拼命想多榨取一些利润，少支付一些工资。就因为这个，工人们多次罢工，印刷厂一停工就是两三个星期。厂里有十四名工人，谢廖沙最年轻，但是摇起印刷机来，每天也得摇上十二个小时。

　　今天，来上班的谢廖沙发现那些犹太工人们情绪不安。在最近这动乱的月份里，印刷厂没有经常的订货，只是印些哥萨克大头目的告示。那个患肺病的叫门德利的排字工人把谢廖沙叫到一个角落里，用充满忧郁的目光注视着他，问："城里又要虐杀犹太人了，你知道吗？"

　　谢廖沙吃惊地看着这个老实的工人，说："你从哪里听说的？不知道。"

门德利把他那又瘦又黄的手放在谢廖沙肩上，【名师点睛：门德利是个肺病患者，所以用"又瘦又黄"正符合了人物形象，刻画细腻。】用信赖的口气对这个年轻的伙计说："虐犹的事十有八九要发生。可怜的多灾多难的犹太人又要遭殃了。我想问问你，你是否愿意帮助这些可怜的伙伴躲过这场灾难？"

"当然愿意。你说吧，门德利，需要我干什么？"排字工人们都认真仔细地听着他们俩的对话。

"谢廖沙，我们信得过你。而且，你爸爸也是个老实的工人。不要干活了，你现在就回家，问问你爸爸，能不能让几个老人和妇女藏到你们家去。藏到你们家的人选咱们再商量。除了你家以外，你再同你的朋友们合计合计，看谁家还能帮得上忙。这帮土匪一时半会儿还不会碰俄罗斯人。快去吧，谢廖沙，晚了就一切都完了。"

"行，放心吧门德利！别人家我不敢说，保尔和克利姆卡家一定会收留你们的。我这就去和他们说。"

"等一等。"门德利对此有点放心不下，赶忙叫住了要走的谢廖沙。

"保尔和克利姆卡是什么人？靠得住吗？"

谢廖沙冲着老工人点点头，说："放心吧，靠得住。他们都是我的好朋友。保尔的哥哥阿尔焦姆是个钳工。"

"啊，原来是他。"门德利这才放了心，"我认得他哥哥，我们在一个房子里住过。他是一个可靠的人。去吧，谢廖沙，快去快回。"

谢廖沙立刻朝门外跑去。

戈卢勃和帕夫柳克双方发生冲突后的第三天，虐杀犹太人的暴行开始了。那天帕夫柳克打败了，被赶出了城。他夹起尾巴溜到邻近的一个小镇，占领了那个地方。在夜战中，他损失了二十几个人，戈卢勃的损失也差不多。

死者的尸体匆忙运到公墓，草草掩埋了。没有举行仪式，因为这种事没什么可炫耀的。两个头目一见面就像野狗一样对咬起来，再大

▶ 钢铁是怎样炼成的

办丧事，可不是什么体面的事。帕利亚内查本来想在下葬的时候铺张一番，并且宣布帕夫柳克是赤匪，但是以瓦西里神父为首的社会革命党委员会反对这样做。

那天夜间的冲突在戈卢勃的部队里引起了不满，特别是在警卫连，因为这个连的损失最大。为了平息不满情绪，提高士气，帕利亚内查建议戈卢勃让部下"消遣"一下。这个无耻的家伙所说的"消遣"，就是虐杀犹太人。他说这样做是非常必要的，不然就没有办法消除部队中的不满情绪。上校本来不打算在他和酒店老板的女儿举行婚礼之前破坏城里的平静，但是听帕利亚内查讲得那么严重，也就同意了。

不错，上校老爷已经加入了社会革命党，再搞这种名堂，多少有些顾虑。他的敌手又会乘机制造反对他的舆论，说他戈卢勃上校是个虐犹狂，而且一定会在大头目面前说他许多坏话。好在他戈卢勃目前并不靠大头目过日子。他的给养全是自己筹措的。其实，大头目自己也完全清楚，他手下的弟兄是些什么货色。他本人就曾不止一次要他们奉献所谓征来的财物，以解决他那个"政府"的财政困难。至于说戈卢勃是虐犹狂，那么在这一点上他早就名声在外了，再干一次，他的名声也不见得再坏到哪里去。

烧杀抢劫从大清早就开始了。

<u>犹太居民区空荡荡的街道笼罩在破晓前的灰雾里，显得毫无生气。这些破旧的街道像浸过水的麻布条，把那些歪歪斜斜的犹太人住屋胡乱地捆在一起。家家户户的窗户上都挂着窗帘，上着窗板，不透一丝光亮。</u>【名师点睛：用"空荡荡""麻布条"形象地再现了当时犹太居民区恐怖的氛围。】

表面上看来，小屋里的人都沉浸在黎明前的甜梦里。其实，他们并没有睡，而是穿着衣服，一家人挤在一个小房间里，准备应付即将来临的灾难。只有不懂事的婴孩才无忧无虑地、香甜地睡在妈妈的怀抱里。

这天早上，戈卢勃的卫队长萨洛梅加，一个脸长得像吉卜赛人、腮上有一条绛紫色刀痕的黝黑的家伙，很长时间都没能摇醒戈卢勃的副官帕利亚内查。

帕利亚内查睡得死死的，他正做着噩梦，怎么也醒不过来。他梦见一个龇牙咧嘴的驼背妖怪，伸着爪子搔他的喉咙，这个妖怪折磨了他一整夜。最后，他终于抬起那疼得要裂开来的脑袋，清醒过来，原来是萨洛梅加在叫他。

"醒醒吧，你这个瘟神！"萨洛梅加一面抓住他的肩膀摇晃，一面喊，"已经不早了，该动手啦！让酒把你灌死才好呢！"

帕利亚内查总算完全清醒了，坐了起来。胃疼得他歪扭着嘴，他吐了一口苦水。

"什么该动手了？"他用无神的眼睛瞪着萨洛梅加。

"怎么？干犹太人去呀，你糊涂了？"

这回帕利亚内查想起来了，可不是，他把这事给忘了。昨天上校带着未婚妻和一群酒鬼溜到郊外田庄里，他们在那里灌了个酩酊大醉。

戈卢勃认为，在抢劫和屠杀犹太人期间，他最好回避一下，别留在城里。往后他可以推脱责任，说这是他不在时发生的一场误会。他离开的这段时间，足够帕利亚内查漂漂亮亮地大干一场了。嘿，这个帕利亚内查，搞这种"消遣"可是个大行家！

帕利亚内查往头上浇了一桶冷水，思考的能力完全恢复了。他在司令部里东跑西颠，下达了一连串的命令。

警卫连已经上了马。办事精明的帕利亚内查为了避免引起麻烦，又命令设置岗哨，把工人住宅区和车站通城区的道路切断。在列辛斯基家的花园里架了一挺机枪，监视大路。如果工人出来干涉，就用铅弹对付他们。

一切安排就绪之后，副官和萨洛梅加才跨上马。

已经出发了，帕利亚内查忽然想起一件事，立即下令："站住。差

▶ 钢铁是怎样炼成的

点忘了大事。带上两辆大车，咱们给戈卢勃弄点礼物，好办喜事。哈，哈，哈！……第一批到手的东西照例归司令。第一个娘们，哈，哈，哈，可得归我这个副官。明白吗，蠢货？"

最后这句话他是问萨洛梅加的。

萨洛梅加朝他翻翻黄眼珠，说："有的是，够大伙受用的。"

队伍顺着大路缓慢前行。副官和萨洛梅加走在最前面，紧跟着的是一大群警卫。现在晨雾已经消散了。在他们眼前的是一座两层楼房，生锈的招牌上写着："福克斯百货店"。帕利亚内查慢慢勒住了马缰。

他那匹被束缚住的细腿灰骒马不耐烦地踢了一下脚下的石路。

"好啦，兄弟们！上帝保佑，我们就打这儿开始吧。"帕利亚内查说着，下了马。

"现在，好戏就要开场了。弟兄们，小心，可别敲碎那些猪猡的脑壳，收拾他们的机会多得很。至于那些娘们呢，要是还能熬得住，那就等到晚上再说。"

一个卫兵龇着大牙抗议说："少尉大人，怎么能这样说大家伙呢？要是两厢情愿呢？"周围的人可耻地哄笑起来。帕利亚内查赞赏地看了看那个卫兵。

"当然喽，要是两厢情愿，那就随便好了。就是老天爷也没有权利禁止这种事。"

走到紧闭着的店门前，帕利亚内查抬脚使劲踢了一脚。但是结实的柞木门纹丝不动。

是的，这里不是开始的地方。副官握着军刀，绕过墙角，朝福克斯的住宅门口走去。萨洛梅加紧跟在后面。

房子里三个恐慌的人早就听到了马蹄声。当马蹄声在店铺门口消失的时候，他们快要吓死了。随之传来墙外的吆喝声，更是吓得他们连气都不敢出。此时房子里一共有三个人。

财主福克斯昨天就带着妻子和女儿逃出了城，只留下女仆丽娃看守房产。丽娃是一个温顺胆小的女孩子，才十九岁。福克斯怕她一个人不敢住这么大的空房子，就叫她把父母接来同住，直到福克斯回来。

起初丽娃不同意留下，这个狡猾的商人就骗她说，虐犹的事不一定发生。再说，他们从你们穷人手里能抢到什么东西呢？等他回来以后，一定赏给她钱买衣服。

现在，三个人都在侧耳倾听外面的动静，他们忧心如焚，又心怀侥幸：也许外边的人只是路过？也许自己听错了，那些人是停在别人家的门口？也许门外根本就没有什么人，只是错觉？但是，商店门口传来了沉重的砸门声，一下子把他们的希望打得粉碎。

白发苍苍的老人佩萨赫，像孩子那样瞪着恐惧的蓝眼睛，站在通往店铺的门旁，喃喃地祷告着。这个虔诚的教徒用他全部的热忱祈求万能的耶和华帮助他们逃脱不幸。因为他在低声祷告，站在他身旁的老太婆听他喃喃细语，没有听见越来越近的脚步声。

丽娃跑到最里面的一个房间，藏在一只柞木橱子的后面。

猛烈而粗暴的砸门声吓得两位老人浑身打颤。

外面，不耐烦的匪兵们开始用枪托雨点般地打在门上，闩着的门跳动起来，终于"哗啦"一声裂开了。

屋子里立刻挤满了武装的匪兵。他们如狼似虎地奔向各个角落。很快，由住宅通到店铺的门也给枪托砸开了。匪兵们涌了进去，拔掉大门的门闩。

抢劫开始了。【写作借鉴：用一系列动词刻画了当时匪兵残暴的形象。】

两辆大车已经装满布料、鞋子和其他物品，萨洛梅加马上把这些东西押送到戈卢勃的住宅。他回来的时候，听到屋子里传出一声惨叫。

帕利亚内查放手让部下去抢劫店铺，自己却走进了内室，用野猫般的绿眼睛打量了一下屋里的三个人，然后对两个老人吼道：

"滚出去！"

但是两个老人一个也没有动。

▶ 钢铁是怎样炼成的

帕利亚内查朝前逼近一步，慢慢地把军刀抽出鞘来。

"妈妈！"丽娃发出撕心裂肺的叫喊。

这就是萨洛梅加听到的那声惨叫。

帕利亚内查从屋里走了出来，对听到喊声匆忙赶来的同伙急促地说："把他们给我弄出去！"他指着两个老人。两个老人被推出了门。帕利亚内查对走进屋来的萨洛梅加说："你先在门外站一会儿，我跟这个女孩子说几句话。"

佩萨赫老人听到屋里又是一声惨叫，就朝房门冲过去。但是重重的一拳当胸打来，把他撞到墙上。他疼得连气都喘不上来了。这时候，一向温和安静的老妇人托伊芭却突然像母狼一样扑向萨洛梅加，紧紧抓住他。

"放了孩子吧！你们干什么呀？"她挣扎着要进屋去，两只枯瘦的手像铁钩似的拼命抓住萨洛梅加的上衣。萨洛梅加竟挣脱不开。

佩萨赫缓过气来以后，马上跑来帮助她。

"放了她吧！放了她吧！……哎哟，我的女儿呀！"

他们两个把萨洛梅加从门口推开了。萨洛梅加赶紧从腰里拔出手枪，恶狠狠地用铁枪柄在佩萨赫白发苍苍的头上敲了一下。老人一声不响地倒下了。房间里又断断续续地传出丽娃的哀叫。近似发狂的托伊芭被拖到外面。凄厉的叫喊和求救的呼声立刻在街心回荡起来。

屋里的叫喊声却停息了。帕利亚内查走了出来，萨洛梅加抓住门把手，正要推门进屋，帕利亚内查看也没有看他一眼，只是拦住他说："别进去了，她已经完了。我用枕头把她捂得太严了一点。"说着，他跨过佩萨赫老人的尸体，一脚踩在一摊浓稠的血泊里。

"一开头就不顺手。"他咬牙切齿地说了一句，就朝街上走去，"枕头捂得太紧了。"

感到无趣的其他匪兵没有作声，跟着他走出来。<u>他们的脚在台阶上留下了一个个鲜红的血印。</u>【写作借鉴:用血印来强调匪徒留下的笔笔

84

血债是无法抹去的。]

这时城里已经完全陷入了一片混乱之中。因为分赃不均,匪徒们常常像野兽一样你争我夺,有的甚至拔刀相向。这些可恶的畜生把十维德罗[一维德罗等于12.3公升]装的柞木啤酒桶从酒馆里滚到街上。随后又挨家去抢东西。

没有人起来反抗。匪徒们翻遍每个小屋,找遍每个角落,然后满载而去,留下的只是一堆堆破烂衣物、撕破了的枕头和被子里飞出的绒毛。第一天共死亡两人:丽娃和她的父亲。但是,接踵而来的黑夜却带来了难以逃避的死亡。

傍晚,这群贪婪的豺狼纵情狂饮,因酒性发作变得神志不清的彼得留拉匪帮等待着夜幕降临。黑夜的掩护,使他们得以放开手脚大干。在夜晚,他们杀起人来更加肆无忌惮。豺狼也是喜欢黑夜的,它们也是专门伤害那些听天由命的弱者的。

许多人永远都忘不了那可怕的三天两夜。多少个生命被杀戮,被摧残!多少个青年在血腥的时刻白了头发!多少眼泪渗进了大地!谁又能说,那些活下来的人比死者幸运一些呢?他们的心被掏空了,留下的只是洗刷不尽的羞辱和侮辱带来的痛苦、无法形容的忧伤和失掉亲人的哀伤。受尽折磨和蹂躏的少女们的尸体蜷缩着,痉挛地向后伸着双手,毫无知觉地躺在许多小巷里。

只是在小河旁铁匠纳乌姆的小屋里,当豺狼们扑向他的年轻妻子萨拉的时候,他们才遇到了猛烈的抵抗。这个身强力壮的二十四岁的铁匠,浑身都是抡铁锤练出来的刚健肌肉。

他誓死护卫着妻子。在小屋里的一场短促、凶猛的搏斗里,两个彼得留拉匪兵的脑袋被砸成了烂西瓜。铁匠像一只可怕的困兽,不顾一切地保卫着两条生命。匪徒们知道出了事,纷纷跑到小河旁,双方长时间地对射着。纳乌姆的子弹就要打完了,他用最后一粒子弹结束了妻子的生命,自己端着刺刀冲出去同匪徒拼命。但是,他在台阶上

▶ 钢铁是怎样炼成的

刚一露头，密集的子弹就朝他扫射过来。他那沉重的身体倒下去了。

附近乡下的大户人家赶着肥壮的牲口来到城里，把他们看中的好东西装满大车，然后，由他们在戈卢勃队伍里当兵的儿子或亲戚护送，运回家去。他们就这样匆忙地一趟又一趟搬运着。

谢廖沙和父亲冒着风险把印刷厂的一半工人藏在自己家的地窖里和阁楼上。现在他正穿过菜园回家。忽然，一个人沿着公路跑过来。

那是一个已经被吓得丢了魂的犹太老人。他穿着满是补丁的长外衣，光着头，一边跑一边挥舞着双手，累得直喘息。一个骑着灰马的彼得留拉匪兵在他的后面追了上来。那个匪兵弯着腰，作出要砍杀的姿势。听到马蹄声已经逼近，老人举起双手，像是要保护脑袋似的。谢廖沙一个箭步跳上大路，冲到马跟前，用自己的身子护住老人，大喝道："住手，狗强盗！"可是，那个凶恶的匪徒并不想收回马刀，他顺势用刀背朝这青年长着金发的头颅砍了下去。

Z 知识考点

1.冬妮娅写信给_____，她们的友谊非常深厚。本章中，_____和_____展开了激烈的斗争，结果引得两败俱伤。

2.判断题：帕夫柳克为了让部下消遣一下，展开了虐杀犹太人的行动。　　　　　　　　　　　　　　　　　　　　　（　　）

3.彼得留拉匪兵中的小头目戈卢勃是个什么样的人？
_____
_____

Y 阅读与思考

1.冬妮娅为什么要将保尔和其他人做比较？

2.彼得留拉匪兵为什么要屠杀犹太人？

第五章

身陷牢狱

M 名师导读

在遭遇过彼得留拉匪兵惨绝人寰的大屠杀后，人们逐渐清醒起来，恰逢布尔什维克人的来到让他们走向了反抗。保尔更是一腔热血地投身到革命的队伍中。一个偶然的机会，他解救了路上被抓的革命者朱赫来，为此展开了一场惊心动魄的斗争。

为了解救在苦难中的人民，红军游击队步步紧逼，不断向大头目彼得留拉所属的匪帮发动进攻。情况越来越紧急，以致戈卢勃团也被调上了前线。城里只留下少量后方警卫部队和警备司令部。

逃过那场灾难的幸运儿利用着这短暂的和平匆匆掩埋了他们的亲人。同时那个看起来肮脏的犹太人居民区却散发着一股顽强的生命力。

战斗就在不远的地方进行。在这个寂静的夜晚，人们已经可以隐隐约约听到枪炮声了。

由于没有活干，铁路工人们都已经离开了车站，到各乡去谋生。中学也关门了。

城里宣布了戒严。

这是一个黑沉沉的、阴郁的夜。

在这个黎明前的最后时刻，乌云犹如远方大火腾起的团团浓烟，在昏暗的天空缓慢浮动，浓重的烟雾把它遮掩起来。昏黄的月亮发出微微颤抖的光，很快也被乌云淹没了，如同掉进了黑色的染缸。【写作

87

▶ 钢铁是怎样炼成的

借鉴：用浓重的笔墨描写气象现象，借以喻指社会气氛的灰暗。】

在这样的时刻，即使你把眼睛睁得滴溜圆想看清楚道路，也无济于事。于是人们只好像瞎子走路，张开手去摸，伸出脚去探，随时都有跌进壕沟的危险。

在这样的时刻，还会有什么人鬼迷心窍地迈出家门，到大街上去乱跑，以致撞得头破血流呢？但是在一九一九年四月这样的岁月，脑袋或者身上让子弹钻个把窟窿，嘴里让铁枪托敲落几颗牙齿，对于平民百姓来说本来就是平常的事。

谨小慎微的小市民都知道，这种时候坐在家里，别点灯是最好的选择。点灯可是一个要命的举动。屋里黑洞洞的，最保险。【名师点睛：把"黑洞洞"当作安全是人们的经验之谈，表明当时的人们活在怎样的社会里。】

如果有人实在耐不得寂寞，非要出门，那就让他去好了。反正有那么一些人一辈子没个老实的时候。那好，悉听尊便，要送死自己去吧。这跟我们又有什么相干？小市民自己才不出去乱跑呢。放心好了，绝不会出去的。可就是在这样一个深夜，却有一个人是例外。在黑夜里，匆匆的脚步声在街上响起。他双脚不时陷进泥里，尤其遇到特别难走的地方，嘴里还不住地骂骂咧咧地吐出几句脏话。【名师点睛：与"小市民"畏缩不前、谨小慎微不同的是，"革命者"则是大大咧咧、不畏艰险，突显了革命者的气魄和勇敢。】

这个人走到了柯察金家门前，小心翼翼地朝四周望了望后，轻轻地敲着窗框。没有人应声。他又敲了敲，比第一次更响些，也更坚决些。

没有去上工的保尔正睡得香。这是个噩梦！在梦里，一个似人非人的怪物用机枪对着他，他想逃，可是又无处可逃。那挺机枪发出了可怕的响声。

保尔醒了。外面还在固执地敲着窗子，震得玻璃直响。他敏捷地跳下床，走到窗前，想看看是谁在敲。但是，外面只有一个模糊的人影，根本无法分辨来人的身份。

能来他家的人不多。母亲到他姐姐家去了，他姐夫在一家糖厂开机器。阿尔焦姆在邻近的村子里当铁匠，靠抡大锤挣饭吃。那么，敲窗的人一定是阿尔焦姆。

保尔想了想以后决定打开窗子。

"谁？"他朝人影低喝了一声。

窗外的人影用压低了的粗嗓门说："是我，朱赫来。"说着，黑影用两手按住窗台，纵身一跳，头就同保尔的脸一般高了。

"小兄弟，我能到你家借宿吗？"他小声地问。

"当然可以，那还用说！快进来！"保尔既激动又兴奋地回答，"你就从窗口爬进来吧。"

朱赫来粗壮的身体努力从窗口挤了进来。他随手关好窗户，然后静静站在窗旁，倾听窗外有没有动静。月亮从云层里钻出来，照亮了大路。在确信外面没有人看到后，他转过身来，对保尔说："咱们会把你母亲吵醒吗？她大概睡了吧？"

等保尔告诉他家里只有他一个人时，朱赫来这才放心，提高了嗓音说："小兄弟，那帮混蛋正在四处抓我。为了车站上最近发生的事，他们要找我算账。虐杀犹太人的时候，要是大伙心再齐点，本来可以让那些畜生付出代价的。可是现在人们还没有上刀山下火海的决心，所以没有干成。灰狗子已经盯上我了，他们先后两次设埋伏要抓我了。今天就差点落在他们手里。刚才，我正回住处，当然啦，是从后门走的。走到板棚旁边一瞧，有个家伙藏在院子里，身子紧贴大树，可是刺刀露在外面闪闪发光，让我看见了。不用说，我转身就跑。所以一路就跑到了你家。小兄弟，我打算在你家避一避难。【名师点睛：朱赫来打算在保尔家避难，说明了他对保尔的信任。】你不反对吧？行。那就好了！"

朱赫来吭哧着，脱下那双沾满泥的靴子。

朱赫来的到来使保尔十分高兴。最近发电厂停工，他一个人待在家里，冷冷清清的，觉得非常无聊。

▶ 钢铁是怎样炼成的

　　两个人躺到床上。保尔马上就入睡了，朱赫来却一直在抽烟。后来，他又从床上起来，光着脚走到窗前，朝街上看了很久，才回到床上。他已经十分疲倦，躺下就睡着了。他的一只手伸到枕头底下，按在沉甸甸的手枪上，枪柄被焐得暖烘烘的。

　　转眼间，保尔和朱赫来已经生活了八天。而这八天对于保尔来说，让他受益匪浅。从这个勇敢的水兵嘴里，保尔第一次听到这么多重要的、令人激动的新鲜道理。这八天在年轻锅炉工的成长历程中，有着决定性的意义。

　　由于朱赫来已经两次遇险，所以他不得不像关进铁笼的猛兽一样，暂时待在这间小屋里。对那些打着蓝黄旗蹂躏乌克兰大地的匪帮，他充满了仇恨。在这短短的避难时间里，他把满腔怒火和憎恨都传给如饥似渴地听他讲话的保尔。

　　朱赫来讲得鲜明生动，通俗易懂。他对一切问题都有明确的认识。他坚信自己走的道路是正确的。保尔从他那里懂得了，那一大堆名称好听的党派，什么社会革命党、社会民主党、波兰社会党等等，原来都是工人阶级的凶恶敌人；只有一个政党是不屈不挠地同所有财主作斗争的革命党，这就是布尔什维克党。

　　以前保尔总是被这些名称弄得糊里糊涂的。

　　费奥多尔·朱赫来，这位健壮有力的革命战士，久经狂风巨浪的波罗的海舰队水兵，一九一五年就加入俄国社会民主工党的坚强的布尔什维克，对年轻的锅炉工保尔讲述着严峻的生活真理。保尔两眼紧紧地盯着他，听得入了神。

　　"小兄弟，我小时候跟你差不多，"朱赫来说，"浑身是劲，总想反抗，就是不知道力气往哪儿使。我家里很穷，一看见财主家那些吃得好穿得好的小少爷，我就恨得牙痒痒的。我常常狠劲揍他们。可是有什么用呢，过后还得挨爸爸一顿痛打。单枪匹马地干，改变不了这个世道。保夫鲁沙，你完全可以成为工人阶级的好战士，一切条件你都有，只是年纪还小了点，阶级斗争的道理，你还不大明白。小兄弟，我看你挺有出息，所以想跟你说应该走什么路。我最讨厌那些胆小怕事、低声下气的家伙。现在全世界都燃起了烈火。奴隶们起来造反了，要把旧世界沉到海里去。但是，干这种事，需要的是勇敢坚强的阶级弟兄，而不是娇生惯养的公子哥儿；需要的是坚决斗争的钢铁战士，而不是战斗一打响就像蟑螂躲亮光那样钻墙缝的软骨头。"

朱赫来紧握拳头，有力地捶了一下桌子。

他站起身来，两手插在衣袋里，皱着眉头在屋里大步走来走去。

朱赫来闲得太难受了。他后悔不该留在这个倒霉的小城里。他认为再待下去已经没有什么意义，所以，毅然决定穿过火线，去找红军部队。

城里还有一个九个人的党组织，可以继续进行工作。

"没有我，他们照样可以干下去。我可不能再在这儿闲待着。已经浪费了十个月，够了。"朱赫来生气地想。

"费奥多尔，你到底是干什么的？"有一天，保尔问他。

朱赫来站起来，把手插在衣袋里。他一时没有弄明白这句话的意思。

"难道你还不知道我是干什么的吗？"

"我想你一定是个布尔什维克，要不就是个共产党。"保尔低声回答。

朱赫来哈哈大笑起来，逗乐似的拍拍被蓝白条水手衫紧箍着的宽胸脯。

"小兄弟，这是明摆着的事。不过布尔什维克就是共产党，共产党就是布尔什维克，这也是明摆着的事。"他接着严肃地说，"既然你已经知道了，你就应当记住：要是你不愿意他们整死我，那你不论在什么地方，不论对什么人，都不能泄漏这件事。懂吗？"

"我懂。"保尔坚定地回答。

这时，从院子里突然传来了说话声，没敲门人就进来了。朱赫来急忙把手伸到衣袋里，但是立刻又抽了出来。进来的是谢廖沙，他头上缠着绷带，脸色苍白，比以前瘦了。瓦莉亚和克利姆卡跟在他后面。

▶ 钢铁是怎样炼成的

"你好，我亲爱的小鬼头！"谢廖沙笑着把手搭在保尔肩头，"我们三个一道来看你。瓦莉亚不放心我一个人出来。而克利姆卡又不让瓦莉亚一个人跟我来，也是不放心。嘿嘿！别看他一脑袋红毛[马戏团小丑的代称，常用它来讽刺傻头傻脑的人，因为克利姆卡的头发是红色的，所以才这样来挖苦他]，傻呵呵的，活像马戏团的小丑，倒还懂点好歹，知道现在让一个人——尤其是女孩子独自出去有危险。"

瓦莉亚笑着捂住弟弟的嘴，说："保尔别听他胡扯！今天他一直跟克利姆卡过不去。"

"对病人只能迁就点了。脑瓜子挨了一刀，难怪要胡说八道。"克利姆卡傻傻地笑着，露出一排洁白的牙齿。

大家都哈哈大笑起来。

由于谢廖沙还没有完全复原，所以不得不靠在保尔床上。朋友们热烈地交谈起来。一向高高兴兴的谢廖沙，今天一反常态显得沉静、忧郁，他把彼得留拉匪兵砍伤他的经过告诉了朱赫来。

对来看保尔的这三个青年，朱赫来都很了解。为了做工作，他曾经到勃鲁扎克家去过多次。他非常喜欢这些青年人。虽然他们还没有找到应该走的道路，但是却已经鲜明地表现出他们的阶级意识与未来的发展方向。朱赫来认真地听这些年轻人谈论着，他们是如何把犹太人藏在自己家里，帮助他们躲过那次劫难的。这天晚上，朱赫来也给青年们讲了许多关于布尔什维克和列宁的事情，帮助他们对当前发生的种种事件有一个正确的认识。

保尔送走客人的时候，夜已经深了。

最近这几天，朱赫来总是每天黄昏出去，直到深夜才回来。在动身之前，他忙着在与留在城里的同志们商量着今后的工作。

可是有一天，朱赫来一夜未归。保尔早上醒来，看见床铺还空着。保尔敏锐地预感到有些不好的事情可能发生了，他慌忙穿好衣服，走了出去。【写作借鉴：用"敏锐""慌忙"表明了保尔对朱赫来突然消失感到不安。】他锁好屋门,把钥匙藏在约定的地方,就去找克利姆卡,想打听朱赫来的消息。克利姆卡的母亲是一个大脸盘、生着麻子的矮胖妇女,正在洗衣服。保尔问她知道不知道朱赫来在什么地方,她没好气地说:"怎么,我没事干,专给你看着朱赫来的?就是为了这个家伙,佐祖利哈家给翻了个底朝天。你还要找他干什么?你们凑在一起,倒真是好搭档,克利姆卡、你……"她一边说,一边狠狠地搓着衣服。

克利姆卡的母亲一向就是嘴皮子厉害,爱唠叨。

保尔从克利姆卡家出来,又去找谢廖沙。他把自己担心的事告诉了他。瓦莉亚在一旁插嘴说:

"你担什么心呢?他也许在熟人家里住下了。"但可以听得出来,她对此也并不十分自信。

保尔打算走了。瓦莉亚知道,保尔这几天在饿肚子,家里能卖的东西,全换成吃的了,再也没有什么可卖的。她强迫保尔留下吃饭,否则便不再和他好。保尔也确实感到饥肠辘辘,于是留下饱餐了一顿。

保尔走近家门的时候,满心希望能在屋里看到朱赫来。

但是,屋门还是紧锁着。他心情沉重地站住了,真不愿走进这间空屋子。

保尔在门口站了几分钟,左思右想,最后受一种说不出的力量指使,他走向板棚。【名师点睛:寥寥数语完成了保尔在"几分钟"时间内所下的决心。】他把手伸进棚顶下面那个秘密的角落,拨开蜘蛛网,从里面掏出了一支用破布包着并且笨重的枪。

保尔转身朝车站走去。口袋里装着那支沉甸甸的手枪,他心里紧张极了。

在车站上,保尔遗憾地没有打听到有关朱赫来的消息。返回的路上,恰好经过林务官家的花园,他不由自主地放慢了脚步,怀着自己也弄不明白的希望,呆呆地望着房子上的窗户。但是花园里和房子里却空无一人。走过去之后,他又忍不住留恋地回头朝花园的小径看了

▶ 钢铁是怎样炼成的

一眼。花园里遍地都是去年的枯叶，一片荒凉景色。显然，那位爱护花草的主人已经好久没有修整过这座花园了。这凄冷的场面再加上一座古老的大房子，徒增了保尔的惆怅。

保尔把两手深深插在衣袋里，漫步朝城里走去，一面回忆着他和冬妮娅争吵的经过。那是他和冬妮娅最后一次拌嘴。这次比以往任何一次都厉害的争吵发生在一个月以前。

有一天，保尔和冬妮娅在街上偶然遇到了，热情的冬妮娅就连忙邀请保尔去她家里玩。

"今天只有我一个人在家。我爸和我妈都到博利尚斯基家去参加命名礼了。保夫鲁沙，你也来吧，咱们一起读列奥尼德·安德列耶夫［1871—1919，俄国作家］的《萨什卡·日古廖夫》。这本小说有意思极了。我已经看过了，推荐你也读一遍。晚上你来，咱们一定可以过得很愉快。怎么样？"

那天的冬妮娅美丽极了。一顶小白帽紧紧地将她那浓密的栗色头发兜起来，帽子下面那双大眼睛期待地望着保尔。

"我一定来。"保尔愉快地答应了。

和冬妮娅道别后，保尔急忙去上班。一想到他要和冬妮娅在一起度过整整一个晚上，炉火都显得分外明亮，木柴的噼啪声也似乎格外欢畅。

当天黄昏，冬妮娅准时听到了他的敲门声，便欢快地亲自跑来打开宽大的正门。她有点抱歉地说："我来了几个客人。保夫鲁沙，我没想到他们会来，不过你可不许走。"

保尔知道有些不妥，就转身想走，但是冬妮娅一把拉住他的袖子，说："进来吧。让他们跟你认识认识。"说着，就用一只手挽着他，穿过饭厅，把他带到自己的房间。

一进房间，冬妮娅就微笑着对在座的几个年轻人介绍说："你们到现在还不认识吧？这是我的朋友保尔·柯察金。"

在房间里的小桌子旁边坐着三个人：一个是莉莎·苏哈里科，这是个漂亮的中学生，肤色微黑，小嘴，头发留着风流的发式；另一个是保尔没有见过的青年，他穿着整洁的黑外衣，细高个子，油光光的头发梳得服服帖帖的；第三个坐在前两人的中间，穿着非常时髦的中学制服，他就是保尔的仇敌维克多·列辛斯基。冬妮娅推开门的时候，保尔第一眼看到的就是他。

维克多也是一眼就认出了他，他惊讶地扬起尖细的眉毛。

保尔不动声色地站了几秒钟，与维克多互相仇视着对方。冬妮娅急于打破这种令人难堪的僵局，便一边请保尔进屋，一边对莉莎说："来，给你介绍一下。"

莉莎好奇地打量着保尔，欠了欠身子。

保尔什么也没说，一个急转身就大步穿过半明半暗的饭厅，朝大门走去。冬妮娅一直追到台阶上才赶上他。她用两手死死地抓住保尔的肩膀，激动地说："你为什么要走呢？我是有意叫他们跟你见见面的。"

出乎她的意料之外，保尔把她的手从肩上推开，毫不客气地说："用不着拿我在这些混蛋面前展览。我跟这帮家伙是永远坐不到一块儿的。不论你觉得他们可爱与否，可是我恨他们。我不知道他们在你这里，否则我是绝不会来的。"【名师点睛：犀利的语言风格恰好体现了保尔的性格特征，表现了他明确的阶级立场。】

冬妮娅极力压住心头的火气，打断他的话说："你有什么权力对我这样说话？我可是从来没问过你，你跟谁交朋友，或者谁常到你家去。"

保尔头也不回地走下台阶，进入花园。他一边走，一边斩钉截铁地说："如果那样的话，那就让他们来好了，我反正是不来了。"说完，就出门回家了。

从那天分开之后，他们俩再也没有见过面。紧接着又是虐犹事件的发生，保尔和电工一道忙着在发电厂隐匿犹太人家属，完全把这次吵架抛之脑后。直到今天，他又突然想念起冬妮娅。

▶ 钢铁是怎样炼成的

朱赫来失踪了，家里等待着保尔的是孤独寂寞，一想到这里，他的心情就特别沉重。春天化冻以后，公路上的泥泞还没有全干，车辙里满是褐色的泥浆。整个公路像一条灰色的带子，拐到右边去了。

紧挨着路边有一座难看的房子，墙皮已经剥落，像长满疥癣一样。公路拐过这所莫名其妙矗立在那儿的房子，分成了两股岔道。

公路十字路口上有一个废弃的售货亭，门板已经毁坏，"出售矿泉水"的招牌倒挂着。就在这个破售货亭旁边，维克多正在同莉莎告别。

他久久握着莉莎的手，情意缠绵地看着她的眼睛，问："您来吗？您不会骗我吧？"

莉莎卖弄风情地回答："来，我一定来。您等我好了。"

临别的时候，莉莎那双懒洋洋的脉脉含情的棕色眼睛又对他微笑了一下。

莉莎刚过去十来步，就看见两个人从拐角后面走出来，上了大路。前面走着的是一个宽肩膀的工人，他敞着上衣，露出里面的水手衫，黑色的帽子低低地压住前额，一只眼睛像被打了一样又青又肿。他穿着一双短筒黄皮靴，腿略微显得有些弯曲，但仍坚定地朝前走着。

后面一个穿灰军装的彼得留拉匪兵在距离他约三步远的地方慢慢跟着，他的腰带上挂着两盒子弹，刺刀尖几乎抵着前面那个人的后背。

在匪兵那毛茸茸的皮帽下面，一双眯缝着的眼睛警惕地盯着被捕者的后脑勺。很显然，他不介意给这个逃犯一颗枪子吃。

莉莎稍微放慢了脚步，走到公路的另一边。这时，保尔也跟在她的后面走上了公路。当他向右转，往家走的时候，也发现了这两个人。

朱赫来！他马上认出了走在前面的那个人。保尔的两只脚像在地上生了根一样，再也挪不动了。【名师点睛：从知晓"朱赫来"到"脚在地上生了根"，形象生动地将保尔对朱赫来被抓的惊讶表现出来。】

"怪不得他没回家呢！怎么办？"

朱赫来离保尔越来越近，保尔的心剧烈地跳动着。一时间，所有

96

的想法涌入大脑中，他慌乱了，不知道该怎么做。但是，他知道，朱赫来被捕了，这下子完了！

保尔眼巴巴地看着他们走过来，心里乱糟糟的，但是完全不知道怎么办。

"怎么办？"

突然，他想起口袋里的手枪。"等他们走过去，朝这个端枪的家伙背后来一下，朱赫来就能得救。"等这个危险的想法出现在脑海里之后，他的思绪立即变得清晰了。他紧紧地咬着牙，以致咬得生疼。<u>就在昨天，朱赫来还对他说过："干革命这种事，最需要的是勇敢坚强的阶级弟兄……"</u>【名师点睛：交代保尔为行动找到了方向标。】

主意拿定的保尔迅速朝左右瞥了一眼。现在这个时候通往城里的大路上空荡荡的。在前面的路上，一个穿春季短大衣的女人急急忙忙地走着。看不出来是谁，但她应该不会碍事。十字路口另一侧路上的情况，他看不见。只是在远处通向车站的路上模模糊糊有几个人影。

保尔走到公路边上。当他们相距只有几步远的时候，朱赫来也看见了保尔。

<u>朱赫来用那只好眼睛看了看他，两道浓眉微微一颤，他认出了保尔</u>，感到很意外，一下子愣住了。于是刺刀尖立刻触到了他的后背。【写作借鉴：用"微微一颤""愣住"表现了朱赫来对见到保尔的内心变化。】

"喂，快走，再磨蹭别怪我不客气！"押送兵用刺耳的假嗓子尖声吆喝着。

朱赫来又迈开了他的步子。他很想对保尔说几句话，但是最后还是忍住了，只是挥了挥手，像打招呼似的。保尔怕引起黄胡子匪兵的疑心，赶紧背过身不看他们。朱赫来走过的时候，他还装出一副对这两个人毫不在意的样子。

正在这时，他的脑子里突然想着："从背后打枪太危险，要是我这一枪打偏了，子弹说不定会打中朱赫来……"

▶ 钢铁是怎样炼成的

可是，在这么一会儿的时间里，那个彼得留拉匪兵已经走到他身旁了，事到临头，容不得多想了！接下来发生的事就像做梦一样：当匪兵走到保尔跟前的时候，保尔猛然向他扑去，抓住他的步枪，狠命向下压。刺刀"啪嗒"一声碰在石头路面上。

彼得留拉匪兵完全没有料到会有人袭击，不禁愣了一下。但马上，他开始尽全力往回夺枪。保尔把整个身子的重量都压在枪上，死也不松手。在搏斗中枪响了，子弹打在石头上，蹦起来，落到路旁的壕沟里去了。朱赫来听到枪声，急忙往旁边一闪，回过头来，发现押送兵正狂怒地从保尔手里往回夺枪。那家伙转着枪身，拼命扭绞着少年的双手，但是保尔还是死死抓住不放。押送兵在急切之间猛一使劲，把保尔摔倒在地。但是就是这样，枪还是没能落到原主人的手里。保尔摔倒的时候，就势把那个押送兵也拖倒了。在这样的关头，是绝对没有什么力量能叫保尔撒开手里的武器的。

机不可失！朱赫来一个箭步，蹿到他们跟前，抡起拳头，朝押送兵的头上打去。〔写作借鉴：用"箭步""蹿""抡"形容朱赫来行动迅捷、孔武有力。〕三拳之后，那个家伙松手放开躺在地上的保尔，像一只装满粮食的口袋，滚进了壕沟。接着还是那双强有力的手，把保尔从地上扶了起来。

维克多已经从十字路口走出了一百多步。他一边走，一边用口哨轻声吹着《美人的心朝三暮四》。他仍然在回味刚才同莉莎见面的情景，她还答应明天到那座废弃的砖厂里去会面，他不禁飘飘然起来。

在追逐女性的中学生中间有一种传言，说莉莎是一个在谈情说爱问题上满不在乎的姑娘。

厚颜无耻而又骄傲自负的谢苗·扎利瓦诺夫有一次就告诉过维克多，说他已经占有了莉莎。维克多并不完全相信这家伙的话，但是，莉莎毕竟是一个有魅力的尤物，所以，他决意明天证实一下，谢苗讲的话是不是真的。

"只要她一来，我就单刀直入。她不是不在乎人家吻她吗？要是谢苗这小子没撒谎……"他的思路突然给打断了。迎面过来两个彼得留拉匪兵，维克多闪在一旁给他们让路。一个匪兵骑着一匹秃尾巴马，手里晃荡着帆布水桶，看样子是去饮马。另一个匪兵穿着一件紧腰长外套和一条肥大的蓝裤子，一只手拉着骑马人的裤腿，兴致勃勃地讲着什么。维克多让他们走过去以后，刚要继续向前，公路上突然响了一枪。他哆嗦了一下，不禁停住了脚步，回头一看，骑马的士兵一抖缰绳，朝枪响的地方驰去。另一个提着马刀，跟在后面跑。

维克多也跟着他们向枪响的方向跑去。当他快跑到公路的时候，又听到一声枪响。这时，骑马的士兵惊慌地从拐角后面冲出来，差点撞在维克多身上。他又用脚踢，又用帆布水桶打，催着马快跑。跑到第一所士兵的住房，一进大门，就朝院子里的人大喊："弟兄们，快拿枪，咱们的人给打死了！"

刹那间，几个人扣动着扳机从院子里跑了出去。他们把维克多抓住了。公路上已经捉来了好几个人。其中有维克多和莉莎。莉莎是作为见证人被扣留的。当朱赫来和保尔从莉莎身旁跑过去的时候，她大吃一惊，呆呆地站住了。她认出袭击押送兵的竟是前些日子冬妮娅打算向她介绍的那个少年。

他们两人相继翻过了一家院子的栅栏。正在这个时候，一个骑兵冲上了公路，他发现了拿着步枪逃跑的朱赫来和挣扎着要从地上爬起来的押送兵，就立即驱马向栅栏这边扑来。

朱赫来回身朝他放了一枪，吓得他掉头就跑。

押送兵吃力地抖动着被打破的嘴唇，把刚才发生的事说了一遍。

"你这个笨蛋，让犯人从眼皮底下跑了！这下你的屁股少不得要挨二十五下揍了。"

押送兵恶狠狠地顶了他一句：

▶ 钢铁是怎样炼成的

"我看就你聪明！从眼皮底下跑了，是我放的吗？谁知道哪儿蹦出来那么一个狗崽子，像疯了一样扑到我的身上？"

作为证人，莉莎也受到了盘问。但她讲的和押送兵没有什么区别，只是没有说她认识袭击押送兵的那个少年。无奈之下，匪兵们只好把抓来的人都送到了警备司令部。直到晚上，警备司令才下令释放他们。

警备司令要亲自送莉莎回家，但她委婉地拒绝了。司令酒气熏人，要送她回家，显然不会怀什么好意。后来还是由维克多陪她回家去。

从这里到火车站的路程不短。维克多挽着莉莎的手，心里为这件偶然发生的事情所给他带来的机会感到心满意足。快要到目的地的时候，莉莎突然问他："您知道救走犯人的小伙子是谁吗？"

"不知道，我怎么会知道呢？"

"难道您忘了那天晚上冬妮娅要给咱们介绍的那个小伙子吗？"

维克多停住了脚步。"什么？您说是保尔·柯察金救走了罪犯吗？"他惊奇地问。

"是的，好像是他。您还记得他啊，那天他多么古怪，转身就走了。没错，就是他。"维克多站在那里简直呆住不会动了。

"您没认错人吧？"他再次确认。

"不会错的。当时的情况记得很清楚。"

"那刚才您怎么不向警备司令告发呢？"

莉莎气愤地说："告发？您以为我会干出这种卑鄙的事情来吗？"

"为什么是卑鄙？告发一个袭击押送兵的人，您认为就是卑鄙？"

"那么照您说倒是一种高尚的行为了？您把他们前些日子干的那些事都忘得一干二净了？您难道不知道学校里有多少犹太孤儿？您还让我去告发？谢谢您，我可真没想到您是这种人。"

维克多对她的回答大吃一惊。但是他并不打算同莉莎就此问题进行争吵，所以就尽量把话题岔开。【写作借鉴:用语言的对白将两人的性

100

格刻画了出来，揭露了维克多卑怯，一副小人做派的行径，也为下文他出卖保尔做了铺垫。】

"您千万别生气，莉莎，我不过是说着玩的。我不知道您竟会这样认真。"

"您这个玩笑开得可并不好笑。"莉莎冷冷地说。

在莉莎家门口分手的时候，维克多问："莉莎，您明天来吗？"

他得到的是一句模棱两可的回答："再说吧。"

在回城的路上，维克多心里思量着："好嘛，小姐，您尽可以认为这是卑鄙的，我可有我的看法。当然喽，谁放跑了谁，跟我都不相干。"

维克多出身波兰名门列辛斯基家族，对争斗的双方都很厌恶。反正波兰军队很快就要开来。到了那个时候，一定会建立一个真正的政权——正牌的波兰贵族政权，眼下，既然有干掉柯察金这个坏蛋的好机会，当然也不必错过。他们会马上把他的脑袋揪下来的。

维克多一家只有他一个人留在这座小城里。他寄居在姨母家，他的姨父是糖厂的副经理。维克多的父亲西吉兹蒙德·列辛斯基在华沙身居要职，母亲和妮莉早就跟着父亲到华沙去了。

深夜，返回城里的维克多来到警备司令部，走进了敞开的大门。

过了一会儿，他领着四名彼得留拉匪兵向柯察金家走去。

他指着那个有灯光的窗户，低声说："就是这儿。"然后，转身问他身旁的哥萨克少尉："我可以走了吗？"

"您请便吧，我们自己能对付。谢谢您帮忙。"

维克多沿着人行道迈着大步飞快地走了。

保尔背上又挨了一拳，被推进了一间黑屋子，伸出的两手撞在墙壁上。他摸来摸去，摸到一个木板床似的东西，坐了下来。他受尽了折磨和毒打，心情十分沉重。

▶ 钢铁是怎样炼成的

　　对自己的被捕，保尔完全没有思想准备。"彼得留拉匪徒怎么会知道是我救的人呢？压根儿没人看见我呀！现在该怎么办呢？朱赫来在哪儿呢？"保尔是在克利姆卡家同水兵朱赫来分手的。他又去看了谢廖沙，朱赫来就留在克利姆卡家，好等天黑混出城去。

　　"幸亏我把手枪藏到老鸹(guā)窝里去了，"保尔想，"要是让他们翻到，我就没命了。但是，他们怎么知道是我呢？"这个问题叫他伤透了脑筋，就是找不到答案。

　　彼得留拉匪徒并没有从柯察金家里翻到什么有用的东西。衣服和手风琴被哥哥拿到乡下去了。妈妈也带走了她的小箱子。匪兵们翻遍各个角落，捞到的东西却少得可怜。然而，从家里到司令部这一路上的遭遇，保尔却是永远忘不了的。漆黑的夜，伸手不见五指。天空布满了乌云。匪兵们推搡他，从背后或两侧对他不停地拳打脚踢，毫不留情。保尔昏昏沉沉地向前走着。

　　门外有人在谈话。司令部的警卫就住在外间屋。屋门下边透进一条明亮的光线。保尔站起身来，扶着墙壁，摸索着在屋里走了一圈。在板床对面，他摸到了一个窗户，上面安着结实的参差不齐的铁栏杆。他用手摇了一下——纹丝不动。看样子以前这里是个仓库。他又摸到门口，停下来听了听动静，然后，轻轻地推了一下门把手。门讨厌地吱呀了一声。

　　"妈的，真活见鬼！"保尔骂了一句。

　　从打开的门缝里，他看见床沿上有两只脚，十个脚趾叉开着，皮肤很粗糙。他又轻轻地推了一下门把手，门又毫不留情地尖叫起来。一个睡眼惺忪、头发蓬乱的家伙从床上坐了起来。他用五个手指头恶狠狠地挠着生满虱子的脑袋，懒洋洋地扯着单调的嗓音破口大骂起来。骂过一通之后，摸了一下放在床头的步枪，有气无力地吆喝说："把门关上！再往外瞧，就打死你……"

　　保尔掩上门，外面房间里响起了一阵狂笑声。

102

这一夜，保尔翻来覆去想了许多东西。他万万没有想到他第一次参加斗争，就这么不顺利，刚刚迈出第一步，就像偷了东西的老鼠一样让人家捉住，关在笼子里了。【名师点睛：保尔的内心燃起高昂的斗志，人却被关进了监牢，这不免让他感到沮丧。】他坐在床上，瞌睡打得也是心神不宁。这时候，母亲的形象在他的脑海中慢慢浮现出来：瘦削的面孔，满脸皱纹，还有那慈祥的双眼……他不由想道："幸亏妈不在家，少受点罪。"从窗口透进来的光线照在地上，映出一个灰色的方块。

黑暗在逐渐退却。黎明已经临近了。

Z 知识考点

1. _____在保尔家借住了_____天。保尔营救_____时，被_____看见了，并抓去作了见证。

2. 判断题：保尔对待爱情是一个极其小气和自私的人。（   ）

3. 从莉莎与维克多的对话中，可以看出莉莎是个怎样的人？

_____

_____

Y 阅读与思考

1. 保尔为什么不顾安危去解救朱赫来？

2. 维克多因为什么将保尔视为仇敌，仅仅是因为情敌的缘故吗？

> 钢铁是怎样炼成的

第六章

幸运出逃

M 名师导读

从莉莎处收到保尔被捕消息的冬妮娅，不禁为恋人担心。命运多舛，正遭劫难的保尔却在命悬一线之时得以生还。命运之手又将安排保尔怎样的生活？

这是一栋古老的大房子，在昏暗的夜晚只有一个挂着窗帘的窗子透出灯光。突然，院子里那只用铁链拴着的狗——特列佐尔突然"汪、汪"狂吠起来。

睡意蒙眬中，冬妮娅听到母亲的低语声："冬妮娅还没睡。快请进来吧，莉莎。"

女友轻轻的脚步声和紧接而来的亲切热烈的拥抱把冬妮娅的昏昏睡意完全驱散了。

冬妮娅微笑地看着自己的好友："莉莎，你来得正是时候。今天我们全家都很高兴，爸爸昨天已经脱离了危险期，今天他安静地睡了整整一天。我和妈妈已经熬了好几夜了，今天终于可以休息一下。莉莎，最近外面有什么新闻，都讲给我听听。"冬妮娅把莉莎拉到身旁，在长沙发上坐下来。

"新闻倒是很多！哈哈！不过有一些我只能对你一个人讲。"

莉莎一边笑，一边调皮地望着冬妮娅的母亲叶卡捷林娜·米哈伊洛夫娜。

冬妮娅的母亲也笑了。她是一个落落大方的妇人，虽然已经三十六岁了，举止却仍然像年轻姑娘那样轻盈。她有一双聪明的灰眼睛，容貌虽然不出众，却很有精神，惹人喜欢。

"好吧，过一会儿我就让你们俩单独谈。现在您先把能公开的新闻说一说吧。"她开着玩笑，一面把椅子挪到沙发跟前。

"第一件新闻是，我们再也不用上学了。校务会议已经决定给七年级学生发毕业证书。我高兴极了。"莉莎眉飞色舞地说，"那些代数呀，几何呀，简直烦死我了！为什么要学这些东西呢？男同学也许还能继续上学，不过到哪儿去上，他们自己也不知道。到处都是战场，各地都在打仗。真可怕！……

我们反正得出嫁，做妻子的懂代数有什么用？"莉莎说到这里，大声笑起来。

叶卡捷林娜·米哈伊洛夫娜陪姑娘们坐了一会儿，回到自己的房间里去了。

莉莎往冬妮娅那边挪了挪，搂着女友，低低地把所有在十字路口看见的情况都告诉了冬妮娅。

"冬妮娅，你想想，当我认出那个帮助逃犯逃跑的人的时候，我是多么吃惊啊！……你猜那人是谁？"

正听得出神的冬妮娅，莫名其妙地耸了耸肩膀。

莉莎毫不犹豫地说："正是保尔·柯察金！"

<u>冬妮娅吓得战栗了一下，痛苦地缩作一团。</u>【写作借鉴："战栗""缩"说明了冬妮娅对保尔的担心。】

"什么？是柯察金？"

莉莎对自己的话产生的效果很是得意，接着她又对着自己的好朋友讲开了她同维克多吵嘴的经过。

莉莎只顾着讲自己的所见所闻，却没有发觉此刻的冬妮娅早已脸色苍白，手指也不由自主地摆弄着蓝色罩衫。莉莎完全不知道，现在

105

▶ 钢铁是怎样炼成的

的冬妮娅是何等惊慌，以致心都缩紧在一起了。后来，莉莎又讲到那个喝醉酒的警备司令的事，可这时的冬妮娅已经完全顾不上再听这些了，她脑子里翻来覆去只有一个想法："我的上帝啊！维克多竟然已经知道是保尔袭击了押送兵。这个该死的莉莎为什么要告诉他呢？"不知不觉中，她甚至把这句话说了出来。

"我告诉什么啦？"莉莎完全被她弄糊涂了，忍不住问道。

"你为什么要把保夫鲁沙，我是说，把柯察金的事情告诉维克多呢？难道你不知道，维克多会出卖他的……"

莉莎反驳说："不会的。我看他不会。这么做对他没什么好处啊！"

冬妮娅猛然坐直了身子，两手使劲抓住莉莎的膝盖，抓得她生疼。

【名师点睛：对冬妮娅动作的细致描写表明了她已经察觉了维克多对保尔的不轨。】

"莉莎，你什么都不明白！维克多跟柯察金本来就是仇人……你把保夫鲁沙的事情告诉维克多，简直是做了一件天大的错事。"

到这时，莉莎才发现自己的这位好友已经着急得不知道该怎么好了。而冬妮娅脱口说出的"保夫鲁沙"这样亲昵的称呼，也使她终于弄明白了什么。

这时候，莉莎也不禁觉得自己做错了事，感到难为情，不再作声了。

她想："看来，真有这么回事了。真怪，冬妮娅怎么会突然爱上了他？他是个什么人呢？一个普普通通的工人……"莉莎很想同她谈谈这件事，但是怕失礼，没有开口。

为了设法弥补自己的过失，她拉住冬妮娅的两只手，说："冬妮娅，你很担心吗？"

冬妮娅神情恍惚地回答："不，或许维克多比我想象的要好一些。"

过了一会儿，她们的同班同学杰米亚诺夫来了，这是个笨手笨脚的，但很朴实的小伙子。在杰米亚诺夫来之后，她们俩无论什么都聊不到一起了。

送走了两个同学，冬妮娅独自在门口站了很久。她倚着栅栏门，凝视着那条通向城里的灰暗的大道。不停息的风，夹着潮湿的寒气和春天的霉味，向冬妮娅吹来。远处，就是她所恼恨的小城。在城里的一间房屋里，住着她的特殊的朋友，他恐怕还不知道大祸就要临头了。也许他早就把她忘在脑后了。自从上次见面以后，已经过去了多少天哪！那一次是他不对，不过这件事她早就不再记恨他了。冬妮娅坚信，明天她一见到他，往日的友谊，那使人激动的美好的友谊，就会立即恢复，他们一定会言归于好。但愿这一夜能够平安无事地过去。然而这不祥的黑夜，仿佛在一旁窥视着，随时准备……真冷啊。

　　冬妮娅又朝着大路看了看，就进屋了。她躺在床上，紧紧地裹着被子，并不断祈祷着：希望一切都好！

　　第二天一大早，家里人还在熟睡，而冬妮娅已经醒了。她赶忙穿好衣服，悄悄走到院子里，放开那条毛长且大的狗，它叫特列佐尔。一切都准备好，就匆匆朝着城里去了。柯察金就在对面，她稍稍犹豫了一会儿。随后，她鼓起勇气推开栅栏门，走出了院子。特列佐尔摇着尾巴，欢快地跑在前面。

　　阿尔焦姆刚好也在这天清晨从乡下回到家里。他是坐大车来的，同车的是一个一起干活的铁匠师傅。他把挣来的一袋面粉扛在肩上，走进院子。铁匠拿着其他东西跟在后面。阿尔焦姆走到敞开的屋门口，放下面粉，喊了一声："保尔！"

　　没有人应声。

　　"呆在这儿干吗，搬到屋里去吧！"铁匠走到跟前说。

　　阿尔焦姆把东西放在厨房里，进了屋，一看就愣住了。屋里翻得乱七八糟，破破烂烂的东西扔得满地都是。

　　"真见鬼！"阿尔焦姆莫名其妙，转身对铁匠说。

　　"可不是嘛，太乱了。"铁匠附和着。

▶ 钢铁是怎样炼成的

"这小东西跑到哪儿去了？"阿尔焦姆开始生气了。但是，屋里空空的，要打听都没人好问。

铁匠告别后，赶着大车走了。

阿尔焦姆走到院子里，仔细看了看周围的情况。

这时，一阵脚步声从背后传来。阿尔焦姆转过身来，看见一条威武的大狗竖着耳朵站在他面前，还有一个陌生的姑娘进了栅栏门。

"您好！我找保尔·柯察金。"她打量着阿尔焦姆，轻声地说。

"我也正找他呢。可也不知道他跑到哪儿去了！我刚刚回来，房门开着，家里没人。一切都是这么乱！请问您找他有事吗？"他问姑娘。

姑娘没有回答，反问了他一句："您是保尔的哥哥阿尔焦姆吧？"

"是啊，有什么事吗？"

姑娘仍然没有回答，只是忧虑地望着敞开的门。"我怎么昨天晚上不来呢？难道真的出事了？……"她的心一下子就掉进了冰窟里。

"您是说，在您回来的时候，门就敞着，保尔就不见了吗？"她急忙向阿尔焦姆问道。

"您到底找保尔有什么事？"

冬妮娅走上前来，向周围看了看，焦急地说："我也说不准，不过，如果保尔没在家，那他很可能就是被捕了。"【名师点睛：对冬妮娅动作的细致刻画，说明冬妮娅对接下来说的话很谨慎。】

"什么？"阿尔焦姆吃惊地看着冬妮娅。

"一时半会说不清楚，咱们到屋里谈吧。"冬妮娅脸色暗淡地说。

阿尔焦姆全程专注地听着所有事情的经过。当冬妮娅讲完以后，他表现得万分难过。

"唉，真是倒霉！本来就够受的了，偏偏又碰上倒霉事……"他愁眉苦脸地咕哝着，"这就清楚了，家里搞得这样乱糟糟的，一定是匪兵下的手。这孩子简直是鬼迷心窍了，惹出这种麻烦来……现在可叫我上哪儿去找他？忘记问了，请问，您是谁家的小姐？"

"我是林务官图曼诺夫的女儿。我是保尔的朋友。"

"哦——哦……是这样……"阿尔焦姆含含糊糊地拖长声音说,"我给这孩子送面粉来了,想不到家里竟然出了这种事……"

冬妮娅和阿尔焦姆互相看着,谁也没有再作声。

"那么,我要回家去了。希望您能找到他。"冬妮娅在向阿尔焦姆告别的时候轻声说,"等到晚上的时候,我再来听您的信。"

阿尔焦姆默默地点了点头。

窗前,一只从冬眠中苏醒过来的干瘪的苍蝇不断地在窗角处飞着。【写作借鉴:通过对苍蝇丑陋的描写,借物喻人,刻画了警备司令丑陋的嘴脸。】在警备司令的办公室,一个农村姑娘,胳膊支着膝盖,坐在破旧沙发的边上,呆呆地望着肮脏的地板。

警备司令嘴角上叼着一支香烟,在一张纸上龙飞凤舞地写完最后几行字,然后在"舍佩托夫卡警备司令哥萨克少尉"几个字下面,得意地签了名。这时,门口传来了刺耳的马刺的响声。警备司令抬起头来。

萨洛梅加站在了他的面前,一只胳膊缠着绷带。

"啊!这是哪阵风把您给吹来了?"警备司令欢迎他说。

"风倒是好风,就是胳膊给博贡团[1918年建立的乌克兰著名红军团队]打穿了。倒霉!"萨洛梅加不顾有妇女在场,粗野地骂起来。

"这么说,你是到这儿养伤来了?"

"什么养伤!下辈子再说吧!你知道吗?前线吃紧,我们都快给压扁了。"

警备司令朝姑娘那边扬了扬头,示意她出去。"咱们以后再谈吧!"

萨洛梅加沮丧地一屁股坐在凳子上,摘下了军帽。他的帽子上有一个三叉戟的珐琅帽徽,这是乌克兰人民共和国国徽。

"是戈卢勃派我来看望您的。"他小声地说,"要知道,谢乔夫狙击师就要来驻防。你这儿面临的麻烦可不会小了,我先来把秩序整顿一

▶ 钢铁是怎样炼成的

下。大头目也可能来，还有一位洋大人跟着他，所以，这儿谁也不许提起那次'消遣'的事。嗯？你写什么呢？"

警备司令把香烟叼到另一边嘴角上，不经意地说："现在我这儿关着一个小坏蛋。你知道吧？我们在车站抓住了那个朱赫来，嗯，就是煽动铁路工人罢工暴动的那个。"

"记得，那他怎么啦？"萨洛梅加似乎对此很感兴趣，凑上去听。

"可是，驻站警备队长奥梅利琴科这个笨蛋，竟然只派了一个哥萨克往我们这儿押送这样一个危险分子。结果，就是我这儿现在关着的这个小坏蛋，在大白天公然把朱赫来劫走了。更可恶的是，他俩抢走了那名哥萨克的枪，还打掉了他好几颗牙。虽然朱赫来跑得无影无踪了，可是最后那个小坏蛋却叫我们抓住了。喏，有关的材料就在这儿，你看吧。"说着，他把一份写好的公文推到萨洛梅加面前。

萨洛梅加用没有受伤的左手翻着材料，大致看了一遍。然后两眼盯着警备司令，问："你从他嘴里没问出什么来吗？"

警备司令愤怒地拽扯着他的帽檐。

"问题就在这里，我整整和他费了五天的口舌，他什么也不说。翻来覆去就是一句话：'我什么也不知道，不是我放的。'他妈的！简直是天生的土匪。你知道，那个押送的哥萨克已经认出了这个小坏蛋，结果差点把他掐死。我费了好大劲才把他救下来。哥萨克因为跑了犯人，在车站挨了奥梅利琴科整整二十五通条——打得他差点站不起来。现在这个人没必要再关下去了，这是我给上司写的呈文，只要上头一批，就把他干掉。"

萨洛梅加轻蔑地吐了一口唾沫，说："他要是落在我手里，保管早就招了。审犯人这种事，你这个小神父根本干不了。神学院的学生，怎么能当司令呢？你没用通条抽他吗？"

警备司令发火了。

"你也太放肆了。还是嘲笑嘲笑你自己吧！我是这儿的司令，你少

110

管闲事！"

萨洛梅加瞧了瞧怒气冲冲的警备司令，哈哈大笑起来。

"哈哈！……小神父，别生气，当心气破了肚皮。我才不管你的事呢！闲话少说，你还是告诉我，哪儿能搞到两瓶好酒喝喝吧！"

警备司令得意地笑了笑："这好办。"

"还有这小子，"萨洛梅加用手指了指公文说，"如果你想要他的命，你就要做一些手脚，比如把十六岁改成十八岁，把'6'字上面的小钩往这边一弯，就行了。否则，上头说不定会不批的。"

本来仓库里关押了三个人。其中一个是大胡子老头，他穿着破长袍和肥大的麻布裤子，蜷着两条瘦腿，侧身躺在板床上。他被抓来的原因是住在他家的彼得留拉士兵，有一匹马拴在他家板棚里不见了。

一个上了年纪的女人坐在地上，尖下巴，是个酿私酒的。因为有人告她偷了表和其他贵重物品，所以给抓来了。在窗子下面的角落里，头枕着帽子，昏昏沉沉地躺着的是保尔·柯察金。

这时，仓库里又被带进来一个姑娘。这个女人头上扎着花头巾，但两只大眼睛吃惊地睁着。她站了一会儿，就在酿私酒的女人身旁坐了下来。

酿私酒的女人把新来的姑娘仔细打量了一番，连珠似的问："小姑娘，你也来坐牢啦？"

她没有得到回答，不肯罢休，又问："你是为啥给抓来的？兴许也是为造私酒吧？"

农村姑娘站起来，看了看这个纠缠不休的老太婆，低声回答说："不是的。我是为哥哥的事给抓来的。"

"你哥哥怎么啦？"老太婆非要问出个究竟来。

这时候，那个老头插嘴了："你干吗惹她伤心呢？说不定人家够难受的了，可你问起来没个完。"

▶ 钢铁是怎样炼成的

老太婆立刻转过身来，朝着板床那边说："谁指派你来教训我的？我是跟你说话吗？"

老头啐了一口唾沫，说："我是说，你别老缠着人家。"

仓库里安静下来。姑娘把大头巾铺在地上，枕着一只胳膊躺下了。

酿私酒的女人开始吃起东西来。老头把脚垂到地上，不慌不忙地卷了一支烟，抽起来。一股难闻的烟味立即在仓库里扩散开来。

老太婆嘴里塞得满满的，吧嗒吧嗒地嚼着，又唠叨起来："抽起来没完没了，臭得要命。就不能让人吃顿安生饭？"

老头嘿嘿一笑，挖苦她说："你是怕饿瘦了吗？眼看连门都挤不出去了。你就不能给那个小伙子吃点？别总往自己嘴里塞。"

老太婆抱屈地把手一摆，说："我跟他说'你吃，吃吧'。他不想吃嘛！能怨我吗？我吃多少，用不着你多嘴多舌的，又不是吃你的。"

姑娘转身问老太婆："您知道他为什么坐牢吗？"她对着保尔的方向扬扬头。

老太婆突然听到有人和她说话，顿时振奋起来，开心地告诉姑娘："他是本地人，是老妈子柯察金娜的小儿子。"

接着她弯下身子，神神秘秘地凑到姑娘耳朵跟前悄声说："听说，他救走了一个布尔什维克，那个人是水兵，就住在我的邻居佐祖利哈家。"

"原来是他！"姑娘这时想起了在办公室听到的警备司令的话："这是我给上司写的呈文，只要上头一批，就把他干掉……"

军车一列接着一列开来，挤满了整个车站。谢乔夫狙击师所属各个分队（营）乱哄哄地从车上挤下来。由四节包着钢板的车厢组成的"扎波罗什哥萨克号"装甲车，缓慢地在铁路线上爬行。从平板车上卸下了大炮，从货车里牵出了马匹，骑兵们就地整鞍上马，挤开那群乱得不成队形的步兵，到车站广场上去集合整队。

军官们跑来跑去，喊着自己部队的番号。

车站犹如一个蜂窝，到处嗡嗡作响。纷乱的人群，逐渐按着班、排组成了队伍。随后，这股武装的人流就朝城里涌去。直到傍晚，谢乔夫师的辎重马车和后勤人员还络绎不绝地顺着公路开进城去。最后司令部的警卫连终于也开过去了。一百二十个人一面走，一面扯着嗓子唱：

为什么喧哗？

为什么呐喊？

因为彼得留拉

来到了乌克兰……

保尔起身站到小窗跟前。街上车轮的辘辘声、杂乱的脚步声和歌声，透过苍茫的暮色，传入他的耳内。

他背后有人小声说："看样子是军队开进城来了。"

保尔转过身来。

说话的是昨天关进来的那个姑娘。

他听过姑娘讲述自己的身世——那个酿私酒的老太婆终于达到了目的。原来姑娘就住在离城七俄里的农村。她哥哥格里茨科是个红色游击队员，当地成立苏维埃政权的时候，领导过贫农委员会。

红军撤退的时候，格里茨科也缠上机枪子弹带，跟着他们走了。现在家里简直生活不下去。仅有的一匹马，也给抢走了。父亲被抓到城里，关进监牢，受尽了折磨。村长过去挨过格里茨科的打，现在借机报复，经常把各式各样的人派到她家去住，弄得她家更穷了。前天警备司令到村里抓人，村长把他领到了她家。警备司令看中了这个姑娘，第二天清晨就把她带回城里来"审问"。

保尔睡不着觉。他辗转反侧，一个无法摆脱的思想纠缠着他："以后会怎么样？"这个问题总在脑子里翻腾。

遭到毒打的身体像针扎一样疼痛。那天哥萨克押送兵兽性大发，

113

▶ 钢铁是怎样炼成的

把他狠狠地打了一顿。

为了摆脱那些恼人的思想，他开始静听身旁两个妇女的低语。

姑娘的声音非常小，她讲到警备司令怎样缠住她不放，又是威逼，又是利诱，遭到拒绝之后，又怎样暴跳如雷，说："我把你关到地牢里，你一辈子也别想出去！"

黑暗吞噬着牢房的每一个角落。令人窒息的、不安的夜降临了。思路又转到吉凶未卜的明天。这只是第七夜，但是却好像已经熬过了好几个月。睡在硬邦邦的地上，全身疼痛不止。仓库里现在只剩下三个人了。老头躺在板床上打着呼噜，就像睡在自家的热炕上一样。这老爷子对眼前的处境满不在乎，夜夜都睡得又香又甜。酿私酒的老太婆被警备司令哥萨克少尉放出去弄烧酒去了。赫里斯季娜和保尔都躺在地上，离得很近。保尔昨天从窗口看见谢廖沙在街上站了很久，忧郁地盯着这座房子的窗户。

"看样子，他知道我关在这儿。"

一连三天都有人送来发酸的黑面包。是谁送来的，没有说。这两天警备司令又连着提审他。这是怎么回事呢？

面对匪徒的逼问，保尔默不作声，表示什么都不知道。这时候，连他自己都惊异于为什么能挺住不作声。他曾想做一个勇敢的人、坚强的人，像书里写的那样。可是被捕的那天夜里，当他被押解着走过高大的机器磨坊时，他听到一个匪兵说："少尉大人，我们干吗还要费事地把他带回去？把他干掉不更好吗？"他承认，那个时候他又害怕起来。是啊，十六岁就死掉，这多可怕！死了，就什么都消失啦！

赫里斯季娜也在想心事。而且她比这个小伙子知道得多一些。

他大概还不知道……但是她已经全都听到了。

保尔已经一连几夜都翻来覆去睡不着了。赫里斯季娜很同情他，就像同情自己，唉，他太可怜了。当然，她也是有苦处的。白天的时候，警备司令威胁她："明天我再来找你算账。要是你再这样的话，我就只能把你交给卫兵了。那些哥萨克可是很狠毒的。"

唉！真是没有办法啊！可是有谁能来救她呢？哥哥当红军，可是妹妹有什么罪过？"唉！这个世道真是太……"

一种难言的痛苦哽住了她的喉咙，无可奈何的绝望和恐惧涌上了心头，她忍不住失声啜泣起来。

可怜的姑娘的身躯由于过度悲愤和绝望而忍不住抽搐起来。

墙角里年轻人的身影动了一下，关心地问："你这是怎么啦？"【名师点睛："身影动了一下"说明保尔对此事的关心。】

走投无路的赫里斯季娜激动地低声讲起来，只有这个沉默寡言的难友能够倾听自己的痛苦。他并没有说什么，只是一只手紧紧地握着赫里斯季娜的手。

"这些该死的畜生，明天他们一定会糟蹋我的。"赫里斯季娜流着泪，怀着一种下意识的恐惧，小声地说，"我是彻底完了，胳膊扭不过大腿呀。"

他，保尔，又能对这个姑娘说什么呢？他找不到适当的言辞，无话可说。生活犹如一支铁环，箍得人喘不过气来。

明天不让他们带走她，跟他们拼吗？他们会把他打个半死，甚至会用马刀劈他的头——一下子也就完了。为了多少给这个满腹苦水的姑娘一些安慰，他温柔地抚摸着她的手。她不再哭泣了。大门口的哨兵像在例行公事似的，时而向过路的人喊一声："什么人？"然后又是一阵寂静。老头还在沉睡。

时间不知不觉地溜过去。当一双手突然紧紧搂住他，把他拉过去的时候，他一下子还不明白是怎么一回事。

"你听我说，亲爱的，"姑娘用她那热烈的嘴唇小声地说，"我反正已经是这样了：不是那个当官的，就是那帮当兵的，一定会糟蹋我的。我不甘心！我把我这姑娘家的身子就给了你吧，我绝不能让那些畜生来玷污我的身子。"

115

▶ 钢铁是怎样炼成的

"你在说些什么呀，赫里斯季娜？"

但是她的有力的肩膀紧紧地抱住他。她的嘴唇红润而又丰满，实在是无法摆脱。那女孩的话也是温柔易懂的，他也明白了这番话的意思。

顿时眼前的一切仿佛都不见了。无论是牢门上的大锁、红头发的哥萨克、凶恶的警备司令、惨无人道的拷打，还是其他的什么，都从记忆中完完全全地消失了，这一瞬间只剩下眼前的热烈的嘴唇和泪痕未干的脸庞。

突然，他想起了冬妮娅。

"该死啊！我怎么能把她忘了呢？……那双秀丽的、可爱的眼睛。"

保尔终于找到了挣脱的力量。他突然站起来，挺直了身子，抓住了窗上的铁栏杆并直勾勾地望着外面。【名师点睛：通过一系列动词将保尔战胜自我的自制力刻画了出来，说明保尔内心的矛盾。】赫里斯季娜的两只手摸到了他。

"你这是怎么啦？"

上天才知道，这问话里包含着多少的情意！他俯下身来，紧握住她的双手，说："我不能这样，赫里斯季娜，你太好啦。"他还说了一些他自己也不懂的话，但他都想不起来了。

为了打破令人无法忍受的寂静。保尔直起腰来。走到板床跟前，坐在床沿上推醒了还在熟睡的老头，说："老大爷，给我点烟抽。"

赫里斯季娜裹着头巾，躲在角落里痛哭起来。

第二天，警备司令领着几个哥萨克来带走了赫里斯季娜。临出门的时候，她用眼睛向保尔告别，但是那悲哀的眼神里流露出对他的责备。牢门在姑娘身后"砰"的一声关上了。保尔的心情一下子变得更加沉重，更加忧郁。

老头直到天黑也没有听到保尔再说一句话。岗哨和司令部的值勤人员都换了班。晚上，又押进来一个人。保尔认出他是糖厂的木匠多林尼克。他长得很结实，矮墩墩的，破外套里面穿着一件退了色的黄衬衫。他用细心的目光把小仓库迅速察看了一遍。

保尔在一九一七年二月里看见过他，那时候，这个小城也受到了革命浪潮的冲击。在许多次喧闹的示威游行中，保尔只听到过一个布尔什维克演说。这个人就是多林尼克。当时他爬上路旁的一道围墙，向士兵们演讲。记得他最后这样说："士兵们，你们支持布尔什维克吧，他们是决不会出卖你们的！"

看到新难友的来到老头很高兴。一整天坐着不说一句话，对一个爱说话的老人来说太难受了。多林尼克挨着老头坐在板床上，和他一道抽着烟，并详细询问了许多情况。

最后，他又坐到保尔身边来，问他："你那里有什么好消息吗？你被抓来的罪名是什么？"

出乎多林尼克的意料，他得到的回答只是简单的一两个字。他知道，这是对方对他不信任的表现。但是，当木匠了解到这个小伙子的罪名之后，就不由得惊讶地盯着他，看了好久。然后他又在保尔身旁坐下。

"这么说，那个把朱赫来救走的人是你了？原来如此。我还不知道你被捕了呢。"

保尔突然十分慌张，急忙用胳膊肘撑起身子。

"什么朱赫来？你说的我怎么不知道？可不能什么罪名都往我头上安呐！"

多林尼克却笑了笑，凑到他跟前。

"得了，小朋友。我知道得比你多。别继续掩饰了。"

为了避免被老头听到，他的声音压得很低，说："朱赫来是我亲自送走的，现在他可能已经到了地方。在他走之前，他已经把这件事的经过全都跟我讲了。"

他沉默着考虑了一会儿，随后又补充了一句："你这小伙子还真不

▶ 钢铁是怎样炼成的

错。不过，你被他们关在这儿的事……这可真他妈的不妙，简直是糟糕透了。"

他脱下身上的大衣，把它铺在地上，然后一个人坐在了墙角处。没多久，一阵烟味扑鼻而来。

多林尼克的最后这几句话等于把一切都告诉了保尔。很显然，多林尼克是自己人。既然是他送走了朱赫来，这就是说……

到了晚上，保尔已经知道多林尼克是因为在彼得留拉的哥萨克中间进行鼓动被捕的。他正在散发省革命委员会号召他们投诚、参加红军的传单，当场给抓住了。

多林尼克很谨慎，没有向保尔讲多少东西。

"谁知道会怎么样呢？"他心里想，"他们说不定会用通条抽他。小伙子还太嫩呐！"

夜间，躺下睡觉的时候，他用简单扼要的话表示了自己的担心："保尔，你我眼下的处境可以说是糟糕透了。咱们等着瞧吧，不知道是个什么结局。"

第二天，仓库里又关进来一个犯人。这个人大耳朵，细脖子，是全城出名的理发师什廖马·泽利采尔。他比比画画，激动地对多林尼克说："瞧，是这么回事，福克斯、勃卢夫斯坦、特拉赫坦贝格他们准备捧着面包和盐去欢迎他。我说，你们愿意欢迎，你们就欢迎吧，但是想叫谁跟他们一道签名，代表全体犹太居民，那可对不起，没人干。他们有他们的打算。福克斯开商店，特拉赫坦贝格有磨坊，可我有什么呢？别的穷光蛋又有什么呢？这些人什么也没有。对了，我这个人倒是有一条长舌头，爱多嘴。今天我给一个哥萨克军官刮胡子，他刚到这儿不久，我对他说：'请问，这儿的虐犹事件，大头目彼得留拉知道不？他能接见犹太人请愿团吗？'唉，我这条长舌头啊，给我惹过多少是非！等我给他刮完胡子，扑上香粉，一切都按一流水平弄妥当之后，你猜怎么着？他站起来，不但不给钱，反而把我抓起来，说我进行煽动，反对政府。"泽利采尔用拳头捶着胸脯，继续说，"怎么是煽动？我说什么啦？我不过是随便打听一下……为这个就把我关了进来……"

泽利采尔非常激动，又是扭多林尼克的衬衣扣子，又是扯他的胳膊。

多林尼克听他发牢骚，不由得笑了。等泽利采尔讲完，多林尼克严肃地对他说："我说，什廖马，你是个聪明的小伙子，怎么干出这样的蠢事，偏偏在这种时候多嘴多舌。这个地方我看是来不得的！"

泽利采尔会意地看了他一眼，绝望地挥了挥手。门开了，保尔认得的那个酿私酒的女人又被推了进来。她恶狠狠地咒骂着那个押送她的哥萨克："让火把你和你们司令都烧成灰！叫他喝了我的酒不得好死！"

卫兵随手把门砰的一声关上了，接着，听到了上锁的声音。

老太婆坐到板床上，老头逗笑地欢迎她："怎么，你又回来了，碎嘴子老太婆？贵客临门，请坐吧！"

老太婆狠狠瞪了他一眼，一把抓起小包袱，挨着多林尼克，坐在地上。

匪徒们从她手里弄到了几瓶私酒，又把她押了回来。

突然，门外守卫室里响起了喊声和脚步声，一个人高声发着命令。仓库里所有的犯人都把头转向房门。

广场上有座难看的破教堂，教堂顶上是个古式的钟楼，现在教堂前面正发生一桩本城少见的新奇事。谢乔夫狙击师的部队，全副武装，列成一个个四方的队形，从三面把广场围起来。

在前面，从教堂门口起，三个步兵团排成棋盘格式的队形，一直站到学校的围墙跟前。

彼得留拉"政府"的这个精锐师团的士兵们站在那里。他们穿着肮脏的灰军服，戴着不伦不类的、半个南瓜似的俄国钢盔，步枪靠着大腿，身上缠满了子弹带。

这个师团衣着整齐，穿的都是前沙皇军队的储备品，师团的一大

▶ 钢铁是怎样炼成的

半人是顽固反对苏维埃的富农分子。这次他们调到这里来，为的是保卫这个具有重大战略意义的铁路枢纽站。

铁路的闪亮的铁轨从舍佩托夫卡朝五个不同的方向伸展出去。对彼得留拉来说，失去这个据点，就等于失去一切。他那个"政府"的地盘现在只有巴掌大了，小小的温尼察居然成了首都。

大头目彼得留拉决定亲自来这里视察部队。一切都已经准备好，就等着欢迎他了。

新兵团被安排在广场后边的角落里，那是最不显眼的地方。他们全是光着脚、穿着五颜六色衣服的年轻人。他们来自乡村，有的是半夜里被抓的壮丁，从炕上拖来的，有的是在大街上被抓来的。他们没有一个愿意打仗，都说："谁也不是傻瓜。"

彼得留拉军官们最大的成绩，就是把这些人押解到城里，编成连、营，并且把武器发给了他们。

但是，第二天就有三分之一的新兵不见了。后来，人数一天比一天减少。要是发给他们靴子，那简直是太愚蠢了，而且也没有那么多的靴子可发。于是下了一道命令：应征入伍者，鞋袜自备。这道命令产生了奇妙的效果。谁知道新兵们从哪里拣来这么多破烂不堪的鞋子，全是靠铁丝或者麻绳绑在脚上的。

于是只好叫他们光着脚参加阅兵式。

站在步兵后面的，是戈卢勃的骑兵团。

骑兵们挡住密密麻麻的看热闹的人群。大家都想看看阅兵式。

大头目本人要来！这可是百年不遇的大事，谁也不愿意错过这个免费参观的好机会。

教堂的台阶上站着一群校官和尉官，神父的两个女儿，几个乌克兰教师，一帮"自由哥萨克"和稍微有点驼背的市长——总之，是一群经过挑选的"各界人士"的代表。身穿契尔克斯长袍的步兵总监也站在这群人中间。他是阅兵式的总指挥。

教堂里，瓦西里神父穿起了复活节才穿的法衣。

接待彼得留拉的仪式准备得十分隆重。蓝黄色的旗子也升了起来，征来的新兵要向旗子举行效忠宣誓。

师长坐着一辆掉了漆的、像痨病鬼似的福特牌汽车，前往车站迎接彼得留拉。

步兵总监看了看，把留的两撇粘得很有考究的小胡子的切尔尼亚克上校叫到身边。

"你现在马上带人去把警备司令部和后方机关检查一下，要他们把各处都打扫干净，收拾整齐。如果有犯人，你就查问一下，把那些无关紧要的废物统统赶走。"

上校有力地扣着靴后跟并敬了礼，然后拉着旁边的哥萨克骑兵上尉，一道骑马走了。

步兵总监彬彬有礼地问神父的大女儿："宴会你们准备得怎么样了？一切都就绪了吧？"

"是啊，警备司令正在张罗呢。"她一边回答，一边目不转睛地盯着漂亮的步兵总监。

突然，人群骚动起来。一个骑兵伏在马背上，沿公路飞驰而来，只听他挥着手高叫："来啦！"

步兵总监大声喊起了口令："各——就——各——位！"

军官们匆忙归队。

当福特牌汽车气喘吁吁地开到教堂门口的时候，乐队奏起了《乌克兰仍在人间》的乐曲。

大头目彼得留拉本人跟在师长后面，笨拙地从汽车里钻了出来。他中等身材，一颗有棱有角的脑袋结结实实地长在紫红色的脖子上，身上穿着上等蓝色近卫军呢料做的乌克兰上衣，扎着黄皮带，皮带上的麂皮枪套里插着一支小巧的勃朗宁手枪，头上戴着克伦斯基军帽，上面缀着一颗三叉戟的珐琅帽徽。

▶ 钢铁是怎样炼成的

西蒙·彼得留拉没有一点威武的气派，完全不像一个军人。

他听完了步兵总监的简短报告，似乎对什么不太满意。随后，市长向他致欢迎词。

彼得留拉心不在焉地听着，眼睛从市长头顶上望过去，看着那些肃立的队列。

"开始检阅吧。"他向步兵总监点了点头。

彼得留拉登上旗杆旁边一座不大的检阅台，向士兵们发表了十分钟的演说。

他讲得空泛无力，一直提不起精神来，大概是路上太累了。演说结束的时候，士兵们刻板地喊了一阵："万岁！万岁！"

他走下检阅台，用手帕擦了擦脑门上的汗。随后，就在步兵总监和师长的陪同下，检阅各个部队。

走过新兵队列的时候，他轻蔑地眯起了眼睛，生气地咬着嘴唇。

检阅快结束了，新兵开始宣誓。他们参差不齐地列队走到旗子跟前，先吻一下瓦西里神父手里捧着的圣经，再吻一下旗子的一角。就在这个时候，发生了一件意外的事情。

谁也不知道怎么会有一个请愿团挤进了广场，走到彼得留拉跟前。走在前面的是经营木材的富商勃卢夫斯坦，他双手捧着面包和盐，他后面是百货店老板福克斯和另外三个大商人。

勃卢夫斯坦像奴才一样弯着腰，把面包和盐捧到彼得留拉面前，站在一旁的军官接了过去。

"犹太居民向您，国家元首阁下，表示衷心的感激和敬意，恭请阁下收下犹太人的颂词。"

"好的。"彼得留拉哼了一句，草草地看了看颂词。

这时候福克斯说话了。

"小民等斗胆恭请阁下开恩，准许犹太人开张营业，并保护犹太人免遭蹂躏。"福克斯费了很大劲才把"蹂躏"这两个字从嘴里挤出来。

彼得留拉恼怒地皱紧了眉头。

"我的军队从来不会蹂躏犹太人，这一点你们应当记住。"

福克斯无可奈何地把两手一摊。

彼得留拉烦躁地耸了耸肩膀，他对不识时务的请愿团恰好在这个时刻出场大为恼火。他转过身来，对站在身后气得直咬黑胡子的戈卢勃说："上校先生，他们控告您的哥萨克，请您调查一下，做出处置。"说完，又转身命令步兵总监："阅兵式开始！"

倒霉的请愿团万万没有想到会碰上戈卢勃，所以，急忙要溜走。

观众的注意力，全都被分列式的准备工作吸引住了。响起了刺耳的口号声。

戈卢勃逼近勃卢夫斯坦，一字一句地小声说："你们这帮异教徒，赶快给我滚蛋，不然我就把你们剁成肉酱。"

军乐响起来了。第一批部队开始通过广场。士兵们经过彼得留拉检阅台的时候，机械地朝他喊着"万岁！"然后从公路转到旁边的街道上去。军官们穿着崭新的草绿色军装，像散步一样，甩着手杖，潇洒地走在连队前头。这种军官甩手杖、士兵持通条的分列式，是谢乔夫师的创举。

新兵走在最后面，他们步伐混乱，磕磕撞撞，乱七八糟地挤作一团。

一双双赤脚踏在路上，发出柔软的沙沙声。军官们竭力想维持好秩序，但是做不到。第二连走到检阅台前的时候，右翼排头的一个穿麻布衬衫的小伙子，只顾惊奇地张着嘴巴，盯着大头目，走了神，一脚踩在坑洼里，扑通一声，重重地摔倒在马路上。

他的步枪摔在石路上，哗啦啦地滑出好远。小伙子拼命想爬起来，可是后面的人立刻又把他撞倒了。

观众哈哈大笑起来。队伍更加混乱了，乱糟糟地通过了广场。那个小伙子慌忙捡起步枪，去追赶队伍。

彼得留拉把脸扭向一旁，不愿再看这个大煞风景的场面。

▶ 钢铁是怎样炼成的

他不等队伍过完，就向轿车走去。步兵总监跟在他身后，小心翼翼地问："将军阁下，不留下用膳吗？"

"不了！"彼得留拉气冲冲地说。

谢廖沙、瓦莉亚、克利姆卡也杂在教堂高大围墙后面的人群里看热闹。

谢廖沙两手紧紧抓住栏杆，眼睛里充满了仇恨，盯着下面的队伍。

"咱们走吧，瓦莉亚，人家散场收摊了。"他用挑衅的语气提高了嗓门喊，故意让所有的人都听到。说完，就跳下了栏杆，人们吃惊地转过脸来望着他。

但是，他谁也不理睬，径直向围墙门口走去。姐姐瓦莉亚和克利姆卡跟在他的后边。

切尔尼亚克上校和哥萨克大尉在门前急匆匆地跳下马，把马交给勤务兵，一头冲进了警卫室。【写作借鉴：通过对切尔尼亚克的动作描述，说明了他对大头目的阅兵式很重视。】

切尔尼亚克抓住一个勤务兵厉声喝问："你们的司令在哪儿？"

"不知道。"那小兵因受到惊吓而结结巴巴地回答道，"他出去了。"

切尔尼亚克看了看这间又脏又乱的警卫室。所有的床铺都是乱糟糟的，司令部的几个哥萨克横躺竖卧，满不在乎地倒在床铺上，就连长官进来了也没有想到要站起来。

"怎么搞的，简直是个猪圈！"切尔尼亚克吼叫起来，"你们怎么像一群猪崽一样躺在这儿？"他朝那些仍然躺着不动的人咆哮。

有个哥萨克坐了起来，打了一个饱嗝，对他毫不客气地喊道："你嚷嚷什么？我们有我们的长官，用不着你来大喊大叫！"

"你说什么？"切尔尼亚克一下子跳到他跟前，"畜生，你这是跟谁讲话？我是切尔尼亚克上校！狗娘养的，你没听说过？马上都给我爬起来！不然，我就用通条挨个抽你们！"怒气冲冲的上校在屋子里跑来跑去。"马上把脏东西打扫干净！把床铺整理好！把你们的狗脸也收拾出个人样来！看看你们像什么东西！不是哥萨克，简直是一帮土匪！"

他怒火冲天，无处发泄，猛地一脚踢翻了脏水桶。

哥萨克大尉也不甘落后。他不住嘴地臭骂卫兵，挥舞着马鞭子，把那些懒鬼赶下了床。

"大头目正在检阅，说不定到这儿来。你们动作快点！"

那些哥萨克一见事态严重，弄不好真会挨一顿抽，而且他们全都知道切尔尼亚克的厉害。于是就都像火烧屁股似的忙碌起来。

他们干得很卖劲。

"还得去看看犯人。"大尉提议说，"谁知道他们都关了些什么人？要是大头目到这儿来，就糟糕了。"

切尔尼亚克问卫兵："钥匙在哪儿？马上把门打开！"

警卫急忙跑过来，把门打开了。

"他妈的，这狗司令到底上哪儿去了？来人！马上把他找来！"切尔尼亚克发着命令，"警卫队全体到院子里集合，整好队！……嗯？为什么你们的步枪不上刺刀？"

"我们是昨天才换班的。"警卫队长解释说。

然后，他就跑出去找警备司令。

大尉用力地一脚踢向牢门。几个人吓得慌忙地站了起来，而其余人依旧躺着一动不动。

"把门全敞开！"切尔尼亚克命令说，"屋子里太暗、太难闻了。"

他一边说着，一边仔细地打量着每个犯人的脸。

"你是为什么坐牢的？"他严厉地问那个坐在木板床上的老头子。

老头子欠起身来，提了提裤子，他被厉声喝问吓得糊里糊涂，结结巴巴地喃喃说道：

"我自己也不知道。把我抓进来，我就坐了牢。我家院子里一匹马丢了，可那能怪我吗？"

"什么人的马？"大尉插话问道。

▶ 钢铁是怎样炼成的

"官家的呗！住在我家的老总把马换酒喝了，反过来赖到我头上。"

切尔尼亚克把老头从头到脚迅速打量了一下，不耐烦地耸了耸肩膀。

"收拾起你的破烂，赶快给我滚蛋！"他喊完之后，转身去问那个酿私酒的女人。

老头一下子还不敢相信会把他放了，他眨着那双半瞎的眼睛问大尉："那么，你们是真的放我走吗？"

大尉点了点头："滚吧，滚吧，快滚！"

老头慌忙从床上解下口袋，侧着身子跑出门去。

"你是怎么被抓进来的？"切尔尼亚克已经在盘问老太婆了。

老太婆赶紧吞下嘴里的肉包子，忙不迭地说："长官大人，我给关起来可实在是冤枉！我是个寡妇，他们喝了我酿的酒，结果还让我坐牢。"

"这么说，你是做私酒买卖的？"切尔尼亚克问。

"这叫什么买卖呀？"她委屈地说，"司令他拿了我四瓶酒，一个子儿也没给。他们全是这样：光喝酒，不付钱。这叫什么买卖呀！"

"得了，赶快见鬼去吧！"

老太婆连问都不再问一声，抓起小筐，一面鞠躬表示感激，一面退向门口，嘴里说："长官大人，愿上帝保佑您长生不老！"

有这样审犯人的？多林尼克看着这出滑稽戏，几乎不能相信自己的眼睛。被关押的人谁也不明白这是怎么回事。不过有一点是清楚的：来的这两个人是大官，有权处置犯人。

"你是怎么回事？"切尔尼亚克问多林尼克。

"站起来回上校大人的话！"哥萨克大尉吆喝着。

多林尼克慢腾腾地、艰难地从地上站了起来。

"我问你，你是为什么坐牢的？"切尔尼亚克又问了一遍。

多林尼克看了上校几秒钟，看着他那翘起来的胡子和刮得光溜溜的脸，还有他那缀着珐琅帽徽的新克伦斯基帽的帽檐。突然，闪出一个使人兴奋的念头："说不定能混出去呢？"

"我是因为晚上八点钟以后在大街上走给抓来的。"他顺口编了一个理由。

说完，他全身都紧张起来，焦急地等待着反应。

"你深更半夜逛什么大街？"

"不到半夜，也就十一点钟。"

他说这话的时候，已经不相信自己也能交好运了。

"走吧！"他突然听到了这简短的命令，两条腿的膝盖不由得哆嗦了一下。

连大衣都忘了带走，他就大步地走出牢房了。而此时哥萨克大尉也在审问另一个人了。【写作借鉴：对多林尼克的动作描写，更体现出他对此事的惊讶和欢喜。】

满屋子的犯人，保尔是最后一个被问到的。他坐在地上，眼前的一切已经把他完全弄糊涂了。怎么？连多林尼克都被放走了，他一下子就懵了。到底发生了什么事情？这些人都被放走了。但是，多林尼克，多林尼克，他是布尔什维克……他说是夜里上街被捕的……啊！保尔终于懂了。

那边，不知道自己已经干了错事的上校已经在审问瘦骨嶙峋的泽利采尔，还是那句话："你是为什么坐牢的？"

面色苍白、心情激动的理发师急促地回答说："他们说我进行煽动，可是我就不明白了，我怎么煽动了。"

"什么？煽动？"切尔尼亚克立刻警觉起来，"你煽动什么了？"

泽利采尔颇有些困惑地摊开两只手，说："我也不知道。我只不过是说，有人正在征集签名，要以犹太居民的名义向大头目上请愿书。"

"请愿书？什么请愿书。"哥萨克大尉也向他逼近了一步。

"请求禁止虐犹。你们知道，前不久这儿曾经发生过一次可怕的虐犹事件。现在城里的犹太人都很害怕。"

"我明白了。"切尔尼亚克扬扬手打断了他的话，"犹太佬，我们会

▶ 钢铁是怎样炼成的

给你写请愿书的！"他转身对大尉命令道："去，给这个家伙得弄个牢靠点的牢房！不！把他押到指挥部去！我要亲自审问他，到底是谁要请愿。"

泽利采尔还想解释些什么，但是大尉扬起了手中的马鞭，狠狠地抽向了他的背。

"住口，你这畜生！"

泽利采尔疼得撕心裂肺，连忙爬到了一个小角落里并蜷缩着身子，他的嘴唇剧烈地打着颤，差点就要哭出来了。

这时，保尔站了起来。现在仓库里的犯人只剩下他和泽利采尔两个了。

切尔尼亚克站在这个小伙子面前，用那双黑眼睛上下打量了他一番。

"喂，小家伙，你是怎么到这儿来的？"

"我从一个马鞍子上割了一块皮子做鞋掌。"

"什么马鞍子？"很明显上校没有听明白。

"前几天我家住了两个哥萨克，我的鞋子太破了……我从一个旧马鞍子上割了一块皮子钉鞋掌，就因为这个，我都关了好几天了。"保尔怀着获得自由的强烈愿望，又补充了一句："尊敬的先生，您知道的，我要是知道他们不让……"

<u>上校轻蔑地看着他，</u>【写作借鉴：用"轻蔑"二字将上校的无知和高傲刻画得淋漓尽致。】心里却在嘀咕："这个警备司令尽搞些什么名堂，真是活见鬼，抓来的犯人没一个是应该抓的！"他转身走向门口，边走边喊道："你可以回家了。告诉你爸爸，叫他一定要好好收拾你一顿。行了，快走你的吧！"

保尔简直不敢相信这是真的。心几乎要从胸膛里跳出来，他从地上一把抓起多林尼克的大衣，拼命地往外跑。他穿过卫兵室，从刚走出来的切尔尼亚克后面溜进院子里，再从这里跑出边门，走上大街。

仓库里只剩下倒霉的泽利采尔一个人了。他又痛苦又悲伤，回头看了一眼，下意识地向门口迈了几步。这时候，一个卫兵走进外屋，关上仓库的门，加上锁，在门外的板凳上坐了下来。

站在台阶上，晒着太阳的切尔尼亚克对哥萨克大尉得意地说："幸亏咱们来看了看。你瞧，这儿都关了些什么人。我看倒是应该把警备司令关两个礼拜。怎么样，咱们走吧？"

警卫队长在院子里集合好了队伍。一见上校走出来，马上跑过来报告："上校大人，一切照你的吩咐准备完毕。"

切尔尼亚克把一只脚伸进马镫，轻轻一蹬，上了马。大尉费了很大劲才跨上那匹调皮的马。切尔尼亚克勒住缰绳，对警卫队长说："告诉你们司令，我已经把他塞在这儿的一群废物都放走了。再转告他，他在这儿搞得乌七八糟，我要关他两个礼拜禁闭。牢里关着的那个家伙，马上给我押到指挥部来。注意警卫。"

"是，上校大人。"警卫队长敬了个礼。

上校和哥萨克大尉用马刺刺着马，向广场飞驰而去。那里的阅兵式已经快要结束了。

在连续翻过第七道栅栏之后，保尔终于停了下来。他已经没有力气再往前跑了。

在那个闷死人的仓库里饿了这么多天，他现在一点劲都没有了。现在要去哪里？回家肯定是不行，到谢廖沙家去也不行——要是被人发现了，会连累他们全家的。上哪儿去呢？

茫然中，他突然不知道该怎么办才好了，只得继续往前跑，越过一个又一个菜园子和庄园后院，直到撞在一道栅栏上，他才冷静下来。

抬头望望四周的环境，他愣住了：高高的木栅栏里面是林务官家的花园。为什么两条腿把他带到这里来了！难道是他自己潜意识里想跑到这里来的吗？不是。

那么，又应该怎么解释眼前的现实场景呢？

他一时找不出答案。

但无论如何，他都应当找个地方休息一下，然后再考虑下一步怎

钢铁是怎样炼成的

么办。他知道花园里有个木头凉亭，在那里没人发现得了他。

保尔用尽全身力气纵身一跳，一只手攀住栅栏，翻身进了花园。他看了看那座隐现在一片树木后面的房子，便朝着凉亭的方向走了过去。凉亭的四面都很空旷，就连夏天爬满凉亭的山葡萄也没有了，真是一点遮挡都没有。可见，这并不是一个藏人的好地方。

保尔正要转身回到栅栏那里去，但是已经来不及了：他听到背后有狗在狂叫。从房子那边，有一条大狗顺着小道，向他猛扑过来，可怕的汪汪声在整个花园回响。

大吃一惊的保尔只得做好了自卫的准备。

大狗的第一次攻击被保尔一脚踢了回去。可是，狗依旧做好了第二次攻击的准备。要不是传来了一个清脆的喊声，真不知道这场搏斗会如何收场。保尔听到一个熟悉的声音在喊："特列佐尔，回来！"

一边喊，冬妮娅一边沿着小路跑来了。她抓住大狗脖子上的皮圈制止了它的行动，对站在栅栏旁边的保尔说："您怎么跑到这儿来了呢？狗可能会把您咬伤的。幸亏我……"

突然冬妮娅被眼前的这个人惊呆了！这个闯花园的少年真是像极了保尔。

站在栅栏旁边的少年微微动了一下，轻声说："你……您还认得我吗？"

"啊！"冬妮娅惊叫了一声，急速向保尔冲了过去。

"保夫鲁沙，天啊！是你呀！"

特列佐尔把她的叫声错误地当成了进攻的信号，猛地一跃，扑了过去。

"走开！"冬妮娅大急。

被冬妮娅踢了几脚的特列佐尔，委屈地夹起尾巴，向房子那边慢慢跑去。

冬妮娅激动地紧紧握住保尔的双手，好像怕他再走了一样，问道：

"你给放出来了？"【名师点睛：通过对冬妮娅动作的描述，表现了她对保尔的思念和关切。】

"事情的一切，难道你已经知道了？"

已经欢喜得不知该如何是好的冬妮娅急促地回答说："我全都知道。莉莎对我说了。可你怎么会到这儿来的呢？是他们把你放出来的吗？"

保尔这才有气无力地回答说："是的，不过他们是错放了我，我才跑了出来。大概，他们现在又在搜我了。我昏头昏脑地跑到这儿来，原本想到亭子里歇一会儿……"他抱歉似的望着冬妮娅补充了一句，"我太累了。"

冬妮娅注视了他一会儿。她又惊又喜，内心交织着无限的怜悯和温暖的柔情。她用力握着保尔的双手，说："保夫鲁沙，亲爱的，亲爱的保尔，我的可爱的好人儿……我爱你……你听见了吗？……你真是个倔强的家伙，你那天为什么走了？现在，你到我们家，到我这儿来吧。我说什么也不会放你走了。我们家很清静，你愿意住多久都可以。"

但是保尔坚定地摇了摇头。

"不行！要是他们把我从你们家搜出来，那可就麻烦了？我不能在你们家停留太久。"

听了这番话，冬妮娅把保尔的手握得更紧了，她的睫毛在颤动，眼睛里闪着泪花。

"你能到哪里去？这次你要是不留下，你就永远都别想再见我。现在，阿尔焦姆也不在家——他给抓去开火车了。所有的铁路员工都被征调走了。你说你能到哪儿去呢？"

保尔自然是很理解她的心情，知道她很担心，只是他怕连累这个心爱的姑娘，才拿不定主意。但是，这些天的折磨已经使他快要筋疲力尽了，他急需休息，而且又饿得难受。最后，他不得不让步了。

现在，保尔正坐在冬妮娅房间里的沙发上，厨房里母女俩正在悄悄地谈话："妈妈，你听我说，现在保尔正在我的房间里坐着，你应该

131

▶ 钢铁是怎样炼成的

还记得他吧！他是我的同学。我一点也不想瞒你。他是因为搭救了一个布尔什维克水兵给抓起来的。现在那些人把他给错放了，可是没有藏身的地方。"她的声音颤抖了，"妈妈，我求你让他暂时住在咱们家里。最多几天。他又饿又累，没地方可去。好妈妈，如果你爱我，你就答应吧。我求求你啦。"

女儿向母亲苦苦哀求着。母亲也想探出女儿的心思，就说：

"好吧，我不反对。可是你打算把他安排在什么地方住呢？"母亲最后让步了。

得到了同意的冬妮娅却又涨红了脸，非常难为情地说："我把他安顿在我屋里的长沙发上。这事可以暂时不告诉爸爸。"

母亲静静地盯着冬妮娅的眼睛，问她："这就是使你掉眼泪的原因吗？"

"是的。"

"那些人怎么会这样？他完全是个孩子啊！"

冬妮娅激动地扯着妈妈的衣袖，说："是啊，可是如果他不逃出来，他们一定会把他当作成年人枪毙的。"

说到这里，她们彼此就没有再多说什么了。

冬妮娅于是热心地张罗起来了。

"妈妈，他首先得洗个澡。我马上就准备好。他脏得简直像刚从垃圾堆里捡来的一样了，已经好多天连脸都没洗了……"

她着急地为保尔打点着一切：收拾浴室、烧水、准备衣服。接着，她走进房间里，没有说一句话就拉起了保尔的手，把他带进了浴室。

【名师点睛：叙述冬妮娅的忙碌，正说明了冬妮娅对保尔的感情。】

"喏，你洗洗澡吧！把衣服全脱下来。要换的衣服在这儿。你的衣服都脏了，我要洗了它们。你就先穿这一套吧！"说着，她指了指椅子上叠得整整齐齐的领子带白条的蓝色水兵服和肥腿裤子。

保尔惊奇地拿起那套衣服望着，冬妮娅却忍不住笑了："放心，这衣服是我的，跳舞会上女扮男装用的。看那大小你穿上一定很合适。好，你就洗吧，我走啦。趁你洗澡，我去给你准备饭。"

她不容分说[分说：辩白，解说。不容人分辨解释]地随手关上了门。保尔无奈之下只好迅速地脱掉衣服，跳进澡盆。

一个小时后，开饭了。

饿极了的保尔，不知不觉地一连吃了三碗。刚开始时他在叶卡捷林娜·米哈伊洛夫娜面前很不自然，后来看到她很随和，也就渐渐地不再拘束了。

午饭后，三个人坐在冬妮娅房间里，对事情还有疑问的叶卡捷林娜·米哈伊洛夫娜请保尔讲一讲他的遭遇，于是保尔把他在牢里遭受的苦难讲了一遍。

"那么，您以后打算怎么办呢？"叶卡捷林娜·米哈伊洛夫娜问。

沉思了一会儿，保尔说："我想见见我哥哥阿尔焦姆，然后就离开这儿。这里绝没有办法藏住我的。"

"那你准备到哪儿去呢？"

"到乌曼或者基辅去。具体的我自己还说不准，不过要离开这儿是一定的。"

<u>应当到别处去，随便到哪里，反正不能留在这里，否则会连累冬妮娅一家的。</u>【名师点睛：对保尔内心的描述，说明了他对冬妮娅一家安危的重视，为即将参加红军做了铺垫。】

保尔简直不敢相信，这一切会变化得这样快。早晨他还在坐牢，现在却坐到了冬妮娅身边，穿上了干干净净的衣服，而最主要的则是已经获得了自由。

生活，有时候就是这样变幻莫测：一会儿乌云满天，一会儿太阳露出笑脸。要是没有再度被捕的危险，他现在可真算得上是一位幸福的小伙子了。

然而，正是现在，在这宽大而安静的房子里，他随时都可能被抓走。

133

▶ 钢铁是怎样炼成的

应当到别处去，随便到哪里，反正不能留在这里。

但是，现在保尔的心里又实在舍不得离开这个地方。真见鬼！以前读英雄加里波第的传记，多带劲！他是那样羡慕加里波第，他的一生过得多艰难！甚至在世界各地都受迫害！而他，保尔，一共才受了七天痛苦的磨难，就好像过了整整一年似的。显然，他可能不能成为一名了不起的英雄。

"你在想什么呢？"冬妮娅俯下身子问他。保尔觉得她那碧蓝的眼睛好像深不见底。

"冬妮娅，我给你讲讲赫里斯季娜的事，你想听吗？"

"你快讲吧！"她高兴地说。

"……打那以后，她就再也没有回来。"他吃力地讲出最后这句话。

房间里，时钟滴答滴答有节奏地响着，冬妮娅低下头，使劲咬着嘴唇，差点没哭出声来。

保尔看了她一眼。

"我今天就得离开这儿。"他坚决地说。

"不，不行，你今天哪儿也不能去！"

她把纤细温暖的手指轻轻伸到他那蓬乱的头发里，温情地抚摸着。

"冬妮娅，你帮我好吗？你到机车库去找一找阿尔焦姆，再捎个纸条给谢廖沙。我的手枪藏在老鸹窝里，我自己不能去拿，让谢廖沙给拿下来。这些你能替我办到吗？"

冬妮娅站起身来。

"现在我就去找莉莎，然后我们俩一起到机车库去。你现在就写条子吧，我给谢廖沙送去。对了！他住在什么地方？还有，要是他想见你，告诉他你在这儿吗？"

保尔想了想，说："让他今天晚上把手枪送到花园里来吧。我会等他的。"

冬妮娅出去了很久才回来。进门的时候，保尔睡得正香。可是她

134

的手一碰到他，他就惊醒了。冬妮娅高兴地笑着："你哥哥马上就来。他刚刚出车回来。亏得莉莎的父亲担保，他才有了一个钟头的空余时间。那里有很多匪徒，所以我不能告诉他你在这儿。我只说，有非常重要的事情要转告他。你瞧，他来了。"

说着，冬妮娅跑去开门。阿尔焦姆站在门口简直惊呆了，他无法相信自己的眼睛。冬妮娅等他进来后，赶紧关上了门，免得患伤寒病的父亲在书房里听到。

阿尔焦姆用两只手臂紧紧地抱住了自己的弟弟，弄得他的骨节都格格地响起来。

"我的好弟弟！保尔！"素来刚强的阿尔焦姆，这些天也因弟弟的事情变得魂不守舍，十分痛苦。现在看见眼前的弟弟，他心里有着说不出来的愉悦。

最后大家商量定了：保尔明天走。由阿尔焦姆偷偷地把他安顿在勃鲁扎克的机车上，带到卡扎京去。

"就这么办，明天早晨五点钟你到材料库去。火车头在那儿上完木柴，你就坐上去。我本来想跟你多谈一会儿，可是来不及了，我得马上回去。明天我去送你。我们铁路工人也给编成了一个营，就像德国人在这儿的时候一样，有卫兵看着我们干活。"之后，阿尔焦姆离开了。

很快天就黑了下来。谢廖沙该来了。保尔在黑暗的房间里踱来踱去，等着他。冬妮娅和母亲则一块陪着她父亲。

在黑暗中两个好朋友终于见了面。他们紧紧地握着对方的手。

瓦莉亚也跟来了。三个人低声地交谈着。

"对不起，手枪我没拿来。现在你们家简直成了兵营。院子里满是彼得留拉匪兵，停着大车，还生起了火。根本没办法上树。真是太不凑巧了。"谢廖沙这样解释着。

"没关系，去他的吧！"保尔安慰他说，"这样说不定更好。在路上

▶ 钢铁是怎样炼成的

一旦被查出来，脑袋就保不住了。不过，你以后一定要记得把枪拿走。"

瓦莉亚凑到保尔跟前，问："你什么时候走？"

"明天早晨，瓦莉亚，天一亮就动身。"

"这一阵子我们大家担心极了，你是怎么逃出来的？讲一讲吧！"

于是保尔把自己的遭遇又快速并低声地讲了一遍。

时间过得飞快，很快他们就亲切地告了别。这时候谢廖沙已经没有心思再玩闹了，他心里很难过。

"保尔，祝你一路平安！不管多长时间，可千万别忘了我们！"瓦莉亚悲伤地讲出了这句话。他们走了，立刻消失在黑暗里。

黑夜降临，房间里静悄悄的。【写作借鉴："黑夜""静悄悄"为下文做了引导，让人产生好奇的感觉，吸引读者往下看。】这对恋人此时辗转反侧谁都没有睡意，再剩短暂的六小时他们就要分别了，或许这将会是永别，两个人思潮起伏，短短的六个小时，怎么才能把要对彼此说的话都说完呢？

青春啊青春，那无限美好的青春！这时，情欲还没有萌动，只有急促的心跳隐约显示它的存在；这时，手无意中触到女友的胸脯，便惊慌地颤抖着，急速移开；这时，青春的友谊约束着最后一步的行动。在这样的时刻，还有什么比心爱姑娘的手更可亲的呢？这双手紧紧地搂住你的脖子，接着就是电击一般炽热的吻。

这是他们相识以来的第二个吻。除了母亲以外，保尔从来没有受到抚爱过，相反，他倒是经常挨打。正因为这样，这种温存给他留下更深的印象。

他一直在屈辱和残酷的环境中长大，他从来不知道还会有这样美好的事情在人间存在。能够得到这位姑娘的爱恋，真是极大的幸福。

【名师点睛：以旁白的语气来表现保尔对冬妮娅感情的珍惜。】

最后的几个小时他们是紧挨在一起度过的。

"保尔，你还记得那次跳崖之前我向你许的愿吗？"姑娘的声音几

136

乎轻不可闻。闻着她的发香，似乎也看见了她那坚定的眼神。当然，她的许诺他是记得的。

"难道我能够允许自己让你还愿吗？我是多么尊重你，冬妮娅。忘掉那个吧！我亲爱的！"

他已经无法再说下去了。是的。熟悉的、火一般的热吻封住了他的嘴。她那柔软的身体又是何等顺从……但是，青春的友谊高于一切。要抵挡住诱惑真比登天还难，可只要性格是坚强的，友谊是真诚的，那就可以做到。

"冬妮娅，等时局平定以后，我一定能当上电工，要是你真心爱我，不是闹着玩，我一定做你的好丈夫。我永远也不会打你，要是我欺侮你，就叫我不得好死。"保尔在黑暗中许诺。

天渐渐地就要亮了，黎明的曙光不允许他们再拥抱在一起，他们不得不分开，临睡时他们再三约定，谁都不许忘记谁。

清早，叶卡捷林娜·米哈伊洛夫娜到房里叫醒了保尔。

他急忙起来，在洗澡间里换上自己的衣服、靴子，穿上多林尼克的外套。这时候，母亲已经叫醒了冬妮娅。

他们穿过潮湿的晨雾，急忙向车站走去。阿尔焦姆在上好木柴的火车头旁边，焦急地等待着。

过了一会儿，那辆叫作"狗鱼"的大功率机车扑哧扑哧地喷着蒸汽开了过来。司机勃鲁扎克正从驾驶室里朝窗外张望。

保尔和朋友匆匆告别后，紧紧抓住机车扶梯的把手，爬了上去。他回过身来。远远地看到岔道口上并排站着两个亲切熟悉的身影：高大的阿尔焦姆和苗条娇小的挥动着手的冬妮娅。

斜眼看了一下勉强抑制住哭泣的冬妮娅，阿尔焦姆叹了一口气想："要么我是个大傻瓜，要么这两个年轻人的关系有些不同一般。保尔啊，保尔，你这个毛孩子！"

列车很快就转弯不见了，阿尔焦姆转过身来对冬妮娅说："好吧，

▶ 钢铁是怎样炼成的

咱们俩算是朋友了吧？"于是，冬妮娅的小手握在他那大手掌里。

这时候，从远方传来了正在加快速度的火车的隆隆声。

Z 知识考点

1. _____把十字路口的情况告诉了冬妮娅。

2. 判断题：

（1）保尔在狱中对"朱赫来"三个字极其敏感，可见他害怕此事连累到他。（　　）

（2）莉莎并不知道保尔与维克多之间的"死对头"关系。（　　）

3. 说一说保尔是怎么逃出监狱的？

_____

_____

Y 阅读与思考

1. 保尔因为什么而理智地拒绝了赫里斯季娜？

2. 从保尔察言观色，编谎话逃脱监狱，可以看出保尔身上有什么特殊品质？

第七章

追随红旗

> **M 名师导读**
>
> 　　红军终于解放了彼得留拉匪统治的这座城市,保尔的好朋友谢廖沙小小年纪也成了共青团区委书记,并在革命工作中认识了美丽的丽达,他们会相爱吗?

　　舍佩托夫卡四周到处是战壕和带刺的铁丝网。整整一个星期,这座小城都是在隆隆的炮声和清脆的枪声中醒来和入睡的。只是到了夜深的时候,才安静下来。偶尔有一阵慌乱的射击声划破夜空的沉寂,那是敌对双方的暗哨在互相试探。天刚亮,车站上的炮位周围就又忙碌起来。大炮张着黑色的嘴,又凶狠地发出可怕的吼叫声。人们急急忙忙往炮膛里装新的炮弹。炮手把发火栓一拉,大地便颤动起来。炮弹嘶嘶地呼啸着,飞向三俄里外红军占据的村庄,落下去,发出震耳欲聋的爆炸声,把巨大的土块掀到空中。

　　红军的炮队驻扎在一座古老的波兰修道院的院子里,修道院坐落在村中心的高岗上。

　　炮队政委扎莫斯京同志翻身跳了起来。他刚才枕着炮架睡了一觉。他紧了紧挂着沉甸甸的毛瑟枪的腰带,仔细倾听着炮弹的呼啸声,等待它爆炸。院子里响起了他那洪亮的喊声:"同志们,明天再接着睡吧!现在起床。起——床——!"

　　炮手们都睡在大炮跟前。他们和政委一样迅速地跳起来。

▶ 钢铁是怎样炼成的

只有西多尔丘克一个人磨磨蹭蹭，他懒洋洋地抬起睡昏的头，说："这帮畜生，天刚亮就呜呜乱叫，真是坏透了！"

扎莫斯京大笑起来："哎，西多尔丘克，敌人真不自觉，也不考虑一下你还没睡够。"

西多尔丘克爬起来，不满意地嘟哝着。

几分钟之后，修道院里的大炮怒吼起来，炮弹在城里爆炸了。彼得留拉部队在糖厂那座高烟囱上搭了一个瞭望台，上面有一个军官和一个电话兵。

他们是攀着烟囱里的铁梯爬上去的。

整个城市的情况一目了然。他们从这里指挥炮兵发射。围城红军的每个行动他们都看得清清楚楚。今天布尔什维克军队非常活跃。用蔡斯望远镜可以看到红军各个部队运动的情况。一列装甲火车一边打炮，一边顺着铁轨缓慢地开向波多尔斯克车站。后面是步兵散兵线。红军几次发起进攻，想夺取这个小城，但是谢乔夫师的部队隐蔽在近郊的战壕里固守着。战壕里喷射出凶猛的火焰，四周全是疯狂的射击。每次进攻，枪炮声都异常密集，汇成了一片怒吼。布尔什维克部队冒着弹雨进攻，后来支持不住，退却了，战场上留下了不少的尸体。

今天，对这座城市的攻击一次比一次顽强，一次比一次猛烈。空气在隆隆的炮声中震荡。从糖厂的烟囱上可以看到，布尔什维克的战士们时而匍匐在地，时而跌倒又爬起来，不可阻挡地向前推进。他们马上就要完全占领车站了。谢乔夫师把所有的预备队都投入了战斗，还是没有堵住车站上已被打开的缺口。奋不顾身的布尔什维克战士已经冲进了车站附近的街道。守卫车站的谢乔夫师第三团的士兵，遭到短促而猛烈的攻击之后，从设在城郊花园和菜地的最后防线上溃退下来，凌乱地朝城里狼狈逃窜。红军部队不给敌人喘息的机会，继续挺进，用刺刀开路，扫清了敌人的零星阻击部队，占领了所有街道。

谢廖沙全家和近邻一起躲在地窖里。但是，现在任何力量也不能迫使他再在这里躲藏下去了。尽管母亲再三阻拦，谢廖沙还是从阴冷的地窖里跑了出来。一辆"萨盖达奇内号"装甲车隆隆地从他家房前急速驰过，一面逃，一面胡乱向四周扫射。一群惊恐的彼得留拉败兵跟在装甲车后面逃跑。有个匪兵跑进了谢廖沙家的院子，慌慌张张地扔掉身上的子弹带、钢盔和步枪，跳过栅栏，钻进菜园子，不见了。谢廖沙决心到街上去看看。彼得留拉的败兵正沿着通往西南车站的大路逃窜。突然，一个红军战士跳上了公路。他卧倒在地，顺着公路朝前打了一枪。紧接着出现了第二个、第三个……谢廖沙看见他们弯着腰，边追赶，边打枪。其中有个皮肤黝黑、两眼通红的中国人，他只穿了一件衬衣，身上缠着机枪子弹带，两手攥着手榴弹，根本不找掩蔽物，一个劲猛追过来。手提轻机枪、冲在最前面的红军战士还是个稚气未脱的年轻人。这是打进城里的第一支红军队伍。谢廖沙高兴极了。他奔到公路上，使劲地喊了起来："同志们万岁！"

他出现得太突然了，那个中国人差点把他撞倒。中国人正要向他猛扑上去，但是看到这个年轻人这样兴奋激动，就停住了。

"彼得留拉跑到哪里去了？"一个中国人气喘吁吁地冲着他喊道。

但是，谢廖沙没有来得及理会他，就迅速地跑进院子里，抓起那匪兵剩下来的步枪和子弹带，然后拼命地追赶着红军队伍。直到他和这支队伍一起冲进了西南车站，红军战士们才注意到他。这时候，他们已经截住了好几列满载弹药和军需品的火车，把敌人赶进了树林，现在停下来整顿队伍了。这时，那个年轻的机枪手主动走到谢廖沙跟前，惊讶地问："同志，你是哪里的人？"

"我就是本地人，知道吗？我早就盼着你们来啦！"

对谢廖沙颇为好奇的红军战士们把谢廖沙围了起来。

"啊！我的知道他，"那个中国人高兴地用半通不通的俄语笑着说，"他的喊'同志们万岁！'他的布尔什维克，我们的人，年轻人，好人！"

▶ 钢铁是怎样炼成的

他一边拍着谢廖沙的肩膀一边向别的红军战士们赞扬着谢廖沙。

谢廖沙是何等高兴啊。他已经被红军战士当作自己人了。他刚刚同他们一起，参加了攻打车站的肉搏战。

回到红军手中的小城又活跃起来了。这群可怜的居民们从地下室和地窖里陆续爬出来，一起涌到门口，去迎接红军队伍。安东尼娜·瓦西里耶夫娜和瓦莉亚在红军队伍里找到了谢廖沙。他光着头，腰上缠着子弹带，背着步枪，雄赳赳气昂昂地走在战士们的行列里。

安东尼娜·瓦西里耶夫娜急得有点不知所措。

天啊！谢廖沙，她的儿子，居然也去打仗啦！这还了得！而且他竟在全城人面前背着枪，大模大样地走着，那以后会怎么样呢？【名师点睛：描写了谢廖沙母亲的心理活动，表明了她为儿子的行为很担心。】

安东尼娜·瓦西里耶夫娜再也忍不住了，她不禁大声喊起来："谢廖沙，你给我回家，马上回来！否则我非打断你的腿不可，你这个小混蛋！要打仗，你回家打！"说着，朝儿子跑过去。

但是，谢廖沙，这个从来都听她话的孩子，却严肃地瞪了她一眼，红着脸，又羞又恼，斩钉截铁地说："别说了，没有用，除了这里，我哪里都不会去的！"【写作借鉴：用短短的两句话表现出谢廖沙倔强的性格特征，也表明了他想成为红军的坚定心迹。】他连停也不停，从母亲身边走了过去。

安东尼娜·瓦西里耶夫娜这下可气坏了："好哇！你就这样跟你妈说话！往后你就别想再回家！"

"我就是不想回去了！"谢廖沙头也没有回，大声回答说。

安东尼娜·瓦西里耶夫娜惘然若失地站在路上。一队队晒得黝黑、满身灰尘的战士从她身旁走过去。

"大娘，别哭了！我们还要选你儿子当政委呢！"一个洪亮的嗓音打趣地说。

队伍里响起愉快的笑声。前面传来嘹亮、和谐的歌声：

同志们，勇敢向前进，

在斗争中百炼成钢，

为开辟自由的道路，

挺起胸膛走上战场！

整个队伍应声附和，歌声高亢、响亮。而在这歌声中，可以听到谢廖沙那嘹亮而又坚定的声音。现在，他已经找到了新的家，他成了这个家庭里的一员。

在往日住满白狗子的列辛斯基庄园的大门上，现在被钉上了一块白牌。上面简单地写着："革委会"。旁边有一张火红的宣传画。画的是一个红军战士，两道目光望着前方，一只手直指前面看画人的胸膛。下面写着一排大字："你参加红军了吗？"

夜里，这些无声的"宣传员"被师政治部的工作人员贴遍了小城的大街小巷。同时还贴出了革委会第一张告全体劳动人民书：

同志们！

现在，无产阶级的军队——红军已经占领了本市。苏维埃政权已经恢复。

我们希望全体居民保持安定。那些残酷虐杀犹太居民的匪徒们已经溃逃。为了不让他们再来祸害百姓，希望你们踊跃报名参加红军！希望你们全力支持我们劳动人民的政权！

此外，本市的军权属于卫戍司令员，政权属于革命委员会。

革委会主席多林尼克·列辛斯基

在列辛斯基庄园里，进进出出的都是全新的面孔。"同志"这个激动人心的称呼，昨天还要为它付出生命，今天却响遍全城，到处都可以听到。【名师点睛：表现了苏维埃政权不被排斥。】

布尔什维克党员多林尼克忘记了睡眠，忘记了休息。

他正在为筹建革命政权而努力工作。

在庄园里一间小屋子的门上贴着一张小纸块，上面写着："党委会"。

143

▶ 钢铁是怎样炼成的

这是伊格纳季耶娃同志的办公室。这是一个沉着镇静的女人。师政治部委派由她和多林尼克两个人负责建立苏维埃政权机构。

仅仅只过了一天，工作人员们就基本进入工作状态了，打字机哒哒地响着。粮食委员会也成立了，粮食委员蒂日茨基同志一直是一个性子很急的人。他以前一直担任糖厂的助理技师一职，苏维埃政权刚刚建立起来，他就以高度的革命热情和罕见的顽强精神投入到对敌人的斗争中。他决定向那些对布尔什维克充满仇恨的贵族分子发起一场激烈的攻击。

在全厂工人动员大会上，蒂日茨基愤怒地用拳头敲着讲台的栏杆，用波兰话向他周围的工人们发表着激烈的演说：

"过去的一切，当然别想再回来了。咱们的父兄和咱们自己，一生一世给波托茨基伯爵当牛做马，已经当够了。咱们给他们建造宫殿，可是这位高贵的伯爵大人给了咱们什么呢？他让我们饿着肚皮，却又不至于饿死，好替他们卖命。要让我们忍饥挨饿地替他们卖命。

"什么波托茨基伯爵呀，桑古什卡公爵呀，那些伯爵、公爵大人骑在咱们脖子上有多少年了？难道波兰人不是跟俄罗斯人、乌克兰人一样，也有很多人给波托茨基当牲口使吗？可是现在那些贵族老爷的走狗却在波兰工人中散布谣言，说什么苏维埃政权要用铁拳来对付波兰人。

"同志们！这是无耻的诽谤。咱们各族工人还从来没有获得过像现在这样的自由。

"所有的无产者都是兄弟，可是对那些贵族老爷，请你们相信，我们一定要狠狠地收拾他们。"

他用手在空中画了一个弧形，又使劲敲了一下讲台的栏杆。

"是谁挑拨我们的民族关系？是谁逼着我们弟兄去流血？去自相残杀呢？是国王，是贵族。许多世纪以来，他们总是派遣波兰农民去打土耳其人，一个民族进攻、屠杀另一个民族的事不断发生。死了多少人！造成了多少灾难！谁愿意这样？难道是我们吗？不过，这一切很快就要结束了。那些毒蛇的末日到来了。布尔什维克向全世界喊出了使资产阶级胆战心惊的口号：'全世界无产者，联合起来！'工人和工人要成为兄弟，这样，咱们才能得救，才有希望过上幸福的生活。同志们，参加共产党吧！

"波兰也要成立共和国，不过，是苏维埃共和国。苏维埃波兰将由咱们自己当家做主人。革委会已经任命布罗尼克·普塔申斯基当咱们厂的委员了。'不要说我们一无所有，我们要做天下的主人。'咱们也会有自己的庆祝胜利的节日，同志们，千万别听那些暗藏的毒蛇的鬼话！要是咱们工人齐心协力，那么就一定能够把世界人民团结在一起！"

这些新鲜的话语是一个普通工人出自内心深处的、纯朴的呼声！

当他走下讲台的时候，青年们一齐向他欢呼，表示支持。

只有年纪大的人不敢发表意见。谁知道，也许明天布尔什维克就会撤走，那时候就得为自己说出的每一句话付出代价。就算不上绞架，也肯定会被赶出工厂。

教育委员是切尔诺佩斯基。他是一个身材瘦削而匀称的中学教师。目前，他是本地教育界中唯一忠于布尔什维克的人。革命委员会对面驻扎着一个特务连。这个连的战士在革委会昼夜值勤。一到晚上，在革委会院子里，挨着大门，就架起一挺上好子弹带的马克沁机枪。旁边站着两个拿步枪的战士。

那一天，伊格纳季耶娃同志正向革命委员会走来。一个年轻的小战士引起了她的注意。她问："小同志，叫什么名字？多大了？"

"谢廖沙。快十七了。"

"是本地人吗？"

小战士兴奋地笑着说："是的，我是前天正打仗的时候参军的。"

伊格纳季耶娃仔细端详着他。

"那么，你的父亲是干什么的？"

145

▶ 钢铁是怎样炼成的

"火车副司机。"

正说着,多林尼克和一个军人一起走进了栅栏门。伊格纳季耶娃对他说:"您瞧,我给共青团区委物色到了一个不错的领导人,他是本地人。"

木匠迅速上下打量了一下谢廖沙。

"你是谁家的孩子?"

"勃鲁扎克家的……"

"哦,原来你是扎哈尔的儿子!好哇,你就把你的伙伴们组织起来吧。"

听到新的安排,谢廖沙担忧着说:"那我在连里的事怎么办呢?"

已经跑上台阶的多林尼克回过头来说:"放心,这个我们自有安排。"

第二天,乌克兰共产主义青年团委员会就建立起来了。

加入红军后的新生活是那样突然地闯了进来。它很快就占据了谢廖沙的整个身心,把他卷入了漩涡。【名师点睛:表明了谢廖沙全身心地投入到了革命的热情当中。】

谢廖沙·勃鲁扎克,已经不再是一个毛孩子,而是一个布尔什维克战士了。他多次从口袋里掏出乌克兰共产党(布)委员会发的白纸卡片仔细端详,上面写着:谢廖沙是共青团员、团区委书记。如果有人胆敢怀疑这一点,那么,请看他军便服皮带上挂着的那支曼利赫尔手枪。这是好朋友保尔留给他的,外面还套上了手工缝制得很好的帆布枪套。这无疑是一个最有说服力的证件。唉,保夫鲁沙要是也在这里就好了!

现在,谢廖沙几乎整天都在忙着执行革命委员会的各项指示。刚才伊格纳季耶娃传话来,他们要一道上火车站,到师政治部去领书报和宣传品。他急忙往大门口跑去,政治部的工作人员已经准备好了小汽车,在那里等着他们。

到车站去的路并不算近。这里的主力部队——苏维埃乌克兰第一师的政治部和参谋部就设在车站的列车上。利用乘车的时间,伊格纳季耶娃跟谢廖沙谈了一些工作问题。【写作借鉴:利用乘车时间谈工作,

表明了社会建设的紧迫性和工作者忙碌的身影。】

"你的工作做得怎么样了？组织建立了吗？你的朋友都是些工人子弟，你要把他们发动起来。要在最短时间内建立一个共产主义青年小组。明天我们就起草一个共青团的宣言，把它打印出来。然后把青年召集到剧院里，开个大会。我再介绍你跟师政治部的乌斯季诺维奇同志认识认识。她好像是做你们青年工作的。"

丽达·乌斯季诺维奇是个年仅十八岁的姑娘。她的那一头乌黑的头发被剪得短短的，穿着一件草绿色的新制服，腰里还扎着一条窄皮带。【名师点睛：对丽达简短的介绍，表现了她干事精练的风格。】在师部，谢廖沙从她那里学到了许多东西，此外，她还答应帮助他开展工作。当他们分别的时候，她送了他一大捆宣传品。除此之外，她还特意送给他一本共青团纲领和章程的小册子。

等他们回到革命委员会的时候，天已经很晚了。瓦莉亚一直在庄园的花园里等着他。一见面，谢廖沙就遭到她劈头盖脸的数落："你真不害臊！怎么，你一点都不顾家了吗？为了你，妈和爸都愁坏了。这样下去，准得闹出事来！"

"尽管把心放肚子里好了，瓦莉亚，什么事也不会出。我是没工夫回家。说实在的，真没工夫。而且今天我也没办法回去。我正好想跟你谈谈。到我屋里去吧。"

现在，瓦莉亚简直没办法认出弟弟来了。他完全变了，就像让谁给充了电似的充满活力。他让姐姐坐在椅子上，说："是这么回事。你也加入共青团吧。你难道不明白吗？就是共产主义青年团。我就是团的书记。你不信？给你，看看这个！"

看过了证件，瓦莉亚尴尬地看着弟弟，说："那么我加入以后能干些什么呢？"

谢廖沙笑了："怕没事可干？我的好姐姐！要干的事情很多啊！你看我！我忙得简直连觉都顾不上睡。有多少工作要做！伊格纳季耶娃

147

▶ 钢铁是怎样炼成的

说,我们应当把大家都召集到剧院去,给他们讲讲苏维埃政权的问题。她说我也得讲话。可是你知道,这不成,我实在不知道该怎么讲,准得出洋相。好了,入团的事考虑得怎么样?"

"我拿不准主意。要是我加入,妈准会气疯的。"

"别管妈了,瓦莉亚。"弟弟不以为然地说,"反正她不懂得这些事情。她光想把孩子们拢在她身边。对苏维埃政权,她是同情的。但是她只希望别人到前线去打仗,不愿让自己的孩子去。【写作借鉴:用"不以为然"来形容谢廖沙说服他姐姐的表情可以知道,当时人们对苏维埃政权的认识并没有一个明确的答案。】这样的想法正确吗?你还记得朱赫来跟咱们讲的话吗?你看保尔,人家就不管他妈怎么样。咱们已经有了生活的权利。怎么样,我的好姐姐,难道你会不同意?你参加进来该是多好的事情啊!你动员姑娘们,我负责做小伙子们的工作。克利姆卡那个红毛鬼,我今天就叫他乖乖地进来。怎么样,瓦莉亚,你倒是表个态啊?我这儿有一本讲这件事的小册子,你看看。"

说着,他把小册子从衣袋里递给了姐姐。瓦莉亚不认识似的盯着弟弟,低声问:"要是彼得留拉的兵再打回来,那我们的家可怎么办呢?"【名师点睛:当时社会的不安定让瓦莉亚不得不担心,说明苏维埃政权还有很多路要走。】

这时候,谢廖沙才第一次认真地考虑起这个问题来。

"我肯定会跟大家一起走。可是你呢?我觉得妈妈那时候会更遭罪。"

"你把我的名字写上吧,就是别让妈知道。还有,除了咱俩,你谁也别告诉。我什么都可以帮你干,还是这样好一些。"瓦莉亚下定了决心。【写作借鉴:姐姐参加革命是冲着对弟弟的信任,可见姐弟之间的感情很深。】

"你说得对,瓦莉亚。"

这时伊格纳季耶娃走了进来。

"伊格纳季耶娃同志,这是我姐姐瓦莉亚。我正跟她谈入团的事。

她倒是挺合适的，就是我母亲不太好办。能不能把她吸收进来，谁也不告诉呢？万一咱们不得不撤退，我当然扛起枪就走了，可是她舍不得母亲。"

伊格纳季耶娃坐在桌边上，认真地听他讲完，说："好，这样办比较妥当。"

剧院里早已挤满了叽叽喳喳的年轻人们，他们一定都是看到了召开青年大会的海报之后特意跑过来的。糖厂的工人管乐队正在台上演奏。到会的大部分是中小学生。

他们到这里来的目的，与其说是为了开会，倒不如说是为了看节目。

大会正式开始了。一个身材瘦小但长着尖鼻子的人出现在舞台上，他正是刚从县里赶来的县委书记拉津同志。

拉津的出现立刻引起了全场的注意。大家都很有兴趣地看着他。拉津同志谈到了席卷全国的斗争，号召青年们团结在共产党的周围。可遗憾的是，在场的青年们大多都是普通青年，还听不懂类似"正统的马克思主义者""社会沙文主义者"的专业名词。

就算是这样，在他讲完的时候，全场仍然响起了热烈的掌声。接着他让谢廖沙接着讲话，自己先走了。

谢廖沙担心的事情终究还是发生了。他因过度紧张而一句话都讲不出来。

"我该说什么呢？"他苦苦思索着。【名师点睛：用拉津熟练的演讲同谢廖沙无法开口做了对比，反映了谢廖沙对工作的生涩。】

最后还是伊格纳季耶娃给他解了围，她小声提示着："谈谈组织支部的事吧。"

于是，谢廖沙马上谈起了眼前的实际问题："同志们，刚才你们什么都听到了，现在咱们需要成立个支部。对这个提议大家有什么意见？"

会场里一片寂静。

149

▶ 钢铁是怎样炼成的

　　丽达出来帮忙了。她向大家讲起了莫斯科青年建立组织的情况。谢廖沙尴尬地站在一旁。

　　到会的人对建立支部的事这样冷淡，使他十分恼火。他不时向台下投出不友好的目光。人们并没有认真听丽达讲话。

　　扎利瓦诺夫一边轻蔑地看着丽达，一边小声地跟莉莎嘀咕着什么。坐在前排的高年级女生，鼻子上扑着粉，交头接耳地议论着，狡猾的小眼睛滴溜溜地四处转。靠近舞台入口的角落里，坐着几个年轻的红军战士。谢廖沙看见他认识的那个青年机枪手也在那里。他正焦躁不安地坐在舞台边上，用仇恨的眼光看着打扮得非常时髦的莉莎·苏哈里科和安娜·阿德莫夫斯卡娅。她们正旁若无人地同向她们献殷勤的男生交谈着。

　　丽达发觉没有人听她讲话，就草草地结束了，让伊格纳季耶娃接着讲。伊格纳季耶娃不慌不忙地讲起来，会场终于安静下来了。

　　"<u>青年同志们，我想你们每个人都应该认真想一想在这里听到的话。我相信你们当中一定有不少同志愿意参加革命。革命的大门永远是敞开着的，参加不参加取决于你们自己。有要发言的同志，请讲吧。</u>"

【写作借鉴：伊格纳季耶娃的话简单明了地引起了人们的注意，说明了一个革命者不仅要有热情还应有革命的头脑。】

　　会场里又冷了一阵场。突然，后排有人喊了一声："我要求讲两句！"

　　随着话音，那个稍微有点斜眼、样子像只小熊的米什卡·列夫丘科夫挤到了台前。

　　"按照你们说的，既然在帮布尔什维克的忙，那我不会说个'不'字。谢廖沙知道我，我要求报名参加共青团。"

　　谢廖沙终于高兴地笑了。<u>受到鼓舞的他一下子冲到台中央</u>，【名师点睛：对谢廖沙的动作描写反映了他对革命的热情和希望，也间接地说明了他还是个孩子。】说："同志们，你们看见了吧？米什卡是自己人，他的爸爸是扳道工，结果出事故让火车给轧死了，米什卡因此失了学。

150

别看他没上完中学，可是我们的道理，一说他就明白了。"

这时会场上渐渐响起一阵吵嚷声与质疑声。一个名叫奥库舍夫的中学生要求发言。这个药店老板的儿子，梳着一头发亮的大背头，像极了公子哥的模样。他整了整制服，说："非常抱歉，同志们。我弄不明白，他们到底想要我们做什么。"

"难道是要我们搞政治吗？那我们哪里还有学习的时间呢？我们总得把中学念完吧。要是组织个体育协会，或者办个俱乐部，让我们在那里聚会读书，那倒是另一回事。可现在是要我们搞政治——最后就会给绞死。对不起，我想这种事情是没有人乐意干的，至少我不愿意。"

会场里响起了哄笑声。奥库舍夫为他所讲的措辞所带来的效果而感到沾沾自喜。他跳下舞台，坐到了自己的位置上。这时候那个年轻的机枪手终于忍不住出来讲话了，他狠狠地把军帽拉到前额上，用他那愤怒的目光朝台下扫了一下，大声喊道："有什么好笑的？你们这帮混蛋！"

他的眼睛仿佛是两块燃烧的煤炭。他深深地吸了一口气，气得浑身发抖，接着说：

"我叫伊万·扎尔基。我没见过爹，没见过娘，从小就是个无依无靠的孤儿。白天要饭，晚上就在墙根底下一躺，挨饿受冻，没个安身的地方。日子过得连狗都不如，跟你们这帮娇小姐、阔少爷比，完全是另一个样！苏维埃政权来了，红军收留了我。全排都把我当作亲生儿子看待，给我衣服，给我鞋袜，教我文化，最主要的是教我懂得了做人的道理。是他们教育我，使我成了布尔什维克，我是到死也不会变心的。我现在心明眼亮，知道为什么要进行斗争：是为了我们，为了穷人，为了工人阶级的政权。可是你们呢？在这儿放肆地大笑，却不知道在城郊还躺着二百个牺牲的同志，他们永远地离开了我们……"扎尔基的声音像绷紧的琴弦一样，铿锵作响，"为了我们的幸福，为了我们的事业，他们毫不犹豫地献出了生命……现在全国各地，各个战场

▶ 钢铁是怎样炼成的

上,都有人在流血牺牲,在这样的危急时刻,你们却在这里寻开心。"他突然转过身来,朝主持会议的人说:"而你们呢,同志们,却找到了他们头上,找了这么一帮人来开会。"他用手指着台下,"难道他们能懂吗?不可能!饱汉不知饿汉饥。这里只有一个人响应了号召,因为他是穷人,是孤儿。没有你们,我们照样干。"他愤怒地朝台下喊道,"我们才不来求你们呢,要你们这号人有什么用!你们这样的,只配挨机枪的子弹!"他气呼呼地喊了一段,跳下台来,眼皮都没有抬,径直朝门口走去。【写作借鉴:用"喊""跳""走"表现了机枪手扎尔基对不理解革命思想者的愤怒。】

晚会没有苏维埃的人参加。在回革委会的路上,谢廖沙一脸沮丧地说:"倒霉,这场大会简直是一塌糊涂!还是扎尔基说得对。咱们找错人了。"

"这没什么好奇怪的。"伊格纳季耶娃似乎早已预料到了结果。

"这些人大多是小资产阶级,或者是城市知识分子、小市民。我们应当把工作重点放在工人中间。我建议你把重点放在锯木厂和糖厂。不过今天的大会不是没有收获,学生中间也有好同志。"

丽达对伊格纳季耶娃的看法表示赞同,她说:"谢廖沙,我们的任务,就是要不断把我们的思想和口号灌输到每个人的头脑中去。党要使所有劳动者真正了解他们的使命。我们要召开一系列群众大会、讨论会。师政治部甚至决定在车站开办一个夏季露天剧场。上级的宣传列车这几天就到,到那时,我们马上就能把工作全面铺开。你还记得吧?列宁说过:如果我们不能吸引数目众多的劳苦大众参加斗争,我们最终就不会取得胜利。"

黑色的夜晚,谢廖沙一路把丽达送到了车站。临别时,他们的手紧紧握在一起,过了好一会儿才放开。【名师点睛:用"紧紧"表示两人的不舍,间接表现两人内心情感的变化。】丽达微微笑了一下。

回城的时候,谢廖沙还是想顺路回家看一看。他静静地听着母亲的责骂，没有说一句话，但当他父亲开始责骂他的时候，他就立刻展开了反攻，使得父亲一句话都说不出来。

"爸爸，当初德国人在这儿，你们搞罢工，还勇敢地在机车上打死了押车的德国兵。那个时候，你想到过家没有？我认为你还是想到过的。可你还是干了，因为工人的良心叫你这样干。在参军以前，我也想到过咱们的家。我也明白，如果红军不得不撤退，由于我，你们很可能会受迫害的。但是反过来，要是我们胜利了呢？那我们就翻身做主人了。无论如何，家里我是待不住的。爸爸，我想你会明白的。那为什么还要吵吵闹闹呢？我干的是好事，你应该支持我、帮助我，可你现在却扯后腿。爸爸，咱们讲和吧，这样，我妈就不会再骂我了。"他用那双纯洁的、深蓝色的眼睛盯着父亲的眼睛，脸上露出自豪的笑容，因为他相信自己是对的。

听了儿子的话，扎哈尔·勃鲁扎克局促不安地坐在凳子上。他微笑着，笑容透过好久没有刮的、又硬又密的胡须，露出了发黄的牙齿。【写作借鉴：对谢廖沙父亲的面部特写，表现了一个充满柔情、刚毅的汉子。】

"你这个调皮鬼，现在敢开始质问我了？你以为你拿着枪，我就不会拿皮带抽你了吗？"

不过，谢廖沙没有从父亲的话里感到丝毫的威胁。扎哈尔·勃鲁扎克不好意思地踌躇了一下后，把他那粗糙的大手伸到儿子跟前【写作借鉴：用"不好意思""粗糙""伸"展现了勃鲁扎克憨厚、慈爱的一面，同时也可以看出他的心理活动。】说："谢廖沙，开足马力闯吧，你既然正在爬大坡，我绝不会给你泄油。只是你别忘掉我们就好，要经常回来看看。"

黑夜里，半掩的门缝中透出一线亮光，落在台阶上。在一间摆着柔软的长毛绒沙发的大房间里，革命委员会正在开会。律师用的宽大的写字台周围坐着五个人：多林尼克，伊格纳季耶娃，戴着哥萨克羊皮

▶ 钢铁是怎样炼成的

帽、样子像吉尔吉斯人的肃反委员会主席季莫申科和另外两名革委会委员——一个是大个子的铁路工人舒季克，一个是扁鼻子的机车库工人奥斯塔普丘克。

多林尼克俯在桌子上，固执的目光直盯着伊格纳季耶娃，用嘶哑的声音一字一句地说："前线需要给养，工人需要食粮。咱们刚一到这儿，投机商人和贩子就抬高物价。他们不肯收苏维埃纸币，买卖东西要么用沙皇尼古拉的旧币，要么就用临时政府发行的克伦斯基票子。咱们今天就把物价规定下来。其实咱们心里也清楚，任何一个投机商都不会照咱们规定的价钱卖东西。他们一定会把货藏起来。那时候咱们就来个大搜查，把那些吸血鬼囤积的东西统统征购过来。对这帮奸商一点也不能客气。咱们决不能让工人再挨饿。伊格纳季耶娃同志警告我们别做得太过火。照我说呀，这正好是她知识分子的软弱性。你别生气，伊格纳季耶娃同志，我说的都是实实在在的事。而且，问题还不在那些小商贩身上。你瞧，今天我就得到了一个消息，说饭馆老板鲍里斯·佐恩家里有个秘密地窖。还在彼得留拉匪徒到来之前，有些大商人就把大批货物囤积在这个暗窖里。"他嘲讽地微笑着，意味深长地看了季莫申科一眼。

"你怎么知道的？"季莫申科慌张地问。他又羞又恼，因为搜集这类情报本是他季莫申科的责任，现在竟让多林尼克走在前面了。

"嘿——嘿！"多林尼克笑了，"老弟，什么都逃不过我的眼睛。我不光知道暗窖的事，"他接着说，"我还知道你昨天跟师长的司机喝了半瓶私酒呢。"

季莫申科在椅子上不安地动了几下，微微泛黄的脸一下子涨红了。

"你这瘟神好厉害呀！"他不得不佩服地说。他向伊格纳季耶娃瞥了一眼，看见她皱起了眉头，就不再作声了。"这个鬼木匠！他竟有自己的肃反班子。"季莫申科看着革委会主席，心里这样想。

"我是听谢廖沙·勃鲁扎克说的。"多林尼克继续说，"他大概有个什么朋友，在车站食堂当过伙计。这个朋友听厨师们说，原先食堂里需要的东西，数量、品种不限，全由佐恩供应。昨天，谢廖沙搞到了准确的情报：确实有这么一个地窖，就是不知道具体的地点。季莫申科，你带几个人跟谢廖沙一道去吧。务必在今天把东西找到！要是能成功，咱们就有东西供应工人、支援部队了。"

半小时以后，八个武装人员走进了饭馆老板的家里，还有两个留在外面，守着大门。

老板是个滚圆的矮胖子，活像一只大酒桶，一脸棕黄色的络腮胡子，又短又硬。他拐着一条木腿，点头哈腰地迎接进来的人，用嘶哑低沉的喉音问："怎么回事啊，同志们？这么晚来，有什么事吗？"

佐恩的背后站着他的几个女儿。她们披着睡衣，给季莫申科的手电筒照得眯缝着眼睛。隔壁房间里，那个又高又胖的老板娘一边穿衣服，一边唉声叹气。

季莫申科只简单地说："搜查。"

每一块地板都查过了。堆满木柴的大板棚、所有的储藏室、几间厨房、一个很大的地窖都仔细搜遍了。但是连暗窖的痕迹也没有发现。

靠近厨房的一个小房间里，正睡着饭馆老板的女用人。她睡得正香，连有人进屋都不知道。谢廖沙小心地把她叫醒。

"你是什么人？是这儿的用人吗？"他向这个还没有睡醒的姑娘问道。

她不知道发生了什么事情，一边拉起被头盖住肩膀，一边用手遮住电筒的光亮，惊疑地回答："是这儿的用人。你们是干什么的呀？"

谢廖沙向她说明了来意，叫她穿好衣服，就走了。

这时候季莫申科正在宽敞的饭厅里盘问老板。老板喘着粗气，喷着唾沫，非常激动地说："你们要找什么？我再没有别的地窖了。你们再搜查也是白费时间。不错，我先前是开过饭馆，但是，现在我也是个穷光蛋了。彼得留拉的大兵把我家抢得精光，差一点没把我打死。我非常喜欢苏维埃政权，我就有这么点东西，你们都看见了。"说话的

▶ 钢铁是怎样炼成的

时候，他老是摊开两只又短又肥的胳臂。布满血丝的眼睛一会儿从肃反委员会主席的脸上溜到谢廖沙身上，一会儿又从谢廖沙身上溜到墙角或者天花板上。

季莫申科急得直咬嘴唇。

"这么说，你是想瞒着不讲啦？我最后一次劝告你，赶紧把地窖交代出来。"

"哎哟，你怎么啦，军官同志，"老板娘插嘴了，"我们自己都饿着肚子呢！我们家的东西全给抢光了。"她很想放声哭一场，但是却挤不出一滴眼泪来。

"饿肚子，还能雇佣人？"谢廖沙插了一句。

"哎哟，她哪儿算得上用人哪！她是穷人家的孩子，没地方投靠，我们才把她收留下来的。不信，您让赫里斯季娜自己说吧。"

"算了，"季莫申科不耐烦地喊了一声，"再搜！"

天已经大亮了，搜查还在饭馆老板的家里继续地进行着。

十三个小时过去了，还是什么也没有查出来，季莫申科十分恼火。他都打算下令停止搜查了。谢廖沙正打算走，忽然听到女仆在她的小房间里悄悄地说："一定在厨房的炉子里。"

十分钟以后，厨房里那个俄国式大火炉被拆开了，露出了地窖的铁门。过了一小时，一辆载重两吨的卡车满载着木桶和口袋，穿过看热闹的人群，从老板家开走了。

一个炎热的白天，柯察金的母亲挎着小包袱回到家里。阿尔焦姆把保尔的事跟她说了，她一边听，一边伤心地哭着。现在她的生活过得很悲惨，家里实在没有经济来源，只好给红军洗衣服，战士们则想办法给她弄一份口粮。

有一天，临近黄昏的时候，阿尔焦姆迈着比平常更大的步子从窗前走过，没等推门进屋，就喊了起来："保尔来信了！"

他的信上写着：

阿尔焦姆，亲爱的哥哥：

告诉你，亲爱的哥哥，我还活着，虽然并不十分健康。我大腿上挨了一枪，不过快治好了。医生说，没有伤着骨头。不要为我担心，很快就会完全治好的。出院以后，也许会给我假，到时候我一定回家看看。妈妈那里我没有去成，结果却当上了红军。现在我是科托夫斯基骑兵旅的一名战士。我们旅长科托夫斯基的英雄事迹你们一定听到过。像他那样的人，我还从来没有见过，我对他是十分敬佩的。妈妈回来没有？要是她在家，就说她的小儿子向她老人家问好。请原谅我让你们操心了。

你的弟弟

再者，阿尔焦姆，请你到林务官家去一趟，把这封信的意思说一说。

玛丽娅·雅科夫列夫娜听完信流了许多眼泪。这个儿子真是傻，居然连医院地址都没有写。

最近谢廖沙经常跑到停在车站上的那节绿色客车车厢去。车厢上挂着"师政治部宣传鼓动科"的牌子，丽达和伊格纳季耶娃就在那里办公。伊格纳季耶娃总是叼着一支香烟，嘴角上不时露出调皮的微笑。

【写作借鉴：用"叼""调皮"将伊格纳季耶娃的形象表露无遗，说明她是一个放荡不羁的人。】

不知不觉中，这位共青团区委书记开始同丽达亲近起来。每次简短的会见中，除了为了那一捆捆宣传品和报纸外，更重要的则是看丽达一眼。

工人和红军战士每天都把师政治部露天剧场挤得满满的。铁道上停着第十二集团军的宣传列车，车身上色彩鲜艳的宣传画吸引着人们的注意力。宣传车上有个印刷室，一张张报纸、传单、布告就从这里印制出来。一天晚上，谢廖沙偶然来到剧场，他在红军战士中间看见了丽达的身影。

▶ 钢铁是怎样炼成的

夜已经深了。谢廖沙正在送她回车站上的宿舍的路上。他连自己也莫名其妙地突然说:"丽达同志,最近我怎么会总想看到你呢?"紧接着他又脸红地说,"跟你在一起真高兴!每次跟你见面之后,都觉得精神振奋很多。"

听过谢廖沙突如其来的告白后,丽达站住了。

"听我说,勃鲁扎克同志,咱们工作是工作,这类抒情诗往后你就别再作了。我不喜欢这样。"

像一个受到斥责的小学生一样,谢廖沙顿时满脸通红。他结结巴巴地回答:"我是把你当作知心朋友,才这样跟你说的,可是你……难道我说的是反革命的话吗?丽达同志,你放心,这种话往后我肯定不会再说了!"

说完,他匆匆地握了一下她的手,拔腿就朝城里跑去。【名师点睛:通过对细节的叙述来说明当时谢廖沙面对丽达的羞涩和尴尬。】

此后一连几天,谢廖沙都没有在火车站露面。伊格纳季耶娃每次叫他去,他都说工作忙,推托不去。事实上,他确实也很忙。

一天夜里,革委会委员舒季克回家,路过糖厂波兰高级职员聚居的街道,有人向他打黑枪。于是在那一带进行了搜查。结果查到了毕苏斯基[反动的资产阶级民族主义者,当时波兰的国家元首]分子组织的"狙击手"的武器和文件。

丽达到革委会来参加会议。她把谢廖沙拉到一边,心平气和地问:"你怎么啦?是小市民的自尊心发作了吧?私人的事怎么能影响工作呢?同志,这可绝对不行!"

在这之后,谢廖沙只要有机会,就又往绿色车厢跑了。

接着,谢廖沙参加了县代表大会,会上进行了两天热烈的争论。第三天,谢廖沙同参加会议的全体代表一起,带着武器,到河对岸的森林里去追剿漏网的彼得留拉军官扎鲁德内率领的匪帮,追了整整一天一夜。回来之后,谢廖沙在伊格纳季耶娃那里碰见了丽达。他送她

158

回车站去。临别的时候，他紧紧地握着她的手。

丽达生气地把手抽了回去。谢廖沙又有很长时间不到宣传鼓动科的车厢上去。他故意避开丽达，甚至在需要面谈的时候，也有意不同她见面。后来丽达非要他解释回避她的原因，他气愤地说："我跟你有什么好说的？你又该给我扣帽子了。什么小市民习气呀，什么背叛工人阶级呀。"

车站上开来几列高加索红旗师的军车。三个肤色黝黑的指挥员走进了革委会办公室。其中有个扎武装带的瘦高个子，进门就冲着多林尼克喊："废话少说。拿一百车草料来。马都快饿死了。"

多林尼克气呼呼地摊开双手，说："同志，半天时间，我上哪儿给你弄一百车干草去？干草要到屯子里去拉，两天也拉不回来。"

瘦高个子目露凶光，吼道："你给我听着。晚上不见干草，统统砍脑袋。你这是反革命。"他啪的一声，一拳头捶在桌子上。

多林尼克也光火了："你吓唬谁？马刀我也会使。明天以前不会有干草，懂吗？"

"晚上一定得备好。"高加索人扔下一句话，走了。

谢廖沙和两名红军战士被派去征集干草。不料，在村子里碰上了一伙富农匪帮。红军战士被解除了武装，给打得半死。谢廖沙挨的打少一些，他们看他年轻，留了点情。贫农委员会的人把他们送回了城里。

当天晚上，来了一队高加索士兵，因为没有领到干草，便包围了革命委员会，逮捕了所有的人，包括一名清扫女工和一名饲养员。他们把被捕的人带到波多尔斯克车站，一路上还偶尔赏他们几马鞭，然后关进了一节货车车厢。革委会的院子里也进驻了一支高加索巡逻队。要不是师政委、拉脱维亚人克罗赫马利积极出面干预，革委会那些人员的处境可就不妙了。克罗赫马利下了死命令，他们才获得释放。

又有一队战士被派到村子里去。第二天干草总算征集上来了。

▶ 钢铁是怎样炼成的

谢廖沙不愿意惊动家里的人,就在伊格纳季耶娃房间里养伤。当天晚上,丽达跑来看望他。她握住谢廖沙的手。谢廖沙第一次感到她握得那样亲切,那样紧。他可是怎么也不敢这样握的。

一个炎热的中午,谢廖沙去找丽达,把保尔的信念给她听,接着又向她讲了自己这位好朋友的故事。临走的时候,他随便说了一句:"我要到林子里的湖里洗个澡。"

没想到的是,丽达也放下手里的工作,叫住他说:"你等等,咱们一起去。"

他们走到了湖边,不自觉地停下了脚步,他们被眼前的美景所吸引住了。

"你上大路口去帮忙看一会儿。我到湖里洗个澡。"丽达几乎是用命令的口气说。

于是谢廖沙在小桥旁边的一块石头上坐了下来,仰起脸来晒着太阳。他背后响起了溅水声。

透过树丛,谢廖沙看见冬妮娅和宣传列车的政委丘扎宁正顺着大路走来。丘扎宁长得很标致,身上穿着一套整齐的军装,系着军官武装带,脚上穿着一双软皮靴子。他挽着冬妮娅的胳膊并跟她谈论着什么。

谢廖沙还记得这个给她送过信的冬妮娅。冬妮娅也认出了谢廖沙。当冬妮娅和丘扎宁走过他身边的时候,谢廖沙从口袋里掏出一封信,叫住冬妮娅说:"同志,您等一等,我这儿有一封信,可能跟您也有点关系。"

说着,他把一张写得满满的信纸递给了她。冬妮娅赶忙接过信纸,信纸在她手里微微发颤。【写作借鉴:用"赶忙""发颤"表明冬妮娅迫切想得到保尔消息的心情,间接说明了冬妮娅对保尔的思念。】最后她把信还给谢廖沙,问:"他的情况,你就知道这些吗?"

"是的。就知道这些。"谢廖沙回答。

丽达的脚步声从后面响起。丘扎宁一看见她在这里，立即小声对冬妮娅说："咱们还是走吧。"

但是丽达已经把他叫住了。她以轻蔑的口吻嘲讽他："丘扎宁同志！列车上可是成天都在找您呢！"

丘扎宁满脸凶狠争辩到："难道没有我，他们就不办事了吗？"

看着丘扎宁他们两人的背影，丽达骂道："这个骗子，什么时候才能把他撵走啊！"

<u>树林里的柞树哗哗响着。</u>【名师点睛：借景抒情，表现了丽达对丘扎宁的不满。】面对这诱人的湖面，谢廖沙也忍不住了，跳进水中，尽情享受着湖水带给他的舒适。

洗完之后，在离林间小道不远的地方他找到了丽达，当时她正坐在一棵伐倒的柞树上。

两个人一边谈话一边向树林深处走去。在一小块青草茂盛的林间空地上，他们决定休息一会儿。树林里静悄悄的。只有那些淘气的柞树在窃窃私语。丽达在柔软的草地上躺了下来，一只胳膊弯过来枕在头下。她那两条健美的腿和一双补了又补的皮鞋，没在又高又密的青草里。谢廖沙的目光无意中落到她的脚上，看到她的皮鞋上打着的整整齐齐的补丁，再看看自己靴子上面的那个大窟窿。他不禁笑了起来。

"你笑什么？"

谢廖沙伸出一只靴子，说："咱们穿着这样的靴子，怎么打仗啊？"

丽达没有说话，她轻轻咬着草叶，心里似乎在想着更为重要的事情。

"丘扎宁是个坏党员，也不是个好人。"她终于开口说，"我们几乎所有的政工人员都穿得又旧又破——好的都支援前线了，可他却只关心自己。他是到咱们党里来混混的……现在，前线情况确实严重。"她沉默了片刻，又接着说，"谢廖沙，咱们不仅仅要用嘴和笔战斗，也要拿起枪来。现在中央已经决定，要动员四分之一的共青团员支援前线，

▶ 钢铁是怎样炼成的

你知道吗？谢廖沙，我估计，可能咱们也会上前线的。"

谢廖沙静静地听她说着，从她的话里听出一种不寻常的音调来。【名师点睛："不寻常"说明接下来会有事情发生。】他发现她那双水汪汪的又黑又亮的眼睛一直盯着他。

忘情之下，他几乎想对她说，她的眼睛就像一面从里面能看见一切的镜子，但是他及时控制住了自己。

丽达用胳膊肘支着，欠起身来问："你的手枪呢？"

摸了一下皮带，谢廖沙略有些难过地说："上回在村子里催干草，叫那帮土匪给抢去了。"

丽达没说什么就把手伸进制服口袋，掏出一支发亮的勃朗宁手枪。

"看见那棵柞树没有，谢廖沙？"她用枪口指了指离他们有二十五六步远的一棵树干。然后举起手枪，几乎没有瞄准，就开了一枪。打碎的树皮撒落在地上。

"怎么样？看到了没有？"她得意地笑着，接着又放了一枪。又是一阵树皮落地的簌簌声。

"轮到你了，"她把手枪递给谢廖沙，"现在该看看你的枪法了。"

谢廖沙一共打了三枪，只有一枪没中。丽达欣赏着说："不错啊，你很优秀。"

她收起自己的手枪，又在草地上躺下来。单薄的制服上衣清晰地显出了她那富有弹性的胸脯的轮廓。

"谢廖沙，到这儿来。"她轻轻地召唤。

他把身子挪到她跟前。

"看到天空的颜色没有，美丽的天空是一片蔚蓝色。而你的眼睛也恰好是蓝色，这不太好，显得你太过于温柔。你的眼睛应该是深灰色，那是钢铁一般的颜色。"

突然，丽达紧紧地抱住了他那长着淡黄色头发的脑袋，尽情地吻着他的双唇。

<u>这个举动是如此突如其来，以至于即便谢廖沙在刑场面对枪口，也未必会这样心慌意乱。</u>【写作借鉴：运用假设的修辞手法，将一个害羞的谢廖沙形象地刻画了出来。】他只知道丽达在吻着他，其他的什么都不清楚。于是，他认真享受着来自丽达的吻。

接着她稍稍推开他那晕乎乎的头说："我现在把自己交给你，是因为你充满青春活力，你的感情跟你的眼睛一样纯洁，还因为我们都可能看不到革命的胜利。所以，趁我们有这几个自由支配的时辰，我们现在要相爱。要知道，在我的生活里，你是我爱的第二个人……"

打断她的话头，谢廖沙用力抱着她，陶醉在幸福之中，他始终紧紧地握着她的手。

时间过得飞快，曾经难以接近的丽达如今成了他谢廖沙心爱的妻子。一股巨大的激情闯进了他的生活。对丽达深沉而又博大的同志情谊占据了他那颗渴望火热斗争的心。开头几天，他的生活常规几乎完全给打乱了。可是紧张繁忙的工作没有给他更多的空余时间，不久他又全身心投入了工作。

由于工作的原因，他们见面的机会少之又少，但每次来之不易的见面他们都会分外珍惜。

两个月后，秋天到了。

在那被夜晚用黑色的帷幕盖住的树林里，师参谋部的报务员正俯在电报机上，忙着收报。电报机发出急促的嗒嗒声，一张狭长的纸条带着上级的指令从他的指缝间穿过，他迅速将那些点和短线译成文字，命令如下：

第一师师参谋长并抄送舍佩托夫卡革委会主席。命令收到电报后十小时内，撤出市内全部机关。除一个营归本战区指挥员×团团长指挥外，师参谋部、政治部及所有军事机关，均撤至巴兰切夫车站。执行情况，即报来。

师长（签名）

▶ 钢铁是怎样炼成的

十分钟之后，在静寂的街道上，一辆摩托车飞速穿过，在革委会门口停了下来。通讯员把电报交给了革委会主席多林尼克。于是人们飞快地行动起来了。特务连马上开始整队。一小时过后，几辆马车满载着革委会的物品，抵达波多尔斯克车站，准备装车出发。

谢廖沙知道消息，连忙跟着通讯员跑了出去，对他说："同志，捎个脚，带我上车站，行不？"

"那你快上来坐在我后面，不过要把牢了。"

这时候，宣传鼓动科的车厢已经挂到列车上，在离车厢十步左右的地方，谢廖沙抓住了丽达的双肩。就像要失去一件无比珍贵的东西似的，他低声地说："再见吧，丽达，我亲爱的同志！咱们还会见面的，你不会忘了我，是吧？"

他担心自己因为不舍而哭出来，就匆匆分别。他没有再说一句话，只是紧紧握住她的手，那种力量让丽达感到很疼。

第二天早晨，被丢弃的小城和车站变得冷冷清清。最后一列火车也伴着汽笛声消失了，而留守在城里的营，就在车站外面的铁路两旁布成了警戒线。

<u>遍地黄叶堆积，树枝上光秃秃的。风卷着落叶，在路上慢慢地打转。</u>【名师点睛：对小城环境的描写突出了革命者走后，一种荒芜凄凉的景象。】

谢廖沙同十个红军战士一起，守卫着糖厂附近的十字路口，等待波兰军队的到来。他穿着军大衣，身上束着帆布子弹带。

阿夫托诺姆·彼得罗维奇敲了几下邻居格拉西姆·列昂季耶维奇的门。这位邻居还没有穿好衣服，而只是从房门里探出头来，问："出了什么事？"

阿夫托诺姆·彼得罗维奇没有说话，他指着持枪行进的红军战士，向他的朋友使了个眼色。

"开走了？"

格拉西姆·列昂季耶维奇担心地问："您知不知道，波兰人的旗子是什么样的？"

"好像有只独头鹰。"

"问题是，我们从哪儿能弄到呢？"

阿夫托诺姆·彼得罗维奇烦恼地皱皱眉。

"他们倒是随便，"他说，"想走就走，可是咱们可怎么办？要合新政府的意，又得大伤脑筋。"

突然，一阵机枪的扫射声打破了所有的寂静。骤然，车站那边的火车头拉响了汽笛。同时大炮也轰隆响了一声。接着飞来的炮弹划破长空，呼啸着飞过去，落在工厂后边的大道上。道旁的灌木丛立刻隐没在蓝灰色的硝烟里。神情严峻的红军战士沿着街道默默地撤退，不时回头看看后边。

眼泪不由自主地从谢廖沙眼睛中滑落下来。他赶忙擦掉眼泪，默默回头看了同志们一眼，还好没有被谁看见。

同谢廖沙并肩走着的是刚参军的锯木厂工人安捷克·克洛波托夫斯基。又高又瘦的他将手指扣在步枪扳机上。锯木工人脸色阴沉，心事重重。他的眼睛碰到了谢廖沙的目光，便忍不住向他诉说起自己的心事来："这回家里人可要遭殃了，特别是我家的人。他们一定会说：'作为波兰人，他竟然还同波兰大军作对。'他们准会把我父亲赶出锯木厂，用鞭子抽他。我劝老人家跟咱们一起走，可是他却故土难离。唉，这帮该死的家伙，赶紧碰上他们打一仗才好呢！"说着，他烦躁地把遮住眼睛的红军钢盔往上推了推。

"……再见吧，我的故乡，再见吧，肮脏的小城，丑陋的小屋，不平的街道！再见吧，亲人们，再见吧，瓦莉亚，再见吧，转入地下的同志们！"那些凶恶的异族侵略者——无情的白色波兰军队已经逼近了。【写作借鉴：用排比的句式加强了谢廖沙充满悲凉的心情，表达谢廖沙

165

▶ 钢铁是怎样炼成的

对离开家乡的不甘和对亲人、战友的不舍。】

　　机车库的工人们用忧愁的眼光目送着红军战士们。谢廖沙却满怀激情地喊道:"等着吧!我们还要回来的,同志们!"

Z 知识考点

1.在艰苦的岁月里,＿＿＿＿＿与＿＿＿＿＿经历了短暂的热恋。

2.判断题:谢廖沙不顾父母的感受,可见他是一个叛逆的不孝子。　　　　　　　　　　　　　　　　　　　　　　　（　　）

3.临别时,深情的话语说明了谢廖沙是个怎样的人?

_____

_____

Y 阅读与思考

1.谢廖沙能跟丽达走到一起,是因为什么?

2.谢廖沙的离开是不是意味着他的爱情结束了?

第八章

战火纷飞

> **M 名师导读**
>
> 　　不见踪影的保尔在外历练了一年,重新以一名红军战士的身份回到了家乡。可是,昔日的好友早已不见了,因为他已经被疯狂进攻的白匪杀害了。满怀愤怒的保尔将如何应对来犯之敌?

　　被黎明前的薄雾笼罩的第聂伯河模糊地闪着光,河水冲刷着岸边的石子,发出哗哗的声音。宁静的河水上泛出一片银灰色,好像静止不动似的。可是在河中央,翻滚着的黑沉沉的水流向下游奔腾而去。这是一条美丽的、庄严的河。为了赞美它,果戈理写下了千古绝唱:"第聂伯河是神奇美妙的……"它的高高的右岸是俯视着水面的陡峭的悬崖,就像一座高山在行进中突然给宽广的河水拦住一样。左岸很低,是一片沙地,这是第聂伯河在春汛退走以后淤积下来的。

　　这时候,在河边的一条狭小的战壕里,五个战士隐蔽着。他们按照分工趴在一挺秃鼻子马克沁机枪旁边。作为第七步兵师的前沿潜伏哨,谢廖沙脸朝第聂伯河,侧身卧在机枪跟前。

　　激烈的战斗早已使红军战士们筋疲力尽,但不久又遭到了波兰军队的大炮攻击。就在昨天,他们不得不放弃了基辅,转移到第聂伯河左岸,构筑工事固守。

　　连续的撤退、重大的伤亡以及最后弃守基辅,已经严重地影响了战士们的情绪。第七师曾经英勇地突破重围,穿过森林,一直挺进到

▶ 钢铁是怎样炼成的

马林车站一带的铁路线，经过英勇奋战，赶走了据守车站的波兰部队，把他们赶进森林，扫清了通向基辅的道路。

现在，又要被迫放弃这美丽的城市了！红军战士都因此而伤心难过。【名师点睛：红军情绪低落是对失去城市的不甘和不舍。】

可恶的波兰白军迫使红军撤出达尔尼察之后，就在左岸靠近铁路桥的地方占领了一个不大的立足点。

但是，现在无论他们怎么做，他们都难以再向前推进，因为他们遇到了红军的猛烈反击。

看着奔流的河水，谢廖沙不禁想起了昨天的情景。

昨天中午，怀着对敌人的深仇大恨，他和大家一起向波兰白军发起了反冲锋。就在这场战斗中，他第一次跟一个波兰兵拼刺刀。那个没有胡子的家伙端着步枪，枪上插着像马刀一样长的法国刺刀，一边莫名其妙地喊着什么，一边像兔子那样跳着，向谢廖沙直扑过来。就在这一刹那间，谢廖沙看见了他那睁得大大的、杀气腾腾的眼睛；他迅速用刺刀尖挑了那个波兰兵的刺刀一下，于是那刺刀被拨到了一边去。

波兰兵倒下了。

头一次近距离杀人的谢廖沙并没有手软。他知道这是免不了的。就是他，谢廖沙，这个能够那样温柔地爱，能够那样珍惜友谊的人，今后还要杀人。他不是一个残忍的人，但是他知道，那些代表着世界上的资产阶级的士兵，都是怀着野兽般的仇恨来进攻他亲爱的祖国——苏维埃共和国的。

因此，他是为了使人类不再互相残杀的日子尽快到来而杀人的。

正想着，帕拉莫诺夫突然拍了一下他的肩膀，说："咱们走吧，谢廖沙。敌人很快会发现咱们的。"

这时候，保尔·柯察金已经在祖国大地上转战一年了。他乘着机枪车和炮车飞奔，骑着那匹缺了一只耳朵的灰马驰骋。经过一年的磨炼，他已经长大成人，比以前更加强壮了。他在艰难困苦的环境中成长。

他的皮肤曾被沉甸甸的子弹带磨得鲜血直流，现在已经长出了新皮，可是留下的硬茧却蜕不掉了。

这一年里，保尔经历了许多难忘的事情。同成千上万个战士一样，虽然他经常衣不蔽体，胸中却燃烧着永不熄灭的烈火。为了保卫自己的祖国，他们南征北战，走遍了祖国大地。保尔只有两次不得不暂时离开革命的风暴。

第一次是因为大腿受伤。第二次是在严寒的一九二〇年二月，他不幸得了伤寒，发高烧，大病了一场。

那场斑疹伤寒造成第十二集团军各师、团的大量减员，简直厉害过波兰军队的机枪。这个集团军战线很长，几乎守卫着乌克兰整个北部地区，阻挡着波兰白军的进一步推进。保尔刚刚痊愈，就归队了。

【名师点睛：用对保尔革命经历的叙述来解释保尔为何成长得如此之快。】

现在，他们那个团正在卡扎京——乌曼支线上，据守着弗龙托夫卡车站附近的阵地。

弗龙托夫卡车站坐落在树林子里。站房不大，旁边是一些被遗弃的、破坏得很厉害的小房。这个地方已经不能住人了。这几年，在这里打仗早已是家常便饭，来来去去的队伍也已经见识过很多了。

现在，一场新的大风暴又快到来了。虽然第十二集团军损失了大量兵员，一部分部队甚至已经失散，在波兰军队的压迫下，他们正在向基辅方向撤退，但是，正是在这个时候，无产阶级的共和国却在部署一项重大的军事行动，准备给那些刚刚获得胜利的波兰白军毁灭性的一击。

战斗经验丰富的骑兵第一集团军各师，正在从遥远的北高加索向乌克兰调动，这是军事史上空前的大进军。第四、第六、第十一和第十四这四个骑兵师，相继向乌曼地区运动，在离红军前线不远的后方集结；在走向决战的进军中，他们顺便清除了沿途的马赫诺匪帮。

▶ 钢铁是怎样炼成的

这是一万六千五百把锋利的战刀，这是一万六千五百名在酷热的草原上经过风吹日晒的战士！

为了使这个正在准备中的决定性打击事先不被毕苏斯基分子察觉，红军最高统帅部和西南战线指挥部尽了最大努力。共和国和各战线的部队都十分谨慎地掩护着这支骑兵部队的集结。

乌曼前线一切积极的军事行动都已经停止了。从莫斯科直达哈尔科夫前线司令部的专线不停地发出电报，再从那里传到第十四和第十二集团军司令部。电报机不停地传递着各种命令，其基本内容都是："骑兵第一集团军之集结万勿引起波军注意。"只有在波兰白军的推进可能把布琼尼的骑兵部队卷入战斗的情况下，才采取了一点积极的军事行动。司令部总的部署，反映在下面这道简要的命令中：

第358号令（密件第89号）

革命军事委员会委员拉科夫斯基，革命军事委员会主席托洛茨基，第十二、十四和骑兵各集团军总指挥兼集群司令亚基尔同志：

乌克兰境内波兰军队有两个集群：基辅集群和敖德萨集群。其部分兵力部署在第聂伯河左岸，主要兵力，其中包括科尔尼茨基将军（原外阿穆尔骑兵团团长）的由十个骑兵团组成的突击混成骑兵师和陆续开到的波兹南师的部队，则集结在白采尔科维、沃罗达尔卡、塔拉夏、拉基特诺地区。敖德萨集群的主力在日美林卡—敖德萨铁路和布格河之间我第十四集团军战线附近活动。上述两集群之间，大体在拉沙、捷季耶夫、布拉茨拉夫一线，分散部署着第一波兹南师的部队。

罗马尼亚人继续持观望态度。我西方战线各集团军突破敌方防线后，继续顺利地向莫洛杰奇诺、明斯克方向推进。西南战线各集团军的主要任务是击溃并消灭乌克兰境内的波兰军队。

敌上述集群兵力分散，可资利用，考虑到其主力移向基辅地区，且在政治上具有极重要影响，兹决定以敌基辅集群为主要攻击对象。

命令：

1. 第十二集团军的基本任务是占领铁路枢纽站科罗斯坚，主力在基辅以北地段强渡第聂伯河，其近期目标是切断博罗江卡站、捷捷列夫站一带的铁路线，阻止敌军向北撤退。

在战线的其余地段要坚决牵制住敌人，在敌军退却时尾追不舍，伺机一举攻占基辅。战斗于五月二十六日开始。

2. 亚基尔同志的集群应于五月二十六日凌晨向白采尔科维、法斯托夫方向全线发动强有力的进攻，其目的是尽量吸引更多的敌基辅集群兵力投入战斗，与左翼的骑兵集团军相互配合。

3. 骑兵集团军的基本任务是击溃并消灭敌基辅集群的有生力量，夺取其技术装备。五月二十七日凌晨向卡扎京方向发动强有力的进攻，割断敌基辅集群和敖德萨集群之间的联系。以果断猛烈的战斗扫清沿途遇到的一切敌人，于六月一日前占领卡扎京、别尔季切夫地区，并依靠旧康斯坦丁诺夫卡和舍佩托夫卡方面的屏障，向敌人后方挺进。

4. 第十四集团军要保证主力突击部队战斗的胜利，为此应将本集团军主力集结在右翼，发动强大突击，于六月一日前占领温尼察——日美林卡地区。战斗于五月二十六日开始。

5. 各部队活动分界线见第348号令（密件）。

6. 收到命令后望回报。

西南战线司令 叶戈洛夫

革命军事委员会委员 别尔津

西南战线参谋长 佩京

1920年5月20日于克列缅丘格

篝火的火舌像破碎的红布条一样抖动着。大股的黄褐色烟柱不住地盘旋上升。一群群蠓虫，躲开浓烟，却又舍不得光亮，慌慌忙忙地飞来飞去。红军战士们在火边围成了一个半圆形。篝火在他们脸上抹上了一层紫铜色。

几只军用饭盒埋在淡蓝色的炭灰里。

▶ 钢铁是怎样炼成的

饭盒里的水正在冒泡。突然，一条调皮的火舌从燃烧着的木头下面贼溜溜地蹿了出来，在一个低着头的人的乱头发上舔了一下。【写作借鉴：用"调皮""贼溜溜""蹿""舔"等词，形象生动地了再现了火苗，却也可以看出保尔对自身的遭遇并没有感到情绪低落。】那人吓得把头一闪，不满意地咕哝了一句："呸，真见鬼！"

周围的人都哈哈大笑起来。

一个年纪较大的战士，穿着呢上衣，留着一撮小胡子，刚刚对着火光擦完步枪的枪筒，用他那粗嗓子说："柯察金看书入了迷，火烧头发都不知道。"【名师点睛：用年长者的话间接地表现了保尔读书入神的情景。】

"喂，柯察金，把你读的东西也给我们讲讲吧！"

保尔挠了挠那撮被烧焦的头发，微笑着说："啊，安德罗修克同志，这可真是本好书，一拿起来我就无论如何也放不下了。"

一个翘鼻子的青年战士坐在保尔身旁，他本来在专心致志地修理弹药盒上的皮带，准备用牙把一根粗线咬断，但却被保尔的这一番话吸引了，他好奇地问："书里写的是什么人哪？"他把针插在军帽上，又把多余的线缠在针上，然后补充了一句，"要是讲的是恋爱故事，我倒乐意听听。"

周围的战士们又响起了一阵哄笑。马特韦丘克狡黠地眯起一只眼睛，做了个鬼脸，对他说："是啊，谢列达，谈情说爱，可真是件不错的事情。你又挺漂亮，简直是画上的美男子！你走到哪儿，哪儿的姑娘就围着你转。你只有一个地方美中不足，就是鼻子太翘了，就像猪拱嘴。不过，补救办法还是有的：鼻尖上挂个十磅重的诺维茨基手榴弹[诺维茨基手榴弹，重约四公斤，用来爆破铁丝网]，保证只消一宿，鼻子就翘不起来了。"

又一阵哄堂大笑吓得拴在机枪车上的马打了一个响鼻。

谢列达慢腾腾地转过身来："长得漂亮不漂亮倒没什么关系，脑袋瓜好使才行。"他富有表情地拍了一下自己宽宽的前额，"就说你吧，别看舌头开花，挺能挖苦人，只不过是个地地道道的蠢货。"

这尖锐的话语使得两人眼看就要翻脸了，班长塔塔里诺夫看见这个状况连忙站起来去劝他们两个人。

"得了，同志们！吵什么呀？还是让保尔从他的书里挑几段精彩的给大伙念念吧。"

"念吧，保夫鲁沙，念吧！"周围的人们都喊起来。

于是，保尔把马鞍移近了火堆，坐了上去，然后小心翼翼地打开那本厚厚的小书，放在了膝盖上。

"同志们，这本书叫《牛虻》[英国女作家伏尼契（1864—1960年）描写十九世纪意大利民主革命斗争的长篇小说，牛虻是小说的主人公]。是从营政委那儿借来的。我读了很受感动。要是大伙好好坐着听，我就念。"

"快念吧！"

当团长普济列夫斯基同志同政委一道骑马悄悄走近这个班的篝火时，他看见十一对眼睛正聚精会神地盯着那个念书的人。

普济列夫斯基回过头来，指着这群战士，对政委说："这是最好的士兵！团里的侦察兵有一半在这儿，里面有四个共青团员，年纪还很轻，个个都是好样的。你看那个念书的，叫柯察金。那边还有一个，看见没有？眼亮的像小狼一样，他叫扎尔基。他俩是好朋友，不过暗地里却在较劲。以前柯察金是团里最好的侦察兵，现在他有竞争对手了。你看，他们现在正在班里做思想政治工作，虽然不露声色，影响却很大。有人送给他们一个称号，叫'青年近卫军'，非常合适。"【名师点睛：借用团长的话间接地叙述了保尔一年内在队伍中的表现。】

"念书的那个是侦察队的政治指导员吗？"政委问。

"不是，那是保尔。指导员是克拉梅尔。"

普济列夫斯基催着马向火堆走去。"同志们，你们好！"他大声喊道。

所有的战士们都转过头来。团长轻松地跳下马，走到他们旁边。

▶ 钢铁是怎样炼成的

"在烤火吗，朋友们？"两只小眼睛有点像蒙古人的团长笑着问。现在他满面笑容，刚毅的面孔也不像平时那样严峻了。

他们把团长当作了最亲切的朋友，热烈欢迎着团长。政委没有下马，因为他还要到别的地方去。

普济列夫斯基把毛瑟枪推到背后，在保尔的马鞍旁边坐了下来，对大家说："一起抽口烟，怎么样？我这儿可有点好烟叶。"

说着，他卷了一支烟抽起来："你走吧，多罗宁，我就留在这儿了。司令部有什么事找我，就通知我一声。"

多罗宁政委走了。普济列夫斯基对保尔说："接着念吧，我也听听。"

念完了最后几页，保尔把书放在膝盖上，眼睛望着篝火沉思起来。

【写作借鉴：通过对保尔的动作描写，说明《牛虻》对于保尔的影响很深。】

有好几分钟，同志们都静静的，牛虻的死使所有的人都受到了震动。

团长静静地抽着烟，等着听战士们发表看法。

"这个故事真是悲壮啊！"谢列达打破了沉默，"这就是说，世界上真有这样的人。本来这是一个人难以忍受的，但是，当他是为理想而奋斗的时候，他就什么都忍受得住。"这本书给他的印象太强烈了，因此他说这些话的时候显得异常激动。

原先的鞋匠学徒安德留沙·福米乔夫激愤地喊道："那个神父硬把十字架往牛虻嘴边送，真该死，要是我在那里，马上送他上西天！"

【写作借鉴：用直白的语言风格突出了安德留沙正直、勇敢的英雄气概。】

安德罗修克用小棍子把同志们的饭盒朝火里推了推，坚定不移地说："如果我们知道为什么而死，问题就不同了。到了那个时候，人就会觉得真理在你一边，你就应当死得从容。英雄行为正是这样产生的。我认识一个小伙子，叫波莱卡。在敖德萨，白匪把他包围了，他毫不畏惧地向一个排的匪军冲了过去。没等敌人的刺刀够着他，他就拉响了手榴弹；手榴弹就在他手中爆炸了。当然他自己是连整尸首都没留下，可是周围的白匪也给炸倒了一大片。从外表上看，这个人普普通

174

通，可是他的事迹却真值得写！在咱们同志中间，这样了不起的人物有的是！"

接着，他用匙子在饭盒里搅动了几下，舀出一点茶水，用嘴尝了尝说："可也有些人死得像只癞皮狗一样，不清不楚，糊里糊涂。在伊贾斯拉夫尔打仗的时候，我记得就发生过这样一桩事。伊贾斯拉夫尔是一座在戈伦河上的古城，基辅大公统治时期就建立了。那儿有座波兰天主教堂，坚固得像个堡垒，易守难攻。那天我们朝那边冲了过去。大家列成散兵线，顺着小巷朝前摸。我们的右翼是拉脱维亚人。我们跑到大路上一看，有一家院子的围墙上拴着三匹马，全都备着鞍子。

"好哇，我们想，很久没有开荤了，这回准能抓几个波兰俘虏了。我们一个班的人朝那个院子冲过去。他们拉脱维亚人的连长拿着毛瑟枪跑在最前面。

"我们跑到房子跟前，一看门敞开着，就一起冲了进去。谁知道里面根本不是波兰兵。原来是我们自己的三个侦察兵，他们早来了一步，正在干坏事——欺负一个妇女。这儿是一个波兰军官的家。他们已经把那个军官的老婆按在地上了。拉脱维亚连长一见这情景，用拉脱维亚话喊了一声。结果，三个家伙全给抓了起来，拖到了院子里。当时，在场的只有两个俄罗斯人，其余的全是拉脱维亚人。连长姓布列季斯。尽管我听不懂他的命令，一看也就明白了，是要把那三个家伙枪毙。这些拉脱维亚人全是性格很刚强的铁汉子，他们把那三个家伙拖到石头马厩跟前。其中有一个小伙子，那嘴脸难看极了，他不让绑，用力挣扎着，还一直在破口大骂。他吼道：'为了这样一个娘们就要把我枪毙？'其余两个人则跪地苦苦求饶着。

"我一看这情景，手脚都凉了。我跑到布列季斯跟前说：'连长同志，还是把他们送到军事法庭吧，干吗让他们的血弄脏了你的手呢？现在城里战斗还没完。哪儿有那么多闲工夫跟他们算账？'他立刻转过身来，朝我瞪着那两只如同老虎的眼睛，我马上后悔多嘴了。他用枪

▶ 钢铁是怎样炼成的

指着我的鼻子。我打了七年仗,从来没有害怕过,可是这次,我却有点害怕了。看来他会不容分说就把我打死。他用俄语向我喊,我勉强才听明白:'军旗是烈士的鲜血染红的,可是这几个家伙却给全军丢脸。当土匪就得枪毙。'

"我吓得赶忙跑到街上去了。枪声在背后响起。我知道,那三个家伙死了。等我们再向前进的时候,城市已经是咱们的了。事情就是这样。那三个人死得毫无价值。他们是在梅利托波利附近加入咱们队伍的,都是些坏蛋。"

安德罗修克把饭盒拿到脚边,一边咬着面包一边说:"咱们队伍里混进了一些败类,你一下把所有的人都看透是不可能的。这些好像也在干革命的家伙其实是害群之马。【写作借鉴:用"好像也在干革命"来形容害群之马,表明革命队伍并不纯洁。】我看到这种事,心里总不痛快,直到现在都忘不了。"他说完,就喝起茶来。

当这些骑兵侦察员们睡觉的时候,已经是深夜了。谢列达大声打着呼噜。普济列夫斯基也枕着马鞍子睡着了。只有政治指导员克拉梅尔还在笔记本上写着什么。

第二天,保尔侦察回来,来到刚喝完茶的克拉梅尔跟前,对他说:"指导员,我想到骑兵第一集团军去,他们往后准有许多轰轰烈烈的事要干。他们这么多人聚在一起,总不是为了好玩吧。可咱们却老得在这儿闲待着。"

克拉梅尔对他的话感到惊诧。

"保尔,你把红军当成什么了?难道是电影院吗?真不像话。要是大伙都这么随随便便,从这个部队跑到那个部队,那可就乱套了!"

"反正是打仗,哪儿还不一样?"保尔打断了克拉梅尔的话,"只要不是开小差往后方跑就行吧?"

最后,克拉梅尔依旧还是严肃地拒绝了他的要求。

"那你说,作为一名红军战士还要不要纪律了?你呀,保尔,什么

176

都好，就是有点无政府主义，想干什么，就干什么。我们的党和共青团都是建立在铁的纪律上面的。党高于一切，谁都不能想到哪儿就到哪儿。你要调动，普济列夫斯基已经拒绝了吧？那不就得了，这件事还是到此为止吧！"

面色发黄，又高又瘦的克拉梅尔因为十分激动而咳嗽起来。印刷厂的铅粉早已牢固地侵入了他的肺部，他的双颊时常出现不健康的红晕。

可是保尔小声但却十分坚决地对他说："你说的全对。可我还是要到布琼尼的骑兵部队去，我是走定了。"【写作借鉴：用"小声""坚决"突显了保尔初生牛犊不怕虎，也可以看出他对现在工作的认识还不够。】

第二天傍晚，篝火旁边已经看不到保尔了。

在邻近的小村庄的一所学校旁边的土丘上，一群骑兵正围成一个大圆圈休息着。布琼尼部队的一个健壮的战士，坐在机枪车后尾，拉着手风琴；而一个剽悍的骑兵则穿着肥大的红色马裤，正在圈子里旋风般地跳着果拍克舞。手风琴拉得很蹩脚，既不和谐，又不合拍，害得那个跳舞的老是跳错步子。

村里的小伙子和姑娘们都围来看热闹，他们或者爬上机枪车，或者攀着篱笆，看这些刚到来的兴致勃勃的骑兵战士跳舞。

"托普塔洛，使劲跳，把地踩平吧！加油啊，老兄！拉手风琴的，要加把劲啊！"

但是这位手风琴手的手指又粗又大，掰弯马蹄铁倒是轻而易举，按起琴键来却是难上加难。

"可惜阿法纳西·库利亚布卡叫马赫诺匪帮砍死了。"一个晒得黝黑的战士惋惜地说，"他才是最好的手风琴手呢。他是我们骑兵连的排头。是个好战士，又是个呱呱叫的手风琴手。"

站在人群里的保尔听到最后这句话，就挤到机枪车跟前，把手放在手风琴风箱上。手风琴马上不响了。

▶ 钢铁是怎样炼成的

"你干什么？"拉手风琴的战士斜了保尔一眼。

托普塔洛也站住不跳了。周围的战士和村民立即发出了一阵不满的喊声："怎么回事？干吗不让拉？"

保尔一把握住手风琴的皮带，说："来，我来试试。"

手风琴手不相信似的看了一下这位陌生的红军战士，最终还是迟疑地把皮带从肩上褪了下来。

保尔照他的老习惯把手风琴放在膝盖上，然后，猛然一拉，风箱就像扇子似的拉开了，手指在琴键上飞速一滑，欢快的舞曲立刻奏出来了：【名师点睛：用精细的笔法勾勒出了保尔演奏手风琴的熟练。】

喂，小苹果，

你往什么地方滚哪？

落到省肃反委员会手里，

你就别想回来啦。

托普塔洛立即随着那熟悉的旋律跳了起来。他像雄鹰似的扬起双手，飞快地绕着圈子，做着各种令人眼花缭乱的动作。他用手拍打着皮靴筒、膝盖、后脑勺、前额，接着又用手掌把靴底拍得震天作响，最后是拍打大张着的嘴巴。

手风琴的琴声不停地鞭策着他，用狂热而急迫的旋律驱赶着他。他顺着圆圈，像陀螺一样飞快地旋转起来，一面交替地伸出两条腿，一面气喘吁吁地喊着："哈，嗨，哈，嗨！"就这样，保尔成了他们中的一员——战士们不愿意放走这样一个出色的手风琴手，集体提出了要求，保尔就被编入了这个连队。

一九二〇年六月五日，经过几次短促而激烈的战斗，布琼尼骑兵第一集团军突破了波兰第三和第四集团军结合部的防线，把前方堵截红军的萨维茨基将军的骑兵旅打得落花流水，然后他们开始向鲁任方向挺进。

波军司令部为了堵住战线的缺口，正发了疯似的拼凑突击部队。五辆坦克在波格列比谢车站刚卸下火车，马上就开赴作战地点。

但是骑兵第一集团军已经绕过敌军准备反攻的据点扎鲁德尼齐，并且出其不意地出现在波军后方了。

焦头烂额的波军急忙派出科尔尼茨基将军的骑兵师，跟踪追击布琼尼骑兵第一集团军。波军司令部判断，骑兵第一集团军的最后目标应该是波军后方战略重镇卡扎京，这个师便受命从背后对骑兵第一集团军进行袭击。但是这个作战行动并没有起到很大作用。虽然他们第二天就堵住了战线上的缺口，在骑兵第一集团军后面重新把他们的战线连接了起来，但是强大的骑兵第一集团军已经在敌人的后方穿梭，并且摧毁了他们的许多后方基地。现在，他们正准备向波军的基辅集群发起猛攻。在运动过程中，红军各骑兵师破坏了沿途许多铁道和桥梁，以便截断波军退路。

骑兵第一集团军司令从俘虏的口供里得知，波军有一个集团军的司令部设在日托米尔——实际上，战线的司令部也设在这里——于是决定一举拿下日托米尔和别尔季切夫这两个重要的铁路枢纽和司令部。6月7日拂晓，骑兵第四师就向日托米尔进发了。

保尔在这个骑兵连的排头骑着马前进，因为他是排头。

等快到日托米尔的时候，骑兵们展开了扇样的阵形。一把把军刀在阳光下闪烁。

<u>大地在呻吟，战马喘着粗气，战士们像铁塔一样屹立在马镫上。</u>

【写作借鉴：用拟人的手法描写大地和战马，表现了战争一触即发的紧张气氛和战士们斗志昂扬的革命信念。】

马蹄下的大地飞快地向后奔驰，一座到处是花园的大城市，向他们迎面扑来。骑兵穿过郊区的花园，冲到了城中心。

"杀啊！"——像死神一样令人毛骨悚然的喊声在空气中震荡。

惊慌失措的波军一下子就土崩瓦解了。

▶ 钢铁是怎样炼成的

伏在马背上，保尔向前飞驰。在他旁边骑着一匹细腿黑马的，就是那个跳舞的托普塔洛。

保尔亲眼看见那个英勇善战的骑兵挥起了手中的大刀，用力砍向了那个还没来得及举枪的波兰兵。

马蹄有力地踏在石头马路上，发出一片得得的响声。突然，在十字路口出现了一挺机枪，架在路中央，三个穿蓝军装、戴四角帽的波兰兵，弯着腰守在机枪旁边。旁边还有一个波兰军官，领子上镶着蛇形金绦，一见红军骑兵冲过来，就举起了手里的毛瑟枪。

这时，已经勒不住战马的托普塔洛和保尔迎着死神的魔爪，径直向机枪冲过去。军官朝保尔开了一枪，但是没有打中，子弹嗖的一声从他的脸旁飞了过去。那个军官被战马撞出去老远，脑袋磕在石头上，仰面朝天倒下去了。

就在这一刹那间，机枪发出了疯狂的狞笑声。【名师点睛：用恐怖的"狞笑"来表现机枪对战士们的疯狂扫射，让人不寒而栗。】就像被几十只大黄蜂蜇着似的，托普塔洛连人带马摔倒了。

保尔的战马带着保尔飞奔着，越过死者的尸体，向机枪旁边的人冲了过去。

保尔挥动马刀在空中画了一个闪光的弧形，狠狠地砍进了一顶蓝色的四角军帽里。

可是当马刀又高高地举了起来准备向另一个脑袋砍去时，跑得兴起的战马却蹦到一边去了。

这时候，骑兵连的大队人马像一股不可阻挡的山洪，一下子涌向十字路口，几十把战刀在空中不停地挥舞着，左右砍杀。【写作借鉴：把"骑兵"形象地比作"山洪"，突显了军队勇往直前的气势。】

窄长的牢狱走廊里，喊叫声已连成一片。

挤得满满的牢房里，那些受尽折磨、面容憔悴的犯人骚动起来了。城里在进行巷战——难道真是自己的队伍从什么地方打回来了吗？真的就要得到自由了吗？

枪声已经在监狱的院子里响起来，走廊里传来了奔跑的脚步声。突然，一个亲切的、无比亲切的声音喊道："同志们，快出来吧！"

保尔跑到锁着的牢门跟前，牢门的小窗上出现了几十对可怜巴巴的眼睛。他用枪用力地猛砸着牢门上的铁锁，可怎么也砸不开。

"等一等，我来炸开它。"米罗诺夫拦住保尔，从衣袋里掏出一颗手榴弹。

排长一把夺过手榴弹，说："快住手，疯子！你疯了？钥匙马上就拿来。砸不开，就用钥匙开嘛！炸着人怎么办？"

这时战士们用手枪把狱卒押到走廊上来了。

一群衣衫褴褛、蓬头垢面的人，欢乐得发狂，一下子挤满了走廊。

保尔打开又高又大的牢门，跑进了牢房大喊："同志们，你们都自由了！我们是布琼尼的队伍，我们师把这个城市解放了。"

一个刚刚获救的妇女朝保尔扑来，一边号啕大哭一边把保尔抱得紧紧的，好像保尔是她的亲儿子一样。

在这座石头牢房里囚禁着五千零七十一名布尔什维克，白军随时准备把他们拉出去枪毙或绞死，此外还关押着二千名红军政治工作人员。现在他们都获得了新生。对于骑兵师的战士们来说，这些人比任何战利品与胜仗都要宝贵。

而对于这七千多名革命者来说，今天的日子就像黑暗中的阳光一样可贵。

其中有一个政治犯，脸色黄得像柠檬。他是舍佩托夫卡一家印刷厂的排字工人，叫萨穆伊尔·列赫尔。

听着萨穆伊尔的叙述，保尔的脸上蒙上了一层灰暗的阴影。

<u>萨穆伊尔讲到故乡舍佩托夫卡发生的悲壮的事件。他的话像熔化了的铁水，一滴一滴地落在保尔的心上。</u>【写作借鉴：用铁水滴在保尔心上来表现保尔当时心里的疼痛，这种疼痛同时也感染了读者。】

▶ 钢铁是怎样炼成的

"一天夜里，我们大伙全给抓了起来，有个无耻的内奸出卖了我们。结果我们全部落到了宪兵队的魔爪里。保尔，他们可真狠哪！我比别人少吃点苦头，因为刚打了几下，我就昏死过去了，可别的同志身体比我结实。宪兵队不想要口供。他们什么都知道，比我们自己还清楚。我们干的每一件事，他们都掌握了。

"我们中间混进了奸细，他们还有什么不知道的？那些日子的事真是难过啊。保尔，有好些人你是认识的：瓦莉亚·勃鲁扎克，县城里的罗莎·格丽茨曼，她还是个孩子呢，才十七岁——多好的姑娘啊，一对眼睛总是那么信赖别人。还有萨沙·本沙夫特，他也是我们厂的排字工，那个常拿老板画漫画的成天乐呵呵的小伙子。另外还有两个中学生：诺沃谢利斯基和图日茨。其余的人是县城和镇上抓来的。一共二十九个，当中有六个女的。大伙都受尽了极其野蛮的折磨。瓦莉亚和罗莎第一天就被糟蹋了。那帮畜生，肆意妄为，把她们折磨得半死，才拖回牢房。从这以后，罗莎就说起胡话来，过了几天，就完全疯了。

"可是，那帮野兽并不相信她真疯，说她是假装的，每次提审都打她一顿。等到后来拉出去枪毙的时候，她都没人样了——脸给打成了紫黑色，两只眼直瞪瞪地发呆，完全像个老太婆。

"瓦莉亚·勃鲁扎克一直表现得很好。他们死的时候都像真正的战士。我不知道，他们打哪儿来的那股力量。保尔，我没有办法把那天他们被处死的情形完全告诉你。不可能。他们死得真惨！没法用言语形容……其中以瓦莉亚的案情最重，她负责跟波军司令部的报务员联系，还经常到县里做联络工作。抓她的时候，又从她身上搜出了两颗手榴弹和一支勃朗宁手枪。手榴弹就是那个奸细给她的——都是事先做好的圈套，好给她安上蓄谋炸毁波军司令部的罪名。

"唉，保尔，临刑的情景我真不愿意讲。既然你一定要知道，我就只好说说。军事法庭判处瓦莉亚和另外两个同志绞刑，其他同志全部枪决。

"我们原先在波兰士兵当中做过策反工作,结果这些士兵也全都被出卖受到了审判,比我们早两天。

"其中一个年轻的班长,叫斯涅古尔科,是个报务员,战前在洛济当过电工。他被判处枪决,罪名是背叛祖国和进行共产主义宣传。他没有要求赦免,判决后二十四小时,就给他们杀害了。

"瓦莉亚曾被传去做这个案件的证人。她回来跟我们说,斯涅古尔科承认他进行过共产主义宣传,但是坚决否认他背叛祖国。他说:'我的祖国是波兰苏维埃社会主义共和国。我是波兰共产党党员。我当兵是被迫的。我所作的宣传,不过是帮助那些跟我一样被你们赶到前线的士兵认清事实。你们可以为了这个绞死我,但是我从来没有背叛自己的祖国,而且永远都不会背叛。只是我的人民跟你们的不同。你们的人民是地主、贵族,我的则是工人、农民!我深信,我的祖国在不远的将来一定会成为一个工农大众的国家,而在我的这个祖国里,绝不会有人认为我是叛徒。'

"判决以后,我们都被关在一起。直到行刑之前他们把我们投进了监狱里。夜里,他们就在监狱对面竖起了绞架;同时,又在不远处的陡坡上,选择了一块地方作为执行枪决的刑场,还在那里给我们掘了一个大坑。

"判决书张贴出去了,全城人都知道了这件事。为了让每个人看了都害怕,他们决定在大白天当众处决我们。第二天,人山人海。有的人是被从城里赶过来的,有的人是因为好奇来的,虽然他们害怕,但还是来了。绞架旁边是密密麻麻的人群。监狱四面围着木栅栏,这你是知道的。绞架就离监狱不远,我们都能清清楚楚地听到外面嘈杂的人声。在后面的街道上,架起了机枪,整个地区的宪兵队,包括骑兵和步兵,都调来了——他们怕有人闹事。一个营的军队封锁了大街小巷。还特地为判处绞刑的人挖了一个坑。我们都默不作声地等待最后一刻的到来,只是偶尔有人说一两句话。该说的前一天

▶ 钢铁是怎样炼成的

都说了，包括诀别的话在内。只有罗莎还在牢房角落里喃喃自语，不知道说些什么。瓦莉亚因为遭到强奸，又挨了毒打，已经不能自己行走了，大部分时间都是躺着。有一对亲姐妹是从镇上抓来的共产党员。她们紧紧地抱着彼此，她们知道不久的将来会发生什么，她们号啕大哭起来。一个小伙子叫斯捷潘诺夫的，是从县里抓来的，很有力气，像个摔跤运动员，被捕的时候他同敌人格斗，还打伤了两个宪兵。他对这姐妹俩说：'同志们，别掉眼泪了。要哭就在这儿哭个够吧，到外边就别再哭了。绝不能让那帮豺狼高兴。他们反正是不会放过咱们的，让我们从容地死吧！咱们谁也不能下跪。同志们，死要死得有骨气！'【写作借鉴：朴实的言语却让读者无不崇敬革命者视死如归的气概。】

"这时候，提我们的人来了。走在前面的是侦缉处长什瓦尔科夫斯基，这家伙是个残暴的疯狗。他要是自己不强奸，就让手下的宪兵动手，他在旁边看着取乐。从监狱穿过马路直到绞架，宪兵排成了两道人墙，都是荷枪实弹。他们肩上挂着黄色的穗带，大家都管他们叫'黄脖狗'。

"他们用枪托把同志们都赶到监狱的院子里，四个人一排站好队，然后打开大门，把我们押到街上。他们要让我们站在绞架跟前，亲眼看着自己的同志被绞死，然后再枪毙我们。绞架非常高，是用粗木搭成的。下边人海茫茫，人们不停地蠕动着，发出一阵阵嘈杂声。他们的眼睛全盯在我们身上。我们甚至能从其中辨认出自己的亲友。

"在稍远一点的台阶上，一帮波兰小贵族聚集在那里，手里拿着望远镜，跟他们在一起的还有几个军官。这群混蛋都是来欣赏怎样绞死布尔什维克的。

"那天还飘着雪。脚下踩着松软的雪，树林里也是白茫茫一片，树木都像洒了一层棉絮。雪花在空中自由地飘落着，慢慢落下来，扑在了我们灼热的脸上，雪花立刻融化了。绞架的平台上铺满了雪花。我们的衣服几乎都被剥光了，但是谁都没有觉得有一丝寒冷，斯捷潘诺夫甚至没有理会他只穿了一双袜子。

"军事检察官和高级军官们都站在绞架旁边。最后瓦莉亚和另外两个被判绞刑的同志被押出了监狱。他们三个人互相挽着，瓦莉亚夹在中间，那两个同志搀扶着她。不过，她记住了斯捷潘诺夫的话：'死要死得有骨气'，还是竭力想自己走。当时她没有穿大衣，只穿着一件绒衣。

"侦缉处长什瓦尔科夫斯基对他们挽着胳膊慢慢走很不满意，推了他们一下。瓦莉亚不知道朝着他说了一句什么话。旁边的骑马宪兵立刻扬起手中的马鞭，朝着她脸上狠狠地抽了一鞭子。

"这时，人群中有一个女人惨叫了一声，呼天抢地地挣扎着，拼命想挤过警戒线，冲到这三个人跟前去。但是她让宪兵抓住拖走了。大概这是瓦莉亚的母亲。快走到绞架的时候，瓦莉亚唱了起来。我还从来没有听见过这样的歌声——只有视死如归的人才会唱出这样的歌声。她唱的是《华沙之歌》，那两个同志也一起唱起来。宪兵用马鞭抽他们，这帮没人性的畜生就像发了疯似的，鞭子不断落下，他们都好像没有什么感觉。宪兵把他们打倒在地上，像拖口袋一样拖到绞架跟前，草草念完了判决书，就把绞索套在他们脖子上。【名师点睛：同革命者的从容相比，波军则是疯狂地鞭笞。可见暴虐者对革命者的恐惧让他们内心紧张不安，也为下文革命终会胜利做了铺垫。】这时候，我们大伙就高唱起《国际歌》来：

'起来！饥寒交迫的奴隶……'

"惊恐的白匪从四面八方向我们扑过来。我只看见一个匪兵用枪托把支着平台的木桩推倒，于是咱们的三个同志就全让绞索给吊了起来……

"当我们在刑场上准备受刑的时候，他们突然向我们宣读了判决书，说将军开恩，把我们当中九个人的死刑改判为二十年苦役。剩下的十七个同志全给枪毙了。"

▶ 钢铁是怎样炼成的

说着，萨穆伊尔烦躁地扯开了衬衣领子，好像领子勒得他喘不过气来似的。【写作借鉴：用"烦躁""扯""勒"形象地展示了萨穆伊尔内心的激动和愤怒。】

"三位同志的尸体被吊了整整三天，日夜都有匪兵看守。后来我们监狱里又送进来几个犯人，据他们说，第四天托博利金同志的绞索断了，他们这才不得不把另外两具尸体也解下来，就地掩埋了。

"但是从那以后绞架一直没有拆掉，我们往这儿押解的时候，还看到绞索吊在半空，等待着新的牺牲者。"

慢慢地，萨穆伊尔不说话了，两眼呆滞地望向远处。而保尔并没有察觉到他已经讲完了。

在保尔眼前的，只有那三具尸体。他们的面目很可怕，脑袋歪在一边，在绞架上默默地摆动着。

突然，街上吹起的集合号惊醒了保尔，他用低得几乎听不见的声音说："咱们到外边去吧，萨穆伊尔！"

在大街上，波兰俘虏正在走过去，骑兵在西边押送他们。团政委站在牢狱的门边，已经在阵地记事册上写完了一道命令。

"安季波夫同志，"他把命令交给矮壮结实的骑兵连长，"马上派一个班，把俘虏全部押解到诺沃格勒—沃伦斯基方向去。那些受伤的要给包扎好，用大车装上，也往那个方向去。送到离这儿二十俄里的地方，就把他们放了吧。咱们没时间管他们。但是你得注意，绝对不许有虐待俘虏的行为。"【名师点睛：政委平和的话语，显示了他用极强的意志，克制住了对俘虏的愤恨，可见红军的军纪很严明。】

保尔跨上战马，回头对萨穆伊尔说："你听见没有？他们绞死咱们的同志，咱们倒要送他们回自己人那儿去，还不许虐待。这怎么办得到？"

团长忽地回过头来盯着他。保尔听见团长好像在自言自语，但是语气却严厉得很："虐待缴了械的俘虏的人是要枪毙的。我们可不是白军。"

保尔策马离开监狱的时候,想起了在全团宣读的革命军事委员会的命令,命令最后是这样说的:

……故此命令:

1. 以口头的和书面印发的形式不断地向红军部队,特别是向新组建的部队宣传解释:波兰士兵是波兰和英法资产阶级的牺牲品,他们本人并没有罪过。因此,我们的责任是,把被俘的波兰士兵看作误入歧途的、受蒙骗的兄弟,以后要把他们作为醒悟了的兄弟遣返回解放后的波兰祖国。

2. 对于有关虐待波兰战俘以及欺凌当地居民的传闻、消息、报告,要一查到底,严查严办,不论这些传闻、消息来自何种渠道。

3. 各部队指挥人员和政工人员要充分意识到,他们对严格执行本命令负有责任。工农国家热爱自己的红军。红军是它的骄傲。它要求红军不要在自己的旗帜上染上一个污点。

"不要在自己的旗帜上染上一个污点。"保尔小声对自己说。【写作借鉴:对革命信念坚定的信仰使得保尔逐渐走向了成熟。】

正当骑兵第四师攻下日托米尔的时候,戈利科夫同志统帅第七步兵师第二十旅在奥库尼诺沃村一带强渡了第聂伯河。

由第二十五步兵师和巴什基尔骑兵旅组成的一支部队奉命渡过第聂伯河,并在伊尔沙车站附近切断基辅到科罗斯田的铁路线。这次军事行动是为了截断波军逃离基辅的唯一退路。在这次渡河时,舍佩托夫卡共青团组织的一个团员米什卡·列夫丘科夫牺牲了。

当部队在晃荡的浮桥上跑步前进的时候,从山背后飞来一颗炮弹。它在战士们头顶上呼啸而过,落在水里爆炸了。就在这一瞬间,米什卡栽到搭浮桥的小船底下,让河水吞没了,再也没有浮上来。这一幕只有淡黄色头发的战士亚基缅科看见了,他马上惊叫起来:"哎哟,不

▶ 钢铁是怎样炼成的

好了,米什卡掉到水里去了!这下完了!"他说着不禁停住脚步,吃惊地盯着黑沉沉的流水。后面的人一下子撞在他身上,推着他说:"你这傻瓜,张着嘴巴看什么?还不快走!"

当时没有人有工夫去考虑个别人的吉凶,他们这个旅本来就落后了,兄弟部队已经占领了对岸。

四天以后谢廖沙才知道米什卡死了。那时候他们那一旅已经在一次激战之后占领了布恰车站,随即转过来向基辅进攻,打退了企图以猛烈的冲锋向科罗斯田突围的波军。

亚基缅科爬到谢廖沙身边停下来。他费尽力气拉开灼热的枪机,然后把脑袋贴着地面,转过来对谢廖沙说:"步枪要缓口气了,枪管烫得像火一样。"

枪炮的声音非常大,谢廖沙基本听不清他在说些什么。后来枪炮声小了一点,亚基缅科像是顺便提起似的说:"前几天,你的那位老乡在第聂伯河里淹死了。我没看清到底怎么回事。"他说完,就打开扳机,从子弹袋里拿出一排子弹来,十分专注地把它压进弹仓里。

攻打别尔季切夫的第十一师,在城里遇到了波军的顽强抵抗。

大街小巷展开了血腥的战斗。波军用密集的机枪子弹阻挡红军骑兵的前进。但是这个城市还是被红军占领了。波军溃不成军,残兵狼狈逃窜。红军战士在车站上截获了敌人的许多列火车。但是对波军来说,最可怕的打击还是军火库爆炸,一百万发炮弹一下子全毁了。全城的玻璃震得粉碎,房屋好像是纸糊的,在爆炸声中直摇晃。

日托米尔和别尔季切夫相继被攻下后,波军受到了巨大的打击,所以只好分作两股,退出基辅。他们想要拼死杀出一条路,冲破围困他们的铁环。

<u>杀得眼红的保尔已经完全忘却了他自己。</u>【名师点睛:表明了保尔参加的战斗异常激烈。】这些日子,每天都有激烈的战斗。保尔已经溶化在

188

集体里了。他和每个战士一样,已经忘记了"我"字,脑子里只有"我们":我们团、我们骑兵连、我们旅。

战况每天都发生着各种各样的变化,天天都会有新的消息传来。

布琼尼的骑兵以排山倒海之势向前挺进,给敌人接连的沉重打击,摧毁了波军的整个后方。满怀胜利喜悦的各骑兵师,再接再厉向波军后方的心脏诺沃格勒—沃伦斯基发起猛烈的冲锋。

他们像冲击峭壁的巨浪,冲上去,退回来,接着又杀声震天地冲上去。

无论是密布的铁丝网,还是守城部队的枪林弹雨,都没能挡住红军的脚步。六月二十七日早晨,布琼尼的骑兵队伍渡过斯卢奇河,冲进诺沃格勒—沃伦斯基城,并继续向科列茨镇方向追击波军。与此同时,亚基尔的第四十五师在新米罗波利附近渡过斯卢奇河,科托夫斯基骑兵旅则向柳巴尔镇发起了攻击。

不一会,战线司令要骑兵第一集团全军出动,夺取罗夫诺。红军各师发起强大攻势,把波军打得落花流水,他们只能化成小股部队,四散逃命。

有一天,旅长派保尔到停在车站的铁甲列车上去送公文。在那里他竟遇见了一个意想不到的人。

他的马跑上了路基,到了前面一节灰色车厢跟前,保尔用力勒住了马。威风凛凛的铁甲列车就停在那里,藏在炮塔里的大炮露出黑洞洞的炮口。列车旁边有几个满身油垢的人,正在揭开一块保护车轮的沉重的钢甲。

"请问铁甲列车的指挥员在哪儿?"保尔问一个穿着皮上衣、提着一桶水的红军战士。

"那儿。"红军战士把手朝火车头那边一指说。

保尔跑到火车头跟前,又问:"哪一位是指挥员?"

一个从头到脚穿着皮革,满脸麻子的人转过头来,说:"我就是。"

▶ 钢铁是怎样炼成的

保尔从口袋里掏出公文交给了他。

"这是旅长的命令，请您签字。"

指挥员低下头开始签字。在机车的第二个轮子旁边有一个人正在那里加油。保尔只能看到他那宽阔的后背和从那个人的皮裤口袋里凸出来的手枪柄。

"签好了。"指挥员把公文袋还给了保尔。

保尔抖抖马的缰绳，正要走，在火车头旁边干活的那个人突然站直身子，转过脸来。就在这一瞬间，保尔简直喜出望外，跳下马来，喊道："阿尔焦姆，哥哥！"

满身油垢的阿尔焦姆，像大熊一样，抱住年轻的红军战士。

"小鬼！原来是你呀！"阿尔焦姆简直不敢相信自己的眼睛。

铁甲列车指挥员用惊奇的目光看着这个场面。车上的炮兵战士都欢快地笑了起来。

"看见没有，兄弟俩喜相逢了。"

八月十九日，在一次激烈的交锋中，保尔不小心丢掉了军帽。他勒住马，但是前面的几个骑兵连已经冲进了波军的散兵线。杰米多夫从洼地的灌木丛中飞驰出来，向河岸冲去，一路上高喊："师长牺牲了！"

保尔哆嗦了一下。他的师长列图诺夫，一个英勇善战、不屈不挠的英雄竟然牺牲了。一种疯狂的愤怒涌上了他的心头。

他使劲用马刀背拍了一下已经十分疲惫、满嘴是血的战马格涅多克，向正在厮杀的、人群最密的地方冲了过去。

"砍死这帮畜生！砍死他们！砍死这帮波兰贵族！他们杀死了列图诺夫。"盛怒之下，他扬起马刀，连看也不看，向一个穿绿军服的人劈下去。全连战士个个怒火中烧，誓为师长复仇，把一个排的波军全砍死了。

他们英勇地追击逃敌,到了一片开阔地的时候,波军的大炮向他们开火了。

　　一团绿火像镁光一样,在保尔眼前闪了一下,耳边响起了一声巨雷,烧红的铁片灼伤了他的头。大地旋转起来,向一边翻过去。

　　保尔像一根稻草一样被甩出了马鞍,翻过马头,沉重地摔在地上。

　　<u>黑夜立刻降临了</u>。【名师点睛:这里的黑夜连同保尔昏过去的一瞬一起降临,顿时让读者也为保尔的生死捏了一把汗。】

Z 知识考点

1.为了给师长列图诺夫报仇,_____被炮弹打成了重伤。保尔为大家读了一个片段,片段来源于_____一书。

2.选出下列选项中不正确的一项是　　　　　　　　　(　　)

　　A. 保尔向大家读了《牛虻》一书,保尔深深地被这本书感动着。

　　B. 保尔想调动,可见他并没有把党放在眼里,十分任性。

　　C. 保尔虽然处在战乱年代,但他依旧是一位多才多艺的人,他会拉手风琴,善于把快乐分享给大家。

　　D. 谢廖沙的姐姐瓦莉亚遇害了。

Y 阅读与思考

1.保尔为什么要调到其他部队?

2.根据萨穆伊尔的描述,可见瓦莉亚是一个怎样的人?

191

▶ 钢铁是怎样炼成的

第九章

迷途知返

M 名师导读

> 保尔在战斗中受了重伤，一直处于昏迷状态中。在医院住了一个月后，他离开了。再睁眼看世界，保尔对党的政策已经不熟悉了，因为政策变了。保尔能适应新的变化吗？

眼前是一只章鱼的闪闪发亮的眼睛，鼓鼓的，有猫头大小，周围是暗红色，中间发绿。章鱼那几十条长长的腕足，像一团小蛇似的，蜿蜒地蠕动着，发出讨厌的沙沙声。章鱼在游动，差不多就贴着自己的眼睛。那些腕足在他身上爬着，冰凉的，像荨麻一样刺人。接着，章鱼伸出的刺针如同水蛭，死叮在他的头上，一下一下地收缩，吮吸着他的血液。他感到他的血液正在流失。刺针就这样吸个不停。他头上被叮的地方，疼得难以忍受。

突然，仿佛从很远很远的一个地方，传来了一阵说话的声音："现在他的脉搏怎么样？"

一个女人的声音更轻地回答："脉搏一百三十八，体温三十九度五。一直昏迷，说胡话。"

章鱼不见了，但是被叮咬过的地方还是隐隐作痛。保尔隐隐感觉到有人把手指按在了他的手腕上。他努力地想把自己的眼睛睁开，但是厚重的眼皮让他实在难以睁开。怎么这么热？也许是母亲把炉子烧得太旺了吧。声音又响了："脉搏现在是一百二十二。"

他竭力想抬起眼皮。可是，心里像有一团火，热得喘不上气来。

　　水，多么想喝水呀！他恨不得马上喝个够。那为什么又起不来呢？他刚想挪动一下身子，但是，立刻觉得身体仿佛不是自己的，根本不听使唤。【写作借鉴：运用心理描写将一个从昏迷中苏醒的保尔，形象生动地展现给了读者。】妈妈马上会拿水来的。他要对她说："我想喝水。"在他旁边，有个什么东西在动。章鱼又来了？就是它，看它那只红色的眼睛……

　　远处又传来了轻轻的说话声："弗罗霞，拿点水来！"

　　"这是谁？"保尔竭尽全力地去回想，但只要稍动脑子，便像是跌进了黑暗的深渊。他从那深渊里浮上来，又想起："我要喝水。"

　　一个声音又响起来："他好像有点苏醒了。"

　　接着，那温和的声音显得更近了："伤员同志，您要喝水吗？"

　　"我怎么是伤员呢？不是跟我说的吧？对了，我不是得了伤寒吗？"于是，他第三次试着睁开眼睛，这回终于成功了。从睁开的小缝里，最先看到的是一个红色的球，但是，这个球又让一个黑乎乎的东西挡住了。紧接着，这个黑乎乎的东西向他弯下来，于是，他的嘴唇触到了玻璃杯口和甘露般的液体，心头的那团火逐渐熄灭了。

　　他心满意足地低吟说："现在可真舒服。"

　　"伤员同志，现在您看得见我吗？"

　　声音就是向他弯下来的那个黑乎乎的东西发出来的。

　　在他再次昏睡以前，他仅来得及回答一句："看不见，但是能听见……"

　　"真没想到他还会活过来呢？可是您看，他到底挣扎着活过来了。多么顽强的生命力啊。尼娜·弗拉基米罗夫娜，您真可以骄傲。这完全得益于您护理得好。"

　　一个女人的声音激动地回答："啊，我太高兴了！"

　　昏迷了十三天的保尔终于恢复了知觉。

　　保尔活过来了。他那年轻的身体不肯死去，精力在慢慢恢复。这

▶ 钢铁是怎样炼成的

对于他来说是一次新生，什么东西都显得那么新奇与不平常。但是他的头依然固定在石膏箱里，这使他难以动弹。不过幸运的是，身体的感觉已经恢复，手指能屈能伸了。

在陆军医院的一间小屋里，见习医生尼娜·弗拉基米罗夫娜正坐在小桌子后边，翻看她那本厚厚的淡紫色封面的笔记本。里面是她用漂亮的斜体字写的日记：

1920年8月26日

今天，救护列车又给我们送来一批重伤员。一个头部受重伤的红军战士被安置在病室角上靠窗的病床上。他只有十七岁。随他而来的只有一个口袋，里面除了病历，还有从他衣袋里找出来的几份证件。他叫保尔·安德列耶维奇·柯察金。

证件有：一个磨损严重的乌克兰共产主义青年团第9671号团证，上面记载的入团时间是一九一九年；一个已经弄破了的红军战士证；还有一张摘抄的团部嘉奖令，上面写的是：对英勇完成侦察任务的红军战士柯察金予以嘉奖。

此外，还有一张他亲笔写的条子：

如果在战斗中我不幸牺牲了，请同志们通知我的家属：舍佩托夫卡市铁路机车库钳工阿尔焦姆·柯察金。

从八月十九日被弹片打伤以后，这个伤员一直处于昏迷状态。明天阿纳托利·斯捷潘诺维奇要给他做检查。

8月27日

今天我们对柯察金的伤势进行了检查。他的伤口很深，颅骨被打穿，头部右侧麻痹。右眼出血，眼睛肿胀。

阿纳托利·斯捷潘诺维奇为了避免发炎，打算摘除他的右眼，不过我劝他，只要还有希望消肿，就先不要做这个手术。【名师点睛：为下文做了铺垫，让人不禁将心提了起来，为主人公担心。】他同意了。

我的想法大多是出于审美的观点，假若这个年轻人还能醒过来，何必要把他的眼睛剜出来，让他破相呢？

　　他总是折腾得很厉害。一直昏迷但嘴里说着胡话，身边必须经常有人看护着他。在他身上，我花了很多时间。他是这样年轻。只要力所能及，我一定要把他从死神手里夺过来。

　　昨天下班后，我又在病房里待了几个小时。我注意听他在昏迷中说些什么。有时候他说胡话就像讲故事一样。从中，我知道了他的许多事情。不过，有时候他骂人骂得很凶。这些骂人话都是不堪入耳的。我听了之后，不明所以地感到很难过。阿纳托利·斯捷潘诺维奇说他救不活了。这老头常常生气地咕哝说："我真不懂，他差不多还是一个孩子，部队怎么能收他呢？真是不像话。"

8月30日

　　柯察金仍然昏迷着。现在他躺在那间专门病室里，那里都是一些快要死的病人。护理员弗罗霞每天都守护在他身边，几乎一步都不离开。原来他们早就认识。他们以前在一起做过工。她对这个伤员体贴入微！现在连我也觉得，他已经没有什么希望了。

9月2日

　　今天真是我的欢庆日！我负责的伤员柯察金在今天夜里十一点终于恢复了知觉，活了过来。危险期已经过去了。这两天我一直没有回家。

　　我又救活了一个伤员，现在我的愉快心情是难以形容的。

　　他的苏醒代表了我们病房里又有一个人从死神手里逃了出来。在我每天夜以继日的工作中，令我力量倍增的莫过于看见病人苏醒、恢复健康。他们总是像小孩子那样依恋着我。【写作借鉴：将病人比作小孩子，体现了病人与医生关系的融洽。】

　　他们的友情真挚而朴实，所以当我们分别的时候，有时我甚至掉了眼泪。这未免有些可笑，然而却是事实。

9月10日

　　今天柯察金要我替他写了第一封家信。他说他受了点轻伤，很快

195

▶ 钢铁是怎样炼成的

就会治好，然后一定回家去看看。实际上他流了很多血，直到今天脸色还像纸一样苍白，身体很虚弱。

9月14日

今天柯察金第一次笑了。他的笑很温柔很动人。平时他很严肃，因此总是显出了一副少年老成的样子。他的身体在复原，速度快得惊人。他和弗罗霞是老朋友。我常常看见他们在一起。看来，她把我的情况都讲给他听了，不用说，是过分地夸奖了我，所以我每次进屋，他总是对我报以感激的微笑。昨天他问我："大夫，您手上怎么紫一块青一块的？"

我没有告诉他，这是他在昏迷中狠命攥住我的手留下的伤痕。

9月17日

柯察金额上的伤口看上去已经好多了。换药的时候，他那种非凡的毅力真叫我们这些医生吃惊。

在这种情形下，普通人总少不了呻吟或是发脾气，可他总是默不作声。给他伤口上碘酒的时候，他把身子挺得几乎像根绷紧了的弦。他常常因此失去知觉，但是从来没有哼过一声。

现在大家都知道：要是柯察金也呻吟起来，那就说明他已经昏迷了。他这种顽强精神是从哪里来的呢？我真不明白。

9月21日

今天柯察金第一次坐着轮椅，被推到医院宽敞的阳台上。

在他看着花园、贪婪地呼吸着外面的空气的时候，他是一副什么样的神情啊！他的脸上还缠着绷带，只露出来一只眼睛。可这只眼睛是如此的活泼、如此的明亮，它看着周围的一切，都像是第一次见到那样好奇与渴望。

9月26日

今天有两个姑娘来看柯察金。其中一个长得很漂亮。她们的名字是冬妮娅·图曼诺娃和塔季亚娜·布拉诺夫斯卡娅。冬妮娅这个名字我知道，因为柯察金说胡话的时候多次提到过她。因此我允许她们进去看他。

10月8日

今天柯察金第一次不用别人搀扶就可以在花园里散步了。他老向我打听，什么时候可以出院。我告诉他快了。每到探病的日子，那两个姑娘就会来看他。我问他，为什么他一直没有呻吟，而且从来也不呻吟。他说："您读一读《牛虻》就明白了。"

10月14日

柯察金今天如愿以偿地出院了。我们亲切地握手告别。他只有前额包扎着，其余地方的绷带都去掉了。令人遗憾的是，他的那只眼睛瞎了，不过表面上看还是正常的。同这么好的同志分手，我感到十分难过。

可问题一直是这样：病人好了，就离开我们走了，而且希望不再回来见我们。临别的时候，柯察金说："右眼瞎了可真不方便，现在我怎么打枪呀？"

他仍然一心想着前线。

保尔出院之后，最初一段时间就住在冬妮娅寄宿的布拉诺夫斯基家里。

总也待不住的他立刻试着吸引冬妮娅参加社会活动。他邀请冬妮娅参加城里共青团的会议。冬妮娅同意了。但是，当她换完衣服走出房间的时候，保尔觉得为难。她打扮得那样漂亮，那样别出心裁，以至于保尔都没法带她到自己的伙伴们那里去了。【名师点睛：保尔为冬妮娅的打扮为难，说明他已经发现两人所走道路的不同，这为两人的分手埋下了伏笔。】

于是他们之间的第一次冲突就这样发生了。保尔问她，打扮成这样是为了什么。她生气了，说："我就喜欢与众不同的样子，要是你不

▶ 钢铁是怎样炼成的

想带我去,那我可以不去。"

在俱乐部里,大家都穿着褪色的旧衣服,唯独冬妮娅打扮得格外引人注目。保尔看在眼里,觉得很不痛快,因为同志们都把她看作外人。对此她也觉察到了,就用轻蔑的、挑衅的目光看着大家。

货运码头的共青团书记潘克拉托夫——一个宽肩膀、穿粗帆布衬衣的装卸工,把保尔叫到一边,略带不满地看了看他,用嘴朝冬妮娅努了努,问:"那位漂亮小姐是你带来的吗?"

"是我。"保尔生硬地回答。

"哦……"潘克拉托夫拖长声音,"可是她那副打扮可不像是咱们的人,倒像资产阶级小姐。你怎么能让她来这个地方?"

保尔的太阳穴不断地跳动。

"她是我的朋友,我才带她来的。你懂什么?她从来不是咱们的对头。要说穿戴吗,确实是有点问题,不过,单凭穿戴衡量人总是不对的吧?什么人能带到这儿来,我也懂,用不着你来挑毛病,同志。"

他本来还想说些更激烈的话,但他还是努力把自己克制住了,因为他知道潘克拉托夫讲的其实是大家的心声。这么一来,他只好把所有的气愤转移在冬妮娅身上。

"我早就跟她说了!出这个风头有什么作用?"

自从那天晚上开始,他俩的友谊出现了裂痕。保尔怀着痛苦和惊讶的心情看到,那一向似乎是很牢固的友谊在逐渐破裂。

从那以后的几天,每一次会面,每一次谈话,都使他们的关系更加疏远。冬妮娅那一套卑鄙的个人主义渐渐地让保尔越来越不能接受。

很快他们两个人就都清楚,感情的最后破裂已经是定局了。

这一天,他们来到库佩切斯基公园,准备做最后一次谈话。他们站在陡岸上的栏杆旁边;第聂伯河闪着灰暗的光从下面滚滚流过;一艘拖轮用轮翼疲倦地拍打着水面,拽着两只大肚子驳船,慢腾腾地从巨大的桥孔里钻出来,逆流而上。夕阳给特鲁哈诺夫岛涂上了一层金黄色，房屋的玻璃也被它照得火一样通红。

望着金黄色的余晖，冬妮娅忧伤地说："难道咱们的爱情真的要像这落日，也要消失了吗？"【写作借鉴：运用人物对白，将冬妮娅对保尔的不舍体现了出来。】

保尔目不转睛地看着她低声说："冬妮娅，这件事咱们已经谈过了。不用说你也知道，我原来是爱你的，哪怕是现在，我对你的爱情也还很热烈。不过，前提是你必须跟我们站在一起。我已经变了。那时候我可以因为你一句话，就奋不顾身地从悬崖跳下去，想想还真是不懂事，现在不会了。因为我觉得只有为革命献出生命才是有意义的。你要知道，我首先应该属于你，其次才属于党的想法是错误的，那么，我绝不会成为你的好丈夫。因为我首先是属于党的，其次才能属于你和其他亲人。"

冬妮娅悲伤地望着蓝色的河水，眼睛里饱含泪水。

保尔也从侧面伤心地注视着那熟悉的脸庞和栗色的浓发。过去，这个姑娘对他来说，曾经是那样可爱可亲，此刻他也不禁对她产生了一种怜惜之情。

他小心地把手放在她的肩膀上说："冬妮娅，把扯你后腿的那些东西统统扔掉，站到我们一边来吧。咱们一道去消灭那些财主老爷们。在我们队伍里有许多优秀的姑娘，她们跟我们一起进行着残酷的斗争，跟我们一起忍受着种种艰难困苦。她们的文化水平也许不高，但是你为什么那么不愿意跟我们在一起呢？你说，丘扎宁曾经想糟蹋你，但他是红军中的败类，不是一个好战士。你又说，我的同志们对你不友好。可是，那天你为什么要以资产阶级的打扮，去参加无产阶级的舞会呢？你会说，我不愿意跟他们一样，穿上肮脏的军便服。这是虚荣心。你既然有勇气爱上一个工人，就应该爱工人阶级的理想。跟你分开，我是感到遗憾的，我希望你能给我留下美好的印象。"

说到这里，他再也说不下去了。

钢铁是怎样炼成的

第二天，保尔看见一张布告的署名是省肃反委员会主席费奥多尔·朱赫来。他的心跳马上快起来了。他去找这个老水兵，但是卫兵不让他进去。他软磨硬泡，弄得卫兵差点不耐烦，他才见到了朱赫来。

很显然，他们两个人对这次会面分外高兴。朱赫来的一只胳膊已经给炮弹炸掉了。他们马上就把工作的事情谈妥了。朱赫来说："你既然不能再上前线了，就在这儿跟我一起搞肃反工作吧。明天你就来上班。"

现在，同波兰白军的战争已经基本结束了。红军几乎打到华沙城下，只是因为远离后方，人力和物力得不到补充，才不得不撤了回来。波兰人把红军的这次撤退叫作"维斯瓦河上的奇迹"。这样一来，地主老爷的白色波兰又幸运地存在下来了，建立波兰苏维埃社会主义共和国的理想暂时没有能够实现。

遍地血迹的国家需要休整。【写作借鉴：用"血迹"表现了战争使这个国家牺牲了很多人，国家正是百废待兴之时。】

保尔没能回家去看他的家人，因为舍佩托夫卡又被波兰白军占领了，而且变成了双方战线的临时分界线。与敌人的和平谈判正在进行。于是保尔日日夜夜都在肃反委员会工作，执行各种任务。他就住在朱赫来的房间里。听说舍佩托夫卡被波兰人占领了，他发起愁来。

"这可怎么办呢，费奥多尔，要是就这么讲和了，我母亲不会被划到外国去吧？"

朱赫来安慰他说："我觉得边界大概会沿哥伦河划分，舍佩托夫卡还在咱们这一边。咱们很快就会知道的。"

现在，许多师团都陆续从波兰前线调往南方。因为正当苏维埃共和国把全部力量集中在波兰前线的时候，弗兰格尔利用这个机会，从克里木半岛的巢穴里爬了出来，沿第聂伯河北上，逼近了叶卡捷琳诺斯拉夫省。

现在同波兰的战争已经接近尾声，国家就把军队调到克里木半岛去捣毁这个反革命的最后巢穴。

每天都有满载士兵、车辆和大炮的军用列车，经过基辅向南开去。铁路肃反委员会忙得不可开交。列车毫不停歇，一辆辆地开来。车站已是水泄不通，因此经常造成交通堵塞，也往往因为腾不出线路而使整个交通中断。收报机不断收到最后通牒式的电报，都是命令给某某师让路的。打满密码的小纸带没完没了地从收报机里爬出来，电文一律都是："十万火急……"而且，几乎每封电报都附带警告说，违令者交革命军事法庭，依法制裁。

铁路肃反委员会就是负责处理这种麻烦的机构。

各个部队的指导员都粗鲁地闯进来，一边挥动着手枪，一边说根据司令员某某号电令，要立即发走他们的列车。

如果说这个暂时无法办到，他们连听都不愿意听，都说："你豁出命来，也要先把我的车发走！"接下来，往往便是一场可怕的争吵。一般碰到这种比较难以解决的情况，就赶忙把朱赫来给请来。不久，则可以看见本气势汹汹眼看就要开枪的人慢慢平静下来。

<u>朱赫来那铁塔般的身躯、沉着冷静的态度和不容反驳的语气，总能迫使双方把已经拔出来的手枪插回枪套里去。</u>【名师点睛：刚刚经历战火的同志，都是血气方刚的战士，所以掏枪是很正常的，但是朱赫来却能化解这样的矛盾，可见他处理事情的能力之强。】

由于战伤，保尔的头经常疼得像针扎一样，但是还得到站台上去。肃反委员会的工作损伤着他的神经。

有一天，在一节装满弹药箱的敞车上，保尔突然看见了谢廖沙·勃鲁扎克。这个好朋友从敞车上跳下来，扑到他身上，差一点把他撞倒在地。他紧紧抱住保尔，说："保尔，你这鬼家伙！我从老远一下就认出你来了。"

两个多年未见的朋友都不知道问对方些什么、自己讲些什么才好。要知道，自从他们分别之后，经历过多少事情啊！他们相互问长问短，

▶ 钢铁是怎样炼成的

还没等对方回答，自己就又讲开了。他们甚至连发车的汽笛声都没有听到，直到车轮开始慢慢转动了，才把互相拥抱着的胳膊松开。

在这个特殊的时期又能怎么样呢？刚刚会面，又要分别了。火车在加速。谢廖沙怕误了车，最后向他的朋友喊了一句，就沿着站台跑去。一节车厢的门敞开着，他一把抓住门把手，马上有几只手拽住他，把他拉了进去。保尔站在原地静静地看着列车消失，他突然想起来，他忘了把瓦莉亚的事情告诉他。谢廖沙一直没有回过故乡，而保尔又没有想到会同他见面，惊喜之下，竟忘了把这件事告诉他。

"可能他不知道更好，免得一路上难受。"保尔这样想。可是他万万没有想到，这竟是他们最后的一次会面。谢廖沙这时候正站在车顶上，用胸膛迎着秋风，死神正在前面等着他。

"坐下吧，谢廖沙。"战士多罗申科劝他说。这个红军战士军大衣的背上有个烧破的窟窿。

"没关系，我跟风是好朋友，吹一吹更痛快。"谢廖沙无所谓地笑着回答。

他是在一星期之后牺牲的。第一次投入战斗，他就在秋天的乌克兰原野上牺牲了。

一颗从远处飞来的流弹，打中了他。他哆嗦了一下，向前迈进一步，觉得胸口火辣辣地疼痛。他没有喊叫，身子轻轻一晃，张开两臂又合抱起来，紧紧地捂住胸口，然后弯下腰，已经僵硬的身体一下子就摔倒在地上了。那双蓝色的眼睛一动不动地凝视着前方一望无际的原野。

肃反委员会紧张的工作严重影响到了保尔那还没有完全恢复的身体。受伤后留下的头疼病经常发作，有一次，在他连熬了两个通宵以后，终于失去了知觉。

面对这种情况，保尔去找朱赫来，说：

"费奥多尔，我想调动一下工作，你看怎样？我很想到铁路工厂去。我总觉得这儿的工作我实在干不了。医务委员会跟我说,我的健康已经不适合在部队工作,可是这儿的工作比前线还紧张。这两天肃清苏特里匪帮,简直把我累垮了。我想我不得不暂时摆脱这种动刀动枪的工作。费奥多尔,你知道,我现在连站都站不稳,做好肃反工作简直是不可能的。"

朱赫来用关切的眼神看着他,说:"是啊,你的气色很难看,早就该解除你的工作了,都怪我没注意啊!"

这次谈话之后,保尔就带着介绍信到团省委去了。介绍信上说,请团省委另行分配他的工作。

看介绍信并接待他的是一个故意把鸭舌帽拉到鼻梁上的调皮小伙子,对保尔说:"从肃反委员会来的吗?好地方。好吧,我们马上就给你找个工作。这儿正缺人呢。把你分配到省粮食委员会行吗?不去?那就算了。那么,码头上的宣传站去不去?也不去?哟,那你可就错了。那个地方可是肥差啊,头等口粮。"

保尔打断他的话,说:"我想到铁路上去,把我分到铁路工厂去吧。"

那个小伙子吃惊地看着他,说:"到铁路工厂去?这个……问题是,那儿不需要人。这么办吧,你去找乌斯季诺维奇同志,让她给你找个地方吧。"

保尔同这个皮肤黝黑的姑娘做了简短的交谈,最后决定:保尔作为不脱产干部,到铁路工厂担任共青团的书记。

与此同时,在克里木的大门旁边,在这个半岛通往大陆的狭小的交通要道上,也就是在从前克里木鞑靼人同扎波罗什哥萨克的分界点,白匪军建起了一座碉堡林立、戒备森严的要塞——彼列科普。

从全国各地被赶来的,而且注定要灭亡的那些旧世界的余孽,都自以为在彼列科普后面的克里木绝对是安全的,他们在那儿正尽情痛饮他们的美酒呢。

▶ 钢铁是怎样炼成的

　　他们没有想到的是，在一个风雨交加的秋夜，数万名红军子弟兵，跳进了冰冷的湖水，涉渡锡瓦什湖，从背后去袭击那些龟缩在坚固工事里的敌人。带领他们的是大名鼎鼎的卡托夫斯基和布柳赫尔同志。数万名战士跟随着两位将领勇敢地前进，去砸烂最后的毒瘤。伊万·扎尔基就是这些子弟兵中的一个。为了不让枪支进水，他小心翼翼地把机枪顶在头上，在水中前进。

　　天刚蒙蒙亮，彼列科普就像捅开的蜂窝一样乱成了一团，几千名红军战士，越过层层障碍物，从正面猛冲上去。与此同时，在白匪后方，涉渡锡瓦什湖的红军部队，也在利托夫斯基半岛登岸了。

　　一场残酷的血战开始了。白军像野兽一样朝刚爬上岸的红军战士飞扑过去。扎尔基的机枪不断向四周扫射着，白军成堆地倒在枪林弹雨下。扎尔基用最快的速度，不停地装着机枪的子弹盘。

　　几百门大炮对着彼列科普轰鸣。大地似乎崩坍了，陷进了无底的深渊。成千颗炮弹发出刺耳的呼啸声，穿梭般地在空中飞来飞去。大地被炸得开了花，泥土翻到半空中，团团黑色的烟尘遮住了太阳。

　　毒瘤被拔除了。红色的怒潮一下涌进了克里木，骑兵第一集团军的各师相继冲进了克里木，在这最后一次的攻击中，他们杀得敌军落花流水。惊慌失措的白军争先恐后地挤上汽船，向海外逃遁。战斗结束后，苏维埃共和国给战士们颁发了金质的红旗勋章。勋章佩戴在战士们经过战斗变得褴褛的制服上。机枪手、共青团员伊万·扎尔基也荣获了这个奖章。

　　跟波兰的和约终于签订了。正像朱赫来预料的那样，舍佩托夫卡幸运地属于苏维埃乌克兰，分界线划在离这座小城三十五公里的一条河上。一九二〇年十二月，在一个空气清新的早晨，保尔乘火车回到了他熟悉的故乡。

　　保尔站在铺着白雪的站台上，瞥了一眼"舍佩托夫卡车站"的牌子，立刻拐向左边，朝机车库走去。他去找阿尔焦姆，但是他不在那里。于是，他裹紧军大衣，快步穿过树林，朝城里走去。

正在干活的玛丽娅·雅科夫列夫娜听到敲门声，转过身来，喊了一声"请进！"一个满身雪花的人走了进来。她立刻就认出了这是自己想念已久的可爱的儿子。她两手捂住心口，高兴得连话都说不出来了。

这个可怜的女人把自己瘦小的身体紧紧地贴在儿子的胸前，不停地吻着儿子的脸，流下了幸福的热泪。【写作借鉴：通过一系列人物动作描写，一个慈祥、深切盼望儿子回来的母亲形象跃然纸上。】

保尔也紧紧地抱着母亲，看着她那因为忧伤与期待而消瘦下来的、满是皱纹的脸。他没有说什么，静静地等着母亲平静下来。

这位苦难深重的母亲，如今眼里又闪起了幸福的光芒。

保尔回来的这些天，母亲总是时时刻刻地盯着他看，和他说话，她真的没想到还能见到他。又过了两三天，阿尔焦姆半夜里也背着行军袋闯进了这间小屋。这时候，她喜上加喜，那股高兴劲就更没法说了。

在柯察金家的小房子里，一家人终于又团聚了。经历过千辛万苦和严峻的考验，兄弟俩都平安地回来了……

"你们俩往后打算怎么办呢？"玛丽娅·雅科夫列夫娜问。

"还是干我的钳工去。"阿尔焦姆回答。

保尔呢，他在家里仅仅住了两个星期，就又回到了基辅，因为那里的工作正在等着他。

一位新书记调到共青团铁路区委员会来了，他就是伊万·扎尔基。保尔在书记办公室见到他。首先映入眼帘的是他胸前佩戴的勋章。这对于保尔来说，心里是一种说不来的滋味，因为内心还是有些嫉妒。扎尔基是红军的英雄。乌曼战斗一打响，他就以英勇善战、能够出色完成战斗任务而著称。如今扎尔基成了区委书记，恰好是保尔的顶头上司。

热情的扎尔基同保尔打招呼，这让保尔一瞬间为刚才心生的嫉妒

▶ 钢铁是怎样炼成的

而感到惭愧。不久，他们便成了好朋友。

他们一起工作很愉快。在共青团省代表会议上，铁路区委总共有两个人当选为省委委员——就是保尔和扎尔基。保尔从工厂分到一小间住房，总共有四个人住在一起，除保尔外，还有扎尔基、厂团支部宣传鼓动员斯塔罗沃伊和团支部委员兹瓦宁。他们组成了一个公社。从早到晚地忙碌，他们总是到深夜才能回到家中。

党要实行新政策的消息很快传到了共青团省委，不过，起初的传闻并不是系统的说法。过了几天，在第一次学习研讨政策提纲的会上人们就出现了分歧。保尔非常遗憾自己未能完全理解提纲的精神实质。他离开的时候心事重重的，总感觉不管怎么想都想不明白。他在铸造车间遇到杜达尔科夫，一个矮墩墩的工长、共产党员。杜达尔科夫脸朝亮光向保尔眨了眨眼睛，叫住了他，说："这到底是怎么回事？难道党让资本家东山再起？听说还要开商店，大做买卖。这倒好，打呀打呀，到最后，一切照旧。"

保尔依旧保持着沉默，可心头的不解越来越重了。

出乎保尔的意料，他成了党的对立面，而一旦卷入反党活动，他便表现得十分激烈。他在共青团省委全会上的第一次发言就使大会陷入争吵之中。会场上马上形成了少数派和多数派。接下来是一段痛苦的日子。整个党、团组织辩论争吵到了白热化的程度。保尔和他的同伙们的死硬立场在省委内造成了一种令人窒息的气氛。

共青团省委书记阿基姆是一个身板结实、高额头、浑身充满活力的人。在政治上，他很成熟，他同丽达·乌斯季诺维奇一起找保尔和观点同他相同的人进行个别谈心，解决他们的思想问题，但是毫无结果。每次谈话，保尔都开门见山，直截了当地说："你回答我，阿基姆，资产阶级为什么又有了生存的权利。我不懂那些高深的理论。但是我知道一点：新经济政策无疑是对我们事业的背叛。我们过去所进行的斗争，可不是为了这个目的，我们工人不同意这么做。你们大概甘愿给资产阶级当奴才吧？如果是的话，那就悉听尊便。"

阿基姆一双大眼睛狠狠地瞪着他，恼羞成怒地说：

"保尔，看看你自己，你都说了些什么话？你是在侮辱整个党。你得的是狂热病，还固执己见，而并不想弄明白简单的道理。你知道，要是继续执行战时共产主义政策，我们就是葬送革命，就是在给反革命分子以可乘之机，使他们能够发动农民来反对我们。既然你不想理解这一点，既然你不打算用党的方式来探讨解决问题，反而以斗争相威胁，那我们也不怕。"

意见的不同，使两个人反目成仇。【名师点睛：政见不合导致两人的友谊破裂，这为下文两人重归于好做了情节的铺垫。】

后来，在全区党员大会上，从中央来的工人反对派代表发表了演说，结果遭到了多数与会者的痛斥。接着，保尔上台发言，以激烈的言辞指责党背叛了革命事业。

第二天，团省委迅速作出反应，决定将保尔和另四名同志开除出省委会。保尔同扎尔基属于两个不同的阵营。保尔在团支部拥有多数支持者，他们在支部会上占上风。斗争深入了，结果保尔被开除出区委会，被撤销支部书记职务。这一举动又引来了二十来个人当场交出团证，申请退团。最后，保尔和他的同伴被开除出团。

保尔一生中最黯淡无光的日子开始了。

扎尔基离开"公社"走了。而脱离了生活常规的保尔心情压抑，经常站在车站的天桥上，无神地望着下面来来往往的机车。

有一天，保尔还是像往常一样，呆呆地望着远方。突然，有人叫了他一声，保尔回过头看着他，这个人满脸的雀斑和疙瘩，看着怪吓人的。他叫奥列什尼科夫，是一名共青团员，也是砖瓦厂的团支部书记。

"怎么，他们把你给开除了？"他问，白眼翻飞的眼睛在保尔脸上扫来扫去。

"是。"保尔回答。

▶ 钢铁是怎样炼成的

"哼！我早就说过，"奥列什尼科夫显得迫不及待，"你说你到底图个什么呢？遍地都是犹太佬，他们往哪儿都钻，到处都要他们对我们发号施令。他们才巴不得这样呢。上前线打仗是你的事，他们在家里做富家翁。现在反倒把你给开除了。"他不屑地冷笑了一声。

听了这番话，保尔忍不住用着仇视的目光瞪着他看。他暴怒之下，劈手揪住奥列什尼科夫的胸脯，疯狂地晃来晃去，晃得他东倒西歪。

【写作借鉴：通过一系列动作描写将保尔对奥列什尼科夫的愤怒表现得淋漓尽致。】

"你这个白卫分子的龟儿子，卑鄙的东西，你扯什么？你是跟谁讲这些话？你这个骨子里的富农，混蛋！我们城里那些被白军枪毙的布尔什维克，一多半都是犹太工人，你知不知道？哼！你跟谁说话？你也是反对派一伙的？这帮混蛋都该枪毙。"

奥列什尼科夫挣脱出来，没命似的逃下阶梯。保尔恶狠狠地望着他的背影。"瞧，竟然是这些人赞成我们的观点！"

全市党团组织的联席会议要在歌剧院里举行，对党内斗争进行总结的时候到了。

剧院的人们交谈的话题是：今天有一批工人反对派的成员要回到党的队伍里来。前排坐着朱赫来、丽达和扎尔基，他们也在对这个问题进行议论。丽达回答扎尔基说："他们会回来的。朱赫来说，事情已经出现转机。省委决定，只要他们检讨了错误，愿意回来，我们都要欢迎。此外，我们还打算在即将召开的省代表大会上吸收柯察金同志参加省委，以此表示党对归队同志的真诚是信任的。"

会议主席摇了一会儿铃，会场慢慢静下来以后，他说："刚才省党委做了报告，接下来由共青团里反对派的代表发言。请柯察金同志上台。"

保尔从后排站起，他快步从台阶跑上讲台，走到台口栏杆跟前。他用手摸了摸前额，仿佛在回忆什么东西，接着又固执地晃了晃长着鬈发的脑袋，两只手牢牢地扶住栏杆。

整个大厅的人都静静地注视着他,这使得他内心不由得有些激动。有几秒钟的工夫,他都在默默地站着,以试图努力控制自己的情绪。

现在他太激动了,一时不知从何说起。

肃反委员会主席朱赫来坐在离讲台不远的前排、丽达旁边的椅子上。他的块头可真算得是庞然大物。现在,他正盯着台上即将要讲话的保尔,眼神里是期待、是鼓励。在这么一副魁伟的身躯上,上衣的一只袖子却空空如也,因为毫无用处而塞进了口袋里。看到这幅情景,真让人暗自伤神。朱赫来上衣的左口袋上,有一枚四周深红色的椭圆形红旗勋章在闪亮。

保尔最后把目光从前排移开了。大家都在等他开口。他以临战的姿态调动起全身的精力,响亮地对整个大厅说:"同志们!"说完这几个字,他心里马上涌起了波涛,感到浑身火辣辣的,又似乎大厅里点亮了千百盏吊灯,光明照耀着他的身体。在接下来的演讲里,他那热烈的话语,犹如战场上厮杀的喊声,在大厅里震荡。话语传到数千听众的耳朵里,他们也随之激动起来。这青春的、热情洋溢的声音迸发出众多火花,飞溅到圆形屋顶下面的最高楼层的最远位子上。

"在今天的会场上,我想讲一讲过去。你们期待着我,我要讲一讲。我知道,我的话会使有些人心神不宁,可这不能叫政治宣传,这是发自我内心的声音,是我以及我现在代表的所有人的心声。我想讲讲我们的生活,讲讲那革命的烈火,像巨大炉膛里的煤炭,把我们点燃,使我们燃烧。我们的国家就是靠着这烈火生存,靠这烈火取得了胜利的。我们靠这烈火,用我们的鲜血,击溃并消灭了敌人的匪帮。我们年轻一代和你们一起,被这烈火席卷着,去经历风雨,更新大地。我们一道在我们伟大的、举世无双的、钢铁般的党的旗帜下进行了艰苦卓绝的战斗。父辈和子辈,一起战死在疆场。现在,两辈人又一起来到了这里。你们期待着我们,而我们作为你们的战友,竟试图制造动乱来反对自己的阶级,反对自己的党,破坏党的纪律,犯下了滔天

▶ 钢铁是怎样炼成的

罪行。我们正是如此被党赶出自己的营垒，赶到人类生活的后方，赶到偏僻的荒漠去的。

"同志们，为什么会这样？为什么我们经过革命烈火的考验，却走到了背叛革命的边缘？这是怎么回事？你们都清楚我们同你们斗争的经过。我们这些人，在共和国最艰难的岁月里，也没有掉过队，怎么现在倒发动了暴乱？【写作借鉴：用多个反问的句式加强了保尔这次谈话的气势以及对事件所做出的深刻理解。】

"这是因为，我们过去所受的教育，只知道对资产阶级要怀有刻骨铭心的仇恨，所以新经济政策一来，我们便认为是反革命。其实新经济政策，不过是无产阶级同资产阶级斗争的一种新形式，只是另一种形式罢了，是从另外的角度来进行斗争，可我们却把这种过渡看作是对阶级利益的背叛。而在老一辈布尔什维克中，有那么一些人，我们青年知道他们多年从事革命工作，我们认为他们是真正革命的布尔什维克。可是，既然现在他们也起来反对党的决定，我们就更执迷不悟。显然，单有热情，单有对革命的忠心是不够的，还要善于理解大规模斗争中所采取的极其复杂的策略和战略。要知道，并非任何时候正面进攻都是正确的，有时这样的进攻恰恰是对革命事业的背叛，应该这样看问题，我们刚刚才弄明白这一点。我们的领袖列宁引导我们走上了一条新的道路，可是就连他的名字，他的教导，也没能使我们收敛一点，可见我们的头脑发昏到了什么程度。我们为一些人的花言巧语所蒙蔽，加入了工人反对派，自以为是在为真正的革命进行着斗争，在共青团里大肆活动、动员和纠集力量，反对党的路线。结果大家知道，经过激烈的较量之后，我们几个被开除出省委。我们又把斗争的锋芒转移到各个区里。区委的斗争更为艰苦，但是我们最后也失败了。于是我们又到各自的支部去占领阵地，并且把许多青年拉到我们这一边来。特别是我当书记的那个支部。末了，我们最后的几个据点也被粉碎了。

"是的，同志们，这些日子对我们来说无疑是沉痛的。一方面，问题弄不明白，脑子里经常浮现出这样的想法：你这是在跟谁斗？另一方面，又把攻击的矛头指向自己的党。这确实非常痛苦。我想不出搞这种党内斗争会有什么结果？我回想起一次谈话，内心非常羞愧。朱赫来同志大概记得。有一次，他在街上遇见我，叫我上车，到他那儿去。我当时正被斗争冲昏头脑，于是冲他说：'既然有人出卖革命，我们就要斗争下去，必要的时候，不惜拿起武器。'朱赫来的回答也很简单：'那我们就把你们当作反革命枪毙。留神点，保尔，你已经站在最后一级台阶上。再跨出一步，你就要犯下没办法弥补的错误了。'说这话的，是我最亲爱的启蒙老师，是以自己的英勇无畏和坚强性格博得我深深敬重的人，是我在肃反委员会工作时的老首长。我最终还是没有忘记他说的话。当我们被开除出组织的时候，我们都明白了，什么叫政治上的死亡，是的，是死亡。因为离开了党，我们没有办法生存下去。于是我们以工人的诚朴，公开地对党说：'请还给我们生命。'我们又得到了原谅，重新回到了党的队伍里。这几个月里，我们终于明白了我们的错误。离开了党就没有我们的生命。没有比做一个战士更大的幸福，没有比意识到你是革命军队中的一员更值得骄傲的。在这里我们发誓，我们永远不会再离开无产阶级的行列了。【名师点睛：保尔用发誓表明了自己对党的坚定立场。】对我们而言，没有什么宝贵的东西不能献给党。一切的一切——生命、家庭、个人幸福，我们都要无偿献给我们伟大的党。党也对我们敞开大门，所以我们又得以回到了你们中间，回到了我们强大的家庭里。我们将和你们一道重建我们那满目疮痍的、血迹斑斑的国家，重建用我们朋友和同志的鲜血喂养起来的国家。而已经过去的事件，将成为对我们坚定性的最后一次考验。

"让生活长在，我们的双手将和同志们那千万双手一起，明天就开始修复我们被毁的家园。让生活长在，同志们！我们会重新建设一个世界！难道胸中有强大动力的人会战败吗？我们一定胜利！"

说到这里，保尔哽住了，他忍不住浑身颤抖，走下了讲台。大

▶ 钢铁是怎样炼成的

厅仿佛轻轻晃动了一下，接着爆发出震耳欲聋的掌声。同志们呼喊的声浪从圆形屋顶奔腾而下，千百只手在挥舞，整个大厅如同烧开的一锅水在沸腾。

保尔已经看不清台阶了，他向一个边门走去。热血涌向头部。为了不至跌倒，他抓住了侧面沉重的天鹅绒帷幕。这时，一双手扶住了他，他感觉到被一个人紧紧搂住了。一个熟悉的声音悄声说："保夫鲁沙，朋友，把你的手伸给我，同志！我们牢固的友谊今后再也不会破裂了。"

现在保尔的头疼得要命，几乎就要失去知觉了，但是他仍然聚集起力量，回答扎尔基说："我们还要一道生活，伊万，一道大踏步前进。"

于是，他们的手紧握在一起，从那以后，再也没有什么力量能把它们掰开了。

因为，使他们团结在一起的不单单是友谊……

Z 知识考点

1. 保尔在受伤之后口袋里被发现哪些证件：_____、_____、_____。

2. 保尔受伤期间，遇到了他曾经的好友_____。保尔在遭受病痛的折磨时，从来不呻吟，是因为受_____一书的影响。

3. 保尔为什么越来越不能接受冬妮娅？

_____

_____

Y 阅读与思考

1. 保尔是怎样评价朱赫来的？

2. 谢廖沙是怎么牺牲的？

第二部
DIERBU

▶ 钢铁是怎样炼成的

第一章

相遇是缘

M 名师导读

在相互接触中,丽达的个人魅力深深吸引了保尔,同样,保尔的刚毅也赢得了丽达的芳心。但保尔却认为这样会影响事业的发展,他要像牛虻同志学习,孑然一身为革命事业做出奉献,他们会分开吗?

夜已经很深了。最后一辆电车也早已拖着破旧的车厢回库了。淡淡的月光宁静地照着窗台,也照在床上,像是铺了一条浅蓝色的床单。房间墙角的桌子上点着的台灯,射出一圈亮光。在灯光下,丽达低着头,在一本厚厚的笔记本上写日记。

细细的铅笔迅速地滑动着:

5 月 24 日

我想把自己的一些想法记下来。前面又是一段空白,一个半月过去了,我一个字也没有写,只好就这样空着了。

最近实在太忙了,没有时间写日记。只有在夜深人静的时候,我才能坐下来写。我毫无睡意。谢加尔同志就要调到中央委员会去工作。知道这个消息后,大家都很难过。他真是我们的一位好同志。现在我才体会到,他和大家的友谊是何等的深厚,多么宝贵。谢加尔一走,辩证唯物主义学习小组就没有办法继续了。昨天我们在他那里一直待到深夜,检查了我们的"辅导对象"的学习成绩。这时候共青团省委书记阿基姆也来了,还有那个令人讨厌的登记分配部部长图夫塔。真受不了这个万事通！谢加尔十分高兴，因为在谈到党史的时候，他的学生保尔非常出色地驳倒了图夫塔。的确，这两个月的时间非常有效果。既然学习效果这么好，付出的心血就不是那么可惜了。听说朱赫来要调到军区特勤部去工作。为什么要调动，我不知道。

最后，谢加尔把他的学生托付给了我。

"您替我接着带下去吧，"他说，"千万不要半途而废。丽达，无论是您，还是他，都有值得互相学习的地方。这个年轻人还很幼稚，没有摆脱自发性。他还是凭着他那奔放的感情生活的，毫无疑问，这种旋风似的感情常常会使他走弯路。【名师点睛：借谢加尔对保尔的点评，点出了不成熟的保尔已经走了很多弯路。】丽达，根据我对您的了解，您会是他的一个最合适的老师。我祝你成功。但是别忘了给我往莫斯科去信。"临别的时候，他对我这样说。【写作借鉴：照应前文之中的对话，为保尔成为丽达的新学生做了铺垫。】

团中央新委派的索洛缅卡区委书记扎尔基今天来了。早在部队的时候我们就已经认识了。

明天德米特里·杜巴瓦带柯察金来学习。杜巴瓦中等身材，身强力壮，肌肉很发达。一九一八年入团，一九二〇年入党。他是当时因为参加"工人反对派"而被开除出共青团省委的三个委员当中的一个。辅导他的学习并不是一件简单的事情。他每天都向我提出一大堆莫名其妙的问题，这打乱了原本的计划。为此，他同我的另一个学生奥莉加·尤列涅娃经常发生争执。

记得在第一次学习的那天晚上，他就把奥莉加从头到脚打量了一番，然后嘲笑说："我说老太婆，你的军装不齐全。皮裆马裤、马刺、布琼尼帽和马刀还不全，就现在这样文不文武不武的，成什么样子！"

奥莉加也毫不让步，我只好从中进行调解。杜巴瓦似乎是柯察金的朋友。今天就写到这里吧，该睡觉了。

▶ 钢铁是怎样炼成的

　　似火的骄阳烤得大地也懒洋洋的。车站天桥的铁栏杆晒得滚烫。热得无精打采的人们慢腾腾地向上走着。这些人不全是来往的旅客，多半是从索洛缅卡铁路工人区到城里去的。

　　从天桥上边的台阶上，保尔发现了丽达。她已经先到了，正在下面看着从天桥上走下来的人群。

　　保尔走到丽达旁边，就站住了。可是她还没有发觉他。保尔怀着一种少有的好奇心观察她。【名师点睛："少有的"一词展现了保尔对丽达的另眼相待。】丽达今天穿了一件格子衬衫，下面是蓝色的粗布短裙，一件皮外套搭在她的肩膀上。蓬松的头发衬托着她那晒得略显黝黑的脸。可爱的姑娘站在那里，微微仰着头，强烈的阳光照得她眯起了眼睛。保尔还是第一次从其他角度观察他的这位朋友和老师，也是第一次突然意识到，丽达不仅是团省委的一名常委，而且……但是，他立即对自己的这种荒唐念头进行谴责，于是赶紧招呼她："我已经整整看了你一个钟头，可是你还没有看见我。该走了，火车已经进站了。"

　　他们穿过公务人员通道向月台走去。

　　昨天省委决定派丽达去出席一个县的团代表大会，保尔是她的助手。他们今天必须乘车出发。这件事并不容易。因为车次少，发车的时候，车站就由掌握全权的交通管制五人小组控制。没有这个小组发的通行证，任何人都无权进站。车站上所有的进出口全由这个小组派出的值勤队把守着。一辆车就算是塞得满满的，顶多也只能运走十分之一急着要走的人。谁也不愿意等下一趟车，因为行车时间没有准儿，没准就是几天以后。几千个人都往检票口拥，都想冲过去，挤到眼巴巴等了很久的绿色车厢里去。因此，车站被围得水泄不通是常有的事，到处是人，常常发生扭打的事。

　　保尔和丽达挤来挤去，可是白费力气，怎么也进不了站台。

　　保尔对车站的情况自然熟悉无比，知道所有的进出通道，于是，他就领丽达从行李房进了站台。他们费了好大劲才挤到了四号车厢跟前。车门前的情景更糟：乱哄哄地拥着一堆人，一个热得满头大汗的肃反工作人员拦住车门，没完没了地重复着一句话：

"我不是跟你们说了吗？车厢里挤得满满的了。车厢的连接板上和车顶上禁止站人，这是上头的命令。"

急等上车的人们发疯似的冲着他挤去，都把五人小组发的四号车厢乘车证伸到他鼻子跟前。每节车厢的状况都是这样的，人们一边咒骂着一边拼命地往上挤。保尔觉得用普通的办法是会迟到的，但又非走不可，否则代表大会就不能召开了。

他把丽达叫到一边，把自己的行动计划告诉她：他先挤进车厢去，然后打开车窗，把她从窗口拉进去。不这样，就没有别的办法。

"先把你的皮夹克给我，它比什么证件都管用。"

保尔拿过她的皮夹克穿上，然后又把手枪往夹克口袋里一插，故意让枪柄和枪穗露在外面。他把装食物的旅行袋留在丽达脚下，然后走到车门跟前，毫不客气地分开旅客，一只手抓住了车门把手。

"喂，同志，往哪儿去？"

保尔回头看了看面前的矮墩墩的肃反工作人员，用一种不容许别人对他的权力有任何怀疑的口吻，一本正经地说：

"我是军区特勤部的。现在我要检查，看车上的人是不是都有五人小组发的乘车证。"

肃反工作人员看了看他的口袋，用袖口擦掉额上的汗珠，用无所谓的语调说："好吧，你只要能挤进去。"

<u>车厢里也是那么挤。保尔用胳膊、肩膀，甚至拳头给自己开路，拼命往里挤，有时抓住上层的铺位，把身子吊起来，从别人肩膀上爬过去。</u>【写作借鉴：通过一系列动词的描写，使车厢拥挤的场景跃然纸上。】在受到了数不清的咒骂之后，他总算挤到了车厢的中间。

他从上面下来，不小心一脚踩在一个胖女人的膝盖上，她冲着他骂起来："你这个该死的东西，臭脚丫子往哪儿伸呀！"这女人像个大肉

217

▶ 钢铁是怎样炼成的

球，约莫有七普特[一普特等于16.38千克]，勉勉强强挤在下铺的边缘上，两条腿中间还夹着一只装黄油的铁桶。各式各样的铁桶、箱子、口袋、筐子几乎塞满了周围所有的铺位。车厢里闷得使人喘不过气来。

他没有理睬这个胖女人的咒骂，只是反问："您的乘车证呢，公民？"

"什么？"她对这个突然冒出来的检票员很不以为意。

这时，一个贼眉鼠眼的家伙从上面的铺位上探出头来，扯着粗嗓子喊："瓦西卡，这小子是个什么玩意儿？叫他滚！"

一个又高又大、胸脯全都是毛的家伙从上铺把脑袋伸了出来，这肯定是瓦西卡。他对保尔瞪着一对牛眼。

"缠着人家妇女干吗？这里用得着你查票吗？"

旁边的铺位上耷拉下来八条腿。这些人勾肩搭背地坐在上面，起劲地嗑着葵花子。很显然这是一群经常来往的投机商人。不过现在保尔没有时间和他们纠缠。让丽达上车要紧。

"请问，这是谁的？"他指着车窗旁边的小木头箱子，问旁边一个上了年纪的铁路工人。

"是那个女人的。"老工人指了指穿着褐色长筒袜的两条粗腿说。

要想打开车窗，就要把碍事的箱子挪走。于是保尔把箱子抱起来，交给了它的主人。

"请您先拿一下，公民，我要开窗子。"

"你凭什么乱动别人的东西！"保尔刚把箱子放到她的膝盖上，这个塌鼻子的女人就尖声叫了起来。

"莫季卡，你就这么看着这个人在这儿胡闹呀？"她又转过脸来，向身旁的人求援。那个人没有动地方，只是用凉鞋对保尔背上踢了一脚，说："喂，你这个癞皮狗！快给我滚蛋，不然我要你好看。"

保尔咬紧嘴唇默默忍受了这一脚，打开了窗子。

"同志，请您稍微让开一点。"他向那个铁路工人请求说。

保尔把一只铁桶挪开，腾出个地方来，站到车窗跟前。丽达早就

218

机灵地在车厢旁边等候，连忙把旅行袋递给他。保尔把旅行袋往那个胖女人膝盖上一扔，探出身子，抓住丽达的两只手，把她拉了上来。一个值班的红军战士看见了这种违章的举动，正准备制止，丽达就已经到车厢里了。战士没有办法，只好骂了几句，走开了。丽达一进车厢，那伙投机商都吵嚷起来，弄得她很难为情，一下子就僵在了那里。她连落脚的地方都没有，只好抓住上铺的把手，站在下铺的边缘上。周围是一片辱骂声。上铺那个粗嗓门骂道："瞧这个混蛋，不仅自己爬进来，还弄进来一个小娘儿们！"

从上面某个看不见的地方，有个尖嗓子叫道："莫季卡，照准他鼻梁子使劲揍！"

塌鼻子女人也打算找时机把木箱子放在保尔的头上。面对周围的流氓地痞，保尔很是后悔带丽达到这里来。但是，总得想办法给她找个座位啊。于是，他向那个叫莫季卡的说："公民，把你的口袋从过道上挪开好吗？这位同志连站的地方都没有。"但是，那个家伙不但没有丝毫的动作，反而骂了一句非常下流的话。保尔大怒。他右眉上边的伤疤像针扎一样剧烈地疼起来。他努力抑制住自己的怒火，冲着那个流氓说："下流坯子，你这样是会遭到惩罚的！"说着，上面的人就在他头上踢了一脚。

"瓦西卡，再给他点厉害瞧瞧！"四周的人也在起哄。

保尔心中压抑已久的满腔怒火终于爆发了。【写作借鉴：用"终于"将故事引到新的高点。】每遇这种情况，他的动作就会异常迅猛。

"怎么，你们这帮坏蛋、投机倒把的杂种，竟敢欺负人？"保尔像蹬着弹簧，两手一撑就蹿到中铺上，挥起拳头，朝莫季卡那副蛮横无耻的脸上猛力打去。他这一拳是如此的有劲，那个投机商人瞬间就倒栽了下去，掉在过道里的人们头上。

"你们这帮混蛋给我听着，统统给我滚下去。不然的话，我一定要你们的狗命！"保尔用手枪指着上铺那四个人的鼻子，怒冲冲地吼着。

情况完全发生了变化。丽达密切地盯着周围人的一举一动，要是

219

▶ 钢铁是怎样炼成的

谁再敢触怒保尔，她就准备开枪。上铺马上腾出来了，那个贼眉鼠眼的家伙赶紧躲到隔壁的铺位上去。

保尔把丽达安置在空出来的位子上，低声对她说："你在这儿坐着，我绝不放过他们。"

丽达拦住他说："你还要去打架？"

"不会打架的，我马上就回来。"他安慰她说。

保尔又把车窗打开，翻身跳到站台上。几分钟之后，他跨进铁路肃反委员会，走到他的老首长布尔梅斯捷尔的办公桌前。

布尔梅斯捷尔是拉脱维亚人，听保尔谈完情况后，马上下令让四号车厢的全体旅客下车，检查证件。

"我早说过，哪次都是火车还没进站，那些该死的投机商就上了车。"布尔梅斯捷尔咕哝着。

很快，由十名肃反人员组成的检查组，对车厢进行了一次彻底的检查。按照老习惯，保尔帮着检查了整个列车。他与肃反委员会的朋友们关系不错，而且在他担任共青团书记之后，向铁路肃反委员会输送了不少优秀团员。检查完毕以后，保尔又回到丽达的车厢。现在，车厢里焕然一新，乘客都是出差的干部和红军战士。

车厢里已经堆满了一捆捆的报纸，只在车厢顶头的三号上铺给丽达找到了一个位子。

"行了，咱们凑合着吧。"丽达开心地说。

火车开动了。车窗外面那个胖女人坐在一大堆口袋上，向后退去。只听她喊道："曼卡，我的油桶呢？"

丽达和保尔两个被一捆捆的报纸和邻座隔开，他俩就一起挤在一个小铺位上，一边畅聊着刚才发生的小插曲，一边疯狂吞咽着面包和苹果。

火车在铁路上缓慢地爬行着。车辆失于检修，又载重过多，不断发出吱吱嘎嘎的响声，每到接轨的地方就震动一下。傍晚，车厢里渐渐暗下来，不一会儿夜幕便遮住了车窗外的一切，车厢里一片漆黑。

丽达疲乏地把头枕在旅行袋上打起盹来。保尔耷拉着两条腿,坐在铺边上抽烟。他也很累,但是没有足够的地方可以躺下。一阵寒冷的夜风从车窗吹了进来。车身的震动把丽达惊醒了。黑暗中,她看见保尔的烟头在发光。"他可能会这样一直坐到天亮的,看样子,他是不愿意挤我,怕我难为情。"【写作借鉴:丽达的内心活动体现了她是个善良的姑娘,同时也被保尔的行为所感动。】

"柯察金同志!请阁下把资产阶级那套繁文缛节[文:规定、仪式;缛:繁多;节:礼节。过分繁琐的仪式或礼节。也比喻其他繁琐多余的事项]扔掉吧,来,躺下休息休息。"她开玩笑说。

保尔听话地在她身边躺了下来,非常舒服地伸直了两条发麻的腿。

"明天咱们还有很多工作要做,不轻松的!睡吧,你这个爱打架的家伙。"她坦然地用胳膊抱住她的朋友,黑暗中,保尔感到她的头发挨着了他的脸。

在保尔的心目中,老师丽达是神圣不可侵犯的。他们为同一目标而奋斗,她是他的战友和同志,是他政治上的指导者。不过,她毕竟是一个女人。这一点,他是今天在天桥上才第一次意识到,所以,她的拥抱使他内心激动。他感觉到她那均匀的呼吸,她的嘴唇就在很近的地方。这使他产生了要吻一下那嘴唇的强烈愿望,不过他还是用顽强的毅力,把这种愿望克制住了。【名师点睛:细致精确地将保尔的内心变化过程记录了下来,说明保尔的内心情感已经向丽达倾斜了。】

丽达似乎猜到了保尔的心思,在暗中微笑了。她已经尝过爱情的欢乐和失掉爱情的痛苦。在她以前的日子里,她先后把她的爱情献给两个布尔什维克,可是,白卫军的子弹却把那两个人先后从她手中夺走了:一个是高大勇猛的旅长,另一个是长着明亮的蓝眼睛的青年。

在车轮有节奏的响声中保尔入睡了。直到第二天早晨,汽笛的吼声才把他吵醒。

▶ 钢铁是怎样炼成的

繁杂的工作使丽达总是很晚才能回到房间，在她那不常打开的笔记本上又写了如下的几行：

8月11日

省代表会议结束了。阿基姆、米海拉和其他一些同志都到哈尔科夫参加全乌克兰代表会议去了。这样一来，日常事务全部落到了我的身上。杜巴瓦和保尔都收到了列席团省委会议的证件。自从杜巴瓦到佩乔拉区担任团委书记以后，晚上就不再来学习了。他工作很忙。保尔还想继续学习，不是因为我没有工夫，就是因为他到外地出差，学习一直断断续续。由于铁路上的情况日益紧张，他们那里经常处于全体动员状态。昨天，扎尔基到我这里来，他很不满意我们从他那里调走一些人。他说，这些人他也非常需要。

8月23日

今天我从走廊走过时，看见潘克拉托夫、柯察金，还有一个不认识的人正站在行政处门口说话。我往前走，听见保尔正在讲着："那边的几个家伙，枪毙了也不可惜。他们说什么'你们无权干涉我们的事务。这里的事自有铁路林业委员会作主，用不着什么共青团插手。'瞧他们那副嘴脸……这帮寄生虫可找到了藏身的地方！……"

接着就是一句骂人话，不堪入耳。潘克拉托夫回头一看见我，就急忙捅了保尔一下。他回过头来，看见是我，脸都白了。他没敢再看我连忙走了。这次，他应该会很久都不到我这里来了，因为他知道，我是忍受不了说脏话的人的。

8月27日

今天常委会开了一次内部会谈。周围的情况越来越复杂。因为纪律的阻拦，我还不能把所有情形记下来。阿基姆从县里回来了，心情挺不好。昨天在捷捷列夫站附近，运粮专车又被人弄出了轨。我几乎不想写日记了，反正总是那么零零碎碎的。我正等柯察金来。我今天见过他，知道他和扎尔基他们五个人正在组织一个公社。

一天，保尔在铁路工厂接到一个电话，是丽达打来的。她说今天晚上有空，让他去继续学习上次那个专题：巴黎公社失败的原因。

傍晚，他来到大学环路丽达家的门口，抬头看了看，丽达的窗子里有灯光。他顺着楼梯飞奔上去，用拳头敲了敲门，还没等到丽达的应声，就推门进去了。【写作借鉴：用"跑""捶"等动词表现了保尔想要急于见到丽达的心情。】

在那个一般男同志连坐一下的资格都没有的丽达的床上，这时躺着一个穿军装的男人。他的手枪、行军背包和缀着红星的军帽都放在桌子上。丽达坐在他的身旁，紧紧地拥抱着他，谈得正兴高采烈。丽达喜气洋洋，朝保尔转过脸来。

那个军人看到有人进来，也推开拥抱着他的丽达，站了起来。

"我来介绍一下，"丽达跟保尔打招呼，"这是……"

"达维德·乌斯季诺维奇。"没有等她介绍，军人就大大方方地报了姓名，同时紧紧地握住了保尔的手。

"真没想到他会来，我太高兴了。"丽达笑着说。

保尔跟他握手时十分冷漠。一种妒意，像打火石的火星一样在他的眼睛里闪了一下。【名师点睛：将保尔的"妒意"比作眼睛里闪现的"火星"，形象生动地将保尔的内心活动展现了出来。】他看见达维德袖子上戴着四个方形组成的军衔标志。

丽达正想解释，柯察金打断了她。

"我是来告诉你一声，今天我要上码头去卸木柴，你别等我了……恰巧你这儿又有客人。那么对不起，我走啦，同志们还在楼下等着呢。"

保尔突然闯进，又突然消失。他的脚步声急促地沿着楼梯响下去。当下面大门砰的一声关上之后，一切又恢复了安静。

"他今天有些不对。"丽达冲着达维德那疑惑的目光，这样猜测说。

天桥下面的一台机车长长地鸣了一声汽笛，从庞大的胸腔中喷出

> 钢铁是怎样炼成的

了金色的火星。火星缭乱地飞舞着，向上冲去，在烟尘中消失了。

保尔靠着天桥的栏杆，仰头望着道岔上各色信号灯的闪光出神。他眯起眼睛，讥讽地责问自己："真不明白，柯察金同志，为什么您一发现丽达有爱人就那样痛苦？难道她什么时候说过，她没有丈夫吗？好吧，就算没有，那又怎么样呢？为什么您突然这样难过呢？亲爱的同志，您不是一向认为，你们之间除了同志关系之外，并没有任何别的东西吗？……您怎么忽略了这一点呢？嗯？再说，要是他不是她的爱人呢？达维德·乌斯季诺维奇，看姓名可能是她的哥哥，也可能是她的叔叔……如果是这样，你无缘无故就给人难堪，岂不是太荒唐了吗？看来，你也不过是糊涂虫一个，不比任何笨蛋强。他是不是她的哥哥，一打听就可以知道。假如真是她的哥哥或叔叔，以后你还有脸见她，跟她说话吗？得了，往后你再也别想上她那儿去了！"【写作借鉴：用保尔内心的独白来说明他对丽达的感情已经很深了。】

汽笛的长鸣声打破了他继续往下去想的念头。

"天黑了，回家吧，别再自寻烦恼啦。"

在索洛缅卡[索洛缅卡，是铁路工人区的名称]有一个五个人组成的小小的公社。这五个人是扎尔基、保尔、快活的捷克人克拉维切克、机车库共青团书记尼古拉·奥库涅夫和铁路局肃反委员会委员斯乔帕·阿尔丘欣，而他不久以前还是一个修理厂的锅炉工。

他们申请到了一间屋子。下班之后就去油漆、粉刷、擦洗，一连忙了三天。他们提着大水桶忙来忙去的，弄得邻居们以为是失了火。他们搭起了床铺，又从公园里弄来许多树叶，塞在大口袋里做床垫。到了第四天，他们的房间就布置妥当了，雪白的墙上挂着彼得罗夫斯基[1878—1958年，当时的乌克兰中央执行委员会主席]的肖像和一幅大地图。

他们在两个窗户之间钉了一个书架，上边放了一堆书。两只木箱钉上硬板纸，算是凳子，柜子是另一只大一点的木箱。房子中间放了一张巨大的没有呢面的旧球台，这是他们一起从公用事业局扛来的；白天当桌子，晚上是克拉维切克的床。大家把自己的东西全都搬了来。克拉维切克列了一份公社全部财产的清单。要不是大伙的一致反对，他还想把清单钉在墙上。房间里的一切都归集体所有了。工资、口粮和偶尔收到的包裹，全都平均分配。只有各人的武器没有列入共产之列。全体社员一致决定：公社成员，凡违反取消私有财产的规定并欺瞒者，一律开除出社。奥库涅夫和克拉维切克还坚持在这个决定上加上一句：并立即驱逐出室。

全区共青团的活动分子都被邀请来参加了公社的成立典礼。社员们从邻院借来一个挺大的茶炊，把公社所有的糖精全沏茶用了。大家喝完茶，大声合唱起来：

泪水洒遍茫茫大地，

我们受尽了劳役的煎熬，

但是总会有这样一天……

烟厂的塔莉亚·拉古京娜担任合唱的指挥。她的红布头巾稍微歪向一边，看上去就像个调皮的男孩子。塔莉亚的笑声很有感染力。这个十八岁的糊烟盒的姑娘，此刻满怀着青春的热忱和十足的信心，履行着自己的职责。她的手往上一抬，领唱的歌声就像铜号一样响起来：

唱吧，让歌声传遍四方——

我们的旗帜在全世界飘扬，

它燃烧，放射出灿烂的光芒，

那是我们的热血，鲜红似火……

此起彼伏的谈笑声吵醒了寂静的街道，直到深夜，他们才各自散去。

扎尔基伸手接听电话。

"静一静，同志们，屋子里太吵！"【名师点睛：从扎尔基的话中可以看出会议进行得很热闹。】他向挤满团区委书记办公室的那些高声说话

钢铁是怎样炼成的

的共青团员们喊道。

说话声稍微小了一些。

"哦,是你啊!对,对,马上就开。会议内容?还是那件事,从码头上往外运木柴。什么?没有,没有派他到哪儿去。他在这儿。叫他接电话吗?好吧。"

扎尔基向保尔招手。

"乌斯季诺维奇同志找你。"说着,他把听筒交给了保尔。

"我以为你不在呢。今天晚上我没事。你来吧。那天我哥哥路过这儿,顺便来看看我,我们两年没见面了。"

果然不是她爱人!【写作借鉴:用"果然"一词表现了保尔当时内心的兴奋之感。】

保尔没有继续听下去。那天晚上发生的事和当时他在桥上做出的决定,一起涌上心头。是的,今天晚上应该去找找她,然后放一把火,把他们之间所有的关系都烧掉。爱情确实给人带来太多烦恼和痛苦,而现在并不是谈情说爱的时候。

电话里丽达在问:"怎么啦,你听见我说的话了吗?"

"嗯,我在听。好吧。开完常委会就去。"他放下了听筒。

还是在那间屋子里,保尔认真地盯着她的眼睛,手紧紧地抓住那木制桌子的边沿,说:"我想,我可能以后不能再到你这里来了。"

她那浓密的睫毛向上耸了一下。她手里那支在纸上迅速移动的铅笔也停下了,静静地搁在打开的笔记本上。【写作借鉴:对丽达细致的动作描写,刻画了她当时的内心活动。】

"怎么了?"

"时间不够用。你自己也知道,咱们现在有多紧张。很可惜,我看我学习的事只好等以后再说……"

他倾听着自己的声音,觉得最后那几句话说得不够坚决。

"干吗不直说呢?这说明你还没有勇气对着胸口给自己一拳,干脆解决问题。"想到这里，他坚定地说："另外，我早就想告诉你，你讲的东西，我不大明白。我跟谢加尔学习的时候，脑子里什么都记得住，跟你学习就不行。每次在你这儿学完，我还得找托卡列夫补课。我的脑袋不好使，你需要另找一个聪明点的学生。"

说完他转过脸，避开了她的目光。为了堵死退路，他又固执地说："所以，咱们就别再浪费时间了。"【写作借鉴：保尔用很多理由来表明心迹，恰恰反映了他心里发虚和对丽达的不舍。】

他缓慢地用脚把椅子挪开，站了起来。他低头瞥了一眼，看见了丽达垂着的头和在灯光下显得苍白的脸。戴上帽子，告别道："就这样吧，再见了，丽达同志！这么多天都瞒着你，实在抱歉。我早说就好了。这是我的过错。"

头脑发木的丽达机械地把手伸给他。保尔突然对她这样冷冰冰的，使她极为意外，勉强说了两句："保尔，我不怪你。既然我过去做的让你有些误会，没能使你了解我，那么今天发生这种情况，该怨我自己。"

他的两只脚像灌了铅一样沉重，他悄悄地推开了门。【名师点睛："沉重"反映了保尔内心后悔和自责的矛盾冲突。】走到大门口，他停住了脚步——现在还可以返回去，对她说……可是，这又有什么呢？难道要让她当面奚落一番，再回到这大门口来吗？不！

破烂的车厢和灭了火的机车在铁路的岔线上越积越多。风卷着木屑在空旷的木柴场任意飞舞。

凶狠的奥尔利克匪帮像猛兽一般经常出没于城市周围、林中小道和幽深的山谷。白天他们隐蔽在四郊的村庄和林中的大养蜂场里；深夜就爬到铁路上，疯狂地破坏路轨，干完坏事之后，再爬回自己的老窝去。

因此，这一段时间里，列车经常出轨。车厢摔得粉碎，睡梦中的旅客被压成了肉饼，宝贵的粮食同鲜血和泥土混在一起。

此外，奥尔利克匪帮还不时袭击宁静的乡镇。母鸡惊叫着满街乱

▶ 钢铁是怎样炼成的

跑。常常是啪的一声枪响，接着在乡苏维埃的白房子近旁便是一阵对射，枪声就像踩断干树枝一样。随后匪徒们便骑着马在村子里横冲直撞，肆意砍杀那些被他们抓住的人。他们把马刀挥得呼呼直响，砍起人来就像劈木柴似的。为了节省子弹，他们很少开枪。

这帮匪徒行动迅速，神出鬼没。到处都有他们的耳目。奸细们的眼睛简直能穿透乡苏维埃的白房子的墙壁。在神父家的院子里，在富农的考究的住宅里，时刻都有人窥视着乡苏维埃的动静。一条条无形的线一直伸向密林深处。弹药、鲜猪肉、淡蓝色的原汁酒，被源源不断地送到那里去。还有各种情报，都通过极其复杂的联络网传给奥尔利克本人。

虽然这个匪帮人数不多——一共只有两三百个亡命徒，可是却一直没有被剿灭。他们分成许多小股，在两三个县里同时活动。要把他们一网打尽极为困难。他们夜里是匪徒，白天却成了安分的庄稼人，在自家院子里磨蹭来、磨蹭去，不时给马喂点草料，要不就站在大门口，嘴角露出一丝讪笑，一边吸烟袋，一边打量过往的红军骑兵巡逻队。

亚历山大·普兹列夫斯基团长曾经率领自己的部队，奋不顾身地在这三个县里来回清剿匪徒。他不知疲劳，顽强追击，有时也能摸到匪帮的尾巴。

由于强大攻势的打击，一个月之后，奥尔利克从两个县里撤走了他的喽啰。现在他已经处在包围之中，只好在一个不大的小圈子里打转了。

城里的生活还是那样。五个小集市上，人群熙熙攘攘，喧嚣嘈杂。这里被两种愿望支配着：漫天要价与就地还钱。形形色色的骗子都在这里大显神通。几百个眼尖手快的人像跳蚤一样在市场上跳来窜去，他们的眼神里什么都有，唯独没有良知。这里是一个大粪坑，全城的蛆虫都可以在这里找到，他们的目的都是坑骗那些没有见过世面的"傻瓜"。仅有的几趟火车从自己的肚子里排泄出一群群背着口袋的人。这些人都向小集市涌去。

夜晚降临，集市上空无一人，白天生意兴隆的小胡同只剩下一排排黑洞洞的空货架子和商亭，变得阴森可怕。

在这个黑暗的死气沉沉的地方，每座小亭子后面都隐藏着危险，就是胆大的人也都不敢冒险到这里来。这里会突然响起枪声，像锤子敲了一下铁板，于是，就有人不幸地倒在血泊里。等到附近站岗的民警凑在一起赶来的时候，除了一具蜷缩着的尸体之外，已经什么人也找不到了。凶手早就逃之夭夭。其他在这一带鬼混过夜的人，也都因为出了事，一下子溜得无影无踪。小集市对面是七星电影院，那里的马路和人行道灯火通明，行人熙熙攘攘。

电影院里的放映机喳喳地响着。银幕上只有争风吃醋的情敌在互相厮杀，片子一断，观众就怪叫起来。从表面看上去，城里城外的生活似乎都没有离开正轨，就连革命政权的中枢——党的省委会里也都一切如常。然而这种平静只是表面现象。

<u>在这座城市里，一场风暴正酝酿着。</u>【写作借鉴：将城市里即将面临的危机比作"酝酿的风暴"，为下文设置了悬念。】

有不少人——大多是匪徒知道这场风暴即将来临。他们把步枪笨拙地藏在乡下人常穿的长袍下面，从各条道路潜入这座城市。他们很多人装扮成投机倒把的商贩，坐在火车顶上来到这里。下车之后，他们不去市场，而是凭着记忆，把武器扛到预先约定的街道和住宅去。

这些人都是知情的，可是城里的那些正直的工人群众，甚至布尔什维克却还蒙在鼓里。

只有五个布尔什维克例外，他们掌握了敌人的全部准备活动。

已经被红军赶到白色波兰境内的彼得留拉残匪，正在同驻华沙的一些外国使团紧密勾结，准备在这里组织一次暴动。

为此，彼得留拉残部还秘密地成立了一支突击队。

▶ 钢铁是怎样炼成的

所谓的中央暴动委员会在舍佩托夫卡也建立了自己的组织。参加这个组织的有四十七个人，他们其中大多数过去就是顽固的反革命分子，不幸的是，当地肃反委员会轻信了他们，才没有把他们关押起来。

这个组织的核心成员是瓦西里神父、温尼克准尉和一个姓库济缅科的彼得留拉军官。神父的两个女儿、温尼克的弟弟和父亲以及钻进该市执行委员会当了办事员的萨莫特亚负责刺探情报。

他们的计划是：在夜里发动暴乱，用手榴弹炸毁边防特勤处，放出犯人，如果可能，就占领火车站。

在作为这次暴动中心的城市里，白匪军官们正在非常秘密地集中，各路匪帮也都到近郊的树林子里集合。他们从这里派出了经过严格审查的"忠诚分子"，分别到罗马尼亚，到彼得留拉本人那里去，随时保持联系。

在军区特勤部，水兵朱赫来已经一连六夜没有合眼了。他是掌握全部情况的五名布尔什维克中的一个。朱赫来现在就像一个死死盯住即将扑来的猛兽的猎人那样紧张。【名师点睛：将凶残的敌人比作"猛兽"，说明再狡猾的猎物也逃不出猎人的手心。】

在这种特殊时刻，喊叫、声张都不可以。只有把这只嗜血成性的野兽击毙才能消除后患，才能安心从事劳动。把野兽惊跑是失败的。在这场殊死的搏斗中，只有冷静的头脑和铁的手腕才能克敌制胜。

决定性的时刻到来了。

消息传来，敌人决定：明天夜里动手。

不！不能等他们动手。就在今天夜里，五个掌握敌情的布尔什维克决定抢先一步。

晚上，一列装甲车一反常例地没有拉汽笛，悄悄地开出了车库，随后车库又悄悄地关上了大门。

直达线路急速地传递着电报。所有收到电报的地方，共和国的战士们顾不得睡觉,立即行动起来,连夜去捣毁匪巢。

扎尔基接到了阿基姆打来的电话:"各支部的会议都布置好了吗?好。你跟区党委书记马上来开会。木柴问题比原来想的还要严重。你们来了,咱们再谈吧。"扎尔基听见阿基姆坚定而急促地说。

"真是,这个木柴问题真是快把我们搞疯了。"他咕哝着,放下了听筒。

古戈·利特克用汽车飞快地把两位书记送到了地方。他们下车登上二楼,立刻就明白了:叫他们来绝不是为了木柴的事。

办公室主任的桌子上出乎意料地架着一挺马克沁机枪,特勤部队的几个机枪手就在它旁边忙碌着。走廊上有本市的党团员积极分子在默默地站岗。省委书记办公室的门紧闭着,里面的省党委常委紧急会议就要结束了。

桌子上的两部军用电话机的电线,经过气窗,通到室外。

人们都压低了声音讨论着什么。扎尔基在房间里见到了阿基姆、丽达和米海拉。丽达还是那副装束,跟当连队指导员的时候一样:红军的盔形帽,草绿色的短裙和皮夹克,挎着一支沉甸甸的毛瑟枪。

"这里发生了什么?"扎尔基惊疑地问丽达。

"演习紧急集合,伊万。我们马上到你们区去,集合地点在第五步兵学校。各支部开完会就直接到那儿去。最要紧的是这个行动一定要保密。"丽达告诉扎尔基说。

步兵学校周围的树林里鸦雀无声。

已经上百年的参天柞树默默地挺立着。池塘没有一丝涟漪,宽阔的林荫道已经很久没有人迹了。在树林围着的白色的高围墙里面,从前是武备学堂的楼房,现在已经改为红军第五步兵军官学校。夜深人静。表面上看,这里一切如常。过路的人一定会以为里面的人全都睡了。但是,那扇大铁门为什么敞开着呢?门旁边那两个像大蛤蟆似的蹲着的东西又是什么呢?【写作借鉴:接连发问,强调语气的目的是促使读者去探究问题的答案。】从铁路工人区的各个角落到这里来集合的人都

▶ 钢铁是怎样炼成的

知道，既然紧急集合令已经下达了，军校里的人是不可能睡觉的。参加支部会的人听到简短的通知以后，就立即赶来了。路上没有人说话。有的是一个人单独走，有的是两个一起走，最多不超过三个人。这些人无一例外都带着"共产党（布尔什维克）"或"乌克兰共产主义青年团"字样的证件。只有出示了这样的证件，才能走进那扇铁门。

大厅里已经人满为患了。这里灯光明亮，四周的窗户都用帆布帐幕挡着。集合在这里的党团员悠闲地抽着烟，拿这次紧急集合的种种规定当作笑谈。确实，谁也没有感觉到有什么紧急情况，不过是集合一下，让大家感受一下特勤部队的纪律，以防万一罢了。但是，那些有战斗经验的人，一进校门，就感到气氛异常，不大像演习。这里的一切简直太静了。军校学员整队的时候一声不响，口令也像耳语一样。机枪是用手轻轻抱出来的。从外面看不见楼里有一点光亮。【名师点睛：制造神秘氛围，烘托出恶战前的寂静。】

"德米特里，到底出了什么事？"保尔走到杜巴瓦跟前，低声问。

杜巴瓦正跟一个保尔不认识的姑娘并肩坐在窗台上聊天。前天保尔在扎尔基那里匆匆见过她一面。

杜巴瓦乐呵呵地拍拍保尔的肩膀，说："怎么，吓坏了？没关系，我们会教会你们打仗的。你跟她不认识吗？"杜巴瓦点头指了指身边的姑娘问，"她的名字叫安娜，姓什么我也不知道。官衔是宣传站站长。"

那个姑娘一边听杜巴瓦诙谐的介绍，一边上下打量着保尔。她用手理了理从淡紫色头巾下滑出来的头发。

她和保尔的目光碰到一起了，双方对视了一阵，各不相让。她那两只乌黑的长着长睫毛的眼睛闪着挑战的光芒。保尔把目光转向了杜巴瓦。他不禁觉得脸上发热，不高兴地皱了皱眉头，然后勉强笑着说：

"你们俩到底是谁宣传谁呀？"

大厅里传来一阵喧哗。米海拉·什科连科登上椅子，喊道："第一中队在这儿集合！快一点，同志们，快一点！"

朱赫来、省委书记和阿基姆一起走进了大厅。他们是刚到达这里的。大厅里已经站满了排着队的人。

省委书记一个箭步登上教练机枪的平台，举起一只手，说道：

"同志们，我们把你们召集到这里来，是为了一项严肃艰巨的任务。现在我们可以告诉你们了，昨天还不能说，因为这是一项重大的军事秘密。在明天夜里，在这个城市，以及在全乌克兰的其他城市，反动派阴谋发动反革命暴乱。现在，咱们城里已经潜伏进来许多反动军官，在城的周围也集结了好几股土匪。有些阴谋分子甚至混进我们的装甲车营。但是，他们的阴谋给肃反委员会察觉了，所以现在我们要把大家武装起来。第一和第二共产主义大队要配合肃反工作人员和军校学员，跟这两支有丰富战斗经验的队伍一起行动。现在，军校的队伍已经出发。同志们，该你们出发了。下面给你们留十五分钟的时间，领取武器，整理队伍。这次行动具体由朱赫来同志指挥。他会给你们做出详细指示。我认为当前局势的严重性已经十分清楚，没有必要再向同志们解释了。我们必须先发制人。"【写作借鉴：客观地将人物讲话记录下来，增强事件的真实性。】

一刻钟后，在校园里，全副武装的队伍已经集合好了。

朱赫来用眼睛扫了一遍在面前肃立的行列。

在队列前面并肩站着两个扎皮带的人：一个是彪形大汉大队长梅尼亚伊洛，他是乌拉尔的铸工；另一个是政委阿基姆。左面是第一中队的队伍。队伍前面站着两个人——中队长什科连科和指导员乌斯季诺维奇。他们的后面是默默无声的三百名战士。

朱赫来发出命令："出发！"

三百个人安静地在空荡荡的街道上行进。

城市还在沉睡。

在荒凉街对面的利沃夫大街，队伍停了下来，就在这里开始行动。

▶ 钢铁是怎样炼成的

他们一声不响地包围了整个地段。指挥部就设在一家商店的台阶上。

一辆亮着车灯的汽车，从市中心沿利沃夫大街急驰过来，在指挥部门口，刹住了车。

司机古戈·利特克送来的是他的父亲——本市的卫戍司令扬·利特克。老利特克从车上跳下来，向儿子匆忙说了几句话。汽车猛然向前一冲，一眨眼就拐到德米特里大街，不见了。神车手古戈·利特克全神贯注地望着前方，一双手紧紧把住方向盘，不停地左右转动着。

利特克极为兴奋，这回可用着他开飞车的本领了！谁也不会因为他发狂似的急转弯而关他两天禁闭了。

汽车疾如流星，在街上飞驰。

转眼间，他就把朱赫来从城市的一头送到了另一头。到了目的地的朱赫来不禁夸奖他说："古戈，像你今天这样的开法，要是不出事，明天我就奖给你一块金表。"

古戈·利特克喜出望外："我还以为这样开车要关我十天禁闭呢……"

阴谋分子的司令部最先被捣毁。第一批俘虏和缴获的文件马上送到了特勤部。

荒凉街上有一条胡同的十一号住着一个姓秋贝特的人。根据肃反委员会掌握的情报，他在这次反革命阴谋中扮演一个重要的角色——他那里藏有企图在波多拉区行动的军官团的名单。

卫戍司令扬·利特克亲自逮捕这个家伙。秋贝特住的房子有几个窗户朝着花园，越过花园的高墙，就是从前的修道院。可是，他们在这所房子里没有找到他。据邻居说，他今天一直没有回来。经过搜查，除一箱手榴弹外，司令还找到了一些名单和地址。老利特克下令埋伏好，自己就在桌子旁边翻看起搜到的材料来。

负责监视花园的哨兵是军校的一个年轻学员。他可以看到这个亮着灯光的窗户。一个人站在角落里真有点可怕。他的任务是监视高墙。可这里离那个能壮人胆的明亮窗户很远。那个鬼月亮又很少露面，周围黑洞洞的。他用刺刀向四周探了探——什么也没有。

"干吗派我到这儿来呢？墙这么高——肯定谁也爬不上来。到窗子跟前瞧瞧怎么样？"年轻学员这样想。他看了看墙头，就离开了散发着霉味的墙角。他在窗前停住了脚步。老利特克正匆忙地收拾文件，准备离开。就在这当口，一个人影在墙头上出现了。他从墙头上看见了窗外的哨兵和屋子里的老利特克。他像猫一样，敏捷地从墙头攀到树上，溜到了地面，接着悄悄地接近哨兵，一扬手，哨兵倒下去了。一把海军短剑刺进了他的脖子，只剩剑柄露在外面。

花园里一声枪响，震动了包围这个地段的人们。

咚咚地响起一阵皮靴声，六个人飞速向这所房子跑来。

扬·利特克已经被暗杀了。他坐在靠椅上，头贴着桌子，满脸鲜血。窗户的玻璃已被打得粉碎，但是敌人没能把文件抢走。

修道院旁边响起了密集的枪声。凶手跳到街上，拼命向卢基扬诺夫广场跑去。但最终他并没有逃脱：一颗子弹追上了他。

愤怒的布尔什维克连夜进行了挨户搜查。几百个没报户口、证件可疑、藏有武器的人被押到肃反委员会，在那里由审查委员会进行甄审。

有几个地方，绝望的阴谋分子进行了武力反抗。在日良大街，安托沙·列别捷夫在一家搜查的时候，被人一枪打死了。

这天夜里，为了镇压暴徒，索洛缅卡大队损失了五个人，肃反委员会牺牲了一个老布尔什维克，他就是共和国的忠实保卫者扬·利特克。

但无论如何，明晚的暴动被制止了。

同一天夜里，在舍佩托夫卡逮捕了瓦西里神父、他的两个女儿以及他们的全部同伙。

▶ 钢铁是怎样炼成的

一场风暴提前平息了。

然而，新的威胁又降临在这座城市的头上——铁路运输眼看要瘫痪，饥饿和寒冷就要接踵而来。【名师点睛：一波已平，一波又起，增加了故事的跌宕起伏。】

现在，一切都取决于粮食和木柴。

Z 知识考点

1. 选出下列选项中不正确的一项是（　　）

    A. 谢加尔同志因为要去中央委员会工作，所以被调走了。临走前，他把学生托付给了丽达。

    B. 保尔在本章中喜欢上了丽达，但他明白革命更重要。

    C. 保尔对于丽达讲的东西一直听不明白，保尔总是要费很大力气求助别人补课。

    D. 在新生革命尚未巩固的情况下，总是有反革命暴动。

2. 保尔是怎么挤进车厢里的？

_____

_____

Y 阅读与思考

1. 保尔和丽达为什么产生隔阂？

2. 丽达经常在日记中提到保尔是因为什么？

第二章

雪上加霜

M 名师导读

> 一个人能具有钢铁般的意志是难能可贵的。保尔一行人在漫天大雪、饥寒交迫等艰苦条件下仍投身于铁路建设中，纵有千难万险，也永不言败。他们正是凭着钢铁般的意志力，一往直前。

陷入沉思的朱赫来一边思考一边从嘴里取出烟斗，小心地用手指头搓了搓隆起的烟灰。烟斗已经灭了。【写作借鉴：对朱赫来抽烟的细节描写，表明了朱赫来此时所想的事情很复杂。】

屋子里吸烟的有十几个人，浓浓的烟雾在天花板上的毛玻璃灯罩下面、在省委书记座椅的上方缭绕。这使得围坐在办公室角落里桌子边的人，看上去就像罩在薄雾中。

托卡列夫坐在省委书记旁边。他胸口贴着桌子，气愤地捻着小胡子，偶尔斜眼瞅一下旁边的秃顶矮个子。那家伙的声音听起来又尖又细，一直在啰哩啰嗦地兜圈子，说些像鸡蛋壳一样空洞的废话。【名师点睛："捻小胡子""斜眼瞅秃顶矮个子"，可以看出托卡列夫对这家伙的厌恶，而"兜圈子""说废话"则可以看出这家伙的虚伪、奸诈。】

这个老钳工斜视的目光，使阿基姆回想起童年——那时候他们家里有一只爱斗的公鸡，叫"专啄眼"。每当它准备猛扑时，总是先这样斜眼打量对手的。

省党委的会议已经持续一个多小时了。秃头是铁路林业委员会的

钢铁是怎样炼成的

主席。

他一边敏捷地翻动文件,一边放连珠炮似的说:"……正是因为这些客观原因,省委和铁路管理局的决议无法执行。悲观地说,就是再过一个月,我们能够提供的木柴也不会超过四百立方米。至于十八万立方米的任务,那不亚于……"【名师点睛:说明这个决议执行起来比较困难,是很难实现的。】秃头在挑选字眼,"乌托邦!"说完,他露出一副委屈的神情。

一时大家都不说话,接着又是一阵沉默。

朱赫来不停地用指甲敲着烟斗,想把烟灰磕出来。【写作借鉴:再次对朱赫来抽烟进行细节描写,写出了事情的困难程度。】托卡列夫打破了沉默,他用低沉的喉音说道:"这没什么好多说的。你的意思是说,铁路林业委员会过去没有木柴,现在没有,将来也不会有……是不是?"

秃头没说话,而只是耸了耸肩膀。

"真的对不起,同志,木柴我们已经采伐好了,只是没有马车往外运……"小矮个子哽住了。他用方格手绢擦了擦脑袋,擦完之后,因为好久也找不到衣袋,只好焦躁地把手绢塞到皮包底下去了。【名师点睛:小矮个子的焦急和慌张,写出了他对于这个问题束手无策的忐忑心理。】

"那以往您都采取了些什么措施来运送木柴呢?要知道,原来负责这项工作的那些与阴谋活动有牵连的专家早就被捕了,这已经过去很久了。"坐在角落里的杰涅科说。

秃头朝他转过身来,说:"能怪我吗?我已经向铁路管理局打了三次报告,说没有运输工具就无法……"

托卡列夫粗鲁地打断了他的话:"这我们早知道了。"老钳工轻蔑地哼了一声,狠狠地瞪了秃头一眼,"怎么?你拿我们当傻瓜还是怎么的?"

这一问,秃头吓得起了一身鸡皮疙瘩。【名师点睛:秃头面对上级的提问,回答一直是小心、谨慎的。】

"对反革命分子的破坏活动,我可不能负责。"秃头回答的声音已经低了下来。

"这事你能不知道？当时在离铁路很远的地方伐木。"阿基姆问。

"听说过，不过这种不正常的现象不是我该管的，我只能向领导报告我们管辖区的事儿。"

"那么，您手下有多少工作人员？"工会理事会主席向秃头提了一个问题。

"大约二百人。"

"这帮饭桶！每人一年只砍一立方米？"托卡列夫怒气冲冲地说。【名师点睛：从托卡列夫的话中可以看出他的气愤。】

"铁路林业委员会全体人员都领头等口粮，城里的工人把口粮节约下来给你们，尽量满足你们，可你们呢？我们拨给工人的那两车皮面粉，你们弄到哪儿去了？"工会理事会主席继续追问。

人们纷纷向秃头提出各种各样尖锐的问题，可是他对这些问题却一味支吾搪塞，就像对付纠缠不休的债主一样。【写作借鉴：运用了比喻的修辞手法，可看出人们对秃头的逼问，秃头难以回答，他内心是不安的、害怕的。】

这个家伙真是个圆滑的骗子，像泥鳅一样能滑就滑，有空就钻，总是千方百计地躲避实质问题。【名师点睛：从他的表现中，可见他已经十分害怕慌张，也不敢继续面对问题。】他紧张极了，现在他只有一个愿望——赶快离开这里回家，家里已经准备好了丰盛的晚餐，而他那风韵犹存的妻子正在读保罗·德·科克的小说，等他回去吃可口的晚饭。

朱赫来一面注意听秃头的回答，一面在一张纸条上写道："我认为，应当对这个人做更深入的审查，这绝不是工作能力低的问题。我已经掌握了他的一些反动材料……不必再同他纠缠下去，让他滚开，正事要紧。"【名师点睛：从秃头的语言、神态等细节中，朱赫来已经发现了他的本质，可见朱赫来善于分析思考。】

省委书记读完接到的纸条，向朱赫来点了点头以示同意他的看法。

朱赫来站起来，走到外屋去打电话。他回来的时候，省委书记做出

▶ 钢铁是怎样炼成的

了决定："……鉴于铁路林业委员会领导人消极怠工，故撤销其职务，并将此案交侦查机关审理。"

秃头原来打算迎接比这更坏的结果。他本来以为这些人不会这么便宜他。指责他消极怠工，撤了他的职，这终究不是什么大事。至于博亚尔卡的事情，则更不必放在心上，因为那个地方根本不在他的管辖区之内。"呸，有什么了不起的，我还以为他们知道了什么呢……"

他完全放下心来了，一边往皮包里收拾文件，一边说："也好，反正我是一个非党专家，你们不信任我也是在所难免。但是我问心无愧。要是有什么工作我没有做到，那只是因为力不从心。"

与会者没有一个人再去搭理他。秃头走出房间，急急忙忙跑下楼梯，轻松地舒了一口气，拉开了临街的大门。就在门口，一个穿军大衣的人问他："公民，请问您贵姓？"

秃头的心马上紧缩了一下，吓得腿几乎都软了，结结巴巴地说："切尔……温斯基……"他被带走了。

在省委书记的办公室里，那个叛徒走出去之后，十三个人全把脑袋紧紧地凑到大桌子上面来了，问题还是要解决的。

"请大家仔细地看一下……"朱赫来用手指按着桌子上摊开的地图说，"这是博亚尔卡站，离车站七俄里是伐木场。这儿有二十一万立方米木柴。一支劳动大军在这儿干了八个月，付出了艰苦而又巨大的劳动，结果却是一场大骗局——他们的劳动白费了，铁路和城市还是得不到燃料。木柴要经过六俄里的路程运到车站来。这么多木材至少需要五千辆大车，一天跑两趟，至少也得花一个月的时间。附近荒无人烟，最近的一个村庄在十五俄里以外，而且奥尔利克匪帮在这一带活动猖獗……这是什么意思，你们明白了吧？……按照计划，伐木应该从这儿开始，然后向车站方向推进，可是这帮坏蛋却把伐木队往森林里引。他们的算盘打得不错：这样一来，咱们就不能把伐倒的木头运到铁路沿线。事实也是如此，咱们连一百辆大车也弄不到。他们就是这

样整咱们的！……这一招比搞暴动还凶狠。"【名师点睛：朱赫来认真地分析着现状，解释了原因，强调了这项工作的艰巨性。】

气愤的朱赫来紧握着的拳头沉重地落在打了蜡的地图上。

朱赫来虽然没有明说，但是在座的人心里都十分清楚。冬天马上就要夹着暴风雪来临了。医院、学校、机关和几十万居民都只能在没有火的房子里挨冻。车站挤满了人，像一窝蚂蚁，你拥我挤乱糟糟的，而火车却只能每星期开一次。【名师点睛：大致介绍了没有木柴的后果，一方面向读者介绍了当时苏联的国民经济状况仍然低迷，另一方面引发读者对百姓们的同情。】

每个人都陷入了沉思。【名师点睛：说明了会场气氛的压抑。】

沉默了一会，朱赫来松开了拳头，说："同志们，只有一个办法，就是在三个月的期限内，从车站到伐木场修一条全长七俄里的轻便铁路。经过精确计算，只要一个半月，就能通到伐木场的边缘。这件事我翻来覆去地思索了一个星期，除此之外，别无其他良策。"朱赫来的嗓子变得沙哑了，"要完成这项工程，需要三百五十个工人和两个工程师。普夏—沃季察有现成的铁轨和七个火车头，是共青团员们在那儿的仓库里找到的。本来战前想从那儿铺一条轻便铁路到城里来。不过，困难也有不少。工人们在博亚尔卡没有栖身的房舍。当地只有一所破房子，那里曾是林业学校。工人只好分批派去，两个星期轮换一次，时间长了人们是受不了的。阿基姆，咱们先把共青团员调上去，你看如何？"

他停了停接着说："共青团要把能派出的人都派去，首先是索洛缅卡区的团员和城里的一部分团员。任务艰巨，它直接关系到这座城市的存亡和铁路能否通行的大问题。但是只要跟同志们讲清楚，他们一定会完成任务的。"

铁路局长望着朱赫来，不以为然。

"这么干不见得能起多大作用。在这么荒凉的地方铺七俄里长的铁路，又赶上现在是秋天，雨水多，眼看就要上冻了。要铺设一条七俄里

241

▶ 钢铁是怎样炼成的

长的铁路,难啊。"他有气无力地说。

朱赫来听了之后,没有理他,立刻打断了他的话,十分坚决而严肃地说道:"你要是早把伐木工作管好,就没这些事了,安德列·瓦西里耶维奇。铁路支线一定要建成,否则城里会出人命的。"【名师点睛:从朱赫来的话中,可以看出他敢做敢说,为民着想。】

丽达的日记本里写了满满两页纸:

动员工人去修轻便铁路的工作已经进行两天多了。

索洛缅卡区的团组织几乎全体出动。团省委委员去三个人——杜巴瓦、潘克拉托夫和柯察金,由此可见这项工程多么重要。这三个人是朱赫来同志亲自点的将。我和阿基姆曾两次去他那里,一起商量了好久。他说,这项工程艰难异常,如果失败,那就要大难临头。后天有一列专车送工人到工地去。

昨天去工地的党团员会议召开了,在会上,托卡列夫发表了精彩的演说。省党委把领导这项工程的重任托付给这位老人。这个人选太恰当了,总共有四百人要去,其中共青团员一百名,党员二十名,工程师和技术员各一名。【名师点睛:借此说出了最终的解决办法。】今天扎尔基和柯察金到交通专科学校去动员学生。是的,是柯察金。要不是图夫塔吹毛求疵,挑起事端,我还真不知道他就是谢廖沙嘴里的那个保尔。图夫塔在常委会上受到申斥的处分,因为涉嫌泄私愤。可就是在常委会上,他也没有完全放弃指责保尔。事情发生在积极分子会议上。

当时我们正在挑选去工地的人员。图夫塔突然对保尔的任命提出异议。他的理由让我们全都感到吃惊。图夫塔说,保尔同资产阶级有联系,加之过去曾经参加过反对派,因此,不能让他担任小队的领导。

我默默地暗中注意着保尔。【名师点睛:可以看出丽达依然很关心保尔。】当图夫塔应大家的要求,提出证明的时候,保尔的目光由惊奇变成了愤怒。图夫塔说的是,粉碎暴动那次,图夫塔和保尔在同一个分队里,他们到一个教授家去搜查。这个教授的女儿很明显是保尔的熟人。

图夫塔偷听到她和保尔的谈话，她问保尔："难道您还要让人来搜查我家吗，柯察金同志？要真是这样，这简直是一种侮辱。您对我们家还不够了解吗？"保尔回答说，如果在他们家什么可疑的人都搜不出来，分队自然会离开的。图夫塔要求保尔说清楚，他跟资产阶级小姐怎么会那么亲近熟悉，这到底是怎么回事。

在大会上，保尔表现得不错。他居然控制住了自己的情绪，对于他来说这是很不容易的。他是这样反驳图夫塔的："同志们，如果是其他的人说我这种闲话，我是会很恼火的。现在是图夫塔说，那我就不会发这种没必要的火了。眼下大家都忙得不可开交，而这位同志不仅没有和大家共同做好工作，还在那里胡乱攀咬，这是为什么呢？只有天知道。朋友们，对于女孩子的事，我当然是要解释清楚的，不过不是向他，而是向你们。事情很简单，在一九二〇年那一年，我在这个教授家中寄住过一阵子，这就相互认识了。这家人的确没有做过什么坏事。至于我过去犯的政治错误，我一直牢记。没有必要再翻老账。图夫塔现在的做法是错误的。等到了工地，我们会有机会来证明这一点的。"

保尔的话被打断了，大家认为他没有必要再说下去。图夫塔受到申斥的处分。我想在保尔去博亚尔卡之前同他见一次面。

交通专科学校的楼房里嘈杂一片，各年级的领导者在召集学生开全体会议。有人拽了一下保尔的袖子。

打招呼的是一个目光严肃的小伙子："你好，保尔，真没想到会看到你。"他戴着学校的制帽，帽子底下耷拉下来一绺波浪形的鬈发。

这是阿廖沙·科汉斯基，与保尔同年，是保尔的同乡。阿廖沙的哥哥也在阿尔焦姆工作的机车库当钳工。科汉斯基一家省吃俭用，供他读书。小伙子表现得也不错，一边劳动一边学习，读完了技工学校高级班，又到基辅来上学。【名师点睛：介绍了阿廖沙的背景，可看出阿廖沙勤俭的品质。】阿廖沙长话短说，向保尔讲了讲他上学的经过："咱们那里总共来了六个人。这些人大概你都认识，有舒拉·苏哈里科、扎利瓦诺

243

▶ 钢铁是怎样炼成的

夫、沙拉蓬，就是那个小独眼龙，记得吧？还有萨什卡·切博塔里、万卡·尤林。他们几个，一路上吃的东西全是家里准备得好好的，又是果酱，又是香肠，又是烙饼，杂七杂八一大堆。我呢，仅仅塞了黑面包干就上路了，再也没有别的可带的。【名师点睛：可以看出阿廖沙家庭经济状况差。】这几个中学生，一路上一个劲儿耍笑我。我气得要命，恨不得狠狠收拾这几个坏蛋一顿。打不过他们，可捞到一个我算够本；实在叫人受不了。听他们说的：'龟孙子，你这是往哪儿钻？笨蛋，回家挖土豆吧！'唉，算了。总算到了基辅。

"这些杂种全都带着介绍信，去找这个长那个长。我一口气跑到军区参谋部。我想当飞行员。你知道吗？睡觉做梦我都能梦见在半空中打转转。"【名师点睛：他的话一方面写出了社会现状，另一方面则体现出他对当飞行员的渴望。】

"地面就挤不下你了？"保尔被他逗笑了，开玩笑地问阿廖沙。【名师点睛：保尔的回答，可以看出保尔的幽默，同时他也很欣赏阿廖沙。】

阿廖沙也笑了笑，说："参谋部的人也这么说：'你干吗非要穿云破雾呢？还是地下保险。'他们都取笑我。可是，我连县团委的介绍信都带着呢，请他们帮忙，介绍我进入空军。我们家还住过一个搞军需供应的叫安德列耶夫的政委。他也在介绍信背面写了几句：'本人认为科汉斯基同志有觉悟。总的说是个棒小伙子。脑袋瓜也挺灵。出身工人家庭。他想开飞机，那就让他去学嘛，完全可以支援世界革命嘛。''第一三〇博贡师军需队政委安德列耶夫'签名。"【名师点睛：引用参谋长的话可见参谋长对阿廖沙的欣赏，而从侧面也可了解阿廖沙远大的目标。】

保尔乐不可支，阿廖沙也哈哈大笑，引得一帮学生围拢过来。阿廖沙边笑边继续说："是啊，飞行员的梦没有做成。参谋部里的人向我解释说，眼下没有飞机让我开。倒可以先学点技术，飞机嘛，什么时候开都不晚。我就来这里了，递了申请书。结果呢，入学要考试。路上那五个家伙也在这里。考试两个礼拜之后进行。我一看大事不妙。一个名额八个人争，来的还大多是城里人。他们有的找到教授先来一遍模拟考试，有的像我们这几位，仅仅是中学七年级毕业。我赶紧翻书复习。还要去打工，卸一车皮木柴，够两天吃的。后来没有木柴卸了，只好勒裤腰带。而那五位呢，成天忙着跑剧院，深更半夜才回宿舍。宿舍本来冷清的，正好复习。可只要这几个家伙一回来，就甭想再看书：吵吵闹闹个不停。【名师点睛：从备考过程的对比中，可见阿廖沙与其他人不一样，他勤奋、乐观、向上。】扎利瓦诺夫领他们去轻歌剧院，甚至还介绍他们认识了一些女演员。三天工夫，她们把他们口袋里的钱掏了个精光。等到没东西下肚了，这帮混蛋就顺手牵羊，牵走了一个外地考生的四十只鸡蛋，又趁我不在，一顿嚼光了我仅剩的一点面包干。

"考试的时候终于到了。第一门考的是几何。发的试卷上都盖了保密图章，三十五分钟解习题。看看黑板上的试题，我全会做。再瞧瞧那几个中学生，一个个傻了眼，绞尽脑汁也无从下手。这爷几个愁眉苦脸，龇牙咧嘴的，又好像他们椅子上有人钉了几只尖木桩，坐也不是，不坐也不是。你没看到，沙拉蓬那个汗哪，噼里啪啦往下掉。【名师点睛：通过考试过程中，阿廖沙与其他人的心理活动的差别，来告诫读者们勤奋的重要性。】他那副嘴脸，一只独眼溜东溜西的。我心里寻思，这考试可不像你拧姑娘大腿那么容易。"

阿廖沙已经笑得喘不过气来："我答完了题，站起来，准备交给教授。这时候，苏哈里科和扎利瓦诺夫压低嗓门，吱吱叫唤：'递张小抄过来。'

"我没理他们，径直朝桌子走去。路过切博塔里身旁的时候，我听见他在小声咒骂我，骂得可难听了。【名师点睛：从这里可看出切博塔里一行人的蛮横不讲理。】两天之后，他们各得了四个两分，不得不退出了考试。我沉住气继续考。你说他们在干什么？有一次苏哈里科来找我，说：'别在这里泡啦。私下里我们从老师那儿打听到，你有两个两分。你也完了。反正考不上，跟我们一起报建筑专科学校吧，那里容易录取。

▶ 钢铁是怎样炼成的

现在还来得及.'

"真险啊！我差点信了，不过并没有放弃考试。反正只剩下两门了，考完再说。结果呢，他们是在说谎。【名师点睛：从此可看出苏哈里科一行人的阴险、狡诈，为达到目的不择手段。】我被录取了，而他们则进了两年制的专科技术学校，反正这样就可以蒙骗家里人。入学没有要他们考试，因为技校只要求中学二年级的文化。他们领到了学生证、免票卡。这样他们就能安心学习了吗？——如今哪条铁路线上都少不了他们。跑单帮，投机倒把，腰包塞得鼓鼓的。有了钱就大吃大喝。在城里已经搬了三次家。"【写作借鉴：运用了设问的手法，更加形象地写出了他们丑陋的姿态。】

走廊上的人越来越多，不断往大教室去。阿廖沙和保尔也往那里去。路上，阿廖沙又想起了什么，笑得更厉害了："前不久尤林顺路去看他们。他们在赌牌。尤林也凑热闹，没想到赢了。你猜怎么着？他们不仅把他的钱抢了，还狠揍了他一顿，又把他赶出了门。这真叫活该。"

在宽敞的大教室里，会议一直开到半夜，为了争取更多的人，扎尔基发了三次言。去建筑工地的事，多数学生听都不想听。那些身穿校服、戴着锤子领章的学生不停起哄，两次破坏了投票。【名师点睛：从"去建筑工地的事"可以看出，学生们仍不愿意积极尽义务，国家未来发展令人担忧。】问题在于，扎尔基在这里没有可依靠的对象。两个团员对五百个学生，学生中三分之二又都是"爹妈的宝贝疙瘩"。情况最好的是一年级，那里的头是阿廖沙。机械系一年级的头达尼洛夫也支持去工地。这是一个长着一对充满幻想的眼睛的青年。这两个年级多数人投了赞成票。到了第二天早上，学校团支部才勉强答应派四十名学生去修铁路。

最后几只工具箱也被搬上了火车。乘务员各就各位。蒙蒙细雨中，丽达的皮夹克湿得发亮，雨珠像小玻璃球一样从上面滚落下来。【写作借鉴：通过这一细节描写，向我们展示了丽达干练的品性。】

丽达到车站送别托卡列夫，她紧紧握住老人的手，轻声说："祝你们成功。"

老人灰白的长眉毛下那对眼睛里露出亲切的神情。

"是呀,那些反动派尽给咱们找麻烦。这帮人心肠真毒,"他咕哝了一句,"你们在这儿看着点。要是谁跟我们扯皮,你们看准地方,就给他们点厉害瞧瞧。这帮废物干什么都拖拖拉拉的。好了,姑娘,我该上车了。"

托卡列夫裹紧了短外衣。<u>就在他临上车前,丽达仿佛不在意地问道</u>:"怎么,难道保尔不跟你们一起去吗?他怎么不在这儿呢?"【名师点睛:丽达故作随意的问话,却包含了对保尔的关心。】

"他?他应该昨天就同技术指导员坐轧道车走了,跟技术指导员打前站去了。"

扎尔基和杜巴瓦沿站台匆匆走来,同他们在一起的还有安娜·博哈特,她把短外套很随便地披在身上,纤细的手里拿着一支熄了的香烟。

丽达望了一眼这三个人,又向托卡列夫提出了最后一个问题:"保尔在你们那儿的学习怎么样?"

<u>托卡列夫惊讶地张大嘴</u>:"什么学得怎么样?那小伙子不是一直归你管的吗?他常跟我提到你,夸得没完没了。"【名师点睛:保尔的"谎言"被拆穿了。】

丽达愣了,对他的话将信将疑。

"什么?托卡列夫同志,真是这样吗?可他说他跟我学过的东西,都要上你那儿再学一遍。"

老人忍不住大笑起来。

"上我那儿?我连他影子也没有见过。"

汽笛响了。克拉维切克在车厢里喊道:"乌斯季诺维奇同志,我们的老爷子该上车了,这样不行啊!没有他我们可怎么办呢?"

这个捷克人话还没说完,但是一看见走到跟前的那三个人,便不再作声了。他在瞬间同安娜的不平静的眼神接触了一下,紧接着他又看到

▶ 钢铁是怎样炼成的

她对杜巴瓦露出惜别的微笑，便不是滋味地迅速离开了车窗。

阴雨连绵，冰冷的秋雨打着人们的脸。一团团饱含雨水的乌云慢慢压过来。深秋，一望无际的森林里，树叶全落了。老榆树的满身皱纹藏在褐色的苔藓下面。无情的秋天剥去了它们华丽的盛装，它们只好光着枯瘦的身体站在那里，呆立着顾影自怜。【写作借鉴：这段景物描写运用了拟人的修辞手法，既写出了秋天的阴冷，也衬托出了工人们的艰辛。】

一座小车站孤独地隐在树林里。新修的路基从车站的石头货台伸向森林。路基周围是蚂蚁一样密集而忙碌的人群。【写作借鉴：把"人"比作蚂蚁，这一修辞手法的运用，写出了众多工人们的忙碌场景。】

新的泥土再加雨水，变得十分黏糊。讨厌的粘泥在靴子底下扑哧扑哧直响，让人听起来实在心烦。路基两旁的人们使劲地挖着土，铁器发出沉重的撞击声，铁锹碰在石头上铿然作响。【名师点睛："泥土再加雨水"，突出了原本艰巨的工作此时更是难上加难，也写出了人们任劳任怨，不畏险阻的精神。】

雨依然淋淋沥沥地下个不停。冰冷的雨水渗进了衣服。雨水也冲走了人们的劳动成果，泥浆如同稠粥一般从路基上淌下来。

雨水和泥浆把筑路人员的衣服淋湿浸透，大家身上变得沉重冰冷，可是没有一个人偷懒，也没有一个人停下来休息。人们一直干到天黑透了才离开工地。

修筑的路基一天比一天长，不断伸向密林深处。

在离车站不远的地方，有一座石头房的空架子立在那里。里面的东西，凡是撬得下、拆得开、砸得动的，早就被洗劫一空了。门窗已经成了大洞，炉门成了黑窟窿；房顶也变得千疮百孔，好多地方都可以看到屋子里的横梁了。

唯一保留完好的是四个房间里的水泥地面。夜里，四百个人就穿着里外湿透、溅满泥浆的衣服在这里休息。大家在门口拧衣服——屋里干燥些总是好的，脏水一股股流下来。他们用最难听的话咒骂这恶劣的天气。水泥地面上铺了薄薄的一层干草，他们紧挨着睡在上面，用体温相互取暖。衣服冒着热气，但是焙不干。雨水有的渗过挡窗洞的麻袋，滴落到地上；有的像密集的霰弹敲打着屋顶上残留的铁皮。冷风不断从门缝里吹进来。【名师点睛：环境恶劣，物资短缺等客观条件，使整个任务变得更加艰难，而人们也面临着来自精神上的更大的挑战。】

厨房在一座破旧的板棚里。早晨，大家在这里草草吃完茶点，就到工地上去。午饭是单调得要命的素扁豆汤和一磅半干硬的面包，天天如此。

城里能够供应的东西仅此而已！

技术指导员瓦列里安·尼科季莫维奇·帕托什金是个高个子的干巴老头，脸上有两道很深的皱纹。技术员瓦库连科个子不高，但是很壮，脸上长着一个肉墩墩的大鼻子。【写作借鉴：对两人的外貌进行了鲜明的对比描写，也暗示出他们的人物性格。】作为技术人员，他们俩住在火车站站长家里。

托卡列夫住在车站肃反工作人员霍利亚瓦的小房间里。霍利亚瓦长着两条短腿，像动物一样好动。

环境无疑是艰苦的，筑路工程队以坚忍不拔的毅力经受着各种艰难困苦。路基一天天向森林的深处伸展。

但是，还是有人受不了。工程队里已经有九个人开了小差。过了几天，又有五个人不见身影了。【名师点睛：艰苦的条件，使意志不坚定的人逃之夭夭。坚守岗位的那些人与逃跑的人形成鲜明的对比。】

筑路工程刚进行一个多星期，第一次打击就来临了——有一天晚上，火车没有从城里运面包来。

杜巴瓦十分焦急，立刻把托卡列夫从睡梦中叫醒，向他报告了这件事。

工程队党组织书记托卡列夫坐起来，使劲地搔着胳肢窝。

249

▶ 钢铁是怎样炼成的

"开什么玩笑!"他一边咕哝,一边迅速穿上衣服。

霍利亚瓦像球一般地滚了进来。

"快打电话到特勤部。"托卡列夫吩咐他,接着又叮嘱杜巴瓦:"还有,面包的事,先不要告诉任何人。"

有些气恼的霍利亚瓦跟电话接线员吵了半个钟头,终于同特勤部副部长朱赫来接通了电话。托卡列夫听他大声地跟接线员争吵,急得直跺脚。

听筒里响起了朱赫来的怒吼声:"什么?面包没送到?我马上就查,谁他妈干的好事。"【名师点睛:此时一方面可看出朱赫来的愤怒,另一方面看出他对工人的关心。】

"调查?明天我们拿什么给大伙吃?难道让这些快累死的人喝西北风?"托卡列夫生气地朝话筒里喊。

朱赫来显然有些头疼。过了好一会儿,托卡列夫听到朱赫来说:"先不要着急,更不要乱了阵脚。面包我们连夜送去。我派小利特克开车去。天亮前一定送到。"

天刚透亮,一辆沾满污泥的汽车开到了,车上装着一袋一袋的面包。小利特克疲惫地从车上爬下来,因为一夜没有睡觉,他脸色很苍白。两只眼睛布满了血丝,眼圈也发黑了。【名师点睛:从小利特克的状态可以看出,朱赫来对自己说的话负责,也可以看出他对此事的重视。】

修建铁路的战斗越来越艰苦。铁路管理局通知,说枕木用完了。城里也找不到车辆,不能把铁轨和小火车头运到工地上来,而且那些小火车头还需要大修。第一批筑路人员的工作时间眼看就要到期,可是接班的人员至今还没有着落;现有的人员已经筋疲力尽,要把他们留下来再干,简直就是天方夜谭,很明显是不可能的。【名师点睛:一方面可以看出工人的短缺,另一方面可以看出工作的繁重与艰巨。】

旧板棚里的一盏油灯下,积极分子在这里开会,一直到深夜还没有散。

第二天，托卡列夫、杜巴瓦和克拉维切克到城里去了，还带着六个人去修理火车头、运铁轨。面包工人出身的克拉维切克，被派他到粮食供应部门去当监督员，其余的人都到普夏—沃季察检查处。

天像漏了一样，雨还是下个不停。

保尔竭尽全力才把脚从泥里拔出来。他感到脚底下冰冷彻骨，知道是那只烂靴底掉下来了。从到这里的第一天起，这双又旧又破的靴子不知给他带来了多少麻烦。靴子总是湿漉漉的，走起路来里面的泥浆扑哧扑哧直响。现在倒好，一只靴底干脆没了，他只好光着脚板在刺骨的泥浆里干活。【名师点睛："雨还是下个不停""烂靴底掉下来了"，一件件困难不断地磨炼着保尔的意志。】他从烂泥里捡起破靴底，绝望地看了看。虽然他已经发誓不再骂人，但是这次却再也忍不住了。他拎着破靴子朝板棚走去，在行军灶旁边坐了下来，解开沾满污泥的包脚布，把那只冻得发麻了的脚伸到炉子跟前。

护路工的妻子奥达尔卡正在案板上切甜菜。她常常来这里给厨师打下手。这个一点也不老的妇女可真壮——肩膀同男人的一样宽，胸脯高高隆起，大腿又粗又结实，切起菜来刀功挺不错，不一会儿案板上切好的甜菜便堆积如山了。

奥达尔卡轻蔑地瞥了保尔一眼，不明真相的她挖苦他说："你怎么啦，等饭吃哪？还太早了点。你这小伙子准是偷懒溜出来的。喂！你把脚丫子往哪儿伸？这儿是厨房，不是澡堂子！"【名师点睛：从奥达尔卡的眼神和话语中可以看出，她对偷懒一类人的鄙夷，也可以看出奥达尔卡的直爽敢说。】

上了年纪的厨师走了进来。

"我的靴子全烂了。"保尔无可奈何地叹着气。

看了看破靴子，厨师对奥达尔卡点了点头，说："她男人也算半个鞋匠，让他帮帮你的忙吧，没鞋穿就别想要命了。"

奥达尔卡一听厨师这样说，忙仔细看了看保尔的脚，感到有点不好

251

▶ 钢铁是怎样炼成的

意思。

"对不起，我把您错当成懒汉了。"她抱歉地说。

保尔笑了笑。奥达尔卡接着用行家的眼光翻看着那只靴子。

"我丈夫也补不了它呢。这样吧。我家阁楼上有一只旧套鞋，我给您拿来吧，可别冻坏了脚。受这种罪，哪儿见过呀！明后天就要上冻了，那您可够受的。"奥达尔卡同情地说。看起来，她非常同情保尔，她放下菜刀，走了出去。【名师点睛：从奥达尔卡的话中一方面可以看出保尔的艰辛，另一方面可以看出奥达尔卡的善良。】

不一会儿工夫，她拿着一只高统套鞋和一块亚麻布回来。保尔用布包好脚，烤得热乎乎的，然后又穿上了暖和的套鞋。【名师点睛：在物资极度匮乏的情况下，奥达尔卡毫不犹豫地拿出套鞋和亚麻布，可见她的无私和善良。】他感激地看了看养路工的妻子。

托卡列夫从城里回来，气急败坏地把积极分子召集到霍利亚瓦的房间里，向他们通报那些令人不快又气愤的消息。

"到处都在拖拖拉拉，消极怠工成风。车轮都没停，可就是在原地打转。对那些反动家伙，看来咱们还是抓少了。"老人对屋里的人说，"同志们，我就跟你们明说了吧：情况糟透了。到现在换班的人还没凑齐，能派来多少也不知道。上大冻就在眼前。无论如何，豁出命来也要在上冻前把路铺过那片洼地。否则，吃奶的力气使出来也不行。就是这样。同志们，城里那帮捣鬼的家伙，早晚会遭到报应的。咱们呢，要在这儿加油干。哪怕豁出性命也要修好。要不，咱们还叫什么布尔什维克呢？只能算空幌子罢了。"托卡列夫的声音铿锵有力。紧锁着的眉毛下面，两只眼睛炯炯发亮，表明他坚定不移干到底的决心。【名师点睛：托卡列夫全力地鼓舞工人们，同时从他的神态中可见他的信心十足。】

"那就这样，今天咱们就召开党团员会议，向同志们讲清楚现在的情况，明天大家照常出工。非党非团的同志，明天早晨就可以回去，但是党团员都留下。这是团省委的决议。"说着，他把一张叠成四折的纸交给了潘克拉托夫。

纸上写的是：

鉴于实际需要，全体共青团员应继续留在工地，待第一批木柴运出以后方能换班。

共青团省委书记丽达·乌斯季诺维奇(代签)。

狭小的厨房作为会场，被挤得水泄不通。一百二十个党团员都挤在这里。人们靠板壁站着，有的上了桌子，有的甚至站在灶上。

潘克拉托夫宣布开会。托卡列夫的讲话简短有力，但是最后一句叫大家的心一下子都凉了半截："共产党员和共青团员明天必须留在这里继续修路。"

老人的手在空中挥了一下，做出了一个态度坚决的手势，向大家证明这个决定是不可改变的。

他的话把人们摆脱污泥、返回城里同家人团聚的希望全都打消了。一时间，会场里掀起了轩然大波。人体和灯光一起摇曳起来。昏暗中看不见人们脸上的表情。吵嚷声越来越大，差点把屋顶都掀掉了。有的人不停地谈论着"家庭的舒适"，有的人气愤地叫喊着说都快把人累死了。更多的人选择沉默不语。【名师点睛：从工人们的状态中可以看出他们急切地想回到家中的心情，也可以看出他们的意志并不坚定。】

闲话虽多，但只有一个人声明要离队。他连喊带骂，发出愤愤不平的声音："去他妈的！真是见鬼！我一天也不在这儿待了！犯人做苦工，那是因为他们犯了罪。可为什么罚我们？总得有点理由吧！我们干了两星期已经够了。没那么多傻子。谁想干谁干。我可只有一条命。我明天说走就走。"【名师点睛：从这个人的话语中可以看出，他是一个经不起打磨历练的人，同时他也是一个粗鲁的人。】

这个大喊大叫的人正巧就站在奥库涅夫背后。他划着一根火柴，想看看这个要开小差的人是谁。点燃的火柴照亮了一张气得走了相的脸和

▶ 钢铁是怎样炼成的

张开的大嘴。他是省粮食委员会会计的儿子。

"你照什么照？我不怕，又不是贼。我敢说敢做，又不会躲起来。"

火柴熄灭了。潘克拉托夫沉着脸站起来，挺直了身子。【名师点睛："沉着脸""站起来""挺直身子"，可见潘克拉托夫的严肃与愤怒。】

"谁在那儿胡说八道？"他瓮声瓮气地说，严峻地扫视着站在周围的人群，"同志们，无论如何咱们也不能回城去，咱们的岗位就在这儿。要是咱们从这儿溜走，就有许多人得冻死。弟兄们，赶紧干完，咱就可以早点回去。当逃兵，像这个可怜虫那样，是咱们的思想和咱们的纪律所不容许的。"

这个码头工人并不喜欢发表长篇大论，但是，就是这短短的几句话，也被刚才那个人的粗野的声音打断了："那么，不是党团员的就可以走吗？"

"当然可以。"潘克拉托夫斩钉截铁地说。

那个可耻的败类拼命朝桌子挤了过来。他扔出一张小卡片，卡片像蝙蝠一样在桌子上方翻了个筋斗，撞在潘克拉托夫胸口上，又弹了回来，落在桌子上。

"这是我的团证，请收回吧，我可不想为它送命！"【名师点睛：面对困难就退缩、埋怨，可见他是一个贪生怕死之人。】

他的后半句话马上被全场爆发出来的叱骂声淹没了。

"该死的！你扔掉了什么！"

"滚出去！你这个胆小鬼，你这个出卖灵魂的家伙！"

"难道你钻到共青团里来，想的就是升官发财？"

"把他撵出去！"

"揍死他！你这个传播伤寒病的虱子！"

扔团证的那个家伙低着头朝门口挤去。大家像躲避瘟神一样躲着放他过去。他一走出去，门就"嘭"的一声关上了。【名师点睛：从人们的反应中可以看出，他们对于党，对于国家的信仰与崇拜，他们是忠诚的。同

时也拿"这个家伙"与全场人做对比，显出"这个家伙"的贪生怕死。】

潘克拉托夫抓起扔下的团证，伸到小油灯的火苗上，烧掉了。

森林里猛然间响了一枪。一个骑马的人迅速逃离破旧的板棚，钻进了黑漆漆的森林。人们纷纷跑出来。有人无意中碰到一块插在门缝里的胶合板。人们用大衣的下摆挡住风，划亮火柴，借着火光看到胶合板上写着：

你们赶快滚出车站！从哪里来的回哪里去。谁敢赖着不走，就叫他脑袋开花。我们要把留下的斩尽杀绝，不怕死的就留下吧。限明天晚上以前全部滚蛋。

大头目切斯诺克。

切斯诺克是奥尔利克匪帮里的人物，是他们的死党。

在丽达的房间里，桌子上放着不曾合上的日记。

12月2日

早晨下了今年冬天的第一场雪。天冷得出奇。在楼梯上遇见维亚切斯拉夫·奥利申斯基。我们结伴同行，一边走一边聊。

"我就喜欢初雪。一派寒冬景象！多么迷人啊！"奥利申斯基说。

我想起了在博亚尔卡修路的人们，于是随口回答他说，我对寒冬和这场雪丝毫没有好感，相反，只觉得心里烦恼。他问为什么会这样，我便向他解释了原因。

"何必如此多愁善感！这只不过是你的主观想象而已。如果把您的想法引申下去，那就应该认为，比方说在战时，笑声和一切乐观的表现都是被禁止的。但是在现实生活中并不是这样。悲剧只发生在前线，在那里，生命常常受到死神的威胁。然而即便在前线，也还有笑声。至于在后方，生活还是照旧：欢笑、眼泪、痛苦、欢乐、追求幸福和享受、感情的风波、爱情……"【名师点睛：这段话恰好解释了生活的真谛，在任何时候快乐和痛苦都是相伴而行的。】

255

▶ 钢铁是怎样炼成的

  从奥利申斯基的这一番高谈阔论中，我很难听出哪句是玩笑话。这个人是外交人民委员部的特派员，一九一七年入党。他总是西服革履的，胡子也刮得光光的，身上还洒点香水。他就住在我们这幢楼中谢加尔那套房间里。每天下午，只要有空他都来找我聊天。这个人在巴黎住过很长时间，知道西方的许多事情。但是我必须坦率地说，我们并不是好朋友。因为他首先把我看作异性，其次才看作一个党内同志——这不是一种好的想法。【名师点睛：在丽达的心中，党高于一切，也可以看出她对工作的重视，对党的崇敬。】诚然，他并不掩饰他的意图和思想——他在说实话上，倒是有足够的勇气——而且，他的情意也算彬彬有礼。他善于把那番情意表达得很漂亮。但是，不知为何，我总是不喜欢他。

  在我看来，比起奥利申斯基的西欧式的风雅来，朱赫来那种略带粗犷的朴实，不知要亲切多少倍。【名师点睛：从丽达的内心想法可以看出，丽达不是一位爱慕虚荣、贪名图利的人，相反，她是一个很朴实的人。】

  博亚尔卡送来了一些简短的报告。筑路工程进展还算顺利。他们每天铺路一百俄丈。枕木被直接铺在冻土上，放在刨出来的座槽里。现在那里总共只有二百四十个人。派去的第二批人员已经有一半逃走了。那里的生活条件和工作条件确实都太差了。在那样的冰天雪地里，他们往后怎么办呢？

  ……杜巴瓦到普夏—沃季察已经一个星期了。那里有七个火车头，可最后他们只修好了其中的五个。其余两个没有零件了。

  电车公司前不久对杜巴瓦提出了刑事诉讼，控告他带着一帮人，强行扣留了从普夏—沃季察开到城里来的全部电车。他强迫乘客下车，装上了窄轨铁路的路轨，然后沿着城里的电车线路把十九辆车统统开到火车站。电车工人都全力支援。

  在火车站，索洛缅卡区的一群共青团员连夜把铁轨装上了火车，杜巴瓦和他的伙伴把铁轨运到了博亚尔卡。

  阿基姆拒绝把杜巴瓦的问题提到常委会上讨论。因为杜巴瓦向我们反映时，将电车公司的官僚主义和拖拉作风全部如实地告诉了我们，真是让人气炸肺，简直到了忍无可忍的地步。他们居然坚决拒绝给两辆以上的电车！可是图夫塔却教训起杜巴瓦来："你不能蛮干，现在再这么干，不是关禁闭就是蹲班房。难道不能跟他们好好商量，非用武力不可吗？"

我还从来没有看到过脾气不坏的杜巴瓦发那么大的火。

"你他妈说的都是废话，你自己怎么不去跟他们好好商量呢？坐在这儿，就知道喝饱了墨水，耍嘴皮子，唱高调。我不把铁轨送到博亚尔卡，那里就完蛋了。我看得把你送到工地上去，请托卡列夫管教管教，省得在这儿碍手碍脚！"杜巴瓦暴跳如雷，整个省委大楼都可以听到他的吼声，好像有一肚子苦水要吐。【名师点睛：可见图夫塔与杜巴瓦完全不同的两种性格，也可以看出杜巴瓦的愤怒。】

图夫塔写了一个报告要求处分杜巴瓦，但是阿基姆让我暂时出去一下，单独同他谈了大约十分钟。图夫塔从阿基姆房间出来的时候，满脸通红，怒气冲冲。

12月3日

今天省委又收到了新的检举信，这回是铁路肃反委员会送来的。控告里说，潘克拉托夫、奥库涅夫，还有另外几个同志，在莫托维洛夫卡车站拆走了所有空房子的门窗。当他们把拆下来的东西往回运的时候，站上的一位肃反工作人员想阻止并逮捕他们。但是他们反倒把那个工作人员缴械了，直到火车开走了，才把已经退空了子弹的手枪还给他。门窗运走了。除此之外，铁路局物资处还控告托卡列夫擅自从博亚尔卡仓库提出二十普特钉子，发给农民作为报酬，让农民帮他们从伐木场运出长木头，代替枕木使用。

我跟朱赫来同志谈了这两件事，他不以为然地笑笑说："放心，放心，这些控告咱们都给顶回去。"

现在工地上几乎是在争分夺秒，每一天都是宝贵的。在一些微不足

▶ 钢铁是怎样炼成的

道的小事上，往往也需要施加压力。我们常常要把那些制造障碍的人拉到省委来。工地上犯错误的同志们越来越多了。【名师点睛：由此可见，工人们日渐疲乏，工程的难度也逐步增大。】

奥利申斯基送给我一个小电炉。我和奥莉加·尤列涅娃用它烤手。但是它却无法解决屋子里刺骨的寒冷。【名师点睛：写出屋内没有木柴的寒冷，也可见当时苏联百姓的生活艰苦。】

那么在森林里人们都是怎样挨过这样的夜晚呢？奥莉加说，医院里很冷，病人甚至都不愿意起床。他们隔两天才生一次火。【名师点睛：具体的事例，写出苏联百姓的辛酸生活。】

啊，奥利申斯基同志呀，你说的不对！事实已经告诉我们，前线的悲剧也就是后方的悲剧！人们也是生活在饥寒交迫之中，让你的高谈阔论见鬼去吧！

12月4日

大雪纷纷扬扬又下了整整一夜。有消息传来，博亚尔卡工地全都给大雪封住了。筑路工程只好暂时停顿下来。人们在清除路上的积雪。今天省委决定：第一期筑路工程——把路铺到伐木场边缘必须在一九二二年一月一日以前完成。据说，这个决定传达到博亚尔卡的时候，托卡列夫的回答是："只要我们有口气在，保证完成这项任务。"【名师点睛：写出革命党人的坚强意志。】

我没有保尔的一点消息。他居然没有像潘克拉托夫那样受到"控告"，这真是怪事。但令我感到奇怪的是，他为什么不愿意同我见面。【名师点睛：一方面写出了丽达的疑惑，另一方面写出丽达对保尔的关怀。】

12月5日

昨天，凶恶的匪徒开枪扫射，袭击了工地。

马匹谨慎地迈着步子，踏在松软的雪地上。马蹄偶尔踩在雪下的枯枝上，树枝折断，发出噼啪的响声。【名师点睛：写出了雪的大，也侧面写出了雪带来的寒冷。】这时马打了个响鼻，步子慢了下来，但是，它那抿着的耳朵挨了一枪托后，又急步赶上前去。

十来个骑马的人，翻过了一片起伏不平的丘陵地，丘陵地的前面是一长条没有被雪覆盖的黑色土地。

在这里，他们勒住了马。马镫碰得叮当作响。领头的那匹公马使劲抖动了一下身体，长途跋涉使它浑身冒着热气。

"他们来这儿的人真不少。"领头的人用乌克兰话说。

"咱们的目的是狠狠吓唬他们一下。大头目下令，一定要让这群蝗虫明天全都滚蛋。要不就只能看着这帮臭东西把木柴弄到手了……"

匪徒们鱼贯而行，沿轻便铁路两侧朝车站走去，在靠近了林业学校旁边的一片空地之后，他们隐藏了起来，没有敢到空地上来，而是躲在树的后面。

枪声打破了黑夜的寂静。雪团像松鼠一样，从银白色的桦树上滚落下来。短筒枪贴着树身，吐出火光，子弹打在墙上，泥灰被震得纷纷掉在地上，潘克拉托夫他们运来的玻璃窗也被打得粉碎。

枪声把睡在水泥地上的人全都惊醒了，他们马上跳了起来，但是，形似蟋蟀的子弹可怕的满屋子乱飞，人们吓得又卧倒在地。【名师点睛：他们不仅饥寒交迫，还要面对敌人的侵袭，处境很危险。】

黑暗中，有人压在别人身上。

"你上哪儿去？"杜巴瓦抓住保尔的军大衣问道。

"冲出去。"

"去找死吗？赶快趴下，傻瓜！你一露头，就会没命的。"杜巴瓦的口气又强硬又坚决，保尔服从命令，停住了脚步。

他俩紧挨着躲在大门旁边。杜巴瓦紧贴在地上，一只手握着手枪，朝门外射击着。保尔蹲着，手指紧张地摸着左轮手枪，可是里面只有五颗子弹了。他摸到空槽，把转轮转了过去。

射击突然停止了。骤然间的静寂反而使人感到不安。

259

▶ 钢铁是怎样炼成的

"同志们,有枪的都到这边来。"杜巴瓦低声指挥着。

保尔悄悄地打开了门。探头一看,月色下,空地上连人影也没有,只有从树上震落的雪花无声无息地飘舞着,落向地面。

那十几个骑马的匪徒正快马加鞭地向森林逃窜。【名师点睛:"快马加鞭"可见他们内心的害怕。】

接到消息后,午饭时城里飞快地开来一辆轧道车。朱赫来和阿基姆走下车来。托卡列夫和霍利亚瓦在站台上迎接他们。车里的还有一挺马克沁机枪、几箱机枪子弹和二十支步枪。

他们匆忙地向工地走去。朱赫来的大衣下摆擦在地面的积雪上,划出了一道道锯齿形的曲线。他走起路来左右摇晃,像只大黑熊一样。老习惯还是改不了:他的两条腿总像圆规似的叉开着,仿佛脚下仍然是颠簸的甲板。阿基姆个子高,腿长,步子大,能跟得上朱赫来,但是个子矮小的托卡列夫走一会儿,就要跑几步,才能跟上他们。【名师点睛:写出了革命党人的姿态。尤其是突出了朱赫来的高大形象和领导风范。】

"遭到匪徒的袭击还不是叫人最头疼的事情,眼前这个山包横在路上真是麻烦,真他妈的晦气!得挖多少土?"

托卡列夫站住了。他背过身子,两手拢起挡住风,点着烟,赶紧抽了两口,提一提精神又去追赶前边的人。阿基姆停下来等他。朱赫来却没有放慢脚步。

阿基姆问托卡列夫:"你们能如期完成修路任务吗?"

托卡列夫沉默了一会儿才说:"哎,老弟,一般说来有些够呛,但是不修好也不行。问题就这么明摆着。"【名师点睛:写出了问题的紧迫性与艰巨性。】

他们赶上朱赫来,三个人继续并排走着。托卡列夫很激动地接着说:"问题的关键就在这里。工地上只有我和帕托什金两个人心里明白,这个地方条件差,人力和设备又这样紧缺,按期完工是不可能的。但是同时，全体筑路人员都知道，必须如期修完。所以我上回才说：'只要我们有一口气在，保证完成这项任务。'可是，现在你们亲眼看看吧！我们在这儿修路已经快两个月了，第四班眼看又要到期，可是基本成员一直没换过。这完全是靠青春的活力支持着。这些人当中，有一半受了寒——这是会毁人一辈子的。看着这些年轻的小伙子，真叫人心疼……有些人可能连命也会断送在这个鬼地方，而且不止一两个人。"【名师点睛：从工人们受的伤以及工人们可能出现的后果写出工程的艰巨。】

从车站算起，已经有一俄里铁路修好了。

再往前看，大约已经平整好一公里半的路基，上面挖了座槽，座槽里铺着一排长木头，看上去像是被大风刮倒的栅栏，这就是枕木啊。再往前，一直到小山包跟前，是一条刚平出来的路面。

现在在这里干活的是潘克拉托夫的第一筑路队。他们四十个人正在铺枕木。一个被雇佣来的留着红胡子的农民，穿着新的树皮鞋，正不慌不忙地把木头从雪橇上卸下来，扔在路基上。再远一点的地方，还有几个这样的雪橇在卸木头。不远处的地上放着两根长长的铁棍，代替路轨，用来给枕木找平。为了把地夯结实，他们把斧子、铁棍、铁锹全都用上了。

铺枕木这可是一件细致活，很费工夫。枕木要铺得既牢固又平稳，才能使每根枕木都承受铁轨同样的压力。【名师点睛：把工程的艰巨性形象地展现了出来。】

在这片工地上，只有筑路工长拉古京一个人懂得铺路技术。这位老同志虽然快到花甲之年了，却精神得很，黑黑的胡子从中间向两边分开。由于缺少技术人员，他每次都心甘情愿地留下，现在已经是干第四班了。他跟年轻人一同忍受饥寒困苦，因此，在筑路队里极受尊敬。【名师点睛："心甘情愿"写出了老同志坚强的意志力，也写出了他备受尊敬的原因。】党组织每次开会，都邀请这位非党同志出席，请他坐在荣誉席上。

▶ 钢铁是怎样炼成的

为此，他很自豪，并发誓绝不离开筑路工地。

"你们说说看，我怎么能离开你们不管？没有了技术人员，你们会搞乱的，这儿需要有人照看，需要经验。我在俄罗斯跟铁路打了一辈子交道……"【名师点睛：从老同志的话中可以看出他是一个经验丰富并且有责任感的人。】每到换班的时候，他总是用这番话作为理由，于是就一次又一次地留了下来。帕托什金对他很信任，平时也不到他这个工段来检查工作。

当朱赫来他们走到人群跟前时，累得浑身冒汗、满脸通红的潘克拉托夫正用斧子砍座槽准备铺设枕木。

阿基姆好不容易才认出了这个曾经的码头工人。一段时间不见，真是判若两人。两个大颧骨显得更加突出，脸也没有好好洗过，整个人看上去又黑又憔悴，没有一点血色。

"啊，大人物来了！"说着，他大笑着把热乎乎、湿漉漉的手伸给阿基姆。【名师点睛：可以看出他的热情。】

铁锹的声音纷纷停了下来。阿基姆看见周围的人脸色都很苍白。人们脱下的大衣和皮袄就放在旁边的雪地上。

跟拉古京谈了几句话，托卡列夫就拉着潘克拉托夫陪刚来的朱赫来和阿基姆向小山包走去。潘克拉托夫和朱赫来并肩走着。

"潘克拉托夫，你可要和我说实话，你说你们在莫托维洛夫卡整肃反工作人员是怎么回事？怎么把人家的枪都缴了？这样做未免有点太过了吧？"朱赫来严肃地问这个不爱作声的码头工人。

大汉不好意思地笑了一下，说："我们缴他的枪，是跟他串通好的，他自己要我们这么干的——否则他交不了差。我们把情况如实跟他一说，他就说：'同志们，我没有权力让你们把门窗搬走。你们知道，捷尔任斯基同志有命令，严禁盗窃铁路财产。现在这儿的站长跟我是死对头，这个坏蛋老偷东西，我管过他好几次，因此他把我看作眼中钉，肉中刺。要是我让你们把门窗拿走，他一定不会善罢甘休的。最好你们先抢了我的枪，再把东西运走。这样一来站长不上告，就算没事了。'于是我们照他说的办了。再说我们运门窗又不是为了自己。"

朱赫来眼睛里露出一丝笑意，潘克拉托夫又补充说："朱赫来同志，要处分就处分我们吧！您可千万别难为那个小伙子。"

"这件事就到此为止吧。今后可不能再这样——这是破坏纪律的行为。我们完全有力量通过组织粉碎官僚主义。好了，还是让我们谈谈更重要的事吧。"于是朱赫来把匪徒袭击的详情询问了一遍。

离车站四公里半的地方，筑路的人们正挥动铁锹猛攻冻土。他们要劈开挡在面前的小山包，修出一条路来。【名师点睛：从他们的决心来看他们的干劲十足。】

在路的两侧，有七个人在担任警戒。他们随身带着霍利亚瓦的马枪和保尔、潘克拉托夫、杜巴瓦、霍穆托夫的手枪。筑路队全部的武器都在这里了。

帕托什金坐在斜坡上，往本子上记录着数字。此刻，工地上只剩下他一个工程技术人员了。瓦库连科怕死，宁可受到惩罚，也不愿在这里继续干下去，一清早像个胆小鬼一样地溜回城里去了。【名师点睛：同作为技术员的两人在此做了鲜明的对比。突出帕托什金的辛勤、认真，也突出瓦库连科的贪生怕死。】

"地都冻了，比铁还要硬。挖开这个山包，要花半个月的时间。"帕托什金低声对他面前的霍穆托夫说。霍穆托夫一听这番话，不由得生气地用嘴咬着胡子梢，回答说："全部工程限我们二十五天完成，光挖山包您就计划用十五天，这肯定是行不通的。"

"可是这个期限定得完全不切合实际。"帕托什金说，"也是，这辈子我从来没在这样的条件下和这样的筑路工人筑过路。因此，我也可能估计错，以前就错过两回了。"

这时，朱赫来、阿基姆和潘克拉托夫走近了小山包。斜坡上的人发现了他们。

263

▶ 钢铁是怎样炼成的

"瞧！你看是谁来了。"铁路工厂的工人，斜眼的彼佳·特罗菲莫夫用露在破绒衣外面的胳膊肘捅了保尔一下，指着坡下刚来的人说。保尔立刻向坡下跑去，高兴得连铁锹也没有顾得放下。他的两只眼睛在帽檐下冒出愉快的光，好像是在微笑，朱赫来紧紧地握住他的手，握的时间比谁都长。【名师点睛：从保尔的动作中，可以看出保尔内心的激动；从朱赫来的动作中，可以看出他对保尔的关怀与重视。】

"你好啊，保尔！哈哈！你怎么穿得如此破破烂烂，简直像个叫花子，我都要认不出你来了。"

潘克拉托夫苦笑了一下。

"嘿！你还没看他那五个脚趾头吧？简直团结一致，全在外面露着。这还不算，逃走的人临走前还把他的大衣偷走了。亏得奥库涅夫是他们同一个公社的，把自己的破上衣匀给了他。不过幸好，保夫鲁沙是个好样的，他还可以在水泥地板上躺上一个星期，铺不铺干草都行，如果需要的话，他还可以躺到棺材里去。"码头工人怏怏不乐地对阿基姆说。

有两道浓眉、鼻子微翘的奥库涅夫调皮地反驳说："我们才不让我们的保夫鲁沙完蛋呢。要是让我们出主意的话，我们可以推举他到厨房去，给奥达尔卡帮厨去。那儿吃的也有，暖和的地方也有——靠着炉子也行，哪怕是挨着奥达尔卡也可以。"

大家被他逗得开心地大笑起来。

这是这些工人们今天发出的第一阵笑声。

朱赫来察看了小山包的工地现场，然后同托卡列夫、帕托什金坐雪橇到伐木场去了一趟，但是很快就回来了。斜坡上的人还在坚持不懈地挖土。朱赫来望着飞舞的铁锹，望着弯腰紧张劳动的人群，低声对阿基姆说："这些具有钢铁般意志的小伙子，用不着再宣传、鼓励了。托卡列夫，这些人是无价之宝。钢铁就是这样炼成的！"【名师点睛：朱赫来亲眼所见之景，不禁令他发出如此的感慨。同时也可以看出工人们的坚强、坚

持，令人为之动容。】

朱赫来看着这些挖土的人，眼神里充满了喜悦、疼爱和庄严的自豪。就在不久以前，在那次反革命叛乱的前夜，他们当中的一部分人，曾经扛枪勇敢地走上战场。现在，他们又胸怀一个共同愿望，要把钢铁动脉铺到堆放着大量木柴的地方去，全城的人都在急切地盼望着这些木柴给他们带来温暖和生命。【名师点睛：从朱赫来此时的心理活动中，可以看出他对工人们的肯定。同时也让读者们为他们的所作所为深受感动。】

工程师帕托什金不容置疑地向朱赫来证明：要在这个小山包上开出一条路来，没有两个星期的时间是不可能完成的。朱赫来一边听一边在心里打着主意。

"把斜坡上的人撤下来，调到前面去修路，这个小山包咱们再想想其他办法。"

朱赫来一口气打了好长时间电话。霍利亚瓦在门口，他听见朱赫来在屋里说："马上给军区参谋长挂个电话，请他立刻把普济列夫斯基那个团调到筑路工地这一带来。一定要把这个地区的匪徒打扫干净。另外，再从部队派一列装甲车和几名爆破手来。其他事情我全权负责。我夜里就返城，命令利特克在十二点以前把车开到车站来。"【名师点睛：从朱赫来打电话的内容得知，他已经想好了怎么解决这个问题。】

在板棚里，阿基姆做了简短的讲话之后，朱赫来接着讲起来。他亲切地同大家交谈着，一个小时不知不觉地过去了。朱赫来告诉大家，这是军令状，绝对不能延误工期，第一期工程必须在一月一日以前完工。

"从现在开始，筑路队要按战时状态组织起来。所有党员编成一个特勤中队，杜巴瓦同志担任中队长。六个筑路小队都要明确目标。没有完成的工程平均分成六段，每队承担一段。全部工程必须按期完成。提前完成任务的小队可以回城休息。此外，省执行委员会主席团还要向全乌克兰中央执行委员会呈报，给这个小队表现最杰出的工人颁发红旗勋章。"

▶ 钢铁是怎样炼成的

很快，各队的队长都派定了：第一队是潘克拉托夫，第二队是杜巴瓦，第三队是霍穆托夫，第四队是拉古京，第五队是柯察金，第六队是奥库涅夫。【名师点睛：分别向读者介绍了六个队的队长。】

"筑路工程队队长、工作总负责人，"朱赫来在结束发言时说，"仍然是安东·尼基福罗维奇·托卡列夫，他是工地上当之无愧的领导者和组织者。"

话音刚落，噼噼啪啪地响起了一阵掌声。【名师点睛：这一阵掌声代表了他们对朱赫来发言的肯定。】一张张刚毅的脸上露出了笑容。朱赫来一向很严肃，他最后这句话却说得亲切风趣，一直在注意听他讲话的人全都笑了起来。

离去的时候，二十几个人簇拥着，一直把他们送上轧道车。

朱赫来同保尔道别时，望着他那只灌满雪的套鞋，低声对他说："我给你捎双靴子来，你的脚冻坏了吧？"【名师点睛：从朱赫来的话中可以看出他对保尔的关心与体贴。】

"看样子好像是冻坏了，已经肿起来了。"保尔说到这里，想起了很久以前提出过的请求，抓住朱赫来的袖子，央求说："我想要几颗子弹，可以吗？我这儿能用的只有三发了。"

朱赫来对此为难而歉疚地摇摇头，但是他看到保尔一脸失望的神情，就毅然决然地解下了自己的毛瑟枪。

"这是送你的礼物。"

保尔简直不敢相信自己的耳朵，得到了一件盼望了这么久的贵重礼物让他喜出望外！朱赫来把枪带挂在他的肩膀上。【名师点睛："喜出望外"可见保尔看见礼物的激动与他对礼物的重视。】

"拿着吧！我知道你眼红很久了。不过你一定要小心，可不许打自己人。这支枪还有满满三夹子弹，也给你。"

一道道羡慕的目光立刻射到保尔身上。不知是谁开玩笑地喊着："保尔，咱俩换吧，我给你一双靴子，外带一件短大衣。"

266

潘克拉托夫在保尔背上推了一下，打趣地说："别犯傻了，换毡靴穿吧。要是再穿你那只套鞋，你连圣诞节也活不到！"

这时候，朱赫来正忙着给保尔开持枪证。

第二天凌晨，一列装甲车轰隆轰隆开进了车站。一团团天鹅绒般的白色蒸汽，像盛开的绣球花一样喷发出来，又立即消失在寒冷的空气里。从装甲车厢里走出来几个穿皮衣的人。几个小时以后，装甲车送来的爆破手在斜坡上深深地埋下了两个深蓝色的像大南瓜一样的金属物，接上了长长的导火线。

发出信号之后，人们纷纷离开现在已经变成险地的小山包，躲到远远的地方隐蔽了起来。火柴触到了导火线，磷光闪了一下。

刹那间，在场所有人的心都提了起来。一秒，两秒，等待是那样难熬——突然……大地颤抖了一下，一股可怕的力量把巨大的土块抛向天空。接着，第二炮又响了，比第一炮还要强烈。可怕的轰鸣响彻密林，震耳欲聋的声响在林间回荡。【名师点睛："心都提了起来"，可见人们此时内心的紧张，而"可怕的力量把巨大的土块抛向天空"可见爆破成功。】

刚才还是小山包的那个地方，现在出现了一个大深坑，方圆几十米内，在洁白的雪地上，撒满了爆破出来的土块。

人们欢呼着拿着镐和锹一起向炸开的深坑冲去。

自从朱赫来走了之后，工地上展开了争取首先完成任务的激烈的竞赛。

天还没亮，保尔就悄悄地起来了。他艰难地迈着在水泥地上冻僵了的双脚，到厨房去了。他烧开了一桶沏茶水，才回去叫醒他同队的队员干活。【名师点睛："天还没亮，保尔就起来干活"可见他的善良与贴心。】

等到其他各队的人醒来，天已经亮了。【写作借鉴："天还没亮""天已经亮了"，两组对比，突出了保尔的辛勤与体贴。】

在板棚里吃饭的时候，潘克拉托夫挤到杜巴瓦和他的伙伴桌子跟

▶ 钢铁是怎样炼成的

前,激动地对他说:"看见了没有,天还没亮,保尔就把他那伙人叫了起来。从早上到现在他们大概已经铺了十俄丈了。听说,他们决心在二十五号以前铺完自己分担的地段。这是挑战。但是,咱们走着瞧吧!"

杜巴瓦苦笑了一下。他心里非常清楚铁路工厂那一队的行动,使这位货运码头的共青团书记如此激动的原因是,就连他杜巴瓦也挨了好朋友保尔一闷棍:保尔竟连招呼也不打就向各队挑战了,真有点不够意思。

"亲兄弟明算账——这里有个'胜败荣辱'的问题。"潘克拉托夫说。
【名师点睛:从他们的话中可见,竞争相当激烈。】

接近中午了,柯察金小队正干得热火朝天,突然枪声打断了他们的工作。这是站在步枪垛旁边的哨兵发现森林里来了一队骑兵,在鸣枪示警。

"拿枪,弟兄们!匪徒来了!"保尔边喊,边扔下铁锹,朝一棵大树跑去,树上挂着他的毛瑟枪。【名师点睛:一方面可以看出保尔的警惕性很高,另一方面可以看出他对毛瑟枪的重视。】

全队马上拿起武器,趴伏在铁轨旁边的雪地上。这时,走在前面的几个骑兵挥着帽子,其中有个人喊道:"别开枪,兄弟们!自己人!"

五十来个戴着缀红星的布琼尼帽的骑兵顺着大路飞驰而来。

原来这是普济列夫斯基团的部队,前来探望筑路人员。

排长的战马只有一只耳朵,这引起了保尔的兴趣。那是一匹英俊的灰骠马,额上有一块白斑,它现在正在骑者身下"跳着舞"。保尔跑到它跟前,一把抓住笼头绳,马吓得直往后退。

"小斑秃,你这个淘气鬼,真是久违了啊!你没让子弹打死啊,我的单耳的美人。"

他亲切地搂住马的脖子,抚摸着它那翕动的鼻子。排长仔细地端详着保尔,一下认出来了,他惊奇地喊道:"啊,这不是保尔吗!……你也太不像话了!马你认出来了,老朋友谢列达反倒不认识啦。你好,我的兄弟！"

　　城里终于知道筑路工作的重要性了。各部门都积极行动起来，全力支援筑路工程。这立刻产生了良好的效果。扎尔基把城里的人都派到了博亚尔卡，团区委的人走了个精光。整个索络缅卡区只剩下一些女团员了。人手不够，扎尔基又到铁路专科学校去动员，结果他们又派了一批学生到工地去。【名师点睛："终于知道"，让人们深刻意识到筑路工作的重要性、艰巨性。而随着人们的积极加入，整个工程显出一派勃勃生机的景象。】

　　扎尔基在向阿基姆汇报这些情况的时候，半开玩笑地说："现在只剩下我和娘子军了。我想让拉古京娜替我，在门口挂上'妇女部'的牌子，我就上工地去。要知道，我一个男人在人家女人堆里游来荡去，实在有些不好意思。姑娘们都怀疑地瞧着我。这帮喜鹊私下里准在喊喊喳喳议论我：'他把别人都撵走了，只剩下他这么一个男的，这个滑头，不知道打什么主意呢。'说不定还有比这更难听的。求求你，让我也去吧。"

　　阿基姆听完，不以为然地笑了笑，但还是拒绝了他的请求。一批一批的人不断到博亚尔卡来，铁路专科学校也派出六十名学生。

　　朱赫来为了改善环境，设法让铁路管理局调了四节客车到博亚尔卡，给新到的工人住宿。

　　杜巴瓦小队被改派到普夏—沃季察去了。他们的任务是把供轻便铁路用的小火车头和六十五节平板车运到工地来。

　　在出发前，杜巴瓦向托卡列夫建议，把克拉维切克调回来，由他领导新成立的一个小队。托卡列夫答应并下达了命令，根本没有去想他的真实动机。而杜巴瓦这个时候会想起那个捷克人，却是安娜托索洛缅卡来的人带来的一封信引起的。便条上说：

亲爱的德米特里：

　　我和克拉维切克给你们选了一大批书报。我们向你和你的突击手们致以最崇高的敬礼。你们都是好样的！祝你们身体健康。昨天，各木柴

269

▶ 钢铁是怎样炼成的

场的最后一批存货都发放出去了。克拉维切克要我向你们问候。这个好小伙子亲自给你们烤面包。他对面包房里的人，谁也信不过。他自己动手筛面粉、揉成团，真不知道他从哪儿弄来的好面粉，面包做得好极了，可不像我们领到的那样。晚上人们都到我这里来，有拉古京娜、阿尔秋欣、克拉维切克，扎尔基有时也来。我们一起学习，但主要是议论我们所知道的人和事，无所不谈，而谈得最多的还是你们。姑娘们对托卡列夫不让她们去工地而愤愤不平。她们说保证能像你们大家一样吃苦耐劳。拉古京娜说："我换上一身爸爸的衣服，一下子跑到那老爷子跟前，我就不信他能把我撵回来！"

说不定她真会这样做。替我向你那个黑眼睛的小伙子问好。

安娜

暴风雪突然来袭。灰色的阴云低低地压在地面上，布满了天空。大雪纷纷飘落下来。晚上，大风刮地，烟筒发出了呜呜的怒吼。风追逐着在树林中飞速盘旋、左躲右闪的雪花，凄厉地呼啸着，搅得整个森林都令人毛骨悚然。【写作借鉴：恶劣的环境描写，暗示了工作的艰巨性又会加大。】

暴风雪足足折腾了一夜。车站上那间破房子根本存不住热气，虽然通宵生着火，大家还是从里到外都被冻僵了。

第二天清晨，地上堆积的雪深得使人迈不开步，而树梢上却挂着一轮红彤彤的太阳，真是碧空如洗，万里无云。

保尔的小队在竭尽全力清除自己地段上的积雪。直到这时保尔才体会到，严寒造成的痛苦是多么难以忍受。奥库涅夫那件旧上衣根本不御寒，脚上那只旧套鞋老是灌满雪，好几次掉在雪里找不到。而另一只脚上的靴子也面临着随时掉底的危险。由于睡在水泥地上，他脖子上长了两个大痈疮。【名师点睛：保尔虽遭受着严寒带来的痛苦，但仍然在认真工作。可见他负责任的工作态度。】托卡列夫慷慨地把自己的毛巾送给他做了围巾。

已经瘦骨嶙峋的保尔熬得两眼通红，他依然挥动着大木锨铲雪。

正在这时，一列客车缓缓地爬进了车站，火车头勉勉强强把它拖到了这里。煤水车上空空如也，炉里的火就快要熄灭了。

"给我们木柴，我们马上就开走；如果不给，就趁它还能动弹，让我停到侧线上去！"司机向站长喊道。

列车勉强开到侧线上去了。他们把停车的原因通知了沮丧的旅客。挤得满满的车厢里响起了一片叫嚷和咒骂。

"你们去跟那个在站台上走着的老头谈一谈吧，他是工地的负责人。工地上有当枕木用的木头，他可以下令运点来。"站长给乘务员们出了个主意。乘务员们立刻迎着托卡列夫走去。

"要木柴可以，但是不能白给。要知道，这是我们的建筑材料。现在工地让雪封住了。车上有六七百个乘客。除了妇女、小孩，其他人都得拿起锨来铲雪，干到天黑，就给你们木柴。要是不愿意干，那就让他们等到新年以后再说。"托卡列夫对乘务员们说。

"快看哪！同志们，来了这么多人！看，还有女的呢！"保尔背后有人惊奇地说。他赶紧转过身去看。

托卡列夫走到跟前，对他说："这一百个人全交给你了，分配他们干活吧。看着点，偷懒可不行。"

保尔给这些新来的人派了活。一个高个子男人穿着皮领子铁路制服，戴着羔皮帽，正跟旁边的一个妇女说话。那青年妇女戴着一顶海狗皮帽子，顶上还有个绒球。

<u>他大发牢骚，转动着手里的木锨喊："干吗要给他们铲雪，谁也没有权力强迫我。要是请我这个铁路工程师给指挥一下倒还可以，铲雪吗，我才不干呢！规章上没有这么一条。那个老头子违法乱纪。我要告他。"</u>

【名师点睛：从男子的话可以看出他身上的优越感，他瞧不起铲雪工人，此

271

▶ 钢铁是怎样炼成的

人是当时典型的富人代表。】

"谁是这儿的队长？"他问道。

保尔走上前去，问："公民，您是在偷懒吗？"

那个男人轻蔑地把保尔从头到脚打量了一番。

"您是何许人物？"

"我是这里的工人。"

"那咱们无话可说。把队长给我叫来，别的领导也……"【名师点睛：从他们的对话中可以看出，保尔对于自己是工人的骄傲自豪，而男子对保尔是工人的不屑、轻视，这是资产阶级思想的残余。】

保尔皱起眉头说："不想干随您。火车票上没我们的签字，您就甭想上车。这是工程队长的命令。"

"您呢，也拒绝干活吗？"保尔转过身来问那个女人。一刹那间他呆住了：站在他面前的竟是冬妮娅·图曼诺娃。

她费了好大力气才认出面前这个像乞丐的人是保尔。他一身破烂不堪的衣服，两只稀奇古怪的鞋子，脖子上围着一条脏毛巾，脸看上去已经好久没有洗了——保尔就这副模样站在她面前。只有那一双眼睛，还同从前一样，炯炯发光。就是这个像流浪汉一样衣衫褴褛的小伙子，不久以前还是她热恋的人。真是沧海桑田哪！【名师点睛：表现了冬妮娅见到此时的保尔，内心的诧异与惊讶。】

她结婚了，现在同丈夫一起到一个大城市去。她丈夫在那里的铁路管理局担任重要职务。她连做梦也不会想到，她竟会在这种情况下遇见保尔。她甚至没好意思同他握手。

看到这一幕，她的瓦西里会怎样想呢？保尔竟如此潦倒，真叫人心酸。显而易见，这个伙夫一直没有什么长进，只能干个挖土的差事。【名师点睛：冬妮娅的心理描写，一方面写出了对保尔的同情，另一方面则是对保尔的不了解。】

她进退两难地站着。那个铁路工程师却立刻火冒三丈，一个像叫花子的人竟敢目不转睛地盯着他的妻子，他觉得实在无法忍受了。他把锹往地下一扔，走到冬妮娅跟前，说："咱们走，冬妮娅。这是何等粗暴无礼的行径，是可忍，孰不可忍！"

"如果我是无礼的人，那你也只能算还没断气的资本家。"他粗声粗气地回敬了工程师一句，然后把目光转向冬妮娅，冷冷地说，"图曼诺娃同志，把锹拿起来，站到队伍里去吧。别学这个胖水牛。请原谅，我不知道他和你是什么关系。"

保尔看着冬妮娅那双长统套靴，冷笑了一下，又顺便补充说："我劝你们还是快走，前两天土匪还来游荡过呢。"【名师点睛："冷笑"和劝话是对冬妮娅的嘲讽。】

说完，他转过身，拖着那只啪哒啪哒的套鞋回自己人那里去了。

最后这句话产生了作用。

冬妮娅终于说服了她的丈夫一起去铲雪。

傍晚收工了，人们都向车站走去。冬妮娅的丈夫抢先跑到火车上去占位子。冬妮娅停下来，让他们先过去。

走在最后面的是保尔，他异常疲惫地拄着锹。等他过来，冬妮娅和他并排走着，说："你好，保夫鲁沙！说心里话，我没想到你沦落到这个境地。难道你不能在政府里搞到一个比挖土强一点的差事吗？我还以为你早就当上了委员，或者其他什么职务呢，你的生活怎么会惨到这种地步？……"【名师点睛：从冬妮娅的话语中展示了她的思想观念，这些观念恰好与保尔的观念是相悖的，所以这也是他们分手的主要原因。】

保尔站住了，吃惊地看着冬妮娅。

"我也没想到你会变得这么……又酸又臭。"保尔好不容易才找到了这个比较温和的字眼。

冬妮娅的脸一下子红到了耳根。

"你还是那么粗鲁！"

保尔把木锹扛在肩上，迈开大步向前走去。走了几步，他才回答

▶ 钢铁是怎样炼成的

说:"说句不客气的话,图曼诺娃同志,在我看来,我的粗鲁比起您的彬彬有礼来,要好得多。我的生活不用你担心,一切都正常。但是您,却出乎我的想象。两年前您还好一些,还敢跟一个工人握手。可现在呢?说实在的,我跟您已经没什么共同语言了。"

保尔收到了哥哥阿尔焦姆的来信。他最近就要结婚了,要保尔无论如何回去一趟。

风吹走了保尔手中的信纸。他不能去参加婚礼。因为这儿的工作实在太忙了。昨天,潘克拉托夫这头大熊几乎要赶过了他们小队,正在以令人目瞪口呆的速度前进。这个码头工人正在拼命争夺第一。他已经失去了平时那种沉稳劲,不断鼓动他那些从码头上来的伙伴以疯狂的速度进行工作。

帕托什金亲眼看见这些筑路工人怎样一言不发地埋头苦干着。他惊奇地搔着头皮,问自己:"这是些什么人哪?他们着了什么魔?要是再这么干上七八天,我们就可以铺到伐木场了。真是应了那句俗话:活到老,学到老。这些人打破了一切计划和指标。"【名师点睛:从帕托什金的话中可以看出工人们的勤劳,也烘托出他们高大的形象。】

很快,克拉维切克带着他亲手烤的最后一批面包从城里来了。

见过托卡列夫之后,他立刻在工地上到处找保尔。他俩亲热地互相问过好。接着,克拉维切克笑嘻嘻地拿出一件瑞典精制的黄面毛皮短大衣,拍了一下那富有弹性的皮面,兴致勃勃地说:"这是给你的。不知道是谁送的吧?……嗬!你可真傻呀!这是丽达同志让带来的,怕把你这个蠢驴冻死。【名师点睛:可见丽达对保尔的关心。】这件衣服是那个奥利申斯基送给她的礼物,她刚从他手里接过来就交给我,说给保尔捎去吧。她听阿基姆说过,你穿着单衣在冰天雪地里干活。奥利申斯基不满地皱了皱鼻子说:'我可以给那位同志另送一件军大衣去。'但是,丽达笑着说,不必了,穿短的干活更方便,拿去吧!"

保尔拿起这件珍贵的礼物时，惊奇地看了一遍。过了一会儿，才犹犹豫豫地穿在冻得冰凉的身上。柔软的毛皮很快就使他的后背和前胸感到了温暖。

丽达的日记：

12月20日

暴风雪已经持续好几天了。今天仍然又是风，又是雪。博亚尔卡的筑路大军眼看就可以把路铺到目的地，但是他们又被大风雪给困住了。他们常常陷在一人深的积雪里。挖掘冻土是很困难的。只剩下四分之一公里了，但最困难的时刻到了。

托卡列夫报告说，工地上发现了伤寒，已经有三个人病倒了。【名师点睛：可见工作的艰巨性是不可小觑的。】

12月22日

共青团省委召开全体会议，可是博亚尔卡却没有人来参加。匪徒在离博亚尔卡十七公里的地方把一列运粮火车弄出轨了。

按照粮食人民委员部的命令，工程队全体人员都调到出事地点去了。

12月23日

又有七个伤寒病人从工地送到城里。其中有奥库涅夫。我到车站去了一趟。哈尔科夫开来一列火车，几具冻僵的尸体从车厢连接板上抬下来。医院里也很冷。该死的暴风雪！究竟要折腾到何时为止呢？【写作借鉴：通过对冻伤病人、冻僵尸体的描写，表现了暴风雪带来的寒冷和灾难。】

12月24日

刚从朱赫来那里回来。传来的消息被证实了：奥尔利克匪帮昨天夜里倾巢出动，袭击了博亚尔卡。战斗足足打了两个小时。他们切断了电话线，所以直到今天早上，朱赫来才得到报警。匪徒被打退了。托卡列夫受了伤，子弹穿透了他的胸部。今天就能把他送回来。弗兰茨·克拉维切克被砍死了。昨天夜里他担任警卫队长。是他发现匪徒并发出警报

275

▶ 钢铁是怎样炼成的

的。他一边往回跑，一边阻击进攻的敌人，但是没有来得及回到营地就被砍死了。工程队有十一个人受伤。现在那里派去了一列装甲车和两中队骑兵。

继任工程队长的是潘克拉托夫。今天，普济列夫斯基团在格卢博基村追上了匪徒中的一部分，把他们一个不留地全都砍死了。

那里困难极了，一部分非党非团干部，没有等火车，就沿着铁路离开了工地。

12月25日

托卡列夫和其他伤员都已经送回城里了。医生向我们保证一定尽力抢救托卡列夫。他仍然昏迷不醒。其他人则没有生命危险。【写作借鉴：对比突出，托卡列夫受伤较重一些。】

省党委和我们都收到了博亚尔卡的电报：为了回应匪徒的袭击，我们这些所有参加今天群众大会的轻便铁路建设者，同"保卫苏维埃政权号"装甲列车和骑兵团的全体指战员一起保证，我们将克服一切困难，战胜千难万险，在一月一日以前保质保量把木柴运到城里。我们决心全力以赴，完成任务。共产党万岁！大会主席柯察金。书记员别尔津。【写作借鉴：博亚尔卡的保证写出了他们十足的信心以及对党的忠诚。侧面烘托出工人们钢铁般的意志。】

我们以军礼在索洛缅卡安葬了牺牲的克拉维切克同志。

日夜盼望的木柴已经近在咫尺了。但是筑路进度十分缓慢。

伤寒每天都要放倒十几个人。

有一天，保尔两腿发软，像喝醉酒似的，摇摇晃晃地走回车站。他已经连续发烧了好几天，今天烧得比哪天都高。

可恶的伤寒也悄悄地向保尔进攻了。但是他那健壮的身体在抵抗着，接连五天，他都打起精神，奋力从水泥地上爬起来，和大家一起去上工。他身上穿着暖和的皮大衣，冻坏的双脚穿上了朱赫来送给他的毡靴，可是这些东西对他都没有用了。

每走一步，他都觉得像有什么东西在猛刺他的胸部，浑身发冷，上下牙直打架，两眼昏黑，树木像走马灯一样围着他打转。

谁也不知道他是如何挣扎着走到车站的。这时候，站台旁边停着一列同车站一样长的平板车。上面载的是小火车头、铁轨和枕木，随车来的人正在卸车。他又挣扎着向前走了几步，两条腿再也支撑不住了。他摇摇晃晃地感觉头碰到地上，积雪冰着他那灼热的面颊，他觉得似乎还舒服了一些。

几小时以后，有人发现了他，并把他抬到板棚里。保尔奄奄一息，已经认不得周围的人了。<u>从装甲车上请来的医生说他是肠伤寒，并发大叶性肺炎。体温四十一度五，关节炎和脖子上的痈疮甚至还都算小病。肺炎加伤寒就足以把他送到另一个世界去了。</u>【名师点睛：一系列的病症一直在折磨着他，他并没有屈服，可见他的顽强。】

潘克拉托夫和刚回来的杜巴瓦要求医生尽一切可能抢救保尔。

他们托保尔的同乡阿廖沙·科汉斯基护送他回家乡去。

在柯察金小队全体队员的帮助下，更主要是靠霍利亚瓦施加的压力，潘克拉托夫和杜巴瓦费尽了口舌才得以把阿廖沙和不省人事的保尔塞进了挤得满满的车厢。车上的人怕斑疹伤寒传染，怎么也不肯让他们上车，并且威胁说，只要火车一开动，就把病人扔下去。

霍利亚瓦愤怒地用左轮手枪指着那些不让病人上车的人的鼻子，一边晃着，一边高声喊道：“<u>这个病不传染！就是把你们全撑下车，也得让他走！</u>【名师点睛：霍利亚瓦的愤怒，写出他必须送保尔走的决心，同时也可以看出人们对病人的漠视。】

"都给我记住，你们这帮自私自利的无赖，我马上通知沿线，要是谁敢动他一根手指头，你们就都别回家了，全部扣起来。阿廖沙，这是保尔的毛瑟枪，给你拿着。谁敢动他，你就朝谁打。"霍利亚瓦最后又威胁地加上了这么一句。

▶ 钢铁是怎样炼成的

　　火车开走了。望着远去的火车，潘克拉托夫走到杜巴瓦身旁，问："你说，他还能活吗？"

　　杜巴瓦不知如何回答是好，只好一言不发。

　　"只好听天由命了，德米特里。现在一切工作都得咱们俩负责了。今天连夜把机车卸下来，明天早上就试车。"

　　霍利亚瓦一直忙着给沿线肃反工作组的朋友们打电话，恳切地请求他们不要让乘客把柯察金弄下来，直到每个同志都回答"一定办到"之后，他才去睡觉。

　　在一个铁路枢纽站的站台上，从一列客车的车厢里抬出来一个淡黄色头发的青年的尸体。他是谁——没人知道。站上的肃反工作人员想起霍利亚瓦的嘱托，赶忙跑到车厢跟前阻止，但是看到这个青年确实已经不在人世了，就叫人把尸体抬到了停尸房。

　　他们立刻打电话告知了霍利亚瓦，说他让他们关照的那个同志已经去世了。

　　悲伤的博亚尔卡打了个简短的电报给省委，报告了保尔的死讯。

　　真是祸不单行，阿廖沙·科汉斯基把重病的柯察金送到了家，接着，他自己也被传染，发高烧，病倒了。

　　丽达痛苦地在日记上写着：

1月9日

　　我为什么这样难过呢？还没有拿起笔来，就已经哭了一场。有谁会相信丽达会失声痛哭，还哭得这样伤心！难道眼泪一定是意志薄弱的表现吗？不！今天流泪完全是因为一种难以抑制的悲痛。【名师点睛："难以抑制""失声痛哭"，可见丽达对保尔的感情很深厚。】

　　为什么悲痛会突然袭来呢？本来今天是大喜的日子，可怕的严寒已经被战胜，铁路各个车站的木柴堆积如山，我又刚从祝捷大会——

市苏维埃为祝贺筑路英雄们而召开的扩大会议——回来，可为什么悲痛恰恰在这个时刻降临呢？我们是取得了胜利，应该庆祝一番才对呀！但是，有两个人却为此离我们而去：克拉维切克和保尔。

保尔的死暴露出了我对他的爱：他对我来说，比我原先所想的更珍贵。【名师点睛：丽达承认对保尔的爱，也为下文再次见面埋下伏笔。】

今天就记到这里吧。明天写信到哈尔科夫去，告诉他们我同意到乌克兰共青团中央委员会去工作。

Z 知识考点

1. 判断题：

（1）丽达一直默默关注着保尔。　　　　　　　　（　　）

（2）因为铁路任务的艰巨，每个人都承受着身体上的痛苦。（　　）

2. 为什么要修建铁路？

Y 阅读与思考

1. 朱赫来把什么送给保尔当作礼物？

2. 保尔为什么会病倒？

▶ 钢铁是怎样炼成的

第三章

大难不死

M 名师导读

> 青春的力量让他再一次战胜了死亡。又一次重生,让他对生命又有了新的见解、思考。不久后他便重新投入铁路工厂的工作,发挥他的力量,构建新的生活宏图。在一次意外中,他救了安娜,与她享受了生命中最快乐的一段时光。

旺盛的青春是无敌的。伤寒没有能夺走保尔的生命。保尔再一次战胜死神,回到了人间。这已经是他第四次起死回生了。卧床一个月之后,苍白瘦削的保尔终于站了起来。他扶着墙壁,在房间里试着走动。母亲搀着他走到窗口,他向路上望了很久。

外面满山遍野的积雪融化了,春风吹拂,给万物带来了蓬勃的生机。乍暖还寒的早春来到了。【写作借鉴:借积雪融化来喻指保尔的病情得到了好转,借景抒情。】

一只麻雀站在紧靠窗户的樱桃树枝上,神气十足。它不时用狡猾的小眼睛偷看保尔。【写作借鉴:拟人手法生动形象地表现出生灵的活力,与保尔重病初愈后的虚弱形成对比。】

"小鸟啊,小鸟,怎么样,咱们总算熬过冬天了吧?"保尔用指头敲着窗户,低声说。

母亲吃惊地抬起头来。

"你在那儿跟谁说话?"

"跟麻雀……它飞走了。"他无力地笑了笑。【名师点睛：突显出保尔再一次战胜死神后的身体状况，同时也侧面反映了他的精神状态是极其虚弱的。】

生机勃勃的春天到来了。保尔又开始考虑回基辅的问题。他已经康复到能够走路了，但是体内还潜伏着别的病。【写作借鉴：为下文发现他身体上其他的病埋下伏笔。】有一天，他在园子里散步，突然感到脊椎一阵剧痛，随即摔倒在地上。他挣扎着爬了起来，费了好大力气才回到屋里。第二天，医生给他做了详细的检查，摸到他脊椎上有一个深坑，惊讶地叫了一声，【名师点睛：表现了保尔身体上出现的这个"深坑"有些严重。】问："这是怎么搞的？这儿怎么有个坑？"

"大夫，这是公路上的石头给我留下的。在罗夫诺城下，一颗炮弹在我背后的公路上炸开了花……"

"那你是怎么走路的？"

"当时走得很好。我躺了两个来钟头，就又继续骑马战斗了。这是第一次发作。"

医生皱着眉头检查了那个坑。

"小伙子，这可不是粗心大意闹着玩的事啊。脊椎是不喜欢这种震动的。但愿它以后别再发作了。穿上衣服吧，同志。"

医生没有办法掩饰自己的忧虑，他同情地看着这个病人。【名师点睛：为后来保尔饱受身体创伤的痛苦埋下了伏笔。】

阿尔焦姆现在住在他老婆斯捷莎的娘家。斯捷莎年纪不大，长得并不漂亮。她家是贫穷的农民。有一天，保尔去看阿尔焦姆。在肮脏的小院子里，他看到有一个邋遢的斜眼小男孩在跑着玩。

一看见保尔，他就无礼地用小眼睛瞪着他，一面抠鼻子，一点都不怕生地问："你要干什么？是来偷东西的吧？快走，我妈妈可厉害啦！"

这时，破旧的矮木房的小窗户打开了，听到声音的阿尔焦姆在叫

▶ 钢铁是怎样炼成的

他:"进来吧,保夫鲁沙!"

一个脸黄得像羊皮纸的女人,手里拿着火叉子,在灶边忙着。【名师点睛:对应上文所说的她是贫穷的农民。】她神情冷漠地瞧了保尔一眼,让保尔走过去,接着把锅勺敲得叮当乱响。

两个留短辫子的女孩,急忙出门来,像没有见过世面的野蛮人,好奇地探头打量着保尔。

阿尔焦姆坐在桌子旁,显得有点难为情。他的婚事,母亲和保尔都不赞成。他是个优秀的工人,不知道为什么竟跟相处了三年的石匠女儿、美丽的被服厂女工加莉娜断绝了关系,同难看的斯捷莎结了婚,入赘到这个没有男劳动力的五口之家。

于是每天从机车库下工以后,他还要帮助她们干地里的农活。

阿尔焦姆知道,保尔也不赞成他的婚姻,曾说他投入了"小资产阶级自发势力"的怀抱。因此,他观察着弟弟,看他对这个家、对家中的一切的反应。

兄弟俩坐了一会儿,说了一阵没有什么意思的寒暄话,保尔就要起身告辞。阿尔焦姆不让他走。

"再多坐一会儿吧,跟我们一起吃点东西吧,斯捷莎这就拿牛奶来。再说,你明天就要走?你身体还没完全复原,保尔。"

斯捷莎走进房里,没怎么搭理保尔,就叫阿尔焦姆到打谷场帮她搬东西。屋子里就剩下保尔和那个女人了。窗外传来了教堂的钟声,女人放下火叉子,不满意地嘟哝着:"啊!我主耶稣,我成天尽瞎忙乎,连祷告都没工夫了!"她摘下脖子上的披巾,斜眼看了一眼客人,走到屋子的一个角落。那里挂着年久发黑、面色已经模糊不清的圣像。【写作借鉴:为后文写她多次祈祷埋下伏笔,表现了她的"虔诚"。】她捏着三个瘦骨嶙峋的手指,在胸前划了一个十字。

"我们身在天国的圣父,愿人都……"她嚅动着干瘪的嘴唇,小声说。

院子里，不懂礼貌的小男孩一下子骑到一只大耳朵的黑猪身上。他双手紧紧抓住猪鬃，两只脚拼命踢它，高声吆喝着，弄得那只猪惊恐万状地团团打转，哼哼乱叫。

"驾！驾！走啊，快走！"

猪驮着孩子疯狂地满院乱跑，想把他甩下来，可是那个斜眼的调皮鬼却骑得很稳当。【名师点睛：表现出孩子的调皮，侧面反映他的活泼，与女人的冷漠形成鲜明的对比。】

女人不得不停止了祈祷，把头探出窗外，喊道："呀——你这该死的东西，我叫你骑，摔不死你！快下来，你怎么不瘟死呢！"

那只猪到底把讨厌的骑手甩下来了。女人满意了，她又回到圣像跟前，做出满脸虔诚的样子，继续祈祷。【名师点睛：与刚才探出窗外喊话形成鲜明的对比，暗含讽喻。】

男孩满脸泪痕，走到门口，一边用袖子揩着摔伤的鼻子，一边疼得哼哼唧唧地喊："妈妈呀——我要奶渣饺子！"【名师点睛：与前文说他骑猪骑得稳当形成对比。】

女人转过身来，恶狠狠地骂道："你这个调皮鬼，连祷告也不让我做。狗崽子，我这就让你吃个够！……"【写作借鉴：语言描写，表现出女人的恶劣性格，更衬托出她的冷漠。】说着，就从凳子上抓起一根皮鞭。男孩立刻撒腿就跑。那两个女孩子在炉灶后面扑哧一声，偷偷地笑了。

女人又接着进行第三次祈祷。

没有等哥哥回来，保尔就忍不住站起身来走了。他关栅栏门的时候，看见讨厌的嫂子从靠边的小窗户探出头来。鬼鬼祟祟地监视他。【写作借鉴：用"监视"形象再现了嫂子畏首畏尾的神态和一副小人做派的样子。】

"哥哥疯了吗？究竟是什么把他勾引到这儿来了？现在他到死也摆脱不掉。斯捷莎每年给他生一个孩子，他身上的担子只会越来越重，搞不好连机车库的工作也会丢掉。可我原来还想吸引他参加政治活动呢。"保尔走在小城的街道上，心事重重地想。【写作借鉴：保尔的心理描

283

钢铁是怎样炼成的

写，表现出他对家人的关切，也显示出一些无奈感。】

明天，他就要离开这里，回到那个大城市去，那里有他的朋友和心爱的战友们，想到这里，他又高兴了。那个大城市的雄伟的景象使他为之神往。然而最吸引他的，还是那些巨大的石头厂房和熏黑了的车间以及机器的轰隆声。【名师点睛：描写出了当时社会的大城市的景象。】他向往那巨轮飞速旋转的地方，向往那已经习惯了的一切。可是在这里，在这个僻静的小城里，保尔漫步街头，心里却产生出一种难以启齿的怅惘。难怪保尔觉得这个小城变得陌生了。连白天出去散散步，都会惹得人心里不舒服。比如说，当他从那些坐在台阶上闲扯的长舌妇跟前走过的时候，常常听到她们这样议论："瞧，姐妹们，哪儿来的这么个丑八怪？"

"看样子，是个痨病鬼。"

"不过那件皮上衣倒挺阔气，说不定是偷来的……"

还有许多诸如此类的事情。【写作借鉴：以路人的语言描写解释保尔内心怅惘的原因以及渴望离开这个城市的想法。】

他早就应该跟这些一刀两断，对他来说，那个大城市远比这里更亲切、更可爱。那里有朝气蓬勃、意志坚强的阶级弟兄和劳动的人群。

不知不觉，保尔走到松林跟前的岔路口停住了。路的右边是老监狱，一道高高的尖头木栅栏把它和外界隔开。【名师点睛：用"一道高高的尖头木栅栏"来突显监狱昔日的残酷，让人不寒而栗。】监狱后面是医院的楼房。就是这片空旷的广场上，瓦莉亚和她的同志们牺牲了。保尔在原来设置绞架——绞架已经被拆除了——的地方默默地站了一会儿，然后走下陡坡。埋葬烈士的墓地就在眼前。【名师点睛：表现出保尔对牺牲同志的缅怀之情。】

不知哪个心地善良的人在坟墓周围摆上了用云杉枝编的花圈，像给这块小小的墓地修了一道绿色的围墙。陡坡上松树高高矗立，峡谷的斜坡上绿草如茵。【写作借鉴：借绿色的云杉环绕，来指代革命者的气

息依然青葱旺盛。】

这里已经是小城的近郊了，显得寂静而冷清。松林在微风的吹拂之下低语，春天的大地在复苏，散发着潮湿的泥土气息。【写作借鉴：比喻使文章语言轻快动人，大自然的生机衬托出牺牲者已逝的沉重感。】烈士们就是在这里走向绞架的。为那些出生即贫贱、落地便为奴的人能过上美好的生活，他们献出了自己的生命。

缓慢地摘下了帽子。悲痛，巨大的悲痛，充满了保尔的心。

人最宝贵的是生命。在保尔看来，人的一生应当这样度过：当他回忆往事时，不因虚度年华而悔恨，也不会因为碌碌无为而羞愧；在临终的时候，能坦然地说："我的整个生命和全部精力，都献给了世界上最壮丽的事业——为解放全人类而斗争。"【名师点睛：这段文字是保尔对烈士崇高敬意的缅怀词，也是他坚定的革命信念。这种信念毫无疑问地感染了一代又一代人。】毫无疑问，他要抓紧时间赶快生活，因为，疾病或者意外都会使生命中断。

怀着这样的思想，保尔离开了烈士墓。

保尔打算明天就走，母亲在给保尔收拾行装，她很难过。保尔看着妈妈，发现她在偷偷地流泪。

"保夫鲁沙，我的乖儿子。这回你就别走啦，行吗？我已经上了年纪了，孤零零的一个人过日子多难受啊。不论养多少孩子，一长大就都飞走了。你为什么非要到那个城市呢？是不是看中了哪个姑娘了？唉！瞧你们哥儿俩，什么也不跟我这个老太婆说。阿尔焦姆成亲，一句话也没说。你呢，更不用说了。总要等你们生病了、受伤了，我这才能见到你们。"妈妈一面低声地哭泣着，一面把儿子的几件简单衣物装到一个干净的布袋里。【写作借鉴：儿行千里母担忧，母亲的动作、情态描写瞬间抓住读者的心，来表现母亲的伟大。】

保尔抱住母亲瘦弱的肩膀，把她拉到自己怀里。

285

▶ 钢铁是怎样炼成的

"好妈妈,那儿没有什么姑娘!你老人家不知道吗?"【名师点睛:保尔之所以用调皮的口吻,目的是为了转移母亲的注意力以缓解离别的伤痛。】

母亲无奈地笑起来。

"妈妈,我发过誓,只要全世界的无产阶级事业还没有完成,我坚决不会谈恋爱和结婚的。什么,你说要等很久?不,妈妈,资产阶级就要灭亡了……一个人民大众的共和国要是建立起来,将来你们这些辛苦了一辈子的老头老太太,都送到意大利去养老。那个国家可暖和了,就在海边上。那儿根本没有冬天,妈妈。我们把你们安顿在资本家住过的宫殿里,让你们在温暖的阳光底下晒晒老骨头。"【名师点睛:表现了他的愿望很单纯,也体现了他对未来美好生活的向往。】

"啊,孩子,我哪能活到那个时候呀……你爷爷也是这个样子,脾气特别古怪。他是个水兵,可更像个土匪,愿上帝饶恕!那年他在塞瓦斯托波尔打仗,回到家里,只剩了一只胳膊一条腿。胸口虽然戴上了两个十字奖章,还有挂在丝带上的两个五十戈比银币,可是到后来还是穷死了。他性格可倔强了。有一回他生气地用拐棍敲了一个官老爷的脑袋,差点给打开瓢儿,为这事蹲了差不多一年大牢。十字奖章有个屁用,人家照样把他关了起来。我看你呀,跟你爷爷一模一样……"
【名师点睛:保尔母亲以爷爷的故事诉说,体现出对儿子决定的无奈和无能为力。】

"怎么啦?妈妈,咱们分别在即,干吗要弄得这么不开心呢,把手风琴给我,我已经好久没拉了。"

他专心致志地俯在那排珠母做的琴键上,奏出的新鲜音调把母亲紧紧吸引住了。

他的演奏与过去大不相同了。那种轻飘大胆的旋律和豪放不羁的花腔已经不见了。现在他奏得更深沉,更有力量,比过去嘹亮多了。

【名师点睛:用深沉的旋律来抒发保尔此时内心的心理波动,显然他已经成

长了许多。】

保尔独自一人去了车站。他劝母亲留在家里，免得她又伤心流泪。【名师点睛：保尔的做法体现了他对母亲的感情深厚。】

人们争先恐后地挤进了车厢。保尔还算运气好，占了一个上铺，他坐在上面，看着下面过道上吵嚷的激动的人群。

还是和以前一样，人们拖上来很多口袋，拼命往座位底下塞。

列车开动之后，大家才静下来，并且照老习惯办事，狼吞虎咽地大吃大嚼了起来。【名师点睛：社会动乱，人们无暇关注生活品质。】

很快，保尔便进入了梦乡。

保尔要去的目的地在市中心的克列夏季克大街——他慢慢蹬着台阶走上天桥。周围的一切都是熟悉的，一切如旧，一点也没有变。他在天桥上走着，用手轻轻地抚摩着光滑的栏杆。快走到要下桥的地方，他停住了脚步。深不可测的夜空，展现出宏伟壮观的夜景，令人看得入迷。黑暗给地平线盖上了墨色的天鹅绒，无数星星像磷火似的闪闪发光。在苍穹与天地之间，在天地隐约相接的地方，是万家灯火，夜色中露出一座城市……【写作借鉴：通过对自然环境的描写，体现了保尔对和平社会的渴望与向往。】

有几个人迎着保尔走上桥来。他们激烈的争论声打破了黑夜的寂静。【写作借鉴：与上文形成对比，再一次说明社会现状。】保尔不再去看城市的灯火，开始走下桥去。

保尔到了克列夏季克大街军区特勤部，一问值班员才得知，朱赫来早就不在本市了。

出于保密关系，他提了许多问题来盘问保尔，直到弄清楚这个年轻人确实是朱赫来的熟人，才告诉他朱赫来两个月以前调到塔什干去了，在土耳其斯坦前线工作。保尔非常失望，他甚至没有再详细打听，

▶ 钢铁是怎样炼成的

就默默地转身走出了大楼。疲倦突然向他袭来，他只好在门口的台阶上坐了一会儿。【名师点睛：用突然袭来的困倦表明保尔的身体已经与以往判若两样，让人心痛。】

一辆电车轰隆轰隆地开过去了。人行道上是一眼望不到头的人的洪流。多么热闹的城市啊：一会儿是妇女们幸福的欢笑声，一会儿是男人们低沉的交谈声，中间还夹杂着青年们高亢的说笑声。人来人往，川流不息。电车上灯火通明，汽车前灯射出的耀眼光芒直刺人眼。隔壁电影院的广告周围，电灯照耀得好像一片火光。到处都是人，整条街上都是不绝的人声。这就是大城市的夜晚。【写作借鉴：与前文小镇的宁静形成对比，说明了社会的发展不平衡以及地域差异。】

大街上的繁华多少减轻了他因为朱赫来的不在而引起的失望。但是，他能上哪里去呢？往回走，到索洛缅卡去吗？那里倒有不少朋友和同事，就是太远了。离这里不远是大学环路，那里的一所房子勾起了他的回忆。他现在当然应该到那里去。本来嘛，除了朱赫来之外，他最思念的好朋友就是丽达了。到了那里，他还可以在阿基姆房间里过夜。

他远远地看到了楼角窗户上的灯光。【写作借鉴：用"远远地看到灯光"表露出保尔的急切和兴奋，这与后文得知丽达不在而变得心情低落，前后照应。】保尔压抑住激动的心情，拉开了那扇橡木大门。他上了楼梯，在门外站了几秒钟，听到丽达房间里有人谈话，还有人在弹吉他。

"嗬！连吉他也让弹了？规矩放松了。"保尔心里想，一面用拳头轻轻地敲了敲门。

一个不认识的青年女子开门了。她两鬓垂着鬈发，上下打量着保尔，问："您找谁？"

她没有关门，保尔趁机扫了一眼房内陌生的陈设，就什么都明白了，【写作借鉴：动作描写，表现出保尔的机智与机灵，反应能力很快。】不过他还是怀着希望问了一句："我找乌斯季诺维奇，还住在这儿吗？"

288

"她早就不在这里了，一月份就到哈尔科夫去了，听说又从哈尔科夫到了莫斯科。"

"那么，阿基姆呢？他也搬走了吗？"

"阿基姆同志也搬走了。他现在是敖德萨省团委书记。"

保尔很无奈，只好转身往外走去。回到这个城市的喜悦心情一下子全都消失得无影无踪了。【写作借鉴：与前文他急切回来的心情前后呼应，形成鲜明的对比。】

现在在哪里过夜都成问题了。

"照这样下去，就算把腿走断了也找不到一个人。"保尔克制着内心的苦恼，闷闷不乐地咕哝着。不过，他还是决定再碰碰运气——找潘克拉托夫去。他住在码头附近，去找他比到索洛缅卡近得多。

保尔精疲力竭，终于到了潘克拉托夫家门口。他敲了敲曾经漆成红褐色的门，暗暗下了决心："要是他也不在，我就干脆钻到小船底下睡一宿。"

一个老太婆开了门，她头上围着一块朴素的头巾，保尔认得这是潘克拉托夫的母亲。

"大娘，伊格纳特在家吗？"

"他刚回来，您找他吗？"

她没有认出保尔，回头喊道："伊格纳特，有人找你！"

保尔一边跟她走进房里，一边把口袋放在地上。潘克拉托夫一面嚼着面包，一面从桌子旁边转过身来，对客人说："请坐吧，请原谅，我得先把这碗汤灌下去。从大清早到现在，只喝了点白开水。"说着，潘克拉托夫拿起了一把大木勺。【名师点睛：熟人相见应该相识才对，而保尔却遭遇了这样的尴尬，说明他的外貌变化很大。】

保尔不声不响地在旁边的一张破椅子上坐下来，摘下帽子，习惯性地擦了擦额头，心想："难道我变得这么厉害，连他都认不出我来了？"

潘克拉托夫喝了两勺汤，没有听到客人说话，就又转过头来，说：

289

▶ 钢铁是怎样炼成的

"说吧，你有什么事？"

他正拿着一块面包往嘴里送，突然手在空中停了下来。他愣住了，眨着眼睛说："啊！……等一等……呃！好小子,原来是你。"【写作借鉴：对潘克拉托夫细致的动作以及语言的特写，将他见到保尔时的兴奋和诧异，生动地再现给了读者。】

看见潘克拉托夫急得满脸通红，保尔忍不住哈哈大笑起来。【名师点睛：不仅体现出保尔再见故友的欢快心情，同时也暗示出保尔的变化令人惊讶。】

"天啊！真的是你，保尔！我们还以为你死了呢！……等一等，这到底是怎么回事？"

听到潘克拉托夫的喊声，母亲和姐姐都急忙从隔壁房间跑了过来。他们三个人一起，终于认出了站在他们面前的确实是保尔。

家里人早都睡了,潘克拉托夫还在给保尔讲他养病期间发生的事情。

"扎尔基、杜巴瓦和什科连科去年冬天就到哈尔科夫上大学去了。这三个家伙上了共产主义大学。扎尔基和杜巴瓦进的是预科，什科连科上一年级。我们一共十五个人参加考试。我是心血来潮，也跟着报了名。本来想往肚子里装点干货进去。哪知道,考试委员会却不录取我。"

潘克拉托夫又接着说："最初我报考的情况都很顺利。一切条件我都合格，党证有，团龄也够，经历和出身更不成问题，鸡蛋里挑不出骨头来。可就是一到政治考试，我弄糟了。

"我让一个问题给卡住了：'请您说说，潘克拉托夫同志，您对哲学有什么认识？'你知道，我对哲学是一窍不通。可是我当时正好想起一件事来，我们那儿有过一个装卸工，上过中学，曾到处流浪。他当装卸工不过是为了装门面。有一回，他对我们说:从前，天晓得是什么时候，在希腊有一些自以为了不起的学者，人们都管他们叫哲学家，其中有那么一个好像叫伊杰奥根[这里是指第奥根尼，约公元前404—前323年，古希腊哲学家]，他一辈子都住在大木桶里……他们当中最有能耐的一个，能够用四十种方法证明黑的就是白的，白的就是黑的。一句话，他们都是胡说八道。你瞧，我一下子想起了那个中学生讲的故事，心想：'这位考试大员竟想从右翼包抄我。'于是我就不管三七二十一，说道：'哲学就是信口开河，故弄玄虚。这是一种胡说八道的玩意儿。要是说党史嘛，我倒是满心喜欢学。'他们一听，就刨根问底，让我讲讲我的这些观点是从哪儿来的。我把中学生的话添油加醋渲染了一遍，考试委员们全都笑疯了。我被气坏了。'怎么着，你们把我当傻瓜吗？'说完，我生气地一把抓起帽子就回家了。

"后来，我在省委又碰到了那位考试委员，他跟我谈了三个多钟头。原来，是那个中学生在胡说八道。哲学其实是一门极其深奥的大学问。

"杜巴瓦和扎尔基都考上了。杜巴瓦念过不少书。尽管扎尔基比我强不了多少，可是他的勋章起了作用。总之，我落榜了。后来。我被安排在码头上抓业务，代理货运主任。我以前总是为了种种原因，跟头头们发生冲突。现在我自己却管起生产来了。有时候，如果有人偷懒或者粗心大意，我就同时以主任和共青团书记的身份教训他。好了，关于我的事，以后再谈吧。至于其他的人嘛，阿基姆的情况你已经知道了。团省委的老熟人，只有图夫塔还在原地没动。托卡列夫被调到索洛缅卡区当党委书记，你们那个公社的社员奥库涅夫在团区委会。塔莉亚主管政治教育部。在铁路工厂里，茨维塔耶夫接任了你原来的工作。我对他不是很了解，有时候在省委碰到，看样子，小伙子还挺机灵。你也许还记得安娜·博哈特，她也在索洛缅卡，现在是区党委的妇女部长。保夫鲁沙，党把许多人送去学习了。骨干都在省党政干部学校学习。他们还答应明年把我也送去。"

一直说到后半夜他们才睡觉。早晨，保尔醒来的时候，潘克拉托夫已经上码头去了。他的姐姐杜霞身体健壮，长得很像弟弟。她一面招待保尔吃早点，一面和他唠着各种家常。【名师借鉴：表现出重逢后的

▶ 钢铁是怎样炼成的

激动与喜悦之情，杜霞的描写体现出他们的热情。】潘克拉托夫的父亲是轮船上的司机，随船出航了。

保尔收拾好东西打算上街去看看，杜霞急忙嘱咐他："别忘了，我们等您一起吃午饭。"

团省委一如既往的热闹。走廊上，房间里，人来人往，办公室里不断传出啪嗒啪嗒的打字声。

保尔在走廊上站了一会儿，想看看能不能碰到熟人，结果一个也没有，于是他走进了书记办公室。团省委书记穿着蓝色斜领衬衫，正坐在一张大写字台后面办公。他匆匆瞥了保尔一眼，又埋头写他的东西了。【名师点睛:体现出工作众多，工作人员的忙碌。】

保尔在他对面坐下。

"有什么事？"书记写完一页纸，在下面打了个句号，然后问保尔。

保尔把自己的情况说了一遍，末了对他说：

"同志，由于一些失误，现在我需要恢复组织关系，回铁路工厂去。请指示下面办一办。"

书记往椅背上一仰，面带难色地说："你的团籍当然要恢复，这毫无疑问。不过再派你回铁路工厂，有点困难。那儿的工作已经有茨韦塔耶夫在做，他是这一届的团省委委员。我们还是改派你到别的地方去吧。"

保尔皱了皱眉头没有说话。【写作借鉴:动作细节的描写表现出保尔的犹豫、迟疑和反对书记决定的想法。】

"我到铁路工厂去，并不会妨碍茨韦塔耶夫工作。我并不是去当书记，而是要求到车间去干老本行。请不要把我调去别处干其他工作，因为我现在身体状况仍然很差。"

"既然这样。"书记默许了，他在一张纸上草草写了几个字。

"请把这个交给图夫塔同志，他会把这件事办妥的。"

登记分配部里，图夫塔正在和负责团员登记的助手争吵。保尔听了一会儿，看他们似乎没有停止的意思，就打断了正喊得起劲的登记分配部部长，说："图夫塔，你们先停一会儿吧。这是书记给你的条子，你看先把我的证件办一办怎么样？"

图夫塔一会儿看看字条，一会儿看看保尔，看了半天才明白过来是怎么回事。【写作借鉴：通过一系列动词，将图夫塔对再次见到保尔难以置信的心情表达了出来。】

"啊，这么说，你没死！问题是现在怎么办呢？你已经被除名了。是我亲自把卡片寄到团中央的。再说，现在你也错过了全俄团员登记。根据团中央指示，凡是没有登记的，一律取消团籍。所以，你只有重新履行入团手续了。"图夫塔用一种毫无商量余地的腔调说。

保尔不禁皱起了眉头。【名师点睛：与上文书记说完话后的皱眉前后呼应，体现了保尔内心不满的情绪。】

"你怎么还是那个老样子？年轻轻的小伙子，连住在档案库的老耗子都不如。图夫塔，你什么时候才能有点长进呢？"

图夫塔好像被跳蚤咬了一口似的一下子跳了起来，火冒三丈。

"我的工作用不着你来指导我。上面发指示，是要我照办，不是要我违抗。你骂我是耗子，我要控告你。"【写作借鉴：动作描写，突出表现了其脾气不好，受不得别人半点指责、以官压人的人物性格特点。】

图夫塔一面得意地用这样的话威胁保尔，一面示威似的拿过一堆没有拆开的信件，那副神气表示：谈话到此为止吧！

保尔走到门口，突然他想起了什么事情，又走回桌旁，拿起放在图夫塔面前的字条。登记分配部部长斜着眼睛瞧着保尔。这个长着两只大招风耳朵的年轻小老头，气呼呼地坐着，摆出一副一丝不苟的样子，真是又可气又可笑。【写作借鉴：人物特写，暗含着嘲讽的意味。】

"好吧！"保尔用讥讽的口吻说，"当然，你可以给我扣上'破坏统计工作'的帽子。不过，我倒要请问你，要是有人事前没向你申请就死了，你有什么高招治他呢？这种事在所难免，说病就病了，说死就死

▶ 钢铁是怎样炼成的

了。没有关于这方面的指示吧？"

"哈！哈！哈！"图夫塔的助手再也忍不住，放声大笑起来。

图夫塔的铅笔尖一下子折断了。他愤怒地把铅笔摔到地上，但是还没来得及说话，就有几个人说说笑笑地进来了。其中有奥库涅夫。大家见了面，又惊又喜，问长问短，简直没完没了。过了几分钟，又进来一群青年，奥莉加·尤列涅娃就在其中。她简直有点不知所措了，惊喜地握住保尔的手，久久不肯放下。

后来的人又逼着保尔把他生病的情况从头到尾说了一遍。【名师点睛：表现出人们对保尔未死的惊讶与不相信。】同志们真挚的情谊、热烈的握手、亲切有力地拍肩打背，使他暂时忘记了可恶的图夫塔。

后来，保尔把他和图夫塔的谈话告诉了同志们。同志们愤怒了。奥莉加狠狠地瞪了图夫塔一眼，到书记办公室去了。

"走，找涅日达诺夫书记去！他会让他开窍的。"奥库涅夫说着，一把搂住保尔的肩膀，和大伙一起找书记去了。

"应该把图夫塔撤职，送到潘克拉托夫那儿去，罚他在码头上当一年装卸工。他这个死抠公文的官僚！"奥莉加愤愤地对书记说。

团省委书记微笑着，认真地倾听着奥库涅夫、奥莉加还有其他同志提出的撤换图夫塔的要求。

"关于恢复柯察金团籍的事，我认为应该没什么不妥，马上就发给他团证。"【名师点睛：涅日达诺夫的话侧面表露了保尔进组织的事已搞定。】涅日达诺夫安慰他们说，"我也同意，图夫塔的确是个形式主义者。这是他的主要缺点。不过，不可否认的是，他那摊子工作的成绩也很不错。凡是我工作过的团委机关，统计和报表工作都不像样子，没有一个数字是可信的。可就是咱们这个登记分配部门，统计工作很不错。你们也知道，图夫塔常常在办公室加班到半夜。我想，撤换他随时都可以。不过，要是换上一个小伙子，人也许勤快，但是对统计工作一窍不通，到那时候，官僚主义倒是没有了，可统计工作也随之没有了。

294

【名师点睛：体现出他顾全大局，能够清楚地权衡利弊的人物形象。】所以还是让他接着干吧。我好好训他一顿。这能管一阵子，以后就走一步看一步。"

"好吧，饶了他！"奥库涅夫同意了。"走，保夫鲁沙，咱们到索洛缅卡去。今天我们在俱乐部开积极分子大会。那里的人都以为你死了，我要突然宣布：'现在请柯察金同志讲话！'保尔，你真行，没死就对了。要是你死了，对无产阶级还有什么用处呢？"奥库涅夫开玩笑地结束了他的话，接着就搂住保尔，推着他一起到走廊上去了。

"奥莉加，你也来吗？"

"我一定会来。"

潘克拉托夫一家等保尔吃午饭，可直到晚上也没等到他。【名师点睛：反衬出保尔受其他同志的喜欢和欢迎，也表达了潘克拉托夫一家对保尔的重视。】奥库涅夫把保尔带回自己住处去了。他在苏维埃大楼有一间房子。他热情地款待保尔，然后又拿出一堆报纸和厚厚的共青团区委会会议记录，放在保尔面前，说："这些东西你看看吧。你在家养病，很多消息不知道。随便翻翻，了解一下最近的情况。我晚上回来，咱们一起去俱乐部。如果累了，你就躺下休息一会儿。"

奥库涅夫把一大沓文件、证明、公函分别塞进几个衣袋里就走出去了。【名师点睛：体现出他做事的认真和细心。】

傍晚，他回来的时候，惊讶地发现，屋里一片狼藉，到处都是打开的报纸，床底下的一大堆书也被拖了出来，有的就放在桌子上。保尔坐在床上，读着中央委员会最近的几封指示信。这些信是他在奥库涅夫的枕头底下翻出来的。

"你这个强盗，竟然把我房间弄成这样！"奥库涅夫佯装生气的样子大喊道，"喂，你居然偷看机密文件？唉，真是开门揖盗啊！"【名师点睛："佯装"表现出保尔和奥库涅夫关系很好，即使是机密文件也并未多在意对方的偷看。】

295

▶ 钢铁是怎样炼成的

保尔微笑着看了朋友一眼，随手把信放在一边。

"这不是什么机密文件，你当灯罩用的那张才是呢。它的边都烤焦了，看见没有？"

奥库涅夫拿过那张烤焦了边的纸，看了看标题，惊叫道："哎呀，这个鬼玩意儿！我一连找了它三天都没有找到。原来是沃伦采夫前天用它做了灯罩，后来他自己也找得满头大汗。"奥库涅夫把文件叠起来，小心翼翼地塞在褥子下面。【名师点睛：再一次表现出他的仔细和细腻。】"到时候都会收拾好的。"奥库涅夫自我安慰地说，"现在先吃点东西。保夫鲁沙，坐到桌子这边来吧。"

说着，他从衣袋里拿出一条用报纸包着的干鳟鱼，又从另一个衣袋里掏出两块面包。他把桌子上的文件往边上推了推，腾出一个地方铺上一张过期的报纸，然后抓住鱼头，在桌子上摔打起来。

就在饭桌边，奥库涅夫起劲地嚼着，有说有笑地把最近的新闻告诉了保尔。【名师点睛：说明了他心情好，突出奥库涅夫易满足的性格特点。】

奥库涅夫是从通勤口把保尔领到后台的。在宽敞的大厅里，靠舞台右侧的钢琴旁边，坐着一群铁路上的共青团员，塔莉亚·拉古京娜和安娜·博哈特也在其中。安娜对面的椅子上是机车库团支部书记沃伦采夫。他脸色红润，好像熟透了的苹果，头发和眉毛都是麦黄色的，身上穿着一件破旧不堪的褪了色的黑皮夹克。他微微摇晃着身子，正襟危坐。

坐在沃伦采夫旁边是茨韦塔耶夫，略带懒散地用胳膊肘挂在钢琴盖上。这是一个长着栗色头发、唇红齿白的漂亮青年。他的衬衫领子敞开着。

奥库涅夫走近这群青年。他正好听到安娜说的最后两句话："有的人总是想尽办法把吸收新团员的工作搞得很复杂，茨韦塔耶夫就是这样。"

"难道共青团是随便进出的大杂院？"茨韦塔耶夫固执地用粗鲁而

轻慢的语气反驳道。

"你们瞧！尼古拉今天容光焕发，那神气的模样，多像一个擦亮的铜茶壶啊！"塔莉亚一见到奥库涅夫，就大声喊了起来。

大家七嘴八舌争先恐后地向奥库涅夫问道："你去哪儿了？"

"快开会吧。"

奥库涅夫伸出一只手，示意大家安静："同志们，别着急，托卡列夫马上就来，他一到咱们就开会。"

"他来了。"安娜说。

果然，上岁数的区委书记正向他们走来。奥库涅夫赶紧迎了上去。

"走，大叔，到后台去，那里有一个熟人。你看到他一定会很吃惊。"

"谁啊？"老人咕哝了一句，使劲抽了一口烟。奥库涅夫抓住他的手，把他拖走了。

奥库涅夫用手里的铃提醒那些叽叽喳喳的人赶紧闭上嘴。

托卡列夫身后挂着马克思的画像，看上去仿佛一头雄狮。【写作借鉴：用雄狮的比喻，将马克思的形象瞬间展现给了读者，突出了马克思的伟岸形象。】画像周围装饰着青松扎成的框子。奥库涅夫宣布开会的时候，托卡列夫一直神情激动地注视着站在后台过道上的保尔。

"同志们，有一位同志要求在开会之前先说几句话，我和托卡列夫也都同意让他发言。"

同志们不置可否。于是奥库涅夫立刻大声宣布："现在有请保尔·柯察金发言，向大家表示问候！"

在场的人十有八九都是保尔的老熟人，所以当这个面色苍白的高个子青年出现在舞台上，并且开始讲话的时候，会场里响起了经久不息的热烈的掌声和欢呼声。【名师点睛：说明了保尔有较为良好的社交圈，是一位有名的人，同时也受到人们的追捧和欢迎。】

"亲爱的同志们！"

虽然保尔的声音听起来很平和，但是却掩盖不住他内心的激动。

297

▶ 钢铁是怎样炼成的

"朋友们，我又回来了，又回到自己的战斗岗位上来了。回到这里，我感到非常幸福。我在这里看到了许多老朋友。开会之前，奥库涅夫给我看了一些材料，咱们索洛缅卡区增加了三分之一的新团员，铁路工厂和机车库再也没有人为自己做打火机之类的私活了，已经报废的机车，又从废铁堆里拖了出来，进行了大规模的修理。这些都表明，我们的国家正在复兴，正在走向繁荣富强。毫无疑问，生活在这样一个时代是可以大有作为的。你们说，在这样的时候，我怎么能死呢！"说着，保尔脸上洋溢着幸福的笑容。【名师点睛：用"幸福的笑容"体现了保尔再次进入组织的喜悦和感激。】

保尔伴随着一片欢呼声走向舞台，向安娜和塔莉亚坐的地方走去。他和几个人握了手。朋友们让出一个位子让他坐下。塔莉亚把手放在保尔手上，紧紧相握。【名师点睛：体现了双方关系亲密感情深厚。】

安娜则睁圆了眼睛，不敢相信地看着他。【写作借鉴：通过对人物的细致描写展现了对保尔归来时的喜悦和兴奋。】

时光如梭，没有一天是平常无奇的，每天都有新的内容。保尔早上起来，安排一天的工作，总觉得时间过得太快，根本不够用。

保尔现在跟奥库涅夫住在一起。他在铁路工厂当电工的助手。

同奥库涅夫争论许久，奥库涅夫才勉强同意他暂时不担任领导工作。

"现在咱们的领导班子人手不够，可你倒想躲到车间去图清闲。你别拿病当借口。我也得过伤寒，好了以后，有一个月的时间是拄着棍子上班的。我了解你，保尔，根本不是为了这个。到底是什么原因，你跟我讲实话？"奥库涅夫追问保尔。

"尼古拉，原因就是我想学习。"

奥库涅夫像踩到保尔的尾巴一样得意地喊了起来："啊，原来是这样！【名师点睛：比喻的手法，形象生动地表现出奥库涅夫的情绪激动。】你想学习，那么照你说，我就不想吗？老兄，你这是个人主义。让我们大家都忙得团团转，你却坐着读书。这可说不过去，亲爱的，你明天就到组织部去报道吧。"

保尔态度十分坚决。经过好一番争论，奥库涅夫才肯让步了。

"好吧，再给你两个月的时间，算是照顾。不过，你跟茨韦塔耶夫一定合不来，那个人很高傲自大。"

对于保尔的回厂，茨韦塔耶夫确实心有芥蒂。他认为保尔一回来，一定会跟他争夺领导权，于是这个自命不凡的人就时时处于警惕状态。但是没过几天，他就认识到自己错了。当保尔听说厂团委打算叫他参加团委工作的时候，他马上摆出他和奥库涅夫达成的"协议"，说服茨韦塔耶夫收回这个打算。在车间团支部，保尔也只负责领导一个政治学习小组，并没有想在支委会担任什么工作。但是，尽管他正式表示不参加领导工作，可他对工厂团组织工作的影响很大。有好几次，他都以同志的身份，不声不响地帮助茨韦塔耶夫摆脱了困境。

有一次，茨韦塔耶夫走进车间时，不由得为眼前的情景吃了一惊。这个支部的全体团员和三十几个非团青年正在擦洗窗户和机器，刮去多年积在上面的污垢。保尔正用一个大拖布使劲擦着满是油污的水泥地面。

"干吗这样下功夫大清扫？"茨韦塔耶夫有些摸不着头脑。

"我们不愿意在肮脏的地方工作。这儿已经足足有二十年没打扫了。我们要在一周之内让车间焕然一新。"保尔简单明了地回答了他的问题。

茨韦塔耶夫不置可否地耸了耸肩膀，走开了。【写作借鉴：运用动作描写，形象生动地表现了人物的心理活动，表现了他对这种做法的不赞同和无奈。】

很显然，这些电气工人并不满足于清扫车间，他们又动手收拾院子。这个大院子一直以来就是个垃圾存放地——几百个轮轴、堆积如山的废铁、钢轨、连接板、轴箱等等——成千上万吨钢铁就放在露天

299

▶ 钢铁是怎样炼成的

里生锈。但是,他们的行动后来被厂领导制止了,理由是:"还有比这更重要的工作,先不忙清理院子。"

于是不甘心的小伙子们在自己车间门口用砖铺了一小块平地,上面安了一个刮鞋泥用的铁丝网垫,这才罢休。但是在车间内部的清扫工作并没有停止。一星期后,当总工程师斯特里日来到这里的时候,整个车间已经是面目一新了。

没有了多年沉积的油垢,阳光透过带铁栏的大玻璃窗,射进了宽敞的机器房,照得柴油机上的铜件闪闪发亮。工人们还给机器的大部件都刷上了绿油漆,有人还精心地在轮辐上画了几个黄箭头。

"嗯……好……"斯特里日显得非常吃惊。【名师点睛:与之前他们的不认可形成鲜明的对比。】

斯特里日朝几个车间工人走去。保尔恰好提了满满一罐调好的油漆迎面走来。

"等一等,亲爱的。"斯特里日叫住了他,"你们这样做,我倒是很赞赏,不过,是谁给你们的油漆?要知道,我曾经规定过,没有我的批准,不许动用油漆。现在这种材料非常稀缺。油漆机车的部件,比你们现在做的事情要重要得多。"

"放心吧!这些油漆是我们从扔掉的空油漆筒里刮下来的。我们足足刮了两天,攒了二十五六磅。这完全不违反规章制度,总工程师同志。"

斯特里日又嗯了一声,显得有些难为情。

"既然这样,你们就好好干吧。嗯……不过有意思的是……你们这种……怎么说呢?怎么解释这种主动搞好车间卫生的精神?这些活你们是在业余时间干的吗?"【写作借鉴:语言描写表现出了斯特里日苛刻的形象特点。】

从总工程师的语气里,保尔觉察出他确实是不大理解,便回答说:"显然如此。可您是怎么想的呢?"

"是呀,我也是这样想的,不过……"

300

"您的思想问题就在这个'不过'上，斯特里日，难道布尔什维克会放着垃圾不管吗？您等着瞧吧，我们还要继续扩大工作范畴。那时候会有更多的事情让你大吃一惊。"

保尔小心翼翼地提着油漆桶从他身旁绕过，朝门口走去。【名师点睛："小心翼翼"表现出保尔对油漆的珍视，并非害怕总工程师。】

每天晚上，保尔都到公共图书馆去读书，总是学习到很晚。他和图书馆的三个女馆员都混熟了，终于，他如愿以偿，可以随意翻阅各种书籍。常常把梯子靠在高大的书橱上，一坐就是几个小时，一本一本翻阅着，寻找有意思的和有用的图书。这里的书大部分都是旧书。只有一个不大的书橱里放着少量新书。其中有偶然收到的国内战争时期的小册子，此外，还有马克思的《资本论》和杰克·伦敦的《铁蹄》[美国作家杰克·伦敦(1876—1916年)的长篇小说，描写资本家对工人阶级的压迫]等。在旧书里，保尔找到了一本叫《斯巴达克》[意大利作家拉·乔万尼奥里(1838—1915年)的长篇小说。斯巴达克是公元前74—前71年意大利最大规模奴隶起义的领袖]的小说，他仅仅花了两个晚上的时间就把它读完了，然后把它放到另一个书橱里，同高尔基的作品摆在一起。他总是把那些妙趣横生的和内容相近的书放在一起。【名师点睛：表现出保尔喜爱读书，并且很懂得分类和对图书的珍视。】

他这样做，图书馆那三个馆员从来不过问也不插手。

可是，就在这时，一件看似无关紧要的事情，突然打破了共青团组织那种单调的平静。中修车间团支部委员科斯季卡·菲金，一个翘鼻子的动作迟缓的小伙子，在给铁板钻孔的时候，弄坏了一个贵重的美国钻头。事故原因是他的草率鲁莽，敷衍了事，甚至说是故意破坏也不为过。这件事发生在早上。中修车间工长霍多罗夫让菲金在铁板上钻几个孔。起初他不干，后来在工厂的强烈要求下，他才拿起铁板干起来。霍多罗夫对别人要求过严，甚至有些吹毛求疵，在车间里大家都不待见他。他过去是个孟什维克，现在什么社会活动也不参加，

301

▶ 钢铁是怎样炼成的

对共青团员总是瞧不起。但是他精通业务，对本职工作认真负责。那天，他发现菲金没有往钻头上注油，在那里"干钻"，就急忙跑到钻床跟前，把它关了。

"难道你没长眼睛吗？还是昨天才来干活？！"他生气地大声斥责菲金。他知道这样干下去，钻头非坏不可。【写作借鉴：运用语言描写，生动形象地表现了他们的暴躁与骄横。】

但是，菲金反倒骄横地骂了工长一顿，并且又开动了钻床。无可奈何的霍多罗夫只好到车间主任那里去告状。认识到错误的菲金想在领导到来之前把一切都准备好，可是他没有停下机床，而是赶紧跑去找注油器。可是等他拿了注油器回来的时候，钻头已经坏了。车间主任打了一份报告，要求把菲金开除。但团支部不仅公开袒护他，甚至说这是霍多罗夫打击青年积极分子。忠于职守的车间领导还是坚持要开除他，于是这件事就提到了工厂的团委会上讨论。事情就这样被闹得沸沸扬扬，人尽皆知了。

在团委会的五个委员中，有三个主张给菲金申斥处分，并调动他的工作。茨韦塔耶夫就是其中之一。可是另外两个委员却不这么想，他们认为菲金毫无过错。

团委会在茨韦塔耶夫的房间里举行。屋里摆放着一张大桌子，上面铺着红布，还有几个长凳和小方凳，是木工车间的青年自己做的。墙上挂着领袖像，还有一面团旗，挂在桌子后边，占了整整一面墙。【名师点睛：暗示了当时的政治背景。】

茨韦塔耶夫是"脱产干部"。本来他是个锻工，由于成绩优异表现突出，被提拔担任共青团的领导工作，当上了团区委常委和团省委委员。这个人原先在机械厂工作，新近才调到铁路工厂来。一上岗，他就垄断了大权。他独断专行，一下子就把大伙的积极性压下去了，他什么都一手包办，但是又常常出错，于是就对其他委员大发雷霆，责备他们无所事事。

就连这个房间也是在他的亲自监督下布置的。

茨韦塔耶夫主持会议,他靠在从红色文化室搬来的软椅上。这是一次内部会议。当党小组长霍穆托夫要求发言的时候,外面响起了敲门声。茨韦塔耶夫有些不快地皱了皱眉头。敲门声继续传来。卡秋莎·泽列诺娃站起来开了门。门外站着的是保尔,卡秋莎让他进来。

保尔毫不知情地在朝一只空凳子径直走过去,茨韦塔耶夫一把叫住他:"柯察金!我们现在开的是内部会议。"

保尔的脸羞红了,于是他慢慢地朝桌子转过身来。【名师点睛:表现了保尔是一个懂得尊敬他人、腼腆的人。】

"我知道。但我希望能够了解你们对菲金事件的意见。我想提出一个有关此次事件的新问题。难道,你反对我参加会议吗?"

"我并不会反对,不过,团委内部会议只有团委委员才能参加,人多言杂,不利于讨论。不过既然你已经来了,就请坐吧。"

保尔还是第一次受到这样的侮辱。他的两道眉毛中间不由得现出了一条深深的皱纹。【名师点睛:将保尔受侮辱的神情细致地表现了出来。】

"干吗来这套形式主义呢?"霍穆托夫对此不以为然地说。但是保尔摆摆手示意让他别说下去,一面勉强在方凳上坐下来。"我要说的是,"霍穆托夫谈到了正题,"大家对霍多罗夫有意见,这是事实,他确实不合群,不过咱们的纪律也确实存在问题。要是所有的团员都这么随便弄坏钻头,咱们还拿什么干活?这会给团外青年造成负面影响的。我认为应该给菲金警告处分。"

茨韦塔耶夫没容他说完,就打断他的话开始反驳。【名师点睛:将茨韦塔耶夫的毛躁无理和坏脾气表现得淋漓尽致。】保尔听了大约十分钟,基本了解了团委对菲金事件的态度。快要进行表决的时候,他要求发言。茨韦塔耶夫勉强同意了。

"同志们,我想就菲金事件跟你们谈谈我个人的意见。"出乎他自己的意料,保尔的声音竟极为严厉。

▶ 钢铁是怎样炼成的

"菲金事件仅仅是一个导火索,但是事情的主要矛盾并不仅仅集中在他身上。昨天我搜集了一些信息和数字。"说着,保尔从口袋里掏出一个记事本。【名师点睛:从保尔提前搜集数据,体现了保尔的细心、认真以及做事有充分的准备。】

"这些数字是前几天考勤员给我的。请你们注意听一听:百分之二十三的共青团员每天上班迟到五分钟到十五分钟。这已经成了惯例。百分之十七的共青团员每月旷工一天到两天,但是相比之下团外青年旷工的却只有百分之十四。我顺便还记了另外一些数字:党员每月旷工一天的占总党员人数的百分之四,迟到的也是百分之四。非党员的成年工人每月旷工一天的占百分之十一,迟到的占百分之十三。损坏的工具有百分之九十是青年工人造成的,其中刚参加工作的是百分之七。【名师点睛:以数据的形式,暗示出了当时的社会背景,同时再一次表现了保尔的细心,也体现了他以数字事实说话,有较强的说服力。】从这里可以看出,咱们团员干活远远不如党员和成年工人。这种情况并不常见。锻工车间就很好,电工车间也还可以,其他车间的情况也不尽相同。依我看,关于纪律问题,霍穆托夫同志只讲了四分之一。我们现在的任务就是要缩小差距,赶上先进。高谈阔论,讲空话没用,我们必须毫不留情地向不负责任和不守纪律的现象发起进攻。老工人们的话很直率:从前我们给老板干活,给资本家干活,干得倒要好些、认真些;现在呢,成了主人,却弄得一团糟。这过错主要不在菲金或是别的什么人身上,而在咱们这些人身上,因为咱们不仅没有同这种不良倾向进行坚决斗争的精神,相反,却常常寻找各种借口,袒护他们,包庇他们。

"刚才萨莫欣和布特利亚克说,菲金是自己人,像大家常说的,是个'地地道道的自己人',就因为他是积极分子,又担负着社会工作。至于他犯了错误,那有什么了不起的?谁还不犯点小过错?况且,小伙子是自己人,而霍多罗夫工长却是外人。不错,工长爱挑剔,可他已经有了三十年的工龄！我们暂且撇开他的政治立场不说，在这件事上，他做得对。他这个外人都能够爱护国家财产，而我们却随便糟蹋进口的贵重工具。这种现象很奇怪，所以我认为，咱们现在应该从这里开始，发起进攻。

"因此，我建议把菲金作为懒惰成性、不负责任、破坏生产的人从共青团里赶出去。同时，要把他的事情登在墙报上，把刚才我念到的那些数字写在社论里，公布出去让所有人都知道，不要怕任何议论。我们是有力量的。共青团的基本群众是优秀的工人。他们当中有六十个人在博亚尔卡筑路工地经受过锻炼。有他们参加和帮助，我们一定能够消除这种落后现象。不过，应当永远抛弃现在这样错误的工作方法。"

一向沉静、不爱讲话的保尔的一席话却说得慷慨激昂且一针见血。
【名师点睛：对保尔的总结说明了保尔的见解独到。】

茨韦塔耶夫初次了解了保尔的能力。他承认保尔是正确的，但是，他对保尔怀有戒心，不肯认同保尔的意见。【名师点睛：以茨韦塔耶夫的态度，暗示了他的好面子，对他人有防范和戒心，心机深重。】他认为保尔的发言是针对他的工作提出的尖锐的批评，是在破坏他茨韦塔耶夫的威信，所以，他决定坚决地进行反击。他指责保尔，头一条就是偏袒孟什维克霍多罗夫。

如火如荼的辩论一直持续到天黑，最终得出了结果：大家都转而同意保尔的意见，茨韦塔耶夫失去了多数的支持。这时，他竟采取了压制民主的错误行动，在最后表决之前，要保尔离开会场。【名师点睛：再一次体现了茨韦诺耶夫的自私和好面子。】

"好吧，茨韦塔耶夫同志，我马上就走，不过这并不能给你增添什么光彩。我有必要提醒你，如果你仍然坚持己见，明天我就提请把这件事提交全体大会讨论。我相信，人民的眼睛是雪亮的。茨韦塔耶夫，你错了。霍穆托夫同志，我认为，你有责任在全体大会召开之前，把这个问题先提到党的会议上去讨论。"

▶ 钢铁是怎样炼成的

茨韦塔耶夫外强中干地喊道："你吓唬谁？用不着你说我也知道该怎么办，我们还要讨论一下你的那些所作所为呢。要是你自己不工作，就别妨碍别人。"【写作借鉴：语言描写，强烈地表现他的无理及好面子。】

保尔带上门，用手擦了擦前额的汗水，穿过空无一人的办公室，朝门口走去。到了外面，他深深地吸了一口气，转身朝巴蒂耶夫山上托卡列夫住的那座小房子走去。

保尔到托卡列夫家的时候，正赶上他家吃晚饭。

"你们那儿有什么新闻？说来听听。达丽亚，给他盛碗饭来。"托卡列夫一面请保尔就席，一面说。

托卡列夫的妻子达丽亚·福米尼什娜又高又胖。她把一盘黄米饭放在保尔面前，然后用白围裙揩揩湿润的嘴唇，温柔地对保尔说："用餐吧，亲爱的。"

以前，当托卡列夫在铁路工厂工作的时候，保尔是他家的常客，常常坐到很晚才走。这次回城以后，他还是第一次来看老人。

老钳工用心地听着保尔讲的情况。他只是沉默着，一边忙着用勺吃饭，一边嗯、嗯地答应着。吃完饭，他用手帕擦了擦胡子，然后清了清喉咙。

"你是对的。我们早就该把这个问题提上日程了。铁路工厂是重点单位，应该从这个厂下手。这么说，你跟茨韦塔耶夫闹翻了？那个小伙子是很自傲，不过你不是挺擅长做青年人的工作吗？这可有些莽撞。我要问你，你在铁路工厂干什么工作？"

"我在车间。没特定的岗位，反正什么都干点。在团支部里领导一个政治学习小组。"

"那么，在团委担任何职？"

保尔显得有点难为情。

"我最近身体不太好，还想多学习点东西，这一段没正式担任领导工作。"【写作借鉴：以语言和神态描写，表现了保尔的谦虚和对工作的认真。】

"你觉得这样对吗？"托卡列夫带点责备的口气大声说，"孩子，唯独身体不好这一条，还勉强算个理由，否则真该批评你。现在身体好点了吗？"

"好点了。"

"那好，你马上把工作好好抓起来。这事情不能再拖了。站在一边，不伸手就能把事情办好？再说，你这是逃避责任，你没法辩解的。明天你就要纠正过来，至于奥库涅夫，我也得狠狠训他一顿。"托卡列夫带着不快的语气结束了他的话。【名师点睛：表现了托卡列夫的直快、爽直，不迂回。】

"大叔，这可怪不到他头上，是我自己要求他别给我安排工作的。"保尔这样替奥库涅夫说情。

托卡列夫慢不经心地说："嗯，你要求他就答应，是这样吗？好吧，对你们这帮共青团员简直没办法……来吧，孩子，你还是照老规矩给我念段报纸吧……现在我的这两只眼睛是越来越不中用、看东西越来越模糊了。"

党委最终同意了团委委员的意见，并向党团员提出了重要而艰巨的任务——人人以身作则，模范地遵守劳动纪律。会上，茨韦塔耶夫受到了上级严厉的批评。开头他还把脖子挺得很直，不肯认错。后来党委书记洛帕欣发了言，直到这位患肺结核而面色苍白的老同志把他问得哑口无言，他才松了口，像柿子一样软了下来，承认了一半错误。【写作借鉴：前后的对比，体现了茨韦塔耶夫畏上恶下的形象特点，只承认"一半错误"表示了他的不懂知错就改的为人。】

第二天，铁路工厂的墙报上登出了几篇博人眼球的文章。工人们声情并茂地朗读着，积极而热烈地讨论着。晚上，召开了团员大会，出席的人络绎不绝。这些文章成了大家议论的重心。

最终，菲金被开除了，而团委会也增加了一名新委员，由他负责

▶ 钢铁是怎样炼成的

政治教育工作。这个人正是保尔·柯察金。

在会上，人们认真地听着省团委书记涅日达诺夫的讲话。他谈到目前的任务，谈到工厂现在进入了新阶段。

散会后，保尔在外面等着茨韦塔耶夫。

"咱们一道走吧，我想跟你谈谈。"他走到茨韦塔耶夫跟前说。

"有什么好谈的？"茨韦塔耶夫闷声闷气地问。

保尔挽住他的胳膊，跟他并排走了几步，到一条长凳子跟前站住了。【名师点睛：前后的动作、语言等，显现出保尔不计前嫌、宽容谦用。】

"坐一会儿吧。"保尔首先坐了下来。

茨韦塔耶夫的香烟一会儿亮一会儿暗。

"茨韦塔耶夫，你说说，你干吗总把我看作眼中钉呢？"

他们沉默了许久。

"什么意思？我还以为是谈工作呢！"茨韦塔耶夫故作惊诧，极其不自然地说。

保尔面色淡定地把手放在茨韦塔耶夫的膝盖上。

"别装了。只有虚伪的外交家才来这一套呢。你给我一句痛快话，为什么那么针对我？"

茨韦塔耶夫不耐烦地扭动了一下身子。【名师点睛：表现了他没有耐心。】

"你干吗缠着我不放？我什么时候针对你了！是我亲自建议让你担任工作的嘛。你当时拒绝了，现在倒成了我在排挤你。"

保尔听出他的语气里透露出不满，却仍然把手放在他膝盖上，丝毫没有放下来的意思："既然你不想说，那我说。你认为我在背后暗算你，认为我想抢你的书记职位，是不是？如果你不是这样想的，我们就不会因为菲金的事吵起来。这种阴暗的想法会使咱们的整个工作受到损失。如果只对你我两个人有影响，那倒没什么！你爱怎么想就怎么想好了。可是明天咱们还要一起共事，这会导致什么后果呢？你要知道，咱们之间没有什么利害冲突。你我都是工人。如果你认为咱们的事业高于一切，那就请你把手伸给我，咱们做个好朋友。要是你还不愿意把那些莫名其妙的念头扔掉，而是一味地无理取闹，那么，我就要为工厂的每一个损失让你付出应有的代价。这里是我的手，你是否愿意握住它呢？"

保尔成功了，茨韦塔耶夫那只骨节粗大的手，放在他的手掌里了。

【名师点睛：与茨韦塔耶夫的和好，说明保尔的胸襟和擅长做思想工作的能力。】

一个星期后的一天，正是下班的时间，区党委各个办公室逐渐静下来了。托卡列夫还没走，他坐在靠椅上，聚精会神地看着新收到的材料。这时外面响起了敲门声。

"进来！"托卡列夫头也没抬地应了一声。

保尔走了进来，把两张填好的表格放在书记面前。

"这是什么？"

"大叔，我要改正我身上的不负责任的缺点。我认为是时候了。如果你同意的话，请你支持。"【写作借鉴：通过语言描写，体现了保尔办事懂得深思，同时也会把握机会。】

托卡列夫看了看表格，又凝视了保尔几秒钟，然后默默地拿起钢笔。表格里有一栏要填写保尔·安德列耶维奇·柯察金加入俄国共产党（布）的介绍人的党龄。他用刚劲的笔迹在这一栏里用力地填上了"一九〇三年"几个字，又在旁边认真地签了名。

"真的太好了，孩子。我相信你是绝对不会让我丢脸的。"

夏天的屋子里又闷又热十分潮湿，大家都受不了这里的炎热，盼望能到火车站那里的索洛缅卡区林荫路去，在栗子树底下乘凉。

"别学了，保尔，我学不下去啦。"茨韦塔耶夫热得汗流浃背，央求

钢铁是怎样炼成的

着。卡秋莎和其他人也都附和他。

保尔无奈地合上书，小组的学习就这么结束了。

正当大家起身要走的时候，墙上那架老式的埃里克松电话机却不识趣地响起来。茨韦塔耶夫提高嗓门，竭力压过屋子里的谈话声，同对方交谈着。【名师点睛：表现出茨韦塔耶夫的刻意和可怜的自尊心。】

挂上听筒后，他转过身来对保尔说："车站上有两节专车，是波兰领事馆外交人员的，他们说他们的电灯坏了。列车过一小时开，得把电灯修理好。保尔，你带上工具箱去一趟吧。"

两节豪华的国际客车停在车站的第一站台上。有一节作客厅用的车厢，窗户很大，里面灯火通明，而另一节车厢里却是漆黑一片。

保尔走到客车跟前，抓住扶手，正想走进车厢。

突然，有一个人从站房那边快步跑了过来，从后面一把抓住他的肩膀："公民，您到哪儿去？"【名师点睛："突然一个人"增加了故事的起伏和波动，为下文做了铺垫。】

声音听起来很熟悉。保尔回头一看，抓住他的人穿着皮夹克，戴一顶大檐制帽，细长的鼻子，高鼻梁，一副戒备的神态。【写作借鉴：通过外貌描写，简单明了地描绘出阿尔秋欣的人物形象和职业特征。】

是阿尔秋欣，他一下子认出了保尔，于是，他的手从保尔的肩膀上滑了下来，严厉的神情也随之消失，不过目光里仍然有疑惑。

"你去干吗？"

保尔简短地回答了一下。这时，车厢后面又出现一个人影。

"那样的话，我马上把他们的列车员找来。"

保尔跟着列车员走进了车厢，那里坐着几个人，都穿着非常考究的旅行服装。一个女人背朝着门坐在桌子旁。【名师点睛：从保尔的视角出发，一个背朝门的神秘的女子在使保尔好奇的同时，也吸引了读者。】保尔进来的时候，她正和站在她对面的高个子军官谈话。保尔一进来，谈话就戛然而止。

310

保尔检查了通到走廊的电线，没有找到故障原因，就走出车厢，继续检查。那个列车员尾随监视着保尔，寸步不离。他肥壮得像拳击师一样，制服上钉着许多带独头鹰的大铜纽扣。【名师点睛：以细微处见长，点明列车员对保尔的防范与不信任。】

"这儿没毛病，电池也没坏，毛病大概出在那节车厢。咱们去看看吧。"

列车员打开了门，他们便走进了漆黑的走廊。保尔用手电筒照着电线，很快就找到了短路的地方。几分钟后，走廊上的第一盏灯亮了，微弱的灯光照在走廊上。

"这间包厢得打开，估计里面的灯泡烧坏了，需要更换。"保尔对跟着他的人说。

"那就得请示夫人了，钥匙在她那儿。"列车员不愿意让保尔单独留在这里，就带他一起去了。【写作借鉴：再一次体现出列车员对保尔的不信任，形成前后呼应。】

那女人打开门第一个走进包厢，保尔跟在她后面。【名师点睛：列车员小心谨慎的做法更增添了女人身份的神秘。】壁网里有两只精致皮箱，另有一件随意放在沙发上的绸袍，窗旁小桌上有一瓶香水和一个翡翠色的小粉盒。女人在沙发的一角坐下来，一面梳理她那淡黄色的头发，一面看着保尔干活。

"夫人，请准许我离开一会儿，少校老爷要喝冰镇啤酒。"列车员费劲地弯下他那水牛腰，鞠着躬，语气谄媚。【名师点睛：将列车员对保尔和对夫人的态度形成对比，显示出列车员的阿谀奉承。】

女人像唱歌似的拖着长腔说："您去吧。"

保尔听出他们说的是波兰话。

走廊里的灯光射进来，落在女人的身上。她穿着巴黎一流裁缝用最薄的里昂绸精心裁制的连衣裙，肩膀和胳膊都裸露着。耳垂上一颗圆钻石闪闪发亮。她的脸背着光，保尔只能看见她的肩膀和胳膊，仿

311

▶ 钢铁是怎样炼成的

佛都是用象牙雕刻出来的。【写作借鉴：用细致的手法，刻画出女人的精致，暗示她的身份和地位。】

保尔驾轻就熟地用螺丝刀迅速换好了车顶上的灯头座，不一会儿，包厢里的灯亮了。由于还需要检查一下另一盏正好在那女人坐的沙发上方的灯，保尔走到她跟前，说："我要检查一下这盏灯。"

"啊，对不起，我妨碍您工作了。"【写作借鉴：以语言描写的方式表现了她的客气疏离，呼应了前文所写的她身份地位的尊贵。】她讲的是地道的俄语，说着便轻盈地从沙发上站起来。她的面容完全呈现在保尔眼前。那熟悉的尖尖的眉毛，那傲慢的紧闭的双唇，一点不错，站在他面前的是妮莉·列辛斯卡娅。这律师的女儿对他那惊愕的目光非常吃惊。【名师点睛：揭开神秘女子的面纱使得上下文链接顺畅。】尽管保尔认出了她，她却没有发觉这个电工就是她那不安生的邻居——时间过去得太久了。

她轻蔑地皱了皱眉头，然后走到包厢门口，站在那里，不耐烦地用漆皮便鞋的鞋尖敲着地板。保尔动手检查第二盏电灯。他拧下灯泡看了看，突然，让人意想不到的是，保尔出口用波兰话问她："维克多也在这儿吗？"

保尔讲这话的时候正背对着妮莉，他看不见对方的表情，不过长时间的沉默足以说明，她已经目瞪口呆，完全不知所措了。

"难道您认识他？"

"我们算是熟人。我们过去还是邻居呢。"保尔朝她转过身来。

"您是保尔，您母亲是……"妮莉说到这儿突然停住了。

"是老妈子。"保尔替她把话说完。

"天啊！您长得可真快！记得您那时候还是个野孩子。"

妮莉不客气地把他从头到脚打量了一番。【名师点睛：用"不客气"显示了妮莉的肤浅和高傲。】

"为什么对维克多这么感兴趣呢？我记得，您和他之间并没有什么交情。"妮莉的嗓音轻快而又尖锐，像唱歌一样，希望这场巧遇能够给她解解闷。

保尔用螺丝刀迅速地把小螺丝钉拧进墙壁。

"维克多还欠我一笔债没还，您见到他的时候记得帮我转告他，我还指望讨回这笔债呢。"

"请问，他欠您多少钱，我来代替他还就是了。"

妮莉当然十分清楚保尔要讨的是什么"债"——她在明知故问。彼得留拉匪兵抓保尔的前后经过，她全知情。【名师点睛：妮莉的自作聪明恰好符合了她一个套着资产阶级和封建思想外衣的奴婢的身份。】

保尔装作没听见，故意不理睬她。

"听说我家的房子给抢得精光，真有此事？那些凉亭和花坛大概也全糟蹋得不像样了吧？"妮莉担心地问。

"房子现在是我们的，我们干吗要破坏它？"

妮莉尖酸刻薄地冷笑了一声。

"嘀，看来您也是共党分子啦！不过，这儿是波兰代表团的专车，在这个包厢里我才是主人，而您还是以前的身份——奴才。【写作借鉴：通过语言描写，体现了女人的高傲的性格特点。】就连您现在干活，也还是为了我这儿能有灯光，好让我舒舒服服地靠在这张沙发上看小说。过去您母亲给我们当老妈子，现如今，您和我的地位仍然一如既往。"

她满怀恶意地说。保尔一面用小刀削电线头，一面带着毫不掩饰的轻蔑神情看着这个波兰女人。【名师点睛：表现出保尔不向恶势力低头的气质。】

"女士，如果单是为了您，我连一颗锈钉子也不会来钉的，不过，既然资产阶级发明了外交官，那我们为了和你们周旋，也就保持着应有的礼仪，我们是不会砍下他们的脑袋的，甚至连粗野一点的话也不说，更不会像您这样。"【名师点睛：针尖对麦芒，谁更胜一筹不言而喻，充分显示了保尔良好的涵养。】

313

▶ 钢铁是怎样炼成的

妮莉听了之后脸上红一阵，白一阵。

"要是你们占领了华沙，你们会怎样对待我呢？把我剁成肉泥，还是拿我去当你们的小老婆呢？"

她站在门口，刻意歪扭着身子，做出妩媚的姿势。这时候，沙发上方的灯亮了。保尔把身子挺得笔直。【写作借鉴：通过动作描写，体现了保尔的刚正不阿。】

"要你们？想得美。用不着我们的军刀，可卡因就会要你们的命。就你这样的，白给我我还不要呢！"

他拿起工具箱，快步走到门口。妮莉怕脏赶紧闪开，保尔到了走廊尽头，才听见她咬牙切齿地用波兰话骂了一声："该死的布尔什维克！"【名师点睛：形象生动地表现了女人的脾气暴躁和素质低下。】

第二天晚上，保尔又到图书馆去学习，路上遇见了卡秋莎·泽列诺娃。姑娘紧紧抓住保尔工作服的袖口，挡住他的路，开玩笑地说："看你往哪儿跑，我们的大政治家兼教育家。"

"到图书馆去，老大娘，行行好！给让条路吧。"保尔也学着她的腔调回答，一面轻轻抓住她的肩膀推到一旁。【写作借鉴：语言和动作描写，表现了年轻人的活泼，反映了他们的关系要好。】卡秋莎推开他的手，和他一起并肩走着。

"我说，保夫鲁沙！老是学习也不行呀！……咱们今天参加晚会去吧，怎么样？大伙今天在齐娜·格拉德什家里聚会。姑娘们早就盼望着你去了，可你光顾学习。你就无心去玩玩，高兴高兴？"卡秋莎极力劝他。

"开什么晚会？都干些什么？"

卡秋莎学着他的口吻笑他说："都干些什么？反正不是祈祷，快快乐乐度时光——就干这个呗。你不是会拉手风琴吗？我们还都没听过呢。你就助一回兴吧。齐娜的叔叔有架手风琴，可是他拉得实在够呛。姑娘们都愿意与你接近，可你光知道啃书本，命都不要。

"我问你，谁说共青团员不能有一点娱乐？走吧，趁我劝你还没劝腻烦，要不，我就一个月不理你。"

这个大眼睛姑娘是个好同志，挺不错的共青团员，保尔不愿意让她扫兴，因此，虽然感到别扭，最后还是答应了。【名师点睛：保尔的勉强答应，说明他对此事的不热情和对友谊的重视。】

火车司机格拉德什家里已经熙熙攘攘地挤满了人。大人为了不妨碍青年人，都去别处了。在连接大房间和小花园的走廊上，十五六个姑娘和小伙子聚集在一起。卡秋莎领着保尔穿过花园踏上走廊的时候，他们正在玩一种叫作"喂鸽子"的游戏了。走廊正中间，背对背地放着两把椅子。由一个女孩子发令，她呼唤两个名字，被喊到的小伙子和姑娘就出来坐在椅子上。紧接着她又喊："喂鸽子！"这对背对背坐着的年轻人便向后扭过头，嘴唇碰到一起——当众接起吻来。后来他们又玩了"丢戒指""邮差送信"，每一种游戏都少不了要接吻。尤其是"邮差送信"，为了避开大家的视线，接吻的地点从灯火通明的走廊移到临时熄了灯的房间里。要是有谁还觉得这些游戏不给力，在角落里的一张小圆桌上给他们准备了一套"花弄情"纸牌。一个十六岁左右的名叫穆拉的女孩子坐在保尔旁边，用那双蓝眼睛脉脉含情地觑着他，递给他一张纸牌，轻声说："紫罗兰。"

几年以前保尔就见识过这样的晚会，尽管他没参与，可是他并不认为这有什么不妥。可是现在，他已经同小城市的小市民生活永远断绝了关系，在他看来，这种晚会有点幼稚可笑。

不管怎么说，现在，一张"弄情"牌已经到了他的手里。

"紫罗兰"的背后写着："我很喜欢您。"

保尔看了看姑娘。她并不感到难为情。【名师点睛：表现出她的落落大方和率真随性。】

"为什么？"

对这个问题穆拉早就准备好了答案。

▶ 钢铁是怎样炼成的

"蔷薇。"这是第二张纸牌。

"蔷薇"的背面写着："您是我的意中人。"

面对那个姑娘，保尔尽量使语气温和些，问她："你为什么要玩这种无聊的游戏呢？"

穆拉有些难为情了，这问题很难回答。

"难道我坦率些不好吗？"她撒娇地噘起了嘴唇。【名师点睛：表现了她直率可爱的性格特征。】

保尔没有回答她的问题。但他对这个同他谈话的姑娘究竟什么来历却很感兴趣。于是他提了几个问题，姑娘都爽快地回答了。几分钟后，他基本搞清楚了一些。她在七年制中学上学，父亲是车辆检查员。她早就认得保尔，并且想跟他做朋友。

"你姓什么？"保尔又问。

"姓沃伦采娃，我叫穆拉。"

"你哥哥是机车库的团支部书记？"

"是的。"

现在保尔知道了跟他打交道的人是谁。沃伦采夫是区里最积极的共青团员之一，他显然没有关注妹妹的成长，使她误入歧途成了一个庸俗的小市民。近一年来，她像着了魔似的参加女友们家里举行的这类接吻晚会。她在哥哥那里见到过保尔几次。

现在，穆拉已经明显感到她旁边的这个人对她的所作所为的反感了，所以当别人招呼她去"喂鸽子"的时候，她坚决拒绝了。他们又坐了一会儿。穆拉把自己的事情讲给他听。这时，卡秋莎走过来。

"拿来了手风琴，你一定拉吗？"她调皮地看着穆拉："怎么，你们已经认识了吧？"

保尔叫卡秋莎在身旁坐下，在周围的一片欢声笑语中对她说："我不拉了，我跟穆拉马上就离开这儿。"

"哎哟！怎么，腻了？"卡秋莎意味深长地拉长了声音说。【写作借

316

鉴：以语气语言的描写，暗示了社会环境，她显然误会了保尔。】

"对，腻了。告诉我，除了你和我，这儿还有别的团员吗？也许只有咱们两个加入了这个无聊的游戏吧？"

卡秋莎赶紧打圆场地说："那些游戏已经结束了。马上就开始跳舞。"

保尔自顾自站了起来。

"好吧，可爱的老太婆，你跳吧，我和沃伦采娃还是得离开。"

一天晚上，安娜·博哈特来找奥库涅夫。保尔一个人在家。

"保尔，你有时间吗？能否跟我一起参加市苏维埃全体会议去？两个人做伴走不至于无聊，要很晚才能回来呢。"

保尔收拾妥当。床头上挂着他的毛瑟枪，这支枪太重了。他从桌子里取出奥库涅夫的勃朗宁手枪，放进口袋里。他给奥库涅夫留了一个字条，把钥匙藏在约定的地方。

在会场上他们遇见了潘克拉托夫和奥莉加。大家都坐在一起，会间休息的时候一起在广场上散了一会儿步。果然如安娜所料，会议直到深夜才散。

"到我那儿去住吧，怎么样？时间太晚了，还要走那么远的路。"奥莉加向安娜建议说。

安娜谢绝了："不，我跟保尔已经约好一起走了。"

潘克拉托夫和奥莉加沿着大街朝着下面走了，保尔他们俩则走上坡路，回索洛缅卡。

夜晚天气闷热。城市已经进入睡眠。参加会议的人们穿过一片寂静的街道，各自离开，他们的脚步声和谈话声逐渐消失在夜色中。保尔和安娜很快走过了市中心的街道。<u>在空无一人的市场上，巡逻队拦住了他们。验过证件之后，他们继续前行。</u>【写作借鉴：对环境进行描写，暗示出当时紧张的社会背景。】

他们走上一条通过广场的街道，这条街上漆黑一片，一个人也没

317

▶ 钢铁是怎样炼成的

有。往左一拐，就走上了和铁路中心仓库平行的公路。中心仓库是一长排水泥建筑物，阴森森的，有些恐怖。【写作借鉴：隐喻，夜晚在空无一人的地方行走，心中感到的恐惧，同时也反映了社会环境。】安娜不由得胆怯起来。她紧盯着暗处，断断续续地跟保尔谈着话，答非所问。安娜心不在焉直到弄清楚一个可疑的阴影只不过是根电线杆子的时候，她才笑了起来，并且把刚才的心事告诉了保尔。她挽住他的手臂，肩膀紧靠着他的肩膀，这才安下心来。

"我还不到二十三岁，可是神经衰弱得像个老太婆。你也许会把我当成胆小鬼，那可就错了。不过我今天精神特别紧张。现在有你在身边，我才觉得安心，老是这么提心吊胆的，真有点不好意思。"【写作借鉴：呼应前文，再一次暗示时代、社会背景。】

黑夜、荒凉的广场、会上听到的波多拉区昨天发生的凶杀案，都使她感到恐惧；但是保尔的镇定、他的烟卷头上的火光、被火光照亮的脸庞和他眉宇间刚毅的神情——这一切让她内心的恐惧烟消云散了。

仓库已经落在身后了。他们走过河上的小桥，沿着车站前的公路向拱道走去；这拱道在铁路的下面，是市区和铁路工厂区交界的地方。

车站已经落在右面很大一段距离了。一列火车正向机车库后面的支线开去。到了这里，基本就算到家了。拱道上面，在铁路线上，亮着色彩各异的指示灯和信号灯，机车库旁边，一辆调度机车疲倦地喘着气，在夜间开回去休息了。【名师点睛：工人工作辛劳，阶级分层明显。】

拱道入口的上方，立着一盏路灯，挂在生锈的铁钩子上。风吹得它轻轻地来回摇晃，幽暗的灯光时不时地在拱道的墙与墙之前来回跳动着。

离拱道入口大约十步的地方，紧靠公路，有一所孤零零的小房子。两年以前，一颗重炮弹击中了它，内部被毁于一旦，正面的墙也坍了。现在，它露着巨大的窟窿，破败不堪，仿佛一个可怜兮兮的乞丐临风站在路边。这时可以看到拱道上面有一列火车开了过去。【名师点睛：

暗示了战争的可怕，同时再一次点出社会的黑暗、形势的紧张。】

"咱们总算快到家了。"安娜松了一口气说。

保尔想悄悄地抽回他的手，但是安娜不肯放。他们从小破房子旁边走了过去。

突然，身后传来了急速的脚步声，吁吁地喘气声，是有人在追赶他们。【写作借鉴：营造了小说的气氛，突显紧张感，为下文埋下了伏笔。】

保尔急忙往回抽手，但是安娜吓坏了，紧紧抓住不肯放手。等到他终于使劲把手抽出来的时候，已经晚了：他的脖子被铁钳似的手掐住了。接着又被人猛然往旁一搡，他的脸就扭了过来，对着袭击他的人。那人用一只手狠劲扭住他的衣领，勒紧他的咽喉，另一只手拿手枪慢慢画了半个圆圈，对准了他的鼻子。

保尔的眼睛像中了魔法一样，极度紧张地跟着手枪转了半个圆圈。现在，死神就从枪口里逼视着他，他没有反抗之力，也没有勇气把眼睛从枪口移开哪怕百分之一秒钟。他等着听到枪响声，但是枪没有响，于是保尔那睁得溜圆的眼睛看见了歹徒的面孔：大脑袋，方下巴，满脸黑胡子，眼睛藏在大帽檐下面，看不清楚。

保尔斜着眼睛，用余光一扫，看见了安娜吓得惨白的脸。就在这时，一个歹徒正把她往破房子里拽。歹徒扭着她的双手，把她摔倒在地上。保尔看见拱道墙壁上又有一条黑影朝这边奔来。身后的破房子里，正在搏斗。安娜拼命地挣扎着，一顶帽子堵住了她的嘴，从被掐住的脖子里发出的喊叫声中止了。监视着保尔的那个大脑袋歹徒，显然不甘心只做这种兽行的旁观者，他像野兽一样，急不可耐地要把猎物抓住。【写作借鉴：将歹徒比作野兽，形象生动地将他的残暴、凶恶描写出来。】他大概是个头子，现在这样的"分工"，他绝对不会满意。眼前，他抓在手里的这个少年太嫩了，看样子不过是个机车库的小徒工。

这么个毛孩子对他不会有什么威胁。"只消用枪在他脑门上戳几下，让他到广场那边去——他准会拼了命地跑，一直跑到城里，连头

▶ 钢铁是怎样炼成的

也不敢回。"大脑袋想到这里，松开了手。

"赶快滚蛋……从哪儿来，到哪儿去，你敢吱一声，就一枪要你的命。"大脑袋用枪筒戳了戳保尔的前额，"快滚！"他嘶哑地低喝了一声，同时把枪口朝下，免得保尔害怕他从背后开枪。

保尔连忙往后退，头两步是侧着身子走的，眼睛还盯着大脑袋。歹徒以为他是怕中枪，便回身朝那座房子走去。

保尔马上把手伸进口袋，心想："千万慢不得，千万慢不得！"他一个急转身，平举左臂，枪口刚一对准大脑袋歹徒，啪地就是一枪。【写作借鉴：语言和动作描写，表现了保尔的机智、勇敢。】

歹徒连后悔的机会都没有了。不等他抬起手来，一颗子弹已经猝不及防地打中了他的腰部。

他挨了这一枪，暗哑地叫了一声，身子撞在拱道的墙壁上，他用手抓着墙，慢慢地瘫倒在地上。这时，一条黑影从小房的墙洞里钻出来，溜进了深沟。保尔朝这条黑影放了第二枪。紧接着，又有一条黑影猫着腰，连跑带跳地向拱道的暗处逃去。保尔又开了一枪。子弹打在水泥墙上，灰土撒落到歹徒身上，他往旁边一闪，消失在黑夜中。保尔朝黑影逃走的方向又打了三枪，枪声惊动了宁静的黑夜。墙根底下，那个大脑袋歹徒像蛆虫一样，身体一屈一伸，在地上匍匐前进，做着垂死的挣扎。

安娜吓呆了，她被保尔从地上搀起来，看着躺在那里抽搐的歹徒，不相信自己已经得救了。

保尔用力把她从暗处的地方拉向明亮的地方，他们转身往城里走，奔向车站。这时候，在拱道旁边，在路基上，已经有了光亮，铁路线上响起了报警的枪声。

当他们终于走到安娜的住所的时候，拔都山上的雄鸡已经报晓了。【写作借鉴：以描述时间的方式，显示出在经历生死搏斗后的紧张和害怕，及一路走得忐忑。】安娜斜靠在床上。保尔坐在桌子旁。他抽着烟，聚精会神地凝视着灰色的烟圈袅袅上升……刚才他杀死了一个人,在他一生中,这是第四个了。

到底有没有总是表现得完完全全的英勇无畏呢?他回想着自己刚才的经历和感受,不可否认的是,面对黑色的枪口,在最初几秒钟,他的心确实是凉了。再说,让两个歹徒白白逃走了,难道只是因为他一只眼睛失明和不得不用左手射击吗?

不。只有几步远的距离,本来可以打得更准些,但是由于慌张而急促才没有命中,而紧张和匆忙无疑是惊慌失措的表现。

台灯的光照着他的头,安娜正注视着他,不放过他面部肌肉的每一个动作。不过,他的眼睛是安详的,只有额上那条深深的皱纹说明他在冥思苦想。

"你想什么呢,保尔?"

他一怔,思绪中断了,像一缕烟从半圆形的灯影里飘了出去。【写作借鉴:比喻的手法,将保尔沉思时的专注和认真体现了出来。】他把临时产生的一个想法说了出来:"我应该到卫戍司令部去一趟,报告事情的经过。"

他顾不得疲惫,勉强站了起来。

安娜真不愿意一个人待在屋里。她拉着保尔的手,迟迟不肯放开。她把他送到门口,直到这个现在对她是这样可爱可亲的人在夜色中渐渐远去,才恋恋不舍地关上了门。

保尔到了卫戍司令部,他们才弄清了铁路警卫队刚才报来的无头案。死尸马上就认出来了:这是警察局里早就挂了号的一个强盗和杀人惯犯——大脑袋菲姆卡。

第二天大家都知道了拱道附近发生的事件。这件事使保尔和茨韦塔耶夫之间发生了一场意外的冲突。

<u>工作正繁忙的时候,茨韦塔耶夫走进车间,把保尔叫到跟前,接着又把他带到走廊上,在僻静的角落里站住了。</u>【名师点睛:表现了茨韦

▶ 钢铁是怎样炼成的

塔夫不知轻重的心态，虽工作紧张，但仍找保尔询问。】他很激动，一时不知道先说什么，最后，才终于开口说了一句："你谈谈昨天是怎么回事。"

"你不是都知道了吗？"

茨韦塔耶夫心神不宁地耸了耸肩膀。保尔不知道，昨天夜里的事对茨韦塔耶夫震撼比任何人都强。他也不知道，这个锻工虽然表面上淡漠，实际上对安娜·博哈特却十分喜欢。对安娜有好感的不止茨韦塔耶夫一个，但是他的感情要复杂得多。他刚才从拉古京娜那里听到了拱道附近的事，思想上产生了一个恼人的、很难解决的问题。他不能把这个问题当面向保尔提出来，可是又很想知道答案。他多少也意识到，他的担心是出自一种卑鄙的自私心理，但是，内心矛盾斗争的结果，这次还是一种原始的、兽性的东西占了上风。

"保尔，你听我说，"他压低声音说，"咱们俩这次谈话，别让其他人知道。我明白，为了不让安娜感到痛苦，你是不会说的，不过，你可以相信我。告诉我，那个歹徒掐住你的时候，另外两个是不是强奸了安娜？"【写作借鉴：通过对茨韦塔耶夫的语言描写，侧面烘托出他做人内心的龌龊和肮脏，以及对保尔太过于看低。】说到这里，茨韦塔耶夫再也不敢正视保尔，不自然地把目光移向一旁。

保尔这才开始逐渐明白了他的意思。"如果茨韦塔耶夫对安娜只是普通的感情，他就不会这么激动。可是，如果他真的爱安娜，那么……"保尔替安娜感到受了侮辱。

"你干吗要问这个？"

茨韦塔耶夫语无伦次地说了些什么，当他觉得人家已经窥透了他的心思，就恼羞成怒地说："你耍什么滑头？我要你回答，可你倒盘问起我来了。"

"你爱安娜吗？"

一阵沉默。然后茨韦塔耶夫挺费劲地说："是的。"【写作借鉴：茨韦塔耶夫被质问时的神态表现出他自己内心的斗争，同时反映了他为人不可靠。】

322

保尔勉强压住怒火,一转身,头也不回地沿走廊走了。

一天晚上,奥库涅夫扭捏不安地在朋友的床旁边来回踱了一会儿,后来在床沿上坐下来,用手捂住保尔正在读的一本书。

"保尔,有件事得跟你说一下。从一方面说,好像是小事一桩,从另一方面说呢,又截然不同。我跟塔莉亚·拉古京娜之间弄得怪尴尬的。你看,一开始,我挺中意她,"奥库涅夫抱歉地搔了搔头,但是看到保尔并没有笑他,就鼓起了勇气,"后来塔莉亚对我……也有点意思了。【写作借鉴:以动作、语言、神态描写,体现了奥库涅夫腼腆温柔以及有担当、勇于追求人生幸福的人物形象,同时也暗示了他与保尔关系要好,在乎朋友的意见。】总的来说,我用不着对你全盘托出,一切都显而易见,瞎子也能看出来。昨天我们俩决定尝试一下建立共同生活的幸福。我二十二岁了,我们俩都是成年人。我想在平等的基础上跟塔莉亚建立共同生活,你觉得如何?"

保尔沉思了一下,说:"尼古拉,我能说什么呢?你们俩都是我的朋友,出身都一样。志同道合,塔莉亚又是一个再好不过的姑娘……这样做是理所当然的。"

第二天,保尔把自己的东西搬到机车库的集体宿舍里去了。数日后,在安娜那里合伙举行了一个不备食物的晚会——庆祝塔莉亚和尼古拉结合的共产主义式的晚会。晚会上大家追述往事,朗诵最动人的作品,一起唱了许多歌曲,而且唱得非常动听。战斗的歌声一直传到很远的地方。后来,卡秋莎和穆拉拿来了手风琴,于是整个房间响彻了手风琴奏出的美妙而清脆的乐曲声和浑厚深沉的男低音和声。这天晚上,保尔演奏得十分出色,当大个子潘克拉托夫出人意外地跳起舞来的时候,保尔就更是忘怀一切了。手风琴一改时兴的格调,奏起了如烈火一般的调子:

喂,街坊们,老乡们!

323

▶ 钢铁是怎样炼成的

坏蛋邓尼金伤心啦，
西伯利亚的肃反人员，
把高尔察克枪毙啦……

手风琴的曲调追忆着往事，把人们带回那战火纷飞的年代，也歌唱今天的友谊、斗争和欢乐。然而，当手风琴转到沃伦采夫手里的时候，这个钳工马上使劲奏出了热烈的"小苹果"舞曲，跟着就有一个人旋风似的跳起舞来，这个人不是别人，正是保尔。他跺着脚，疯狂地跳着，这是他一生中第三次也是最后一次跳舞。【写作借鉴：为后文做铺垫，使得文章上下连贯且情节曲折。】

Z 知识考点

1. 保尔因为救_____而杀了一生中的第四个人。
2. 列选项中不正确的一项是　　　　　　　　　　　（　　）
   A. 出于全世界的无产阶级事业尚未完成，保尔不得不再一次丢下母亲离开，也无心谈情说爱，他把自己的一切都献给了革命事业。
   B. 保尔大病初愈之后，又申请回到铁路工作中去。
   C. 保尔非常热爱读书，他甚至和图书馆的三个女管理员混熟了。
   D. 茨韦塔耶夫并没有敌视保尔，是保尔一直自作多情。
3. 保尔在烈士墓前说了一段什么名言？

_____
_____

Y 阅读与思考

1. 保尔为了消灭身上的不负责任现象，做了什么？
2. 茨韦塔耶夫为什么敌视保尔？

第四章

边境风云

> **M 名师导读**
>
> 保尔又一次被调到边境线工作，艰苦的环境，让他的身体承受着病痛的折磨。可他并没有向病魔低头，而是继续投身于伟大的共产主义事业中。他的伟大，他的思想值得我们每一位青年人学习和借鉴。

国境线听来似乎是个庄严神圣的地方，它的标志不过就是两根柱子。然而，就是这两根柱子，象征了两个截然不同的世界，它们静静地矗立，互相遥望，充满敌意。

其中一根柱子被修得光秃秃，上面画了黑白相间的线条，就像警察的岗亭。一只独头鹰的塑像被牢牢地钉在柱顶上面。这只凶狠残暴的飞禽正展开其双翼，用锋利的钢爪紧紧抓着这漆着线条的界桩；【名师点睛：以"独头鹰"象征资本主义国家波兰，"凶狠残暴""锋利的钢爪"等语句表现了波兰对苏联的虎视眈眈。】它伸出贪婪的钩嘴，凶神恶煞地瞪着另一个界碑上的铁牌。

另一根柱子竖在对面六步远的地方，它不过是一根削去了皮的粗大圆形木柱——完全没有敌对者的精美与华丽堂皇——它深深埋在地里。在这木柱顶上是一块铸着锤子和镰刀的铁牌。

虽然这是同一片土地上竖立的两根界桩，但是它们之间却有着不可逾越的鸿沟。它们代表着两个世界之间的一道万丈深渊，如果要越过这深渊那就必须要冒着生命的危险。

▶ 钢铁是怎样炼成的

这便是神圣的边界线。

这些无声无息的哨兵代表着苏维埃社会主义共和国，它们是庄严神圣的卫兵，顶着伟大的劳动标志，形成屹立不动的散兵线。这些庄严的卫士的队伍长达数千里，从黑海沿岸向极北地区一直延展，直插向北冰洋。这根钉着一只老鹰的柱子正是苏维埃乌克兰和地主波兰的国界。有一个叫别列兹多夫的不起眼的小镇，坐落在密林的深处，这个小镇距离国境线有十公里，而在国境线的另一头便是波兰的科列茨镇。从斯拉武塔镇到阿纳波利镇是边防军某部的防区。

北半球的冬天非常寒冷，田野上覆盖着一层厚厚的积雪。【名师点睛：描写北半球冬季的寒冷，更加突出了苏联士兵站岗保家卫国的决心和意志。】在这积雪覆盖的田野中、森林的狭窄通道上，还有蜿蜒的峡谷和高高的山岗，每隔一段就会有一个"卫兵"的身影，它们将队伍伸向河边，它们屹立在高高的河岸上，面无表情地注视着异国他乡同样被冰雪覆盖着的原野。

天气异常寒冷。一个高大魁梧的战士，正迈着铿锵有力的步伐巡视，那个镶着锤子和镰刀的界桩便在他的负责范围之内。他穿着灰色的军大衣，大衣上别着绿色的领章，脚上穿的是毡靴，雪在他的毡靴下面发出吱吱的响声。他的手上戴的是羊皮手套，脑袋包在呢子制的盔形帽里面，在军大衣的外面还有一件肥大的宽领羊皮外套，那外套长得一直拖到脚跟。【写作借鉴：细致地描写了苏联士兵的衣着，与后文波兰哨兵在风雪中的行头做对比，反映了社会主义制度下，苏联对士兵生活的重视和保障。】这一身打扮，完整地圈住了从身体散发出来的全部热量，即使有要命的暴风雪袭来也不用害怕。

这个红军战士饶有趣味地品尝着自制的马合烟，他的皮外套拖在地上，下摆沾满了积雪。他扛着一支步枪，在巡逻线上来回走着。

因为这是开阔的平原，即使在苏维埃边境线上的两个哨兵之间有一公里的距离，仍然是可以互相遥望的。

波兰哨兵的装备很显然不如这边的红军战士，他的头上戴着四角军帽，穿着低劣的高筒军鞋、灰绿色的军服，然后就只有一件缝着两排亮纽扣的黑大衣套在外面了。<u>在他的军帽上、呢子肩章上、领章上都缀满了鹰的图案，然而这么多鹰也并没有给他带来一丝温暖的气息，凛冽的寒气仍旧轻松无比地钻进了他的骨头里面。</u>【名师点睛：此处指波兰士兵在冰天雪地里，基本的保暖需求得不到满足，国家与信仰也带不来任何温暖。】他不停地搓着冻得麻木的耳朵，在向前行走的同时，他的两只脚互相踢着，以保持些温暖和知觉。他的手上只戴着一双薄薄的手套，手指早已经冻得僵硬了。

这个波兰士兵沿着自己的巡逻线向红军战士迎面走来，不敢有哪怕片刻的停留，即使是瞬间的静止，也会让他全身的关节马上冻僵。他只有不停地来回走动，有时甚至还要跑上一段距离来给自己提供些热量。现在，这两个哨兵相遇了——在边防线的两边，波兰士兵转过身来，与红军战士并排走着。

本来边界上是禁止交谈的，可是在这种空旷无际的荒野上，杳无人烟，只在前面一公里以外才有人影，谁又能够清楚地知道这并肩行走的两个人，有没有违反了国际法的规定呢？

这时候波兰士兵想要抽烟了，可找遍浑身的每一个口袋都没有发现火柴。<u>这个时候旷野的微风恶作剧一般故意把马合烟的诱人香味从边界的另一边吹来。这香味诱惑着波兰人的鼻孔，他不再搓那冻得麻木的耳朵，他的心蠢蠢欲动。</u>【名师点睛：此处表面上写波兰士兵为借火柴，动摇了坚守国际法的决心，实则反映了波兰士兵生活得不到保障，军心不稳，士气不振。】他向四下里张望——保不准有班长、中尉或者其他的上司会带着骑兵巡逻队到边境线上来，这些长官总是会出人意料地从山岗后面钻出来查岗的。可是现在，只有空无一人的荒野，满眼是在白雪映衬下璀璨的阳光，空中没有一片雪花飘落，大地上也没有一个人影走过。

▶ 钢铁是怎样炼成的

波兰士兵终于忍不住首先开了口："同志，借我用一下火柴。"虽然他讲的是波兰话，但毫无疑问是破坏了公法的神圣性。说完，他将自己那上着刺刀的法国连射步枪背在背后，然后费了好大的力气才从大衣的口袋里面摸出一包廉价烟卷来——他的手指已经冻得没有知觉了。

这边的红军战士听见了波兰人的请求，但是他并没有完全理睬那个波兰士兵的话，而且，更重要的是边防军条令是明令禁止战士跟境外任何人交谈的。因此，他并没有做出任何举动，只是继续迈着有力的步子，面朝前方走着。厚厚的积雪在他那两只暖和而柔软的毡靴下面，发出咯吱的尖叫声。

波兰士兵见到此景，又说："布尔什维克同志，请扔盒火柴过来吧，借个火，我想要抽支烟。"这一次他是用俄语说的。

这次，红军战士完完全全地听懂了，他仔细打量起身边这个"敌对者"，心里暗思："看来寒气已经渗透进入了这可怜卫兵的五脏六腑里了。他的生活可真是可怜，哪里像是代表资产阶级的兵。如此天寒地冻，衣衫又如此单薄，还得出来放哨，怪不得他冻得像兔子一样不停地蹦来蹦去，他也确实应该抽支烟啊。"于是，红军战士没有作声，甚至连头也没动一下，只是扬起手扔了一盒火柴过去。【写作借鉴：通过对红军战士的动作描写，反映了红军战士对军法的遵守和维护以及对波兰士兵的同情。】

波兰兵接过这火柴，尝试着去点烟，而寒冷的空气使他划了一根又一根，费了好大的劲儿才把烟点着了。然后，他又同样轻轻地将那盒火柴扔回了边界。于是，红军战士也在无意之间破坏了公法："我还有很多，你留着用吧。"

"谢谢，还是不用的好，这一小盒火柴就足以让我蹲两年监狱。"【写作借鉴：通过对波兰士兵的语言描写，反映了资本主义国家波兰军法的严酷。】波兰兵回答。

那个火柴盒上面印着一架飞机。可奇怪的是飞机头上并不是螺旋桨，而是一只强有力的拳头，并且写着："最后通牒"。看过之后，这红军战士想："还真是不假，这个东西还真的是不能给他的。"

随后，波兰士兵虽然在烟抽，却并没有转身往回走，他继续和红军战士并肩前行。他的确需要有个伴，哪怕只是默默地共同行走，因为这空旷无人的原野实在是让人感到孤独。

茫茫雪地上出现了两个骑马者，他们的马鞍伴着整齐的节奏咯吱咯吱地响着，马的脚步又轻快又平稳。其中一匹黑色公马的鼻孔周围挂上了一层白霜。马儿们呼出的白雾都飘洒在空气里。营长骑着一匹花骡马，它也许知道自己的主人是位长官，所以神气十足地迈着步子，还不时把纤细的脖子弯下来，把弄着辔头。两个骑马的人全都穿着灰色的军大衣，腰间扎着武装带，袖子上都有三个方形的红色军衔标志。不同的是，营长加夫里洛夫的领章是绿色的，而另外那个人的领章则是红色的。加夫里洛夫是位边防军人，他就是这里的最高统帅，他所管辖的一个营的队伍就在这绵延七十公里的防区内站岗放哨。今天，与他同行的正是从别列兹多夫来的客人——柯察金，第二军训营的政委。

<u>因为今晚下过雪，所以到目前为止，这松软的雪地，是平平整整的一片，一丝印记也没有。</u>【写作借鉴:描写雪后平整的地面，为后文"发现来自波兰的脚印"做了铺垫。】他们骑着马走出一片小树林，然后策马在原野上飞驰。一瞬间，就有一对界桩出现在侧面四十步以外的地方。

"吁……！"加夫里洛夫突然勒紧了马缰绳停下来。于是，保尔也拨转马头停下，他想知道营长看见了什么才停步不前。这时，加夫里洛夫从马鞍上向下探着身子，仔细地观察着雪地上出现的一排奇怪的迹印——就像是有人用带齿的轮子在上面滚过。可以判断这是一只狡猾的小动物留下的，它会在行走的时候将后脚踏在前脚的脚印上，并有意地来回兜了很多个圈子来混淆视听。我们很难分辨出这只小兽究竟从何方走来，但是引起营长百倍注意的并不是这些野兽的脚印，就在这些野兽脚印的旁边，还有另外一些脚印，这些脚印上面已经薄薄

▶ 钢铁是怎样炼成的

地盖上了一层雪。毫无疑问，这里有人经过。并且他丝毫没有故布疑阵，他是径直朝树林里走去的，他的脚印也明了地告诉我们他来的方向——波兰。营长继续策马前进，他循着脚印走到了哨兵巡逻线。这些脚印甚至在波兰境内十步远的地方，还清晰可见。

"晚上有人从这里越境了。"营长小声嘀咕着。

"又是直穿过三排防区，妈的！可是在他们早晨的报告里压根什么都未提及。"加夫里洛夫颤着他那有些花白的小胡子愤愤地说。他呼出的气体凝结成白霜，就像在小胡子上镀了银一样，透露出威武的气息。

这时，他们看见有两个人正朝自己走来。一个穿着黑色的衣服，身材矮小，在背后背着一把闪亮的法国刺刀；另一个身材魁梧，穿着黄色的羊皮外套。于是，他们策马前行，马上就来到了那两个人的跟前。这个红军战士看见了首长的出现，吐掉嘴里的烟头，将肩上的枪带摆正，等待首长的问话。

"您好！同志，有什么情况吗？"营长说着把手伸向红军战士——这个战士身材高大，营长坐在马上不用弯腰也能与他握手。这个战士赶忙将手套摘下来，回应营长的问候。【写作借鉴：通过对营长的动作、语言描写以及对战士的动作描写，表现出苏联军官与战士相处的和睦亲密，互敬互爱。】

那个波兰哨兵一直在旁边看着。他根本就没有想到两个红军军官（在布尔什维克的军队里袖章上有三个小方块可就是少校军衔）可以同一个普通士兵握手，就像是交往多年的亲密朋友一样。那一瞬间，他似乎感觉到他的扎克尔热夫斯基少校在同他自己握手一样——这可真是一种离奇的想法，他不禁又回头看去。【名师点睛：看到苏联士兵与军官握手，波兰士兵觉得"离奇"，反映出波兰士兵与军官之间等级森严，冷漠疏离。】

"报告营长同志，我刚刚换班。"红军战士回答说。

"那么，您瞧见那边的脚印了吗？"

"还没有看见，营长同志。"

"请问，是谁在夜里两点到六点值班？"

"是苏罗坚科同志。"

"那好，就这样吧，一定要更加谨慎。"

"尽量不要跟他们并肩巡逻。"营长在临走时，又严肃地提醒道。

这两位长官骑着马，在边界和别列兹多夫镇之间的大路上奔跑，营长发表了自己的看法："任何时候在边境上都不能放松警惕。倘若稍有疏忽，就要倒大霉。像我们这样的边境守军连觉都不能好好睡的。谁都知道白天越境是很难的，所以一入夜，我们就必须提高警惕。柯察金同志，众所周知，在我负责的范围内就有四个跨界的村子，管理这样的村子实在是太麻烦了。就算你安排成百上千的哨兵在村子里，一旦有了红白喜事或者逢年过节，亲戚们就一定会穿越边界，在一起聚会的。这样的情况司空见惯，也是轻而易举的——边界两边的房子只有二十步远的间隔，就连母鸡也能蹚过边界的那条小河，所以啊，走私是绝对无法避免的。这些也没什么了不起的，不过就是一个老太婆会偷偷带两瓶四十度波兰香露酒送人或回家之类的事。令人厌恶的是，这样的环境给很多大走私犯提供了生存的空间，他们有雄厚的资本和庞大的规模。你知道波兰人都在干什么吗？在靠近边界的每一个村子里都有他们开设的百货商店——你的所需，应有尽有——只是，它们不与那些贫苦的农民做生意。"【名师点睛：通过对营长的语言描写，反映了波兰资本主义制度下贫苦农民地位的低下，生活的艰难。】

保尔颇有兴趣地听着营长的讲述。不间断地侦察就是边防线上的生活。

"关键问题仅仅就是走私吗？加夫里洛夫同志。"

"你这回问的可是关键的问题了！……"营长声音低沉有力。

别列兹多夫是边境上的一座小镇。这是在很久以前指定准许犹太人居住的偏僻角落。这里乱七八糟地挤着二三百座小破房子。这里还

▶ 钢铁是怎样炼成的

有一个以二十来家小店铺为中心的集市，规模还算大，只是环境实在不忍直视——到处堆积着污泥和粪便。而小镇的周围便居住着那些穷苦的农民。还有一座古老的犹太教堂，在这犹太人聚居的地区矗立，它就坐落在通向屠宰场的道路旁边。

这座教堂早已破败不堪，放眼望去只剩一片萧瑟的景象。每逢礼拜日的时候，这里虽然还不至于萧条到门可罗雀，但是光景早已大不如前了，祭司也早已失去了他所希望的那种生活了。这样看来，一九一七年发生的变化的确不是件好事，因为就连这个穷乡僻壤，也没有任何一个青年人对祭司怀有敬畏之心了。只是，那些老年人还没有忘记宗教的信条，而越来越多的小孩子已经开始亵渎神明，吃起猪肉香肠来了！【名师点睛：通过描写小孩子吃"猪肉香肠"，反映了人们观念更新，逐渐抛弃了旧的宗教信仰。】呸，想着都特别恶心！一头猪正认真地拱着粪堆寻找食物，博鲁赫祭司气呼呼地走上去踹了它一脚。还有一件事很是让这祭司恼火，别列兹多夫区竟然成了变化的中心。而且，有无数的共产党不知不觉地跑来，他们越闹越凶，真是让人没法过一天舒坦的日子。就在昨天，他还看见神父家的大门上挂了一块新的牌子：乌克兰共产主义青年团别列兹多夫区委员会。这块讨厌的牌子一定会给他带来霉运的。

祭司一边走，一边暗自寻思，神不知鬼不觉地走回到教堂门前，没想到教堂门上竟然有一张小小的布告贴在那里，上面写着：

今日在俱乐部召开劳动青年群众大会。届时苏维埃执委会主席利西岑与区团委代理书记柯察金同志将莅临大会并做报告。会后有歌舞表演，由九年制学校学生演出。

看过以后，祭司仿佛发了疯似的把它从门上扯下来，重重摔在地上。"哼！真是没有王法了！"【写作借鉴：通过对祭司看到报告后的动作、语言描写，表现了祭司对社会主义制度的厌恶，反映了他的固执和腐朽。】

神父的家有一个大花园，它包围着镇上的正教小教堂，有一座宽敞的老式房子坐落在花园里。从前神父和他的妻子就在这里居住，而现在空旷宽敞的房间里满是发霉的气味，神父一家与这房子一样老朽而且空虚，早就彼此厌嫌了。当新主人搬进这所房子，从前的空虚和寂寞便一扫而空了。那间大客厅，曾经只是在宗教节日来临的时候才派上用场，而现在却常常挤得水泄不通。【名师点睛：将神父的家，从前"空荡荡""满是发霉的气味"与新主人搬进后"空虚寂寞一扫而光""常常挤得水泄不通"相对比，表现了苏联居民对社会主义制度的拥护。】因为，神父的府第已经成了别列兹多夫区党委会的所在地。就在前门右边的一个小房间的门上，写有几个粉笔字——共青团区委会。保尔每天就会在这里工作一段时间，现在他不仅担任第二军训营的政委，还是刚成立的共青团区委会的代理书记。

　　自从奥库涅夫在安娜那里举行了结婚庆典至今，八个月过去了，但是当时的情景总是历历在目。于是，保尔将成堆的公文推到一旁，靠在椅背上不禁陷入了沉思……

　　整个房间都静悄悄的。夜幕静静来临，党委会的人各自散去了。区党委书记特罗菲莫夫是最后一个离席的。所以，现在，只有保尔一个人坐在房子里面了。

　　窗户上布满了形状各异的冰花，一盏煤油灯摆在桌上，炉子里的火在熊熊地燃烧。保尔回想着前些时发生的事情。那是在八月间，铁路工厂团委任命他为团组织的负责人，坐着抢修列车到叶卡捷琳诺斯拉夫去。这项工作一直持续到深秋，这一百五十人的抢修队在不同的车站间来回奔波，医治战争造成的创伤，清除毁坏的车辆。他们还到过锡涅利尼科沃至波洛吉这一带。这里曾经是马赫诺匪帮纵横的地方，几乎被破坏和劫掠得体无完肤。在古利亚伊——波列，他们花费了整整一个星期的时间才修复了那石制的水塔，并用铁皮修补好了被炸坏的贮水箱。保尔会做电工，但并不懂钳工的技术，并且从来没有干过这样的活，但是他依然努力地工作，有上千个锈掉的螺丝帽被他亲手

▶ 钢铁是怎样炼成的

用扳手拧紧。【名师点睛：保尔不擅长钳工技术，但他仍亲手做好每一件工作，表现了保尔敢于尝试以及工作认真负责的优良品质。】

一直到了秋末冬初，他们才完工，回到了工厂，大家热烈欢迎这一百五十个工作人员重返车间……

于是，保尔又经常在安娜房间里出现了。他已经舒展开额上的那条皱纹了，他那极具感染力的笑声又时常在耳边响起了。他又可以在小组会上为那些满身油污的弟兄们讲过去的斗争故事了。他为他们讲那些敢于造反的、被奴役的、穷苦的俄罗斯农民的事迹，讲他们是怎样努力推翻沙皇的统治，讲斯捷潘·拉辛[1667—1671年，俄国农民起义领袖]和布加乔夫[约1742—1775年，1773—1775年俄国最大一次农民起义领袖]的起义。

一天夜晚，在安娜的家里又聚集了许多年轻人，正是这一天，保尔意外地戒掉了多年养成的不良嗜好——抽烟。这是他幼年时期就养成的习惯，但是那天他却坚定地宣布："从今以后，我不再抽烟了。"

确实突然。本来只是有人说，人没办法克服习惯，习惯养成了就没法改掉，抽烟就是个很好例子。然后，这句话引起了争论。当时，保尔并没有参与，可是塔莉亚硬把他卷进来，要他说说自己的看法。于是，他说出了自己的想法："人应该学会支配习惯，而绝不能让习惯来支配人。不然，这该是件多么荒唐的事啊。"【写作借鉴：通过对保尔的语言描写和戒烟的例子反映出保尔坚毅、自制力强的优良品质。】

这时，茨韦塔耶夫在角落里唱起了反调："说得倒是好听，柯察金同志就是喜欢唱高调。我要戳穿他的牛皮。他本人就很喜欢抽烟，他也清楚地知道抽烟没有任何好处。那为什么不戒掉呢？还不是没有那么大的能耐。还有，他在前不久的小组会上'宣传文明'，但是他还骂不骂人？让他自己来回答。"说到最后，茨韦塔耶夫居然掺杂了冷嘲热讽的口气，他又说道，"认识柯察金的人都知道：骂的确实是少了，可是骂起来也确实厉害啊。真是当老师容易当圣人难啊。"

茨韦塔耶夫这种挖苦人的腔调让在座的人感到很是不悦，大家都默不作声。保尔没有马上回答和反驳，他只是从嘴上缓缓将烟卷拿在手里，揉碎了，然后轻声说了一句："从今以后，我不再抽烟了。"【名师点睛：保尔面对茨韦塔耶夫的讽刺时的表现，反映了保尔对他人的宽容。】

全场沉默了片刻后，他又补充说道："戒烟主要是为了我自己的身体，其次也为了茨韦塔耶夫。如果一个人连自己的坏习惯都不能克服，那他就没有活着的意义。我承认，我还有个喜欢骂人的坏毛病。这个可耻的毛病我也的确还没有完全克服掉，不过我已经进步多了，就连茨韦塔耶夫不是也承认很少听见我骂人了吗。毕竟话是容易脱口而出的，不像戒烟那么容易，所以我现在还不能保证我不会再骂人，但是迟早有一天，我会把骂人的毛病完完全全地克服掉。"

在入冬以前，有大量木排壅塞在河道里。但这一年秋水泛滥，木排被冲散了好多，它们顺着河水漂下去了。为了不让这些木头白白损失掉，于是索洛缅卡区又派出了共青团员打捞队去抢救这些稀缺的木材。

当时，保尔的感冒很严重，但是他不愿意落在大家后面，便隐瞒了病情，与同志们一起参加劳动。仅仅过了一个星期，被打捞上来的木头已经在码头两岸堆积如山了。可是冰冷的河水和秋天的潮湿唤醒了一直以来潜伏在他血液里的敌人——他发起了高烧。在接下来的两个星期，急性的风湿病又使他的身体备受折磨，当他从医院回到工厂以后，就只能"趴"在工作台上工作了，工长见了都忍不住摇头。几天之后，一个客观公正的委员会得出保尔已丧失劳动能力的结论，只好让他退职，并让他领取抚恤金。可是保尔生气地拒绝了。【名师点睛：此段描写了保尔隐瞒病情坚持工作，病情加重被要求退职时，愤怒拒绝，表现出一个共产主义战士舍己为人，为共产主义事业奋斗的高尚品德。】

保尔身心悲痛，只得离开心爱的工厂。他拄着手杖，克制着身体的剧烈疼痛和心理的巨大悲痛，艰难地挪动着脚步。他有些想念他的

▶ 钢铁是怎样炼成的

母亲了，她曾经多次来信叫他回家去看看，他还想到母亲在临别时的话语："我只有在你们生病受伤的时候，才能见到你们。"【写作借鉴：通过保尔母亲临别时的话语，侧面表现出保尔工作的忙碌，体现了他的奉献精神。】

之后，他来到省委会领了共青团和党的两份组织关系证明书，便离开了。为了不给别人带来更多的分别之苦，他几乎没有告诉任何人，就动身回到母亲那里去了。在家里的那段时光，母亲用心医治他那两条肿腿，用草药熏，又给他按摩。他恢复得很迅速，一个月以后，他就可以脱离手杖了。他内心的阴霾已经消失，眼前又出现了温暖的阳光。

病好以后他又回到了省城。三天之后，他便接到了组织部开来的到省军务部的介绍信，他将受到军务部的分配去做地方武装的政治工作。

于是一星期以后，他便来到了这个被冰雪覆盖的小镇，担任起第二军训营的政委。这次，共青团专区委员会又交给他一项任务——把分散的共青团员组织起来，在这个新区成立起团组织。看，生活就是这样变化多端的。

天气热起来了，执委会主席办公室外的一棵樱桃树，正探出枝丫向敞开的窗户里窥视。【写作借鉴：运用了拟人的修辞手法，"探出""窥视"生动形象地写出了樱桃树生长之态。】一座哥特式的波兰天主教教堂坐落在执委会的对面，钟楼上那镀金的十字架在太阳的照射下闪闪发光。小花园里呈现出一片祥和兴盛，一些被执委会看门人的妻子饲养的小鹅正在活蹦乱跳地找寻食物，它们就像是身边生长着的小草，翠翠的葱绿色，毛茸茸的，十分可爱。【写作借鉴：运用了比喻的修辞手法，将饲养的小鹅比作"身边生长的小草"，形象生动地写出了小鹅的可爱。描写一片祥和之景，与下文执委会主席阴郁的心情做对比。】

可是，与这景象不符的是，执委会主席的脸上掠过一道阴霾，他看了刚刚接到的一份紧急电报。随后，他那粗壮有力的手指插进蓬松的头发里，半天都一动不动。

别列兹多夫执委会主席——尼古拉·尼古拉耶维奇·利西岑是一个年轻人，今年才二十四岁，党内外同志都不知道他的年龄。他并没有实际年龄那么年轻，身材高大，为人严肃，有时候甚至很严厉，看上去足有三十五岁的年纪。他有着强壮结实的身体，硕大的头颅长在粗壮的脖子上，深棕色的眼睛不时地露出锐利而严峻的光芒，他的下颌棱角线条分明。【名师点睛：通过外貌特征的描写，反映了利西岑严肃认真的性格特点。】他经常穿一条蓝马裤、一件灰军装，并且将一枚红旗勋章戴在左胸的口袋上。

在十月革命以前，利西岑就在图拉兵工厂当车工。他像祖父和父亲一样，自童年时代起，就在这个工厂里做切铁、削铁的工作。

可是，就在一个秋夜，这个一直以来只制造武器的工人，却第一次拿起了武器，从此在革命的大风暴中辗转生存了。

他跟随着党，跟随着革命，一次又一次地在激烈的斗争中搏斗。他已经走过了从一个图拉的军械匠转变成战士的光荣之路，而且他已经从一个普通的红军战士成长为团长和政委了。

战火和炮声已经消失。现在，利西岑被分配到这个边境地区，过着安宁的生活。他经常会工作到深夜，他一直在研究有关农作物收成的综合报告。可是现在，这份急电使他仿佛瞬间又置身战场。

这是份简略的电文，内容是这样写的：

绝密。别列兹多夫执委会主席利西岑。近发现有大批波兰匪徒频繁越境，似将骚扰边境地区。希尽快采取措施加以防范。速将财务科现款及贵重物品转移至专区，勿滞留税款。

办公室的窗户对着院落，利西岑可以透过它看见任何走进区执委会的人。这时，他看见保尔走上台阶了。随后，便传来了轻轻的敲门声。

▶ 钢铁是怎样炼成的

利西岑将保尔请进屋,并紧握着他的手说:"请坐,咱们好好谈谈。"

之后的一个小时里,没有任何一个人走进执委会主席的办公室。【名师点睛:此句为保尔与利西岑的谈话蒙上了一层神秘色彩,吸引了读者的阅读兴趣。】

一直到正午时分,保尔才从办公室里走出来,正巧碰到利西岑的小妹妹妞拉从花园里跑了出来——保尔叫她小阿妞。这是个害羞的小姑娘,经常带着与她的年龄不相符的严肃表情,但是每次遇见保尔,都会亲昵地微笑着打招呼。【名师点睛:小姑娘羞涩和略带老成的性格与她对待保尔的态度进行对比,反映了保尔待人的亲切、友善。】这次也不例外,她仍然用小孩子的方式笨拙地跟保尔握手,同时将一绺挡在前额的短发甩开。

"还有人在我哥哥那儿吗?嫂子在等他回去吃午饭,已经等了很久了。"妞拉问道。

"去找他吧,小阿妞,现在屋里就他一人。"

在随后的第二天,天还没亮的时候,就有肥壮的马匹拉着三辆大车,来到了执委会的门前。车上有低声交谈的声音,之后,从财务科搬出来几只封得严严实实的麻袋,装上了车。几分钟后,公路上便响起了马蹄和车轮滚动的声音。这时,保尔正带领一队人守护在大车附近。然后,他们安全地到达了离小镇四十公里的专区中心,并把这些贵重物品安全地放置在了专区财务处的保险柜里。几天以后,有一个骑兵从边界飞跑到别列兹多夫来。这个骑兵和他那匹跑得满身是汗的马引起了镇上那些好热闹的人的围观,他们疑惑地盯着这个骑兵。

这个骑兵一直跑到了执委会的门口,扑通一声跳下马来。他扶着军刀,穿着笨重的马靴,台阶在他脚下叮咚直响。利西岑一脸凝重,眉头一直紧皱,拆开他送来的公文,并在封袋上签了字。然后,那个边防军人没有片刻的歇息,随即跃上马鞍,顺着原路飞奔而去了。【写作借鉴:骑兵一系列动作描写,表现了他的来去匆匆,反映了军情的紧急,

338

渲染了紧张的气氛。】

这封信的内容是个秘密，除了执委会主席，谁也不知道它上面都写了什么。但是，镇上的小市民总是有着灵敏的嗅觉。当地的那些小商贩，大约有三分之二的人是要搞点走私活动的，经常在这样的行当里闯荡，他们已经培养了一种能够预测到危险将至的本能。

这时，有两个人行色匆匆地从人行道上向军训营营部走去，保尔就是其中之一，当地的居民没有不认识他的——他总是带着枪。【名师点睛：保尔总是随身带枪，以至于当地居民都了解他的细节描写，体现了保尔为人处事的谨慎和高度的责任感。】而另外一个就是区党委书记特罗菲莫夫，他也扎起了武装带，并在上面别了一把左轮手枪——情况可真的有些不妙了。

片刻之后，有十五个端着上好了刺刀的步枪的士兵从营部里跑出来，他们直奔十字路口的磨坊。其余的党团员也在党委会全副武装起来。执委会主席也戴上他的哥萨克羊皮帽，挂着他的毛瑟枪，骑马跑了过去。这显然是出了异乎寻常的大事，忽然之间，不论是广场，还是偏僻的小巷，全都被死一般的寂静笼罩——一个人影也没有。一瞬间，各个店面都挂上了中世纪的大锁，就连窗板也都关上了。【名师点睛：极度的安静，烘托出战前紧张的气氛。】空旷无人的大街上只有那些傻傻的母鸡和懒洋洋的猪，还不停地在垃圾堆上寻找食物。

这些武装起来的士兵在镇边的几个园子里设下了埋伏。在他们面前就是田野，和一条望不到边际的笔直的公路。

利西岑收到的情报是这样的：

昨夜一股百余人的骑匪，携两挺轻机枪，交火之后，于波杜布齐地区流窜入苏维埃国境。希即采取措施。匪徒消失于斯拉武塔林区。本日将派出百名红军哥萨克骑兵经别列兹多夫地区追击匪徒，特此告知，以免误会。边防军独立营营长加夫里洛夫。

一小时以后，果然在通往别列兹多夫镇的大路上出现了一个骑马

钢铁是怎样炼成的

者,在他身后一公里处便是一队骑兵。保尔全神贯注地观察着。这个骑马的人渐渐逼近了,他并没有发现园子里的埋伏,很显然,这红军哥萨克第七团的青年战士,刚刚才开始做侦察的工作。这时,埋伏在园子里的人一下子跳到路上,将他团团包围。随后,他们便互相看见了军便服上都佩戴着青年共产国际的徽章,然后不好意思地笑了。在简短的交流之后,这个青年战士便掉转马头,向身后的骑兵队伍跑去。当岗哨放过这一队红军哥萨克骑兵之后,又重新埋伏在那几个园子里。

动荡不安的日子只持续了数日。后来,利西岑接到通报说,匪徒虽然企图进行破坏活动,但最终未能成功,已经在红军骑兵的追击下,仓皇逃出国境了。

在这个边境地区,布尔什维克组织人数极少,一共只有十九个人,他们正在紧锣密鼓地进行苏维埃的建设工作。这是刚刚组建的新区,就像白手起家一样,一切都必须从头做起。而且由于这一带是边境地区,他们不能有一丝一毫的放松和怠慢。

新区建立起来以后,工作也就随之来了——改选苏维埃、剿匪、缉私、开展文化活动、加强部队里的党团工作。这些复杂的工作,使利西岑、特罗菲莫夫、保尔以及团结在他们周围的那些少数的积极分子,经常不分昼夜地忙碌。

<u>白天,保尔一跳下马,就直接奔向办公桌;办公之后,便又到新兵训练场上去了;他还要往返于俱乐部和学校之间,每天还有两三个会议要参加。晚上,他又会骑上马,挎上毛瑟枪,对过路的行人厉声喝问:"站住!什么人?"同时,还要监听那些越境走私的马车发出的声音。他就是这样兢兢业业地度过作为第二军训营政委的每一个白天和大多数的夜晚。</u>【名师点睛:记述保尔一天的工作,他的工作繁重,但他仍恪尽职守,做好每件事,体现了保尔对工作认真负责,不向困难低头的高尚品质。】

保尔与莉达·波列维赫和任卡·拉兹瓦利欣三人组成了别列兹多

夫共青团区委会。莉达任妇女部长，她出生在伏尔加河附近，长着一双小眼睛。拉兹瓦利欣是个漂亮的高个子青年，刚刚中学毕业，他虽然年纪轻轻却不失稳重，他喜欢精彩绝伦、刺激的冒险小说，熟悉歇洛克·福尔摩斯[英国作家柯南道尔（1895—1930年）的侦探小说中的主人公]的侦探故事和路易·布斯纳[法国作家（1847—1910年），写过许多冒险小说和历史小说]的作品。他曾经是一个区党委的行政干事，加入共青团刚刚四个月，可是他总是在其他团员面前摆出"老布尔什维克"的派头。因为实在是无人可派，专区党委在长时间的考虑之后，只好把他派来别列兹多夫负责政治教育工作。

正午的阳光火辣辣的，就连最隐蔽的角落也充斥了炎热的气息，动物们都躲到阴凉的地方乘凉去了，狗也无精打采地趴在粮仓的墙根底下打盹。所有的动物似乎都消失了一样，只有一头懒惰的猪还躺在井边的水洼中，将身子埋在肮脏的污泥里避暑，发出舒适的哼哼声。
【写作借鉴：描写了炎热天气里，各种动物的状态，与下文保尔仍坚持工作的行为做对比，突出了保尔吃苦耐劳、不畏艰难的品质。】

保尔解开缰绳，忍着膝盖上令人窒息的疼痛，咬着牙跨上了马。一名女教员站在学校的台阶上，用手搭在额头上遮阴，微笑着对他说："政委同志，再见。"【名师点睛：炎热天气里，保尔仍带病坚持工作，体现他高度负责的工作态度。】

马已经狂躁地跺着蹄子，伸直了脖子，绷紧了拴在它头上的缰绳。

"再见了，拉基京娜同志。我们说定了：明天请您给上第一课。"

随后，马感觉到缰绳被放松了，便立刻开始奔跑。可是，就在这时，保尔的身后突然传来一阵凄厉的叫喊。通常，只有在失火的时候，妇女们才会发出这样的惨叫。于是，保尔立刻勒住马缰，翻过身来观看。他看见一个年轻的农妇惊慌失措地从村外跑来。拉基京娜立刻走到路当中，拦住了她。住在附近的人家也都有人跑出来一看究竟——这些人大多是上了年纪的老人，年轻力壮的人都下地干活了。

341

▶ 钢铁是怎样炼成的

"天啊！乡亲们哪，出大事啦！哎呀，真是不得了啊，不得了啊！"

保尔驱马向着人群走来，这时越来越多的人从四面八方聚集过来想一探究竟。大家将这个妇女团团围住，扯着她的衣袖，争相提出一大堆问题，但是她已经慌得语无伦次，根本没办法说清到底发生了什么事情。她只是不断地喊："杀人啦！拼命啦！"【写作借鉴：通过对妇女的语言描写，表现了她极度的惊慌。】就在这时，有个胡子乱糟糟的老头，一只手提着粗布裤子，笨拙地跳着跑过来。他喝住那个年轻女人，问道："别再乱叫了！就像个疯子！到底是哪儿打起来了？因为什么呀？只知道呜哇乱叫！你活见鬼啦？"

"是咱们村的人跟波杜布齐的打起来了……为了争地界呀！他们要把咱们的人打死了啊！"

这时大家才终于明白的确是大难临头了。于是，街上立即充斥了妇女们的尖叫声，老头们也都愤怒地喊起来。这消息就像炸了锅一样，随即便传遍了整个村庄，家喻户晓，人尽皆知："波杜布齐的人强占我们的地界，还在拿镰刀砍咱们的人哪！"一瞬间，绝大多数人都从家里冲出来，操起叉子、斧头，或者干脆从栅栏上拔下一根木桩，朝村外的战场飞奔而去。【名师点睛：反映了人们为保卫家国的坚定信念和敢于抗争的精神。】每年都会发生这样的情况，人们为了争夺地界，不惜刀兵相见。

保尔看见此情此景，立刻骑马奔去。这匹矫健的黑马在他的催促下，很快超过了奔跑的人群，像离弦之箭般向前冲去。它把耳朵紧紧地贴在头上，四蹄腾空，越跑越快。在高冈上有一座风车在转动，它向四面张开它的臂膀，就像伸出手来挡住他的去路。在风车的右方，有一片草地，它被高冈下面流淌的小河环绕。而向左则是一望无际的、层峦起伏的麦田。风从成熟的黑麦上面拂过，就像是一双母亲的手在轻轻抚摩。【名师点睛：这里用了比喻的修辞手法。】还有路旁的罂粟开着鲜艳的红花。这里如此寂静，炎热难受。只是阵阵高低不齐的喊叫声从远处、从高冈下面、从那条银蛇一般的小河边上传来。

保尔骑着马朝高冈下面的草地狂奔过去。保尔脑子里闪过了这么一个让人担忧的念头："如果这马一不留神踩到一块石头，那我和它都得完蛋。"可是，说时迟，那时快，他已经无法将马勒住，便只好把身子紧紧贴在马脖子上，任凭呼呼的风声在耳边吹响。

马疯了似的奔到了草地上。一群像野兽一样失去了理智的人正在这里凶猛地厮杀。已经有好几个人倒在地上，满身血污。

保尔的马撞倒了一个大胡子。他正举着一截长刀把，追赶着一个满脸是血的年轻人。旁边有一个皮肤黝黑、身强体壮的农民把对手打倒在地，并用沉重的靴子使劲地踹他，恨不得一下子将其置于死地。【写作借鉴：通过人们的动作描写，表现了劳动人民为保护地界厮杀的残忍血腥。】

保尔骑着马闯进这野蛮的人群，靠马的力量把他们冲散。还没等这些人回过神来，他就疯狂地催着马，横冲直撞，向这些野兽一般的人们冲去；他认为只有用同样野蛮而可怕的方法，才能驱散这群打红了眼的人。他愤怒地大叫："都散开，你们这群野兽！你们这些强盗！我要把你们统统枪毙！"

紧接着，他拔出枪，高举过头，在一个满脸杀气的人的头顶上挥舞，然后纵马跃起，鸣枪恐吓。有一部分人，听到枪声便扔下镰刀，转身逃走了。保尔就这样一面疯狂地驱马在草地上奔驰，一面连续开枪。他的方法终于起到了作用，人们都四散逃跑了，他们一是害怕担上责任，二也避免惹祸上身，这个不知从哪里窜出来的凶神恶煞的人十分可怕，谁都知道子弹是不长眼睛的。【名师点睛：保尔鸣枪及时制止了农民们的混乱厮杀，表现了他的机智、勇敢。】

事件发生后没多久，区法院就派人来到了波杜布齐。经过了很长时间的调查，也传讯了见证人，但是人民审判员始终没有查出罪魁祸首来。好在并没有人员在这场械斗中牺牲，受伤的也都渐渐恢复。审

▶ 钢铁是怎样炼成的

判员便以布尔什维克的耐心，不停地向这些犯了错误的一脸愁苦的农民讲着道理，告诉他们械斗是一种野蛮的行为，并且是违法的。

"审判员同志，这不能怪我们啊，要怪就怪地界，我们的地界早就分不清了！每年都会因为这个争斗。"他们辩解着。最终，还是有几个人受到了惩罚。

之后的一个星期，丈量队仔仔细细地重新划界，在有争议的地方重新钉上了木桩。一个上了年纪的丈量员，在炎热的天气里行走了很久，汗流浃背的他一边卷着软尺，一边对保尔说出了自己的看法："我做了三十年丈量员了，几乎每块土地都免不了因为地界而产生的纠纷。您看看这些乱七八糟的分界线，像个什么样子！七扭八歪的，就连醉鬼走的路也比它直。再说那些耕地，仅仅三步宽的一块插花地，也要分得一清二楚，真是要把人气疯了。就这样小的一块地，还要一年一年地分下去，越分越小。儿子跟父亲一分家——这一小块地又被分成两半。我敢保证，照这样下去，再过二十年，这些地就没有地方下种了，全都变成地界了。现在有十分之一的耕地就已经成了地界。"

保尔笑着安慰他说："丈量员同志，不用担心，二十年以后，这里就会连一条地界也不存在了。"【名师点睛：保尔的话表现了他对未来美好生活的期许。】

老丈量员面带善意地看了看保尔："您是在说共产主义吧？可是，您要知道，我们离那个社会还远着呢。"

"那么您听说过布达诺夫卡集体农庄吗？"

"噢，原来您说的是这个呀！"

"对啊。"

"布达诺夫卡我倒是去过……可那只是个例外啊，柯察金同志。"

丈量队仍然在继续工作，有两个小伙子在钉新的木桩。以前的地界不过只落得露在草地上的稀稀落落的几根烂木头了，仔细分辨才能看得出来。许多农民站在草场的两边，他们都在睁大着眼睛监视，在

344

土地问题上绝对不允许有丝毫差错。

赶车人说起话来喋喋不休，他用鞭子赶着他那匹瘦弱的辕马，回头对坐在车上的人说："到底是在搞什么名堂，我们这儿居然也搞起共青团来，我可从来没见过这玩意儿。看样子，这些事都是那个老师带头闹起来的，她是姓拉基京娜吧，你们是不是认识她？她还这么年轻，怎么就是个害人精。她把村里的姑娘们全都煽动起来了，还召集到一块开会搞活动，搞了不少名堂，弄得大家的日子都不得安宁。【名师点睛：体现了赶车人思想的落后迂腐。】以前谁在气头上都会打老婆一个耳刮子——这是很常见的事啊，谁家的老婆不挨揍呢！以前，她们挨了打只有揉揉脸，打碎了牙齿往肚子里咽，大气都不敢出。可是你看现在，还没碰她一下，就早闹翻了天。还要说上人民法院去告你，那些年轻一点的，还会跟你闹离婚，给你背法律条文。就拿我家的甘卡来说吧，本来她就是个不擅言语的女人，现在居然也当上代表了，可能就是个管老娘们的头头吧。【名师点睛：赶车人的话反映了女性追求自身权利的意识苏醒，体现了社会的进步。】现在，有事都来找她。刚开始的时候，我真想拿马缰绳狠狠抽她一顿，可是转念一想，我管她做什么呢？随她们去吧！让她们瞎吵吵去吧！话要说回来，我那口子在管家务方面，倒真是个好手呢。"这赶车人搔了搔从麻布衬衫领口露出来的长满了胸毛的胸脯，又下意识地在辕马的肚子上抽了一鞭子。

在车上坐着的正是拉兹瓦利欣和莉达。他们是为了各自的事情到波杜布齐去：莉达要召开妇女代表会，拉兹瓦利欣则是去安排团支部的工作。

莉达听了那个赶车的话，便开玩笑说道："是吗，难道您不喜欢共青团员吗？"

赶车人摸了摸胡子，缓缓说道："也不是不喜欢，怎么说呢……年轻的时候倒是可以玩玩，演个戏呀什么的。比如滑稽戏，如果演得好，我也是很欣赏的。最初，我们以为孩子们又在胡闹，可是恰好相反。

345

▶ 钢铁是怎样炼成的

听人说，他们对喝酒、耍流氓这样的事管得挺严。他们多半是在学习，可总是反对上帝，甚至要把教堂改成俱乐部。这可是万万使不得的，那些上了年纪的人就是为了这个，都不正眼瞧这些团员，他们是相当不满意的。其他的还有啥呢？有一件事他们办得不好：为什么只要那些穷的一无所有的人呢，他们要那些当长工的，或者就是没有一点家业的。为什么就不要富人家的孩子呢？"【名师点睛：赶车人对社会现象的不赞同和不理解侧面反映了旧社会中一部分人思想的落后和愚昧。】

正说着，马车已经下了山坡，来到了学校跟前。

看门的女工把这两个远道而来的客人安顿在自己的屋子里，然后到干草棚里睡觉去了。莉达和拉兹瓦利欣都去开会，很晚了才回来，屋子里漆黑一片。莉达脱下皮鞋，爬到床上，很快就入睡了。可是不久，拉兹瓦利欣粗鲁而又不怀好意地将手悄悄放到她身上，把她给惊醒了。

"你要干什么？"她厉声喝问。

"嘘，小声点，莉达，你喊什么啊？你应该知道，我一个人就这么躺着多难受，我真是受不了！你难道就不想尝试一下比打呼噜更有趣的事吗？"

"把你的脏手拿开，快点给我滚下床去！"莉达使劲地推他。一直以来，她都十分厌恶拉兹瓦利欣那张猥亵的笑脸。现在她真想狠狠地骂他一顿，可是她困极了，又疲倦地闭上了双眼。

"你还装什么清高？你觉得这样合乎你知识分子的身份吗？你总不会是从贵族女子学校毕业的吧？你以为你这样闹，我就真的相信你了？别再那么幼稚了。如果你真的明白事理，就该先满足我，然后你想睡多久就睡多久。"他以为不需再多费口舌，便又从长凳上站起来，坐到了莉达床沿上，不由分说地去扳她的肩膀。

"浑蛋！"莉达又被惊醒了，"我警告你，明天我一定要把这件事告诉柯察金同志。"

"我才不管你那个柯察金呢。你就别再做无畏的抵抗了，今晚你必须得依我。"拉兹瓦利欣紧紧抓住她的胳膊，恼羞成怒地低声说道。

随后，他们之间发生了短暂而急促的搏斗，然后，静静的屋子里传出了清脆的耳光声，拉兹瓦利欣向旁边左右躲闪，莉达趁机摸黑冲到门边，推开门跑了出去。她气愤地站在月光下，简直要发疯了。

"快进屋来吧，傻瓜！"拉兹瓦利欣恶狠狠地喊道。

最后，他只好把铺盖搬到屋檐下面，在外面过夜。然后，莉达关上门，上了闩，蜷缩在床上睡去。

第二天早晨，在回镇的路上，拉兹瓦利欣坐在赶车老头的旁边，不停地抽烟，他心里在琢磨："看样子，这个碰不得的女人真会向柯察金告状。这个不识抬举的洋娃娃！长得这么漂亮，可怎么就一点都不知好歹。看来，我还得跟她来软的，否则肯定会倒霉。那个柯察金本来就看不起我。"

于是，拉兹瓦利欣凑到莉达跟前坐下，摆出一副很难为情的样子，眼睛里甚至还透露出一丝忧郁。他编了一套几乎不能自圆其说的借口为自己辩解，表示他的悔恨之心。

最后，拉兹瓦利欣终于说服了莉达：就在快要进镇的时候，莉达答应不把昨天夜里的事向任何人提起。

一个又一个的共青团支部在边境的村落里建立起来。团区委的干部为共产主义运动的这些幼芽不辞劳苦地工作。保尔和莉达每天就在这些村子里穿梭。

拉兹瓦利欣是不喜欢下乡的，因为他没办法融入那些农村小伙子，他得不到他们的信任，所以总是把事情办砸。而莉达和保尔却很平易近人，经常自然而然地就和那些青年打成了一片。莉达把姑娘们团结在自己周围，并且结交了很多知心朋友，同她们保持着密切的联系，悄无声息地暗暗培养出她们对共青团生活和工作的兴趣。全区的青年

▶ 钢铁是怎样炼成的

都认识保尔，因为他所在的第二军训营负责对一千六百名即将入伍的青年进行军事训练。在各村的晚会上，在大街上，手风琴这一普通的乐器，对宣传工作的开展起到了至关重要的作用。同时，手风琴还使保尔同青年们成了兄弟。快速激昂的进行曲，热情似火；而忧郁的乌克兰民歌，又让人感觉亲切而温柔。无数乌克兰农村青年就是在这悠扬而动人的琴声的指引下，走上了共青团的道路。大家都认真地倾听保尔的演奏，也倾听着这位工人出身的政委兼共青团书记的讲话和报告。年轻政委的琴声和话语交织在一起。这个时候，村子里不光只有祷告用的赞美诗集和圆梦的书籍了，各种各样的图书出现了，同时，人们开始听到新的歌曲了。【名师点睛：保尔通过演奏手风琴宣传工作，聚拢群众，体现了保尔重视群众力量，热心共产主义事业，积极完成工作。】现在，革命的形势一片大好，而走私者的处境却举步维艰。他们不仅要提防边防人员，更要注意那些为苏维埃政权服务的众多年轻的朋友和热心的助手。边境各村团支部的同志由于一心想亲手捉住敌人，有时会做得过火。通常倘若遇到这种情况，保尔就不得不出面援救他们。有一次，波杜布齐村团支部书记格里沙·霍罗沃季科——一个长着蓝眼睛、急性子、喜欢辩论的小伙子，是反宗教的积极分子——通过他自己的特殊途径得到一个线索，说是夜里将有一批私货会运到村里的磨坊，交到磨坊老板那里。于是，当天他动员起全支部的同志武装起来，由他带领着，小心翼翼地包围了磨坊，等待猎物的自投罗网。可是，偏偏国家政治保安部的边境哨所也知道了一些风声，设下了埋伏。结果，双方在夜间发生了误会，幸好保安人员沉着冷静，共青团员在格斗中才没有伤亡。最后，这些鲁莽的团员被解除了武装，关在了四公里以外的村庄里。

当时，保尔正在加夫里洛夫营长那里。第二天早上，营长便把刚接到的事件报告告知于他，于是他就快马加鞭地赶去搭救同志们。【名师点睛：保尔一听到消息就赶去搭救同志们，体现了保尔的重情重义，这

也是他能够团结群众的原因之一。】

当地保安机关的负责人笑着把昨天夜里发生的事件告诉他以后，又说："你看这样如何，柯察金同志。他们都是优秀的青年，我们不能委屈了他们。不过，你不妨吓唬吓唬他们，好让他们吃一堑长一智，往后不再包办我们的任务。"

当卫兵打开关押他们的屋子的门，这十一个小伙子一下子从地上站了起来。他们显得局促不安，两只脚不安地倒换着，耷拉着脑袋站在那里。保安机关的负责人双手一摊，做出无可奈何的样子，说："你看看吧，他们闯了这么大的祸，我只好把他们押送到专区去。"

格里沙一听就激动起来，说："萨哈罗夫同志，我们没有干什么坏事啊！我们只是想给苏维埃政权帮些忙、出点力。我们早就发现这帮富农的问题了，但没想到，你们倒把我们关起来。"说完，他委屈地扭过身子去。【名师点睛：格里沙积极帮政府抓富农，虽然帮了倒忙，但侧面反映了苏维埃政权受广大人民群众拥护，有广泛的群众基础。】

保尔和萨哈罗夫极力板起面孔，假装进行了严肃的交涉以后，才停止了这场"吓唬"。

"如果你可以给他们担保，今后不再到边界上任意走动，而是在必要之时采取其他方式来协助我们，那么我就把他们放回去。"萨哈罗夫对保尔这样说。

"好，我可以担保。我相信他们会做到的，他们不会辜负我的好心。"

然后，这个支部全体十一名团员跟随着保尔，伴随着歌声，回到了波杜布齐。而这件事情并没有让外界知道。没过多久，那个磨坊老板就落网了——是被依法逮捕的。

德国的移民们通常都很富有，他们大多住在迈丹维拉一带的森林庄园里，生活无忧无虑。这些富农的庄园之间都有半公里的距离，房子都很坚固，再加上各种附属的建筑物，他们的住宅就像是一座座小

349

▶ 钢铁是怎样炼成的

小的堡垒。安托纽克匪帮就在这一带躲藏。这个安托纽克曾经是沙皇军队里的司务长，后来聚集了一些亲友，组成了一个"七人帮"，经常在附近的大道上持枪行劫。他们杀人不眨眼，既不轻饶那些投机商人，也不放过苏维埃政府的工作人员。安托纽克行踪飘忽不定，他们今天干掉两个农村合作社的工作人员，明天又在二十公里以外解除一个邮递员的武装，并把他抢的一干二净。安托纽克还和另一个土匪头子戈尔季竞赛，看究竟是谁更坏。专区警察局和国家政治保安部在他们身上花费了不少心血。因为安托纽克经常在别列兹多夫镇附近活动，所以，这里的道路都很危险。而且，这个匪首实在太狡猾了：只要风声吃紧，他就溜到国境线外去躲避，风声过后又会突然回来作案。每当又有这个神出鬼没的坏蛋出来行凶的消息传来，利西岑就会异常愤怒和烦躁。

"他真是一条毒蛇，究竟还要缠着我们到什么时候呢？真是个畜生，等着瞧吧，我一定会亲手逮捕他！"【写作借鉴：通过对利西岑的语言描写，表现了他对匪徒极度的厌恶和憎恨。】他咬牙切齿地暗自发誓。后来，有两次机会，利西岑抓住了线索，立即带着保尔和另外三个共产党员跟踪追捕，可是结果，还是让这个狡猾的土匪给溜之大吉了。

后来，针对这伙难缠的土匪，专区给别列兹多夫镇派来一支专业的剿匪队，领队是个穿着讲究的年轻人，叫菲拉托夫。按照边防条例的规定，他应当先向区执行委员会主席报到才能上任，可是这个家伙像只小公鸡一样傲慢，他自认为没有必要这样做，于是自作主张，就把队伍拉进了附近的谢马基村。他们在夜间进村以后，便在村头的房子里住下了。这一伙全副武装、神出鬼没的陌生人，立刻引起了隔壁一个共青团员的注意，他立刻跑去报告给了村苏维埃主席。村苏维埃主席自然是对这支队伍的来历全然不知，便把他们当成了土匪，急忙派这个团员骑马报告到区里去了。结果可想而知，菲拉托夫的这个蠢主意差一点断送了许多人的性命。利西岑一得到关于"匪情"的报告，便连夜集合起民警，带了十几个人，骑马飞奔至谢马基村。他们以飞快的速度来到村头，纷纷跳下马，翻过围墙，直向那座房子扑去。在房门口站岗的哨兵头部挨了一枪托，像装满东西的麻袋一样倒下去了。【写法借鉴：此处运用比喻的修辞手法。】利西岑立刻跑过来，用肩膀用力一顶，房门就开了，他们随后便冲了进去。房间里很昏暗，只有天花板上挂着一盏灯，灯光幽暗。利西岑一只手举着手榴弹，做着投掷的姿势，另一只手紧握住自己的毛瑟枪，他一声大喝，震得玻璃嗡嗡地响："快点投降！否则就让你们的脑袋开花！"

这些剿匪队的成员正睡得恍恍惚惚的，听到喊声立刻从地板上跳了起来，可是一看到利西岑举着手榴弹的那种可怕的神情，都刷刷的举起手来。倘若再迟一秒钟，这些冲进来的人也许真的要开枪射击了。然后，这一小队可怜的俘虏只穿着内衣就被赶到院子里，这时候，菲拉托夫看见了利西岑胸前的勋章，这才敢开口说话。

利西岑火冒三丈，狠狠地吐了一口唾沫，轻蔑地骂道："草包！"

区里传来了德国革命的消息，汉堡巷战的枪声也传到了这里。边境上的人反应十分热烈，人们望眼欲穿，并且反复阅读着报上的消息——十月革命的风暴也席卷到西方世界了。

于是，参加红军的申请书像雪片一样纷至沓来，团区委会的办公室里堆满了这样的志愿书。【写作借鉴：运用比喻的修辞手法"像雪片一样纷至沓来"形象生动地表明人们参加红军的积极性，体现了群众对苏维埃政权的维护，对共产主义事业的热心。】保尔不得不花很多时间同各团支部派来的代表谈话，向他们解释，苏维埃国家是执行和平政策的，目前并不想跟任何邻国开战，也就不需要这么多的士兵。但是，说服工作显然效果甚微。每逢星期天，仍然会有各支部的团员到镇上来，在从前神父家的大花园里举行全区的团员大会。一天中午，波杜布齐村共青团支部的所有团员排着队，迈着整齐的步伐来到区委大院。保

351

▶ 钢铁是怎样炼成的

尔从窗口看见了他们，便立即到台阶上去迎接。格里沙带领着十一个小伙子走来，他们都穿着长筒靴子，每人都背着一只大口袋，在门口站住了。

"格里沙，你这是在干什么？"保尔惊讶地问道。

格里沙向他使了个眼色，于是两人一起进了屋。莉达、拉兹瓦利欣和另外两个共青团员马上围过来询问。格里沙回身将门关好，皱起他那淡淡的眉毛严肃地说："同志们，我是在考验我们的战斗力。今天早上，我对支部的这些团员说：区里来了一份绝密的电报，内容是咱们已经跟德国资本家开仗了，而且很快也要跟波兰地主打。所以莫斯科命令，所有的团员都要上前线。如果有谁害怕，不想去，那就写个申请，就可以留在家里。而且我命令他们，打仗的消息不能有任何泄露，并且让他们每人带一个大面包和一块腌肉，没有腌肉的就带些蒜或葱头，一个小时后在村外秘密集合。先开到区里，然后再转到专区，并且在那儿领武器。我一宣布这项任务，可真管用。他们马上问东问西，我只告诉他们：无可奉告，就按命令办！不去的，写个申请书，这次打仗是完全自愿的。等大伙离去，我心里就开始寻思：要是真的没有人来，那该如何是好呢？那我就只好解散支部，自己一走了之了。然后，我就坐在村外等着，他们还真的来了。有的人脸上还挂着眼泪，只是竭力不让旁人看出来。十人全部到场，没一个当逃兵的。你们瞧瞧，我们波杜布齐支部怎么样！"格里沙激动地把话说完，最后洋洋自得地用拳头捶了一下胸脯，表示自己的自豪。

莉达听后非常生气，狠狠教训了他一顿。他却摸不着头脑地看着她说："你怎么这样说呀？这可是最好的考验！只有这样才能看穿每个人的心思。本来，我为了搞得更像真的，原打算把他们拉到专区去的，但是现在，小伙子们都已经走累了，还是让他们回家去吧。不过，保尔，你一定得给他们说明白，给他们打打气，要不然，这事该怎么收场呢？你必须得安慰他们……你可以说，动员令已经被撤销了。讲讲他们都是英勇的战士、很值得表扬之类的话就行了。"

一般情况下，保尔一般不会去专区中心，因为往返一次就要几天的时间，而区里的工作他一天也不能落下。可是，拉兹瓦利欣却一有机会就跑回城里。而且每一次进城，他都要把自己全副武装起来，他还把自己暗暗比作库柏[1789—851年，美国作家。他的主要作品《皮袜子小说集》里的主人公是个喜欢探险的猎人]小说里的主人公。【名师点睛：通过保尔与拉兹瓦利欣对进城的态度的对比，突出了保尔对工作的认真负责。】他很享受这样的旅行。每次走进林子，他都会开枪打打乌鸦或是机灵的小松鼠。如果遇见形单影只的人，就会上前拦住人家，仔细盘问一番，他会询问人家是干什么的，从哪里来，到哪里去，就好像他真的是个侦察员似的。【名师点睛：拉兹瓦利欣的行为，体现了他的虚伪，做作。】当走到离城不远的地方时，他便收起武器，把步枪塞在干草堆里，把手枪装进衣袋，一如往常，向专区团委会走去。

"说说，在你们别列兹多夫又有什么新闻发生了？"费多托夫总会这样问他。

专区团委书记费多托夫的办公室，总是人满为患，每个人都在争先恐后地发表着意见。在这样的环境里工作，就要有这样一种本事：既能同时听四个人说话，还要回答第五个人的问题，并且手里还得做些记录之类的事情。费多托夫是个年轻的共产党员，一九一九年就入党了。也只有动荡的年代、特殊的时期，才可以批准一个十五岁的青年加入共产党。

费多托夫问的话，拉兹瓦利欣总是心不在焉地回答："新闻倒是有很多的，没法一语道尽。我每天都是从早忙到晚，忙得不可开交。现在问题众多，所有的漏洞都得去堵，白手起家啊，所有的事情都得从头开始。这不，我们不是又新建了两个支部。你们叫我来有什么事吗？"他毫不客气地在圈椅上坐了下来。【写作借鉴：通过对拉兹瓦利欣的语言描写，体现了他对工作的敷衍和不负责的态度，为自己找借口，体

▶ 钢铁是怎样炼成的

现了他的虚伪。】

经济部部长克雷姆斯基正在忙着处理一些公文,他听后回过头来,看着他问道:"我们是喊柯察金同志来,没有叫你。"

拉兹瓦利欣将一口浓烟喷了出来,说道:"柯察金同志是不愿意到这儿来的,就连这样的差事也得我替他做……有些书记当得就是轻松,什么活都不干,只会指使像我这样热爱工作的人。柯察金同志一去边境,就要待上两三个星期,他不在的时候,我就只好完成所有的工作。"
【名师点睛:背后诬陷认真工作的保尔,体现了他的卑鄙,形象令人生厌。】

很明显,拉兹瓦利欣是要给别人这样的感觉,只有他才最适合当团委书记。

"这个家伙狂傲自大,我不喜欢。"拉兹瓦利欣走后,费多托夫直率地对团委会的其他同志说出自己的看法。

拉兹瓦利欣这骗人的鬼把戏迟早会被识破的。有一天,利西岑顺路去费多托夫那里取信件,因为任何人到区里去,都要把所有人的信件一同捎回来。这一次,费多托夫和利西岑谈了很久,于是,拉兹瓦利欣的伎俩就这样被揭穿了。

"不过,你最好还是请柯察金同志来一趟,我们这儿还没有熟识他的人呢。"在送走利西岑的时候,费多托夫这样对他说。

"那好,不过咱们可得讲好条件:你们绝对不能把他调走。否则,我们是绝对不同意的。"【名师点睛:利西岑的话,从侧面反映了保尔对工作的热情和认真,让周围人十分放心、满意。】

这一年,为了庆祝十月革命节,边境上搞了一场非常热闹的活动。在这次活动中,保尔被选为边境各村庆祝十月革命节委员会的主任。他们在波杜布齐村开完庆祝大会之后,整整三个村子的男女老少,共有五千多人,排着半公里长的游行队伍,以军训营和乐队为前导,高举鲜艳的红旗,大张旗鼓地走出村去,向边境进发。他们的队伍井然有序、纪律严明，他们在苏维埃的国土上，沿着界桩游行，他们到那些坐落在苏波国界上的村庄去。生活在边境上的波兰人什么时候见过这样的场面。【名师点睛：边境上波兰人从未见过大量群众团结的壮观场面，侧面反映了与资本主义国家相比，苏维埃政权有着更强大的群众基础，更受人民爱戴。】——边防军营长加夫里洛夫和保尔骑马走在最前面，在他们的背后，有铜号奏出的乐曲、有风吹动红旗的哗哗声，还有此伏彼起的歌声，它们汇集在一起更加壮观。青年农民都穿着节日的盛装，少女们银铃般的笑声传向四面八方，成年人表情严肃，老年人则神态庄重。这大队的人马就像一条气势浩荡的大河，奔向视野的边际。【写作借鉴：运用比喻的修辞手法，"气势浩荡"的大河，形象地描绘出场面的壮观，表现了边界人民群众的团结。】这一带的国境线就是这条河的堤岸，他们丝毫没有离开苏维埃的国土，更没有一只脚跨过这条庄重森严的国界。

正在此时，保尔将马勒住，让他身旁涌过人的洪流。他停下来，听着队伍中正在高唱的歌——《共青团之歌》：

……

从西伯利亚的森林，

到不列颠的海滨，

最强大的力量

是我们的红军。

接下来，是女声的合唱：

嗨……那边山上收割忙……

面对这支声势浩大又欢天喜地的队伍，苏维埃哨兵用愉快的微笑来欢迎他们，而波兰哨兵却感到万分惶恐与不安。苏维埃政府虽然早已将这次游行通知了波兰指挥机关，但是仍然引起了对方的恐慌。他们派出了一队队骑马的战地宪兵，到处巡逻。岗哨竟然比平时增加了四倍，谷地里还隐蔽着后备队，以便应付突发事故。但是他们的担心

355

▶ 钢铁是怎样炼成的

没有必要，这庞大的游行队伍自始至终没有丝毫越过边境，而且是那样的欢快和热闹，方圆几里到处都是他们欢快的歌声。【名师点睛：苏维埃人民群众的喜庆欢乐与波兰哨兵的惶恐不安做对比，更突显了波兰哨兵的悲哀。】

一个波兰哨兵站在小土冈上，当乐队奏起了进行曲，游行队伍迈着整齐有序的步伐走过来的时候，这个波兰哨兵将枪从肩上卸下来，放在脚边，向着队伍行了一个注目礼。并且在同时，保尔清晰地听见一句波兰话："公社万岁！"

这句话正是那个波兰哨兵说的，从他的眼睛里可以得知。

保尔目不转睛地看着他——是我们的朋友！在他那士兵大衣里面，跳动着一颗同情和热爱游行群众的心。想到这些，保尔也用一句波兰话轻声回答："我向你致敬，同志！"【名师点睛：波兰哨兵的"公社万岁"与保尔的对答，体现了"共产主义"的理想是无国界的，对"共产主义"的信仰让世界各国人民消除国界隔阂，相亲相爱。】

很快，这个友好的哨兵便落在后面了。当游行队伍从他面前经过的时候，他始终保持着如此尊敬的姿势。保尔再三回望，看着他那小小的黑色身影屹立在那里。

这时，又有一个波兰哨兵出现了，他长着花白的胡子，四角帽上镶着镍边，一双眼睛在帽檐下显得混沌无光。保尔还沉浸在刚才那句友好的话语之中，激动的心情还未平复。这一次，他先开了口，就像是自言自语一样，用波兰话说道："同志，你好！"

可是，并没有得到想象之中的回复。

加夫里洛夫微微地一笑。看来，这两次说话他全都听见了。

"你不要要求得那么高。"他对保尔说，"现在这里并不只有普通的步兵，还有刚刚派来的宪兵。你没有看见他袖子上的标志吗？他就是个宪兵。"

游行的队伍继续前行，队伍的前部已经开始向坡下走去了，他们朝向另一个被国界分成两半的村庄走去。在这小小的村庄，苏维埃这半边做出了隆重的仪式准备迎客，所有的村民都集合在界河上的小桥旁边，青年男女们排着队，在路的两旁站立。而属于波兰的那半边，在房顶和板棚顶上也都站满了人，还有一群群的农民站在自家的门口和篱笆旁边，他们都默默地聚精会神地看着河对岸发生的事情。【写作借鉴："站满了人""聚精会神地看"等细节描写体现了苏联军民团结一体的壮观景象对波兰群众的影响。】当游行队伍受到人群夹道欢迎的时候，乐队便奏起了《国际歌》。有很多人在临时搭成的、有着绿色枝叶作为装饰的台子上发表了激动人心的演说，发表讲话的有年纪轻轻的青年，也有白发苍苍的老人。保尔也同样用他本民族语言——乌克兰语做了演讲，他的话语飞过界河，铿锵有力地传到了对岸。于是，这个讲话惊动了波兰的官方，他们生怕它煽动人心，只好采取了措施——他们派出了宪兵队，让他们在村子里骑马肆意横行，并且用鞭子将人们赶回家里去，甚至朝屋顶上的人群开枪。【名师点睛：波兰宪兵队驱逐群众与苏联军民团结一心相对比，更突出了波兰政府对群众的残暴。】

　　一瞬间，波兰的街上一个人影也看不见，青年人也被枪弹从屋顶上赶下来了。这里发生的一切，苏维埃的居民都完完全全地看在眼里，他们不由得皱起了眉头。这时，一位老羊倌在小伙子们的搀扶下登上讲台，他无法克制内心的愤慨，激动地说："好哇，大家快瞧瞧吧，我的孩子们！他们以前就是这样打我们的。现在在咱们村子里，再也没有当官的拿皮鞭子抽打庄稼人的事情了，地主老爷们已经完蛋了，咱们背上再也不用挨鞭子了。孩子们，你们一定得牢牢地掌好这个权哪。我老了，不怎么会讲话，可是我心里有好多好多话想说啊。在沙皇统治的那个年代，我们就像老牛拉车一样，毕生都在吃苦，看着那边的老百姓，我这心里可是苦不堪言哇！……"【写作借鉴：对老人的语言描写，表现了饱受压迫的群众"翻身农民把歌唱"的喜悦之情，以及对仍处水

357

▶ 钢铁是怎样炼成的

深火热中的群众深深的同情。他向着对岸挥着他那干瘦的手,失声痛哭起来,这样的哭声,只有在小孩子和老年人那里才能听到。

随后,格里沙也上台做了发言。加夫里洛夫一边听着他那愤怒的演讲,一边掉转马头,向对岸望去,他要看看对岸是不是有人在做记录。可是,对岸空无一人,就连桥头的岗哨都被撤走了。

于是,他开玩笑说:"这次他们大概不会向外交人民委员部发出抗议了。"

在十一月底的一个阴雨连绵的秋夜,安托纽克和他的"七人帮"总算是恶有恶报了。这一窝豺狼在迈丹维拉一个富裕的移民家里参加婚礼的时候,被赫罗林的党团员们就地擒获,最终落入法网。

他们来参加婚礼的消息,正是在妇女们在闲谈之间说漏了嘴,传了出去。赫罗林的党团员们一得到消息,就立刻集合,也并没有什么完善的武器装备,坐上马车就奔向了迈丹维拉庄园。与此同时,他们派人飞速到别列兹多夫报信。报信人在谢马基村碰上了菲拉托夫的剿匪队,于是菲拉托夫随即就带领人马,朝迈丹维拉扑去。

此时,赫罗林的党团员已经将那个庄园团团围住,并且已经与安托纽克匪帮开战了。安托纽克与他的手下就躲在一间小厢房里,一看到有人露头,就开枪射击。他们还会突然冲出厢房,妄想着突围出去。但是很快,赫罗林的党团员就撂倒了一个匪徒,把他压了回去。本来,安托纽克绝对不是头一次陷入这样的危机,他们每一次都是靠手榴弹和黑夜帮忙,最终得以安全逃脱。这一次又差一点让他逃走。赫罗林支部在战斗中已经牺牲了两个人,幸好菲拉托夫的队伍及时赶到。这个时候,安托纽克就已经明白:自己的确陷入了绝境,已经插翅难逃了。他整整一夜都在从厢房的各个窗口向外射击,一直抵抗到天亮才被抓住。在"七人帮"之中,没有一个人投降。而为了消灭这群豺狼,我们的战士也有四个人献出了宝贵的生命,而且其中三个是刚刚成立不久的赫罗林共青团支部的团员。

秋天渐渐来临，保尔的军训营奉命参加地方部队的演习。于是，他们冒着倾盆大雨到四十公里以外的一个师的营地去。他们清早出发，深夜才到达，整整走了一天。这次行军完全是步行，只有营长古谢夫和政委柯察金骑着马。这八百个即将应征入伍的青年累得筋疲力尽，一到营房倒头就睡。师部的调集令下达给这个营的时候已经晚了，第二天早晨就要开始演习了。他们这个营是要接受检阅的。第二天一早，全营便在操场上列好了队。

没过多久，有几个骑马的人从师部那里来了。现在，这个军训营已经领到了统一的服装和新步枪，整个面貌都焕然一新了。营长古谢夫和政委柯察金为了训练这支队伍确实花了不少心血，因此一脸信心地在一旁观看。当正式检阅完毕，军训营做完变换队形的表演之后，一个外表英俊，但皮肉松弛的指挥员向保尔厉声问道："为什么只有您骑马？我们普及军训部队的营级指挥员和政委是不允许骑马的。现在，我命令您把马送回到马棚里去，您必须徒步参加演习。"

可是保尔知道，自己那两条重伤的腿是连一公里也走不完的，不骑马无法完成演习。可是，这样的情况该怎样对这位系着十来条皮带并且趾高气扬的花花公子解释呢？

"如果我不骑马就没办法参加演习。"保尔说。

"为什么？"

保尔很清楚，没有什么合理的解释可以成为他拒绝步行的理由，他只好低声说："我的两条腿是肿的，如果连走带跑运动一个星期，我实在无法做到。另外，同志，我还不清楚您的来历。"

"首先，我可以告诉您，我是你们团的参谋长。第二，我再一次命令，您必须下马。如果您有残疾，那么可不是我叫您在部队里工作，这不是我的责任。"【写作借鉴：对指挥员的语言描写，体现了他的骄横，不近人情。】

▶ 钢铁是怎样炼成的

　　这些话就像一盆凉水从头浇下来，保尔猛地一抖缰绳，他受到这样的侮辱，忍不住要发作。但是，古谢夫用他那强有力的手阻止了他，保尔只好竭力克制自己，他的内心十分纠结。现在的保尔早就不是那个任性地从一个部队跳到另一个部队的普通战士了，他现在是营政治委员，而且全营的战士就站在他身后看着他。他的行动会给全营树立服从军纪的榜样呢！更何况他担任部队的训练工作，又不是在为这个花花公子卖命。想了这些，他便离镫下马，忍着剧痛，向队伍的右翼走去。【名师点睛：保尔内心斗争的过程，以及最终妥协，体现了他不顾一己之身为军队树立榜样的奉献精神。】

　　接下来的几天，天气异常晴朗，演习就要结束了。这次演习的终点设在舍佩托夫卡，第五天他们就被安排在这一带进行演习。别列兹多夫营奉命从克里缅托维奇村方面攻占车站。

　　保尔对这一带十分的熟悉，他把所有可行的途径都告诉给了古谢夫。然后，他们将全营分成两路，深入迂回，悄悄地绕到"敌人"后面，然后出其不意地高喊着"乌拉"，冲进车站，并攻占了那里。然后评判员评定，这是一场精彩绝伦的战斗。车站已经被别列兹多夫营占领，负责防守车站的那个营"损失"了半数人员，只好后撤到林子里去了。

　　保尔负责指挥半个营。当他和三连的连长、指导员站在街心，布置兵力的时候，一个战士跑到他们跟前，他气喘吁吁，向保尔报告："政委同志，营长同志询问，每个道口是不是都设有机枪把守。评判委员会马上就到。"于是，保尔和连长一同向道口走去。

　　这时，团部的人已经到达那里了，他们正在祝贺古谢夫作战的成功。

　　而战败的那个营的代表们都低着头地站在那里，根本没有替自己辩护的打算。

　　"这并不是我的功劳，因为柯察金就是本地人，是他给我们指引了一条正确的路。"

　　参谋长骑着马走到保尔面前，用冷嘲热讽的口气说道："同志，看来您的腿跑得很好啊，我说么，您骑马完全是为了出风头而已。"本来，他还想再说两句，可是看到柯察金的眼神不对，便把到了嘴边的话又咽了下去。

当团部的人走了以后，保尔悄悄地问古谢夫："你知不知道，那个参谋长姓什么？"

古谢夫轻轻拍了一下保尔的肩膀，用安慰的口气跟他说："别生气了，别理他。他姓丘扎宁，在革命前大概当过准尉。"

保尔似乎对这个名字有些印象，可是怎么努力地回忆，最终还是无果。

演习很快就结束了。军训营的优异成就好评如潮。然后，他们返回别列兹多夫，可是保尔的身体却在这次演习中累垮了，他只好又回到母亲身边，休养了两天。

在家的两天，保尔的马就拴在阿尔焦姆家里，这两天他每天都要睡上十二个小时。到了第三天，他便到机车库去找阿尔焦姆。这是座已经被熏黑了的厂房，在这里保尔倍感亲切。他用力呼吸了一下满是煤烟气味的空气。这气味对他有很强烈的吸引力，因为他从小就习惯闻这种气味，他是在这种气味中长大的，并且与它结下了不解之缘。这时候保尔就像是来寻找什么丢失了的宝贝似的，他已经好久没有听见过火车头的轰鸣声了。就像一个远离了大海的水手，当久别重逢，再次看到碧蓝的滚滚波涛，定会无法抑制心潮的澎湃。【名师点睛：保尔把自己对火车头轰鸣声的感觉形容成远离大海的水手再看到海时的感觉，体现了他对火车头轰鸣声的熟悉、亲切。】现在，保尔的心中就充满了这样的感慨，机车库那亲切的气氛吸引着他，召唤着这个曾经的火夫和电工。他激动万分，久久不能平静。他并没有与阿尔焦姆多说话，他发现这个哥哥已经变老了，他的额上又添了一道皱纹。阿尔焦姆正在一座移动式锻工炉前面干活，现在他已经有了两个孩子，看得

▶ 钢铁是怎样炼成的

出来他的生活是艰难的,虽然阿尔焦姆不说,但是事实如此明显。

兄弟俩在一起工作了一会,两个小时以后,保尔便离开了。保尔在道口处停了下来,他久久望着车站,然后扬起马鞭,在林间策马飞奔。

现在,再也不用害怕在森林里走路了。布尔什维克已经肃清了这里的匪帮,捣毁了他们的据点,太平祥和的气氛充满了这一带的村庄。

直到中午,保尔才赶到别列兹多夫。莉达正兴高采烈地站在区委会门口的台阶上等待他。

"你总算回来了!要知道,你不在的时候,我们大家都寂寞死了。"莉达把手搭在保尔的肩上,一起走进屋里。

"拉兹瓦利欣呢?"保尔一边脱下大衣,一边问。

莉达好像不情愿回答:"我也不知道。哦,想起来了!早上他说要去学校替你上政治课。他说这是他的责任,并不是柯察金的任务。"

听了这个消息保尔感到很莫名其妙,也很不高兴。他一向都不喜欢拉兹瓦利欣这个人。

"这个家伙到学校去搞什么名堂?"保尔不高兴地暗自猜测。

"随他去吧。你快讲讲,最近有什么好消息吗?你去过格鲁舍夫卡那了吗?那儿的同志们现在怎么样了?"保尔坐在沙发上,活动着他那两条疲倦的腿,问道。

莉达把近况告诉给他:"前天批准了拉基京娜做预备党员。现在,我们波杜布齐支部就更强了。拉基京娜可是个好姑娘,很受欢迎。还有,教师们已经有所转变了,他们中的很多人已经完全倾向于咱们了。"

利西岑、保尔和刚刚来上任的区党委书记雷奇科夫,他们三个人常常在利西岑家围着大桌子坐到深夜。

夜已经深了,利西岑的妻子和妹妹小阿妞早已进入梦乡,他们三个人还纹丝不动地坐在桌前,认真阅读一本较薄的书。只有在夜里的时候利西岑才有时间读书。<u>而保尔从乡下回来以后,晚上也来到利西岑家里学习,因为他看到他们两个人已经学到自己前面去了,</u>

心里有些不是滋味。【名师点睛：保尔"心里有些不是滋味"体现了他不服输，不甘落后的性格特点。】

有一天，从波杜布齐传来了惊人的噩耗：格里沙在夜里被人暗杀了。这个消息传到保尔的耳朵里，他大吃一惊，顾不上腿上的伤痛，很快就跑到执委会的马厩，他迅速地备好马，一跨上去，就用皮鞭狠狠地抽打马的后胯，向边界飞奔而去。

格里沙的尸体就停放在村苏维埃宽敞的屋子里，他躺在饰着绿色枝叶的桌子上，身上覆盖着一面鲜艳的红旗。有一个边防军战士和一个共青团员在屋门口站岗，他们负责在上级负责人到来之前，禁止任何人出入。

保尔悲痛地走进屋，来到桌子跟前，掀开了红旗。格里沙静静地躺在那里，头向一旁歪着，脸色惨白，眼睛还大大地睁着——他还保持着临死之前痛苦的表情。他的致命伤在后脑，那里被锐利的凶器击破了，已经用云杉树枝遮掩起来。

到底是谁要杀害这个年轻有为的人呢？他的母亲是个寡妇，他是个独生子，他的父亲曾经给磨坊老板当长工，后来成了村贫民委员会的委员，最后在革命中牺牲。

这个可怜的老母亲听到儿子的死讯，当即昏倒在地。邻居们都在救护这位悲痛欲绝的老人，可是他的儿子却只能一动不动地在那里躺着，诉说着他的被害之谜。

格里沙的死使全村感到震惊。这个年轻的团支部书记、贫苦农民的保卫者，在村子里的朋友远比敌人多。

格里沙的遇害让拉基京娜伤透了心。她躺在房间里痛哭，就连保尔走进来，她也没有抬头。

"拉基京娜，你认为会是谁下的毒手？"保尔心情沉痛，坐在椅子上，低声地询问。

"没有别人，一定是磨坊老板那群坏蛋，因为是格里沙控制了那帮

▶ 钢铁是怎样炼成的

走私贩的生意，他们就一定要除掉他这颗眼中钉。"

格里沙的葬礼很隆重，两个村子的人都来参加了。保尔也带来了他的军训营，全体团员都来为自己的同志送葬。二百五十名边防军战士也在加夫里洛夫指挥下，在村苏维埃前面的广场上列队送行。伴随着悲壮的哀乐，人们缓缓抬出了覆盖着红旗的棺材，小心翼翼地安放在广场上新挖好的墓穴前，在这墓穴的四周都是在国内战争中壮烈牺牲的布尔什维克游击队员们的坟墓。

格里沙的牺牲，使那些被他保护的人更加团结一致了。贫苦的村民们都表示要坚决支持团支部。所有的人都怀着满腔的悲愤，强烈要求抓住凶手并处死他们。人们要在这个广场上，在烈士墓前当众审判他们，让大家都认清坏蛋的真面目。

然后，枪声响起，向烈士致敬。烈士墓上铺满了常青树枝。当天晚上，团支部便决定新的支部书记由拉基京娜担任。后来，国家政治保安部的边境哨所通知保尔，说是寻找到了凶手的线索。

一周后，在别列兹多夫的剧院里召开了区苏维埃第二次代表大会。由利西岑向大会做报告，他的表情凝重，神态庄重。

"同志们，我满怀激动地向大会报告，这一年来在大家的共同努力之下，我们的工作已经有了飞跃的进展。本区的苏维埃政权已经得到了巩固，土匪已经被彻底肃清了，走私活动也已经受到强烈的打击。每个村都已经建立起了坚强有力的贫农组织。共青团组织已经壮大了十倍，党的组织也在飞速发展。前些天，富农们在波杜布齐杀害了我们敬爱的格里沙同志，现在案件已经破获，磨坊老板和他的女婿就是凶手。现在，我们已经逮捕了他们，不久之后省法院的巡回法庭就要来审判他们。许多村的代表团都已经向大会主席团提出建议，要求大会做出决议，坚决要将杀人凶犯处以极刑……"

会场上立刻响起了震耳欲聋的喊声："同意！一定要处死苏维埃政权的敌人！"

正在这时，莉达突然出现在旁门口处。她做了一个手势，将保尔叫了出去。她在走廊上交给保尔一封公函，上面写着"急件"两个字。保尔急忙拆开来看。上面写着：

别列兹多夫共青团区委会。抄送区党委会，省委常委会决定将柯察金同志从你区调回，省委拟另派他担任重要的共青团工作。

这样，保尔就要同他服务了一年的别列兹多夫区告别了。在最后一次区党委会议上产生了两个决议：第一，批准保尔·柯察金同志转为共产党正式党员；第二，解除他区团委书记的职务，并对他的品格和工作能力做出鉴定。

当保尔离开的时候，利西岑和莉达的手和他紧紧相握，他们亲切地拥抱。当保尔骑着马从院子里出来，走上大道，十几支手枪共同鸣响，向他致敬。【名师点睛：保尔调离时的送别场景，体现了大家对他的尊敬和爱戴。】

Z 知识考点

1. 保尔多年的不良习惯是_____，有一天晚上在安娜家里，他宣布戒掉这个不良习惯。

2. 保尔、莉达、拉兹瓦利欣三人组成了别列兹多夫_____；_____担任妇女部长；_____负责政治教育工作。

3. 保尔临别时，大家以_____致敬。

4. 边防线上的生活是什么样的？

_____

_____

Y 阅读与思考

1. 年轻的女人为什么乱叫？

2. 格里沙是怎么死的？被谁杀的？

▶ 钢铁是怎样炼成的

第五章

列宁逝世

M 名师导读

革命的道路总是充满坎坷。党内斗争使苏联陷入混乱,而列宁逝世的消息又让人们沉浸在悲痛之中。革命该怎么走下去呢?苏联人最终齐心协力为一个共同目标——为解放事业而奋斗,他们在遇到困难时,迅速团结起来,形成了一股无坚不摧的力量。

电车沿丰杜克列耶夫大街缓缓地行进,破旧的马达不断发出呜呜的声音。它开到歌剧院的门前,停了下来,从上面跳下来一群青年,随后它又继续向前爬行。

潘克拉托夫不停地催促着后面的人:"加快速度,同志们。不然咱们就要迟到了。"

奥库涅夫直到歌剧院门口才赶上他,说:"还记得吧,伊格纳特,三年前,咱们也像今天一样来开会的。那时候,柯察金、杜巴瓦和一群'工人反对派'都已经回到咱们队伍里来了。那次的会议令人激动万分。看来,今天咱们又要跟杜巴瓦比试一翻了。【名师点睛:奥库涅夫的话一方面说出了对往事的追忆、留恋,另一方面是为下文的党内之战做铺垫。】

他们接受了门口检查小组的检查,便步入会场。这时,潘克拉托夫才回答说:"是呀,我们又要重温一下杜巴瓦的这出戏了。"

有人向他们示意,要他们不要说话。于是,他们只好就近找了个位子坐下。会议已经开始了,一位女同志正在台上发言。

"来得真巧。快听听你老婆在说些什么。"潘克拉托夫用胳膊肘轻轻撞了一下奥库涅夫,小声地说。

"……的确,为了进行这场辩论,我们花费了很多心血,因为,青年们参加这样的辩论,可以学到的颇多。我们可以兴奋地向大家指出这样一个事实,那就是在我们的组织里,托洛茨基信徒们的失败已经是无力回天。我们曾经给了他们发言的机会,让他们有条件充分阐述他们的观点。在这方面,他们是不该有任何埋怨的。然而接二连三,他们甚至滥用了我们给他们的权利,做下了截然相反的严重破坏党纪的事情。"【名师点睛:从塔莉亚列举的事例中可以看出托洛茨基信徒的野蛮、残忍。】

塔莉亚显得很激动,有一绺头发垂在了她的脸上,妨碍了说话。她把头向后一甩,继续说道:"各区来的同志都在这儿做了发言,他们都提到了托洛茨基分子采用的各种手段。出席这次大会的托洛茨基派的代表也不少嘛。各区特意给他们发了代表证,就是让大家在这次市党代会上再听听他们的意见和观点。可是他们不来发言,那就不能怪我们了。他们已经在各区和各支部都吃了闭门羹,应该学乖了,他们应该不会再好意思走上这个讲台,老调重弹了。"

突然,在会场右边的一个角落里,有个人打断了塔莉亚的发言,他尖声地喊:"我们还是有话要说的。"

"那好,杜巴瓦,请上来说吧,我们倒要听听。"塔莉亚转过身来对那个人说。杜巴瓦恼羞成怒地看着她,撇了撇嘴。

"到时候自然会说的!"他气愤地喊了一句,可又立刻想起昨天在索洛缅卡区的惨败——这件事已经家喻户晓了。

会场上立刻发出不满的骚动。潘克拉托夫也忍不住喊了起来:"那么,你们还想动摇我们的党不成?"

杜巴瓦分辨出了他的声音,但是并没有回头辩解,只是极力咬住嘴唇,低下了头。

于是,塔莉亚继续说:"就以杜巴瓦为例吧,可以说他就是托洛茨

▶ 钢铁是怎样炼成的

基分子破坏党纪的一个突出典型。他已经做了很长时间的共青团工作，是大家的老熟人，兵工厂的人更是了解他。众所周知，杜巴瓦现在是哈尔科夫共产主义大学的学生，可是，他已经跟米海拉·什科连科在这儿待了三个星期。现在是大学里功课正紧张的时候，他们为什么还要跑到这儿来呢？而且全市任何一个区都没有听到过他们的讲演。

不错，最近什科连科开始渐渐地想明白了。到底是谁派他们来的？除了他们两个以外，还有许多外地来的托洛茨基分子。他们以前都曾经在这儿任职，那么现在回来，就是为了在党内煽风点火吗？他们所在的党组织是否知道他们现在在何处，又在做什么呢？答案当然是否定的。"

这时，台下传来了舒姆斯基的抗议："那又有什么办法，我们一直都在灌木丛里打游击，我们没有正规的地方办公。"

这话引得全场哄笑声一片，就连舒姆斯基自己也笑了。

舒姆斯基的玩笑使会场上的紧张气氛得到了缓和。大家都期待着托洛茨基分子能够主动出来发言，承认自己的错误。虽然这些同志都凶恶地反对多数派，但是他们同出席市党代会的这四百名代表毕竟曾经患难与共，只是不肯悬崖勒马，反而猛烈地攻击党和共青团的领导，才使二者之间的共同性逐渐消失，以致产生了今天的局面——这两种势力已经水火不相容了。然而，如果杜巴瓦、舒姆斯基他们那伙人能够真心诚意地悔过自新，那么，握手言和也并不是不可能。只是，现实是残酷的。【名师点睛：分析了发生分歧的原因，并从这段话中可以看出托洛茨基信徒的野蛮、背信弃义。】

塔莉亚还在努力说服他们承认错误，她说："同志们，我们应该还记得，就在三年前，也是在这个剧场里，杜巴瓦同志和一批'工人反对派'的成员回到了咱们的队伍里。当时，柯察金同志做了发言，那个发言也是受到杜巴瓦同志的委托而做的，发言中有一句话说：'党的旗帜永远不会在我们手中倒下去。'应该还都记得吧？可是现在，还不到三年的时间，杜巴瓦同志就已经把党的旗帜抛弃掉了。"【名师点睛：从塔

368

莉亚的回忆中可以看出杜巴瓦背信弃义。】他刚刚还说：'我们还是有话要说的。'那就说明，他还要和他的同伙继续顽抗下去。现在，我回过头来再讲一讲杜巴瓦在佩乔拉区代表会议上的发言。听听他的证词，我念念速记记录吧：'年轻人不得担任党的领导职务。党委会的每个人都是由上面指派，党的机关已经逐渐演变成了官僚。所有的迹象都在表明，老干部们已经蜕化了。党的领导工作只能由这些职业的管理人员来担任了，这似乎成了法规，可是我们必须打破这种合法的特权。我们要给党机关日渐腐朽的机体注入新鲜的血液、年轻的气息。但是，党机关却在极力地捍卫自己掌握的权利。管理机关之所以要拼命地攻击托洛茨基同志，原因在哪里呢？正是因为他曾经勇敢地说出：青年才是党的晴雨表。'"【名师点睛：写出杜巴瓦错误的观点倾向。】

这段发言引得全场更加轰动，观众反应十分激动。有人在后排喊道："图夫塔是他们的气象学家，让他来谈谈晴雨表吧。"

"别开玩笑了！"会场上立刻发出了不满的喊声，"让他们回答：他们还要不要搞反党活动了？"

"老实交代，是谁写的那篇反党宣言？"

执行主席不住地摇铃也制止不了大家越来越激动的心情。

会场上嘈杂的喊声掩盖了塔莉亚的声音。不过，这场风暴持续的时间就一会儿，没过多久就又可以听到她的讲话了："托洛茨基分子总是抱怨，他们受到了无情的责难。那他们希望得到什么样的待遇呢？最近这几年，党和共青团在思想上日益成长起来、强大起来。党的大部分青年积极分子都以刺刀来迎接托洛茨基分子的挑战，我们为此而感到自豪。他们总是不服气，然而，当辩论深入到广大党团员群众中之后，等待他们的却是更惨烈的失败。他们只会到处煽动民众、夸夸其谈，可是我们的基层干部是绝不会上他们的当的。【名师点睛：写出了托洛茨基分子的恶行，表达出塔莉亚此时的激动与抱怨，也向读者说明了他们的罪恶。】杜巴瓦和舒姆斯基同志也有很多朋友，可这些朋友们

钢铁是怎样炼成的

也并不支持他们，这就更不是我们的过错了。一九二一年的时候，舒姆斯基曾和我们一起同杜巴瓦斗争，而如今他们却同流合污了。茨韦塔耶夫同志曾经参加过'工人反对派'，现在他仍然在继续同我们作对。斯塔罗韦罗夫一直就是个墙头草，风吹哪边倒哪边。我们在这样的斗争中取得了经验，青年们的思想也在斗争中日益成长。

"我还有一点要说明，我们经常会收到各地同志们的来信，他们都表示支持我们，这使我们备感欣慰。我们都是生活在一个大家庭的成员，损失哪一个同志对我们来说都是令人心痛的结果。那么现在，请允许我读一段来信给大家，这是奥莉加·尤列涅娃写来的信。在座的人应该有很多都认识她吧，现在她是共青团专区委员会的组织部部长。"

塔莉亚抽出一张信纸来，粗略地看了一遍，然后读起来："日常的工作停滞了，这四天来所有的常委都下到各区里去了。因为，托洛茨基分子又挑起了一场激烈的斗争，昨天发生的事更是引起了全专区党员的极大愤慨。这些反对派没有得到市里任何一个支部的支持，就决定集中力量，在专区军务部的党支部里搞一场大的斗争。这个支部包括专区计划部和工人教育部的党员，共有四十二个人。托洛茨基分子就在这里集中，出席这个支部的会议，而且还发表了前所未有的恶毒的反党言论。有一个军务部的人甚至公然宣称：'我们曾经追随托洛茨基同志进行了数不清的国内战争。如果仍有必要，我们就会继续战斗。并且为了健全机体，有时就需要从外面动手。如果党的机关不妥协，我们就只好用武力去摧毁它。'

"那些反对派听了这段话，居然还在鼓掌。这个时候，保尔站了起来，发表了义正词严的讲话。只是，在这里，我没有办法把他的话一字不漏地转述出来。

他愤怒地揭露了那些在工人阶级政党头顶上张牙舞爪的反对派们的丑恶嘴脸，他狠狠地斥责他们：'你们同样作为布尔什维克党的成员，怎么能够为这样一个法西斯分子的言论而鼓掌喝彩呢？'【写作借鉴："狠

370

狠斥责"表现出保尔对"反对派"行为的憎恶与气愤，从侧面可以看出保尔的勇敢和敢说敢做。】

"台下的反对派马上躁动起来，他们把椅子敲得乒乓乱响，妨碍着保尔继续说下去，他们还不断地叫骂：'官僚！机关老爷！共青团贵族！'

"而支部的众多成员，见到会场上涌现出这么多'外人'，都感到非常气愤，他们都在要求保尔把话说完，可是保尔一开口，那帮人却又发出大片起哄声。

"保尔火冒三丈，冲他们喊道：'看看你们的民主，这可真是鲜明的对比。就算你们闹得再厉害，我也要把话说完，就算是为了挽救那些中托洛茨基的毒还不深的人，我也要说完。'

"就在这时，好几个人冲上讲台，他们抓住保尔，使劲往台下拽——他们竟然这样的野蛮。保尔一边挣扎，一边继续讲话。那些人一直把他拖到后台，从旁门扔了出去。有一个坏蛋甚至还把他的脸打破了，然后那个支部的党员几乎全都退场了。【写作借鉴："冲""抓""拽""拖""扔""打"这些动词淋漓尽致地展现了这群人的蛮横暴力。】这恶劣的事件使许多人看清事实，他们毅然退出了反对派……"

塔莉亚放下手中的信纸，继续激动地说下去："保尔站在我们这一边，让我们谢加连区的党团员都感到十分欣慰与高兴。"

一时间，会场上又躁动起来了，只有为数不多的几句能够听清楚。

"他们是靠拳头争取民主的。"

"让他们说清楚，他们到底有什么目的。"

塔莉亚的发言时间已到，她走下了讲台。

台下有很多人争先恐后地想要发言。台上的主席团一共有十五个成员，其中就有托卡列夫和谢加尔。

谢加尔到省党委担任宣传鼓动部部长的工作已经有两个月了。他一直认真地听着市党代会各位代表的发言，听了这么长时间，发言的

▶ 钢铁是怎样炼成的

还都是年轻的代表。

于是,谢加尔悄悄地对身旁几位年纪大的人说:"他们在三年前还都是些'共青娃娃'呢,那个时候,他们是又细又瘦的嫩枝条。可现在看来,这三年他们的成长真的是突飞猛进了。"【名师点睛:从侧面表现了这些青年的快速成长与他们所经历的磨难也是离不开的。】

"这些反对派已经招架不住了,我们的重炮还并没有投入战斗呢,青年们就把托洛茨基分子击溃了。"谢加尔又诙谐地说了一句。

这时那个叫图夫塔的人连蹦带跳地上了主席台,会场上顿时响起了对他不满的喧嚷和短暂的哄笑。图夫塔转向主席团,正想要提出抗议,但是会场已经又安静下来了。

他有些气愤,一股脑说出了自己的想法:"刚才有人说我是气象学家。那么我要问问多数派的同志们了,你们就是这样嘲笑我们的政治观点吗?"

又是一阵哄堂大笑,图夫塔面向主席台,气愤地指着台下的观众。

"你们笑吧,我还是要重申一遍:青年就是晴雨表。列宁同志多次这样明确地指出。"

这句话起到了至关重要的作用,会场上霎时鸦雀无声。

"列宁怎么说?"有人问道。

图夫塔立刻精神抖擞,说道:"在为十月起义做准备的时候,列宁同志曾经下令召集最坚定的青年工人,并且发给他们武器,让他们和水兵一起到最重要的地方去。我把列宁同志的这段话读给大家听好了,列宁的原话我通通抄下来了,都写在卡片上呢。"【名师点睛:可见列宁的话很有说服力,从侧面也可以看出列宁在人们心中高大的形象。】说着,他把手伸进了皮包去拿卡片。

"我们知道这些!"

"那么关于团结的问题,列宁又是怎么说的?"

"还有关于党的纪律呢?"

"列宁什么时候把青年和老一代近卫军对立起来过？"

图夫塔一时间竟哑口无言，只好转换话题："刚才塔莉亚·拉古京娜在这里念了尤列涅娃写来的信。辩论中经常会出现一些突发状况，我们可没办法负责。至于柯察金被赶出去这件事，我并没有异议。一九二一年的时候，他也曾经当过反对派，而且当时他也并没有制止他们的人把党委代表赶到门外去，实话告诉大家，当时被撵的就是在下。那个时候，两个小伙子挟着我的胳膊，他们根本不理会我的反对，一直把我推到门外。舒姆斯基可以作证，当时他也在场。现在，让柯察金也体会一下我当时的滋味吧，看看是不是好受。"【名师点睛：图夫塔的回忆如此清晰，可以看出他一直对这件事耿耿于怀，同时，在此刻报复保尔，可见他的小肚鸡肠与报复心理。】

茨韦塔耶夫都要气疯了，他对坐在身旁的什科连科小声说："真是太过分了，如果让傻瓜向上帝祈祷，他甚至能把头磕破！"

什科连科也小声嘀咕："就是！这个笨蛋准会把咱们彻底搞垮的。"

图夫塔还在用那又尖又细的嗓音连连说着："你们都在斥责我们，说我们瓦解党、分裂党。然而我们又可以采取什么措施呢？既然党的机关被作为武器掌握在多数派的手里，那么我们也就只好采取相应的对策。既然你们组织了多数派的党团，那么我们也一样有权利组织少数派的党团。"

他的发言立刻掀起了会场上的一阵轰动。愤怒的吼声几乎震耳欲聋，呼声盖天。

"你说的是什么话？难道要再一次分裂成布尔什维克和孟什维克吗？"

"俄国共产党不是议会！"

"他们这是在为孟什维克服务——从米亚斯尼科夫到马尔托夫！"

图夫塔高高地扬起双手，继续卖力地讲起来，而且语速越来越快："就是这样的，我们就是要有组织集团的自由和权利。要不然，我们这些持不同政见的人，又如何能同这么有组织、有纪律、团结一致的多

▶ 钢铁是怎样炼成的

数派斗争呢？怎么才能捍卫自己的立场呢？"【名师点睛：图夫塔自己对自己的观点感到骄傲、自豪。其实只不过是为了自己的一己私利。】

会场里吵嚷得愈加厉害了。于是，潘克拉托夫站起来喊道："让他说完，听听他的看法也是很有好处的！图夫塔总算把那些心里话全说出来了。"

于是，会场又安静下来。图夫塔这才发觉他说错了话。现在说这些恐怕为时尚早。他只好绞尽脑汁，匆忙收场，甚至有点语无伦次了："托洛茨基已经迫使中央全会承认了党内生活的不正常。这是他努力的结果，是他使中央做出了关于党内民主的决定。你们自然有权力开除我们，让我们不见天日，你们不是已经开始这样做了嘛。安东诺夫·奥夫谢延科的共和国革命军事委员会政治部主任的职务不是已经给撤掉了嘛，他可是跟着托洛茨基一起领导了十月革命的人。再说说我吧，不是也从省团委给排挤出来了吗？若论是非，究竟谁对谁错，很快就能见分晓。我们不怕你们指责我们破坏党内的和睦，列宁不是也受到过孟什维克类似的指责吗？在莫斯科还有百分之三十的党组织在支持我们，我们一定要继续战斗下去。"然后，他匆匆跑下了讲台。

茨韦塔耶夫递给杜巴瓦一张纸条："德米特里，你赶快上去发言。虽然，咱们已经没法扭转战局了，但是图夫塔的话一定要纠正，他是个胡说八道的傻瓜。"

于是，杜巴瓦要求上台发言，立刻得到允许。

全场的人都满心期待着他的发言。本来，这样的沉寂本是会场上常有的现象，可是现在却让杜巴瓦感到大家对他的冷淡和疏远。在各支部发言时，他的那股一腔热血已经渐渐消失了。他的情绪渐渐低落下来，就像一堆被水浇灭的篝火，只能在最后冒出一股呛人的浓烟。这浓烟就是他的自尊心，那被显而易见的失败和老朋友们无情的反击刺伤了的病态的自尊心，还有他那不放弃错误的顽固态度。【写作借鉴：把"他的情绪"比作"被水浇灭的篝火"，可见他内心的难过、失落。】他决心硬着头皮反抗到底，虽然他也知道这样会使他与更多的同志渐行渐远。他声音低沉，却异常清晰："我希望大家不要打断我的话，更不要中途插话。请让我把我们的观点完整地申述一下，即使我也知道，这是白费工夫，因为你们是多数。

"这十天来已经说了很多了，我会说得尽量简单明了。

"你们应该都了解《四十六人声明》这个文件。托洛茨基同志和党的许多著名领导干部都在这个文件里对中央的工业政策做出了犀利的批评。首先，我们要求工业的高度集中。同时，我们还认为，财政改革和发行垄断性的切尔沃涅茨[苏俄1922—1924年币制改革时发行的纸币，有多种面额，一切尔沃涅茨相当于十卢布。流通到1947年]必然会给我们带来危机。我们本应给农民的小资产阶级自发势力施加些压力，以无产阶级专政的权力逼迫农民交出他们的财产，但是中央并没有这样做，反而否决了提高工业品价格的建议。当然，我们也不能忽视国内农民的某种罢买的情绪——他们根本不想购买工业品。

"反对派曾经提议，应该以强制推销日用消费品的方式来制止罢买的情况，而且这些日用消费品都要从国外进口。但是，中央再次拒绝向农民施加压力，并且吓唬我们说，这样的措施会破坏同这个所谓的可靠同盟军的联盟。【名师点睛：可见中央对农民的重视，时刻维护他们的利益。】但是我们坚持认为，真的要把这股自发势力手中的一切都压榨出来，完完全全，一丝不剩，并且要把钱财全都投入到社会主义工业建设中去。未来的历史会证明我们的选择是正确的。

"另外，对于我们在党内问题上的分歧。刚才塔莉亚·拉古京娜读了我发言的部分记录。现在，我想要重申一遍。

"党的机关为什么一定要猛烈抨击托洛茨基呢？那是因为托洛茨基同党的官僚主义进行了斗争。在高等学校读书的青年全部都支持托洛茨基，他所说的'青年是党的晴雨表'，绝对是一个真理。【名师点睛：可以看出此时的杜巴瓦仍执迷不悟。】

▶ 钢铁是怎样炼成的

"可以肯定，同志们，托洛茨基是个值得信赖的人。他是十月革命的领袖。他与季诺维也夫和加米涅夫不同，在起义面前他没有退缩。他也不同于布哈林，没有在一九一八年布列斯特和约谈判期间破坏党的统一。说到布哈林，甚至有人说他还打算因为缔结对德和约而逮捕列宁和其他同志。托洛茨基在一九〇三年是第一个布尔什维克，是他领导着红军走向革命的胜利，同列宁一样，他是世界上最著名的革命家之一。话说回来，如果不是中央一直抵制托洛茨基，我们早就已经向国际上的反革命势力发动猛攻了。如果想要实现真正的党内民主，那么所有的集团、派别都有权发表意见，不是只有布尔什维克才有权领导的。

"现在，党的机关造就了我们的不幸，他们这些领导成员全都是老近卫军，这的确使党面临着蜕化的危险。托洛茨基曾经举出考茨基和保罗·勒维[1883—1930年，德国工人运动活动家，德共早期领导成员，后因右倾机会主义被开除出党]的例子，这个鲜明的例子证明了他是正确的。"

会场上的吵闹声和愤怒的喊声更激发了杜巴瓦的热情。

到目前为止，大家仍然在聚精会神地听着他的发言，只有人头不安地晃动，显示出与会代表紧张激动的心情。

"在我看来，同志们，权力会毁掉一个人。所以我们要建议你们把党的机关干部——特别是那些有头有脸的人，重新下放到工厂去锻炼，这个劝告也一定是正确的。"

茨韦塔耶夫突然幸灾乐祸地叫起来："就是！让他们再去闻闻汽油味，不然办公室都快成了他们的避风港啦。"

没有人理会他。大家都在全神贯注地听着，看杜巴瓦还有什么话要说。

"我们再次声明，目前中央的政策会把国家引向毁灭。如果仍然固守成规，那么过不了多久，财政和工业就会崩溃，农民就会给我们带来致命的打击。另外，是中央和你们这些支持中央的人在制造党的分裂……"

他的一番话像是引爆了大厅里的一颗手榴弹,暴风雨般的怒吼向杜巴瓦袭来。【名师点睛:"手榴弹""暴风雨般的怒吼"写出了大家对杜巴瓦演讲所说的话感到气愤。】愤怒的叫喊如同皮鞭一样不住地抽打着杜巴瓦的面颊。

"可耻!"

"打倒分裂派!"

"不许胡说八道!"

当喧闹声渐渐消失以后,杜巴瓦总结了他的发言:"的确,说出这些话,是需要莫大的勇气的。而我不过是想讲一些真实情况。就算是你们找我们算账,我也不怕,大不了再去当钳工。我也上过战场,没做过孬种,现在你们也别想吓倒我。"【名师点睛:杜巴瓦的话一方面可看出他的敢作敢当,而另一方面则可以看出他仍然执迷不悟。】

他拍了拍自己的胸脯,决定扬长而去。最后,他高喊道:"十月革命的领袖托洛茨基万岁!打倒机关老爷和官僚!"

然后,杜巴瓦在一片嘲笑声中走下了讲台——这嘲笑使他极为失落。如果大家因为他的演讲而暴跳如雷,他反而会很高兴。可结果,他们却是在讥笑他,就像是讥笑一个演砸了的演员一样。【写作借鉴:从杜巴瓦的心理描写可以看出,他是一个自尊心极强的人。】

这时,执行主席说:"请什科连科发言。"

什科连科站起来,推脱说:"我不发言了。"

"让我来说几句!"这是潘克拉托夫的男低音。

杜巴瓦一听到潘克拉托夫说话的语气,便知道了他目前的情绪。这个码头工人只有在受到严重侮辱的时候,才会用这样的声音说话。杜巴瓦怀着沉重的心情看着这个身材高大、微微驼背的人快步走向主席台,他局促不安。【写作借鉴:通过杜巴瓦的眼神写出潘克拉托夫此时的气愤,也可以表现出他自身的胆小、怯懦。】他完全清楚潘克拉托夫要

377

▶ 钢铁是怎样炼成的

说什么。他想起昨天在索洛缅卡区和老朋友们聚会的情景，所有人都在想尽办法地劝他脱离反对派。当时同他在一起的有茨韦塔耶夫和什科连科，而聚会的地点就在托卡列夫的家里。当时有很多人在场——潘克拉托夫、奥库涅夫、塔莉亚、沃伦采夫、泽列诺娃、斯塔罗韦罗夫、阿尔秋欣。他们都说了很多渴望改善关系的话，可是杜巴瓦一句也听不进去，始终沉默不语。就在大家激烈探讨的时候，他和茨韦塔耶夫却径直离席，表示不愿意承认错误。什科连科当时并没有离开，可是现在他却又拒绝发言。

"真是个窝囊废！一定是让他们争取过去了。"杜巴瓦愤愤地想。

这场斗争，他是那样的无畏无惧，恣意妄为，这已经使他失去了所有的伙伴。在共产主义大学，同他有着多年友谊的扎尔基也离他而去了，扎尔基还在常委会上激烈反对"四十六人声明"。再后来，他们的分歧愈加严重，杜巴瓦就不再跟扎尔基说话了。他甚至有好几次看见扎尔基到他家里来找他的妻子安娜。虽然他和安娜已经结婚一年了，但是却分房睡。安娜不赞同杜巴瓦的观点，所以他们的夫妻关系比较紧张，而且还在不断恶化。杜巴瓦觉得，关系的恶化还有另外一个原因，那就是扎尔基，他最近成了她的常客。这倒不是因为嫉妒，而是因为他已经同扎尔基断绝了关系，可是安娜却仍然同他保持着友谊，所以杜巴瓦感到非常愤怒。后来，他把自己的想法告诉给了安娜，结果两个人大吵了一场，关系也就愈加恶化。这一次杜巴瓦从家里出来，连招呼也没有跟安娜打一下，就来到这里了。【名师点睛：杜巴瓦回忆了为坚持这场斗争而失去了很多东西，可是为了自尊心或是执迷不悟的信仰，他依然在这条道路上越走越远，不愿回头。】

潘克拉托夫开始发言了，把他从回忆中拉回了现实。

"同志们！"潘克拉托夫把这个亲切的称呼说得清晰有力。他走上主席台，站在上面。"同志们！我们已经辩论了九天了。每个支部都在加班加点，不分昼夜地开会，我们发现了许多问题，也听到了许多种不同的声音。现在，城里的辩论已经接近尾声了。这里的会议，也只剩下最后一次了。我们把那些细枝末节的问题放到一边去吧，它们是无关大局的。我想说说最主要的东西。就在昨天，我们讨论了中央关于经济问题的决议，反对派的四十六个成员在去年九月向中央递交了他们的著名声明，这个声明已经成了包括工人反对派残余和民主集中派在内的一切敌对集团和派别的反党旗帜。这些形形色色的集团和派别都是由托洛茨基和他的手下们领导出来的。显然易见，杜巴瓦也认真钻研过这个文件。托洛茨基分子是怎么说的呢？他们说，党中央和多数派会导致国家的毁灭，而他们则是救世主。【名师点睛：潘克拉托夫用设问的方式讲出这个事情，表明了他个人对这个答案感到不可思议甚至荒谬的情绪。】现在，我要明确地说：他们的发言不像是我们的战友，也不像是革命战士，更不像是同我们共同斗争过的阶级弟兄。在他们的发言里充满了敌意、嚣张、恶毒和诽谤性的情绪。是的，同志们，这就是带有诽谤性的！他们把我们布尔什维克说成是党内专横制度的拥护者，说我们是出卖阶级利益和革命利益的人。他们这么轻而易举地就污蔑了我们党内最优秀的、久经考验的、最光荣的布尔什维克老战士。也就是说，他们污蔑了那些培育和锻炼了俄国共产党的伟大先驱——那些在沙皇监牢里备受折磨的人，那些跟随着列宁同志与国际上的孟什维克主义、托洛茨基等势力进行顽强斗争的人。他们污蔑了这些人，还说这些人是官僚主义的化身，是一个专制蛮横、'党内贵族'的特殊阶层。如果不是敌人，那么还有谁能说出这种话来？那么，在这样的情况下，托洛茨基分子又有哪些所作所为呢？他们只做了一件事——揪哇，砸呀……他们中间的人走漏了风声，泄漏了秘密，尤列涅娃的信里也是谈到了这一点的。这场斗争已经表明，在我们的队伍中确实有这样一些人，他们一直找机会破坏党的统一，践踏党的纪律。当党遇到困境，他们还会煽风点火，破坏党的组织。看来我们真的有必要赶快揭开反对派的真面目了。【名师点睛：潘克拉托夫对问

▶ 钢铁是怎样炼成的

题进行分析并得出最终结论，可见他已经到了忍无可忍的地步。】

"难道党中央就没有在决议里指出我们某些组织中存在着官僚主义和过多的集中？难道十二月五日没有做出关于工人民主权利的决定？这些都有过，而且托洛茨基是投了赞成票的。铁证如山，党内每一个布尔什维克是都有机会来发表自己的意见的，也有权利提出改进工作的建议。而下一步做法就是在统一的党的内部进行探讨，共同努力克服困难，将革命事业推进更快更高。【名师点睛：写出了他们的共同目的。】

"可是，托洛茨基又做了些什么呢？就在他投了赞成票的第二天，他就越过中央，直接向党员群众公开了他那份臭名昭著的声明。然后，引导党内所有的反对派疯狂地向党中央进攻。于是就造成了今天的局面——本来应该认认真真地讨论我们经济工作和党内生活中的问题，可现在却打起了党内战争。而且托洛茨基还企图将青年们武装起来，让他们作为自己的武器，来反对老一辈革命家。他这是要破坏新老两代人之间牢不可破的团结，他和他的追随者竭力诋毁中央和革命老战士。现在，党内大多数同志都对这空前的、突然袭击的反党行径十分愤慨，他们向反对派展开了无情的反击。于是，这些反对派便污蔑我们压制他们，这真是些可恶的鬼话！【名师点睛：他的这段话澄清了所有的事实，让读者更好地了解事实真相。而且一方面可见潘克拉托夫的气愤、无奈，另一方面则可以看出反对派的虚伪、野蛮。】

"我们基辅现在足有四十名来自各地的托派鼓动家。他们有的来自莫斯科，有的则从哈尔科夫来，还有两个来自彼得格勒。

"如果我让他们每一个人讲话。我敢保证，不论到哪个支部，他们都不会放过这造谣中伤的机会。像杜巴瓦、舒姆斯基，还有另外几个过去的干部都不属于本地组织，按照规定他们根本没有资格出席各区市的代表会议，但是我们仍然给了他们这样的权利，让他们来自由发表意见。如果等待他们的是大多数人尖锐犀利、毫不留情的谴责，那也就只能怪他们自己了。

"你们听听，他们给别人起的那个绰号——'机关老爷'，这里面包含了多大的侮辱性，又包含了多少仇恨！难道党和党的机关不是一个整体吗？他们总是这样诱导青年：'看看那些机关，它们是你们的敌人，快点向它们开火吧。'【名师点睛：从潘克拉托夫的话中，淋漓尽致地展现了托洛茨基信徒一行人的丑恶行径。】

"这是什么话？这样的话只能出自那些碌碌无为的无政府主义者之口，根本不应该从布尔什维克的口中说出。

"现在请大家说说看，倘若有人在部队被敌人围困的时候，跑出来挑拨民间那些年轻的红军战士，让他们去反对自己的指挥员、政委、司令部，那么我们该管这些人叫什么？

"再比如，我今天做钳工，按照托洛茨基的观点，我还算是个'好人'；如果我明天当上了党委书记，那我就成了'官僚'，成了'机关老爷'了。这样的思维实在让人难以接受！

"你们应该都明白，托洛茨基派进行这样的诽谤，是绝对不会有什么好下场的。他们肯定会成为无产阶级革命的敌人。

"我们的各级党委是我们的司令部，我们都把最优秀的布尔什维克派到那里去工作，而且绝对不允许任何人有损他们的威望和权力，不管是过去还是将来都不会变。"【名师点睛：写出了党的决心，要与破坏党事业的人战斗到底！也写出潘克拉托夫对党的忠诚与决心。】

说到这，潘克拉托夫喘了一口气，抬手擦了擦前额上的汗珠。

"反对派总是要求结派自由，那也就是说，他们希望在党内随意地拉帮结派，这会产生什么样的后果呢？这说明，他们要把我们的党变成争论不休的俱乐部，今天刚刚作出一项决议，明天某一个团伙便要废除这项决议，然后喋喋不休地争论。等到那时，我们就都变成讨厌的糊涂虫了。

"我们的党是一个行动的党。决议产生以后，所有党员都应该无条件地贯彻执行，必须如此。否则，我们怎么可能成为一支坚不可摧的

▶ 钢铁是怎样炼成的

力量。布尔什维克是坚决反对结派自由的。

"还有一点我必须指出。反对派正在笼络的绝大多数是高校的青年。托洛茨基将他们称为晴雨表、党的基石。可是众所周知，党的基石是老一辈的革命近卫军，是曾经在机床旁边劳动的工人——这连小孩子都知道。

"反对派里有图夫塔、茨韦塔耶夫，还有阿法纳西耶夫这样的人。图夫塔就是因为官僚主义刚刚被撤职的，而茨韦塔耶夫的'民主'更是在索洛缅卡区出了名的，阿法纳西耶夫则因为在波多拉区搞强迫命令和压制民主多次被省委撤销职务。<u>多么荒唐可笑，反对派们一方面卖力地叫喊着民主，一方面却又网罗了这样一批人，同志们，这实在是令人匪夷所思</u>。【写作借鉴：用具体的事例，写出反对派的自相矛盾。】

"当然，反对派里也有很多工作在生产第一线的工人。可事实却是这样的：那是些因为工作方法问题受到过党批评处分的人，他们都纠合在一起同党进行斗争了。这是一番怎样的景象？杜巴瓦、舒姆斯基带领被他们愚弄的工人冲锋陷阵，他们的侧翼则是那些曾经的官僚主义者和形式主义者，现在他们却又在猛烈攻击官僚主义了——就像图夫塔之流。他们怎么能让人信服呢？

"托洛茨基是反对派的旗帜。他们曾经千方百计地强调：'托洛茨基是十月革命的领袖'，'他是打败了反革命势力的胜利者'，'他是党的最初的领袖'等等。

"那么我们就把这个问题说清楚，我们就一劳永逸地把托洛茨基在我国革命中的作用一清二楚地交代一遍。反对派在说起十月起义的时候，极少提到列宁同志的名字，他们是有意而为。他们也不曾提到中央委员会，那么彼得格勒的布尔什维克，彼得格勒的革命工人、水兵、士兵就更不在他们考虑的范围。他们想到的只有一个人——托洛茨基。

"反对派妄想以托洛茨基浑水摸鱼取代全世界无产阶级最伟大的领袖列宁，将我们的党取而代之，而托洛茨基是在一九一七年才加入多数派的。【名师点睛:"妄想"写出了对此事的维护,坚决不可以扭曲列宁是伟大领袖的事实。从侧面可以看出他们对列宁的尊敬与拥护。】他想将我们的党取而代之,目的显而易见:为了派别斗争的利益,为了蒙蔽那些并不了解我党历史的人,他们把这些人笼络到他们身边去。他们为了达到目的,不择手段。【名师点睛:写出了他们的目的,也反映他们的野蛮、自私、虚伪。】

"对于反对派来说,在国内的战争中,无论是列宁,还是那些为苏维埃政权抛头颅洒热血的战士,都是没有意义的。有意义的只有一个人——托洛茨基。这并非偶然,事出必有因。然而,我们是参加过斗争的见证人,我们知道到底谁才是胜利的领袖——党和党的领袖列宁,我们光荣的布尔什维克中央委员会,是他们领导无产阶级战胜了敌人,还有我们伟大的红军战士和指挥员。是劳动人民的鲜血换来的这伟大的胜利,这个胜利根本不是某个人所能取得的。"潘克拉托夫声调高昂、铿锵有力。他说到这,稍稍停顿了一下。

就在这个空隙,全场对他报以雷鸣般的掌声。这掌声就像是奔腾不息的海浪,汹涌澎湃,来势迅猛,仿佛就要把堤岸吞没。【写作借鉴:把"掌声"比作"海浪"并且"汹涌""迅猛",可见观众对潘克拉托夫的演讲表示肯定、赞扬。】

这些日子,杜巴瓦时常能听到这洪流般的咆哮。他参加支部会和区代表会议的时候,总是被这洪流席卷而去,他领教过它的威力。曾几何时,在他同伙伴们共同奋进的时候,他的身心也是这势不可挡的洪流中的一滴。而如今他和他的一小股同伴却逆流而上,这些引起过他内心共鸣的声音,如今却如一股巨浪把他掀翻在浅滩上。潘克拉托夫讲的话,每个字都在他心里引起了病态的反响。他真恨不得这样讲话的是他自己,而不是这个从第聂伯河畔来的码头工人。看人家是多么结实,表里都是一块完整的材料,不像他杜巴瓦那样,是被裂成两半的、连栖身之地都要失去了的货色。【名师点睛:从杜巴瓦的心理可见

383

▶ 钢铁是怎样炼成的

他对潘克拉托夫的羡慕与对自己的不满。】

潘克拉托夫仍然在说着："至于十月革命以前，托洛茨基的布尔什维主义又是些什么呢，我想还是让老布尔什维克们来介绍比较妥当。年轻人对此并不知情，现在他们既然用他的名字同党对抗，那我们就应该了解托洛茨基反对布尔什维克的全部过程，了解他到底是怎样见风使舵，从一个营垒跳到另一个营垒的。党应该了解，到底是谁纠集起各个少数派，组织成八月联盟来反对列宁和布尔什维克的。我认为，这些事都应该写成书印出来。托洛茨基既然成为分裂组织者，那么我们就应该摘下他的桂冠，让他以真面目示人。

"托洛茨基在十月革命的斗争中的确表现优秀，所以党委以他重任。于是，他树立了威望，得到了信任。如果说他曾经是个英雄，那也是在他同我们并肩作战的时候。托洛茨基在十月革命前并不是布尔什维克，而革命之后他又摇摇摆摆地走着弯路，无论是布列斯特和约的谈判，还是有关职工会的争论，或者像这次对党发动的大规模的进攻，都可以看出。

"我们的队伍在同反对派的斗争中会更加团结，青年们的思想也会更加坚定统一。【名师点睛：把这次反动斗争看作一次磨练，可见他的乐观、自信。】布尔什维克党和共青团正是在反对各种小资产阶级思潮的斗争中得到了锻炼。反对派们总是在预言，我们很快就要在政治和经济上破产。要不了多久，就将是对这预言的有力反击。

"他们要求我们把老同志——比如托卡列夫和谢加尔同志——派去看车床，而让杜巴瓦这样的愚蠢的笨蛋作为晴雨表来占据老同志的岗位。这是万万不可的，同志们，我们不可能这样做。的确，老布尔什维克是要有人接班，但是，绝对不能让这些稍有变化就向党的路线猖狂进攻的人来接替他们。我们绝不允许任何人来破坏我们伟大的党的团结。老一代和青年一代近卫军如同人的肌体一样是一个整体，是永不分割的。我们的力量，我们的坚定性正是在团结中体现出来的。同志们，前进吧，让我们迎着困难，向我们的目标前进！在列宁的旗帜下，同各种小资产阶级思潮进行斗争，我们一定会取得胜利！"

潘克拉托夫走下讲台的时候，全场掌声雷动。许多人都自觉站了起来，自发地高唱起无产阶级庄严的国际歌。【名师点睛："热烈"充分表达了他们对潘克拉托夫的肯定，也可以看出他们对祖国的热爱。】

第二天，有十来个人聚集在图夫塔那里。杜巴瓦说："今天，我就跟什科连科回哈尔科夫去。我们已经没有必要再留在这了，你们尽量不要散伙。咱们要耐心地等待时局的走向。很显然，全俄党代表会议一定会批判我们，但是我认为，他们还不至于马上采取迫害行动。多数派仍然会在工作中考验我们。现在，尤其是这次大会之后，如果再搞公开斗争，就会被开除出党，这可不是咱们的计划。未来的走势，现在还难以预测。那就先这样吧，也没什么可说的了。"然后，杜巴瓦站起来就走。

细身材、薄嘴唇的斯塔罗韦罗夫站了起来，结结巴巴地问道："德米特里，我不太理解你的意思。是不是说咱们可以不服从大会的决议？"

茨韦塔耶夫粗暴地打断了他："形式上还是要服从的，不然，你连党证都没有了。咱们先看看这风朝哪个方向刮再说吧，散会。"【名师点睛：可以看出反对派一行人的虚伪。】

图夫塔在椅子上不安地坐着。什科连科一直紧皱眉头，他脸色苍白，因为常常失眠，所以眼圈发黑。他一直坐在窗口，啃着指甲。听到茨韦塔耶夫最后这几句话，他忽然一下子把手放下来，面向在场的人。

"我反对这一套。"他义愤填膺地说，"我认为，我们必须服从大会的决议。在会上我们已经申述了自己的观点，那么大会的决议我们就应该服从。"

斯塔罗韦罗夫看上去赞同他的话，笨拙地说："我也是这个意思。"

杜巴瓦狠狠地盯着什科连科，咬牙切齿地，用挖苦的语气对他说：

▶ 钢铁是怎样炼成的

"悉听尊便，没人管你。你还可以直接到省党代会上去'忏悔'呢。"

什科连科气得跳了起来："你这是什么话，德米特里，说心里话，你这话很让人反感，我不得不重新考虑昨天的立场。"

杜巴瓦气愤地挥挥手，对他说："那你就走这条路吧。认罪去吧，现在还不晚。"【名师点睛：意见不统一，引起了内部的矛盾，也注定他们会失败的结局。】

然后，杜巴瓦同图夫塔等人一一握手告别。

他走后，什科连科和斯塔罗韦罗夫也相继走了。

一九二四年滴水成冰的严寒来临了。整个一月份，祖国大地都在冰雪的覆盖之下，天气异常寒冷，风雪交加。

大雪封住了西南的铁路线。于是，人们和这无情的天灾展开了斗争，除雪车的螺旋转子钻进高大的雪堆，为火车开辟道路。【名师点睛：恶劣的天气为下文所发生的状况做铺垫。】

由于天气恶劣，很多电报线不堪冰雪的重负拉断了，十二条线路中只有印欧线和另外两条直通线还保持畅通。

在舍佩托夫卡火车站的报务室里，三架莫尔斯电报机不断发出嘀嘀的响声，只有内行人才能听懂这源源不断的密语。

两个女报务员都很年轻。从开始工作至今，经她们收发的电报纸条，最多也不超过两万米长，可是，那些老报务员的却已经超过二十万米了。收报的时候，他也不用像她们那样，看着纸条，皱着眉头，努力拼读那些难认的词和句子。他会根据电报机的嗒嗒声，直接译出电文来，然后一个字一个字地抄在纸上。现在，他正在收听并记录着电文："同文发往各站，同文发往各站，同文发往各站！"

这位老报务员一边抄录，一边想："也许又是清除积雪的通知。"外面狂风呼啸，玻璃窗户被狂风卷起的白雪打得吱吱作响。老报务员觉得像是有人在敲窗户，便转过头去看，随后他不由得被玻璃窗上那精致美丽的霜花所吸引——它们有枝有叶，细致精巧，巧夺天工，像一件天然修饰的珍物。

他竟看得出了神，忘记听那机器的响声。等他回过神来时，有一段电文已经过去了。于是，他托起纸条读道："一月二十一日晚六时五十分……"

他迅速地将这段电文抄写下来，然后又放下纸条，继续往下听："在高尔克村逝世……"

他一字一句地记下来。报务员的工作使他不知收听过多少讣闻和喜讯，他总是第一个知道别人的痛苦和幸福。他早就不去刻意留意那些简略而又不完整的句子究竟在说些什么。他只用耳朵听着，用手机械地记着，完全忽略它的内容。

一如往常，不过是有人死了，通知其他的人而已。老报务员已经忘了电文开头的几个字："同文发往各站，同文发往各站，同文发往各站！"机器仍然在嘀嘀地响着，他边听边译："弗……拉……基……米……尔……伊……里……奇……"他平静地坐在那里抄写，感觉有点疲惫了。在某个地方一个叫作弗拉基米尔·伊里奇的人死去了，他在把这个噩耗抄写下来，有人收到后会痛哭失声——可是这些与他无关，他只是个旁观者。【名师点睛：与下文得知列宁逝世的消息做对比。】机器嘀嘀地拍出几点，一划，又是几点，又是一划。老报务员根据这熟悉的声音，立即抄译出第一个字母——"Л"，接着又写上第二个字母"E"，然后是"H"，两竖中间的那条短横还特意描了两遍。"H"后面是"И"，很显然最后一个字母还是"H"。

接着，收报机打出了间隔，他用十分之一秒的时间瞥了一眼刚刚抄录下来的五个字母，它们拼在一起是："ЛЕНИН"（"列宁"）。

机器仍然啪嗒啪嗒地响着。老报务员偶然瞥见的那个熟悉的名字再一次映在他的脑海里。他又看了一遍最后那两个字："列宁"。难道？……列宁？……他又拿起电报纸，看着电报的全文，瞪大眼睛看

387

▶ 钢铁是怎样炼成的

了好一会儿，然后，干这一行三十二年来，他第一次不敢相信自己亲手抄录的电文。【名师点睛：从老报务员的语言和神态中，可以看出他对列宁逝世的难以置信。】

他把电文反复看了三次，没有错："弗拉基米尔·伊里奇·列宁逝世。"老报务员立刻像触电般从座位上弹跳了起来，抓起卷曲着的纸条，目不转睛地盯着它。他不敢相信自己的眼睛，可这的确是事实！他脸色惨白，面向那两个女同事。他向她们惊叫："列宁逝世了！"【写作借鉴："脸色煞白"，可见噩耗突如其来引发的恐慌。】

这个惊人的噩耗霎时从敞开的房门传出了报务室，像狂风一样迅速席卷了整个车站。它冲到暴风雪里，在铁路线上旋绕着，随着一股寒冷的气流钻进机车库那扇半开的大铁门里。【名师点睛：写出列宁逝世的消息，在苏联影响巨大。】

有一台机车停在机车库里的一号修车地沟上，有一小队工人正在修理它。波利托夫斯基老头亲自下到地沟里，钻到自己这台机车的肚子下面，把需要维修的地方指给钳工们看。勃鲁扎克和阿尔焦姆正在把压弯了的炉条锤平，勃鲁扎克钳住炉箅子，放在砧子上，阿尔焦姆则一锤一锤地使劲锤打。

这几年，勃鲁扎克老了许多。岁月在他额上刻下一道道深不见底的皱纹。他的经历在他额上刻下了深深的皱纹，他的两鬓白了，背也驼了，一双眼睛也深深凹陷下去，不时地流露出悲伤的神情。【写作借鉴：通过对勃鲁扎克的外貌描写，使一个饱经沧桑的老工人形象跃然纸上。】

机车库的门半开着，有一丝光亮射进来，突然有一个人从外面跑了进来，由于傍晚的光线十分昏暗，无法看清来者是谁。他进门的第一声叫喊被铁锤敲打的声音淹没了。但是，当他跑到这些工人跟前时，阿尔焦姆举在半空中的锤子停住了。

"同志们，列宁逝世了！"

<u>锤子缓缓地从阿尔焦姆的肩上滑下来,他轻轻地把它放在水泥地上。</u>

"你刚刚说什么?"阿尔焦姆听到来人报告的这个骇人的消息,巨大的手像钳子一样紧紧抓住了他的皮外套。【名师点睛:从阿尔焦姆的动作中,可以看出他难以接受的情绪。同时可以看出列宁在他心中的地位很高。】

那个人满身是雪,气喘吁吁,压低了声音用悲痛的语气重复了一遍:"是真的,同志们,列宁去世了……"

正是因为这次他没有叫喊,阿尔焦姆才听清楚这个可怕的消息,同时也分辨出那个人的脸——原来是党组织的书记。

工人们陆续从地沟里爬出来,安静地听着这个伟人逝世的消息。

<u>大门旁边,一台机车吼叫起来,吓得大家打了一个寒战。</u>

<u>然后紧接着,车站尽头的另一台机车也吼叫起来,随后又是一台……</u>

【名师点睛:整个苏联此时陷在了悲伤与痛哭中。】

发电厂的汽笛也应和着机车那强有力的、充满不安的吼声,像炮弹飞啸一般发出了刺耳的尖叫。一列客车正准备开往基辅,它那快速、漂亮的 C 型机车也敲响了铜钟,那清脆洪亮的钟声掩盖了其他声音。

在舍佩托夫卡——华沙直达快车的波兰机车上,当司机弄清了鸣笛的原因,又仔细地听了一会儿,然后,也缓缓地举起手,抓住那条小链子,打开了汽笛的阀门。这个响声把国家政治保安部的一个工作人员给吓坏了。波兰司机知道,这是他最后一次拉响汽笛了,从此以后他就不能再开车了,但是他仍然没有松开链子。机车的吼叫声,着实吓坏了坐在包厢里的波兰信使和外交官们。

机车库里聚集的人越来越多,人们从各个门里走进来。当机车库人满为患的时候,空气中弥漫着哀痛肃然的气息,有人开始发言了。

讲话的正是舍佩托夫卡专区党委书记、老布尔什维克沙拉布林。

"<u>同志们!全世界无产阶级的领袖列宁与世长辞了。这是我们党无法弥补的损失</u>——这位缔造了布尔什维克党并引导我们同敌人进行顽

▶ 钢铁是怎样炼成的

强斗争的人跟我们永别了……党和我们阶级的领袖的逝世就是一种召唤，召唤更多无产阶级的优秀儿女加入我们的队伍……"【名师点睛：这段讲话真切地反映出列宁的伟大以及列宁在每个人心中高大的形象。】

哀乐响起，几百个人都脱帽致敬。十五年来未曾掉过一滴眼泪的阿尔焦姆突然感到喉咙被哽住了，那宽厚有力的肩膀也颤抖了起来。【名师点睛：阿尔焦姆此时的状态，展现出列宁在他心中的重要地位，同时也暗示了他以后的发展道路。】

铁路俱乐部的墙壁几乎要被参加会议的人群挤倒了。外面虽然是刺骨的严寒，门旁的两棵云杉也被漫天冰雪所覆盖，然而大厅里却是闷热异常，让人喘不过气来。荷兰式的炉子烧得呼呼直响，六百个人聚集在这里，参加党组织召开的追悼大会。

整个大厅没有了往日的嘈杂和说笑。巨大的悲痛像是扼住了人们的喉咙，所有人都压低着声音谈话，几百双眼睛流露出的哀痛和不安使人无法呼吸。在这里聚集的就像是一群失去了领航员的水手，而他们那位久经考验的领航员已经被狂风巨浪卷走了。【写作借鉴：把"六百人"比作"水手"，把"列宁"比作"领航员"，可见列宁的影响力是深远的。而对大厅的描写，使读者身临其境地感受到了人们此时的哀伤。】

党委会的委员们都安静地坐在主席台上。西罗坚科小心谨慎地拿起铃铛，轻轻地摇了一下，又放在桌子上，这就够了。大厅里渐渐地静下来，那是使人感到窒息、压抑的安静。

报告完了以后，党委书记西罗坚科从桌子后边站了起来，他宣布了一件事，这种事在追悼会上宣布并不常见，但是并没有引起人们的惊奇。他说："有三十七位工人同志署名写了一份申请书，请求大会予以讨论和批准。"然后，他宣读了这份申请书，"西南铁路舍佩托夫卡站布尔什维克共产党组织：领袖的逝世是在号召着我们加入布尔什维克的行列，我们请求在今天的大会上对我们给予审查，并接受我们加入列宁的党。"【名师点睛：领袖列宁逝世带给他们的不只是伤痛，更是团结、协

作的精神。】

在这简短的文字下面是两行签名。

西罗坚科逐个念下去，每念一个就停顿几秒，好让在场的人们记住这些熟悉的名字。

"波利托夫斯基·斯塔尼斯拉夫·济格蒙多维奇，火车司机，三十六年工龄。"

大厅里随即发出一片赞许之声。

"柯察金·阿尔焦姆·安德列耶维奇，钳工，十七年工龄。"

"勃鲁扎克·扎哈尔·瓦西里耶维奇，火车司机，二十一年工龄。"

大厅里的声音逐渐增大了，西罗坚科继续念着，进入大家耳中的都是那些一直在钢铁和机油之间工作的产业工人的名字。【名师点睛：从此可以看出，大家团结一致拥护布尔什维克，情势又呈现出欣欣向荣的局面。】

当第一个签名者走上讲台的时候，大厅里瞬间鸦雀无声。

波利托夫斯基老头讲起了自己一生的经历，他再也克制不住内心的激动。

"……同志们，我还能说什么呢？在旧社会当过工人的，日子过得怎样，大家心里一清二楚。那个时候，一辈子受压迫、受奴役，等到上了年纪，穷得就像乞丐一样叮当响，两眼一瞪，撒手人寰。说实话，刚刚闹革命的那阵子，我觉得年纪大了，岁数大了，还拖家带口的，入党的事也就这么过去了。我倒是从来没有替敌人服务过，可也没怎么参加过战斗。一九〇五年也曾经在华沙的工厂里参加过罢工委员会，跟布尔什维克一起闹过革命。那个时候我还年轻，想干什么就干什么。这都是老话了，还提它干什么！列宁去世了，这对我的打击太大了，我们永远失去了自己的朋友和知心人。【名师点睛：突出了列宁平日的优秀品质，才赢得波利托夫斯基此时高度的赞扬。】什么老了，岁数大了，我哪有脸说这样的话！……我不会讲话，有讲得好的，就让他们去讲

391

▶ 钢铁是怎样炼成的

吧。反正我敢保证：我会永远跟着布尔什维克走，绝不掺假。【名师点睛：简短的一句话，却写出了他的决心，他的忠诚瞬间的描写将一个坚定的布尔什维克工人形象跃然纸上。】

老司机那长满了白发的头倔强地晃了一下，两只眼睛在白眉毛下面射出坚毅的光芒，他目不转睛地注视着大厅，好像是在等待大家的裁决。

党委会请非党群众发表意见，没有一个人提出异议。表决的时候，也全票通过，没有人反对吸收这个身材矮小的老人入党。

在离开主席台的时候，波利托夫斯基，就已经是一名共产党员了。

现在的事情是非同寻常的，会场上的每一个人都心知肚明。现在，身材魁梧的阿尔焦姆也站在讲台上了。

这个钳工有些局促，不知道该把他那双大手放在哪里，就一直在摆弄手里的那顶大耳帽子。他那件磨光了衣襟的羊皮短大衣敞开着，露出里面的灰色军便服，领口上的两颗铜纽扣整整齐齐地扣着，他看上去像过节一样整洁。【名师点睛：一方面写出了一个普通工人想加入党的场面；另一方面，"穿得像过节一样整洁"可见他对列宁追悼会的高度重视。】他把脸转向大厅，突然看到了一张熟悉的面孔：那是石匠的女儿加莉娜，她正坐在被服厂那群工人中间。她对阿尔焦姆安慰地微笑，她的微笑中包含着对他的鼓励，嘴角上还露出一种含蓄的情绪。

"阿尔焦姆，讲讲你的经历吧！"他听到西罗坚科说。

显而易见的是，阿尔焦姆并不习惯在大会上发言，竟一时不知道从哪里讲起才好。

他感到，一生之中的全部经历是不可能都讲出来的。他紧张得语无伦次，话都说不连贯，加上心情激动，就更说不出来了。这种滋味他还从来没有体验过。这个时候，他清楚地意识到，自己的生活正在开始发生巨大的转折——他，阿尔焦姆，正在迈出最后的一步，这一步将使他那艰辛困苦的生活变得温暖，变得有意义。

"我母亲生了四个孩子。"【名师点睛：千头万绪的阿尔焦姆用简洁的话语稳定了情绪，为下文的叙述做好了铺垫。]阿尔焦姆开始说道。

会场上十分安静，六百个人都在全神贯注地听着这个高个子，又长着鹰钩鼻、浓眉大眼的工人讲话。

"我母亲曾经是有钱人家的用人。父亲的样子，我已经记不清了，他跟母亲合不来，而且总是喝很多酒。我们一直跟着母亲过日子，她要养活那么多孩子，异常辛苦。【名师点睛：演讲开头说出母亲含辛茹苦带大"我们"的艰辛。】东家管饭，她一个月只能挣四个卢布，就是为这几个钱，她每天起早贪黑，腰都累弯了。我还算幸运，有两个冬天在上小学，学会了看书写字。九岁那年，母亲实在无力支撑，只好让我到一家小铁工厂去当学徒，只管饭，白干三年，没有工钱……那个老板是德国人，叫费斯特，起初他嫌我小，不愿意要，后来看我长得强壮有力，而且母亲又给我虚报了两岁，才把我收下。我在他那里干了三年，什么手艺也没有教给我，只是支使我干杂活；给他打酒，他一喝起酒来就不要命了；撮煤让我去，搬铁也让我去……老板娘也把我当成小奴隶来使唤，还叫我倒尿罐、削土豆皮。他们俩常常是无缘无故地就踢我一脚，他们就是这个坏脾气。因为老板常常喝醉，所以老板娘对谁都没有好脸色，稍微有点不顺心，我就得挨几个耳光。有时候我只好跑到街上，可是我能往哪儿逃呢？心里的苦又能向谁倾诉呢？母亲离我有四十俄里，再说她那儿也没我可以安身栖息的地方……在工厂里也一样，管事的是老板的弟弟。这个混蛋总是喜欢拿我开心。有一回，他指着墙角放铁匠炉的地方，对我说：'去把那个铁套圈拿给我。'于是我跑过去，伸手就拿，可谁知道那铁圈是刚从炉子里夹出来的，我的手刚一碰上，就被烫得皮都掉了一大片。我痛得面目狰狞，失声大哭，他却在一旁幸灾乐祸地哈哈大笑。后来，我实在受不了这样的折磨，跑回母亲那儿去了。可她实在没有地方安顿我，无奈只好又把我送回去。一路上她一直哭个不停，十分伤心。到了第三年，他们才开始教我一点钳工技术，只是还像以前一样打我。我再一次逃跑了，这次一下子跑到旧康斯坦丁诺夫，进了一家灌

钢铁是怎样炼成的

香肠的作坊。我在这个作坊里整天洗肠子，像条狗似的过了不到两年。后来老板赌钱把家当都输光了，欠了我们四个月的工钱，溜得无影无踪了，我只好又离开了那个鬼地方。再后来，我搭上火车，来到日美林卡，下了车就去找活干。我很感谢机车库的一个工人，他同情我，他听我说多少会点钳工，就说我是他的侄子，恳求上司把我留下。他看我个子高，就说我已经十七岁了。就这样，我给钳工打下手。后来我就转到这儿来干活了，到现在已经有九个年头了。这就是我过去的情况。后来的这一段，你们就全都知道了。"【名师点睛：叙述了阿尔焦姆成长的经历，锻炼出了他质朴、坚毅的性格特征。】

阿尔焦姆用帽子擦了擦额头，长长地出了一口气。他还有一件最为重要的，也是最难开口的事要说，他不能等着人来问。于是，他皱紧眉头，继续说下去："每个人都会问我，为什么在革命烈火刚刚燃烧起来的时候，我没有成为布尔什维克？我该如何回答呢？说年纪大吧，我还年轻着呢。也许我只能说，我是今天才找到自己的出路——我没有什么可隐瞒的——以前我就是没有看清该走哪条路。【名师点睛：表达出自己内心的真实想法，并做出了正确的决定，体现出他的耿直、朴实。】早在一九一八年，反德大罢工的时候，我就应该走上这条路。当时有个水兵，叫朱赫来，曾经跟我谈过很多次。直到一九二〇年，我才拿起枪来战斗。后来战争结束了，白匪被扔进了黑海。我们就回来了。我成了家，也有了孩子……一头钻到家务事里去了。然而现在，我们的列宁同志逝世了，党发出了号召，我回顾了自己的生活道路，我终于明白了我一生中缺少了什么。仅仅保卫自己的政权是不够的，我们应该团结一致，接替列宁，把苏维埃政权建设成铜墙铁壁的江山。我们都应该成为布尔什维克的一员——党永远都是我们的党！"【名师点睛：深刻领悟到团结、合作的重要性，也可以看出阿尔焦姆此时大彻大悟和勇敢、忠厚的性格。】

阿尔焦姆结束了自己坦率而真诚的发言，他为自己那不寻常的措辞感到有些羞涩，但仍然像卸下了千斤重担似的，昂首挺胸地站在那里，期待着大家的提问。

"有人想要问点什么吗？"西罗坚科打破了沉默。

会场里的人有一点儿骚动，但并没有人说话。这时，一个刚刚走下机车就来开会，长着黑色面孔的司炉干脆地喊道："还有什么可问的？咱们了解他，把党证给他就是了。"

身材矮壮的锻工基利亚卡激动得满脸通红，他用沙哑的声音说："他是一个坚强的同志，这种人绝对不会出岔子的。表决吧，西罗坚科！"【名师点睛：从别人的评价中，可见对阿尔焦姆是无比的坚信并对他寄予希望。】

这时，从后面共青团员座席上站起一个人来，在昏暗的光线下，看不清是谁，只听他说："让柯察金同志说说，他为什么让土地缠住了，问问他种地会不会使他的无产阶级意识变得薄弱呢？"

会场上掠过一阵轻轻的议论声。有个人站出来指责那个小伙子："不要兜什么圈子，直接问不就得了吗？"

阿尔焦姆打断他的话："没关系，同志，他说得对，我确实是叫土地缠住了。这是真的，但是我并没有因为这个把工人阶级的良心丢掉。从今天开始，这一切就结束了，我一定把家搬到工厂附近来，还是住在这儿更牢靠些。不然，那块地还真的会压得我喘不过气来。"

阿尔焦姆看见会场上举起的手臂，他的心颤抖了一下。他感到浑身轻松，挺胸阔步走回到自己的座位上去。在他身后传来了西罗坚科的声音："全体通过！"【名师点睛："挺胸阔步"可见他此时无比的自信与自豪。】

勃鲁扎克是第三个走上主席台的。他是波利托夫斯基的老助手，虽然沉默寡言，但也早就当上司机了。他也介绍了自己劳苦的一生，在快结束的时候，他谈到了最近的感受。他的声音很低，但是大家都听得清清楚楚。【名师点睛：从这个细节中可以反衬出此时人们对于革命赋予极大的热情。】

395

▶ 钢铁是怎样炼成的

"我有义务完成我那两个孩子未尽的事业。他们牺牲了,可我并没有理由躲在房后去哭。我还没有填补他们牺牲的损失。领袖的逝世唤起了我的觉醒,过去的事情大家就不要再问我了,真正的生活重新开始。"

勃鲁扎克回忆起往事,心绪很乱,有些忧伤地皱着眉头。会上并没有人向他提出任何的问题,就一致举手通过他入党了。他的眼睛闪出奇异的光彩,斑白的头也从此抬了起来。【名师点睛:"奇异的光彩""抬了起来"可见入党一事以后会改变他,他新的生活又要开始了。】

这次的大会一直开到深夜。只有那些大家熟悉的、经过生活考验的、最优秀的人才被吸收入了党。

列宁的逝世,促使几十万工人加入了布尔什维克。伟大领袖的离去并没有使党的队伍涣散。它就像一棵大树,有巨大的根深深地扎在土壤里,更加生机勃勃,巍然挺立,不怕狂风暴雨的袭击,不怕狂涛巨浪的冲刷,永远矗立于天地间。

Z 知识考点

1. 歌剧院的争论被分为两个派别,其中＿＿＿＿、＿＿＿＿、＿＿＿＿代表少数派。＿＿＿＿的去世,激起了工人们热情,纷纷要求继承党的事业。

2. 判断题:多数派的代表是潘克拉托夫,反对派的代表是杜巴瓦。
（　　）

3. 列宁的逝世带来什么影响?
＿＿＿＿＿＿＿＿＿＿＿＿＿＿＿＿＿＿＿＿＿＿＿＿＿＿＿＿＿＿＿＿
＿＿＿＿＿＿＿＿＿＿＿＿＿＿＿＿＿＿＿＿＿＿＿＿＿＿＿＿＿＿＿＿

Y 阅读与思考

1. 新加入布尔什维克党的主要人物有哪些?
2. 阿尔焦姆的演讲反映出了什么?

第六章

前缘难续

M 名师导读

> 会议上保尔与丽达再一次相遇，他们还像以前一样相互交流，一起投身于事业当中。而过多的工作，使保尔的身体越来越差，他不得不放下工作，安心休养一段时间，但"牛虻"的精神一直在他身上得以延续。

旅馆的音乐厅门口站着两个人，其中一个身材高大魁梧，戴着夹鼻眼镜，胳臂上佩戴有"纠察队长"字样的红袖章。

"请问，乌克兰代表团是在这里开会吗？"丽达问。

大个子打着官腔回答道："是！您有何贵干？"

"请让我进去。"

大个子堵在门口，打量了丽达一眼，问："请出示您的证件，只有正式代表和列席代表才能进去。"

丽达从提包里拿出烫金的代表证。看见上面印着"中央委员会委员"的字样，大个子丝毫不敢怠慢了，他马上变得热情而又殷勤起来，就像对待"自家人"一样亲切地说："请吧，请进，左边有空位子。"【名师点睛：大个子的态度前后发生了极大的转变。】

丽达从一排排椅子穿过，找到一个空座位，坐了下来。这时代表会议就要结束了，丽达全神贯注地听着主席的讲话。这个人的声音很耳熟。【名师点睛：这里的"耳熟"为下文的故事情节做铺垫。】

"同志们，出席全俄代表大会的代表以及出席苏维埃的代表，已经

▶ 钢铁是怎样炼成的

选举完毕。现在离开会还有两个小时的时间。那么，请允许我再核对一下已经报到的代表名单。"

这时，丽达认出这个人是阿基姆，他正匆忙地念着代表名单。

每叫到一个名字，就会有一只拿着红色或者白色代表证的手举起来。

丽达全神贯注地听着。

突然，一个熟悉的名字传进她的耳朵："潘克拉托夫。"

丽达立刻朝举手的地方看去，那里人头攒动，根本看不到码头工人那熟悉的面孔。名单念得很快，又有一个熟悉的名字闯进她的耳朵——奥库涅夫，接着又有一个——扎尔基。

丽达找到了扎尔基。他就坐在她斜对面的位置上。那正是他的侧影，已经不大容易辨认了……的确是他，是伊万。

丽达已经很多年没有见到过他了。

名单仍然在往下念。突然，她不由得哆嗦了一下——"柯察金"。

【名师点睛：听到保尔名字"哆嗦"，这与听到其他人的名字状态形成对比，从而可见，她依然对保尔有感情，同时，也为下文他们的相遇做铺垫。】

在前面很远的地方举起一只手，又放下了。奇怪，丽达竟迫不及待地想看看这个和她的亡友同姓的人。她一直盯着刚才举手的方向，但是所有的头看上去都一样，根本看不出来。

丽达站起身来，顺着墙边的通道向前走去。这时候，名单已经念完了，会场立刻响起了一阵挪动椅子的声音，代表们开始大声说起话来，青年人也发出爽朗的笑声，于是阿基姆竭力盖过嘈杂的声音，使劲喊道："不要迟到！……在大剧院，七点！……"

出口处人潮涌动。

丽达心中很焦急，在这拥挤的人流中，她无法找到刚才名单中念到的熟人。唯一的办法就是盯住阿基姆，再通过他来寻找其他人。

她绕过最后一批代表，自己朝阿基姆走去。

可是突然，她听到身后有人在说："喂，柯察金，咱们也走吧。"

然后，正是那个熟悉、让人难忘的声音在回答："嗯，走吧。"

丽达立刻转过身去，只见面前站着一个高大而微黑的青年，他穿着草绿色的军装和蓝色的马裤，腰上系着一条高加索窄皮带。

丽达目瞪口呆地望着他，直到一双手热情地将她抱住，并颤抖着声音轻轻地叫了一声"丽达"，她才如梦方醒，真的是保尔·柯察金。

【写作借鉴："高大微黑"，对保尔的外貌描写可看出保尔此时已经长高，变得强壮。】

"你还活着？"【名师点睛：两人终于再次相遇了，丽达对保尔还活着感到难以置信。】

这句问话说明了一切。原来她一直不知道关于他死去的消息是误传的。

大厅里的人早已经走光了。敞开的窗户里传来了本市的交通要道——特维尔大街上的喧闹声。时钟响亮地敲了六下，可是他俩都觉得像是刚刚才见面。可是时间紧迫，他们要到大剧院去开会了。他们沿着宽阔的阶梯走向大门，她又仔细地看了看保尔。他已经比她高出半个头了，模样并没有太大的变化，只是更加稳重沉着，更加英俊潇洒了。

"我都忘了，还没问你在哪儿工作呢。"

"我现在是共青团专区委员会书记，或者像是杜巴瓦所说的，当'机关老爷'了。"保尔微笑着说。

"你见过他吗？"【名师点睛：无意识地去接保尔的话，说明丽达的焦点全部放在了保尔身上。】

"见过，不过那次见面并不愉快。"

随后，他们走在了大街上。汽车鸣着喇叭疾驰而过，喧嚷的行人来来往往。他俩走到大剧院，路上几乎没有说任何话，但是心中都想着同一件事。剧院周围已经人山人海，狂热而固执的人群执着地向剧院石砌的大厦涌去，他们一心想冲进红军战士看守的入口。可是，铁

399

▶ 钢铁是怎样炼成的

面无私的卫兵只放代表进去。而代表们则都骄傲地举着证件，穿过警戒线去。

围在剧院附近的全是共青团员。他们没有列席证，却都千方百计想参加代表大会的开幕式。有些机灵的小伙子，混在代表群里使劲往前挤，他们也拿着红纸片，冒充证件。有的竟然混到了会场入口，甚至钻进了大门，可是他们马上又被引导来宾和代表进入会场的值班中央委员或纠察队长抓住，又被赶出门来，这使得这些无证者心中很不愉快。【名师点睛：共青团员想参加开幕式的心情及行动，可见他们对参加共产主义活动的热情与向往之情。】

想参加开幕式的人实在是太多了，可是剧院连二十分之一也容纳不下。

丽达和保尔使尽了浑身解数，才挤到会场门口。代表们也都乘坐电车、汽车陆续赶到了。门口已经被挤得水泄不通。【名师点睛：可见人们对参加开幕式的激情，同时也表达了共产主义得到全民的拥护、支持。】年轻的红军战士——他们也是共青团员——渐渐要抵挡不住了，他们被挤得紧紧贴在墙上，门前的喊声已经响成一片："快挤呀！鲍曼学院的小伙子们，使点劲儿！"

"挤呀，伙计们，胜利就在眼前了！"

"把恰普林和萨沙·科萨列夫［恰普林（1902—1938年）和科萨列夫（1903—1939年）当时先后担任共青团中央总书记的职务］叫来，他们会让我们进去的！"

"加——油——啊！"

一个戴青年共产国际徽章的小伙子，灵活得像一条泥鳅，紧跟着保尔和丽达挤进了大门。【写作借鉴：把"小伙子"比作"泥鳅"，可见他的灵敏与想参加开幕式的迫切心情。】他甚至躲过纠察队长，飞快地跑进休息室，转眼之间就消失在人群之中了。

"我们就在这儿坐吧。"他们走进正厅后，丽达指着后排的位子说。

400

于是，他们便在角落里坐了下来。

刚一坐下，丽达便问道。

"现在离开会还有四十分钟，给我讲讲杜巴瓦和安娜的情况吧。"

保尔目不转睛地看着她，看得她有点不好意思了。【名师点睛："目不转睛"，可见保尔也对丽达仍有感情。】

"不久前，我去参加全乌克兰代表会议，顺便去看了看他们。跟安娜见了几次面，跟杜巴瓦只见了一次，只是还不如不见的好。"

"为什么？"

保尔没说话。他右眼的眉梢微微地颤动了一下。丽达知道，他为什么会有这样的动作——他很激动。【名师点睛：丽达对保尔的表情了如指掌，可见丽达对他的关爱和了解。】

"你还是说说吧，我什么都不知道。"

"丽达，本来我不想现在说这件事，如果你非要听，我就告诉你吧。他们的关系是当着我的面彻底破裂的，就我看来，安娜真的是别无选择。他们已经积累了那么多矛盾，只有一刀两断才能解决问题。他们感情破裂的根源的分歧就是党内问题。杜巴瓦始终都是个反对派。我在哈尔科夫听人说起过他在基辅的发言，那次他是和舒姆斯基一起去的。"

"什么？难道舒姆斯基也是个托洛茨基分子？"

"是的，那个时候他是，但是现在不是了。我跟扎尔基找他谈了很久，现在他已经回头了。可是杜巴瓦，真的是无法劝说了，杜巴瓦越陷越深。【名师点睛：可见杜巴瓦的执迷不悟。】咱们还是先讲讲安娜吧。她已经把所有的事都告诉我了：杜巴瓦搞反党活动是十头牛也拉不回来了。因为这个安娜没少受他的气，比如说，他曾经奚落她：'你是党的一匹小灰马，主人指东你走东，主人指西你走西。'还有比这更难听的。经历过几次争吵以后，他们就变成了陌路人。后来，安娜提出分手，杜巴瓦十分不愿意失去她，他向她保证，今后他们之间不会再产生任

401

钢铁是怎样炼成的

何摩擦，希望她不要离开，要她帮助他渡过难关。当时，安娜同意了，那段时间她似乎觉得，一切都会好起来的。她没有再听到他恶语伤人，她给他讲道理，他不吱声、不反驳。安娜以为，他已经在认真检讨自己了。

"后来她也从扎尔基那里听说，杜巴瓦在共产主义大学也不再捣乱了，跟扎尔基的关系也有所改善。不久前安娜在单位感到不适（她怀孕了），便回到家休息，关上门后便躺下了。她和杜巴瓦是在一个套间里的，有一扇门使两个房间相通，只是两人已经讲好把门钉死了。

"没过多久，杜巴瓦便带了一大帮人到家里，结果安娜无意中成了这个有组织的托派小组会议的见证人。她所听到的那一大堆东西，她连做梦都想不到。而且，他们为了迎接全乌克兰共青团代表会议，甚至还印刷了一份宣言之类的东西，准备藏在衣襟下面，偷偷地散发给代表们。安娜这才猛然大悟，原来杜巴瓦一直在欺骗她。

"大家走后，安娜就把杜巴瓦叫到了自己房间，让他解释刚才的一切。

"那天，我恰好到达哈尔科夫，参加了一个代表会议，并在中央委员会遇见了基辅的代表。

"是塔莉亚给了我安娜的地址，我见她住得也不是很远，所以决定去看望她。因为我在她工作的党中央妇女部没能找到她——她在那里担任指导员。

"塔莉亚和其他的几位同志也答应去看她。可是，就是那么巧，我们到他家的时候，正好碰上了这一幕。"保尔苦笑了一下。【名师点睛：为下文的所见所闻做铺垫，可见保尔的无奈、尴尬。】

丽达听着，也微微皱起眉头，她把两只胳膊挂在座位的天鹅绒扶手上。保尔不说话了，他望着丽达，回想着她当年在基辅时的模样，再同眼前的她比较，保尔再一次意识到她已成长为一个体态健美、十分迷人的女人了。【名师点睛：保尔再次望着成熟的丽达，他还是很喜欢丽达，被丽达所吸引着。】始终穿在她身上的那件军装不见了，取而代之的是简朴却精致的蓝色连衣裙。她抓住他的手，轻轻拽了一下，示意他继续说下去。

"我还在听呢，保尔。"

于是，保尔便又往下说，他抓住了她的手，不再松开。【名师点睛：他们俩的关系又上升了一步，可见他们的感情很深厚。】

"安娜看见我，自然是很欢喜的。可是杜巴瓦却表现得很淡漠。他已经知道了我同反对派作斗争的情况。

"这次见面很不自在，我好像要充当一个法官之类的角色。安娜不停地讲，杜巴瓦则在房间里晃来晃去，他一直在抽烟，很显然，他既烦躁又生气。

"'你看，保夫鲁沙，他不仅欺骗了我，还欺骗了党。他不仅组织了地下小组，还在那儿故意煽动，可是当着我的面却说弃恶从善了。他在共产主义大学公开承认代表会议的决议是正确的，他自称是个"正派人"，可又在暗地里耍阴谋诡计。今天的事情，我一定要报告给省监察委员会。'【名师点睛：安娜的语气、行为可见她很正直，也可以看出她对杜巴瓦欺骗她的愤怒。】安娜气愤地说。

"杜巴瓦很不高兴，嘟嘟哝哝说：'有什么了不起的？去啊，去汇报吧。这种党，连老婆都在当特务，还偷听丈夫的谈话，我才不想在这样的党待下去呢！'【名师点睛：杜巴瓦颠倒黑白，可见他的狡猾、奸诈。】

"这话对于安娜来说实在是太过分了。她叫喊着叫杜巴瓦滚。他出去以后，我安慰安娜说，我去和他谈一谈。安娜说你别费劲了。不过我还是去了。我想我和他曾经是好朋友，他应该不会不听我的吧。

"我来到他房间。他正躺着，但马上就堵我的嘴，他说：'你别来说什么了，我早就烦透了。'

"可我必须得说。我想起了过去的事情，于是我对他说：'我们以前犯过很多错误，难道你就没有吸取些教训？杜巴瓦，你难道忘记了，

403

▶ 钢铁是怎样炼成的

小资产阶级意识是怎么把我们推上反对党的道路上去的？'

"你猜他怎么回答我？他说：'保尔，那个时候，我们都是工人，没有顾虑，想说什么就说什么，而我们想的东西并没有错，实行新经济政策前是真正的革命。那么现在呢，就是一种半资产阶级革命。那些靠新经济政策发财的人个个过得逍遥自在，有的是绫罗绸缎，可国内的失业人员多得数不胜数。我们政府和党的上层人士也在靠新经济政策发迹，甚至还跟一些女资本家勾搭上了。整个政策的目标都变成了发展资本主义，而讲到无产阶级专政就遮遮掩掩，对农民则采取自由主义态度，培植富农。看吧，过不了多久，富农就会在农村当家作主。你等着瞧吧，再过五六年，苏维埃政权就会神不知鬼不觉地被人毁于一旦，到时就像法国热月政变之后一样。新经济政策的暴发户们将成为新的资产阶级共和国的部长，而你我这样的人，要是还这么走下去，那就只有死路一条。'

"听到了吧，丽达，杜巴瓦拿不出任何新的看法和意见，仍然是托洛茨基派的陈词滥调。我跟他谈了很久。

"最后我终于明白，跟他争辩不过是白费力气。杜巴瓦真的无药可救。为了开导他，我开会都迟到了。

"我临走的时候，他也许是要'抬举'我一下，他对我说：'保尔，我知道你还没有僵化，还不是那种因为怕丢官才投赞成票的官僚。可惜，你的眼里只有红旗，别无其他。'【名师点睛：从杜巴瓦的话中，可见保尔的正义、正直。】

"晚上，基辅的代表们都来到安娜家聚会。其中就有扎尔基和舒姆斯基。安娜已经去过省监察委员会了，我们都认为她做得对。我在哈尔科夫待了八天，同安娜在中央委员会见过几次面，那时她已经搬了家。我还听塔莉亚说，安娜打算流产。跟杜巴瓦分手，看来已成定局。后来，塔莉亚在哈尔科夫又留了几天，帮她办这件事。【名师点睛：从安娜的行为来看，可见她为人十分正直。】

404

"在我们去莫斯科那天，扎尔基听人说，党的三人小组给了杜巴瓦严厉申斥加警告的处分，共产主义大学的党委也同意这个决定。这离最高处分只一步之遥，不过，杜巴瓦总算没被开除出党。"

会场里的人逐渐增多，人们还在陆续进场，到处是一片欢声笑语。巨大的剧场正在接待这前所未有的、充满活力的人流，这些年轻的布尔什维克是这样的热情奔放，他们如此乐观，如此勇往直前，就像是奔腾不息的急流。【名师点睛：一方面可以看出人们对布尔什维克的支持，另一方面可以看出布尔什维克的潜力与前景。】

嘈杂声越来越大了。保尔察觉到，丽达并没有在听他说话。他刚停下，丽达便立即打断说："杜巴瓦的事，咱们今天就先说这些吧。为什么要把余下的时间都浪费在这上面呢！这儿这么明亮，生活气息又这么浓……"

丽达把身子挪了挪，他们挨得更近了，为了不被别人听见，她朝他探过身去。【名师点睛：从他们亲密无间的行为来看，他们的感情更进了一步。】

"我有一个问题，想得到答案。"丽达说，"尽管事情已经过去很久了，但是我想，你应该告诉我：当初你为什么要中断咱们的学习和友谊呢？"

虽然刚刚见面的时候，保尔就预料到她会问这个，但是现在他还是很尴尬。他们的目光相遇了，保尔看出，她是知道原因的。

"丽达，我想你是完全清楚的。这是三年前的事了，现在只能责备当时的保尔。总之，保尔一生中也犯过很多大大小小的错误，现在你问的就是其中之一。"

丽达笑了一笑："这的确是一个很好的开场白,可是我想知道答案。"

保尔低声说："这也不能全怪我，'牛虻'和他表现的革命浪漫主义也有责任。有一些书都塑造了革命者的鲜明形象，他们是那样的英勇无畏、刚毅坚强，对革命事业的无限忠诚，给我留下了不可磨

405

▶ 钢铁是怎样炼成的

灭的印象，所以当时我就发誓要成为这样的人。对你的感情，我就是参照'牛虻'的方式来处理的。现在看来，我觉得很可笑，不过更多的还是遗憾。"

"那么现在说来。你对'牛虻'的评价有所改变了？"

"不，丽达，并没有改变！我只是否定了毫无意义地以苦行考验意志的悲剧成分。至于'牛虻'的主要精神，我是肯定的，我赞成他的勇敢，他非凡的毅力，赞成他这种类型的人，他能够忍受巨大的痛苦而不在任何人面前流露。【名师点睛：保尔深刻地反省了自己的认知，可见他是一个会不断反思的人。】我赞成这种革命者的典型，因为对他来说，个人利益简直就是微不足道的。"

"保尔，这番话三年以前你就应该告诉我，可是一直到现在才说，也就只剩下遗憾了。"丽达面带笑容，若有所思。

"丽达，你所说的遗憾，是不是对你来说我永远只能是你的同志，而不能再成为更亲近的人了呢？"

"不，保尔，你本来是可以成为更亲近的人的。"

"这事还可以补救。"【名师点睛：保尔终于表达了自己的心声，不再考虑害羞和胆怯。】

"有点迟了，牛虻同志。"

丽达微笑着说了这句话，然后她解释说："我现在有了个小女儿。她有父亲，是我的好朋友。我们三人生活得很美满，现在已经融合在一起了。"

她用手指轻轻触了一下保尔的手，表示自己的关切。但是她立刻意识到，这个动作是多余的。【名师点睛：可见丽达对保尔依然很关心。】这三年来，他不仅仅是在体格方面成长了。丽达也知道他现在很难过——他的眼睛说明了一切，但是他仍然毫不做作并且诚挚地说："无论如何，我所得到的比我刚才失去的还要多得多。"

保尔和丽达站了起来，他们应该坐到离讲台近一些的地方去了。

他们向乌克兰代表团的席位走去。乐队开始演奏。巨大的横幅标语鲜红夺目，闪光的大字仿佛在高喊："未来是属于我们的"。楼上楼下的几千个座位和包厢都已经坐满了人。这几千个人聚集在一起，形成一个强大的变压器——一个取之不尽、用之不竭的原动力。宏伟的剧院装满了伟大的工人阶级的后代。几千双眼睛都向着沉重的帷幕的上方凝视，每双眼睛都闪闪发亮，映照出"未来是属于我们的"几个闪光的大字。【名师点睛：整个会场的场面被描写得熠熠生辉，可见布尔什维克未来的前景一片光明。】

人们仍在源源不断地涌进会场。几分钟之后，沉重的天鹅绒帷幕就要缓缓拉开，全俄共青团中央委员会书记恰普林也会在这无比庄严的时刻，激动地宣布："全俄共产主义青年团第六次代表大会现在开幕。"

保尔从来没有这样鲜明、这样深刻地感受到革命的伟大和威力，他感到有一种强烈的骄傲和前所未有的喜悦。这是生活赋予他的，是生活把他这个战士和建设者送到这里来，有幸参加这个布尔什维主义青年近卫军的胜利大会。

大会每天从清晨一直开到深夜，每个代表都十分忙碌。保尔只是在最后一次会议上才又见到了丽达。【名师点睛：会议的忙碌，让每一个人都无法分心，可见他们的爱国热情与昂扬向上的斗志。】她正和一群乌克兰代表坐在一起（作者手稿中此处还有一段文字，描写共青团员在丽达的哥哥家开晚会的情景。丽达在晚会上说："朋友们，我深深相信，不出几年，共青团会从自己的队伍里推出几位大作家，他们将通过艺术的形象讲述我们英勇的过去，讲述我们同样光荣的现在。谁知道，说不定在座的诸位中就会有人用锋利的笔触，把我们这些人也挖苦一番呢……"——编者）。丽达告诉他说："明天大会结束，我就得走了。不知道在临别之前，还有没有机会再见一次。所以我今天把过去的两本日记本找了出来，还写了一封短信，准备给你。你看完之后，再把日记给我寄回来。它们会把我没来得及向你说的事情告诉你。"【名师点

▶ 钢铁是怎样炼成的

睛：丽达愿意把类似日记这样的私人信件给保尔，可见她对保尔的感情很深厚，而且她急切地想告诉保尔一些他不知道的事情。】

保尔紧紧地握着她的手，目不转睛地凝望着她，仿佛是要把她的倩影深深地铭刻在自己的记忆之中。【名师点睛："目不转睛""刻在自己的记忆之中"，可见保尔对丽达的留恋与珍惜。】

第二天，他们在大门口如约相见。丽达交给他一个包和一封封好了的信。周围人来人往，所以他们告别的时候显得很拘谨，保尔只能从她那湿润的眼睛里看到深切的温情和一言难尽的忧伤。【名师点睛：告别的时候，两个人内心都是伤感的，但是他们依旧都表现得很坚强。】

一天以后，列车便载着他们朝各自的方向回去了。

乌克兰的代表分坐在几节车厢里，保尔和基辅小组坐在一起。

那天夜里，大家都睡了，奥库涅夫也在旁边的铺位上发出了轻微的鼾声。保尔靠近灯光，撕开了那封信：

保夫鲁沙，亲爱的！

这些话我本来想当面对你说的，想想还是写下来更好一些。我只有一个希望，就是在大会开幕那天我们谈的事情不要在你生活里留下痛苦的回忆。我知道你是一个很坚强的人，所以我相信你的话。【名师点睛：保尔的坚强是有目共睹的。】对生活的看法我并不太拘泥于形式。在私人关系上，有的时候——当然非常少见——如果确实出于特殊的、深沉的感情，是完全可以例外的。你就是这种例外，不过，我仍然打消了偿还我们青春宿债的念头。我认为，那样做并不会让我们感到快乐。保尔，请你不要对自己那样苛刻。我们的生活不仅有斗争，更有美好的感情所带来的欢乐和幸福。

至于你生活的其他方面，也就是说，对你生活的主要内容，我是放心的。紧握你的双手。【名师点睛：表达出了丽达对保尔的关爱。】

丽达

保尔沉思着，然后把信撕成碎片，将双手伸出窗外，任凭风把纸

片吹得漫天飞舞。【名师点睛："把信撕成碎片"，可见他决定放下过去，走向新的未来。】

第二天，保尔读完了那两本日记，把它们包起捆好。到了哈尔科夫的时候，奥库涅夫、潘克拉托夫、保尔和另外的一些乌克兰代表便下了车。奥库涅夫要去接暂住在安娜那里的塔莉亚。

潘克拉托夫由于当选为乌克兰共青团中央委员，所以有事要办。保尔便决定顺路看看杜巴瓦和安娜，然后再同奥库涅夫他们一起到基辅去。他到车站的邮局将日记本寄给丽达，耽搁了一会儿，等他出来的时候朋友们都已经走了。

于是，他自己坐了电车来到安娜和杜巴瓦的住处。保尔来到二楼，敲了敲左面的门——安娜就住在这里。但是没有人回应。时间还早，她不会这么早就去上班了吧。保尔想："也许她还没醒。"

这时隔壁的门开了，杜巴瓦睁着蒙眬的睡眼走了出来，站在门口。他脸色灰暗，眼圈发青，身上还散发着刺鼻的洋葱味和扑面而来的酒臭味。从半开的房门里，保尔还看见床上躺着一个胖女人，准确地说，应该是一个光着大腿和肩膀的女人。【名师点睛：杜巴瓦此时的状态已经极为堕落了。可见他执迷不悟后的失败】

杜巴瓦注意到了他的目光，然后用脚使劲一踢，把门关上了。

"你来干什么？来找安娜·博哈特同志的吗？"他眼睛盯着墙角，用沙哑的声音问，"她已经不在这儿住了，莫非你还不知道吗？"

保尔阴沉着脸，仔细地打量着他："我不知道。她搬到哪儿去了？"

杜巴瓦突然大发脾气："这可不关我的事。"他打了一个嗝，向下压了压火气，不怀好意地说："看来你是来安慰她的，【名师点睛：他的大怒不怀好意，可见他的小气、贪婪。】来得正巧。位子已经腾出来了，赶快行动吧。你肯定不会碰钉子，她曾不止一次地对我说过，说她挺喜欢你的，也可以用娘们的另一种说法……抓住机会吧，然后你们的精神和肉体就都一致起来了。"

▶ 钢铁是怎样炼成的

　　保尔突然感到面红耳赤。他竭力地克制自己，轻声说："德米特里，你怎么会这么堕落！我真没想到你会变得如此无赖。过去你还是挺不错的啊！你为什么要自甘堕落呢？"

　　杜巴瓦靠在墙上，他光着脚站在水泥地上似乎有点冷，所以把身子蜷缩起来。这时房门打开了，一个睡眼惺忪、两腮浮肿的女人探出头来，问道："亲爱的小猫咪，快进来啊，站在那儿干什么？……"

　　杜巴瓦没等她说完，猛地关上门，并用身子顶住。

　　"真是个好兆头……"保尔说，"你看看，你把什么人领到家里来了！这样下去怎么得了啊？"

　　杜巴瓦显然不想再谈下去了，他大声喊道："我该跟什么人睡觉也要听你们的指示吗？少来这一套！你从哪儿来的，赶快滚回哪儿去吧！去告诉大家啊，就说我杜巴瓦现在又喝酒，又嫖女人！"

　　保尔走到他跟前，激动地说："德米特里，让这个女人走，我还想再跟你谈一次……"【名师点睛：保尔仍想说服杜巴瓦，可见他的有情有义。】

　　杜巴瓦沉下脸来，转身就走进了房间。

　　"呸！这个浑蛋！"保尔低声骂了一句，只好走下楼去。

　　两年的时间过去了。日复一日，年复一年，而生活，那飞速前进又丰富多彩的生活，总是给这些看起来似乎单调的日子带来新的精彩，每一天都和前一天不一样。一亿六千万伟大的人民，第一次开天辟地成为自己辽阔土地和无穷财富的主人，他们夜以继日地劳动着，努力重建被战争破坏了的经济。国家在日益巩固，在积聚力量。不久前，那些废置着的工厂，一片荒凉，可是现在，它们的烟囱全都冒起烟了。【名师点睛：国家一天一天变得强大起来，这离不开他们辛勤的劳动，也可以看出国家的未来将会呈现出一片欣欣向荣的局面。】

　　在保尔看来，这两年过得真的太快了，仿佛有点转瞬即逝的感觉了。他从来没有像现在这样过日子，早晨也不会懒洋洋地打着哈欠迎接黎明，更不会晚上十点钟就准时就寝。他总是忙忙碌碌地生活，不仅自己这样，还要不时地催促别人。

他舍不得把时间花在睡眠上。就连在深夜，还经常可以看到他的窗户里亮着灯光，屋子里有几个人在埋头读书——那是他们在学习。在这两年里，他学完了《资本论》第三卷，弄清了资本主义的本质和它剥削广大劳动人民的罪恶。【名师点睛：从保尔的生活状态来看，可见他的辛勤付出，这也得益于他那钢铁般的意志力。】

有一天，拉兹瓦利欣突然来到保尔工作的专区。是省委派他来的，建议让他担任一个区的共青团区委书记。不巧保尔当时出差在外，在保尔缺席的情况下，常委会把拉兹瓦利欣派到一个区里。等到保尔出差回来了解此事之后，什么也没过问。

一个月之后。保尔到拉兹瓦利欣那个区视察工作。他发现那里的问题虽然不多，但是已经出现了这样的情况：拉兹瓦利欣不仅酗酒，还拉拢了一帮坏分子，他们排挤好同志。保尔把这些事情提到常委会上来讨论。大家一致决定给拉兹瓦利欣严厉的申斥处分，这时候保尔出人意料地说："应该将他永远开除，不许重新入团。"【写作借鉴：通过对保尔的语言描写，可见他对这类人的痛恨与气愤，也从侧面可见，他对人民的负责。】

大家都大吃一惊，感到这样的处分有些严重了，但保尔仍然坚持："一定要开除他。这个堕落的少爷学生，我们已经给过他很多次重新做人的机会，可他却变本加厉了，屡教不改。他混进组织，纯属别有用心。"

然后，保尔把在别列兹多夫发生的事向大家讲了一遍。

"我对柯察金的指责提出强烈抗议。他这是在公报私仇，谁都可以捏造罪名来陷害我，让他拿出真凭实据来啊。我也会给他编上几条，我可以说他搞过走私的勾当——凭这个就会把他开除吗？不行，必须拿出证据来！"拉兹瓦利欣大呼小叫。

"你等着瞧吧，我会拿出证据的。"保尔对他说。

411

▶ 钢铁是怎样炼成的

拉兹瓦利欣出去了。半小时以后保尔说服了大家，常委会通过决议："将异己分子拉兹瓦利欣开除出团。"

盛夏时节，朋友们都去休假了，身体不好的都会到海滨去。每年的这个时候，休养成了大家最热切盼望的事，保尔忙着给同志们张罗疗养证、申请补助，打发他们去休息。他们在走的时候，虽然疲惫不堪、神情倦怠，却十分高兴。而他们留下的工作便全压在了保尔的肩上。他仍然全力以赴地工作，就像一头任劳任怨的老牛，拉着重载爬坡。【名师点睛：保尔精心为同志们打点一切，可见他的细心，而承担所有的工作，也预示着保尔的身体终会撑不住。】当这些同志晒得黑黑的回来，个个精神饱满、精力充沛。接着，另一批同志又疗养去了。整个夏天不停地有人外出，可是生活不会在原地踏步，生活仍然在前进，保尔就一天也不能够离开他的岗位。

每年夏天都是如此。

因为秋天和冬天会给他肉体上造成很多痛苦，所以保尔不喜欢这两个季节。【名师点睛：秋冬季节也有痛苦，但保尔依旧坚持工作，暗示他日后的身体将会恶化。】

此刻，他特别焦急地盼望着夏天的来临。他的身体真的是一年不如一年了，甚至连他自己，也不得不承认这个残酷的事实。现在只有两个选择了：要么承认自己无法承受紧张工作中的种种困难，承认自己的无能为力；要么坚守岗位，直到完全不能工作为止。于是，他选择了后一条。【名师点睛：本可以选择安逸的保尔却坚持选择后者，可见他对工作的投入与钢铁般的意志力。】

有一回，专区党委常委会开会的时候，专区卫生处长巴尔捷利克——一个曾经做过地下工作的老医生，凑到保尔跟前，对他说："保尔，你的脸色看上去很不好。有没有到医务委员会检查过？身体怎么样？我记不清了。反正你必须得检查一下，我亲爱的朋友。星期四下午一定要来啊。"

那天，保尔由于有事脱不开身，便没有去。可是尽职的巴尔捷利克并没有忘记，他死拖硬拉地把保尔带到自己那里。医生给保尔做了仔细的检查，巴尔捷利克也以神经病理学家的身份参加了检查。

诊断之后，写了处理意见：医务委员会一致认为柯察金同志必须马上停止工作，到克里木长期疗养，而且要抓紧治疗，否则将会发生严重后果。

<u>在处理意见的前面，还有一长串用拉丁文写的病名。从这些病名中，保尔只知道：他的主要病症并不在腿上，而是中枢神经系统受到了严重损伤。</u>【名师点睛：从侧面可见，保尔的疾病很严重。】

巴尔捷利克把医务委员会的决定送交常委会批准，大家都一致同意立即停止保尔的工作，<u>但是保尔自己提议，要等共青团专区委员会组织部部长斯比特涅夫休假回来之后他才能离开。保尔很担心把工作交给不可靠的人。</u>【名师点睛：在生病期间，保尔仍坚持工作，可见他高度的责任感。】这个要求虽然遭到巴尔捷利克的强烈反对，但大家还是同意了。

三个星期以后，他就可以去享受他这一生之中的第一次休假了。

他的抽屉里还放着到叶夫帕托里亚去的疗养证。

这些日子，他把工作抓得更紧了。他召开了专区团委全体会议——为了能够放心离开，他竭力在走之前把工作安排妥当。

就在他将要去休养，去看他从未见过的大海的前夕，一件意想不到的事找上门来，这完全出乎他的意料。

一天下班以后，保尔照常来到党委宣传鼓动部办公室，坐在书架后面敞开窗户的窗台上，等着开宣传工作会。他进来的时候，室内一个人也没有。过了一会儿，便有几个人进来了。保尔坐在书架后面，看不见他们，从声音分辨出其中有法伊洛。法伊洛是专区国民经济处处长，高高的个子，平时总摆出一副军人派头，长得很英俊。保尔总是听说他爱喝酒，并且以玩弄女性为荣。

413

▶ 钢铁是怎样炼成的

　　法伊洛过去打过游击，只要有机会就会眉飞色舞地吹嘘，说他每天都能砍下十个马赫诺匪帮的脑袋，所以保尔非常厌恶他。有一次，一个女团员找到保尔，失声痛哭，说法伊洛答应跟她结婚，可是同居了一个星期以后就把她抛弃了，现在就好像从来都不认识一样。监察委员会调查这件事的时候，那个姑娘没有证据，法伊洛便蒙混过关了。可是保尔相信她说的是实话。这次，保尔留心听着屋里的人说话，他们并不知道他在里面，其中一个人说："喂，法伊洛，你的事情有什么进展啊？又搞了点什么新名堂？"

　　问话的是格里博夫，法伊洛的朋友，他们是一路货色。格里博夫浅薄无知，是个十足的大混蛋，可是不知为什么也当上了宣传员，而且总是摆出一副宣传家的架势，不论场合，一有机会就要炫耀一番。

　　"毛头小子，你应该为我祝贺，昨天我把科罗塔耶娃搞到手了。你还说成不了呢。这不，老弟，被我盯上的娘们，没有一个能逃出我的掌心……"法伊洛接着说了一句不堪入耳的脏话。

　　保尔感到神经发出一阵剧烈的痉挛——这是他极端愤怒的前兆。科罗塔耶娃是专区党委的妇女部长，她是与保尔同时调来这里的，在这期间他们成了好朋友。她一贯乐于助人，对每一个妇女，对每一个向她求助或请教的人，她总是热情接待，关怀备至。科罗塔耶娃是受到专区委员会工作人员普遍尊敬的人，她还没有结婚。法伊洛所说的一定是她。

　　"法伊洛，你撒谎，她可不像是那种人。"

　　"我撒谎？你太小看我了？比她还强的我也成功过。这得靠本事。一个娘们一个样，必须用不同手段对付才行。有的当天就能弄到手，不费吹灰之力，这都是些不值钱的货。有的得追上一个月才行。重要的是要会打心理战，干什么都要有一套战斗的办法。老弟，这可绝对是一门高深的学问！我可是这方面的专家。哈——哈——哈——哈……"

　　法伊洛洋洋得意，兴奋得连气都喘不过来了。那些听众怂恿他往下讲，他们迫不及待地想知道细节。

保尔愤怒地站起来，攥紧了拳头，他感觉到自己那颗正义的心在急剧地跳动。【名师点睛：保尔此时的情绪为后来的彻底爆发做铺垫。】

"像科罗塔耶娃这样的女人，你要是只碰运气，那简直是白日做梦，可是要放过她，我又不甘心，何况我跟格里博夫还打了一箱葡萄酒的赌。所以，我就开始运用战术。开始假装顺便走进她屋里，去了一回，又一回。一看，行不通。外面对我有不少流言蜚语，说不定她也都听到过……一句话，侧击是失败了。于是我就用迂回，迂回。哈——哈！……你猜怎么样？后来我跟她说，我打过仗、杀过人，还曾经到处流浪，吃了不少苦头，可是连一个如意而又可心的女人都没给自己找到。我现在的日子就像一只孤苦伶仃的狗，既没人体贴，又没人问寒问暖……我就这么胡编乱造，一个劲儿地诉苦。【名师点睛：利用别人的同情心而达到自己肮脏的目的，可见他为达到目的不择手段，人面兽心。】

"总之一句话，就是抓住她的弱点进攻。说实话，我在她身上几乎使尽了浑身解数。有一阵子我想，去他妈的吧，我才不演这种滑稽戏了呢！但是，我是有原则的呀，为了原则，我绝不能放过她……最后总算是弄到手了。老天不负苦心人——没想到这次我碰上的不是个婆娘，竟是个黄花闺女。哈——哈！……嘿嘿，真是大获全胜！"

法伊洛还在继续讲他的下流故事。

保尔气愤极了，他都不记得是怎么冲出去的。

"你这个畜生！"他大喝一声。

"你骂谁？偷听别人谈话，你才是畜生！偷听别人说话的无赖。"

保尔大概又说了句什么，法伊洛伸手揪住他的前襟："你竟然这样侮辱我？！"

然后，他给了保尔一拳——他喝醉了。

保尔随手操起一张柞木凳子向法伊洛砸去，一下就把法伊洛打倒

▶ 钢铁是怎样炼成的

在地。当时保尔没有带枪，否则法伊洛恐怕连性命都不保了。【名师点睛：通过对保尔的动作描写，可见他此时的愤怒。】

由于打伤了人：在预定动身去克里木的那天，保尔又不得不出席党的法庭。

党组织把全体成员都召集到市剧院来了。宣传鼓动部里发生的事件使与会者异常愤慨，审判很快发展成为一场关于党员的行为准则和道德的问题。日常生活准则、人与人之间的关系、党的伦理道德等问题成了辩论的中心，审理的案件反而退居到了次要的地位，这个案件只是一个导火索。法伊洛在法庭上表现得非常放肆，他摆出一副厚颜无耻的笑脸，还恬不知耻地说这个案件人民法院会审理清楚的，柯察金打破了他的头，应该被判处强制劳动的处罚。而面对向他提出的问题，他却都拒绝回答。

"怎么，你们想拿我这事当作笑柄吗？对不起。你们愿意给我加什么罪名就随你们的便。至于那帮娘们对我的攻击和指控，很简单，因为平时我根本就不搭理她们。那件事微不足道，连个鸡蛋壳都不值。要是在一九一八年，我会按自己的方法跟柯察金这个疯子算账的。现在看来，没有我，你们也可以处理。"法伊洛说完，便扬长而去。

当主席要求保尔谈谈冲突经过的时候，他表现得很平静，但是仍然可以感觉得出来，他在竭力克制着自己。

"这件事之所以会发生，那是因为我没有办法控制住自己。以前我做工作，的确用拳头说话，动脑子动得少，不过那样的情况早就过去了。这次的事件则完全是个例外，在我清醒过来之前，法伊洛的脑袋已经挨了一下子。在最近的几年，这是我唯一一次暴露出游击作风。说实话，虽然他是罪有应得，但我仍然谴责自己的举动。【名师点睛：保尔在愤怒过后，及时对自己的行为进行反思。】法伊洛这种人是我们共产党人的败类。我不明白，一个革命者、共产党员，为什么又是这样一个下流的畜生和恶棍，我永远也不能向这种现象妥协。这次事件的发生，使我觉得我们有必要讨论生活道德问题，这是整个事件中唯一的积极方面。"【名师点睛：保尔在极力维护着党的纯洁，也写出如果有人玷污这份纯洁，他将坚持与那些人作斗争。】

参加会议的党员最终通过了决议，把法伊洛开除出党。由于格里博夫提供了假证词，受到警告和严厉申斥的处分。其余参与了那次谈话的人都承认了错误，并受到了批评。【名师点睛：对法伊洛、格里博夫的处置，表现出法律的庄严正义。】

卫生处长巴尔捷利克向大家说明了保尔的神经状况。引起了所有与会者的同情，党的检察员建议给保尔申斥处分，但是大会强烈反对，便撤回了这个建议。保尔则被判无罪。

几天以后，列车把保尔载往哈尔科夫。在他的再三申请之下，专区党委同意把他的组织关系转到乌克兰共青团中央委员会，并由那里分配工作。他拿到一个还不错的鉴定，就动身启程了。阿基姆是中央委员会书记之一，保尔去登门看望他，并向他做了完整的汇报。

阿基姆看了鉴定，见到在"对党无限忠诚"后面还写着：

"具有党员应有的毅力，只是在极少数情况下表现暴躁，失去自持，其原因是神经系统受过严重损伤。"

"保夫鲁沙，在这份很好的鉴定上，到底还是给你写了这么一条。不必担心，这种事情就算是神经健全的人，也难免会发生类似的事情。到南方去休息吧，恢复恢复精力。等你回来之后，咱们再一起研究你的工作问题。"

阿基姆紧紧握住了保尔的手。

保尔到了中央委员会的"公社社员"疗养院。那里有玫瑰花坛、闪烁着银光的喷泉，还有爬满葡萄藤的建筑物。疗养员们都穿着白色的疗养服或者浴衣。一个年轻的女医生登记了他的姓名，把他领到拐角上的一座房子里。房间很宽敞，床上铺着洁净的床单，四周寂静的异常。保尔到浴室洗去了一身的劳顿，换了干净的衣服，朝海滨跑去。

▶ 钢铁是怎样炼成的

【名师点睛：舒适的环境、轻松的生活终于给了保尔一些休闲的时间，他也终于可以享受生活的美好了。】

深蓝色的大海就在眼前，它庄严而安详，就像一块巨大的光滑的大理石，一直铺到很远的地方，消失在一片淡蓝色的轻烟之中。太阳照耀在海面上，波光折射出火焰般的光芒。不远处，晨雾里勾勒出若隐若现的群山。他尽情地呼吸着爽心清肺的海风，深深地凝视着伟大而安宁的沧海，久久不愿离开。

懒洋洋的波浪亲昵地抚摸着他的双脚，冲刷着金色的沙滩。

Z 知识考点

1. 下列选项中不正确的一项是　　　　　　　　　　（　　）

　A. 保尔勇敢地对丽达表白心意，丽达接受了保尔。

　B. 想参加代表的人很多，小伙们千方百计地想要进入会场。

　C. 安娜虽是杜巴瓦的妻子，但并没有与杜巴瓦同流合污。

　D. 丽达走之前，把信和日记留给了保尔。

2. 保尔在视察工作时，发现＿＿＿＿＿酗酒，拉帮结派，排挤好同志。而＿＿＿＿主张应该将他永远开除，不许入团。

Y 阅读与思考

1. 保尔中断与丽达的学习和友谊是受什么影响？
2. 保尔哪里发生了严重损伤？

第七章

身残志坚

> **M 名师导读**
>
> 保尔的身体撑不住了,一次又一次地住院,但他仍心系着党的命运,为党贡献着自己的力量,他用那钢铁般的意志支撑着他的身体,继续向前迈进!

中央委员会"公社社员"疗养院的旁边是中心医院的大花园。每个从海滨回来的人,总要经过这里。花园的一堵灰石墙旁边,长着枝繁叶茂的法国梧桐,保尔很喜欢在这树荫下休息。这个地方极少有人来,从这里可以看到花园林荫道和小径上络绎不绝的行人;晚上,这里又可以远远避开疗养区那恼人的喧嚣,静听些音乐。

这一天,保尔又躲到这个僻静之处休息来了。他在一张藤摇椅上舒适地躺着,海水浴和日光浴使他困倦了,他打起瞌睡来。一条厚毛巾和一本没有看完的富尔曼诺夫的小说《叛乱》,就放在旁边的摇椅上。刚到疗养院的那几天,他仍然处于神经过敏的紧张状态中,头疼的症状一直没有消退。【名师点睛:保尔为工作鞠躬尽瘁、殚精竭虑。】教授们一直在研究他那复杂而罕见的病情,一次又一次的检查,他感到既腻烦,又疲劳。值班医生是一个平易近人的女党员,姓耶路撒冷奇克,这个姓很奇怪。她总要花费很大力气,才能找到她负责的这个病人,然后又得耐着性子说服他一起去找医学专家。

"说真的,我真的是烦透了。"保尔说,"同样的问题,每天都得回

419

▶ 钢铁是怎样炼成的

答五遍。什么您的祖母患过精神病吗？您的曾祖父有没有得过风湿病啊，鬼才知道他得过什么病，我压根儿就没见过他。再说，他们每个人都想叫我承认我得过淋病，或者别的什么更恶劣的病。老实说，我真想敲他们的秃脑壳。还是让我好好休息吧！如果他们再这样折腾我一个半月的话，那么我就要变成一个危害社会的人了。"【写作借鉴：对保尔的语言描写，体现了保尔对众多检查的厌恶和抵制，以及内心对宁静的渴望。】

耶路撒冷奇克总是微笑着，用玩笑来回答他，一路上说着有趣的事，然后过不了几分钟，她就已经把他领到外科医生那里去了。

今天没有预约的检查。在离吃午饭还有一个小时的时候，保尔在朦胧中听到了脚步声。他故意不睁开眼睛，心想："他也许会以为我睡着了，然后就走开。"可是，谁也没想到，摇椅嘎吱响了一声，有人坐下来了。并且有一股清淡的香气飘过来——坐在旁边的是个女人。保尔睁开眼睛，首先映入他眼帘的是耀眼的白色连衣裙，还有两条晒得黝黑的腿及两只穿着羊皮便鞋的脚，她留着男孩发式的头，有两只大眼睛和一排细小的牙齿。她不好意思地笑了笑，轻声说："对不起，我打搅您了吧？"

保尔没有回答——这的确有点不礼貌，不过他还是希望这个女人会走开。

"这是您的书吗？"她翻弄着《叛乱》。

"是我的……"

沉默了一会儿，她又接着问道：

"同志，请问您是住在'公社社员'疗养院的吗？"

保尔不耐烦地动了一下。"哪里来了这么个人？这不是成心不让人家休息吗？说不定就要问我得的是什么病了呢。算了，我还是走吧。"于是他生硬地回答："我不住那儿。"

"可我好像曾经见过您呢。"

这时，保尔已经抬起身子，背后忽然传来一个女人响亮的声音。

"朵拉，你怎么跑到这儿来了？"

一个皮肤黝黑、体态丰满的金发女人，穿着疗养院的浴衣，在摇椅边上坐了下来。她瞥了保尔一眼。

"同志，我一定在什么地方见过您。您是不是曾经在哈尔科夫工作？"

"是的，是在哈尔科夫。"

"做什么工作的？"

保尔决心结束这场没有意义的谈话，便回答说："掏茅房的！"

她们听了哈哈大笑，保尔不由得又颤抖了一下。

"同志，您这种态度，有点不太礼貌吧？"

他们的友谊就这样喜剧性地开始了。哈尔科夫市党委常委朵拉·罗德金娜后来曾多次回忆起他们相识时的可笑情景。

有一次，保尔吃过午饭到海洋疗养院的花园去看歌舞演出，没想到居然遇见了扎尔基。说来很奇怪，使他们相逢的竟是一场狐步舞。

一个长的圆滚滚的歌女，疯狂地摇摆着手臂，唱了一支《良夜销魂曲》。随后，一男一女跳上了舞台。男的头上戴了一顶红色圆筒高帽，半裸着身体，上身穿着白得刺眼的胸衣，扎着领带，他的样子像极了一个野人。【写作借鉴：通过对男舞蹈演员的衣着描写，表现了其表演形象的低俗、不伦不类。】那女的长得还可以，身上也挂满了布条。他们的出场，引起了在场好多人的喝彩，尤其是一群站在疗养院安乐椅和躺床后面的新经济政策时期的资产阶级分子——他们伸着牛脖子，使劲叫好。这对男女在这喝彩声中，扭起屁股，踏着碎步，跳起了狐步舞。这世上简直不会有比这更加令人作呕的场面了。他们紧紧地贴在一起，扭来扭去，做着各种下流猥亵的动作。一个肥猪似的大胖子站在保尔身后乐得呼哧呼哧直喘气。保尔刚要转身离开，在舞台的前排有一个人站了起来，愤怒地喊道："够了，这是卖淫！滚下去吧！"【写作借鉴：通过对扎尔基的语言描写，表现扎尔基对歌舞极度的厌恶。】

▶ 钢铁是怎样炼成的

保尔认出他是扎尔基。

钢琴伴奏突然中断了，小提琴也尖叫了一声，不再出声了，台上的男女也停止了扭摆。资产阶级分子们发出一片嘘声，气势汹汹地指责那个喊叫的人："一出好戏就这么给搅黄了，真是见了鬼了！"

"整个欧洲都在跳啊，有什么大惊小怪的！"【写作借鉴：通过观众的语言描写，表现了资本主义腐朽思想的影响。】

"真他妈的多管闲事！"

就在此时，从"公社社员"疗养院来的一群观众里，共青团切列波韦茨县委书记谢廖沙·日巴诺夫把手指放在嘴边，打了一个绿林好汉式的唿哨，别的人也都响应起来。于是，台上那对男女便飞跑去了。报幕的小丑像个挨了打的奴仆，马上跑出来解围，说他们的歌舞班子很快就走。

"大路朝天，赶快滚蛋，要是爷爷问你，就说要去莫斯科转转！"【名师点睛：语言描写，幽默诙谐，饱含讽刺。】一个穿疗养衣的小伙子喊着，引来了一片哄笑，把报幕人赶下台去。

保尔向前跑去，找到扎尔基。他们一起回到保尔房间，在里面坐了很久。此时扎尔基在一个专区的党委会负责宣传鼓动工作。

"不知道吧，我已经结婚了，而且就要有孩子了。"扎尔基喜形于色地说。

"真的？她是谁？"保尔惊讶地问。

扎尔基从上衣口袋里掏出一张相片递给保尔。

"还认识吗？"

这是他和安娜·博哈特的合影。

"那杜巴瓦呢？"保尔更加惊讶了，又问道。

"去莫斯科了。他被开除出党以后，就离开了共产主义大学，现在在莫斯科高等技校学习，据说他后来又恢复了党籍。唉！这个人是不可救药了……你知道潘克拉托夫在哪儿吗？他现在当上造船厂副厂长。

其他人的情况我就不知道了，大家都没什么联系。咱们天各一方，能够相逢，谈谈过去的事，真叫人兴奋。"扎尔基说。

这时，朵拉带着几个人走进保尔的房间。一个高个子的坦波夫人将门关好。朵拉看见了扎尔基胸前的勋章，就问保尔："你的这位朋友也是党员吗？他在哪儿工作？"

保尔不知道是怎么一回事，就简单介绍了一下扎尔基的情况。

"那就留下吧。刚才从莫斯科来了几位同志，要给咱们讲一讲党内最近的一些情况。我们决定在你屋里开个会，算是内部会议吧。"朵拉解释说。

除了保尔和扎尔基之外，在场的人全是老布尔什维克。莫斯科市监委委员巴尔塔绍夫首先发言，他的个子矮墩墩的，年近半百，曾经在乌拉尔地区当翻砂工人，他的声音很小："越来越多的事实证明，出现了新的反对派，我们早就有预感，还真的发生了。新反对派的领袖人物，除了季诺维也夫和加米涅夫，还有一个——托洛茨基。他们蛇鼠一窝，官官相护。如今这些反对派汇集起来的混乱组织就要开始行动了。"

坦波夫来的检察员打断说："第十四次代表大会上我就说过：'你们看吧，季诺维也夫、加米涅夫早晚要同托洛茨基勾搭在一起。'当时，季诺维也夫就带着一帮列宁格勒的代表反对代表大会，那托洛茨基什么也没说，在一边看热闹，心里却暗思：'你们这群狗崽子，因为'十月革命的教训'一直在抨击我，想要置我于死地，现在自己也在同一个地方栽跟头了吧！'有人不赞同我的观点，说季诺维也夫和加米涅夫一直都在与托洛茨基主义作斗争，现在都在谴责托洛茨基主义是党内的异己派别，他们绝不会在这个时候背叛布尔什维克主义，不会屈服于被他们长期激烈批判的人。

"可结果呢？昨天还是敌人，还是思想上的对头，今天却成了朋友，因为他们都在不择手段地反对布尔什维克党中央，无论同谁联合，

423

▶ 钢铁是怎样炼成的

只要达到自己的目的，就算牺牲自己的原则、抛弃自己的立场也在所不惜。这些原则和立场如今在他们眼里一文不值。就算同托洛茨基结盟会使他们布尔什维克的称号蒙上耻辱，那又如何？这个没有原则的联盟很像一九一二年的八月联盟。从古至今，指挥者都是托洛茨基。季诺维也夫和加米涅夫这次的表演，其可耻程度绝不亚于他们在十月武装起义前的退缩。这号人！"坦波夫人瞥了一眼在座的女同胞朵拉，把一句骂娘话咽了回去："呸，气得我都想说脏话了！我还真没见过这种乱七八糟的事。"坦波夫人结束了他的发言。

"所有迹象表明，最近期间这个联合在一起的反对派就要向党发动进攻。他们要干的就只有一件事——制造混乱，破坏党的统一。我不明白，要到什么时候，我们才能把它们彻底消灭。依我看，我们太放纵太宽容他们了，就应该把这些捣乱分子和反对派通通清除出党。我们跟这些反党分子的斗争实在是浪费了太多的时间和精力。"朵拉言辞激烈。

年老的梅伊兹然静静地听过大家的发言，接着说："同志们，我们应该马上回去。在疗养院多住两天少住两天没关系，关键是，现在这样紧要的关头，我们必须回到各自的岗位上。我决定明天就动身。"【写作借鉴：通过语言描写，表现了梅伊兹然铲除反对派，维护党的统一的迫切和决心。】

就在这次集会之后的三天，来疗养的人陆续都走光了。保尔也提前出了院。

保尔没有在团中央耽搁多长时间，就被派到一个工业专区去了，担任共青团专区委员会书记。一个星期后，城里的共青团积极分子就听到了他的第一次演讲。

那是深秋的一天，保尔和两名工作人员坐着专区党委会的汽车到离城很远的一个区去，汽车不小心开进路边的壕沟里翻了。

人员伤得都很严重。保尔的右膝盖被压坏了。几天后，他来到哈尔科夫外科学院，经过几个医生的会诊，检查过他红肿的膝盖，并研究了 X 光片，他们一致决定要立即动手术。

保尔也同意了。

"那么明天早晨就做吧。"主持会诊的胖教授最后决定，然后便起身走了，其他医生也都跟了出去。

这是一间明亮的单人病室，干净极了，到处散发着医院特有的气味——保尔很久没有闻到这种味道了。他向四周看去。这里只有一个铺着白台布的床头柜和一张白凳子。【写作借鉴：一句话描写了病室的环境，体现了病房条件的简陋。】

护士送来了晚饭，保尔谢绝了。他在床上半躺着写信，腿疼得很厉害，使他无法集中精力，他也不想吃东西。

当第四封信写完的时候，病室的门轻轻地开了。一个穿着白大褂、戴白帽的年轻女人走到了他的床前。

在暮霭之中，保尔依稀看到她那两道描得细细的眉毛和一对似乎是黑色的大眼睛。她提着皮包，另一只手拿着纸和铅笔。

"我是您的责任医生，"她说，"今天是我值班。我要向您提一些问题，请您配合，不管您愿意不愿意回答，都要把全部情况告诉我。"

女医生亲切地笑了笑。这笑，驱散了些"审问"的不快。

保尔讲了整整一个小时，不仅自己的情况，甚至连祖宗三代都讲到了。

第二天，手术室里一切都井然有序，每个人都戴着大口罩。

镀镍的手术器械闪闪发光，一个大盆放在狭长的手术台下面。保尔躺上手术台的时候，医生已经快洗完手了。保尔回头看了一下，准备工作正在紧张有序地进行着，护士在安放手术刀、镊子，责任医生巴扎诺娃解开他腿上的绷带，轻轻地说："柯察金同志，别看那边，会对神经有刺激。"

"您在说谁的神经，大夫？"【写作借鉴：通过对保尔的语言描写，表

425

▶ 钢铁是怎样炼成的

现了保尔面对手术时的平静和从容。】保尔不以为然地笑了笑。

几分钟以后，保尔的脸便被蒙上了厚实的面罩，教授说："别紧张，现在就给您施行氯仿麻醉。请您深呼吸，用鼻子吸气，数数吧。"

然后，听到低沉而平静的声音从面罩下面传了出来："好的，说不定我会说出粗鲁的话来，请你们不要介意，务请见谅。"

教授不禁笑了。

几滴氯仿麻醉剂，散发着一股令人窒息的难闻气味。【名师点睛：对麻醉剂气味难闻的描述，实际上是说手术令保尔感到厌烦。】

保尔深深地吸了一口气，开始数起数来，他努力把数字说得清楚些。可是，他的生活悲剧也就这样开始了。【名师点睛："生活悲剧"指保尔忍受身体折磨，无法工作的生活。过渡句，承上启下，同时吸引读者阅读的兴趣。】

阿尔焦姆打开信的时候，差点把信封撕成两半，他不知道心情为什么会如此忐忑。一看到信的开头，他就急切地一口气读了下去：

亲爱的阿尔焦姆！

我们很少通信，一年最多一两次吧！但是，这又有什么关系呢？你来信说，为了同老根一刀两断，你已经转到卡扎京的机车库里工作，已经带着全家离开了舍佩托夫卡。我明白你的心意，你说的老根就是斯捷莎和她一家的那种小私有者的落后心理以及类似的东西。改造斯捷莎这样的人是很困难的，你很难做得到。你曾经说"人的年岁大了，学习起来会有困难"，可是你的学习成绩还是很不错的。让你脱产专做市苏维埃主席的工作，你不同意，这是不对的。你不也曾经为夺取政权而战斗过吗？那你就应该掌握政权。你应该马上就担任市苏维埃的工作，尽快干起来。【名师点睛：体现了保尔对哥哥工作的殷切盼望。】

现在介绍一下我的情况吧。我的情况现在可真的有点儿不妙。经常住院，动了两次刀，也流了不少血，体力也消耗很大，而且没有人

426

告诉我，什么时候才能结束。

我已经不工作了，给自己找到一种新的职业——当病号。【名师点睛：看似轻松、幽默的语气，实则反映了保尔对现阶段养病无法工作的苦涩心情。】

我已经忍受了很多难以忍受的痛苦，结果呢？我右膝的关节不能动了，而且身上又添了好几个刀口；另外，医生们告诉我，我的脊梁骨在七年前受过暗伤。他们说，这个伤可能会给我带来极大的影响。

我下定决心，只希望能重新归队。

在我的生活之中，没有什么能比掉队还可怕的事情，我想都不敢想。因此，我才不顾一切地接受治疗，可是不但没有好转，相反，阴云越聚越浓。【名师点睛：表现了保尔对重新工作的渴望以及对现阶段甚至未来生活的失望。】在第一次手术之后，我刚能走动，就恢复了工作，结果很快又被送进了医院。就在刚才我拿到了叶夫帕托里亚的迈纳克疗养院的入院证，明天就去。别为我难过，阿尔焦姆，要我进棺材可没那么容易。我的生命力强着呢，咱们还能干一阵呢，哥哥！【名师点睛：保尔语气一转，由低沉忧郁变为轻快活力，表现了保尔的坚强乐观，不屈服于现实和命运。】你也要注意身体了，别再一下扛十普特了。不然，党还要花费很多精力让你修养。

时光给我们经验和教训，学习让我们获得知识，这一切，绝不是为了不断到医院去做客。握你的手。

保尔·柯察金

就在阿尔焦姆愁眉不展地阅读弟弟来信的时候，保尔正在医院与巴扎诺娃告别。她把手伸向他，问："您明天就到克里木去吗？那么，今天您打算在哪儿住呢？"

保尔回答："朵拉同志一会儿就来。今天我在她家里休息，明天一早她送我上火车。"

巴扎诺娃认识朵拉，因为她常来看望保尔。

▶ 钢铁是怎样炼成的

"柯察金同志,"巴扎诺娃说,"您要在临走之前见我父亲一面,还记得吗?我已经把您的病情详细地告诉他了。我希望您能让他给您检查一下,就约在今天晚上。"

保尔爽快地答应了。

当天晚上,巴扎诺娃把保尔领到她父亲宽敞的工作室里。这位著名的外科专家给保尔做了详细而全面的检查。当时巴扎诺娃也在场,她还将X光片和全部化验单从医院拿了回来。谈话中,她父亲用拉丁语讲了很久,她听后,脸色顿时变得煞白,【写作借鉴:虽未直接说明,但此处"脸色变得煞白"的神态描写,侧面反映了保尔的病情不容乐观。】这并没有引起保尔的注意。他盯着教授那秃顶的大脑袋,想从他敏锐的目光中得到些答案,可巴扎诺夫教授不露声色,让人感觉有点深奥莫测。

后来,保尔穿好衣服,巴扎诺夫客气地向他告别,因为他还有一个会议要去参加,便嘱咐女儿把检查结果转告给保尔。

在巴扎诺娃那间雅致的房间里,保尔坐在沙发上,等着巴扎诺娃告诉他诊断的结果。可是,她感到很为难,真不知道该如何开口。父亲告诉她,保尔体内致命的炎症已经发作了,现在的医学根本无法控制。教授认为不应该再做任何外科手术,他说:"这个年轻人将会瘫痪,我们真的有点束手无策了。"【写作借鉴:心理活动的描写,将巴扎诺娃是否要告诉保尔病情的矛盾内心表现了出来。】

作为保尔的医生和朋友,巴扎诺娃觉得不应该把所有的病情全都告诉他。她只是谨慎地向他透露了一小部分真情。

"柯察金同志,我相信,叶夫帕托里亚的治疗一定会使您很快恢复健康。到了秋天,您就可以工作了。"

说这些话的时候,她忘记了保尔那双敏锐的眼睛一直注视着她。

"从您的话里,准确地说,我已经完全清楚了我的病情的严重程度了。您应该记得,您答应过我永远要对我实话实说。请不要瞒着我,我听了以后决不会昏厥,更不会自杀。我非常想知道,我今后到底会怎么样。"【写作借鉴：通过对保尔的语言描写，表现了保尔面对病情时的冷静。】保尔说。

巴扎诺娃说了句笑话，便把话头岔开了。

最终，保尔还是没有了解到真实情况，不知道等待他的将会是什么。分手的时候，巴扎诺娃轻声叮咛他："柯察金同志，不要忘记我是您的朋友。您生活里也许会发生很多意外，如果您需要我的帮助，或者希望我出个主意，您就来信告诉我，我一定竭尽全力，随时为您效劳。"【写作借鉴：体现了巴扎诺娃对保尔真诚、深厚的情谊。】

她看着他那穿着皮外套的高大身躯，吃力地拄着手杖，走向停在大门口的一辆出租的轻便马车。

到了耶夫帕托里亚，南方的炎热天气里到处是皮肤黝黑的、戴着绣金遮阳帽的、高声喧嚷的人群。小汽车用十分钟的时间就把旅客送到迈纳克疗养院——一座用石灰石砌成的二层楼房。

值班医生把新来的人领到各自的房间。

"同志，您是哪个单位介绍来的？"他在十一号房间门口停下来，问保尔。

"乌克兰共产党(布)中央委员会。"

"那请您在这儿住吧，与埃勃涅同志一个房间。他是一位德国人，希望我们给他找一个俄国同伴。"医生解释了一下，就去敲门。随后，房间里传出一句带有外国腔调的俄国话："请进。"

保尔走进房间，放下提包，转身向躺在床上的人望去。那个德国人满头金发，两只蓝眼睛非常漂亮而且有神。他正向保尔亲切地微笑。

"顾特莫根，盖诺森[德语"早安，同志"的译音]。我是说：'你好'。"他又改用俄语说，同时向保尔伸出那又白又长的大手。

没过多长时间，保尔便坐在德国人的床边，用一种"国际"语言亲切地交谈起来。使用这样的语言交谈，词语的作用是次要的，不懂的

429

▶ 钢铁是怎样炼成的

地方就靠猜想、手势、表情——总之，用一种通俗的世界语里的所有方法来辅助和理解。

通过交谈，保尔了解到，埃勃涅是个德国工人。在一九二三年的汉堡起义中，埃勃涅大腿上中了枪。这次是他旧伤复发，再次病倒在床上。尽管痛苦，但他依然精神饱满，因而保尔立刻对他产生了尊敬之情。【名师点睛：埃勃涅旧伤复发，饱受病痛折磨，但并未被打垮的顽强意志，让保尔心生敬佩。】

能同这样好的病友一起生活，保尔求之不得。因为，这样的人绝不会整天对人哀叹自己的病情和抱怨不幸。相反，同他在一起，你甚至会把自己的病痛也丢到脑后。【名师点睛：埃勃涅不被病痛打垮的坚强和乐观感染了保尔，两个状况相似的人惺惺相惜。】

"遗憾的是我不会德语。"保尔这样想。

在花园的一角，放着几把摇椅、一张竹桌和两把病人坐的轮椅。总会有五个人，每天治疗完毕后，就会到这里待上一整天，病友们称他们为"共产国际执行委员会"。

一把轮椅上半躺半坐着埃勃涅，另一把上则是被禁止步行的保尔，另外三个人，一个是克里木共和国贸易人民委员部的工作人员——身体粗重的爱沙尼亚人瓦伊曼；另一个是长着两只深棕色眼睛、如同十八岁少女一样年轻的玛尔塔·劳琳；还有一个则是两鬓斑白、身材高大魁梧的西伯利亚人列杰尼奥夫。这的确是国际性的，有五个民族：德意志人、爱沙尼亚人、拉脱维亚人、俄罗斯人和乌克兰人。玛尔塔和瓦伊曼会德语，埃勃涅便请他们当翻译。保尔和埃勃涅由于同住在一起而成为朋友。玛尔塔、瓦伊曼和埃勃涅因为语言相通而倍感亲近，而列杰尼奥夫和保尔的结缘却是靠国际象棋的作用。【名师点睛：五个不同国家和民族的人因养病结识，因为相同的信仰和坚持，突破国界限制，成为亲近的朋友。】

在英诺肯季·帕夫洛维奇·列杰尼奥夫住院之前，保尔是这里的国际象棋"冠军"。他经过一场顽强的冠军争夺战,才从瓦伊曼手里赢得这个称号。爱沙尼亚人瓦伊曼遭到这次失败,让他心情很不平衡,一直耿耿于怀。不久,疗养院来了一位高个子老头,虽然五十岁了,看上去却仍然很年轻。他邀保尔下棋,保尔低估了对方的实力,不慌不忙地开了一个后翼弃卒局。而列杰尼奥夫却不吃弃卒,以挺进中卒相应。保尔作为新的"冠军",有义务同每个新来的病手都下一盘。而且总有很多人围观。刚走到第九步,保尔就发现,这位新来的病友棋艺非同一般。保尔这才知道他遇到了劲的对手,后悔对这场比赛掉以轻心。

经过了三小时的激战,尽管保尔用尽全力,使尽浑身解数,最终还是不得不认输了。他比所有看棋的人都更早料到自己的败局。保尔向他的对手扫了一眼,列杰尼奥夫正慈祥地微笑着。显然,他也看出自己已经胜券在握了。瓦伊曼一直紧张地关注着战局,急切地希望保尔一败涂地,可他并没有看出端倪。

"我永远要战斗到最后一颗棋。"保尔说。【名师点睛:保尔已经料到必输的结果,但仍要坚持到最后一步,表现了保尔不到最后决不放弃的毅力和抗争到底的顽强意志。】这句话只有列杰尼奥夫听得懂,他点了点头,表示赞许。

在五天内,保尔同列杰尼奥夫一共下了十盘,结果是七负两胜一和。

瓦伊曼兴奋地说:"真是太好了,谢谢您,列杰尼奥夫同志!您总算把他打得落花流水了!真解气!我们这帮老棋手全都败给了他,他自己还不是栽在一个老头手里了。哈哈哈!……"

接着,他又嘲弄起这个曾经战胜过他的败将:"怎么样,吃败仗的滋味不好受吧?"【写作借鉴:通过对瓦伊曼的语言描写,表现了他的幸灾乐祸和心胸狭窄。】

保尔虽然丢掉了"冠军"称号,失去了棋坛荣誉,却因此结识了列杰尼奥夫,这位令他非常敬爱的人。保尔这次棋赛的失败并不意外,

431

▶ 钢铁是怎样炼成的

他只是略通棋术,一个普通棋手怎么可能战胜精通棋艺的大师?

保尔和列杰尼奥夫还有一个共同值得纪念的日期:保尔出生和列杰尼奥夫入党刚好是同一年。可以说他们是两种典型人物的代表。一个是具有丰富生活经验和政治经验的老战士,从事过多年的地下斗争,蹲过沙皇监狱,又在共和国担任国家重要的行政工作;另一个有着火热的青春,虽然只有短短八年的斗争经历,但这八年却抵得上好几个人的一生。他们两人,一老一少,尽管都患着重病,却都憧憬着美好的未来。

一到晚上,埃勃涅和保尔的房间就像俱乐部一样。所有政治新闻都是从这里传出来的。晚上,十一号房间里总是十分欢快生动的。瓦伊曼总是想讲点黄色笑话,他对这类东西很感兴趣。

但是他话一出口就会遭到玛尔塔和保尔的奚落和攻击。玛尔塔善于用巧妙辛辣的嘲讽堵他的嘴,要是对付不了他,保尔就会出面干预。有一回,玛尔塔说:"瓦伊曼,你最好征求一下大家的意见,也许你的'俏皮话'根本不合我们的口味……"

保尔接着用不客气的语气说:"我真是一点也搞不懂,你这样的人怎么会……"

瓦伊曼噘起厚嘴唇,用两只小眼睛嘲弄地扫视大家,酸溜溜地说:"我看有必要在政治教育委员会设一个道德督察处,让柯察金来当督察长。玛尔塔反对我可以理解,毕竟是女同志嘛,可是柯察金为什么总是装成一个天真无邪的小孩子,像个共青团小宝宝似的……再说,我就是不喜欢鸡雏来教训母鸡。"【写作借鉴:通过对瓦伊曼的语言描写,体现了他对保尔"以小人之心度君子之腹"的狭隘,令人生厌。】

在这场关于共产主义伦理的争论之后,说黄色笑话被当作一个原则问题提出来讨论。玛尔塔把不同的观点翻译给埃勃涅听。【名师点睛:表现了保尔生活作风的严苛以及高尚的道德风尚。】

"黄色笑话就是不好,我赞同保夫鲁沙的看法。"埃勃涅表态说。

瓦伊曼只好退却了。他虽然竭力用玩笑来为自己辩解，然而他再也没讲过这样的笑话了。

一直以来，保尔都认为玛尔塔是个共青团员。他估计她只有十九岁的样子。在某一天的交谈中，他才知道并着实吃了一惊，原来她已经三十一岁了，并且一九一七年就入了党，是拉脱维亚共产党的一名优秀的工作人员。一九一八年白匪军曾将她判处枪决，后来她和另外一些同志被苏维埃政府赎换回来。如今，她在《真理报》工作，同时还在大学进修，不久就可以毕业了。保尔怎么也想不起来他们的友谊是什么时候开始的，在无意之间，这个常来看望埃勃涅的矮小的拉脱维亚人就已经成了他们"五人小组"中的一员。

另外一个叫做埃格利特的地下工作者，也是拉脱维亚人，总是调皮地开玩笑："玛尔塔，你那可怜的奥佐尔在莫斯科不知怎样度日呢？你这种举动可是要不得的呀！"

每天清晨在床铃响起之前的一分钟，疗养院里总会有一只公鸡大声啼叫。鸡鸣声吵得很烦人，这是埃勃涅搞的鬼，他学鸡叫真是像极了。院里的工作人员到处寻找这只公鸡，就是找不到。这使埃勃涅非常得意。【名师点睛:埃勃涅"学鸡叫"这一调皮的行为反映了他虽身受病痛折磨，但依旧乐观开朗，富有活力。】

到了月底的时候，保尔的病情恶化了，遵照医嘱，他必须要卧床。埃勃涅觉得很难过，他很喜欢这个乐观、开朗、从不失去斗志的年轻的布尔什维克，这个年轻人是这样朝气蓬勃，可命运又使他这么早地失去了健康。玛尔塔告诉他，医生们都说保尔的未来将会很不幸，埃勃涅为此万分焦急。

直到保尔离开疗养院，医生也没有允许他下地走动。

保尔从来没有向周围的人透露出自己的痛苦，只有玛尔塔能在他那异常苍白的脸色中，猜测出来。【名师点睛:保尔受病痛折磨，却从不向他人透露自己的痛苦，表现了他的坚强。】就在出院前的一个星期，保

▶ 钢铁是怎样炼成的

尔又收到乌克兰共青团中央的一封信,信里通知将他的假期延长两个月,信中还说,根据疗养院的意见,以他目前的健康状况,想恢复工作是完全不可能的,还随信汇来了一笔钱。

保尔经受住了这次打击,正如当年向朱赫来学习拳术时,经受住了朱赫来的打击一样。那时的他也经常被打倒,但是他每次都顽强地站了起来。

后来,他意外地收到母亲的一封来信。老太太在信里说,她有个老朋友,叫阿莉比娜·丘察姆,就住在叶夫帕托里亚附近的一个港口,已经有十五年没有见过面了,母亲很想保尔出去探望一下她这位老朋友。这封偶然的来信对保尔后来的生活产生了重大的影响。【名师点睛:接到了母亲的来信,却不具体说明内容,吸引了读者的阅读兴趣。】

一个星期之后,疗养院的人全都到码头热烈欢送保尔。分别的时候,埃勃涅亲切地拥抱和亲吻了保尔,就像送别自己的小兄弟一样。玛尔塔不知躲到哪里去了,保尔没能向她告别。

第二天早晨,保尔乘着一辆敞篷马车从码头来到一座带小花园的房子前停下来。于是,保尔叫陪送他的人去打听,这里是不是丘察姆的家。

丘察姆一家共有五口人:母亲阿莉比娜·丘察姆是一个年老的胖妇人,两只黑黑的眼睛总是露出忧郁的神情,衰老的脸上还残留着往日的秀丽;她有两个女儿廖莉娅和达雅,大女儿廖莉娅有一个小男孩,而他们的父亲就是那个胖得像猪似的令人厌恶的老头子丘察姆。

老头子在合作社工作,小女儿达雅在外面干些粗活,大女儿廖莉娅曾经是个打字员,和她的酒鬼丈夫离了婚,现在失业,闲居在家。她每天就在家里哄哄孩子,帮助母亲操持家务。

除了这两个女儿以外,阿莉比娜还有一个儿子,叫乔治,现在在列宁格勒工作。

丘察姆一家热情地接待了保尔,只有老头子用戒备的目光不友好地打量了他一番。

　　保尔详细地把自己家里的事告诉了阿莉比娜，顺便也询问了她们的情况。廖莉娅今年二十二岁，是个淳朴善良的女子，留着短短的栗色头发，脸庞宽阔，开朗大方。她和保尔一见如故，并且很高兴地向保尔讲述了家中的一切，毫不隐讳。保尔从她那里了解到，这个老头子专横暴虐，会扼杀一切主动精神，不给人丝毫的自由，总是把全家压得透不过气来。【名师点睛：通过保尔对廖莉娅的了解，可以知道廖莉娅具有争取自由的意识。】他心胸狭隘，目光短浅，还吹毛求疵，总是看别人不顺眼，一家人整天提心吊胆，所以，儿女们都很厌恶他。妻子更是对他恨之入骨，二十五年来一直反抗着他的暴虐行为。两个女儿自然是同母亲站在一起的。因而家里总会发生争吵，生活得很不愉快，日子就这样一天天地过去。

　　家里另外的祸害是乔治。廖莉娅说，他傲慢自负，好吹牛，又讲究吃穿，总是喝酒，是个名副其实的浪荡公子。中学一毕业，乔治这个母亲的心肝宝贝，就向母亲要钱到莫斯科去了。

　　"我要去上大学。让廖莉娅把戒指卖了，你也把东西卖卖。反正我得有钱花，你们怎么去弄钱，不关我的事。"【写作借鉴：对乔治的语言描写，表现了乔治的自私自利和对亲人的冷漠无情。】

　　乔治知道母亲对他的宠爱，对他是有求必应，因此就不知羞耻地利用她的这个弱点。他对两姐妹都很粗暴，很瞧不起她们，总认为她们低他一等。母亲只好把从老头子那里抠来的钱和达雅的工钱全都给儿子寄去。可是他呢，大学考得一塌糊涂，却整天逍遥地住在叔叔家里，不时地打电报吓唬母亲，向她要钱。【写作借鉴：母亲省吃俭用，汇钱给儿子，与儿子游手好闲虚度光阴做对比，更加突出地表现了乔治的不求上进，自私自利，不顾家人死活。】

　　直到天色很晚了，保尔才见到小女儿达雅。母亲在过道里低声告诉她来了客人，她才腼腆地伸出手，同保尔问好。在这个陌生的年轻

435

▶ 钢铁是怎样炼成的

人面前,她显得异常的害羞。保尔握着她那长茧的、有力的手,并没有立刻放开。

达雅满十八岁了。她长得并不漂亮,却有一对深棕色的大眼睛、两道蒙古型的细眉毛、端正的鼻子和固执的嘴唇。它们展示着她的魅力,使得她很招人喜欢。她穿着带条纹的工装上衣,衬托出她那富有弹性的年轻的胸脯。

姐妹俩各住一间狭小的房间。达雅的房间里有一整张小铁床,一个柜橱,柜橱上放着各种小摆设和一面小镜子,墙上还挂着三十来张照片和图画。窗台上摆着两盆花——一盆深红色的天竺葵,一盆粉色的翠菊。一条天蓝色的绦带将薄纱窗帘拢在一边。【名师点睛:虽然家里经济局促,现实条件很差,但达雅依旧将自己的小卧室整理得温馨,表现了达雅对生活的热爱。】

"达雅从来不欢迎男人参观她的房间,您看,她竟为您打破惯例啦。"廖莉娅开着妹妹的玩笑。

第二天晚上,全家都坐在老人房间里喝茶聊天。只有达雅待在自己屋里,听大家谈话。丘察姆专心致志地搅着茶杯里的糖,并从眼镜的边缘恶狠狠地打量着坐在对面的客人。

"这个乳臭未干的毛孩子,很显然,肯定是个标准的公子哥儿。已经两天了,白吃白喝,就像我欠着他似的。你看看,都是阿莉比娜干的好事。看来,我得给他们点颜色看看,好让他早点滚蛋。这帮党员在合作社里就已经叫我很恶心了,管这管那,好像主任不是我,倒是他们。这下可好,家里又来了一个,真是见鬼了。"【写作借鉴:对丘察姆的内心进行描写,体现了丘察姆的自私狭隘。】他恼羞成怒地想着。为了给客人找点别扭,他幸灾乐祸地问:"读过今天的报纸吗?你们的领导在火拼呢。别看他们是高层的政治家,看上去还不是和我们平头百姓一样,暗地里不也都在给对方拆台?真是热闹。先是季诺维也夫和加米涅夫整托洛茨基,后来他们被降了职,这不又联起手来对付那个格鲁吉亚人，哦，叫斯大林的。嘿嘿！还是那句老话说得好：老爷们打架，小人们倒霉。"

保尔放下没有喝完的茶杯，两眼冒火，盯着老头子。

"你说的老爷们指谁？"他一字一顿地问。

"随便说说而已。我是个非党人士，这些事与我有什么关系。我年轻的时候犯了一些错误，一九〇五年扯扯闲谈，蹲了三个月的班房。后来我什么都明白了——得替自己着想，别人的事用不着管，没有人会让你吃闲饭。现在，我就是这个观点：我给你干活——你给钱，谁给的好处多，我就跟着谁。什么社会主义啊，这些废话都是说给那些傻瓜听的。还有什么自由啊，你给白痴自由，他还不知道是怎么回事呢。我对现今的政府就是不满意，我就是看不惯现在的那套家庭规矩，还有其他的。伦理道德、社会风尚全被丢掉了。结婚说结就结，说离就离，可真是自由。"

老头子不小心被水呛了一下，咳嗽了一阵。喘过气来以后，他指着廖莉娅，说："这就是例子，根本就不征求家里人的意见，就跟个野汉子同居了；然后也没跟谁商量，又散了。现在倒好，我还得养活她和那个野孩子。实在太不像话了！"【写作借鉴：通过对丘察姆的语言描写，表现了他的刻薄、自私、冷漠。】

廖莉娅伤心地涨红了脸，低下头，不让保尔看见满眼的泪水。【写作借鉴：通过人物动作的细致描写，将廖莉娅满心委屈表现了出来，不禁让人怜惜。】

"那么，她难道还应该继续跟那个流氓生活下去吗？"保尔的两眼燃烧着怒火，直瞪着老头子，问道。【写作借鉴：通过对保尔的语言、神态描写，表现了他为廖莉娅打抱不平的正直品性。】

"在出嫁之前，就应该好好想一想。"老头子不服气地反驳说。

阿莉比娜强忍住满腔恼怒，介入了谈话，她断断续续地说："我说，老头子，识会相好不好？你为什么要当着外人的面说这个呢？说点别

> 钢铁是怎样炼成的

的不行吗？"

老头子猛地凑到她跟前："该说些什么，我自己知道！用不着你来教训我。现在这世道，你说什么，都叫人生气。"

"就说昨天吧，我听帕韦尔·安德列耶维奇开导他那几个女儿，对，就是他，没错。练嘴皮子是把好手，这我没说的，可除了动嘴皮子，总还得填饱肚子吧。你就这么让她们去过新生活？这几个傻瓜脑袋什么都信。就说廖莉娅这新生活吧，连饭碗都砸了。现在失业的人多如牛毛，总得先让他们吃饱，再给他们洗脑吧。年轻人，你和她们说不能再这样生活下去。那好哇，你把她们领走啊，你养着去。现在她们在我这儿，那就得听我的。"

阿莉比娜预感到风暴即将降临，她赶快缓和气氛，【名师点睛：通过写阿莉比娜对她老头的了解程度，为下文即将发生的事做铺垫。】说："廖莉娅已经够苦的啦，老头子，你怎么能再埋怨她？往后她会找到工作的，她……"

可是，那可恶的老头子胖乎乎的脖颈上已经暴起了青筋。他压根没打算压住自己的火气。

"往后，往后，谁听你这些没用的话？总是说往后，往后。那是早先的神父许愿，说往后死了上天堂，如今又来了另一帮神父。你说的往后有个屁用。到那时候，我这个人都没了，往后还有什么用？叫我受苦受难，让别人过好日子，我有毛病啊？还是多为自己想想吧。我看就没有一个人替我使过劲儿，让我过上好日子。我难道还要替别人创造什么幸福生活？带着你们的往后见鬼去吧！以前每个人都是替自己干，攒下钱，要什么有什么。可现在要建设什么共产主义，什么就都完蛋了。"丘察姆咕嘟一声，恶狠狠地喝下一口茶。【名师点睛：通过丘察姆的语言，将一个自私自利、斤斤计较、刻薄寡义的旧势力顽固分子形象展现得淋漓尽致。】

保尔就坐在丘察姆的旁边，他已经对这个胖墩墩、汗津津的"肥肉"产生了一种生理上的厌恶。这老头就是旧时代苦役犯世界的缩影，在那个世界里，人和人都是死敌。兽性的利己主义经常会暴露出来，这并不奇怪。保尔把已经到了嘴边的愤怒又咽了回去，他仍然有个愿望——一定要给这个老头子来个当头棒喝，把他顶撞回去，顶到他刚才冒出头来的那个老窝的深处去。他松开咬紧的牙关，将胸口顶在桌子边沿，说："丘察姆，你很直爽，那么也恕我直言。像您这样的人，国家是不必征求他们的意见的，不用问他们是否愿意建设社会主义。因为我们已经拥有一支伟大的、强有力的建设大军。想要阻挡他们开天辟地的发展，连国际帝国主义也办不到，更何况国际帝国主义的力量比你们要大得多。世界上没有任何力量阻止得了这场变革。至于你们，愿意也罢，不愿意也罢，都将被强制去为建设新社会而工作。"【写作借鉴：通过对保尔的语言描写，表现了他对共产主义理想的坚定追求，新势力必定取代旧势力。】

丘察姆怀着难以掩饰的仇恨，望着保尔："要是他们不服从呢？你就会知道，暴力会激起反抗。"

保尔把一只手紧紧压在杯子上。

"那我们就……"保尔抓住杯子，猛一使劲，咔嚓一声，薄薄的玻璃碎了，剩下的茶汁流进了盘子里。【写作借鉴：通过动作描写以及杯子的破碎暗示了保尔的情绪激动，反映了他大义凛然。】

"你轻点，年轻人。一只杯子要八十六个戈比呢。"丘察姆生气了。

保尔把身子缓缓地靠到椅背上，对廖莉娅说："请你明天帮我买十只杯子来，要厚点的，带棱的。"

晚上，保尔久久不能入睡。这个偶然的机缘把他带到这里，不经意间卷入了他们的家庭悲剧。他在思考，怎样才能帮她们母女脱离苦海。保尔自己的生活都产生了阻碍，他本人还有一大堆问题没法解决，现在要采取果断的行动，真是比任何时候都困难。

现在，出路只有一条——拆散这个家庭，让她们永远离开这个老

439

钢铁是怎样炼成的

头。但是，这件事没有那么简单。要发动这场家庭革命，他确实有些力不从心，而且再过几天他就要离开这里，可能再也见不到这些人了。那么就顺其自然，不在这低矮的小屋子里惹起风波？但是，一想起老头子那副可憎的模样，他就满腔的愤恨。保尔想了好几个方案，可这些方案似乎都行不通。【名师点睛：保尔面面俱到，体现了他的细心认真，同时也反映出他办事谨慎。】他辗转反侧。他的床搭在厨房里，隔壁就是达雅的卧室，她也心神不宁，无法入睡。她想起前一天晚上，她、廖莉娅和保尔在她的小房间里，一直谈到深夜。当年庆祝五一节和十月革命节是那些站在主席台上的人，如今其中的一个来到她的眼前了，这在她还是头一回。这个人真是来自另一个世界。父亲的规矩，使他们一家人生活得很痛苦，在自己的小天地里缩头缩脑，脱离了社会生活。

她在码头上工作，每天缝粮食口袋，下班后必须马上回家，然后又要立即赶到父亲工作的合作社去打扫房间、擦地板，一直到半夜。只有礼拜天才可以有几个钟头的空闲，才可以待在自己房间里，或者同小姐妹们去看场电影。【名师点睛：以具体的事例、时间表呼应上文，再一次点明她的家庭、生活的悲剧，她的生活忙碌且无自由。】

她的生活就像一条暗淡的灰色带子。【写作借鉴：运用比喻将达雅的生活形象地表现了出来。】而母亲只疼爱儿子，他长得像母亲。正是这种盲目、偏心的爱使乔治变成了懒虫，好吃好穿，什么也不管，而两个女儿母亲却一点不放在心上。姐妹俩都是一肚子委屈，始终也弄不清楚母亲为什么会有这样的偏爱。尤其痛苦的是达雅，乔治认为她生来就应该做那些吃力不讨好的粗活重活，而且不仅仅是乔治这样认为。这样一来，这些可恶的工作就自然而然地归她专有了。只要是别人不肯干的活，都要她来干。【名师点睛：显示出她的可怜以及在家中毫无地位，也为后文故事的发展埋下了伏笔。】

如果她稍有不满，乔治会马上不知羞耻地眯起右眼——这个表示轻蔑的表情是从加里·皮尔那里学来的——挖苦她说："喵，你还有什么想选择的吗？真是！"

现在，突然来了这么个小伙子，带来了一股清新而又强劲的风。她告诉他，两年来她几乎没有读过任何报纸，对共青团的认识也是模糊不清的，而且大多数是从父亲那里听来的，而父亲又经常臭骂那些被他称之为"放荡姑娘"的女共青团员。达雅向保尔讲述自己的这些情况时，她是多么难以启齿啊。

达雅知道，父亲很不喜欢保尔的到来，而母亲也因为父亲的无理取闹，发作了一次心脏病。

"也许他明天就走了。因为今天的这场谈话，他应该不会再留下了。他一走，家里又都和以前一样了。哎，我真傻，想他干吗？他偶然来了，又走了，再过一天，他就什么都不记得了。"

达雅满怀忧伤，想到这些，心里异常的难过，于是她一头扎进枕头，失声痛哭起来。

第二天是礼拜天，只有达雅一个人在家，其他人都到亲戚家串门去了。

保尔上街回来，走进她的房间，因为太累，他在椅子上坐了下来。

"你为什么不去走走，散散心呢？"他问。

"我哪儿也不想去。"她轻声回答。【名师点睛：对应了上文她心怀忧伤和难过，表现了她对保尔不抱有希望的低落情绪。】

保尔想起夜里考虑的几个方案，决定试探一下，看看她有什么反应。【名师点睛：通过对保尔内心的描述，说明保尔对此事已经胸有成竹。】

为了在家里人回来之前说完，他开门见山地说："达雅，你听我说——咱们互相称呼'你'吧，不要那些没用的客套礼节。我就要走了，真是不巧，这次来你们家，偏偏赶上我的处境也很狼狈，否则，情况就会好些。如果是在一年前，咱们可以一起毫无顾忌地离开这儿。你和廖莉娅，这么年轻能干，一定可以找到工作！你们就应该跟老头子一刀两断，可是现在不行，我连自己将来是什么样都还不知道。所以说，我是

441

▶ 钢铁是怎样炼成的

被解除了武装的。那现在该怎么办呢？我要力争恢复工作。对于我的身体情况，谁知道大夫说了些什么鬼话，同志们竟要我无限期地治疗下去。可是不管怎样，这样的情况都是暂时的……我想给我母亲写信联系一下，到时候咱们就果断地结束这一切。我是绝对不能就这样扔下你们不管的。你一定要牢记，达雅，你们的生活，特别是你的生活，一定要有翻天覆地的变化。你有这样做的愿望和勇气吗？"

达雅抬起头，小声回答："愿望我有，可是有没有力量——我不知道。"

保尔是理解她这样犹豫的回答的。他说："没关系，达雅！只要有愿望，就可以成功。告诉我，你对你的家庭还留恋吗？"

这个问题太突然，她没有立即回答，过了好一会儿才说："我可怜母亲。她被父亲欺压了一辈子，现在乔治又来折磨她，我真的很可怜她……虽然她对乔治更好……"【写作借鉴：以上语言的描写显示了她的纠结和犹豫，办事无主见。】

他们谈了很多，家里人就快要回来了，保尔开玩笑地说："我觉得奇怪，老头子怎么还没给你找个婆家，把你嫁出去呢？"

达雅赶忙摆了摆手，说："我一辈子也不结婚，我看够了廖莉娅受的罪，我是死也不嫁的！"

保尔轻轻地笑了一下，说："你是说，你要终身不嫁？如果突然有个小伙子追求你——是个挺不错的小伙子——他就盯住你不放，那你要怎么办呢？"

"那也不行！因为男人总是会在追求你的时候表现得特别好。"

保尔把一只手放在她的肩上，安慰她说："可以，不结婚也可以过好生活。只是你这样对待年轻的小伙子，实在是太狠心了。好在你还没有怀疑我是在向你求婚，否则，我就真的没法下台了。"说着，他用冰凉的手亲切地抚摸了一下这位深感难为情的姑娘的手。

"你们这样的人找对象，才不会找我们这样的人做妻子呢。对你们，我们会有什么帮助呢？"她小声说道。【名师点睛：用语言描写，突

出她的自卑和对人生的失落,索性不努力去改变自己人生的做法,呼应了上文她和保尔的谈话,以及她全程的态度和想法。】

几天之后,保尔便乘火车到哈尔科夫去。达雅、廖莉娅、阿莉比娜和她的妹妹萝扎都来到车站送行。临别的时候,他向阿莉比娜保证:不会忘记她们姐妹俩,一定会帮助她们脱离牢笼。她们像是为亲人送行,达雅两眼满含泪水。车已经走很远了,保尔还能从窗口看到在廖莉娅手中挥动的白手帕和达雅的条纹上衣。【名师点睛:突出了她对保尔的不舍,同时也隐喻着她期盼保尔能如他所说,真正能够帮助到她。】

在哈尔科夫,保尔不愿再麻烦朵拉,便住在朋友彼佳·诺维科夫那里。稍事休息之后,就乘车来到中央委员会,没过多久,就见到了阿基姆。当只剩下他们两个人的时候,保尔要求马上分配工作给他。阿基姆拒绝道:"这可不成,保尔。这儿有医务委员会和党中央的决定,上面写着:'鉴于病情严重,应送神经病理学院治疗,恢复工作之事,不予考虑。'"

"有哪个医生不这样说?阿基姆!求求你了——让我工作吧!总是在医院里,有什么用!"

阿基姆坚决不同意:"我们不能违反决定。你要明白,保夫鲁沙,这也是为了你好。"

但是,保尔既固执又坚决,阿基姆实在无法说服他,只好答应。【名师点睛:保尔与阿基姆的对话说明保尔对工作的热爱和组织对他的照顾。】

第二天,保尔就到中央委员会书记处机要科上班了。他心里琢磨着,以为只要一开始工作,就会恢复精力,但是第一天他就知道自己错了。他在科里往往一坐就是八个小时,因为他已经没有力气下到三层楼去吃饭。他的手脚经常会出现麻木的情况,有的时候,甚至全身都不能动弹,还会发烧。【名师点睛:暗示出保尔的身体越来越差,为下文做出了铺垫,推动人物故事情节的发展。】有一天,到了上班的时候,当这阵发作过去,他绝望地发现已经迟到了一个小时。最后,他因为

▶ 钢铁是怎样炼成的

经常迟到而受到了警告,这时他才清楚地知道,最可怕的事情就要发生了——他要被迫离队了。

阿基姆又给他帮了两次大忙,为他调动了工作。但是仍不可避免,他的灾难还是发生了,一个多月以后,保尔又卧床不起了。这时候,他想起了巴扎诺娃临别时的叮嘱,于是他给她写了一封信。她马上就赶来了,然后他了解到一个重要的情况——他并不是非住院不可。

"这么说来,我的身体很健康了,用不着再医治了。"他本想开个玩笑,可并不显得轻松。

刚刚有些恢复的时候,保尔又来到中央委员会。这一次阿基姆说什么也不肯给他工作了。他一定要保尔去住院,保尔忧郁地回答说:"我不去,住院根本就毫无意义,这是权威人士的意见。我的出路只有一条——领抚恤金,然后退休。你们要我脱离工作,这绝不可能。我刚刚二十四岁,我不能就这样混一辈子,明知没用还到处去治疗。你们应该给我找一个适合我身体条件的工作,我可以在家中做事或者就住在机关里……只要别让我当个光管登记发文号码的文书。我希望我的工作不会让我内心感到离群了。"

保尔越说越激动,声音也越发响亮。【写作借鉴:以保尔的语言描写表现出他对事业、工作的认真。】

阿基姆理解这个不久前还生龙活虎的青年的所有感情。

他清楚保尔的悲剧,知道对像他这样一个人——把自己短暂的生命全都献给了党,要他脱离斗争、退居后方,实在是一种可怕的事情。所以,阿基姆决定竭尽全力帮助他。

"那好吧,保尔,你先不要着急。明天书记处开会,我一定把你的问题在会上提出来,保证尽我所能帮助你。"【名师点睛:表现了阿基姆为他人着想,热心帮助朋友的人物形象特点。】

保尔吃力地站起来,把手伸向他。

"阿基姆,难道你真的以为,我会被生活逼到死角里,被压成一张

444

薄饼吗？只要我的心还在跳动，"他一把抓过阿基姆的手，紧贴在自己胸膛上，阿基姆清晰地感觉到了他的心脏微弱而急速的跳动，"只要这颗心还没有死，我就绝不离开党。能让我离开战斗行列的，就只有死亡。请你记住我的话，我的好朋友。"

阿基姆没有立即答复。他明白，这不是漂亮的空话，而是一个身受重伤的战士的呼喊。他了解保尔这样的人不可能说出另外的话，也不可能存有另外的感情。【写作借鉴：通过阿基姆的心理活动，反映了他对保尔的了解至深。】

两天之后，阿基姆通知保尔，中央机关刊物的编辑部有一个重要的工作可以交给他，但是还需要考核，看他能否胜任在文学战线上工作。【名师点睛：为下文保尔在编辑委员会的考核中受挫埋下了伏笔，体现了当时对工作人员的要求严格。】保尔在编辑委员会受到了热情的接待，副总编辑是个曾经做过多年地下工作的女同志，现在是乌克兰共产党中央监察委员会主席团委员。她提了几个问题："同志，请问您的文化程度？"

"小学三年。"

"进没进过党校或者政治学校？"

"没有。"

"噢，这也没什么关系，很多没上过这些学校的人也都锻炼成了优秀的新闻工作者。阿基姆同志向我介绍过您的情况。我们可以给您安排一个在家里干的工作，不一定来上班。总之，可以给您创造任何方便条件。只是，干这一行需要有广泛的知识，尤其是在文学和语言方面。"【名师点睛：为下文保尔在玛尔塔他们寓所里每天读书，对读书的热爱埋下了伏笔。】

这些话对保尔来说就是一个不祥的征兆。半个小时的谈话，证明了他的知识太匮乏了。在他写的一篇文章里，这位女同志用红铅笔划出了三十多处修辞上的毛病和很多拼写的错误。

445

▶ 钢铁是怎样炼成的

"柯察金同志！您还是很有才华的，如果能再进修一下，您将来一定可以成为优秀的文学工作者。但是现在，您写的东西还不够通顺，从您写的文章来看，您还并没有掌握俄语。这也没有什么奇怪的，毕竟您一直没有时间学习。因此，很抱歉，我们还不能任用您。我还要再强调一遍：您的根底很扎实，您写的东西，只需要在文字上做些加工，不用修改内容，这是一篇很好的文章。可是，我们需要的是能做文章修改的人。"

保尔拄着手杖站了起来，右眼眉不住地颤动着，他说：【名师点睛：体现出保尔的内心不安以及他的紧张感，同时也暗示出他对工作的渴望和热情。】"那就这样吧，我同意您的意见。我怎么能成为一名文学工作者呢？我曾经是个好火夫，也是个不错的电工。我擅长骑马，还很会鼓动共青团员。但是，在你们这条战线上，我不会是个称职的战士。"

告别之后，他便走出了房间。

在走廊拐角的地方，他险些跌倒，一个提公文包的女同志扶住了他。【写作借鉴：抓住人物细节，可以看出保尔的身体状况已经恶化到不能正常走路。】

"同志，怎么啦？您的脸色看上去很不好！"

保尔略做镇定，然后轻轻推开那位女同志的手，用力拄着手杖走了。

从那天起，保尔的身体每况愈下。恢复工作简直就是妄想。越来越多的日子在病床上度过，中央委员会已经解除了他的工作，并且要求社会保险总局发给他一笔抚恤金。他拿到了抚恤金，还领到一张残疾人证。另外，中央委员会又另发给他一笔钱，并将个人档案交给他随身携带，他可以到任何地方去。这时，玛尔塔来了一封信，邀请保尔去她那里暂住和休养。保尔本来就想要到莫斯科去，他仍然怀着希望，希望可以在联共中央委员会找到合适的工作。结果仍是一样，大家都劝他治疗，并且答应送他去好医院，他都谢绝了。

保尔不知不觉在玛尔塔和她的女友娜佳·佩捷尔松的寓所里住了

十九天。他整天一个人待在屋子里。玛尔塔和娜佳每天都早早就出去了，晚上才回来。玛尔塔有很多藏书，于是保尔便如饥似渴地读着书，一本接一本。晚上经常会有玛尔塔女友来看望，有时也有男同志来。

【名师点睛：呼应上文，写保尔的热爱读书，是因为他对工作的渴望与热爱。】

后来，从港口来了几封信，是丘察姆家的邀请。她们的生活越来越紧张，她们正焦急地期盼着他的帮助。

有一天早晨，保尔离开了鹅舍胡同那栋寂静的寓所。列车载着他向南方奔驰，驶向海洋，躲开潮湿多雨的秋天，一直奔到克里木南部温暖的海岸。他看着电线杆一根一根在窗外飞逝。他紧皱着双眉，发光的眼睛里隐藏着顽强的精神和毅力。

Z 知识考点

1. 判断题：杜巴瓦后来去巴黎了。　　　　　　　　　　（　　）
2. 保尔在疗养院的生活可以看出他是怎样的一个人？

_____

_____

Y 阅读与思考

1. 保尔在本章中的状态是怎样的？
2. 谁好心介绍自己的父亲给保尔认识，并且让她父亲给保尔做检查？保尔的身体情况怎么样？

▶ 钢铁是怎样炼成的

第八章
绝处逢生

> **M 名师导读**
>
> 本想一死百了解脱自己的保尔，在最后关头凭借意志"自救"。病痛不断折磨着他，生活如此艰辛，可他依旧学习、读书，寻找与党之间的联系，拉进他与党的距离，如此坚强的意志，怎能不令人心生敬佩之感！

海浪拍打着岸边的乱石堆，干燥的海风从遥远的土耳其吹来，轻拂着他的脸。这里的海岸呈现不规则的弓形，被陆地环绕成一个港湾，港口有一条钢骨水泥的防波堤。蜿蜒起伏的山峦延伸到海边。一座座白色的小房子建立在市郊，坐落在山坡之上。

郊区古老的公园里安静极了。很久没有人清理的小径长满了野草，还有被秋风吹落的枯叶，打着转飘落到了地面上。【写作借鉴：这一段环境描写，营造了凄凉、冷清的意境。】

一个波斯老车夫将保尔从城里拉到这里。他扶着这位奇怪的乘客下车的时候，不禁问道："你来这儿干什么？既没姑娘，也没戏院，只有豺狼……真是搞不懂，你来这儿做什么！我看还是回去吧，同志先生！"【名师点睛：老车夫的话让读者感到疑惑，同时为下文的故事情节做了铺垫。】

但是，保尔付了车钱，打发他走了。

公园里空空荡荡。保尔坐在靠近海边的一条长凳上休息，让已经变得微热的阳光照在他的脸上。

他特意来到这个僻静的地方，回顾他往日的生活，并且考虑今后该怎么办。现在是要进行总结，并做出决定的时候了。

保尔的第二次到来，使丘察姆家的矛盾比第一次来的时候更尖锐了。

老头子听说他来了，气得暴跳如雷，而保尔并没有理会，只是领着母女三人进行反抗。老头子怎么也没有想到，妻子和女儿居然敢跟他反抗了。从保尔来的那天起，全家人就分成了对立的两个阵营，两边的人互相敌对，彼此仇视。通向两个老人房间的过道也被钉死了，保尔租了他们的一间小厢房，并且将租金预付了给老头子。没过多久，老头子渐渐收敛了一点儿：两个女儿既然同他分了家，他就再也不需要支付生活费用了。

从对外交往上考虑，阿莉比娜仍然跟老头子一起住。老头子很不情愿见到那个冤家，所以从不到年轻人这边来。但是在院子里的时候，他却像火车头一样喘着粗气，来表示作为主人的地位。

老头子在合作社工作以前，会两门手艺——掌鞋和木工。为了抽空捞点外快，他把板棚改成了作坊。但是现在，为了搅扰保尔，他把工作台搬到保尔的窗户下面，幸灾乐祸地使劲敲钉子。他认为，这样一来保尔就没办法看书了。【写作借鉴：“幸灾乐祸"写出丘察姆的小气和无聊。】

"等着瞧。我早晚要把你赶出去……"他低声嘟哝着。

在远远的地平线上，远航轮船喷涌着黑烟，像乌云一样扩散在空气中。海鸥尖叫着，在海上飞来飞去。【写作借鉴：通过环境描写，衬托出保尔此时的心情。】

保尔抱着头，又陷入了对过往的追忆。他的一生，从童年到现在，各种各样的事情历历在目。这二十四年是怎样生活的？他一年接一年地回忆着，就像一个公正严明的法官，检查着自己的一生。结果还勉强令他满意，至少没有虚度年华。

虽然也犯过很多错误，有时是因为糊涂，有时是因为年轻，大多

449

▶ 钢铁是怎样炼成的

还是由于无知。但最主要的一点还是，在激情似火的斗争年代，他没有做一个旁观者而置身事外。在夺取政权的斗争中，他找到了自己的方向，在革命的红旗上，也有着他的鲜血。【名师点睛：把夺取政权的过程比作找到了自己的方向，把自己在革命时受的伤痛比作红旗上的鲜血。可见他高度的革命热情，一心为祖国付出、不怕艰辛的大无畏精神。】

我们的旗帜在全世界飘扬，

它燃烧，放射着灿烂的光芒，

那是我们的热血，鲜红似火……

他小声诵读着他喜爱的歌曲中的句子，有些害羞地笑了。

"嘿，老弟，你还没有完全扔掉那点英雄浪漫主义呢。平淡无奇、普普通通的东西，总会被你抹上一层绚丽的色彩。可要说到辩证唯物主义的逻辑，老弟，你可就差把火啦。怎么能忙着生病呢？再过五十年也来得及嘛。同志，现在正是学习的大好时机啊。而现在至关重要的是如何生存，他妈的。我怎么现在就被捆住了手脚呢？"他冥思苦想，这是他五年来第一次恶狠狠地骂娘。【名师点睛：他的愤怒写出了他对病痛的愤恨，同时从侧面展现他的不屈，对无法再付出的无奈。】

天有不测风云，老天爷曾经给了他一副强壮有力的体魄（身强体壮的身板），那时候他什么都经受得起。他回想起小时候跟风赛跑；他飞快地奔跑，像猴子一样灵活地爬树。他那四肢有力、肌肉发达的身子可以轻而易举地从这根树枝跳到那根树枝上。动乱的年代要求人们付出超人的力量和意志。他没有丝毫吝惜，完完全全地把毕生精力都奉献给了那熊熊烈火点燃他生存之路的战斗。他献出了自己的一切，二十四岁了，正是风华正茂之时，当胜利的浪潮把他推上幸福生活的顶峰时，他却被病魔无情地击中了。他没有倒下，就像一个魁伟的战士，咬紧牙关，跟随着胜利前进的无产阶级钢铁大军。他没有离开过战斗的队伍，直到耗尽全部精力。【名师点睛：对保尔性格淋漓尽致的诠释写出了虽一路艰辛，但凭借着钢铁般的意志，保尔从来没有轻言放弃。】现在，他的身体垮了，无法坚持战斗了，唯一能做的事是进后方的医院。他还记得，在进攻华沙的激战中，一个战士被子弹击中，从马上跌下，摔倒在地。战友们只是匆忙地帮他包扎好伤口，交给卫生员，便又翻身上马，去追赶敌人。骑兵队伍不会因为失去一个战士而停止前进，为伟大的事业斗争的时候就是这样的，也应该是这样。当然也有例外，他也见到过失去双腿的机枪手，在机枪车上坚持战斗。这些战士是敌人最可怕的威胁，他们的机枪给敌人送去死亡和毁灭。这些同志志坚如钢，技术过硬，他们是所有人的骄傲。只是，这样的战士并不多见。

现在，他身体彻底垮了，归队已经无望，他该如何对待自己呢？【名师点睛：在无法付出时，他陷入了迷茫，可见他把党的事业当作最重要的事业。】他终于从巴扎诺娃口中了解到真实病情，然后他知道，前面还有更可怕的灾难在等待着他。这该怎么办？这个恼人的问题就摆在面前，他不得不为此烦恼。

他失去了最宝贵的东西——战斗的能力，那么活着还有什么意义？现在，他还能用什么来证明自己生活不是在虚度光阴呢？又将怎样来充实自己的生活呢？仅仅是吃、喝和呼吸吗？仅仅当一名无能为力的旁观者，看着战友们在向前拼搏吗？难道就这样成为战斗队伍的累赘吗？【名师点睛：保尔不断向自己发问，可见他心里此时正在接受拷问，也表达出保尔内心深深的无望与对自己无能为力的愤恨。】

他想起了基辅无产阶级的领袖叶夫格妮娅·博什。这位久经考验的女地下工作者得了肺结核，同样也失去了工作能力，就在不久前自杀了。在她简短的遗言中这样说："我无法接受生活的施舍。既然成了党的病患，我就没有再继续活下去的必要了。"

把背叛了自己的肉体也消灭掉吧，朝心口开一枪，就行了！一个战士不愿再受临终时痛苦的折磨，有谁会去责备他吗？他的手摸到了口袋里光滑的勃朗宁手枪，他习惯性地抓住枪柄，慢慢地掏出来。【名师点睛：在拷问后他做出了决定——自杀。可见他不忍拖累党，也不愿接

451

> 钢铁是怎样炼成的

受自己无能为力的现状。】

"你也会有今天？"枪口轻蔑地对着他的眼睛。

他把手枪放到膝上，愤怒地骂了起来："这也算是英雄？简直就是废物，老弟！任何一个笨蛋，不管在什么时候，都不会对自己开枪。这样摆脱困境，是最怯懦最容易的一种办法。生活不下去就一死了之，只有懦夫才会这样做。你需要战胜这种生活，你要尽一切努力冲破这枷锁。你忘了在诺沃格勒—沃伦斯基附近，是如何一天就发起十七次冲锋，最后排除万难、攻克城市的吗？赶快把枪收起来吧，这件事永远也不要告诉任何人。即使生活到了无法忍受的时候，也要努力生活下去，拼尽最后的力量，让生命最大限度地服务于人民。"【名师点睛：他的信念战争了他自己，以此避免了不幸的发生；也可见人民在他心中所占据的重要地位。】

他站起来，朝大道走去。他搭上一个过路的山里人赶着的四轮马车，回到城里。进城后，他在十字路口买了一份报纸。那上面登着本市党组织在杰米扬·别德内依俱乐部开会的通知。保尔回到住处的时候，已是深夜。后来他在积极分子会议上讲了话，但是连他自己都没有想到，这竟是他最后一次在大会上讲话。

达雅一直没睡。她很担心，因为保尔出去很久都未回来。他怎么啦？去哪儿了呢？她感到保尔那双一向活泼的眼睛，今天显得严峻而冷漠。虽然他很少谈自己的情况，但达雅感觉到，他正在遭受不幸。【写作借鉴：通过达雅的心理描写，及其对保尔的细致观察，都可以看出她对保尔的关爱。】

母亲房里的钟敲了两下，外面传来了叩门声。她立即披上外套，跑去开门。可以听到廖莉娅在房间里，喃喃地说着梦话。

"我担心你出什么事了呢。"保尔进来的时候，达雅小声说。他的归来，令她高兴。

"达雅，我能出什么事呢？怎么，廖莉娅睡了吗？你看，我一点也不困。我想要把今天的事情讲给你听。去你那里吧，不然，廖莉娅会被吵醒的。"他也小声对她说。

达雅有点犹豫，她怎么好深夜同他一起谈话呢？要是母亲知道了，她会怎么想？但又不能直说，他会不高兴的。再说，他想说什么呢？她一边想，一边走进了自己的房间。【名师点睛：达雅的犹豫可见她此时矛盾的心理。】

"是这么回事，达雅？"他们在黑暗的房间里面对面地坐下，保尔压低了声音说道。他俩彼此坐得很近，达雅甚至可以听到他的呼吸。"生活竟这样变化莫测，我自己也感到莫名其妙。最近我心情很不好，我不知道该在这个世界上怎么生活，我从来没有这么苦闷过。今天我自己给自己开了一个'政治局'会议，并且做出了重要的决议。我要把它告诉你，希望你不要感到奇怪。"

于是，保尔把近几个月的心情和今天在郊区公园里的想法全都告诉了她。

"情况就是这样。现在我就说最重要的问题了。你们家里的这场革命才刚刚开始，你必须冲出去，呼吸新鲜的空气，你应该走得远远的，应该开始新的生活。我既然卷入了这场斗争，就要把它干到底。你我两人的个人生活都不愉快，我决心放一把烈火。你明白我的意思吗？你愿意做我的朋友、我的妻子吗？"

达雅始终激动地听着他的倾诉，但最后一句话，使她大吃一惊。【写作借鉴："大吃一惊"表示达雅对成为保尔妻子的话感到惊讶。】

保尔接着说："达雅，你不必今天就答复我，你应该好好地仔仔细细地考虑一下。你也许不明白，这个人怎么不献一点殷勤，不说一句甜言蜜语，就会提出这种问题。我把手伸给你，小姑娘，握住它吧。要是你相信我，我是绝不会欺骗你的。我们之间可以满足彼此的需要，我已经考虑好了，咱们的结合会一直延续到你成长为一个真正独立的人，成长为我们的革命队伍中的一员。我一定要帮助你做到这一点，

453

▶ 钢铁是怎样炼成的

否则，我就真的毫无用处了。在这之前，我们两个人应该同心同德，互相帮助，相互关照。当你成熟了，你就可以不受任何约束。也许有一天我会完全瘫痪，谁知道呢。但我保证，到那时候我绝不会拖累你。"
【名师点睛：保尔说出这番话，可见他也是深思熟虑的，并且一直站在达雅的角度上考虑，这种难得的品质值得我们学习。】

稍微停了一会儿，他又亲切而温情地说："此刻，就在这里，我把我的友谊和爱情献给你。"

他紧紧握住她的手，心情平静，仿佛她已经答应了似的。

"你不会抛弃我吧，一辈子都会爱我吗？"

"达雅，口说无凭。你相信好了，我是不会背叛朋友的……但愿朋友们也不背叛我。"他用辛酸的语气结束了他的话。【名师点睛：保尔对自己信誓旦旦地肯定，可见他坚定的决心。】

"我今天不能对你承诺什么，这来得太突然了。"她回答说。

保尔站了起来。

"睡吧，达雅，天就要亮了。"

保尔回到自己房间，没有脱衣服就躺下了，刚刚躺下，他便睡着了。

在保尔房间，靠窗处有一张桌子，上面放着几摞从党委图书馆借来的书，还有一沓报纸和几本写得满满的笔记。【名师点睛：从保尔的居住环境可以看出，他是一个喜欢读书的人。】另外还有一张从房东那里借来的床和两把椅子；有一扇门通向达雅的房间，门上挂着巨幅的中国地图，上面插着许多红色和黑色的小旗。保尔已经取得了当地党委的同意，可以借阅党委资料室的书刊，党委还指定本城最大的港口图书馆主任亲自担当他的读书指导。

几天之后，他就陆续地借来了很多书籍。廖莉娅看着他，觉得很奇怪，他总是废寝忘食地一刻不停地读书，只在吃饭的时候才稍事休息。每天晚上，三个人就聚在廖莉娅的房间里聊天，保尔会把读到的东西讲给她们听。

老头子后半夜到院子里时，总能看到这个不受欢迎的房客屋里透出一丝灯光。老头子踮起脚，悄悄走到他的窗前，从窗板缝里看到仍在读书的保尔的头。

"大家都睡了，可是他呢，整宿不睡。大模大样，就像当家人一样。两个丫头也会跟我顶嘴了。"老头子闷闷不乐，走开了。

八年来，保尔能有这么多空闲时间来读书，而且没担负任何工作，这还是第一次。他就像一个初入学校的学生，如饥似渴地读书，每天十八个小时。长此以往，他的健康是否会受到危害，谁也说不准。幸好有一天，达雅像是随口和他说："我把柜子挪开了，通你房间的门可以走了。你有什么事找我或者想跟我谈的，你可以走这个门，不用再通过廖莉娅的房间了。"【名师点睛：达雅的话暗示了她接受保尔的求婚。】

保尔的脸上露出了幸福的光彩。达雅也高兴地浅浅一笑——他们的结合成功了。【名师点睛：他们的结合无疑让读者缓了一口气，也为主人公悲惨的人生填上了一抹色彩。】

自此之后，老头子半夜里再也看不到保尔房里的灯光了，母亲也发现达雅的眼神里透露出无法掩饰的欢乐。【名师点睛：从老头子、母亲的细致发现中，可见保尔与达雅此时幸福的生活。】她的双眼被内心的激情烧得亮晶晶的，眼睛下面隐约现出两块暗影——这是不眠之夜的印迹。在这座小小的宅子里，甚至可以听到吉他的琴声和达雅的歌声了。

这个幸福的女人也时常感到苦恼，她觉得自己的爱情一点也不正大光明，总是偷偷摸摸的。只要有一点动静，她就会紧张，以为是母亲来了。她总是担心，万一有人问她为什么每天晚上都要把房门扣上，那时她该怎么回答呢。保尔看出了她的心思，温柔地安慰她说："亲爱的达雅你怕什么？仔细想想，你我就是这里的主人。放心吧。谁也没有权力干涉我们的生活。"【名师点睛：保尔的话表现出他在爱情中亦是勇敢的，并且给达雅十足的安全感。】

达雅把脸贴在爱人的胸脯上，搂着他，安然地入睡了。保尔听着

455

钢铁是怎样炼成的

她平静的呼吸，一动也不动，生怕惊醒她的美梦。他对这个把一生托付给自己的少女，报以无限的柔情和深情。【写作借鉴：通过对保尔的描写，可看出保尔对达雅的深爱与痛惜。】

最先发现达雅的眼睛里闪耀快乐光彩的，是她的姐姐廖莉娅，从此，姐妹俩疏远了。不久，母亲也知道了，更确切地说是猜到了。她立刻警觉起来，她没有想到保尔会这样。有一次，她对廖莉娅说："达雅配不上他，这么下去不会有结果呢？"

她心情沉重，却又没有勇气同保尔说。

青年们渐渐地来找保尔了，小房间总会挤得满满的。蜂群一样的嗡嗡声不时传到老头子耳朵里，他们常常高声歌唱：

我们的大海一片荒凉，

日日夜夜不停地喧嚷……

他们有时候也唱保尔喜爱的歌：

泪水洒遍茫茫大地……

这是工人党员积极分子小组的集会，保尔写信要求负责一点宣传工作，于是党委就把这个小组交给了他，由他来负责。保尔的日子就是这样度过的。

保尔似乎又抓住了舵轮，生活的巨轮几经颠簸，又向着新的目的地驶去。现在，他的目标是通过学习，拿起笔作为武器，用文学创作来为党做些有益的实际工作。【名师点睛：生活的巨轮向新目的地驶去，表现此时的保尔重整旗鼓，继续以十足的精神投入工作中。】

但是，生活总是给他设置无尽的障碍，每次遇到波折，他都会感到不安：还要多长时间，才能克服这些麻烦和障碍呢？

突然，那个没有考上大学的乔治带着老婆从莫斯科回来了。他住在革命前当过律师的岳父家里，现在又回来向他母亲要钱。

乔治一回来，家庭矛盾就更突出，斗争更激烈了。他自然是站在父亲一边，并且同那个敌视苏维埃政权的岳父一家串通，施展阴谋诡计，一心要把保尔轰出去，并且软硬兼施地鼓动和劝说达雅和保尔断绝关系。

就在乔治回来以后的两个星期，廖莉娅在邻区找到了工作，便带着母亲和儿子搬到那边去了。保尔和达雅也搬到很远的一个滨海小城去了。

半年之后。国家开始了伟大的工程。社会主义就要跨进现实生活的门槛了，理想正要通过人类的智慧和勤劳的双手实现了。【名师点睛：国家正一天天强大起来，一切处在蒸蒸日上的状态中。】这座空前宏伟壮观的大厦正在奠定它坚实的地基。

"钢、铁、煤"这三个有魔力的词愈加频繁地出现在进行伟大建设的国家的报纸上。

党通过领袖之口这样告诉人民："要么我们抓紧时间跑完这段距离，赶上技术发达的资本主义国家，用最短的时间建立起自己强大的工业，使我们在技术方面不再依赖于资本主义世界；要么我们将被踩死。因为没有钢、铁、煤，不要说建设共产主义，就是保住正在进行社会主义建设的国家，也是难上加难。"于是全国出现了为钢铁而战的热潮，人们迸发出来的巨大激情实属罕见。"速度"这个词也成了热烈的行动口号。

在悠久的古代，为抵抗贵族波兰以及盛极一时的土耳其的入侵，哥萨克分队曾驰骋在扎波罗什营地上，他们使敌人闻风丧胆。现在，就在这昔日的营地上，在霍尔季扎岛旁边，另一支部队在这安营扎寨。这是布尔什维克的部队，他们要拦腰截断古老的第聂伯河，驾驭它那狂暴的原始力量，利用它去开动钢铁的涡轮机，让这条古老的河流像人民一样为社会主义而工作。人向自然界发动了进攻，在汹涌澎湃的第聂伯河的急流处，给它强大的力量戴上钢筋水泥的枷锁。

在三万名向第聂伯河开战的大军中，有一位指挥员，他是过去的基辅码头工人、现今的建筑工段段长伊格纳特·潘克拉托夫。大军从两岸向河流进行夹击，从战斗打响的第一天起，两岸之间就展开了社

457

▶ 钢铁是怎样炼成的

会主义建设竞赛。

潘克拉托夫拖着那硕大的身躯轻快地在跳板小桥上跑来跑去，一会儿在搅拌机旁跟弟兄们开两句玩笑，一会儿又消失在土壕沟里，一会儿又突然出现在卸水泥和钢梁的站台上。

每天清晨，他那佝偻的身子就会出现在"吃紧的"工区，直到深夜他才把疲乏的躯体放倒在行军床上。【名师点睛：通过写潘克拉托夫的工作状态，表现出当时社会主义在人们心中占据的重要位置。】

有一次，他看着晨雾笼罩的河面，看着河岸上成堆的建筑材料，顿时呆了，不禁回想起森林中小小的博亚尔卡。那在当时也是一个大工程，但与眼前的情景相比，简直就是一件玩具罢了。

"瞧瞧咱们多气派，发展得真快。伊格纳特好兄弟，第聂伯河这匹烈马被咱们制服了。老爷子们再也用不着在这急流险滩上拼命啦。给你一百万度电也没问题！咱们真正的生活正在开始！伊格纳特。"他好似贪婪地喝下了一杯烈酒，一股热流从他胸中涌起，"博亚尔卡的那些弟兄们在哪儿呢？要是保尔还有扎尔基两口子都在该有多好，咳！那我们一定会把左岸的人给超啦。"想到这，他又不由自主想起了朋友们。

当年那些跟他一起在隆冬季节大战博亚尔卡的人，还有那些共同创建了共青团组织的人，如今分散在全国各地，从热火朝天的建筑工地到祖国的偏僻角落，每个人都在重新建立自己的生活。过去，他们那批早期的共青团员，大约有一万五千人。尽管在茫茫人海中相逢，但是也显得格外亲切。现在，他们那个小小的组织已经成长为巨人。曾经只有一个团员的地方，现今能拉出整整一个营来。【名师点睛：写出社会主义事业日益地壮大，越来越得到人民的支持和参与。】

"冲我们来吧，小鬼头们，前不久还在桌子底下玩耍呢。我们在前线干开了的时候，他们还要妈妈替他们擦鼻涕呢。现在，这一转眼的工夫，都蹿起来了，在工地上居然还想把我们撵到乌龟壳里去。对不起，这可不行。咱们走着瞧吧。"

潘克拉托夫深深吸了一口清新的空气，深深地感到满足。二十岁的共青团员安德留沙·小托卡列夫在左岸第七工段当支部书记，今天晚上潘克拉托夫一定要他把那个工段"挂到自己拖轮的钩子上"，到那时他肯定会有更强烈的满足感的。

至于他刚刚回忆起的那位朋友兼战友保夫鲁沙·柯察金，他现在正被抛弃在偏僻遥远的滨海小城，为归队而顽强艰苦地斗争着，既有胜利的欢乐，也有失败的沮丧。

阿尔焦姆很少收到弟弟的信。每当他在市苏维埃办公桌上见到灰色信封和那有棱角的熟悉的字体，就会十分激动。现在，他一面撕着信封，一面深情地想："唉，保夫鲁沙，保夫鲁沙！如果咱们住在一起该有多好。你要能经常给我提建议，对我一定很有用，弟弟！"

保尔在信上说：

亲爱的哥哥阿尔焦姆：

我要向你介绍一下我的情况。除了你以外，我大概不会给任何人写这样的信了。因为我知道你了解我，能理解我的每一句话。我仍然在与身体斗争，也遭到生活的严重打击。

我刚刚在打击后站起来，另一次打击便又接踵而来，甚至比上一次更厉害。最可怕的是我现在没有力气反抗了，我的左臂已经不听使唤——这就很痛苦了——接着两条腿也不能动了。我本来还可以在房间里勉强走动，现在从床边挪到桌子跟前都很困难了。【名师点睛：通过保尔写给阿尔焦姆的家书，可见此时保尔的病情日益严重，他正受着病痛的折磨。】现在这样的状态大概还不算完。明天会发生什么——很难预料。

如今我已经无法出去，只能从窗口看到大海的一角。一个人有布尔什维克的心，有布尔什维克的意志，他是那样急切地向往劳动，向往与你们一同前进，向往投身到滚滚向前、排山倒海的钢铁巨流中去，

▶ 钢铁是怎样炼成的

可是他的身体却背叛了他,不听他的使唤。世界上有什么比没有健康的身体,受着疾病的残酷折磨,置身于火热斗争的行列之外更痛苦、更悲惨的呢?

不过我仍然相信我能够重返战斗行列,相信在勇往直前的大军中还会有我的身影。这一点我不得不相信,我也没有权利不相信。【名师点睛:他在用巨大的信念支撑自己走下去,可见他对党的向往与忠诚。】十年来,党和共青团教给了我反抗的艺术。领袖们也说过,没有布尔什维克战胜不了的困难和攻克不下来的堡垒——这句话对我也一样适用。

阿尔焦姆,你也许会说我信里有许多熔化了的钢铁。本来嘛,我们的生活也不正是靠蛤蟆的冷冰冰的血点燃起来的?我要你也坚信,保尔会回到你们身边的,哥哥,咱们还要一起奋斗呢。一定是这样的,不然,当罪恶的旧世界已经倒在我们的马蹄下面,发出声嘶力竭的呻吟时,国内战争的红旗怎么还会让我们热血沸腾呢?如果我们在困难面前,甚至是在残忍的生活面前屈膝下跪,承认失败,那我们工人的坚强意志又在何处呢?【名师点睛:此处的疑问正是肯定了应该用坚强的意志战胜困难,体现出他面对困难永不屈服、永不低头的人生态度。】

阿尔焦姆,朋友们听到这些话时,我也曾看到过惊奇的目光。谁知道呢,也许有人这样认为:他是让理想遮住了眼睛,他看不到现实。那是他们不明白我将希望寄托在何方。

现在再说说其他方面的情况吧。我的生活已形成了一个格局,局限在一块小小的军事基地上。就是我的学习——读书,读书,还是读书。阿尔焦姆,我已经读了很多书,收获颇丰。国外的、国内的著作我都读。还读过很多重要的古典文学作品,并且学完了共产主义函授大学一年级的课程,考试也通过了。晚上我还负责辅导一个青年党员小组学习,通过这些同志,我和党组织的实际工作保持着联系。【名师点睛:虽不能亲自投身于战斗,但依然想办法靠拢党组织,可见他对党的忠诚以及乐观的人生态度。】此外,还有达雅伴随着我,她的成长和她的进步，当然还有她的爱情，她那妻子的温存与体贴。

我们俩生活得很幸福。我们的经济情况一目了然——我的三十二个卢布的抚恤金和达雅的工资。她正沿着我走过的道路向党的行列前进：她很能吃苦，当过用人，现在在食堂里做洗碗女工（这个小城没有工厂）。

就在前几天，达雅兴高采烈地拿回第一次当选妇女代表的证件给我看。这张普通的硬纸片，对她来说有着重大的意义。【名师点睛：从保尔介绍达雅的生活状态，可见达雅与保尔志同道合，他们的思想观念都相差无几，也注定他们会有好的结果。】我仔细地观察着她，看到一个新人的成长过程，我尽自己的全部力量去帮助和支持她。总有一天，她会到一个大工厂里去，生活在工人集体中间，到那时，她就会成熟了。只是目前，在我们这个小城里，她还只能走这唯一可行的道路。

达雅的母亲来过两次。她总是不以为然地拖女儿的后腿，想把她拖回到充满卑微琐事的生活中去，让她再度陷入狭隘、孤独的圈子里。我努力劝说她，告诉她不应该让曾经的生活在女儿前进的道路上投下阴影。但是，费了很多口舌，也都无济于事。我觉得，总有一天，达雅的母亲会成为她前进道路上的障碍，看来同这个老太太的斗争是不可避免的了。

握手。

你的保尔

老马采斯塔的第五疗养院是一座三层楼房的石砌，它被修建在悬崖上开辟出来的一片空地。周围全都是茂密葱茏的树林，一条道路曲折地通向山脚下。所有房间的窗户都敞开着，微风吹拂，不时地送来山下矿泉里硫黄的味道。保尔自己一个人待在房间里，明天会有一批新的病友来，那时他就有同伴了。

这时，窗外传来一阵脚步声。有几个人在聊天。其中一个人的声音很耳熟，好像在什么地方听到过这浑厚的男低音。他苦苦思索，终

▶ 钢铁是怎样炼成的

于把藏在记忆深处的一个未被忘却的名字找到了：英诺肯季·帕夫洛维奇·列杰尼奥夫，就是他，一定是他。保尔很有把握地喊了一声，一分钟以后，列杰尼奥夫就已经坐在他的旁边，非常高兴地拉着他的手。

"你还活着？那么，有什么好消息让我高兴高兴？你这是怎么啦，还真正当起病号来了？这我可坚决不赞成。你得向我学习，大夫也早就让我退休，我才不听他们那一套呢，一直坚持到现在我还在工作。"列杰尼奥夫憨厚地笑了起来。

保尔体会到他的笑谈中隐含的同情，便又流露出一丝忧虑。【名师点睛：作者把握人物的心理细节，得体到位，加深了读者对保尔与列杰尼奥夫的友谊的印象。】

他们畅谈了两个小时。列杰尼奥夫讲了很多莫斯科的新闻，从他那里，保尔第一次听到党关于农业集体化和改造农村的重要决定，他如饥似渴地听着每一句话。

"我本来以为你在乌克兰的什么地方工作呢，没想到你在这个鬼地方。不过，也没什么关系，我原来的情况还不如你呢，那时候我险些再也起不来了，现在你看，我不是挺好的吗？现在说什么也不会在浑浑噩噩地混日子。你知道吗？这样绝对不行！我以前也有不好的念头，心想，也许真到了休息的时候了，稍微松口气也好。到了这个岁数，一天干十一二个小时，真有点吃不消。所以吧，我就想，哪些工作可以分出去一部分，有时候甚至都要落实了，到头来每次都是一个样：坐下来办'移交'，一办起来又没完没了，晚上十二点之前根本就回不了家。机器开得越快，小齿轮转得也就越快。这就是我们的生活现状，节奏一天天地在变快，结果就是像我们这样的老头也必须同年轻人一样加快自己的生活节奏了。"

列杰尼奥夫用手摸了摸自己高高的额头，就像慈父一般亲切地说："好啦，现在讲讲你的情况吧。"

列杰尼奥夫听保尔讲他前些时候的生活时，保尔在列杰尼奥夫那

炯炯有神的眼睛中，得到了巨大的鼓舞和启迪。【写作借鉴：保尔通过对列杰尼奥夫的细致观察，看到了列杰尼奥夫对他的鼓励。】

在凉台的一角，浓密的树荫下坐着几个疗养员。那个紧紧皱着眉头，在小桌旁边看《真理报》的，是切尔诺科佐夫。

他穿着一件黑衬衫，戴着一顶旧鸭舌帽，胡子看上去好久没有刮了，瘦削的脸晒得黝黑，两只蓝眼睛深深地凹陷进去，一看就知道，他是个老矿工。十二年前，他参加边疆区领导工作的时候，就已经放下了镐头。可现在他的样子，他的言谈举止，他讲话的用词，仍然像是刚从矿井里上来的一样。

切尔诺科佐夫是边区党委常委和政府委员，他腿上得了坏疽，病痛折磨着他，几乎耗尽了他的全部精力。他简直恨透了这条病腿，因为这他不得不躺在床上而且快半年了。

坐在他对面抽烟沉思的是亚历山德拉·阿列克谢耶夫娜·日吉廖娃。她今年三十七岁，却已经入党十九年了。在彼得堡做地下工作的时候，大家给她起了个绰号叫"金工姑娘小舒拉"。就在她还是孩子的时候，就已经尝到了西伯利亚流放的滋味。

坐在桌旁的第三个人名叫潘科夫。他正在聚精会神地读一本德文杂志，并且不时地用手扶一扶鼻梁上的玳瑁眼镜。说起来真让人很难相信，这个三十岁的大力士竟要费很大力气才能挪动那条不听使唤的腿。米哈伊尔·瓦西里耶维奇·潘科夫是个编辑、作家，在教育人民委员部工作，他通晓好几种外语，对欧洲了如指掌。他肚子里装满了学问，就连那个老成持重的切尔诺科佐夫也对他另眼相看。【名师点睛：对保尔的同伴们的日常生活进行了描写，同时也回顾了他们曾经的经历，可见大家都是相互鼓励、相互促进的一行人，他们每个人都有着顽强的意志，令人敬佩，值得我们青年人学习。】

"他就是跟你同住的病友吗？"日吉廖娃向坐在轮椅上的保尔那边示意，小声问切尔诺科佐夫。

463

▶ 钢铁是怎样炼成的

切尔诺科佐夫放下报纸，兴致勃勃地说道：

"是呀，他就是保尔·柯察金。亚历山德拉，您必须得跟他认识一下。他要不是让病给缠住了，他现在一定在最关键最重要的部门发挥作用呢。他可是第一代共青团员。总之，要是咱们大家都帮他一把，他仍然可以继续工作。我要想办法帮帮他。"

潘科夫倾听着他们的谈话。

"他得了什么病？"日吉廖娃又小声地问。

"那是在国内革命战争时留下的创伤，是脊椎骨上的毛病。我问过这儿的大夫，你知道吗，他们都觉得这个病会使他全身瘫痪的。你看看你有什么好办法呢？"

<u>"那我现在就把他推过来。"日吉廖娃说。</u>

<u>他们的友谊就这样开始了。就连保尔也没有想到，日吉廖娃和切尔诺科佐夫都将成为他最亲近的人，在他病情恶化的那几年里，他们都是他最有力的支柱。</u>【名师点睛：日吉廖娃、切尔诺科佐夫对保尔的帮助，表现出他们的善良品质。】

生活还是和从前一样，达雅做工，保尔学习。就在他要着手小组工作的时候，新的不幸又偷偷地向他袭来：他的两条腿瘫痪了。就只剩下右手还可以活动了。他做了很多努力，但都没有作用，他知道自己再也无法走动了，他用力到把嘴唇都咬破了。达雅勇敢地掩饰着她的绝望和因为无力分担而产生的痛苦。

<u>他抱歉地向她微笑："达雅，咱们离婚吧。再没有别的更好的办法。这件事我真的要好好考虑了，我亲爱的小姑娘。"</u>【名师点睛：保尔的"抱歉""微笑"，可见他对达雅的疼爱，为达雅考虑，不愿拖累她，也让读者感到心酸。】

<u>达雅不让他说下去，忍不住放声痛哭。她哽咽着，把保尔的头紧紧搂在怀里。</u>【名师点睛：达雅"痛哭""哽咽""搂在怀里"，可见达雅对保尔的疼惜与深爱，同时这份困难险阻也是对达雅与保尔的考验。】

当阿尔焦姆得知弟弟的病情加重,便写信告诉了母亲。玛丽娅·雅科夫列夫娜抛下一切,立刻来看望儿子。然后,老太太、保尔和达雅生活在一起,婆媳俩处得很融洽。

保尔仍在坚持刻苦的学习。

在一个寒冷的冬天的夜晚,达雅带回了一个令人喜悦的好消息——她当选为市苏维埃委员了。从那时起,保尔就很少见到她了。每天下班以后,达雅从她工作的那个疗养院食堂,被调到妇女部或苏维埃去,工作很繁忙,直到深夜才回家里。她虽然很疲劳,脑子里却填满了新鲜的事物。她就要被吸收为预备党员了,她怀着激动的心情迎接这一天的到来。【名师点睛:达雅对党的热爱与向往在此处得以展现。】可是,偏偏在这个时候,保尔的病情再次恶化,他的右眼发炎,火烧火燎的疼痛令他难以忍受,接着左眼也感染了。保尔平生第一次体会到了失明的痛苦——所有的一切都笼罩着一层薄雾。

这是一个可怕的、不可逾越的障碍,不声不响地挡住了他的路。母亲和达雅悲痛极了,他自己却很冷静,还暗暗下定决心:不要着急,也不要惊慌失措,如果真的失明了,那就再也没有工作的可能了,也再也无法重新投入党的怀抱了——还不如死了为好,趁早结束这一切。

保尔给朋友们写信。他们纷纷来信鼓励他坚强起来,继续斗争。

就在他最痛苦的日子里,达雅激动而兴奋地告诉他:"保夫鲁沙,我已经是一个预备党员了。"

保尔一面听她讲述党支部接收她的经过,一面回想起自己入党前后的情景。

"达雅同志,这么说,咱们可以组成一个党小组了。"说着,他紧紧地握住了她的手。

第二天,他写信给区委书记,请他来看他。傍晚,一辆溅满泥浆的小汽车来到房前,区委书记沃利梅尔走进屋里——他是个年过半百的拉脱维亚人,长了满脸络腮胡子。

465

▶ 钢铁是怎样炼成的

他握住保尔的手,说:"生活过得怎么样?你怎么一点也不顾及自己的身体健康呢?如果有能力,那就起来吧,我们立刻就给你派工作。"说完,他大笑起来。

区委书记在保尔家里待了足足两个小时,甚至忘记了晚上还要开会。保尔很激动,拉脱维亚人一面听,一面在屋里踱来踱去,最后他说:"算了吧,你现在需要休息,再把眼病查清楚,肯定可以治的。要不然到莫斯科去一趟,啊?你考虑一下……"

保尔打断了他的话:"沃里迈同志,我需要和同志们在一起,需要和活泼欢快的年轻人在一起。给我派几个年轻人来吧,最好是那些青年,他们在你们乡下,不是总想搞'左'一点,嫌集体农庄不过瘾,要搞公社。这些共青团小伙子要是照看不周,就会冒到前边去、脱离群众的。我就犯过这样的错误,这我知道。"

沃利梅尔停下脚步问:"这个消息是今天才从区里传来,你是怎么知道的?"

保尔微微一笑:"你难道忘掉了我妻子?你们昨天才批准她入党。是她告诉我的。"

"啊,柯察金,那个洗碗工?她是你妻子?哈哈,我还不知道呢!"他考虑了一下,用手拍了拍脑门,说:"有了,那我们给你派个人来,列夫·别尔谢涅夫。这个同志再合适不过了。你们两个的脾气也很相近,肯定合得来。你们就像两只高频变压器。你知道吗,我当过电工,所以总是习惯用这样的字眼,用它们来比方。列夫还会给你装上个收音机,他还是个无线电专家呢。你知道,我经常在他家听广播,一听就到半夜两点。后来连我老伴都起疑心了,骂我老不正经,问我每天晚上都跑到哪去逛了。"

保尔笑着问:"别尔谢涅夫是个怎样的人呢?"

沃利梅尔走累了,便坐到椅子上说:"别尔谢涅夫是咱们区的公证人,可是,他当公证人就跟我跳芭蕾舞一样外行。不久前他还是个大干部，他从一九一二年就参加革命，十月革命时入党。国内战争时期他就是军级干部，在骑兵第二集团军革命的军事法庭工作；还在高加索跟热洛巴一起消灭过'白虱子'。他到过察里津，去过南方战线，还在远东主管过一个共和国的最高军事法庭。在高加索的时候，他当过省法院院长、边疆区法院副院长。他经历了各种艰苦的斗争和磨炼，后来是肺结核把他撂倒了，他才从远东来到这儿。最后他的两个肺都坏了，几乎快到了生命垂危的时刻，这才强行把他送到这儿。这就是咱们这个不同寻常的公证人的来历。公证人这职务倒是挺清闲，所以他现在身体还可以。但是他的任务也不少，今天悄悄让他领导一个支部，明天又把他拉进区委会，接着，又有一个政治学校让他管，还要他参加监察委员会；另外，成立处理难题的重要委员会时，都少不了他。此外，他还喜欢打猎，又是个无线电迷。别看他少了一个肺，却一点也不像个病人，他精力很充沛。要是哪天他死了，大概也死在从区委到法院的路上。"【名师点睛：写出别尔谢涅夫虽疾病缠身，但依旧积极、乐观、向上的生活，令人敬佩。】

保尔打断了他的话，提了个尖锐的问题："你们为什么让他做那么多的工作呢？看起来他在这儿比原先工作还要忙。"

沃利梅尔眯缝着眼睛，瞟了保尔一眼。

"如果让你领导一个小组，再分配点别的工作，别尔谢涅夫也会这样说：'你们为什么给他那么多工作呢？'可是他对他自己呢，却又说：'他宁可猛干一年，也不躺在病床混五年'。珍视同志们的健康和生命，看来只能等到社会主义建成之后才可以了。"【名师点睛：别尔谢涅夫的话表现出他对工作认真负责的态度，可见他高度的责任感与无私奉献的精神。】

"他说得没错。我也赞成干一年，决不混五年，不过我们还是浪费了很多人力，这就等于犯罪。现在我才明白，这样做与其说是英雄行为，倒不如说是任性和不负责任。直到现在我才开始明白，我没有权利这样糟蹋自己的身体，这根本谈不上是英雄。如果不是因

467

▶ 钢铁是怎样炼成的

为当初的蛮干，我还可以再坚持几年的。对我来说，'左派'的幼稚病是罪魁祸首。"

"也就是说得好听罢了，真让他下床干工作，就该什么都不顾了。"沃利梅尔心里想，却没有说出来。【写作借鉴：运用人物内心表达，衬托出保尔是个为了工作性命都不要的人。】

第二天晚上，别尔谢涅夫就来看保尔了，他们一直谈到深夜才散。

别尔谢涅夫见到新朋友的时候，两人一见如故，就像刚刚见到了失散多年的弟弟一样兴奋。【名师点睛：别尔谢涅夫把保尔当作弟弟，可见他对保尔的喜欢与关爱。】

早晨，有几个人爬上屋顶，架起了天线。别尔谢涅夫则在房里一面安装收音机，一面讲着他经历过的有趣的事情。

保尔看不见他，但是根据达雅的描述，知道他长着淡黄色的头发，浅蓝色的眼睛，体格匀称，动作敏捷，这么说来，他的模样就跟保尔刚见到他时所想象的完全一样。

天黑的时候，三盏红灯亮起来了，别尔谢涅夫郑重地把耳机递给保尔。刚开始传来一阵杂音：港口的莫尔斯电报机像小鸟一样啁啾地叫着，轮船上的无线电台也正在某个海域发报。在这片嘈杂声中，可变电感器的线圈突然收到了沉着而自信的声音："注意，请注意，这里是莫斯科广播电台……"

小小的收音机，通过一根天线，就可以收听到世界上六十个电台的播音。疾病阻碍了保尔同生活的联系，现在生活又通过这小小的耳机，给保尔带来了希望，他又重新感受到了生活强有力的脉搏。【名师点睛：保尔的心态再一次发生了转变。】

疲惫的别尔谢涅夫看见保尔的双眼闪烁出光芒，欣慰地笑了。【写作借鉴：此处通过这一细节描写，淋漓尽致地展现出他对保尔的关爱。】

夜深了，家里的人全睡了。达雅在睡梦中不安地嘟哝着，她每天都工作到很晚才回家，保尔也很少见到她。她一心扑在工作上，晚上空闲就更少了,保尔不禁想起了别尔谢涅夫的话:"如果一个布尔什维克的妻子也是党员,那么他们就无法经常见面。这样有两个好处:一是不会彼此嫌弃,二是没有机会吵架!"

他会不会拖她的后腿呢?这就是预料中的事。过去,达雅把她的每个晚上都给了他。那时候有更多的温暖、更多的体贴。不过,那时候她仅仅是他个人的朋友、妻子,而现在又是他的学生和党内的同志了。

他完全清楚,随着达雅的成长,她照顾他的时间就会越来越少,他认为这是不可避免的。

后来,保尔接受了辅导一个小组的任务。

每天一到晚上,家里就热闹起来了。保尔每天同年轻人在一起聊几个小时的天,是他汲取新的勇气和动力的源泉。

其余的时间他都在听广播,只有母亲喂他吃饭的时候,才会摘下耳机。

失明夺去的东西,无线电又还给了他——他又可以学习了。

<u>他以无坚不摧的顽强意志不停地学习,忘记了肉体的剧烈疼痛,忘记了两眼火烧火燎的病痛,忘记了生活给予他的一切不幸、残酷和磨难。</u>【名师点睛:学习使他重生,使他沉醉,使他到了"忘我"的境界。】

现在,在马格尼托戈尔斯克钢铁企业建筑工地上,继保尔那一代共青团员之后,青年们仍然高举青年共产国际的旗帜,建立了新的功勋。当电波把这个消息传到保尔的耳边,无比的幸福笼罩在他全身。

他的脑海中出现了暴风雪——像狼群一样猖獗的暴风雪和乌拉尔的严寒。大雪铺天盖地席卷而来,狂风怒吼,在这样的黑夜里,在明亮的弧光灯下,由第二代共青团员组成的突击队,在庞大的建筑物顶上安装玻璃,从冰雪严寒中抢救那个举世闻名的联合企业刚刚建成的第一批车间。基辅第一代共青团员顶风冒雪铺设森林铁路的情景,同它相比真是有些微不足道了。【名师点睛:祖国的壮大,使他感到骄傲、自豪。同时也可以见保尔时刻心系祖国人民。】

469

▶ 钢铁是怎样炼成的

　　国家已经壮大，人民也在成长、也在壮大。

　　在第聂伯河沿岸，大水冲垮了钢闸，汹涌澎湃的激流，淹没了机器，夺走了许多人的性命。又是共青团员们顶住了天灾，他们废寝忘食、舍生忘死地拼搏，终于把河水赶进了闸门。在这场艰巨的抢险斗争中，走在前面的是新一代的共青团员。在英雄模范人物的名单中，保尔非常高兴地听到了一个熟悉的名字——伊格纳特·潘克拉托夫。

Z 知识考点

1.判断题：

（1）保尔之所以接受一切治疗的主要目的是可以重新归队。（　　）

（2）达雅没有接受保尔的求婚。　　　　　　　　　　（　　）

2.达雅是一个怎样的人？

_____

_____

Y 阅读与思考

1.保尔在本章中认识了自己的终身伴侣，是谁？

2.是什么阻止了保尔自杀的念头？

第九章

铸就钢铁

> **M 名师导读**
>
> 　　手术并不是拯救一个人的最好办法,发自心灵的举动往往最能拯救一个人。本章中,保尔放弃治疗,他凭借着钢铁般的意志,重新拿起他新的武器,开启了新的生活。

　　保尔和达雅到了莫斯科,在一个机关的档案库里暂住了几天。这个机关的首长便帮助保尔住进了一所专科医院。

　　保尔住进医院后才明白,当一个人身体健康、充满青春活力的时候,坚强是多么简单和容易做到的事情,当生活的枷锁把你紧紧锁住的时候,坚强才是令人无比敬佩的。【名师点睛:面对困境时,保尔重新定义"坚强",可见他这一生对"坚强"理解之透彻,也可见困境中的坚强多么可贵。】

　　保尔住院已经有一年半的时间了。这十八个月里他遭受了难以形容的痛苦。

　　住院期间,阿韦尔巴赫教授坦率地告诉保尔,视力是无法恢复的。如果将来有一天炎症消失了,也许可以尝试给他做做瞳孔手术。现在,还是建议先进行外科治疗,消除炎症。

　　他们征求保尔的意见,保尔表示,只要医生认为是必要的,他都没有意见。

　　保尔躺在手术台上,手术刀静静地割开他的颈部。医生将一侧的甲状腺切除,在这一过程中,死神的魔影手先后三次向他扑过来。但

▶ 钢铁是怎样炼成的

是，保尔顽强的生命力战胜了它。达雅在外面提心吊胆地守候，手术过后，她看见丈夫虽然面色惨白，但仍旧很有生气，并且同平常一样，温柔而安详。【名师点睛：保尔凭借坚强的意志，战胜死神，可见他顽强的生命力。】

"你放心吧，要我进棺材可不容易，我还要活下去呢，还要大干一场，偏偏要跟那些医学权威抗战到底。他们对我的病情做的诊断都正确，但如果非说我是一个不折不扣的残废，那就大错特错。咱们走着瞧。"

保尔坚定地选择了自己的道路，并决心通过这条道路重新回到新生活建设者的行列。

严寒的冬天过去了，春天推开了紧闭着的窗户。失血过多的保尔挺过了最后一次手术，他觉得没必要在医院里再待下去了。十几个月来，感觉到的都是周围人们的种种痛苦，听到的都是垂死病人的呻吟和哀号，这些比忍受自身的病痛还要艰苦，所以坚决要求出院。

医生建议他再做一次手术，他冷冷地拒绝了："不必了，我做够了。我已经把不少血献给了科学，剩下的就留给我干别的用吧。"

保尔当天就给中央委员会写了一封信，请中央委员会帮助他在莫斯科安家，因为他的妻子在这里工作，而且他本人也不想再到处奔波了。这是他生平第一次向党求助。【名师点睛："第一次"，表现出他为人的刚强，不愿给组织添麻烦的态度。】

莫斯科市苏维埃收到他的信以后，给了他一套房子。于是他便离开了医院，并且希望永远也不要回到这里来。

他的家在克鲁泡特金大街一条僻静的胡同里，很简陋，但在保尔看来，这已经是最优越的享受了。夜间醒来的时候，他甚至不能相信，他已经远远地离开了医院。

达雅已经转为正式党员。她努力地工作着，尽管个人生活中存在着不幸，但她并没有落在其他突击手的后面。群众对这个少言寡语的女工表示出极大的信任，于是她当了厂委会的委员。保尔为妻子成了布尔什维克而感到自豪,他的病痛也因此得到极大的缓解。【名师点睛:面对生活的不幸,她仍没有倒下,表现出她身上具有的意志力,如同钢铁一般坚强。】

有一天巴扎诺娃到莫斯科出差,来探望保尔。他们谈了很久。保尔兴奋地告诉她,他选择了一条道路,在不久的将来便可以重新回归革命道路的行列。【名师点睛:"兴奋",可看出保尔此时难以掩饰的愉悦,同时也设下了悬念——他的身体并未痊愈。】

巴扎诺娃注意到保尔两鬓已经长出了白发,她轻轻地对他说:"我知道,您的确经受了许多磨难,但您仍然没有失去那永不熄灭的热情,没有什么比这更可贵了。您已经准备了五年,现在您决定动笔了,很令人高兴。但是,您要怎么写呢?"

保尔笑了,安慰她说:"明天他们会给我送一块带格子的硬纸板来。没有这样的东西,写写就会串行。我想了好久,才想出这个办法——在硬纸板上刻出一条条的空格,写的时候,铅笔就不会出格了。看不见所写的东西,当然很困难,但也并非不可能。有好长一段时间,我怎么也写不好,现在我练了很久,每个字母都认认真真地写,结果还很不错呢。"【名师点睛:从保尔轻松的话语看不出他对失明有何抱怨,相反,他积极乐观地接受并继续同磨难抗争。】

接下来,保尔开始了他的写作生涯。

他打算写一部中篇小说,描写科托夫斯基的英勇骑兵师,书名不假思索就拟订了:《暴风雨的儿女》。

从动笔的那一天起,保尔便把全部的精力投入到小说的创作中。他缓慢地写了一行又一行,一页又一页。他忘掉了一切,完全被人物的形象所吸引了。他第一次尝到了创作的艰难,那些难忘的情景清晰地在眼前浮现,却找不到恰当的词句来表达,写出的东西苍白无力,根本无法感觉到火一般的激情。【名师点睛:保尔对创作的投入、充满激情,可见他对文字的着迷、痴狂。】

▶ 钢铁是怎样炼成的

另外，已经写好的东西，他必须逐字逐句地记住，否则，当记忆失去线索或模糊不清的时候，工作就没法继续。母亲忐忑不安地观察着儿子的工作。【写作借鉴："忐忑不安"，表现出母亲仍对患病儿子的担心，也可以表现出母亲的爱子、惜子之情。】

在创作过程中，保尔经常凭记忆整页整页地，甚至整章整章地背诵，母亲有时觉得他像疯了一样。儿子写作的时候，她不忍心去打扰他，只有趁着替他把落在地上的手稿拣起来的时候，才小心翼翼地说："你干点别的不行吗，保夫鲁沙？哪有你这样的人，一写起来就没完没了……"

对母亲的担心，他总是会心地微笑，并且告诉她，自己还没有到"发疯"的程度。

很快，小说已经完成三章。保尔把它寄到敖德萨，给科托夫斯基的老战友们看，以便征求他们的意见。他很快就收到了回信，每个人都称赞他的小说写得好。可是原稿在寄回来的途中被邮局丢失了。六个月的心血就这样白费了，这对保尔又是一个沉重的打击。【名师点睛：保尔再一次经历打击，令读者也担心起来。】他非常懊悔没有复制一份，就把唯一的一份手稿寄去了。

后来，他把手稿丢失的事告诉给了列杰尼奥夫。

"你怎么这么不小心呢？好了，别生气了，现在骂也没用了，只好从头开始了。"

"我怎么能不生气呢，英诺肯季·帕夫洛维奇！六个月的心血一下子给丢掉。我每天都要紧张地劳动八个小时啊！这帮不负责的家伙！"

列杰尼奥夫便极力安慰他。

一切不得不重新开始。列杰尼奥夫给他弄到一些纸，并帮助他把写好的稿子用打字机打出来。一个半月之后，第一章又脱稿了。

跟保尔同住一套房间的是一家姓阿列克谢耶夫的。他家的大儿子亚历山大是本市一个区的团委书记。亚历山大还有一个十八岁的妹妹，叫加莉亚，已经从工厂的工人学校毕业了。这是个朝气蓬勃的姑娘，

474

于是，保尔请他母亲去问一问她，看她是否愿意给他帮忙，做他的"秘书"。加莉亚非常愉快地答应了，带着满脸笑容，热情地走了过来。她听说保尔正在写一部小说，就说："柯察金同志，我非常高兴能为您提供帮助。这比给我爸爸写枯燥的住宅卫生条例有趣多了。"

从这天起，写作就以加倍的速度进行了。一个月的工夫就写了那么多，连保尔也感到惊讶无比。加莉亚满怀深切的同情，积极主动地帮助他工作。她的铅笔在纸上一刻不停地响着，听到特别喜爱的地方，她都要反复地念上几遍，并且发自内心地高兴。在这所房子里，只有她一个人相信保尔工作的意义，其他人都认为保尔是白费劲，只是因为不能干别的，又享受不了清闲，才找点事来打发时间。

因公外出的列杰尼奥夫回到了莫斯科，他读过小说的头几章以后，鼓励说："坚持啊，朋友！你一定会成功的。还有更大的胜利在等待着你，保尔同志。我坚信，你归队的理想很快就能实现了。一定要坚持下去啊，孩子。"

这位老同志看到精力充沛的保尔，放心地走了。

加莉亚经常来，她的铅笔在纸上沙沙地响，一行一行的字句，源源不断地出现在纸上，它们追述着难忘的往事。每当保尔凝神深思，沉浸在回忆当中的时候，加莉亚就会看到他的睫毛在不住地颤动，他的眼神随着思路的转换不断地变化，这怎么会是已经失明的双眼啊！你瞧，那对清澈无瑕的瞳孔是多么有生气啊！

一天的工作结束了，加莉亚把记下来的东西念给保尔听，她发现保尔聚精会神地倾听着，时而皱起眉头。

"您为什么皱眉呢，柯察金同志？写得不是挺好嘛！"

"不，加莉亚，还不够好。"

他觉得不满意的地方，就亲自动手重写。<u>有时候他实在忍受不了格子板的狭窄框框的束缚，干脆扔下不写了。他恨透了没有视力的生活，情绪激动的时候他常常把铅笔折断，气得把嘴唇都咬出血了。</u>【名

▶ 钢铁是怎样炼成的

师点睛：写出了保尔负面情绪的一面，他也会有爆发的时候，这是对自己看不见的愤怒。】

忧伤，以及各种热烈或温柔的感情，几乎人人都可以自由抒发，唯独保尔没有这个权利去感受和享有，它们被永不松懈的意志禁锢着。但是工作越接近尾声，这些感情却越是奋力地向他涌来，力图摆脱意志的控制。如果他屈服于任何一种感情，任它发作，那一切的努力就白费了。

达雅常常深夜才从工厂回到家，跟保尔的母亲小声交谈几句后，就上床去睡了。

最后一章终于写成了。加莉亚花了几天时间把小说给保尔通读了一遍。

第二天就要把书稿寄到列宁格勒，请州委文化宣传部来审阅。

如果他们同意给这部小说开"出生证"，那么它就会被送到出版社，这样一来……

想到这里，他的心不由自主地激动起来。如此一来……新的生活就要开始，这是多年紧张而顽强的劳动换来的新生活啊。【写作借鉴："多年"突出保尔此时内心的激动，同时也是对新生活的向往。】

所以，书的命运决定着保尔的命运。如果书稿被彻底否定，那也就是他的末日了。如果失败是局部的，还可以进一步加工挽救，他一定会再次挑战，发起新的进攻。【名师点睛：这里用两个如果将保尔的内心世界展现了出来，可见保尔对书稿怀有多高的期望。】

母亲把沉甸甸的包裹送到了邮局，焦急而紧张的等待开始了。保尔一生中还从来没有像现在这样痛苦而焦急地等待过一封回信。

他从早盼到晚，可是列宁格勒却仍然没有答复。

出版社的沉默渐渐成为一种压力。失败的预感一天比一天强烈，保尔意识到，一旦小说遭到无条件的拒绝，那也就是宣布了他的灭亡。那时，他再也无法活下去了，再也没有活下去的意义了。【名师点睛：

476

书就是他全部的希望，可见他把书摆在了很重要的位置。】

此时此刻，郊区滨海公园的一幕又浮现在眼前，他一次又一次地问自己："为了冲破铁链，重返战斗行列，使你的生命变得有益于人民，你竭尽全力了吗？"

每次的回答都是："是的，看来是尽所有努力了。"

日子一天一天地过去了，正当期待已经变得无法忍受的时候，同儿子一样焦急的母亲一面跑，一面激动地喊道："列宁格勒来信了！！！"

其实那不是信而是一封电报，上面只有简单几个字：小说备受赞赏，即将出版，祝贺成功。

他的心激烈地跳动着。多年的愿望终于实现了！【名师点睛：这是内心世界强烈的呐喊，让主人公有得偿所愿之感。】病魔的铁链已经被砸碎，他就要拿起新的武器，回到战斗的行列了，他要开始崭新的生活，为生命奏响新的进行曲。【名师点睛：钢铁般的意志使他走向了更高的境界，他已经做好准备，迎接新的生活。】

Z 知识考点

1. 保尔中篇小说的名字命名为_____，_____的命运决定着保尔的命运。_____被邀请做保尔的秘书？

2. 保尔为什么不想在医院继续待下去？

_____

_____

Y 阅读与思考

1. 母亲为何忐忑不安地观察着保尔工作？

2. 如果他的书没有出版，他可能会怎么面对接下来的生活？

477

▶ 钢铁是怎样炼成的

信仰的魔力

保尔出生在战乱年代下的一个贫寒家庭里,他虽然没有接受过良好的教育,但他却是最正义、最勇敢的那个青年。为了自己的信仰,他为党的事业卖力地付出,让自己的生命疯狂地燃烧。过度的燃烧让他不幸染上了各种疾病。但病痛的折磨并没有打败他,反而更彰显出他那钢铁般的意志,使人深受震撼。

关于亲情,保尔没有选择陪伴家人左右来展现孝心,他毅然决然选择为党的事业而奋斗,献出自己的一生,为国家的和平发展出一份力,还母亲一份安宁与清静,让祖国可以更好地运转,走向繁荣富强。

关于友情,保尔从小与自己的玩伴一起长大,他们有着共同的理想抱负,长大之后,他们也都有着共同的目标——为党的事业奋斗终生。他们虽然各奔东西,但时隔多年再聚时,依旧像是老友那般亲切,这种友谊令人赞叹!

关于爱情,保尔前后经历了三段感情。第一段是与初恋冬妮娅。即使他们彼此相互欣赏、相互爱慕,但冬妮娅从小养尊处优的生活与资产阶级家庭的本质注定他们不会在一起。第二段是与革命干部的亲昵。对丽达心生好感的保尔不停地劝说自己,眼前党的事业高于一切,于是他痛下决心,中断了与丽达的联系。第三段是与自己的妻子达雅。此时保尔终于突破腼腆,表达自己的爱意,与达雅在一起了。保尔也经常会给达雅许多工作上的建议,让她可以更好地完成工作。

"人的一生应该是这样度过的：当一个人回首往事时，不因虚度年华而悔恨，也不因碌碌无为而羞愧；这样，在他临死的时候，能够说，我把整个生命和全部精力都奉献给了世界上最壮丽的事业——为人类的解放事业而奋斗。"这是文中主人公保尔·柯察金讲的一段话。在经历了多少风霜雨雪之后才能说出这么壮阔伟大的话啊！是啊，我们每个人都该有自己的信仰，也应该为了自己的信仰不断努力奋斗，这样我们才不至于在老了之后后悔莫及。

不管我们身处何种劣势，我们都要积极乐观地面对生活，要奋不顾身地去追求自己的信仰。

编　者

2021年3月

▶ 钢铁是怎样炼成的

参考答案

第一部分

第一章

知识考点

1. √
2. B D
3. 他从刚开始偷撒烟灰这一胆小的反抗举动，到最后勇敢地说出来并进行勇敢的抗争。

阅读与思考

1. 经母亲介绍得到的工作。
2. 阿尔焦姆虽然特别严格，但是对弟弟和母亲都特别关爱，不忍心弟弟一点欺负，也不愿意让母亲一直劳作受苦。
3. 在食堂工作的保尔一直都任劳任怨，辛勤劳作，就算受欺负，有时候也得过且过的忍让。

第二章

知识考点

1. 小男孩　阿尔焦姆　列辛斯基家　砖窑　朱赫来
2. A
3. 他不顾危险，把身子探进窗子，抓住枪套，拔出那支乌亮的新手枪，然后又跳回了花园。他向四周环顾了一下，小心翼翼地把枪塞进裤裆，迅速穿过花园，向樱桃树跑去。他用比猴子还敏捷的动作攀上棚顶，又回过头来望了一眼。

阅读与思考

1. 沉重的、带刺刀的枪；一只闪闪发亮的枪。
2. 首先，小孩子调皮，而且他从另一个小孩那抢的枪被哥哥砸了。再者，幼时的经历使保尔对资产阶级有仇恨，枪可以作为反抗的武器。
3. 因为朱赫来担心自己的身份被暴露了。

第三章

知识考点

1. 波利托夫斯基
2. ×
3. 因为保尔把冬妮娅当作了最好的朋友。

阅读与思考

因为他担心冬妮娅会嘲笑他。

第四章

知识考点

1. 塔尼娅　戈卢勃上校　帕夫柳克
2. ×
3. 粗鲁并且残暴。

阅读与思考

1. 因为保尔有当时社会中其他人所不具有的品质，而这种品质也恰好吸引了她。
2. 为了让他们的部下"消遣"一下。

第五章

知识考点

1. 朱赫来　8　朱赫来　莉莎
2. ×
3. 莉莎是一个正义的人。

阅读与思考

1. 因为他们俩认识，有深厚的交情，也是保尔为了救朋友而奋不顾身的体现。
2. 还因为维克多身为资产阶级看不起保尔。

第六章

知识考点

1. 莉莎
2. (1) ×　(2) √
3. 为了迎接彼得留拉的检阅，上校切尔尼亚克去释放一些不重要的犯人，保尔趁机撒谎逃

480

出监狱。

阅读与思考

1.因为他想起了冬妮娅。

2.具有敏锐的观察力和灵活的应变能力,可以看出他很机智。

第七章

知识考点

1.谢廖沙 丽达

2.×

3.谢廖沙对爱人、亲人、战友、家乡的告别,可以看出他内心的悲凉心情,也可以突显出谢廖沙是一个重情重义的人。

阅读与思考

1.因为谢廖沙充满着青春活力,感情跟眼睛一样纯洁,还因为他们都可能看不到革命的胜利。

2.是,因为他们即将踏上革命的新征途,一切都是不确定的,所以他们只能分开。

第八章

知识考点

1.保尔 《牛虻》

2.B

阅读与思考

1.他认为骑兵第一团日后一定会有很多轰轰烈烈的事情要干,他不想总是闲着什么事情都不做。

2.瓦莉亚是一位视死如归的勇士,她具有极高的爱国主义热情和绝不向恶势力屈服的态度。

第九章

知识考点

1.团证 红军战士证 团部嘉奖令

2.弗罗霞 《牛虻》

3.因为冬妮娅的个人主义越来越不能让保尔接受。

阅读与思考

1.他是保尔的启蒙老师,他性格坚强且英勇无畏。

2.在一次战役中,他被从远处飞来的流弹打中了。

第二部分

第一章

知识考点

1.C

2.伪装成军区特勤部的,例行上车做检查,并且露出了他的枪。

阅读与思考

1.因为保尔看见一个穿军装的男人躺在了丽达的床上,产生了误会。

2.因为丽达对保尔有感情,她依然关注着保尔。

第二章

知识考点

1.(1)√ (2)√

2.冬天格外漫长,为了抵御寒冷,必须修建一条铁路来运输木柴到城市去供市民取暖。

阅读与思考

1.毛瑟枪

2.因为他染上了肺炎和伤寒。

第三章

知识考点

1.安娜

2.D

3.人的一生应该这样过:当他回首往事的时候,他不因虚度年华而悔恨,也不因碌碌无为而羞愧;当他临死的时候,他能够说:我的整个生命和全部精力都献给了世界上最壮丽的事业——为人类解放而斗争。

阅读与思考

1.加入俄国共产党。

2.茨韦塔耶夫认为保尔在暗算他,想抢他的书记当。

第四章

知识考点

1.抽烟

2.共青团区委会 莉达 拉兹瓦利欣

3.鸣枪

481

钢铁是怎样炼成的

4.不断地侦察。

阅读与思考

1.波杜布齐的人来抢地界。
2.格里沙是被暗杀的。是被磨坊老板和他的女婿所杀。

第五章

知识考点

1.杜巴瓦　茨维塔耶夫　图夫塔　列宁
2.√
3.人们积极地加入布尔什维克党。

阅读与思考

1.阿尔焦姆、勃鲁扎克
2.通过阿尔焦姆的话,一方面可以看出阿尔焦姆一家生活的艰辛,另一方面可以看出当时社会的黑暗。

第六章

知识考点

1.A
2.拉兹瓦利欣　保尔

阅读与思考

1.《牛虻》
2.中枢神经

第七章

知识考点

1.×
2.虽然承受着病痛带来的痛苦,但依然积极向上地生活着。

阅读与思考

1.经常住院,动了两次刀,流了不少的血,体力消耗也比较大。
2.巴扎诺娃;保尔体内致命的炎症已经发作,现在的医学无法控制,并且保尔在以后会瘫痪。

第八章

知识考点

1.(1)√　(2)×
2.达雅是一个优秀的共产党员。她热爱工作,善于出谋划策,能够积极应对突发事件。爱憎分明,有坚定的信仰。

阅读与思考

1.达雅
2.保尔坚强的意志。

第九章

知识考点

1.《暴风雨的儿女》　书　加莉亚
2.因为在医院里感受着周围人的种种痛苦,听到垂死病人的呻吟和哀号,这些让他比自身的病痛还要痛苦。

阅读与思考

1.因为母亲担心保尔的身体健康。
2.他可能会颓废、无望地生活着,甚至可能以死结束自己的一生。